我是特种兵

利刃出鞘

刘猛★作品

北京联合出版公司
Beijing United Publishing Co.,Ltd.

图书在版编目（CIP）数据

利刃出鞘 / 刘猛著. — 北京：北京联合出版公司，2015.7
（特种兵系列）
ISBN 978-7-5502-4894-6

Ⅰ . ①利… Ⅱ . ①刘… Ⅲ . ①长篇小说－中国－当代
Ⅳ . ①I247.5

中国版本图书馆CIP数据核字(2015)第055160号

利刃出鞘

出版统筹：新华先锋
责任编辑：李艳芬 王 巍
特约编辑：孙小波 李 娜
封面设计：郑金将
版式设计：王 玥

北京联合出版公司出版
（北京市西城区德外大街83号楼9层 100088）
北京慧美印刷有限公司印刷 新华书店经销
字数359千字 787毫米×1092毫米 1/16 24印张
2015年7月第1版 2015年7月第1次印刷
ISBN 978-7-5502-4894-6
定价：39.80元

第一章

★

1

　　清晨，一阵尖厉的战备警报声骤响，狼牙特战旅机场上的国旗随风飘舞，猎猎作响。远处，两辆敞篷迷彩吉普车卷着尘土疾驰而至。十五名特战队员全副武装，纷纷跳下车，迅速列队。狼牙特战旅参谋长何志军上校表情严肃地凝视着这一支特别的队伍，郭队转身敬礼："报告！参谋长同志，孤狼特别突击队集合完毕！突击队队长郭平安——请您指示！"

　　唰——十五名特战队员整齐利落地敬礼。何志军还礼："稍息吧。"

　　"是！"郭队还礼后向后转，"稍息——"

　　"同志们！请稍息——"何志军脸色严肃，凛然地看着面前的队员们，"今天我们要执行一项特殊的任务，寻找一颗回收的人造卫星！由于技术故障，人造卫星坠落地点偏离预定区域，到达我边境0231地区。该处地形地貌复杂，山地丛林密布，车辆无法上山。因此，我们狼牙特战旅奉命组成突击队，将要承担起搜索卫星残骸这个光荣的任务！同志们，有没有信心完成？！"队员们一声巨吼："有！"

　　"这次任务的重要意义不需要我多说了，科技是一个国家和民族的立国之本！而根据情报，境外某敌对势力也得到了消息，组织了武装分队在我边境活动，企图抢夺我人造卫星！一旦遭遇，将会是一场激战！你们都是从战场上下来的，危险性我就不再多说了！同志们，你们准备好为祖国献身了吗？！"何志军厉声喝问。

　　"时刻准备着！"十五个精锐彪悍的战士挺胸怒吼。

　　何志军转向郭队，继续说道："如果发生突发事件，你可以采取果断措施！但是记住，任何情况下，绝对不能越过边境，那是一道不可逾越的红线！记住了吗？"

　　"记住了！"郭队抬手敬礼。何志军看了看他的勇士们，一声令下："出发！"

　　"是！"郭队转身，面向队员，声厉如洪，"全体都有——左后转弯，跑步——走！登机！"

2

中国边境 0231 地区。

山地丛林中一片静谧，浩瀚的林海一眼望不到边。远处，一架陆航米 171 直升机犹如一只矫健的雄鹰从低空掠过。机舱里，全副武装的特战队员们脸上涂着伪装迷彩，身穿猎人迷彩服，手持战术改造过的 95 自动步枪等各种武器，左臂佩戴的狼牙臂章让这一群男人看起来更加精悍生猛。

郭队脸庞黝黑，涂着迷彩的大脸上目光如炬。一旁的少尉队员陈善明戴着耳塞，正跟着随身听里劲爆的摇滚乐闭目舞动，和他那一身迷彩的装扮极不协调。一级士官苗狼是苗族人，他的迷彩包头巾按照家乡习惯裹成了头巾，正靠在陈善明的肩膀闭目打呼。陈善明推了推他，苗狼差点儿栽倒在地，陈善明急忙一把拉住他。苗狼仍闭着眼，咂咂嘴，继续睡。陈善明苦笑："这敌人把他脑袋割下来，他还能睡呢！"苗狼一下子被惊醒了，噌地睁眼持枪："敌人？敌人在哪儿呢？！"旁边的队员们哄堂大笑。

其他队员们习以为常，各自检查着武器装备。观察手范天雷手持 95 自动步枪，旁边是狙击手何卫东，手持 85 狙击步枪——那是他最心爱的宝贝。何卫东的脸上看不出什么表情，安静地坐在机舱的角落，若有所思。范天雷碰了碰旁边的何卫东："好久没打仗了，浑身都要长毛了！倒是真盼着真刀真枪来一场啊！哎，你在合计什么呢？"

"好久没给儿子打电话了。"何卫东抚摩着他的宝贝。

"上小学了吧？"范天雷说。何卫东苦笑："都快毕业了。"

"哎哟！我这个干爹也不合格啊！别说，我也想我儿子了！"

何卫东看他，两个人都笑了。这时，机舱内的蜂鸣器开始促响，一片红灯闪烁。

"我们到地方了！"郭队拉开舱门，将大绳抛了出去。队员们快速起身，陆续从悬停的直升机上滑下。队员们落地后，迅速呈环形警戒。飞行员侧头看看下面丛林里的队员们，对着通话器低语："孤狼，祝你好运。完毕。"郭队手持电台："天狼 1 号，记得接我们。完毕。"飞行员笑了笑："忘不了。完毕。"郭队看着直升机："你要是忘了怎么办？完毕。"飞行员笑出声："那你们就走回去，不都是山地穿行专家吗？完毕。"直升机轻点机头，飞走了。郭队看着远去的直升机，苦笑："这兔崽子！我们走！"

老三级士官齐风担任此次任务的尖兵，他在密林中快速穿行，队员们陆续跟进。观察员范天雷和狙击手何卫东也在队伍中快速地警戒穿行。走在前头的齐风手持探测仪，耳机定位器中不断传来嘀嘀声。队员们不断地在溪流和山谷中穿过，犹如出鞘的利剑与丛林融为一体。高山峻岭中，队员们来到一处溪流前，在齐膝深的水里前行。何卫东据枪警觉地环视着四周，速度稍稍慢了下来。

"你在看什么？"范天雷问。何卫东皱了皱眉，看看四周："总觉得不对劲。"

"怎么不对劲？"范天雷也四处观察。何卫东说："太安静了。"

"又不是战争时期，这老林子有什么人会来？"范天雷不以为然。

"我总觉得不对劲，有人在监视我们。"狙击手出身的何卫东有着超乎常人的直觉。

"谁？"范天雷问。

"不知道。"何卫东摇头，也说不出个所以然来。走在队伍前面的郭队回过头："你怎么知道有人在监视我们？"何卫东肯定地回答："感觉。"范天雷左顾右盼，还是没发现异常。郭队想了想："全体注意，保持警觉，猎鹰觉得这里不太平！"队员们放慢速度，范天雷抬起枪口嘀咕："又得多走好几个小时……"

"他的感觉在战场上救过咱们，你忘了？"郭队整了整装备，继续前行。何卫东环视着四周，缓慢地跟队前进，仍保持着十足的警觉性。

远处的山脊晨雾弥漫，草丛里伸出一支伪装极好的枪口，一个身穿吉利服的狙击手一动不动地趴着。狙击步枪的瞄准镜里，何卫东据枪的身影正缓慢前行。蝎子苦笑："他们中还是有聪明人。"在他的周围，一群面涂油彩、全副武装的队员手持不同的外军武器潜伏着。

"跟上他们，他们会比我们更快找到那个卫星。"蝎子收起狙击步枪。

"蝎子，我们真的要跟中国军队动手吗？"一名白人队员问。

"你怕了？"蝎子轻蔑地问。

"我是说，跨过去那可就是他们的国土……"

"我们现在在他们的边境线以外，一旦有变，可以很快退回来。"蝎子站起身。

"万一他们越境追杀呢？"

蝎子笑笑，说道："我比你了解中国军人，他们不会的。出发！"队员们起身，随着蝎子在山脊中穿行，跟踪着下面的中国士兵们。

丛林里，郭队带领着队员们继续前进。无线电的天线在丛林中摇曳，电台兵赵连海焦急呼叫："狼穴，狼穴！这里是孤狼！收到请回话，收到请回话……"

"怎么样？"郭队问。赵连海摇头："还是没有信号。"郭队暴骂："这是什么破玩意儿啊？"赵连海说："队长，看来是有人对我们实施了无线电屏蔽干扰。"郭队一惊，拿过耳机，里面传来一阵嘈杂的电波声。队员们默契地在四周警戒，看着他们的队长。

"同志们，我们受到无线电干扰，跟狼穴失去联系了。也就是说，我们没有后援了，也无法请示，而且很可能正在被敌人监控着，随时可能遭遇埋伏，战斗一触即发！"郭队看着跟随他已久的队员们，大家也正默默注视着他，郭队面色冷静，"都是从死人堆里面滚出来的老同志了，我没有更多叮嘱的了！不管出现什么情况，大家都要保持冷静。一旦战斗打响，要一往无前！记住，绝对不能越过这里——"郭队手指划过地图，"这条红线！我们不能越境作战！明白了吗？"队员们低吼："明白！"

"出发！继续寻找卫星！"郭队命令队伍继续前行，队员们起身。何卫东转身看着后面。范天雷问："你在看什么？"何卫东说："布雷。"范天雷一惊："什么？"何卫东说："布地雷。"范天雷问："炸谁？"

"跟着我们的人。"何卫东看着丛林深处，丝毫没有动静。郭队一直看着他们，命令道："布雷吧，我们还要赶路。"范天雷苦笑着从背囊里取出扇形地雷，埋设在路面上，并用枯草埋住作掩护。何卫东看看，没有异样，拍了拍范天雷的肩膀："走！"

3

山地里，中午气温骤升，骄阳似火。特战队员们穿过遍布石头的河滩，何卫东不时地回头观察着后面的情况。山脊上，蝎子的队伍也在迅速前进着。这时，前面的尖兵停步，看着界碑对蝎子说："再往前，就到中国境内了。"

"走！"蝎子命令。尖兵不再说话，队伍越过界碑继续前行。

"各位，我们现在进入敌区了！提高警惕，这群中国士兵不是童子军，他们是打过仗的！他们很精锐，跟我们一样精锐！这会是一场恶战，明白吗？完毕！"蝎子对着通话器低语。

"明白！"队员们低声回答。队伍继续前进，但是警觉性明显提高了。尖兵在迅速推进，丝毫没有发现隐藏在地上的铜丝。当尖兵一脚跨过，刮断了连着地雷的铜丝，"轰"地一声爆响，扇形防步兵地雷瞬间炸开，数枚钢球瓢泼似的飞出来。尖兵猝不及防，整个人在弹雨当中飞了出去。后面的两个队员也中弹倒地，发出一阵惨叫……

"有埋伏！"一名队员大叫着射击，其余队员也开始持枪朝四面射击。

河滩外，正快速前行的孤狼突击队听到爆炸声，停了下来，持枪警戒。何卫东持枪搜索着目标。范天雷瞪大了眼："真的有人啊？！"

"准备战斗！"郭队冷静命令，队员们持枪向四周警戒。远处的惨叫声隐约传来，还有持续不断的枪声混杂其间。郭队命令电台兵："看看能不能联系上狼穴！"赵连海开始呼叫，耳麦里仍然没有一丝动静，他摇了摇头："还是没有信号！"队员们看着队长，郭队咬咬牙："我们现在和狼穴联系不上。武装进入我领土，就是侵略者！侵略者不投降，就要他灭亡！同志们，我们干掉他们！丢掉背囊，全速前进！"

哗啦啦啦——队员们迅速甩掉身上的背囊和水壶等装备，全速向后方穿插。

丛林里，硝烟弥漫，蝎子举着枪高喊："停火！停火！"枪声陆续停下来，所有队员都呼吸急促，惊魂未定。蝎子厉声道："妈的！我们上套了！撤！"

"伤员怎么办？我们不可能带着他们逃离追击！"队员看着地上的伤员。两个伤员躺在地上，他们的伤势都很重，鲜血不停地淌着，染红了地面上的枯叶。蝎子看了看，无语地拔出手枪。两个重伤员挂着枪械，艰难地想要站起身："我能走……"蝎子面无表情地看着他们："你们的苦难，结束了。"

"砰！砰！"子弹射中两个重伤员的致命部位。其余的队员目瞪口呆，没人敢说话。蝎子收起手枪，命令道："撤！我们撤到边境外面去，那里是避风港！"队员们开始起身撤离。"砰"的一声，一名队员的头部爆开，鲜血混着白色的脑浆飞溅在周围的枯枝败叶上。

"狙击手！"队员们高喊着卧倒。

从林深处，飞奔而至的中国特战队员们持枪准备战斗。蝎子大喊道："我们接敌了！射击！"瞬间枪声大作，一场激战在边境的丛林里打响了。

远处的山坡上，何卫东和范天雷潜伏在这里，持枪狙杀。何卫东的眼睛抵着瞄准镜："汇报目标排序！"范天雷拿着激光测距仪："九点钟方向，机枪手，距离430米——射击！"瞄准镜的十字线稳稳地锁定目标，何卫东果断地扣动扳机，"砰！"机枪手头部爆开，猝然倒地。

从林里，双方短兵相接，距离很近。蝎子大声命令："地狱火——撤离！"强大的火力压制着特战队员的追击，队员们交替掩护着，向对方不断射击。

"RPG！"一名特战队员持40火箭筒射击。"咻——"一颗火箭弹飞驰而来，在队伍中爆炸。不断有被炸的大树倒下，接着传来一片惨叫声。蝎子持枪不断后退："撤！撤到国界外面去！"火箭筒手继续射击。"轰！"又一声炸响，周围不断有树木被炸倒，武装分子倒地惨叫着。蝎子操起狙击步枪，在瞄准镜里快速搜索着。他找到火箭筒手，一扣扳机——"砰！"火箭筒手头部中弹，猝然倒地。郭队大吼道："他们有狙击手！猎鹰，你在干什么？！"

山坡上，何卫东手持狙击步枪大喊："他们的狙击手在哪里？！"范天雷拿着望远镜，焦急地喊："太乱了，我看不到！"何卫东眼抵着瞄准镜，继续寻找着。顷刻，瞄准镜里出现了正在射击的蝎子，何卫东果断地扣动扳机。丛林里，蝎子似乎感觉到了。他迅速一闪身，耳麦被打掉了，子弹擦过他的耳朵，不断有血冒了出来。蝎子来不及寻找何卫东，大喊："快撤！"蝎子和他的部下们溃不成军，狼狈不堪地交替掩护着艰难撤离。眼看蝎子率队将逃，郭队厉声道："把敌人消灭在我们的领土上！冲啊——"特战队员们一跃而起，怒吼着追击。还在山坡上的何卫东持枪起身："他们跑了！我们追！"范天雷收拾好东西，跟何卫东纵身滑下山坡，两人快速追击。

武装分队的幸存者们来到边界处的一条河流旁，顾不上侦察环境，都没命地过河逃命。郭队大喊："机枪手，射击！"机枪手架起95轻机枪，开始急速射击，其余队员也纷纷扣动扳机。"嗒嗒嗒嗒……"河水中的武装入侵者们在弹雨中抽搐着，血瞬间染红了河水——块标志着中国的界碑仡立在河对岸。

蝎子第一个蹚过河，躲在界碑后举起狙击步枪。"啪！"一声枪响，机枪手中弹倒下了。飞奔而至的何卫东卧倒，大喊："快找到狙击手！"

"我在找——看到了！他在河对岸！界碑后面！"范天雷大声喊。

何卫东的瞄准镜锁定了蝎子，他的食指迅速扣下，却在扳机边缘停了下来。躲在界碑后的蝎子还在疯狂地射击着。郭队怒吼："卧倒！躲开狙击手！猎鹰，你在等什么？！"

"射击啊！你在干什么？！他在向我们开火！"范天雷大吼。何卫东看着瞄准镜里的蝎子，犹豫道："他在红线外面了……"范天雷一看，嘶吼道："这时候了还等什么？！射击！"

郭队喘着粗气，隐蔽在树根后面更换弹匣："猎鹰说得对！我们不能射击境外目标！"范天雷大吼："难道我们就在这儿等着他给我们点名吗？！"

"烟雾弹！"郭队大吼。一名特战队员甩出烟雾弹，浓烟不断地在四周升腾起来。郭队大吼道："撤！"特战队员们咬牙起身，撤离战场。

"妈的！"范天雷怒骂，拿出地雷要埋。

"他们不会从这条路过来了。他们很精锐，跟我们一样精锐……走吧！我们要先找到卫星！"何卫东拍拍他的肩膀。范天雷咬牙，狠狠地看着河对岸。特战队员们背着阵亡战友的遗体，往山里撤退。何卫东一把拉起范天雷："大局为重！撤！"两个人跟随队伍撤离了。

河对岸，蝎子惊魂未定，靠着界碑剧烈喘息着。白色的烟雾正在逐渐散去，河里漂浮着几个部下的尸体，血仍在不停地往外流。身边残余的几个部下都已经成了惊弓之鸟，持枪哆嗦着。烟雾散去后，对岸已经没有人影，除了粗重的喘息声，周围一片寂静。

"要不是界碑拦着，我们都死了……"

"我们完了，蝎子……我们真的完了……"

"我们还没完！这笔账不能就这么算了！"

"靠我们五个，怎么也不可能抢到那颗该死的中国卫星了！"

"我们是抢不到卫星，但是我们可以干掉他们，毁掉那颗卫星！"蝎子怒吼。所有人都傻傻地看着他，一名部下说："我们……我们还要进入中国境内吗？我们都会死的……要不是屏蔽了他们的无线电通信信号，我们早就死了……"蝎子一把将他抓过来："去，是死；不去，也是死！"蝎子放开他，整了整衣领，"整理武器装备，我们换条路进去！"部下们都不敢说话了，战战兢兢地起身，五个人的身影随后消失在丛林当中。

4

山地里，特战队员们警惕前进。齐风手持定位仪，突然举起右手蹲下。队员们迅速反应过来，据枪蹲下。郭队走过来："怎么样？"齐风看了看定位仪："就在这儿了。"队员们抬头，头顶一片树冠有被撞击焚烧过的痕迹。郭队打了个呼哨，两名队员快速冲过去，钻进下面的灌木丛。不一会儿，灌木丛被掀开，露出了隐藏在下面的卫星。

"可算找到了！快，运走它！赵连海，跟狼穴联系！"郭队指挥着。赵连海开始呼叫："狼穴，狼穴，这里是孤狼……"还是一片无线电杂音。

"算了，信号弹！"郭队看看齐风。齐风拿起信号枪，对准天空，正要扣动扳机——"噗！"一颗子弹旋转着穿过了他的心脏。齐风瞪大了眼睛，不相信地看着自己的胸口，血不断地涌出来。齐风仰面倒了下去，信号枪也被丢落在一边。有队员在高喊："狙击手！"

"卧倒！"郭队怒吼。话音未落，"当"的一声，一颗子弹击穿了郭队的头盔，郭队猝然栽倒。队员们快速散开，寻找隐蔽。何卫东怒吼着："快找到狙击手！"

"我在找！"范天雷手持望远镜，急速地寻找着目标。

"呜——"一颗火箭弹飞来，落在灌木丛边，"轰"的一声，在卫星旁边爆炸了，爆炸掀起的泥土硝烟把这一片丛林笼罩在浓浓的烟雾中。何卫东大惊："他们要毁掉卫星！"

"呜——"又一颗火箭弹带着啸叫声飞来，一个队员纵身跃起扑了上去。"轰！"队员用他的血肉之躯保住了卫星。何卫东两眼发红，怒吼着："还击！"特战队员们向火箭弹来的方向密集射击，树叶枝蔓被纷纷击落。何卫东冷静分析战况："现在由我代理队长！火力小组，掩护！突击小组，冲上去近战接敌！指挥小组，保护卫星，用信号枪给狼穴指示方位！金雕，跟我走！我们要找到狙击手！"

机枪手和火箭筒手开始急速射击，子弹穿过丛林，枯叶树枝不断被打断。突击小组的队员们奋勇向前，以地狱火战术射击前进。何卫东带着范天雷翻腾滚跃，冲向制高点。

山头上，拿着M72火箭筒的敌军刚准备再次射击就被打倒了，密集的弹雨把蝎子和他的部下们压制得无法抬头。一名部下被打得无法还击："该死的！我们完了！我们就不该来！"蝎子转身，怒视着他。那名部下继续吼："我说错了吗？！我们就不该来！他们不是好惹的！""砰！"那名部下的腹部出现一个血洞，近距离的射击让他无法躲避，他瞪大眼睛倒下了。蝎子的枪口冒着烟，冷冷地注视他。其余的部下都目瞪口呆。

"现在谁还多嘴？！"蝎子冷冷道，部下们都不敢吭声了，他命令，"你们顶在这儿，我绕到侧翼干掉他们！"部下们冒着弹雨开始还击，蝎子持枪从山头滑了下去。

特战队员们奋勇向前，与敌交火。一名特战队员拿起地上的信号枪，刚刚对准天空——"噗！"子弹穿过他的眉心。

"还是狙击手，他在阻止我们发信号！干掉他！猎鹰！"赵连海高喊着，抓起地上的信号枪，"同志们，我来吸引狙击手！猎鹰，我们拼了！"赵连海举起信号枪——"噗！"又一颗子弹命中他的心脏。何卫东和范天雷飞奔而至，迅速卧倒。何卫东怒吼："狙击手肯定不在那个方向！反向寻找！"

山下，又一个特战队员拿起信号枪："告诉俺媳妇，不用等俺了——""噗！"子弹穿过他的头盔。范天雷拿着测距仪大喊："我看见他了！"何卫东迅速挪动枪口，瞄准镜里出现了蝎子的藏身之处——高处的树下。

隐藏在树下的蝎子眼睛抵着瞄准镜，陈善明拿着信号枪出现在瞄准镜里，蝎子冷冷地道："又一个送死的笨蛋！"他正要扣动扳机，"咻——"那是子弹划破空气的啸叫声。蝎子一偏身子，子弹打在他的左臂，他惨叫一声继续跑。

范天雷大喊："他中弹了！没死！密集射击！"

"嗒嗒嗒……"蝎子在弹雨中四处躲避着。"噗！"一颗子弹命中了他的小腿，蝎子惨叫着倒下了。范天雷手持望远镜："他挂了！"何卫东的枪口没有挪开，继续关注着目标。

　　"他挂了！猎鹰，你做到了！"范天雷大喊。

　　此刻，突击小组已经登上高处，对蝎子的部下们开始了密集射击，双方的激战还在继续。一名特战队员拿起信号枪，"嗖——"一颗红色的信号弹响彻云霄。

　　丛林边的公路上停着数辆军车，还有军犬。士兵们穿着佩戴夜老虎臂章的 99 丛林迷彩服，手持 81-1 式自动步枪快速跳下车。一名上尉命令道："快！特战队员打信号弹了！我们往那边去！"士兵们迅速离开公路，冲进树林。

　　山头上，何卫东据枪不动。瞄准镜里，蝎子躺在地上一动不动，血不停地往外流。范天雷看他："你在干什么？他已经挂了！"何卫东不说话，眼睛抵着瞄准镜注视着蝎子。范天雷整理着装备，说："他已经死了！"何卫东据枪说："你去——他是死是活，要亲眼看见！我掩护你！"范天雷无奈，站起身，持枪下山："真拿你没办法！"何卫东抵着瞄准镜注视着蝎子，蝎子卧在地上一动不动。

　　特战队员们还在搜索残敌，对着地面的尸体补射，旁边的卫生员在给受伤的队员们包扎。陈善明拿着电台："电台通了！狼穴，这里是孤狼！我们遭到袭击，卫星还在，我们有伤亡！请求空中支援！"这时，两架武直九在高空盘旋，螺旋桨卷起的巨大风声猎猎作响。

　　"孤狼，这里是飞虎 1 号。我们准备进行空中支援，请标注你的方位，以免误伤。完毕。"飞行员操纵着直升机朝丛林方向驶来。

　　"飞虎 1 号，孤狼收到。请你沿 4500 地区开始轰炸，我们距离轰炸位置 200 米左右。完毕。"

　　"飞虎 1 号收到。你在危险区域，请寻找掩护。我们开始空中支援。完毕。"飞行员推下操纵杆，两架武装直升机快速俯冲下去。

　　何卫东还在监视蝎子，范天雷已经逐渐靠近。不远处，幸存的武装分子还在负隅顽抗。这时，两架武装直升机开始对地射击，何卫东一惊。一阵惊天的爆炸和烈焰腾空而起，范天雷被气浪掀翻在地，急忙卧倒，翻滚着寻找掩护。对面一片烈焰，武装直升机拉高，飞行员呼叫："孤狼，空中支援结束。我们继续滞空，等待你的支援要求。完毕。"范天雷灰头土脸地从地上爬起来，吐出满嘴的土，怒骂："妈的，差点儿炸到老子！"

　　何卫东在瞄准镜里继续寻找蝎子的身影，一片烈焰当中，什么都看不到。何卫东暗暗叫了一声："不好！"范天雷大大咧咧地持枪走上去，骂道："兔崽子！老子来给你收尸！都烤焦了吧？"突然，一颗手雷甩出来，滋滋地冒着烟。范天雷一惊，已经来不及了。"轰！"手雷凌空爆炸，范天雷抱着腿一声惨叫。"金雕——"何卫东大喊着起身飞奔过去。

　　蝎子在烈焰中残存，烧伤的手哆嗦着举起狙击步枪，瞄准了范天雷。蝎子正要扣动扳机，何卫东一个鱼跃，扑到范天雷身上。"噗——"子弹穿过何卫东的后脑，眉心瞬间出现一个小小的血洞。

"猎鹰——"范天雷怒吼着，何卫东慢慢地倒下了。陈善明反应过来，大声命令道："还有敌人！射击——"在一阵密集的射击中，蝎子被追到一处悬崖边。陈善明吼道："抓活的！"队员们冲了上去。蝎子没有退路，他看了看身后，毅然转身跃下悬崖，坠入激流。特战队员们朝着激流中射击，但已没有人影了。

"猎鹰——啊——"范天雷抱着已经没有呼吸的何卫东，发出了最痛苦的哀号。

5

烈士陵园里，国旗飘舞，一片肃穆。

墓群中立有一排新坟，坟前立着牺牲烈士们的遗像，四周花圈林立，一条黑色的横幅被风吹得猎猎作响：你们的名字无人知晓，你们的功勋与世长存。

陈善明带领着数十名特战队员伫立坟前，他们一身猎人迷彩，戴着黑色贝雷帽，系着S腰带，胸前佩戴白花，持枪肃立。军旗猎猎飘舞，一个墓碑被立起来，墓碑上镶着一张照片——何卫东身穿军装，露出难得的笑容。一位穿着中将军装的老将军站在墓前，他的身影孤独而又坚定。这个将军是何卫东的父亲——何保国。狼牙特战旅参谋长何志军注视着面前的队员，厉声道："同志们，你们准备好为祖国献身了吗？！"

"时刻准备着！"官兵们齐声怒吼。何晨光站在中将爷爷的身边，懵懂地看着。

"敬礼！"何志军高喊。唰——官兵们的动作整齐划一。老将军也颤巍巍地举起了右手。小何晨光看着爷爷，也懵懂地举起自己的右手。同时，持枪的官兵们举起手里的冲锋枪，对天四十五度连续单发。枪口的火焰映亮了官兵们的眼睛，枪声震彻云霄，在陵园上空不停地回响，仿佛在与远去的战友们告别。

烈士陵园门口停着一列车队。白发苍苍的何保国牵着小何晨光，在军官们的陪同下走下台阶。等候在此的范天雷腿部裹着纱布坐在轮椅上，看见何保国出来，哽咽道："首长……"老中将停住脚步，看着范天雷。何志军低声道："这是何卫东狙击小组的搭档，范天雷，代号金雕。"何保国看着他："我见过你。你的伤很重，都没有认出来。"范天雷饱含热泪："首长，对不起……"老中将轻轻拍了拍他的肩膀："你是个好兵。"

何晨光看着范天雷，范天雷取出一个盒子递给他。小何晨光打开盒子——那是一个被鲜血浸污的85式狙击步枪瞄准镜，上面的血迹有些发暗。范天雷看着瞄准镜，泣不成声。何晨光拿起狙击步枪瞄准镜，好奇地看着瞄准镜里被分割成十字的小世界。范天雷泣不成声，何保国伸手抚摩着他的头，范天雷扑在老将军的怀里痛哭失声。一旁的何晨光懵然地看着。

6

军区高干住宅小区里，一辆挂着军牌的奥迪轿车停在一座幽静的小院门口。车门打开，一位白发苍苍、肩上扛着两颗金灿灿将星的老人走下车。阁楼上，一个瞄准镜一直跟随着老人的脚步。老人注意到反光，不动声色，眼角斜了一下，看见阁楼上一个小小的反光。老人笑了笑，打开前车门，后视镜反射的光一下子折射上去。"啊——"被刺痛眼的少年一下子丢掉绑着瞄准镜的木头枪。瞄准镜的反光消失了，老人笑了笑，走了进去。已长成少年的何晨光捡起瞄准镜，急匆匆跑下楼，手里还拿着那个绑着瞄准镜的木头枪。

"怎么？想狙击爷爷啊？"老人一脸慈祥。何晨光不好意思地笑笑。爷爷拍了拍他的脑袋："走！带你打枪去！"何晨光一听，眼都亮了。

时间在何晨光与瞄准镜相伴的日子里过得飞快。这些年，无论刮风下雨，还是三伏数九，何晨光始终在爷爷的训练下坚持练习，枪械、刺杀、格斗、拳击，一样不落。没过几年，何晨光十八岁了，已长成了一个肌肉强健的壮实青年。这一年，"亚洲青年自由搏击锦标赛"正在散打馆内举行。馆外夜空如灿，比赛场内灯光如炬。满场的观众不停地欢呼着，场内的解说员正兴奋地讲解着："冠军将在今天产生——由十八岁的中国选手何晨光，对战十九岁的泰拳高手察猜！冠军到底是谁？这将是一个巨大的悬念……"

此刻，何晨光正在更衣室里做准备。他的双手缠绕着散打护带，赤裸的上身肌肉强健。何晨光抬起头，一脸冷峻地看着镜子中的自己。同时，他的对手察猜也在另一间更衣室做准备。察猜冷峻的脸上泛着泰国人特有的黝黑，强健的肌肉上，刺目的文身在跳跃。

走廊门口，林晓晓等在那里。看见何晨光出来，林晓晓笑道："你肯定能赢的！"何晨光笑笑，走向场馆。外面，不断有记者包围上来，又不断地被教练和保安们拦住。散打馆里的人群在喧嚣，一道追光打出来，何晨光出现在人群前面，引起一阵欢呼。何晨光冷静地走向拳台。角落里，一个穿着中国陆军07常服的黑脸上校戴着墨镜冷峻地看着，他的左臂戴着特种部队特有的臂章。何晨光刚在人群里注意到他，瞬间，上校就隐没在黑暗当中。何晨光没在意，走上拳台，向观众致意。这时，观众爆发出更大的欢呼声，察猜在众人的簇拥下翻身上台，开始泰拳传统中的一套赛前祈祷。黑暗处，隐没在人群中的上校默默地注视着何晨光。

在裁判宣布比赛规则后，两人友好地互相碰拳。但就在分开的一瞬间，双方已经开始了对战。两人的对战非常精彩，下拳丝毫不留情。何晨光两次被击倒后仍顽强地站起身迎战，但看得出来，察猜的拳法明显很毒辣。何晨光也不惧敌手，一记重拳出击，将察猜击倒……最后，两人都是筋疲力尽，虽然都受了不轻的伤，但对抗仍在激烈地进行着……最后一刻，何晨光绝地反击，一记漂亮的重拳，终于击倒了察猜。察猜强忍着还想起身，却因体力不支倒在地上。何晨光严阵以待，他的眼角肿得厉害，目光却非常冷峻。察猜的教练看着趴在地上的察猜，心痛地闭上眼，扔出了白毛巾。这时，全场一阵欢呼，几乎把散打馆给掀翻了。

当鼻青脸肿的何晨光被裁判举起拳头，观众席里，那个上校转身再次消失在黑暗中。何晨光正纳闷儿，林晓晓已经扑上来，流着眼泪一把抱住了他。

沐浴室里，满身血污的何晨光正在冲洗，血不断地被水流冲下来。这时，一个有着刺目文身的背影出现，何晨光微微睁开眼——是察猜。两个对手赤裸着互相对视。何晨光笑笑，伸出了右手。察猜犹豫着，最终还是伸出了右手，勉强地露出笑容："祝贺你。"

"你的中国话说得不错。"何晨光说。察猜说："我母亲是华侨。"

"难怪。很高兴今天跟你对阵。"

"下一次，我会赢你的！"察猜一脸自信地看着何晨光。

"我等着！希望我们除了是对手，也是兄弟！"何晨光拍拍察猜的肩膀。

"对，兄弟！"察猜看着他，两个人爽朗地笑了。

夜晚，军区招待所的房间里。黑暗中，陆军上校走进屋，拧开了桌上的台灯。他脱去上衣，露出明显的伤痕，他坐在床边，弯腰掀起裤腿——一段钢铁制成的假肢。灯光下，上校刚毅的脸上仿佛有血与火的岁月在上面滑过，棱角分明的脸庞显得如同岩石一样坚硬。

何晨光回到家，屋里飘着浓郁的茅台酒味。已经退休的何保国拿着茅台，兴高采烈："这瓶茅台我藏了十八年了！就是你出生那天买的，一直放到今天！今天看到你有出息了，爷爷很高兴啊！好，好，给爷爷争气了，给中国武术争脸了！"何晨光急忙接过酒瓶，给爷爷倒酒。

"晨光，你的录取通知书到了吗？"何保国问。

"到了。"何晨光拿出那张录取通知书。

"晓晓的呢？"

"我的也到了，在我妈那儿。"

奶奶如释重负："这下好了，你跟晨光在一个学校。这孩子从小就娇生惯养，你得多让着他啊！"林晓晓笑道："奶奶！您怎么跟我妈说的一样？我妈说我从小娇生惯养，让他多让着我呢！真是可怜天下老人心啊！"何保国注视着录取通知书："去告诉你爸爸吧。"

"嗯。"何晨光拿起金牌和录取通知书放到何卫东的遗像前，点着一炷香，给父亲上香。何保国默默地注视着，奶奶在一旁抹泪，林晓晓扶着奶奶，也是眼泪打转。

"爷爷，有件事我还是想不明白。"何晨光看着穿军装的父亲。

"怎么？"

"为什么您不让我去当兵？"

爷爷的眼神黯淡下来，注视着何晨光，千言万语却说不出来。

"当兵干啥？咱家已经不缺当兵的了！走走走，吃饭去！"何晨光被奶奶拽着回到饭厅。他回头看了看父亲穿着军装露出的笑脸，有个声音一直在心底呐喊："爸爸，其实我真的更想去当兵，我想找到你……"

第二天清晨，黑脸的陆军上校在街上走着，到报亭买了一份体育报，头版头条——《新亚洲青年拳王诞生》。上校看着报纸上何晨光的照片，那是一张与何卫东一模一样的脸，只是更加年轻。看着那张年轻而又充满斗志的脸，上校的眼前不断地浮现出爆炸的丛林和何卫东流着鲜血的脸庞……还有他与幼年的何晨光在墓地前相遇的场景。上校默默地注视着，眼泪从墨镜下滑落，滴落在胸前的名牌上——范天雷。

7

这天中午，海滨浴场里熙熙攘攘。在挂满气球的气枪摊子前，长发青年王艳兵热情地吆喝着："打气球啦！打气球啦！一块钱一枪！三排全中有大奖！"王艳兵挽起袖子的胳膊上露出醒目的文身。有路人驻足，疑惑地问："有这等好事？你的枪准吗？"王艳兵二话不说，操起气枪，瞄都不瞄，连开两枪，两个气球应声而破。王艳兵笑着："大哥，你看准不准？"穿着军装的范天雷在人群后默默地注视着。路人被刺激了，一挽袖子："行！想我当兵的时候也是个神枪手，咱就真的不信了，还能输给你不成！"王艳兵笑着把气枪递给他："得得，大哥！我怕了您了！来吧，让咱也见识见识解放军神枪手的风采！"

那边，何晨光跟林晓晓带着游泳装备骑着双人自行车过来。何晨光看见打气球的，停住了。林晓晓在后面，纳闷儿道："怎么了？"她顺着何晨光的目光看过去，"打气球有什么好看的啊？你在我们射击队还没玩够射击啊？"何晨光笑笑，说道："看看热闹！走吧！"林晓晓无奈，跟何晨光下车过去了。人群中，何晨光敏锐地看见那个在散打馆出现的上校。范天雷戴着墨镜，看不出表情。何晨光跟他擦肩而过，思索着。

那路人拿着气枪，瞄准的架势很正规。王艳兵嘴角带着笑。"砰！"路人开枪，跑靶了。众人一阵哄笑。路人纳闷儿道："怎么回事？"王艳兵笑笑，说道："大哥，这得问您啊！您可是神枪手啊！"路人不服气："再来！"王艳兵笑着给他压子弹："好好！您再来可是一枪十块了啊！"路人第一枪没打中，有些气急："怎么涨价了？"王艳兵也不生气，笑笑，说道："是您要跟我赌的，您忘了？"路人语塞，在众人的注视下，只得咬牙举起气枪："我就真不信了！""砰！"再次跑靶。何晨光皱眉，范天雷眼一亮。王艳兵还是带着那独特的笑意。路人一咬牙："再来！"王艳兵笑着压子弹，路人连连开枪射击——都是跑靶。那路人彻底傻眼了。王艳兵拿着气枪："大哥，您怎么着？是继续打呢，还是……"

"算我倒霉！"路人从包里掏出钱塞到王艳兵手里。王艳兵数数钱，叫道："哎哎，还没找你钱呢！"路人头也不回地走远了。王艳兵笑笑，把钱收起来，看着众人："还有谁打？"

"我。"何晨光走上前，范天雷眼一亮。王艳兵笑道："哥们儿，你想试试？"

"对。"

"那您可想好了！规矩一样，愿赌服输！"

"好。"

王艳兵把气枪递给他。何晨光仔细地看看，举起枪。王艳兵带着笑看着何晨光。一旁的范天雷注视着这一幕。何晨光看了看手里的瞄准具——准星、缺口，微微偏了偏，扣动扳机。"啪！"气球破了！王艳兵的笑容凝固了。何晨光连续射击，所有的气球都应声而破。众人鼓掌，范天雷微微一笑，一旁的王艳兵目瞪口呆。何晨光把气枪还给他，指着缺口和准星："把这个、这个，还有这个——"何晨光指了指王艳兵的心窝，"放在一条线上。"说完转身走了。何晨光转身的瞬间看见了范天雷，愣住了。范天雷笑笑，没说话。林晓晓拉了拉何晨光："走吧走吧！咱们游泳去！"范天雷看着何晨光的背影，转向了王艳兵。王艳兵还傻站在原地，心灰意冷地收拾着气枪摊子。

没多久，何晨光和林晓晓游完泳，正在等公车。看见范天雷的身影再次出现在远处，何晨光愣住了。范天雷看着何晨光笑笑，转身走了。何晨光把手里的东西塞给林晓晓："我去办点事儿，你先回家吧。"林晓晓急道："哎哎！怎么了？你干吗去？"

街上，何晨光跟在范天雷的后面。范天雷闪身进了小胡同，何晨光快跑几步，跟了进去。范天雷的身影一闪即逝，出了小胡同，到了金融大厦。大厦门口，何晨光左顾右盼，却不见人。旁边，公用电话亭里的电话在响。何晨光纳闷儿，没理会。电话一直不停地响，何晨光似乎明白了什么，拿起电话："喂？"

"何晨光。"——何晨光一愣："你是谁？"

"看你脚下。"——何晨光低头看，是一个公文箱。

"这是个定时炸弹。"——何晨光拿着电话，呆住了。

"还有三分钟，炸弹就会爆炸。"

何晨光左顾右盼，周围全是熙熙攘攘的人流。见远处走来两名巡警，何晨光刚想喊，却听电话里继续说道："来不及了，他们不是拆弹专家，三分钟也不够疏散人流。"

何晨光大吼："你到底想怎么样？！"

"你自己选择吧。"

啪——"电话被挂断了。何晨光一头冷汗，拿着电话傻站着。突然，他挂掉电话，抱起公文箱转身就跑。"闪开——闪开——"何晨光撞翻了身边的人。巡警看见了，指着他："站住！你跑什么？！"何晨光顾不上理他们，纵身跳过栏杆。一名巡警抬腿就追，另一名巡警拿起对讲机："1102报告！在金融大厦发现可疑分子，抱着箱子在跑！可能是劫匪！"

何晨光在人流中不停地狂奔。已经收拾好摊子的王艳兵拿着手机正走着，何晨光抱着箱子从旁边狂奔过去。王艳兵一个趔趄，被撞翻在地，手机也掉在地上摔得四分五裂。王艳兵抬头，看着何晨光狂奔的背影，一眼认出是砸他气枪摊子的人，爬起来就追。何晨光一路推翻身边的人，大步飞奔。巡警追上去："站住！再跑就开枪了！"

远处有警笛鸣响，一辆警车开来，拦截在他前面。何晨光毫不犹豫，飞身跨过警车，继续狂奔。警察们掉头，继续狂追。天桥上，范天雷戴着墨镜，面带微笑地看着这场追逐。

大街上，何晨光抱着箱子继续狂奔，后面的警察越来越多，前面也有警车拦截。何晨光高喊着："让开——有炸弹——"警察们呆住了。何晨光撞翻警察，纵身狂奔。王艳兵在后面急赤白脸地拼命追，气喘吁吁："我的亲娘哎……"

何晨光抱着公文箱狂奔向海滨浴场。公路上，两辆黑色越野特警车开到沙滩边上，狙击手和观察手下车摆开架势。瞄准镜里的何晨光还在飞奔，特警狙击手持88式狙击步枪，冷冷道："我已锁定目标。完毕。"无线电中传来命令："疑犯可能携带炸弹，可以射击，阻止他前进。"特警狙击手扣动扳机，子弹在何晨光脚下炸开。他滚翻着躲避，起身继续飞奔。特警狙击手连续射击，子弹追着何晨光的脚跟。跑到海边，何晨光咬牙将公文箱扔向大海，俯身卧倒，后面追赶的众警察也卧倒——没有爆炸。

何晨光还愣着，警察们冲上来按住了他。王艳兵跑不动了，跪在地上喘息着，枪口顶住他的脑袋，几个特警上来："不许动！"王艳兵一脸无辜："是他撞坏了我手机……"

拘留所里，何晨光坐在囚室里发傻，月光透过囚室的玻璃投射在角落。王艳兵坐在对面，恶狠狠地看着他："你害死我了！"何晨光不理他。王艳兵一把将上衣甩过去，何晨光敏捷地打回去。王艳兵没躲开，被衣服打在脸上，生疼。王艳兵起身要打，突然，门被打开，一名民警厉声道："干什么？干什么你们？！"王艳兵立即老实了："对不起，对不起，政府。我错了。"民警看看他，转向何晨光："你，出来。"何晨光起身出去，留下王艳兵咬牙切齿。

囚室里，王艳兵一个人坐在那儿不停地念叨："报告政府，我一不偷二不抢，就是个本分的小生意人。从小到大，小毛病不断，大错误不犯。我要是有啥不对的，不麻烦政府，找我们街道大妈收拾我就够了……"这时，囚室门打开，穿着军装的范天雷冷冷地看着他。王艳兵觉得奇怪："不是警察叔叔？"范天雷看着他胳膊上的飞虎刺青，冷笑。王艳兵被看得有点儿发毛："你……你是谁啊？"范天雷看着他："我是谁并不重要，重要的是，我知道你是谁。"

"你怎么知道我是谁？"

"王艳兵，我仔细看了你的档案。"

"啊？都写什么了？我自己都不知道。"

"你不是个好孩子。"

王艳兵扑哧一声乐了："这不明摆着吗？好孩子能坐在这儿吗？"

"看样子，你也算是派出所的熟客了。"

"啊，熟啊，打初中起就时不时进来跟警察叔叔喝个茶什么的……说这么多，解放军叔叔，您这是……"

范天雷笑笑，说道："你有点儿小聪明，就是没用到正路上。"

"我到现在都不明白，我被莫名其妙地抓进来——解放军叔叔，跟你有关系吗？"

"想当兵吗？"范天雷看着他。王艳兵一愣："当兵？"他皱着眉看了看眼前的上校。

"除了当兵，你还有什么更好的出路吗？"范天雷问他。

王艳兵语塞——他从未想过这个问题。

"人的一生只有短短几十年，你是想浑浑噩噩地度过，就这么在社会上混下去，最后甚至可能成为罪犯，在监狱或者刑场了却此生，还是换一种活法，成为一名出色的士兵？"

"我？成为出色的士兵？"王艳兵一脸惊讶。

"你是想自暴自弃，还是去做一番男子汉的事业？你的眼睛告诉我，你有这个潜质。"

"别逗我了，部队不会要我这样的人的。"王艳兵笑。

"为什么？"范天雷说。王艳兵指着身上的文身："你没看见吗？"范天雷看看，笑道："你会有办法的，解放军在等你。"王艳兵吊儿郎当地看着他："问题是，解放军能给我什么？我当两年兵回来，还不是一样要找工作？"

"听着，小伙子。解放军什么都不能给你，唯一能给你的只有汗水、泥泞、奉献和牺牲！"范天雷转身走了，留下犯傻的王艳兵，脑子里重复着上校这句话。

何晨光走进另一间审讯室，一下呆住了——那个戴墨镜的陆军上校站在那儿，潮湿的公文箱放在桌上。何晨光还没反应过来，范天雷笑笑，说道："我没有看错你。在需要的时候，你会挺身而出的。"何晨光问："为什么要这样？"

"因为我想知道，你还有没有你父亲的血性。"范天雷慢慢地摘下墨镜，何晨光猛地呆住了。范天雷看着他："我们见过面，不记得了？"

何晨光注视着他，猛地想起，在父亲的墓地前，坐在轮椅上的范天雷把瞄准镜递给自己。何晨光明白过来："你是……金雕叔叔？！"范天雷点点头。

"为什么要考验我？"何晨光还是不明白。

"我想知道，你能不能成为一名出色的解放军狙击手。"范天雷看着他。

"狙击手？"

"对，像你父亲一样。"

"我知道你来的意思了。"

范天雷看他："你已经收到了大学的录取通知书，你的人生可能会是这样的——参加亚运会、奥运会，成为万众瞩目的冠军，年轻人心中的偶像；可能也会跟现在的武打明星一样去拍动作电影，成为未来的天王巨星。"何晨光看着他没有说话，范天雷面色严峻，"但是你的价值不仅仅如此，你也可能有另外一种方式生活——加入中国人民解放军，接受最严格的训练，把自己锻造成为一把利刃，一把国之利刃！你将永恒地沉默，你的名字不会出现在任何媒体上。就算在城市的反恐怖行动中被无孔不入的媒体记者们拍摄下来，你的脸也会被打上马赛克。没有人知道你的存在，甚至是你的牺牲都将默默无闻。"何晨光注视着他。

"一边是鲜花和掌声，一边是孤独和危险，你会选择哪一种生活呢？"范天雷注视着他，何晨光低声说："我爷爷不会同意的……其实我早就想参军，或者去考军校。"

"我知道。但是你长大了，对这些事情你应该有自己的主意。"

"我想考虑考虑。"

"好，我给你时间，只是不要太久。"范天雷说着，递给他一张名片，"你现在自由了，可以走了。"何晨光走到门口，回过头："我会去我父亲生前的部队吗？"范天雷看着他："你的父亲，曾经在解放军最精锐的部队服役。要想成为这支部队的一员，你首先要成为最精锐的解放军战士。我不能给你任何承诺，一切还需要靠你自己的努力，明白吗？"

"我……我明白。"何晨光的情绪有点儿激动。他看看范天雷，转身走了。范天雷看着他离去的背影，笑了笑。

8

"哎呀，我去过派出所了，人家说不到二十四小时不给立案！你就给我想想办法，让他们帮我找找！回头我请你喝酒……好，说好了！"何保国挂了电话。奶奶心急如焚："这好好的大小伙子，怎么就突然不见了呢？"林晓晓也在抹眼泪："我也不知道啊。他就说去办点事儿，然后人就没了。"门突然开了，何晨光站在门口。何保国一下子站起来，奶奶跟林晓晓急忙走过去。奶奶看着何晨光的脸："哎哟！这是怎么回事啊？脸上这是怎么了？跟人打架了？身上都是灰……"何晨光苦笑："我没事……"

"何晨光！"何保国一声厉喝。何晨光啪地立正："到！"

"到底怎么回事？你干什么去了？"

"这……我不知道怎么说……"何晨光嗫嚅着。

"讲！"

"我遇到金雕叔叔了。"

"金雕？哪个金雕？"

"就是爸爸的那个战友。"

何保国马上醒悟过来："范天雷？他找你干什么？"

"他……他就是来看看我。"

"看看你？怎么不到家里来？难道他有什么话，不想要我知道吗？"

"我也不知道。"

"好，我知道了。你去吧。"

何晨光和林晓晓一起上了楼。何保国皱着眉头在想事情，突然一拍大腿："不好！"

奶奶被吓了一跳。何保国道："这个兔崽子，是来要我孙子的！我是不会让他得逞的！"

第二天，何保国正在小菜园里忙碌着，门口出现了一个人影。范天雷站在铁门外，摘下墨镜，叫了声："首长！"何保国脸上没有笑容。范天雷笑笑，说道："首长，怎么？不欢迎我吗？"何保国打开铁门，范天雷提着礼物走进来："首长，我到军区来办事，专程来看看您。"

"恐怕你不是专程来军区看我的吧？"何保国冷冷地说。范天雷也不生气，笑笑，说道："我的意思是，我到军区办完事以后，现在是专程来看您的。"

"黄鼠狼给鸡拜年，没安好心！"何保国丢下手里的小锄头，冷冷说道。范天雷还是一脸笑意："首长，您说的哪里的话！要不咱们进屋去说？"何保国冷眼看看他："进去吧。"两人走进屋。范天雷来到客厅，一愣，站在那儿，慢慢地摘下帽子——对面的桌子上摆着何卫东的遗像。范天雷看着照片里微笑着的何卫东，眼泪在打转。

"有话你就直接说吧。"何保国开门见山。范天雷放下礼物，何保国冷冷道："我不要你的东西！你就想用这些破东西，换走我的孙子吗？！"范天雷看着一脸铁青的何保国："首长，这只是我的一点心意。首长，我不明白您的意思。"

"你不明白？你很明白！你会平白无故去看何晨光吗？！这么多年了，你从来没有看过他，怎么今天出现了？！"见范天雷不说话，何保国在沙发上坐下，"我辛辛苦苦十几年把孙子拉扯大，然后你来了，想把他带走当你的兵！对吗？！"

"何晨光确实有成为优秀军人的潜质。"

"够了！"何保国打断他，"我们家世代从军，到我儿子这一辈，够了！"

"首长，我没想到您会这么说。"范天雷看着他。

"我应该怎么说？！我应该对你说，好，我同意，我把孙子交给你带走，让他也成为祖国的狙击手？"

"如果您这样说，我不觉得意外。"

"我刚才跟你说过什么？够了！我在朝鲜战场就是狙击手，我的儿子也是南疆保卫战的狙击手！我们父子两代人都是祖国的狙击手，还不够吗？我们都在战场上抛头颅洒热血，还不够吗？我的儿子都牺牲了，难道这些还不够吗？！"何保国有些激动。范天雷没说话，只是默默地看着何保国。何保国冷冷地站起身："出去，我不想再看见你，也不想你再打扰我的孙子！"范天雷说："走之前，我只想问您一句话。"

"你讲！"

"在我们狼牙侦察旅组建以后，准备上南疆保卫战的前线之前，那时候您是集团军军长。您给我们做动员时说的那些话，您还记得吗？"范天雷认真地说。何保国看着他，范天雷继续说，"军人，从来就没有吓死的，只有战死的——这是您跟我们说的。"何保国的眼神有些黯然起来。范天雷敬礼，夹着军帽转身走了："首长，对不起，打搅您了，告辞。"何保国注视着他的背影，仿佛一瞬间苍老了许多。

9

城市里车水马龙，高耸入云的大厦在太阳的照射下泛着刺眼的白光，一群清洗玻璃的民工正在忙碌着。大厦外，一个悬挂在空中的年轻民工身手敏捷。他悬停下来，落在玻璃上，开始干活。一块玻璃被拂去尘土，露出里面一张黝黑的大脸。正在擦洗玻璃的李二牛被吓了一跳，定睛一看，一个解放军上校站在玻璃后面。李二牛抱歉地笑笑，继续擦玻璃。范天雷默默地看着他，李二牛有些纳闷儿。

中午，工棚里，李二牛和几个民工正低着头，热火朝天地吃饭，一双军靴出现在他的面前。李二牛抬头，认出了玻璃后的那张脸，咽下嘴里的饭，有些茫然地问："啊？有事吗？"范天雷蹲下身。李二牛端着碗，看着墨镜里的自己，笑道："您不嫌黑啊？"范天雷慢慢地摘下墨镜，一道吓人的疤痕露了出来。李二牛打了个冷战："哟！解放军叔叔，对不起啊，真的对不起啊……俺不是故意的……"

"没关系，伤疤是军人的勋章。"范天雷不以为然。

"那什么，解放军叔叔，您有事吗？"李二牛不知道解放军找他会有什么事。

"我找你。"范天雷说。李二牛瞪大眼："找俺？"

"对，找你谈谈。我在那边等你。"范天雷说完站起身走了。李二牛丈二和尚摸不着头脑，左右看看。身旁的民工吃着饭问他："二牛，咋了？那解放军找你干啥？"李二牛一脸茫然："俺……俺也不知道啊……俺去去就来。"

李二牛来到拐角处，范天雷打量着他，问："多大了？"

"十八。"

"看你吊在空中擦玻璃挺灵活的，练了多久？"

"三个月吧。"

"吃了不少苦？"

"还中吧！总比在家干农活儿强啊！"

"身子骨不错，想过当兵吗？"

"当兵？俺没敢想。"

"为什么？"

"在俺村，能去当兵的都是村干部的亲戚。"

"你自己想吗？"范天雷打断他。

"想！俺做梦都想当兵！俺从小就想当兵！"李二牛激动起来。范天雷说："好，你去报名参军吧。"李二牛苦笑："有啥用？俺又不是村干部的亲戚。"

"有用。记住，去报名。"范天雷拍拍李二牛的肩膀，"你会成为一个好士兵的。"李二牛听得懵懵懂懂。范天雷笑了笑，转身走了。

第二章

─────★─────

1

　　部队操场上，鲜红的八一军旗在飘舞，中国陆军第八十一集团军侦察大队誓师大会正在进行。何保国穿着85常服，站在观礼台上。台下，是一组迷彩色的方阵——一百二十八名身穿双面迷彩服的侦察兵手持81自动步枪正整齐列队，方阵在骄阳下不动如山。队列旁边，"狼牙侦察大队"的红旗在朝阳中飘扬。何志军站在队首，范天雷和何卫东站在队列的前排。何卫东手持85狙击步枪，注视着台上的父亲。何保国声如洪钟："今天，你们就要去南疆前线了！好男儿就该当兵，当兵的就该杀敌！现在都在说什么'和平时期'，什么和平时期啊？军人没有和平时期，只有战争时期和准备战争时期！同志们，现在，你们的准备战争时期结束了！今天，你们即将进入战争时期！"台下的队员们一脸坚毅，目光炯炯。

　　"你们这一百二十八名同志，将代表我东南军区，代表81集团军——出征南疆！侦察作战是特殊形式的作战，需要特殊的人才，特殊的意志！同志们，有没有信心完成任务？！"

　　"时刻准备着！"队员们怒吼。

　　"我老了，不能跟你们一起去杀敌了！但是没关系，我还有儿子！何卫东！"

　　"到！"何卫东持枪立正。队员们都很诧异，何卫东面不改色。何保国铿锵有力道："你们都不知道他是我儿子吧？现在我来告诉你们，何卫东，就是你们集团军军长的儿子！他不告诉你们不是想骗你们，而是我的命令！因为他首先是一个军人，其次才是我的儿子！今天，他要上战场了。在他牺牲以后，你们作为他的战友，要告诉他的父亲——他是一个好兵！"队员们呆呆地注视着观礼台上的军长，他们知道，这个白发苍苍的老人不仅是他们的军长，同时也是一个父亲。

　　"报告！军长同志，我是一个好兵！"何卫东大声回答。

　　"你自己说了不算，要战争说了才算！你明白了吗？！"

"报告！军长同志，我明白了！"

"如果你活下来，那是你命大；如果你牺牲了，那是你应该的！因为你是军人！军人，从来只有战死的，没有吓死的！"

……

黑暗中，透过窗户洒进来的月光照在何卫东的遗照上，黑白分明。何保国坐在对面的沙发上，看着何卫东微笑的脸，老泪纵横。

2

黄昏，体校射击队训练场上，林晓晓跟队友们在训练气步枪。何晨光坐在旁边，手里拿着那个狙击步枪瞄准镜出神。林晓晓看着他："怎么了？你不是每次来都想打两枪吗？怎么这次哑巴了？"何晨光苦笑了一下，摆摆手："我在想事情。"这时，范天雷从远处走过来。何晨光站起身走过去："金雕叔叔，我想好了。"范天雷看着他，何晨光脸色坚毅："我想跟你去当兵。"范天雷说："你想好了，但你爷爷没想好。"

"他肯定会反对的。我也不知道为什么，他当了一辈子兵，却一直反对我当兵。"

"我理解他，"范天雷拍拍他的肩膀，"他已经送走了自己的儿子，不想再送走你。"

"可是我想去！"

"我不能擅自带你走，那是你的爷爷。"何晨光无语，范天雷看着他，"我现在是专门来看看你，今天晚上我就回部队了。"范天雷看看何晨光手里的瞄准镜，拿起来，仔细地端详着。何晨光问："那把枪还在吗？"范天雷回答说："现在是我在用。虽然是一把老枪，但是精度很好，我一直保养，我以为可以亲手交给你。"何晨光看着瞄准镜，沉思着。突然，他一把夺过瞄准镜就跑。范天雷看着他远去的背影，站了许久。

宽阔的马路上，何晨光一个人在狂奔，跑得浑身热气腾腾。天黑了，何晨光走进院门。屋里漆黑一片，没有开灯，只有父亲遗像前的烛光在跳跃。对面，爷爷坐在沙发上，凝视着何卫东的遗像。何晨光轻轻叫了一声："爷爷！"何保国没有看他。何晨光走到爷爷身边坐下，黑暗中，爷爷注视着他。良久，何保国开口道："你真的愿意去？"

"嗯。"何晨光看着爷爷，语气坚定。何保国问："你知道你要面对什么吗？"

"知道。"

"你不知道！你只是从故事的片段当中了解狙击手，从书本和电影里面了解狙击手，你根本不知道一个狙击手要面对的是什么！"何晨光看着爷爷，何保国苍老的脸上一片落寞，"那将是长久的孤独、寂寞、危险和死亡——你准备好了吗？"

"我准备好了。"何晨光的眼神在黑暗中更显坚定。何保国的眼中亮出一丝光："你准备好做一个祖国的狙击手了吗？"何晨光笑着："时刻准备着！"

黑暗中，何保国苍老的脸上，一行眼泪悄然滑落："欢迎你，我的孩子……"

3

清晨，一轮朝阳从海的尽头升起，洒下一片金黄在海面上泛着亮光。何晨光独自站在海边。林晓晓蹦跳着跑过来，亲昵地挽住他的胳膊。何晨光看着她，有些心事地笑了。林晓晓看着他："这么早就找我出来，什么事儿啊？"何晨光说："晓晓，我要参军了。"林晓晓有些惊讶："参军？！你爷爷同意了？"何晨光看着她："嗯。我知道你不希望我去。"

"你怎么会想去当兵呢？"

"这是我的梦想，你应该知道。"

"我当然知道，但是……但是你有那么好的前途啊！"

"当兵就没有前途了吗？"

"你当运动员，可以成为世界冠军！可是你当兵呢？你能成为将军吗？"

"为什么一定要成为将军呢？"

"你不是一直说，无论做什么，都要做到最好吗？！"

"当最好的兵，就是成为将军吗？"

"难道你还想成为雷锋吗？我是祖国一块砖，哪里需要哪里搬？何晨光，现在是什么时代了？我不是说军人不好，是说你明明有更好的前途，为什么不去珍惜呢？为什么不愿意走下去呢？你从小就学功夫，难道要半途而废吗？"

何晨光看着她，无语。

"何晨光，你醒醒吧！你要成为一个世界冠军，还是成为一个平凡又平庸的军人呢？"

"平凡，不等于平庸。我走了。"何晨光转过身，大步走开。林晓晓大喊："喂喂喂！何晨光，你回来！你真的就那么绝情吗？！"何晨光站住，转身看着她："我期待当兵已经太久太久了。晓晓，对不起，我知道你不会同意的。但是，我真的必须去。"林晓晓拦在他面前："那我怎么办？"何晨光认真地说："等你想明白了吧。我只想当一个好兵，真的。"说完头也不回地走了。身后，林晓晓大声喊："你气死我了！何晨光！你别后悔！"何晨光大步走着，表情却很难受。

何晨光来到机场候机大厅，察猜跟队友和教练们正在等待安检。何晨光跑过来："察猜！"察猜回头笑道："冠军来了啊？"

"别开玩笑了！路上堵车，我来晚了！你走，我肯定要送你啊！"何晨光拿起一个李小龙的玩偶。察猜一脸高兴："啊！李小龙！我太喜欢了！"何晨光笑道："你喜欢就好！留个纪念吧！"察猜想了想，摘下自己脖子上的玉佩，戴在何晨光的脖子上："高僧开过光的，它会保佑你！"何晨光看着玉佩："谢谢！"察猜说："咱们下次比赛再见！也欢迎你到我那儿玩！"何晨光说："我可能参加不了比赛了。我要离开赛场了，也不能出国去找你玩了。"

察猜纳闷儿："到底怎么了？"何晨光回答："我要去服兵役了。"

察猜瞪大眼："服兵役？不会吧？你是亚青赛的冠军啊！"

"习武报国嘛！不说这个了，一路平安！"何晨光拍拍他的肩膀。察猜笑着跟他拥抱："你当了兵，你的敌人就倒霉了——打不过你啊！我可不想成为你的敌人！赛场上，你会高抬贵手；要是战场上，你就会下死手了！"何晨光擂了他一拳："瞧你说的！强中自有强中手嘛！"察猜看看走远的队伍："希望我们能再见！"何晨光点头。

察猜举起右拳："我们一定会再见的——兄弟！"何晨光也举起右拳："兄弟！"

4

军医院的体检大厅里人头攒动，赤膊的何晨光正在测试视力。医生点头："很好，下一个——"

"俺来俺来！"——何晨光刚转身，被挤上前来的李二牛撞了一下。李二牛忙道歉："不好意思，不好意思！"何晨光笑笑，继续往外走去。这时，一个胳膊上打着绷带的年轻人走了进来，何晨光看着他——两人都愣住了。何晨光错过他的眼神，走过去。王艳兵一把抓住他，何晨光看他："有事？"

王艳兵目光冷酷："你叫什么？"何晨光看他："跟你有关系吗？"

"我叫王艳兵，你叫什么？"

"礼尚往来——我叫何晨光。"

"我记住你的名字了。"王艳兵冷冷一笑。

"我也记住你了，也许还会见面。"何晨光不甘示弱地看着他。

"好啊，我等着。"王艳兵笑笑，松开手，注视着何晨光，何晨光也冷冷地看着他。这时，李二牛冲过来："俺过了！俺过了！快快快，下一关在哪儿？"两人被冲开，李二牛一个趔趄滑倒了。何晨光伸手一把拉起他："别着急，哪个也少不了的！"李二牛忙道谢："俺能不急吗？这好不容易有当兵的机会啊！"何晨光问："你叫什么？"

"俺叫李二牛，他们都叫俺二牛！"李二牛说。何晨光道："我叫何晨光。"王艳兵检查完走出来，从两人中间穿过去，撞歪了俩人。李二牛叫住他："哎！你干啥啊你？"王艳兵回过头："怎么？有意见？"

"就是有意见！咋的？"李二牛刚说完，王艳兵挥手出拳，何晨光出手抓住他的拳头。王艳兵一愣，何晨光的手握得更紧了。两人开始暗地较着劲，都是面红耳赤。李二牛看着两人，呆住了。一个上尉怒喝："你们两个，干什么呢？！"两人赶忙分开，还是怒目而视。上尉走过来："搞什么？还没当兵呢，就开始闹腾了？精力很过剩啊！都该干吗干吗去！吃饱了撑的！"

"你砸了我的摊子，这笔账，我迟早会跟你算。"王艳兵留下这句话就走了。

两天后，范天雷来到医院办公室，埋在一摞厚厚的档案里东翻西找。三份档案陆续被找了出来，放在一起。对面的中校看着三份档案，说："范参谋长，这三个有什么特殊的？"范天雷笑笑，说道："我找你走个后门，这三个。"中校说："你们特战旅不是不直接招新兵吗？"范天雷看着三个档案袋笑道："把他们都放在一个部队就好。"

"哪个部队？"中校问。范天雷道："81集团军——铁拳团。"

5

寒风中，车队在铁拳团的大门口停下，门口的哨兵持枪肃立。新兵车队鱼贯而入，开进操场停下，整齐划一。"到地方了，下车！"在班长们的怒吼声中，卡车后车门被打开。新兵们穿着冬训服，像羊拉屎似的陆续跳下来。不远处，一只苍劲的铁拳雕塑立在操场上，铁拳团的团旗在高高飘舞；旁边，"一排英雄连队"、"神枪手四连"、"攻坚一连"、"飞虎六连"的旗帜在寒风中猎猎作响……"提高警惕，准备打仗"——墙壁上鲜红的标语让整个团的气氛骤然紧张起来。何晨光看着这个充满杀气的英雄团，他感受到了这种震撼力。

一百多名新兵提着行囊，对面是以龚箭为首的一排穿着冬常服的官兵，他们戴着白手套，扎着常服腰带，一脸精干。班长老黑怒吼："蹲下！"王艳兵看着老黑："蹲下？我们又不是来改造的犯人！"新兵们蹲在地上，一个奇怪而散乱的队列。老黑冷眼看着，转身敬礼，进入班长们的队列看齐。龚箭走到那个不能称之为队列的队列前，看着他们，面带微笑："欢迎新兵同志们啊！我叫龚箭，是你们的新兵连指导员。"见大家都看着他，龚箭还是笑，"知道为什么要你们蹲下吗？"新兵们不敢说话，都看明白了，这人是个笑面虎。

"因为我不想看见你们站的烂样！"龚箭噌地变脸，"你们穿着军装却没个兵样！我不忍心，不忍心看见你们在我面前穿着军装却站不成个兵样！所以你们都得蹲着！"新兵们还是没有反应。龚箭铿锵有力地说道："你们今天来的地方叫作铁拳团！为什么叫铁拳团？因为这个团是一只在战争中锤炼出来的铁拳！来到铁拳团，就别跟我扯什么和平年代！什么是和平年代？都是废话！看见标语了吗？"新兵们转头，看着墙上硕大鲜红的字——"提高警惕，准备打仗。"龚箭又大吼："对于军人来说，只有打仗和准备打仗！所以你们在这儿没别的——就是准备打仗！"

"提高警惕，准备打仗！"班长们怒吼，新兵们都是一震。

"给我记住，铁拳团的荣誉，是烈士的鲜血铸就的！"龚箭怒吼。新兵们都不敢说话。班长们鼓掌，掌声如雷。新兵蹲在地上鼓掌，掌声稀稀拉拉地响着。龚箭还是笑着说："看起来你们还认生。不要紧，你们很快就会熟悉这里。老黑！"

"到！指导员！"老黑"啪"的一个标准的立正。

"剩下的交给你了。"

"保证完成任务，指导员！"

老黑的目光转向何晨光、王艳兵和李二牛，冷冷地注视着三人。三人被盯得都有点发傻。队列解散后，新兵们背着行囊来到宿舍的大排房。这是一个超大的房间，足足可以睡下一个连的新兵，何晨光、王艳兵和李二牛不出预料地被分在了同一个班，三个人站在队列当中都不说话。班长们在对面跨立，老黑走在前面："你们现在已经不是山东人、河北人、河南人、山西人、湖北人、湖南人——你们是兵人，绿色的兵人，黄色的兵人，迷彩色的兵人！首先是兵，其次是人！你们明白吗？！"新兵们懵懂地看着他。

"我是铁拳团二级军士长，是你们的班长，也是他们的班长！因为我心狠手黑，所以他们都叫我老黑班长，但是你们只能叫我班长！在你们跟我说话以前，要加上'班长'！我将训练你们三个月，每天二十四个小时！你们这些新兵明白吗？"

"是，班长！"新兵们声音不大，还有点懵懂。

"为什么你们都是娘娘腔？没吃饱吗？！"——"是，班长！"新兵们扯着嗓子喊。

"在你们离开新兵连以前，我都是你们的噩梦！你们将成为武器，成为战士，成为祖国的捍卫者！但是在这以前，你们就是一群穿着军装的老百姓！一群乌合之众！"老黑在新兵们面前走着，"我的特点是苛刻严厉，你们不会喜欢我！但是你们越恨我，学到的东西就会越多！我虽然严厉但是很公平，在我这里没有任何歧视，你们都是一样的新兵！不管你来自农村还是城市，你爹是高官还是农民，在我这里都一视同仁！我的任务是剔除胆小鬼、懦夫、吃不了苦的少爷，因为他们无法成为我热爱的铁拳团的一员！你们明白了吗？！"

"是，班长！"新兵们怒吼。

6

清晨，老黑带着新兵们来到采石场。新兵们全副武装，戴着头盔蹲在地上，正往打开的背囊里塞石头。老黑在旁边来回地走着："都检查好自己的背囊，别给我缺斤少两。步兵生存法则第一条——你训练时背的东西越重，战场上跑得就越快！跑得慢，是会死人的！子弹是不长眼的，所以要指望你们自己长眼！"新兵们迟疑了一下，哗啦啦地继续往背囊里塞石头。"出发！给我攻占那个山头！冲啊——"新兵们匆忙起身，背上沉重的背囊，呐喊着冲了出去。

山路上，新兵连的武装越野在继续。何晨光跟王艳兵不相上下，都在第一集团。但没过多久，新兵们陆陆续续拉开了很长的队伍。李二牛跑在最后一个，气喘吁吁，不时栽倒在地。何晨光跟王艳兵较着劲，两人在狭窄的山路上你追我赶……何晨光和王艳兵几乎同时出现在地平线上，两个人虽然很疲惫，但还是你追我赶死较劲。老黑不作声，冷冷地看着。最后，还是何晨光抢先一步跨越终点，王艳兵紧随其后。两人几乎同时倒在地上，虎视眈眈地盯着对方。老黑看着两人："你们俩很有劲啊？不累？喜欢互相看？起立！"两个人勉强起身，都气喘吁吁地站着。老黑看着两人："面对面站好了！给我看着，互相看！"

两个人面对面都目不转睛，怒目而视。新兵们陆陆续续跑到，呼哧带喘地倒在地上。两个人不为所动，目不转睛地对视着。老黑嘿嘿笑道："多大的仇？从一来就开始互相瞪眼。今天我就要你们瞪个痛快。"

中午的太阳烈似火，不断有汗珠滑落在何晨光的眼皮上。他目不转睛，任凭汗水流进眼里。王艳兵也被汗水流到眼里，他努力瞪着不眨眼。

远处，龚箭站在吉普车上，冷冷地看着手表。老黑走过来："得有七八分钟了吧？"

"眨眼没？"龚箭问。老黑摇摇头："好像都没。"龚箭看着两人，点点头："两个好枪手的料子！带回吧。"老黑苦笑道："还有一个没上来呢！"

李二牛的身影终于出现在地平线，背着行囊，跟跟跄跄，不时栽倒在地，脸上都磕出血了。老黑看着李二牛："怎么给咱们团送来这么个新兵？"

"谁也不是天生的神兵，给他点时间吧！去吧，带回。"龚箭说。老黑转身去了："是！"龚箭看向两人——王艳兵忍不住了，眨巴眼；何晨光也忍不住了，也眨巴眨巴眼。老黑走过来："你们两个看够了没有？"两人都不说话。老黑转头要走："没看够啊？那继续看！"王艳兵急忙报告："报告！够，够了！"老黑转头问何晨光："你呢？"何晨光报告道："报告！他够了，我也够了！"老黑忍住笑，转身走了："行了，解散！别在这儿丢人现眼了！"两个人立刻放松下来，赶紧拿水壶冲洗眼睛。

李二牛瘫在地上，跟一摊稀泥似的。老黑一声哨响，大家都起身集合。李二牛刚爬起来，又栽倒了。老黑走到他面前，李二牛惭愧道："班……班长，对……对不起……"老黑看了看李二牛，招呼旁边的两人："你们两个过来。"王艳兵和何晨光跑步过去。

"把他架回去！以后，你们两个带着他跑！你们俩跑第一很了不起啊？全连百十个战友，战场上你们要丢掉哪一个？一个人强不是强，再强也是只绵羊；全连强才是强，团结起来是群狼！以后，帮助他就是你们俩的任务了，带回！"老黑头也不回地走了。何晨光急忙架住李二牛。王艳兵咬咬牙，弯腰架住李二牛的另一侧，骂道："废物！"李二牛的眼泪都快出来了，哽咽着："俺……俺是废物……对不起，俺连累你们了……"

"二牛，这是说的什么话？咱们都是兄弟！"何晨光架着李二牛往回走。王艳兵不屑："你说你干点什么不好？非要来当兵！你是那块料吗？"李二牛哭着："是俺不好，艳兵……俺对不起你……"何晨光看不惯："王艳兵,我告诉你啊,差不多就行了,别太过分!"王艳兵挑衅着："怎么着?想练练?"何晨光眼露凶光,握紧了拳头。老黑在前面转身："你们三个,是不是想再跑十个来回啊?赶紧的!"何晨光松开拳头,架着李二牛往前走。王艳兵吐了口唾沫,捡起李二牛的背囊扛上,跟了上去。

7

新兵训练仍在继续。坦克训练场上的轰鸣声惊天动地,对面的新兵们看着这个庞然大物都有些战战兢兢。龚箭走在队列前面："这只是最基本的勇气训练!有什么好怕的?这只是模拟,在战场上,坦克会那么巧不轧死你吗?老黑!做示范!"

"是!"老黑跑步上前,新兵们目瞪口呆地看着。主战坦克开始发动,加速,径直冲向老黑。老黑只是站着,默默地注视着。新兵们开始惊呼。主战坦克的速度越来越快,老黑一个后卧倒,坦克压过去了!新兵们尖叫起来,龚箭不为所动。坦克过去,烟尘逐渐散去,老黑站起拍了拍身上,吐出一嘴的土。新兵们这才醒悟过来,纷纷叫好。老黑走过来："谁先来?不用像我那样,你趴在那儿就好了!"没人吭声。

"一个有胆子的都没有?"

李二牛咽了口唾沫。何晨光和王艳兵几乎同时出列。

"又是你们俩?去吧,趴那儿!"

两个人对视一眼,跑步过去卧倒在地。两人趴着互相对视,王艳兵冷笑："怕就说话。"

"我还不知道什么叫怕!"何晨光一脸坦然。坦克发动机开始轰鸣,履带转动着,王艳兵的脸开始有些白了。两辆主战坦克同时启动,加速从对面而来。何晨光也很紧张,紧紧地趴在地面上。巨大的轰鸣声中,尘土飞扬,主战坦克像钢铁猛兽奇袭而来。王艳兵咬牙切齿,恨不得钻进地底下："我干——"坦克加速猛开过来,两个人同时被笼罩在坦克下面——新兵们都傻了。几分钟后,两辆坦克过去了。飞扬的尘土中,何晨光吐出嘴里的土,灰头土脸地站起来,有点晃——他的腿有点发软。王艳兵也咬着牙站起来,嘴硬道："这算啥?"腿一软,栽倒了。何晨光急忙扶住他："你没事吧?"王艳兵甩开他:"我不要你管!"又摔倒了。何晨光苦笑着看着他。老黑挥挥手,两个兵跑过去抬起王艳兵到一边去了。何晨光走过去,龚箭笑笑,说道:"感觉怎么样?"何晨光立正:"报告,还行,就是耳朵有点疼。"

"耳膜被震的。机械化步兵要习惯装甲战车的轰鸣,你下去吧!下一组!"

轮到李二牛了,他脸色发白,看着老黑。老黑看着他:"有事?"

"没没没事……"李二牛有些哆嗦。老黑道:"去!"

"是,是是是……"李二牛战战兢兢地跑过去。何晨光在旁边安慰道:"二牛,你别怕!"李二牛回头,脸上是一个比哭还难看的笑。王艳兵不屑道:"早就说了,你来当兵干吗呀？自己找罪受！"李二牛苦不堪言，一步三晃地荡到了位置上。老黑大吼："卧倒！"李二牛卧倒的速度比旁边的兵快一倍，贴在地面上一动不动。远处的龚箭看着，摇头叹息。

老黑挥舞小红旗，两辆主战坦克开始发动，巨大的轰鸣声卷着尘土加速过来。李二牛贴在地面，看着这个庞然大物冲过来，一声尖叫："天爷啊——"起身就跑。老黑大惊失色："危险！快跳进战壕！"李二牛已经蒙了，根本想不到跳进身后的战壕，转身就往后跑。主战坦克轰鸣着开过来，龚箭大吼："刹车！快刹车！"驾驶员刹车，但是显然来不及了。李二牛的腿发软，转身面对坦克尖叫着："啊——"忽然间，一个身影飞过来，一脚踢飞了李二牛。主战坦克刹车后保持着惯性，冲向这个身影。这个身影反应极快，飞身上了坦克。坦克刹住了，何晨光站在坦克顶上，呼吸均匀。官兵们都呆住了，王艳兵也呆住了。老黑反应过来，怒吼："李二牛！"李二牛站在那儿，突然跪下哭出来。他真的是被吓傻了。

龚箭看着何晨光："你学过武术？"何晨光翻身跳下来："报告指导员，以前学过一点儿。"龚箭拍拍他的身板："好像不止一点儿吧？"何晨光笑道："一点儿皮毛。"龚箭满意地笑道："谦虚使人进步，你下去吧。"

"是！"何晨光跑向李二牛。王艳兵看着何晨光，有点意外。李二牛跪在地上泣不成声，老黑看着他，说不出话。何晨光跑过去，扶住李二牛："没事了，没事了，二牛，别怕……"李二牛抱住何晨光，号啕大哭。龚箭看着何晨光，若有所思。

8

团部，换了常服的龚箭笔直地戳在那儿。康团长把报告直接丢在了桌子上："我说你什么好？"龚箭立正："报告团长，我闯了祸，请您处分。"康团长看着他："这不是处分不处分的问题。你说你，好好的一个国防大学在读博士生，喝过洋墨水，全军优秀指导员，军政全优，军区的一面旗帜——你拿坦克搞什么勇气训练？想把政治搞出花儿来，办法不有的是吗！你就在教室上上政治课得了，那儿不是有新建的多媒体教室吗？还不够你折腾的？如果真的想搞与训练结合的花活儿，你就在训练场上上政治课不就行了吗？我让宣传干事给你拍几张照片，找找孙礼，给你登军网上去，不什么都齐了？！这要真出事了怎么得了！"

"报告！团长，我不是想搞花活儿。我是在探索政治教育与军事训练相结合的新思路，不是在训练场上政治理论课。"

"龚箭，你不是小孩子了吧？我看着你从新兵一步一步成长起来，去特战旅当干部，又看着你从国外留学回来，回到铁拳团！你自己说，你这么做，是不是太草率了？"

"报告！没有！"龚箭坦然地大声回答。康团长起身："没有？你这么多年在部队都学什么了？安全是什么？是紧箍咒！不管你工作多么出色，安全出了问题，一票就否决了你！你还不明白这么简单的道理吗？你为什么还要这么做？"

"为了中国陆军的未来，我们需要进行这样的训练，团长！"

"我的步兵团新兵连是特种部队吗？"康团长把桌子敲得更响了。

"不是！但是在外军，不光是特种部队进行这样的勇气训练，常规部队也会进行类似的勇气训练。我们的宣传报道，老是说别人的部队，别人的兵是少爷部队、少爷兵——我们难道连少爷部队、少爷兵都不如吗？"康团长语塞，龚箭继续说，"我们要战胜未来的对手，就要比对手标准更高、练得更狠，更毒！我们的士兵要比对手更勇敢、更坚韧！因为我们没有技术优势，我们在装备上的劣势，只能依靠战士的勇敢和坚韧来弥补！"

"你说得都没错，但是你要知道，现实是不会给你那么大的空间的。"康团长苦口婆心。龚箭回答："现实，是会一点一点改变的。政治教育跟军事训练，不是一个在课堂教学，一个在操场锻炼，而是密不可分的一个整体。我们现在做的不是超越现实，而是保持传统。在战争时期，我们的政工前辈可没有时间在教室上课。"康团长摇头苦笑："你是一个理想主义者，我断定你会碰得头破血流。但是我不得不承认，你是对的。龚箭，我说你什么好呢？这件事，团常委一定会给你一个处理意见的，但你不要当作包袱。"

"是，我不会当作包袱，我会当作鞭策。"

康团长笑道："你小子啊！去吧——哎，对了！那个救人的兵，是怎么回事？"

"那个兵叫何晨光，学过武术，反应敏捷。"

"那个兵不错，可惜我不能给他立功了。"

"为什么？团长，他这样的情况，起码也得是个三等功。治军严明，就是要奖罚分明。如果有功不奖，我们以后还怎么带兵呢"

"你蠢啊你？我给他立功，你这个处分还跑得了吗？"

"那我宁愿要这个处分。"

"你知道这对你个人意味着什么吗？"康团长怀疑自己的耳朵出了问题。龚箭笑笑，说道："意味着——您得请我吃饭了吧？"

9

炊事班的厨房外，三个新兵正坐在马扎上削土豆皮。王艳兵一边发狠地削着手里的土豆，一边骂着胆小鬼。坐在对面的李二牛两手发抖地削着土豆。王艳兵又逮得李二牛的短处了："你说你吧，你跑老末就老末吧，怎么还拉我一起垫背？就你要成绩，我不要成绩了？"

"我说你这个人怎么没完啊？我不也一起吗？全连的成绩又不是你一个人的成绩！

再说，二牛已经很努力了，你还想怎么着？"何晨光噌地一下站起来。

"就你这样的，你还来当哪门子的兵呀？！"王艳兵没完没了。李二牛看着远方，擦了擦眼泪，哽咽着："俺从小就想当兵……俺从小在农村长大，村里男娃长大了，最有出息的就是去当兵……俺村能出去当兵的，都是村干部的亲戚……俺家世代都是群众，也没人当过干部，就知道面朝黄土背朝天……当兵这种事，俺想都不敢想……"王艳兵默默看着他，没吭声。李二牛接着说，"俺初中毕业了，就出去打工——在工地做小工，泥瓦小工。俺什么苦都能吃，就为了供俺妹妹读书……俺妹妹比俺小两岁，家里养不起俩学生的……"

王艳兵抬起眼，看着李二牛，他没想到憨厚得有些傻的李二牛心里装着这么多事。

"俺在饭店做小工、帮厨、打杂，啥都干过，还考了二级厨师证……俺妹妹上大学了，有了助学贷款，自己也会勤工俭学了……俺好像不知道该干什么了，一个大包袱卸掉了……这时候俺遇到一个人，他问俺想不想当兵……"李二牛擦着眼泪，"俺想……俺做梦都想……俺是个没出息的娃，这辈子最大的梦想就是来部队穿两年军装，吃两年军粮，扛两年枪……等俺老了，还有个念想，指着照片跟俺孙子说，瞧，那是你爷，你爷那时候当兵站岗嘞！"李二牛的眼神中透着激动，摸出一张照片，"俺也可以跟翠芬说，俺现在当兵了，可以跟你爹提亲了……翠芬是俺对象，一个村的……"

何晨光看看照片，上面是一个非常纯朴的农村女孩。王艳兵接过照片，默默地看着。李二牛擦了擦眼泪，笑着："俺知道俺不如你们出色，但是如果真的打仗，俺……不会认熊的……相信俺，俺不是故意的……俺没见过坦克，没见过那世面……"李二牛泣不成声。何晨光听着，心里酸酸的。王艳兵站在旁边也不好受。李二牛低着头哭，一只手放在了他的肩膀上，接着又有一只手放在他的肩膀上。李二牛抬眼，看着他们俩。

"二牛，我们都是你的兄弟。"何晨光说。王艳兵看了看何晨光："我跟你是，他跟你是，但我跟他可不是什么兄弟！"何晨光看了他一眼，苦笑："看起来你真的很记仇！"

"没啥好说的了，我跟你的事儿，跟他没关系。"王艳兵说。

"只要你不再欺负二牛，你怎么说我都无所谓。"何晨光笑笑。

10

这天新兵们跑障碍，李二牛在后面等着，看得出他有点紧张。何晨光和王艳兵在他的两边，看着他笑笑。老黑在边上指挥："下一组，去！"三人猛地冲了出去。不出意外，"咣当"一声，李二牛从障碍高墙上摔了下来。老黑的眉头挤成了一团："我就没见过你这样的笨蛋！是不是非得在上面挂块红烧肉你才能上去？"李二牛从地上爬起来："不是，班长！"

"给我上去！我要的不是在炊事班帮厨的，我要的是战士！"

李二牛艰难地往上爬，但哧溜又往下滑了一段。何晨光和王艳兵在下面撑住他。何晨光咬着牙，使劲地托着他："加油，二牛！"王艳兵也累得够呛："你吃什么了？这么沉！"李二牛"啊"一声大喊，咬牙翻了过去。"继续！你们三个，算一个人的成绩！"老黑拿着训练本，头也不抬地说。后面的障碍李二牛又傻眼了。何晨光噌噌地上去，伸手抓住李二牛。王艳兵在下面托着他，骂道："我跟你说，你真的该减肥了——上去！"李二牛又上去了，翻过后顺着绳子滑下，"咣当"一声落地。何晨光和王艳兵跳下去，带着李二牛继续前进。老黑在远处冷冷地注视着他们。

接下来的山地越野训练，新兵们穿着冬训服，全副武装，哗啦啦地跑过去。老黑站在山头看着。远处，何晨光和王艳兵用背包绳拉着李二牛，李二牛跑得跌跌撞撞，气喘吁吁："别……别管俺了，俺不行了……"何晨光不说话，努力向前跑着。王艳兵咬牙切齿："这要是在战场上，我就一枪毙了你，省得你废话！快！"李二牛拽着背包绳，跌跌撞撞地跑着。何晨光转过身，一把接过他的步枪："给他轻装！"王艳兵恨得牙根痒痒："上辈子欠你什么了？！"说着卸了李二牛的背囊扛着。

刚跑到目的地，老黑黑着一张脸："你们三个是在逛公园吗？！就是老太太，也能爬上来了！"三个人精疲力竭："不是，班长！"老黑怒吼："那就给我赶紧跑！你们是我见过的最蠢的笨蛋！我要看看，三个月结束以后，你们是怎么以不及格的成绩被踢出铁拳团的！"何晨光和王艳兵二话不说，拉起李二牛就继续往前跑。

下午，训练场的单杠前，新兵们轮流做引体向上。何晨光和王艳兵麻利地连续做着。轮到李二牛上杠，他舔舔嘴唇，上去了。何晨光和王艳兵关切地看着他。李二牛努力着，却怎么也起不来。老黑站在旁边问："你难道一个都做不了吗？！"李二牛没回答，咬牙坚持着，但还是失败了。老黑气得话都说不出来了。李二牛彻底从单杠上栽下来。老黑看着地上的李二牛，再看看何晨光和王艳兵："你们俩，帮他！"何晨光和王艳兵过来，扶起李二牛，李二牛内疚地看着他俩。王艳兵无奈地说："起来吧！"李二牛抓住单杠，两个人在下面托着他。李二牛龇牙咧嘴，被扶着做引体向上。老黑看着这三人，忧心忡忡。

训练结束后，老黑去了新兵连连部。老黑一脸担心："这样下去，何晨光和王艳兵的成绩都会不及格的。"龚箭看着成绩单，没说话。老黑接着说："一个李二牛，会拖垮这两个新兵尖子的。"龚箭问他："解放军只靠尖子打仗吗？"老黑啪地立正："报告，不是！"

"参军到部队的，除了个别的，譬如何晨光和王艳兵，其余大部分都不是年轻人当中的尖子。"老黑不说话，龚箭看着他，继续说，"你不用斟酌用词，我只是说实话。能在这群90后里面做佼佼者的，大部分都不在新兵连。来参军的，其实大部分是失败者。"

"失败者？"老黑不太明白。

"对，失败者，青春期的失败者。他们在青春期，败给了其他小伙子。比他们出色的小伙子，大部分不在新兵连，而在大学校园，或者在国外的校园——这是全世界军队的共同情况。而我们部队就是一所大学校，这不是一句套话。"

"我明白你的意思了。"

"让这些青春期的失败者，体会到成功的喜悦。这种成功，不一定是成为尖子，而是战胜自我。"

"是，指导员！"

"新兵连可以不出尖子，但是不能出现新的失败者。他们都很年轻，要让他们知道成功的快乐，学会战胜自我，成为强者。一支由能够战胜自我的小伙子组成的军队，才是不可战胜的军队！记住，一个人强不是强，再强也是只绵羊；全连强才是强，团结起来是群狼！"

"指导员，我真的很佩服你！"老黑嘿嘿笑道。龚箭说道："去做吧，我相信李二牛的成绩不会一直这么差的。"老黑立正敬礼，转身去了。

夜晚，新兵连的宿舍一片安静，大家都睡了。何晨光被一阵轻微的抽泣声吵醒，他看了看上铺，李二牛蒙着被子，微微抖动。何晨光拉了拉，被子捂得紧紧的，还在抖。何晨光用了用劲，慢慢拉开，李二牛的脸上满是眼泪。李二牛压抑着哭声："俺没用……俺拖累你们俩了……"何晨光说："别说胡话了，咱们是兄弟。"李二牛更内疚了："俺真的想快点跑……"王艳兵从李二牛对面探头起来："我说你们俩真能闹腾，大晚上的不睡觉，等着让班长练呢？"

"艳兵，对不起……"

"你怎么老说对不起啊？我耳朵都听出茧子了！我都没说啥，你有什么对不起的？"王艳兵说。

"你们俩的成绩都被俺拖累了……"

"这就是命，什么成绩不成绩的，哎！"王艳兵叹息。

"实在不行，明天俺就自己退出吧……"

"胡说！你忘了，翠芬还等着你的照片呢——穿着绿军装，扛着冲锋枪，保家卫国去站岗！"何晨光说。李二牛咬住嘴唇，努力让自己不哭出声来。王艳兵看了看两人："你俩赶紧睡吧，想那么多没什么用。明天早点起来去跑步，每天多练练就行了。赶紧睡，赶紧睡，被发现就全完了。"何晨光拍拍李二牛："睡吧，别听他胡说。训练方法要科学，循序渐进，按时起来就可以了。你现在已经比以前跑得快多了，对吧？"何晨光安慰他。

"嗯……"李二牛咬住嘴唇，又蒙住被子。何晨光笑笑，下去了。

清晨，铁拳团营地的国旗在风中飘舞。晨曦中，士兵吹响了军号，一切都井然有序。新兵宿舍里，士兵们纷纷起身收拾自己的东西。王艳兵看了看四周："哎？李二牛呢？！"何晨光起身，看见李二牛的床果然空着。

山路上，李二牛气喘吁吁地在跑步。他穿着冬训服，戴着头盔，全副武装，背囊、沙袋背心、沙袋绑腿一个不少。李二牛咬牙："坚持，坚持……坚持就是胜利……"何晨光和王艳兵看着李二牛孤独的身影，他仍顽强地跑着……新兵们默默地看着。王艳兵有些内疚。从此，李二牛每天都比其他人早起一个小时练习跑步。从此，再也没有人笑话他了。

"一个新兵，身体素质不行，是很正常的事。只要他真的努力了，就不会有人嘲笑他。因为，他在一点一点地战胜自己。日子就这么一天天过去了……"

11

坦克训练场上，李二牛紧张地趴在地上，坦克的轰鸣声震耳欲聋。李二牛急促地呼吸着，他的心跳有些快。何晨光在旁边鼓励他："二牛，你没问题的！"李二牛点点头，他的鼻尖全是汗。坦克的轰鸣声越来越大，李二牛瞪大了眼，龇牙咧嘴。对面，王艳兵推着炊事班的板车冲了过来："坦克来了！"——"啊！"李二牛尖叫着。王艳兵的板车从李二牛头上推了过去。"坦克"刚过去，一只大军靴踩在了李二牛的手指上。"啊啊啊啊——"李二牛一声惨叫。王艳兵转过身，纳闷儿："啊？我没轧着他啊！"何晨光站起来，目瞪口呆："你踩着他手了……"

"啊——疼死我了——"李二牛跳起来，朝王艳兵追过去。王艳兵掉头就跑，不住地道着歉。三个人在训练场上追打着，不知不觉中，他们的关系发生着微妙的变化。

三天后，老黑带着新兵连来到坦克训练场，主战坦克发动机的轰鸣声惊天动地。李二牛趴在地上，满头是汗，呼吸急促。这次，龚箭亲自担任坦克驾驶员，他面无表情地看着训练场上的新兵们。何晨光和王艳兵在两侧，不住地叮嘱："二牛，没问题的！""我跟你说，二牛，一闭眼就过去了！"显然，李二牛听不到他们说话，他注视着前方，手指紧紧地扣住地面。老黑吆喝着："你们两个，让开吧！"

何晨光和王艳兵站起身，往后退去。李二牛趴在地上，可怜巴巴地看着他们俩。何晨光和王艳兵竖起大拇指，李二牛含着眼泪，点点头。龚箭钻进坦克，换挡，坦克被发动起来。李二牛注视着前方，主战坦克卷着尘土，轰鸣着冲来。李二牛龇牙咧嘴："啊——"坦克从他头上过去了，一片尘土飞扬。尘土渐散，却不见李二牛站起来。大家都傻眼了。龚箭停下坦克，跳出来，看着那片尘土，也呆住了。尘土还在飘舞，不见李二牛跳起来。

"二牛——"何晨光大喊一声，冲过去，王艳兵也扑了上去。龚箭脸色发白："快！救人！"何晨光和王艳兵跑进那团尘土中，李二牛还趴在地上，一动不动。他俩刚想救人，李二牛一下子从地上跳起来："哈哈哈！"两个人被吓了一跳，翻倒在地上。李二牛笑着，跑着："哈哈哈，吓着你们了吧！"龚箭腿一软，一屁股坐在了坦克上，暴骂："兔崽子，你差点儿要了老子的盒儿钱！"李二牛满脸是土，追逐着新兵们，欢笑着。

老黑摘下帽子，擦汗，眨巴着眼骂："差点儿就给我送到军事法庭了！"龚箭递给他水壶："轮不到你，先抓的是我。"老黑喝了口水，还是惊魂未定："指导员，我们成功了。"龚箭笑了："是他们成功了。"

两个人看着那边欢呼着追逐着的新兵们，他们的身影在夕阳下显得那么朝气蓬勃。

12

群山深处，有隐约的枪声在响。射击场上，老兵们穿着07冬训迷彩战术背心正在进行射击训练。新兵们手持自动步枪，整齐地列队。老黑站在队列前，一声令下："持枪！"唰——新兵们持枪在胸前。老黑站在他们面前，手持步枪在胸前："这是我的枪……"

新兵们开始宣誓："这是我的枪！枪是战士的第二生命！我将用我自己的生命，爱护我的枪！我与我的枪相依为命！世界上有很多枪，但是这支枪是我的！我和我的枪，是忠诚的共和国卫士！一旦有敌入侵，我将用我的枪反击，先敌开火，干净利索地干掉敌人！干掉敌人！干掉敌人！枪和战士的生命是一体，永远在一起！"

宣誓结束，老黑放下步枪："稍息！"新兵们持枪跨立，动作统一规范，与刚来时的样子有天壤之别。老黑问："你们知道张桃芳是谁吗？"新兵们不吭声，老黑问："难道没有一个人知道吗？"何晨光开口："报告！"老黑说："你知道？说说。"

"张桃芳，中国人民志愿军第二十四军狙击手，在上甘岭阻击战中，毙敌二百一十四名，敌军敬畏地将其活动的区域称为狙击兵岭！"何晨光流利地回答。

"不错。有谁知道向小平？"老黑又问。这次是王艳兵："报告！"老黑说："你说说。"

"向小平，中国人民解放军第二十七集团军狙击手，以三十一发子弹，毙敌三十名，重伤一名，被军委主席亲自授予战斗英雄称号！"王艳兵看看何晨光，眼带笑意。

"不错，你的回答也正确。张桃芳、向小平这两名战士非常了不起，射击水平达到了出神入化的境界。但是你们知道，他们是在哪里学的射击吗？"

"报告！"李二牛喊。

"你说。"

"在中国人民解放军部队，班长！"李二牛说。

"非常好！标准答案，加十分！"老黑笑，李二牛也不好意思地笑了。老黑提高了声音："你们的前辈，已经证明了解放军射手可以达到的战斗力！你们能不能达到这个高度？！"新兵们回答："能，班长！"

"没吃饱吗？能不能像个男子汉一样回答我？！"

"能，班长！"新兵们怒吼。

第三章

---★---

1

靶场上，趴成一片的新兵们噼噼啪啪地在射击，不断有弹壳弹出，跳落在地上。老黑拿着望远镜从新兵的身后走过："高了，往下瞄……你，往左了，记住深呼吸……这个不错，蛮好……"远处，靶子上的弹洞清晰可见。老黑拿着望远镜，看见李二牛的弹洞都集中在九环、十环。老黑看了看靶子，又看了看李二牛。李二牛憨笑："班长，咋了？"

"你第一次打枪吗？"

"嗯哪！"李二牛还是憨笑。老黑拿着望远镜笑道："不错，有点儿意思啊！"

"谢谢班长。"李二牛憨笑。

老黑继续往那边走，看到王艳兵的靶子，呆住了，都在十环内。王艳兵笑笑，说道："班长，您看见什么了？"老黑又拿起望远镜看了一遍，依旧都是十环。老黑道："起立！"王艳兵起立，老黑接过他的枪，仔细地看看，随后举起来瞄瞄。王艳兵脸上带着狡猾的笑。老黑拿着枪问："这把枪是谁校的？"后面一个上等兵起立："报告！是我！"老黑怀疑地看了他一眼："你有这水平？你自己都打不了满环！"那个上等兵不好意思地笑道："可能是他点正。"老黑又看了看王艳兵，冷冷地夸了一句："不简单。"王艳兵立正道："谢谢班长！"

老黑不看他，继续往那边走。李二牛悄悄地冲王艳兵竖起大拇指，王艳兵笑笑。何晨光不动声色地看着。老黑走到何晨光身后："你的老对手满环，看看你的成绩怎么样……"说着拿起望远镜，呆住了。王艳兵也纳闷儿地看着。老黑举起望远镜，仔细地看——靶心的十环圆心内，是一个均匀的内圆，十个弹洞。老黑揉揉眼，还是这个结果。老兵们传递着望远镜在看，个个都目瞪口呆。王艳兵还是没明白。

"去，把那靶子扛回来！"老黑指了指李二牛。李二牛一个箭步起身，急速跑步过去。靶子扛回来了——均匀密布的内圆。老黑张着手指在内圆上丈量，长度几乎完全一致。王艳兵站在旁边傻眼了。新兵们也目瞪口呆，随即欢声雷动，鼓掌叫好。老兵们也竖起了大拇指。何晨光被新兵们举起来，抛向空中……何晨光看到王艳兵有些失落地独自站在旁边，呆呆地看着靶子。

黄昏时分，王艳兵孤独地坐在靶场边，看着远处的防弹坡。没有枪声的靶场好似失去了生气。李二牛跑过来："哎！艳兵，你怎么在这儿坐着呢？今天不是会餐吗？有好多好吃的呢！俺亲手做了酸菜鱼，味道绝了！走走走，再不去你吃不到了！"王艳兵没有动。李二牛蹲下："哎呀，俺说你啊，至于吗？"王艳兵有些落寞："我输了。"

"什么输不输的？不就是一次实弹射击吗？又不算成绩的！班长不是说了吗？这是新兵连的体验射击！"

"我不可能打得比他好。"

"俺还什么都不如你们呢！俺咋就没事呢？你想得太多了吧！"

"你不明白的，二牛，我和何晨光当兵以前就认识。"王艳兵失落地看着远处的防弹坡。

"俺知道，他砸了你的气枪摊子。"

"不止那么简单，他砸掉了我的自信心。"

"自信心？"李二牛有些不明白。

"除了你自己，没有人可以砸掉你的自信心。"何晨光站在后面，显然有一段时间了。

王艳兵继续看着前方，何晨光在他旁边坐下："我们之间，没有什么胜利者。"

"你用十发子弹，在靶心打出一个圆——难道你想告诉我，你没赢吗？"王艳兵讽刺说。

"我那样做，不是想赢你，只是想证明我可以做到。"何晨光看着他。

"知道许海峰吗？"

"当然知道，奥运射击冠军。"

"我很小的时候看了一篇报道，说许海峰小时候喜欢打弹弓，后来成为世界冠军了。我也想当世界冠军，就做了个弹弓。城里没鸟打，我就打路灯，打人家玻璃。邻居们都说我是个坏小孩，跟我爸一样，俗话说三岁看老，我以后也是坐牢的命。"

何晨光看着他，王艳兵叹了口气："没什么，我是罪犯的儿子，有什么奇怪的吗？"

"没有，我在听你说。"

"我刚一岁的时候，我爸因为打架伤人被判刑了，我妈就丢下我跑了。我跟奶奶一起生活，她靠捡破烂把我养大了。可惜我不争气，从小就调皮捣蛋，拿弹弓打人家玻璃。我奶奶就一直道歉，还赔人家玻璃。我现在想起来，很内疚……"

"那时候你是孩子嘛！"何晨光安慰他。

王艳兵的眼中隐隐有泪光："我惹了不少祸，打小就是我们那片的小霸王，每天都逃学，初中没毕业就不读书了。我幻想成为世界射击冠军，成为万众敬仰的偶像，但那只能是一个幻想了……我弹弓打得准，我气枪打得准，有什么用？除了给我奶奶闯祸……"

"你现在来当兵了，不是有用了吗？你奶奶应该很高兴啊！"

"五年前，她就已经去世了。"——何晨光无语。王艳兵有些哽咽，"我一直想有一天，戴上奥运射击冠军的金牌去看她……现在，我想穿上解放军的军装，戴着军功章去看她……我想对她说，奶奶，孙子现在学好了……"王艳兵咧开嘴，忍不住哭出声来。

"你会做到的，你只差一步了。"何晨光扶住他的肩膀，"你能行的，一定能！"王艳兵擦了擦眼泪，强忍着："我一直以为，在打枪上没人会比我强。我没想到的是，居然还有一个你！何晨光，你行，你厉害！"何晨光看着他的眼睛："你那么容易认输吗？"王艳兵一个激灵："认输？我？笑话！我王艳兵什么时候……"王艳兵突然停住了。何晨光笑了："这才是你王艳兵！"王艳兵有点儿恍惚。何晨光笑笑，说道："找到自己了？"王艳兵眨巴眨巴眼，长出了一口气。何晨光继续说："成绩当然是分高低的，但谁也不可能永远是冠军。我是练体育的，这点我感受太深了。王艳兵同志，你对自己的未来没有信心了吗？"

"有！"王艳兵又恢复了以往的自信。何晨光拉起王艳兵："这不就得了！走吧，会餐去！"王艳兵看着他，眼神真诚："何晨光，谢谢你！"

"谢什么？都是战友！哎，对了，你怎么不提你爸爸？他应该早就出狱了啊！"

"找不到他了。"

"找不到？"

"对，他从来没有找过我和奶奶。"

"你没去找过他吗？"

"我去过那个监狱，人家说，他就被关了一年。他出狱了也没回家，不知道去哪里了，也许早就死了吧！"

"别乱想！以后慢慢找吧，总会有消息的。走吧！"何晨光拉着王艳兵，向会餐地点走去。

2

野外，"神枪手四连"的红旗呼啦啦飘扬。步兵战车前，神枪手四连一个班的老兵手持各种武器，面涂油彩，持枪肃立，狙击手和观察手穿着迷彩布条的吉利服站在队尾。机械化步兵班所有的武器一应俱全，步手枪、轻机枪、88通用机枪、40火、反坦克导弹、狙击步枪等在队列前铺满了。新兵们站在对面，看得眼花缭乱，艳羡不已。王艳兵羡慕地看着站在队尾的狙击手手里的狙击步枪，李二牛也是目不转睛地盯着："那是啥枪啊？还带个望远镜！"王艳兵狡猾地笑道："阻——知道吗？阻击步枪！"何晨光一拽王艳兵："你别逗他！"王艳兵笑笑。何晨光指了指队尾："狙击步枪，那个是狙击手。"

"哦，咋还穿得跟要饭的似的？现在部队还这么艰苦啊？"

"那是吉利服。"何晨光解释。李二牛一脸懵懂："啥？吉利服是啥意思？"

"就是图吉利，懂不？"王艳兵诡笑。李二牛恍然大悟："俺知道了，跟俺农村常说的'赖名好养活'是一个道理——这破衣烂衫的穿着也命大！"何晨光忍不住乐了："不服不行吧？实践出真知！二牛一句话，就点破吉利服的实质了！"

"俺胡说的，胡说的……"李二牛不好意思了。

"很可笑吗？"老黑走过来，所有人都不敢吭声了，"要干掉敌人，你必须看到你的目标，但是不能让你的目标看到你！这身衣服可以隐藏你，让你变成树，变成石头，变成淤泥，变成尘土——在战场上，这身衣服能保住你的小命！你们还觉得好笑吗？"新兵们不敢吭声。

"今天给你们讲解一下步兵班的构成，同时，也给你们介绍一下神枪手四连。"老黑说，"有些新兵同志已经知道了，神枪手四连是铁拳团精锐当中的精锐。不用眼红这些武器，你们下连队以后，都会用到这些家伙。不过，你们中只有极少数的同志可以进入神枪手四连服役。"四连的老兵们目不斜视，虎视眈眈地站着。老黑一声令下："开始吧！"

"我是神枪手四连一排步兵一班班长，我的武器是 95 自动步枪、92 手枪！我负责指挥步兵一班，在连首长的命令下，执行作战！"

"我是副班长，我的武器是 95 自动步枪、92 手枪！我的职责是辅助班长进行指挥！"

"我是机枪手，我的武器是 88 通用机枪！我的职责是为全班提供火力掩护和支援！"

"我是步兵班狙击小组观察手，我的武器是 95 自动步枪、92 手枪、85 激光测距仪，以及地雷等！"

老兵们陆续自我介绍，包括他们手里持有的各种武器。新兵们贪婪地看着，都等着最后出场的老大——"我是步兵班狙击小组组长，狙击手，我的武器是 88 狙击步枪、92 手枪，以及近战使用的微型冲锋枪等。"——看着狙击步枪，李二牛的眼珠子都快要瞪出来了。王艳兵也很激动，贪婪地看着。何晨光咬着嘴唇，极力压抑着自己。

"好了，介绍完毕。下面请指导员来介绍神枪手四连！大家鼓掌！"

龚箭从队列后面走过来："不用鼓掌了，大家都不是第一天见面了。非常高兴你们在这个新兵连度过了两个多月的时光，发生在你们身上的变化有目共睹，你们自己也感觉得到。三个月的新兵连即将结束，你们也将成为正式的解放军战士。在这个新兵连，你们吃了不少苦，我也很感谢你们对我工作的支持和配合。"虽然都是套话，但大家还是听得很认真。龚箭继续说，"你们将要下连队，也就是说，你们未来两年甚至更长的军人生涯，即将开始。铁拳团是一个历史悠久的红军团，每一个连队都有着光荣历史。但是神枪手四连是铁拳团众多优秀连队当中，最璀璨的一颗明星！我之所以这样说，不仅仅是因为我担任神枪手四连的指导员。不错，我参军入伍就在神枪手四连，虽然后来进入特战旅，上军校，出国留学等，但是现在我又回到了神枪手四连担任指导员。对于神枪手四连，我有着特殊的感情。"

新兵们极认真地听着，四连的连旗在风中呼啦啦地飘舞。

"更重要的是，这是铁拳团每一年新兵连的规矩——介绍神枪手四连，并且为神枪手四连选拔最优秀的新兵！神枪手四连之所以能够有现在的地位，除了训练特别刻苦，要求特别严格以外，还有一个至关重要的原因——神枪手四连的新兵，永远是最好的！

老黑——"

"到！"

"告诉他们，神枪手四连的历史。"

"是！"老黑跑步上前，"神枪手四连，诞生于1927年秋收起义，是毛泽东同志亲自组建的红军连队之一，也是中国人民解放军历史最悠久的连队之一！秋收起义、中央红军的五次反围剿、万里长征、抗日烽火、解放战争、抗美援朝，一直到新中国成立后的边境自卫反击战，到处都留下了神枪手四连的辉煌战绩！""哗——"他撕开黑板上的一块迷彩布，一幅中国地图展现出来，上面有无数红色箭头组成的密密麻麻的轨迹，遍及朝鲜半岛和中南半岛等。新兵们呆住了。龚箭脸色平静："这就是神枪手四连走过的光荣道路！"

老黑看着老兵们："神枪手四连的连训是什么？"老兵们怒吼："狭路相逢勇者胜！"

"神枪手四连的信念是什么？"

"一击必杀，有我无敌！"

"神枪手四连的骄傲是什么？"

"战无不胜，攻无不克！"

"神枪手四连自从组建以来，数十年间经过大小战斗无数，从未有一次战斗失利，被中央军委授予'战无不胜，攻无不克'荣誉连队称号，被国防部命名为'骁勇善战的神枪手四连'荣誉称号，被东南军区司令部授予'一击必杀，有我无敌'荣誉锦旗！今天的神枪手四连，是中国人民解放军快速反应部队的一员，是全天候作战连队，是二十四小时随时待命出击的战略预备队。根据军委首长和军区首长的要求，神枪手四连可以不经战前训练，不经战前补充，随时投入任何一种形式的战斗——无论是战争任务，还是非战争任务！我的报告完毕！"老黑抬手敬礼。龚箭还礼："入列！"老黑转身跑步入列。

龚箭走到新兵连面前："同志们——"新兵们立正，龚箭逐一扫过新兵队列，"神枪手四连欢迎任何一个有志新同志！但是，首先必须是新兵连最出色的新同志！因此，新兵连的综合考核，就是神枪手四连的选拔考核！同志们，希望你们再接再厉，能够进入我的连队！同志们有没有信心？"

"有，指导员！"

"我怎么觉得你们没吃饭呢？有没有信心？！"

"有！指导员！"新兵们怒吼。

3

夜晚，新兵们在篮球场各自进行着体能训练。李二牛满头是汗地做着仰卧起坐："哎呀！多少个了？"何晨光给他压着腿："不错，七十一个了！"李二牛艰难地开口："再来……一个！"

"可以啊，二牛！想当初你只能做四个，现在能做七十二个了！"

"哎，不行啊……看来去那神枪手四连俺是没戏了……这儿能人太多了……"李二牛喘着粗气。何晨光笑笑，说道："加把劲，闹不好你一下子就成了呢！"李二牛说："别逗俺了，俺知道俺没戏。都说呢，要是有俩能进神枪手四连的，就不用比了。"

"谁啊？"

李二牛看向另一边："你和他呗。"

何晨光看过去，王艳兵正在做引体向上，腿上还抱着一个战士，跟着他一同起降，不是一般的强悍。李二牛吐了吐舌头："乖乖！你们俩啊，都是超级赛亚人！"

"没影的事儿呢！练你的吧！"何晨光笑笑，继续帮他压腿。

"还说呢！要是只有一个，那就是你了！"

"别胡说了！"

"哎！俺别的不想，只要能进神枪手四连的炊事班，就满足了！好歹也是神枪手四连的啊，俺写信给翠芬，还可以吹吹牛啥的！"

"要有大志向啊，二牛！"

"人得知道自己的分量不是？哎，该你了！"李二牛气喘吁吁地爬起来。何晨光躺下，李二牛苦着脸给他压腿："没二百个你停不住的，天爷啊！"

王艳兵在那边腿上带着一个战士在做引体向上。他做得很慢，但是很坚定。

深夜，新兵们在宿舍都睡了。李二牛吧唧着嘴，翻了个身。何晨光起身，穿上拖鞋站起来，发现王艳兵的床上没人。他想了想，披上迷彩服上衣出去了。

何晨光来到走廊的窗前，果然，下面有人在练单杠。何晨光默默地看了一会儿，转身下去。王艳兵在单杠上挂着，终于没了力气，落地，还想艰难地起来。

"这么搞，肌肉会坏死的。"

"你来干什么？"王艳兵没回头，他知道是谁。

"加码归加码，但多少要注意科学性。人的承受能力是有限的，你这样非把自己身体搞垮不可。"

"我自己的身体，我知道！"

"别练了，都没力气了，洗洗睡吧。"

"我知道，我赢你很难，但是我必须赢！"

何晨光不说话，也说不出话。王艳兵爬起来："这是我唯一的机会。"

"怎么会是唯一的机会呢？当兵的时间还很长，有两年呢！"

"这是我进神枪手四连的唯一机会！"

"我不一定赢得了你。"

"你骗我！"王艳兵看着他，何晨光又不知道该怎么说了。王艳兵转过身："为什么要骗我？可怜我吗？"何晨光道："不是，我是看你这样，心里面不好受。铁拳团的连队很多，哪一个都有悠久的历史，都是英雄连队，去哪个不都一样吗？"

"可是，神枪手四连是最好的连队！我一定要进最好的连队！我要穿上军装去看我奶奶！我要告诉她，您的孙子现在是解放军神枪手四连的兵，是红军连的兵！你知道她去世的时候说了什么吗？"——何晨光默默地注视他，王艳兵看着夜空："她什么都没有说，只是那么眼巴巴地看着我，看着我……"何晨光低下头想着什么。

"我知道，她对我失望了……我真的很后悔，让她对我失望了……"王艳兵带着哭腔。

"你会做到的。"

"太难了……赢你，太难了……"王艳兵苦笑着摇头。

"三十年河东，三十年河西——谁也不可能是永远的冠军。回去吧，睡觉，别想那么多了。"王艳兵被何晨光拽着回去了。一路上，何晨光都在想着什么。王艳兵躺在床上，没有睡，下铺的何晨光也没有睡着。两个兵各怀心事，在这一晚都失眠了。

4

清晨的阳光照射着铁拳团的营地，障碍场上挂着新兵连考核的横幅，新兵连的旗帜在阳光下飘舞。何晨光和王艳兵在起跑线前做着准备，王艳兵的嘴角浮起一丝狡黠的笑。何晨光没有笑，目视前方。老黑拿起自动步枪，对天开了一枪，两个人如同出山猛虎般冲向前方……各项考核依次进行，新兵们翻腾滚跃，犹如进行一场精彩的表演。

山地武装越野，何晨光和王艳兵跑在第一集团，李二牛咬牙紧跟在后面！训练场上，一排新兵蒙着眼进行自动步枪组装，何晨光和王艳兵几乎同时完毕，撕下眼罩喊好；李二牛手忙脚乱地组装完毕，第三个喊好！引体向上，何晨光和王艳兵动作很快，交替上下着，脸上都是坚韧不拔的神情，李二牛等新兵看得目瞪口呆。越障考核，两人仍然冲在队列前面，李二牛排在第三个……

"新兵连的最后一天，也是我们军人生涯当中最长的一天。这一天，从早到晚，都在进行考核。铁拳团的新兵连，全军区没有人愿意来的一个新兵连——我们来了，我们做到了。"

靶场上，红旗被风刮得很厉害。远处，一排靶子已经竖起来。老黑测了测风速，皱眉。龚箭拿起一张纸，一松手，纸被急速吹走了。

"今天风很大。"老黑看了看天。龚箭问："对，风很大。你想说什么？"

"没什么。"老黑走向新兵们，"好了！你们都看见了，今天风很大，正是一个练射击的好天气！当然，对你们来说，这不是一个适合考核的好天气，因为现在的风速对弹道会产生很大的影响。但是，你们是铁拳团的兵，刮风算什么？步兵满山跑，还怕风沙吗？谁英雄，谁好汉，训练场上比比看！打起你们的精神来，进行新兵连最后一项考核。一班，去！"

"是！"一班长转过身，"一班，全体都有——上地线！"

何晨光、王艳兵和李二牛等齐步走到地线跟前，一排步枪已经摆好。一声令下，他们迅速卧倒，持枪，接过班长递过来的弹匣。李二牛眨巴眨巴眼，揉了揉："咋这时候进沙子了？"何晨光心事重重地注视着前方，一排靶子在远处立着，四周的荒草被风吹得很厉害。

"准备！"

"哗啦哗啦——"一片上膛声。所有人都瞄准准备。李二牛眨了眨眼，可算好了。王艳兵和何晨光都聚精会神地注视前方。所有人的视线里只剩下准星、缺口、靶子，食指轻轻地搭设在扳机上。老黑一声令下："射击！""噼啪噼啪……"一片枪响。王艳兵一枪一枪，打得很稳健。李二牛每射击一次，就眨巴一次眼，紧张地扣动着扳机。何晨光一脸心事重重……枪声停了。何晨光还有一枪没打。老黑火了："你搞什么？射击！"

王艳兵看着何晨光。何晨光注视着前方，深呼吸，瞄准。枪响了，老黑拿起望远镜，呆住了——九个洞。王艳兵一愣。龚箭也一惊，走过来拿望远镜："我看看！"果然是90环。龚箭不相信："我说你什么好？啊？！你怎么打了个90环？！这怎么可能是你的成绩？！"何晨光表情平静："对不起，指导员。"王艳兵纳闷儿地看着何晨光，两人对视。何晨光目光平静，看向其他地方。新兵们都议论纷纷，看着何晨光。何晨光目视前方，仿佛这一切他早就已经知道。

龚箭问："王艳兵多少环？"老黑看了看成绩单："99环。"龚箭点点头："总算有一个发挥正常的。"王艳兵却高兴不起来，若有所思地看着何晨光。

5

操场上，军旗在上空飘舞，换好常服的新兵们扎着腰带整齐列队。龚箭面对军旗，举起右拳："我是中国人民解放军军人，我宣誓！"

"我是中国人民解放军军人，我宣誓！"新兵们怒吼。

"服从中国共产党的领导，全心全意为人民服务，服从命令，严守纪律，英勇顽强，不怕牺牲，苦练杀敌本领，时刻准备战斗，决不叛离军队，誓死保卫祖国！"

队列中的何晨光心事重重。

军旗飘舞。康团长站在台上，注视着下面的新兵们。龚箭跑步上前，敬礼："报告！团长同志，铁拳团新兵连集合完毕，请您指示！"康团长还礼："稍息。"

"是！"龚箭转身，"稍息！"跑步入列。

康团长注视着这些新兵们，突然高喊："同志们好！"

"首长好！"新兵们的喊声地动山摇。

"不错，有点儿铁拳团的精气神了！"康团长精神抖擞，"看到你们年轻的脸，我不由得想起我的新兵连。也是在这里，二十年前，我成为铁拳团的一名新兵。那时候，我跟你们一样年轻。当我们告别家乡，告别爹娘，穿上这身绿军装，我们就不再是一个老百姓，而是一名光荣的解放军战士！当三个月的新兵连结束，你们终于战胜了懒惰，战胜了痛苦，战胜了自我，真的穿上这身绿军装，戴上国防服役章，戴上列兵军衔，才算开始真正了解解放军。"康团长眼神锐利，扫视着排列整齐的方阵，"中国人民解放军，是中国人民的子弟兵，是中华人民共和国的武装力量，是随时准备为保卫社会主义制度、国家和人民牺牲的光荣群体！列兵们，你们准备好了吗？！"新兵们怒吼："时刻准备着！"

"列兵们，你们准备好投身战场了吗？"

"时刻准备着！"

"列兵们，你们准备好为国家和人民，牺牲自我了吗？"

"时刻准备着！"

"铁拳团——"

"提高警惕，准备打仗！提高警惕，准备打仗！提高警惕，准备打仗！"

新兵们穿着常服在连门口整齐列队，老黑拿着名单："郭晓明，机械化步兵一营一连！王亮，团政治处电教室……"老黑很震惊，抬眼，"你一定在跟我开玩笑。"叫王亮的新兵很尴尬："报告！班长，我入伍前在电视台工作，是摄像师。"

"你不是摄像师，你是个步兵！"老黑脸一沉。王亮立正："是，班长！"

"我会告诉电教室蔡主任，让你参加基层连队训练。别以为你逃得过，列兵！"

"是，班长！"王亮苦不堪言。老黑看着名单直皱眉："王晓虎，机械化步兵二营五连——终于是步兵了！朱昊，团后勤股农场——难道你会种地吗？！"

"不会，班长！"朱昊回答。老黑纳闷儿："那你去干什么？"

"报告！入伍前我在家开养猪场……"朱昊憨笑。老黑摇头："现在这新兵连没办法带了，干什么的都有！后面是不是还有养鱼的？李二牛，机械化步兵二营神枪手四连！"

"啊？！"李二牛有点儿发蒙。

"你不想去？"老黑问。李二牛连忙回答："不是不是，俺想去！可俺……俺不够格……"

"让你去你就去，哪儿那么多废话！这事儿我知道，现在神枪手四连的炊事班缺人手了，你有二级厨师证，正好去给我们改善改善伙食。"新兵们忍住笑，李二牛呆了："啊？真去炊事班啊？"

"你不想去可以换人。"

"不是不是，俺想去，班长！"

"站好了，别废话！神枪手四连的兵，要有样子！"

"是！"李二牛喜不自胜，连忙立正站好。队列里，王艳兵有点儿紧张，眼神飘向何晨光。何晨光目不斜视。"何晨光——"老黑停顿了一下，"机械化步兵三营六连！王艳兵，机械化步兵二营神枪手四连！"何晨光还是没什么表情，王艳兵在思索着什么。

宿舍里，新兵们都在收拾东西，喜气洋洋地告别。何晨光也收拾着，李二牛站在他旁边，纳闷儿："这到底是咋了？"

"我技不如人，输了。"

"出去说吧。"王艳兵说。王艳兵走到角落里，咄咄逼人地看着何晨光。何晨光躲开他的目光，掩饰着："你看我干什么？找我到底有什么事儿？赶紧说吧。"

"为什么你会打 90 环？"

"我迷眼了。"

"我不信！我一直在看着你，你打最后一枪时根本没有迷眼！你是故意的！"

"故意什么？"

"你故意打歪的！你故意脱靶的！你故意让给我的！"王艳兵逼视着他。

"我没有！"何晨光没看他。

"你敢说最后一枪你不是故意脱靶的？"

"不是！"何晨光理直气壮。王艳兵有点儿晕："怎么会呢？"

"人都有失手的时候。"

"你就是故意让给我的，你可怜我！"王艳兵一把抓住何晨光的领子，"我不要你的可怜！你在侮辱我！"

"我再说一次，我没有可怜你！"

"你为什么要这么做？！"

"你们两个在搞什么？！"老黑怒气冲天地走过来。两个人急忙站好，敬礼："班长好。"

"打啊！怎么不打了？打，我看看你们谁厉害。"老黑看着，两个人都不敢说话，"都给我滚！赶紧收拾东西滚蛋！再胡闹，小心我收拾你们！"两个人急忙跑了。

6

神枪手四连的旗帜呼啦啦飘舞，门口的连训显得苍劲有力：狭路相逢勇者胜。跟别的连队不同，这里的杀气显得更重。老黑带着王艳兵和李二牛走进宿舍，老兵们立刻起立。老黑说："这是咱们连新来的两位同志——王艳兵，李二牛，大家欢迎！"老兵们鼓掌。王艳兵一直在想着什么，李二牛一拉王艳兵，王艳兵反应过来，敬礼："班长好！"老黑指着一张空床："那张床是王艳兵的。"李二牛左看右看："班长，那俺睡哪儿？那张？"李二牛指着一张放满背囊和头盔的上铺空床。

"那张床是放应急物资的。你的床不在这儿，在炊事班。"

"哎，那俺去炊事班。"李二牛不好意思地笑了。

"我领你过去。"——李二牛跟着老黑出门，回头："艳兵，回头我来找你玩啊！"王艳兵精神恍惚，坐在那张空床上。一名老兵热情地拿起王艳兵的背囊："好了，列兵，赶紧收拾收拾吧！一会儿就得全连集合了！"说着将一个神枪手四连的臂章塞进他的手里，"以后你穿迷彩服时就戴这个臂章。这是团长特批的，只有咱们神枪手四连可以佩戴自己连队的臂章！"王艳兵看着手里的臂章，咧开嘴努力地想笑，表情却比哭还难看。

"我们去打扫卫生了，你休息会儿，换好迷彩服去找我们吧！"老兵们都出去了，留下心事重重的王艳兵一个人。他看着期待已久的神枪手四连臂章，却没有一点儿喜悦。

食堂外，炊事班的战士们都持枪在练瞄准，枪口下面挂着水壶。李二牛跟着老黑，兴奋地左看右看。老黑手一抬："炊事班的都在那儿。"

李二牛一看，那排持枪练习瞄准的战士们姿势很标准："班长，那是炊事班的？！"

"是啊，神枪手四连，人人都是神枪手。你以为炊事班只管做饭啊？"

"哎，班长！我明白了！"李二牛高兴地回答。

"老马！"——炊事班长老马放下枪："到！"

"你们的新兵到了！"——见老马跑过来，李二牛急忙敬礼："班长好！俺是李二牛！"

"早就听说过你了！不错啊，二牛，后来居上，战胜自我，不简单啊！"老马笑。

"谢谢班长，其实都是战友帮助俺！"李二牛有些不好意思。

"好了，人我交给你了啊！"

"中！李二牛！"老马喊。李二牛立正："到！"

"把东西先放到宿舍吧，出来参加训练！"

"是！"李二牛转头看着老黑，"老黑班长，俺去了啊！"说着就兴高采烈地跑了。

"哎，老黑！听说你们新兵连有个叫何晨光的，很了不得！这次去哪个班了？"老马问。

"去六连了。"老黑苦笑。老马惊诧："怎么去六连了？"老黑摇头，一脸沮丧："别提了，关键时刻掉链子！"

四连一班宿舍里，王艳兵还坐在那儿，突然，他起身就跑。营部道路上，王艳兵没命地跑着。王艳兵狂奔到新兵连，已经解散的新兵连人去楼空。王艳兵走进去，来到走廊尽头的库房门口，看着门上的封条和锁，呼吸急促。突然，他起脚踹门，没几下，门就被踹坏了。王艳兵走进库房，里面井然有序地放着新兵连的器材。王艳兵跑过去，将堆放在架子上的靶子拽出来，丢在地上，开始寻找……终于找到了他想找的——有九个弹洞的靶子。王艳兵把靶子拿起来，仔细端详着，其中一个弹洞比其他的要略微偏大。

王艳兵看着弹洞出神……

　　"两颗子弹，一个弹洞？！"王艳兵呆住了，彻底傻眼。

　　六连车库，灯光下，何晨光跟着老兵们正在擦拭步战车，黄班长正在给何晨光讲解步战车的性能。这时，王艳兵拿着那个靶子出现在门口，他的手里还攥着那枚臂章。

　　"艳兵？"何晨光抬头。

　　"你是哪个连的？怎么一点儿规矩都没有？没大没小的！"黄班长不乐意了。

　　"对不起，班长……我应该是你们连的。"——黄班长不明白。何晨光跑过去："你干什么？"王艳兵把靶子摔在地上："两颗子弹，一个弹洞——你是一百环！去神枪手四连的应该是你，不是我！"老兵们都呆住了。

　　"这新兵，不知道你俩怎么了，但是有矛盾可以找领导，找班长。你跑到我们六连闹什么啊？"上等兵蔡小心走过去。王艳兵没理他，一把抓住何晨光按在步战车上："为什么你不肯说？！"何晨光不吭声。蔡小心上去抓住王艳兵："你别胡闹！这是我们班的战士！"

　　王艳兵一甩膀子，掀翻了蔡小心。黄班长怒了："反天了？！到我们六连来闹事？！"他一摔帽子，老兵们一拥而上。王艳兵左挡右打，跟老兵们扭打在一起，居然没吃亏。黄班长被王艳兵一把甩出去，重重地摔在步战车上，倒下了。

　　"别打了！"何晨光冲过去抱住王艳兵。

　　"为什么你不肯说？！"

　　"你别闹了！王艳兵，你这样是会被处分的！"

　　"我宁愿被处分，也不要你可怜我！"

　　黄班长等人爬起来，何晨光急忙解释："班长，他不是故意的！"

　　"好小子，有种啊！你这是自找的！"黄班长挽着袖子。王艳兵毫不退让，虎视眈眈。这时，连长彭东海走过来："你们干什么？！"黄班长等人急忙立正："连长好！"

　　"怎么回事？谁在打架？"

　　王艳兵不吭声。彭连长问他："你是哪个连的？到六连来干什么？这是怎么回事？"

　　"报告！连长，他是来闹事的！"黄班长说。彭连长直视王艳兵："好小子啊！新兵就来闹事了？！是不是觉得六连好欺负啊？！你是哪个连的？！"

　　王艳兵不知道该怎么说，索性不说话。彭连长低头看见他手里的臂章："神枪手四连的？不得了啊！神枪手四连的新兵就敢到我们六连来闹事了啊！"

　　"报告！连长，我……我不是四连的，我……我应该是您连队的……"

　　彭连长一愣。王艳兵拿起地上的靶子——九个弹洞。彭连长仔细地看着："好枪法！两颗子弹，从一个弹洞过去的！一百环！你打的？难怪能进神枪手四连！"

　　"不是，是他——"王艳兵看着何晨光。灯光下，王艳兵还拿着靶子站着，何晨光尴尬地站在旁边。龚箭跑过来："怎么了？我的兵跑到你们连闹事了？对不住啊，我来收拾他！"

"现在我都搞不清谁是谁的兵了！"彭连长说。

"到底怎么回事？"龚箭看着王艳兵跟何晨光，见到王艳兵手里拿着的靶子，明白了，看看何晨光，"是你的靶子？"

"是。"何晨光回答。龚箭问王艳兵："你从哪儿翻出来的？"

"报告！指导员，我踹开了新兵连库房的门。"

"好家伙！你胆子可真不小啊！上面可是贴了封条的！"

"是！连长，我违反了军规。但是，我太想知道真相了。"

"什么真相？"龚箭不明白。

"就是这个靶子的真相——为什么何晨光会打了 90 环。"王艳兵扬了扬手里的靶子。

"现在你知道了？"

"是！"

"你知道你要付出什么代价吗？"龚箭盯着王艳兵。王艳兵回答："知道，离开神枪手四连。"龚箭又严肃地问："没了吗？"——"受处分，关禁闭。"

"老龚，你看这件事怎么处理？"彭连长问。龚箭也有些头疼："我也第一次遇到。这俩现世活宝，一分钟也不让我安生！在新兵连就闹腾，现在都闹腾出格了！"

"报告！连长，是我不好。"何晨光上前一步。

"你怎么不好了？"

"我打了一百环，却没说实话。"

"为什么你不肯说？"——何晨光不说话。

"你想把机会让给他？"龚箭看着何晨光问。

"不能这么说吧，连长。"

"是还是不是？！"龚箭厉声问。

"是！"

龚箭看着王艳兵："那你怎么想的？"王艳兵大声回答："他可怜我，我不接受！"

龚箭看看他们俩，彭连长苦笑："我说了吧？谁是谁的兵，老龚？"

"借一步说话吧。"两个连队主官走到车库里面去了。

"你何苦呢？"何晨光看着王艳兵。王艳兵梗着脖子："你侮辱了我。"何晨光叹息："你太敏感了……"王艳兵继续说："你以为这样，我就会对你感恩戴德吗？"

"我们是战友，是兄弟，谁对谁感恩戴德？"

"我不会接受你的任何施舍！"王艳兵一脸傲气。何晨光看着他，说不出话来。另一边，两个连队的主官在步战车旁商量着。龚箭问："你看到底怎么办？"

"这不能问我，该你拿主意。你是新兵连的指导员，他们俩都是你带出来的。你又是神枪手四连的指导员，你们连队选兵有优先权，这得你说吧？"彭连长看着他。

"我的兵到你的连队闹事，是我没管教好。"龚箭检讨。

"什么你的兵？那是我的兵！"龚箭一愣，彭连长继续道，"那孩子多实诚，知道自己输了，扛着靶子就来了！还敢跟老兵叫板，胆子够大，认死理！这兵我喜欢！"

"那何晨光呢？"龚箭苦笑。

"那孩子我一看就知道，不该是我的兵。孩子是好孩子，可那股劲……老龚，得你调教了！他在神枪手四连，能走得更远！"

"那打架的事儿……"龚箭笑笑。彭连长淡淡地道："我自己连队的兵打架，我能处理。"

"行，就这么说定了！"

两个兵还戳着，龚箭和彭连长出来，站在他们面前。彭连长看着王艳兵："现在你意识到自己的错误了吗？"王艳兵立正："是，连长，我接受处分。"何晨光抢道："连长，不怪他，要处分就处分我吧！"彭连长看着何晨光："你出什么头啊？六连的兵，我自己处理！四连的，跟你们指导员走人！"何晨光一愣。王艳兵得逞了，却没有笑容。

"还愣着干什么？走人！"龚箭踢了何晨光一脚。

"指导员……"

"走吧，这事儿已经决定了。"

何晨光看向王艳兵，王艳兵有些失落，却高傲地站直了。

"指导员，连长，我能跟他说两句话吗？"何晨光说。

龚箭和彭连长互相看看，龚箭说："他们是新兵连的战友，就让他们道个别吧。"彭连长点点头。龚箭拍拍何晨光："我在外面等你。"王艳兵不说话，目视着前方。

"艳兵。"何晨光叫了他一声。

"当你试图隐瞒事实真相的时候，就已经埋下了隐患。你以为我永远都不会知道吗？"

何晨光不知道该怎么说，王艳兵把手里的臂章塞给他："走吧，这是你应该得到的。"

"我没想到会这样。"何晨光抬眼。

"你不了解我，何晨光。我可以什么都没有，但是我不能没有尊严。对，我是从社会的最底层混过来的，但是，我一样有尊严。"王艳兵的脸上有一股傲气。

"你真的想多了。"何晨光真诚地说。王艳兵笑笑，说道："无论我想得多还是想得少，结果已经注定——你是神枪手四连的精英，而我，只能是六连的一个步兵。"

"我们都是步兵。"何晨光说。王艳兵说："不一样。你是王牌连队的步兵，我是普通连队的步兵。你会有大好的前途，何晨光——但你别以为我认输了。"——何晨光抬起眼，王艳兵举起右拳："你以为已经结束了吗？"何晨光还在发呆。王艳兵看着他问："你怕了？"

"怕？你真的这么想吗？"何晨光也露出笑容，举起右拳。

"等着！我要成为全团最牛的列兵——别看你是神枪手四连的！你准备好了吗？"

"时刻准备着！"何晨光笑了，两只拳头撞击在一起。何晨光默默地转身走了，王艳兵看着他的背影。走到门口，何晨光转身，千言万语却说不出口。王艳兵笑着摆摆手，何晨光立正敬礼。王艳兵的笑容凝固了，举起右手，眼泪在打转。军礼，对此刻的两人来说，有着特殊的含义。

7

龚箭走进四连一班宿舍，老黑正在开班务会。老黑敬礼报告："报告！指导员同志，一排一班正在召开班务会，应到九人，实到八人……有一名新兵同志不知道去哪里了。请指示！"龚箭点点头。老黑低声说："我已经找了一大圈了，一会儿我再去找。对不起，指导员……"

"不用找了，他来了。"

"王艳兵？！你去哪儿了？！"老黑气不打一处来。龚箭一招手，老黑一下子愣住了。

"班长好。"何晨光站在门口。龚箭说："这是你班上的新兵同志。"

"一转眼的工夫，换人了？"老黑眨巴眨巴眼。

"别问了，一句话两句话说不清。"

老黑嘿嘿笑了："好！何晨光，我早就知道，你就是我班上的兵！快进来，快进来！"

晚上，连队俱乐部，三班正在擦拭武器，步枪、机枪、狙击步枪、手枪等一应俱全。彭连长走进来，大家看着连长身后的人，都很奇怪。彭连长淡淡地说："稍息吧。三班长，这个叫王艳兵，是你班上的了。"大家都呆住了。王艳兵目不斜视地笔直站着。

"乖乖，这是唱的哪出戏啊？"

"今天你们有点儿小冲突，不要紧。当兵的都是小伙子，难免有个磕磕碰碰的。三班的同志们给我记住啊，不要打击报复新兵同志！你们都是从新兵过来的！不懂规矩，教他懂规矩就行了！那什么，王艳兵，去吧！"

"是，连长！"王艳兵走到黄班长跟前，敬礼，"班长好！"

"哦，你好！"黄班长还没回过神来。蔡小心看着王艳兵，眼神意味深长。彭连长看了他一眼："看什么看？你现在可是老兵了，以前六连的老兵欺负过你吗？"

"报告，没有！班长们都很爱护我！"蔡小心立正。彭连长道："知道就好，别学那些不着四六的坏毛病！继续干活吧，明天射击考核，全连的枪都得擦好了！"

"是！"黄班长敬礼，彭连长走了。王艳兵站在那儿，已经准备好接受可能的打击报复。老兵们都看着他，气氛比较尴尬。蔡小心说："你小子，可算落到我手里了啊！"

"报告！班长，今天的事情是我不对，我跟各位班长道歉！"王艳兵不卑不亢。

"道歉就完了？我告诉你，你……"——黄班长一掌拍在蔡小心的后脑勺上："蔡小心！你是上等兵，不是新兵蛋子了！刚才连长说什么了？别学那些不着四六的毛病！这都谁教的？站好！"蔡小心不敢吭声了。

"对不起，班长，我错了。"王艳兵敬礼。黄班长叹息一声："缘分呗！跟我们老哥儿几个干一架，最后成了我班上的兵！你叫什么来着？"

"报告，王艳兵。"

"行了，王艳兵同志，不管怎么说，我还是欢迎你到三班来！别的事情先不说了，坐下吧，保养枪支！全连的武器今天晚上都得擦好，明天射击考核呢！保养枪支学过吧？"黄班长问。王艳兵回答说："报告，学过。"

"老黑肯定教过！来吧，看看你在新兵连学得如何。"

"是，班长。"王艳兵找了个马扎坐下。蔡小心将一把步枪丢给他："列兵，来，试试！"王艳兵接过步枪，动作麻利地拆卸，行云流水，一气呵成，将拆下的部件摆放得井井有条。老兵们都瞪大了眼。蔡小心赞叹："乖乖，可以啊！"黄班长喜不自胜："哟！装上看看，装上看看！"王艳兵又麻利地装好，一气呵成，验枪："好！"

黄班长拿起武器，拉开枪栓检查。王艳兵报告："这把枪，撞针有点儿问题。"

"这是谁的枪？"黄班长问。

"报告，我的……是有点儿问题，我还没来得及报告。"蔡小心连忙拿过枪。

"你是怎么知道的？"黄班长问。王艳兵自信地回答："报告！枪告诉我的！"

"你就吹吧你！枪还能说话？"蔡小心不信。王艳兵不卑不亢："能。枪是有生命的。"

"好小子啊，我用了七八年才悟出来的道理，你现在就明白了！但是光说没用，明天射击考核，看看你的实际射击水平！"黄班长感叹。王艳兵起立："是！"

8

第二天清晨，神枪手四连的连旗在飘舞。值班员哨子一响，战士们迅速集合，准备武装越野。李二牛睡眼惺忪，提着背囊边跑边背，样子有些狼狈。一只手在后面托起他的背囊，李二牛急忙趁势背好："谢谢班长啊……"转脸一看，"啊？！何晨光！"

"集合了！走！"何晨光笑笑。李二牛跟着何晨光跑："你怎么来了？"

"一言难尽。"

"那王艳兵呢？"

"去六连了。"

"这到底是咋回事呢？"李二牛有点儿晕。何晨光跑向队列："走吧，回头再说！"

全连武装集合，战士们戴着头盔，背着背囊，全副武装。山路上，神枪手四连的旗帜在飘舞，何晨光紧跟打着连旗的老黑。远远近近，许多连队都扛着连旗，在进行武装越野。对面，王艳兵紧跟着打着连旗的黄班长，两个人互相看了一眼。

"班长，我扛旗行吗？"王艳兵说。

"中！扛好了啊，全连都看着这旗，跟着旗跑呢！"

"放心吧！"王艳兵接过旗，开始加速，一阵风似的从四连旁边跑过。整个六连都跟着加快了速度。蔡小心喘着气急忙跟上："哎呀我的妈妈！这样跑是要死人的！"王艳兵扛着连旗，跟何晨光并排跑着，脸上带着挑战的笑。何晨光问："老黑班长，我来行吗？"

"你们俩又来了！拿着吧！"老黑苦笑，"全连注意啊，跟紧了！要加速了！"何晨光接过连旗，加速跟了上去。李二牛目瞪口呆："完了！完了！又来了！"

"什么又来了？"老马问。

"班长，别说我没提醒你——这回不是锻炼身体了！冲刺吧！"李二牛苦笑。老马还没明白，全连已经加速冲刺了。老马急忙喊："炊事班，跟上！别拉全连的后腿啊！"

在山路上，两个连队占据两侧，何晨光和王艳兵两个旗手在较劲。

康团长在山顶做早操，正活动身体，突然愣住了——两个连队在山路上疯跑。康团长一伸手，勤务员递上望远镜。四连和六连的旗帜并驾齐驱，俩列兵打着旗子。康团长放下望远镜："闹什么呢？四连和六连飙上劲了！这是唱的哪出戏啊？"

山路上，何晨光和王艳兵并驾齐驱，呐喊着开始加速，两个连队跟着疯跑。蔡小心落在后面，快跑不动了："哎呀！这是要跑死人啊！"黄班长转身："丢人不？被新兵带着跑！背囊给我，快！"蔡小心被两名老兵拽着，拼命赶上队伍。

康团长拿着望远镜，在山顶上乐："嘿嘿！好，好！我就喜欢看这样的连队，这样的兵！这才是铁拳团的连队，铁拳团的兵！把那俩列兵的资料给我找来！"

山路上，两名列兵还在较劲，李二牛也跟了上来。

9

课堂上，林晓晓在做笔记，可思绪早已不在这里了。

"晨光，也不知道这封信最后会寄到哪里。自从你参军以后，好像石沉大海，好像世界上从未出现过你这个人。有时候从噩梦中醒来，我却不知道该给谁打电话……你真的那么绝情吗？只因为我的不理解，就要和我一刀两断？我不相信。我们从小一起长大，十八年来，你已经成为我生命的一部分。我相信，我也是你生命的一部分。你会原谅我的，我相信……我知道，你不能忘怀你的父亲，你想寻找他的影子。父亲对于一个男孩儿来说，太重要，太重要了……"林晓晓看着窗外，眼泪在打转。

放学了，林晓晓走出校门，准备回家。下了公车，她背着包漫无目的地走着。路过一家店，林晓晓看了看门面，都是军品。林晓晓想了想，走了进去。店里的布置是战地风格的，到处都是穿着各种迷彩服的模特。林晓晓左顾右盼："老板，在吗？"一个穿着法军 F2 中欧迷彩服正弯着腰干什么的模特突然站起来，林晓晓"哎呀"一声，吓了一跳。这是个身材健硕的中年男人，笑道："小姐，你不是找老板吗？"

"我还以为你是模特，原来是活的……"

"不好意思啊，我刚才在修这个灯的线。我是无名高地军品店的老板王亚东，有什么可以帮您的吗？"男人笑着介绍道。林晓晓说："啊……我想买一双军靴。"

"军靴？"老板估计了一下，转身拿出一双来，"你试试看，合脚吗？"林晓晓拿过来，是一双女式军靴："啊？"

"别看标签，价格可以谈。这双是 GTEX 材质的，最新科技，你试试就知道。看着沉，其实很轻，外军特种部队的女兵都喜欢穿这个。"

"不是不是，我不是这个意思。我是说……不是我穿，我想给我男朋友买。"

"不好意思，不好意思。请问都需要什么功能？"王亚东笑。

"这个……我不太懂。他在部队当兵，我想送他一件礼物。"

"解放军？"

"对。"

"解放军应该是发军靴的啊！"

"不是有句老话，一分钱一分货吗？部队的事儿，我多少知道点的。"林晓晓笑。

王亚东竖起大拇指："看不出来啊！小姐说得没错，凡是军方发的装备，只能说是性价比最高的，牢固程度也可以，但是舒适性就大打折扣了。我在部队的时候，就自己购买类似军靴、战术背心、腰带这样的小装备，毕竟合不合适确实只有自己知道。"

"你也当过兵啊？"林晓晓问。王亚东回答："对，只不过不是解放军。"

"武警？"

"不是，我是在国外当兵的。"

"中国人还有去国外当兵的？"

王亚东苦笑："这个……一句话两句话说不清楚。这样吧，他是在哪里当兵？"

"我……不知道。"

"你别多想，小姐，我不是想探听解放军的军事秘密。我是说，我可以根据他所在的区域，给他挑选适合当地的地形地貌、气候条件的军靴。譬如寒带、温带和热带，山地和城市，地区不同，需求也不同。"

"还有这么多学问啊！"

"小姐，你逛街和登山也不会穿同一双鞋吧？哪村都有哪村的高招。"

林晓晓皱眉，苦笑："王老板，别叫我小姐小姐的好吗？听着怪怪的。我叫林晓晓，你叫我小林或者晓晓都好。"

"不好意思，不好意思，那就叫你晓晓吧！"

"这听着舒服多了。"林晓晓笑。

"可以告诉我，你男友大概在什么地区当兵吗？"

"我确实不知道，他没告诉我。"

"哦，严格保密的部队！不会是特种部队吧？"

"我是真的不知道了。"

"好，我不问，这种事情我还是不知道的好。这样，我给你推荐一款吧！我在军队的时候就穿这种，是经过我实际检验的。"王亚东拿出一双军靴。林晓晓接过来："倒是很漂亮。"又仔细一看标签，"三千二？！"王亚东笑道："呵呵，你给一千好了。"

"哇！水分这么大啊！王老板，可够黑的啊！"

"这双军靴进价就是三千人民币，我黑吗？"

"那你这么便宜给我，你不吃亏了吗？"

"刚才我吓了你一跳，算道歉吧！"

"可别！王老板，无功不受禄呢！还是该多少钱就多少钱吧，不然我心里不安。"

"没事，算我赔罪了！他穿多大的？"

"42。"

"这双就是了。他不在也没办法试。如果他穿了不合适，你再来找我，我给你换。"王亚东打包。

"那不好吧！都穿过了，怎么换？"

"包换，放心吧！"

"那谢谢你了，王老板！"林晓晓拿钱，王亚东笑着接过来装进兜里。

"你不点点啊？"林晓晓提醒他。

"有什么好点的？我相信你。"

"萍水相逢，那么相信我干吗？"

"三十好几的人了，看人我还是有一套的。军靴拿好。"

"谢谢了啊，王老板！"林晓晓告辞走了。王亚东笑笑，继续蹲在地上修灯线。"啪！"一个手机掉在地上。王亚东一愣，急忙拿起手机追出去："哎！晓晓，你的手机掉了！"外面已经没人了。王亚东看看手机，苦笑，转身回去了。

在离店不远的一个角落里，停着一辆不起眼的货柜卡车。在车里的屏幕上，无名高地军品店内外一览无遗。陈伟军吃着方便面问："刚才那女孩什么来路？"

"不知道，查查看。"武然在电脑前忙活。

"那鞋会不会有问题？是不是接头送什么东西？"

武然熟练地操作着电脑，截取刚才监控的林晓晓图像。很快，林晓晓的档案出来了。

"找到了，是个大学生，东南体育大学射击系的，看档案是干净的。"武然说。陈伟军继续吃着方便面："不可不信，也不可全信。报告给白头雕吧，这事儿咱们做不了主。"武然看着陈伟军，苦笑："盯了半年了，一点儿蹊跷都没有。这家伙是不是真的没什么问题？"

陈伟军看了看屏幕，摇头："不好说。白头雕说了，宁可信其有，不可信其无。这种人底子不干净，早晚会露出马脚的。"

第四章

─────★─────

1

铁拳团的野外训练场上，神枪手四连的连旗在空中飘舞。何晨光抱着狙击步枪，坐姿射击。龚箭拿着望远镜："800 米。"何晨光射击，800 米处的气球靶破碎。站在后面的老兵们都暗暗称奇。龚箭问："已经到达最大射程了，还能突破吗？"

"试试看。"何晨光表情平静。龚箭道："1200 米。"

何晨光深呼吸，瞄准，随后抬眼看了看飘舞的连旗。老兵们都呆呆地看着。何晨光慢慢移回视线，抱着狙击步枪，寻找目标。

"准备好了，自行射击。"

何晨光扣动扳机，1200 米处的气球应声破碎。老兵们纷纷鼓掌叫好，竖起大拇指。

"这个新兵同志做狙击手，大家有意见没有？"龚箭说。

"没有！没有！"老兵们一片赞同。

"老黑——"

"到！"

"以后何晨光就是一班的狙击手，你负责教会他狙击手需要掌握的一些技能。"

"是！"

"枪打得好，是做狙击手的基础。但是狙击手不光要会射击，里面学问大着呢！明白吗？"

"明白！"何晨光大声回答。那边，枪声也在持续。一个兵在射击，枪声稳健，一片叫好声。王艳兵手持 95 自动步枪进行速射，对面的靶子啪啪掉落。彭连长在旁边看着，喜不自胜："好！很好！非常好！不能再好了！"老兵们也是瞠目结舌。蔡小心瞪大了眼，看傻了。黄班长乐呵呵："看见没？看见没？你还好意思啊？"

"你以前学过射击？"彭连长问。

"报告！小时候喜欢打弹弓，大一点儿就玩气枪。"

"好，有天分！拿狙击步枪过来！"——一个老兵递给他狙击步枪。彭连长问："这个打过吗？"王艳兵道："报告，在新兵连时没有学过狙击步枪射击。"

"试试看！"

"是！"王艳兵接过狙击步枪，仔细看看，卧倒上膛。王艳兵眼睛贴在瞄准镜上，那是一个倒V字构成的世界。"啪——"100米处的靶子中了。

"再远点，400米的！"彭连长高兴道。"啪——"子弹打在了靶子边缘。

"没骗我，是没打过。起来吧。"彭连长指着远处的靶子，"到一定距离以后，风速、地心引力、空气密度和湿度、气温等都会对弹道产生比较大的影响。你没学过狙击战术，失误很正常，不算你打得不好。这样，三班长——"

"到！"

"这是个狙击手的好苗子，以后在你们班做狙击手！慢慢来，别着急！好好练，给六连争脸，你有希望！"

"是！谢谢连长！"王艳兵心满意足地抚摸着手里的狙击步枪。

炊事班里，李二牛系着围裙正在做菜。老马站在旁边，不住地夸着："不错啊！二牛，看来你这二级厨师的证儿不是白考的！"

"俺从农村出来打工，总不能一直做小工，得学点东西。班长，您尝尝！"

老马尝了尝，满意地点头："中！你可以掌勺了！"

"谢谢班长！对了，班长，全连都去射击考核了，咱们班咋不去啊？"李二牛羡慕地说。

"咱们去了谁做饭啊？别着急，等全连考完了，咱们会单独考。"老马抢着马勺在锅里搅了搅。李二牛有点着急："那俺能打狙击步枪吗？"老马把马勺一扔："咱炊事班哪有狙击步枪？"李二牛有点儿气馁，老马笑道："革命工作，分工不同嘛！你把饭菜做好了，全连兄弟们吃得好，练得就好！这不是你的工作吗？"

"是，班长！俺错了。"李二牛一脸失落。

"这也不算错，你是新兵，好奇呗！别着急，全连所有的武器你都得学。只是咱们不能像别的班一样，天天搞训练。到时候40火你也得打，别害怕就行了。"

"班长，俺不想打40火，俺就想打打那个狙击步枪……"

"中！肯定有你打的！"老马拍拍他的肩膀。李二牛顿时乐了："班长，真的啊？"老马脸一沉："我还能蒙你不成？赶紧做饭吧！"

"是！谢谢班长！"李二牛浑身是劲，开始干活。

2

"报告！"何晨光穿着通用迷彩，扎着腰带，来到连部门口。

"进来。"屋里传来龚箭的声音。何晨光推门进去："指导员，您找我？"龚箭放下手里的材料："对。我很好奇，一个刚刚到部队的新兵，有你这样的成绩，很难得。"

"我做得微不足道，指导员。"何晨光很谦虚。

"已经很出色了。你的射击水平即便是在特等射手云集的四连，也是数一数二的，更不要说你的身体素质和灵活性——我没看错，你是藏着的。你有功夫，还不浅。"

何晨光不说话。龚箭拿起资料袋："我调出了你的材料，不看不知道，一看吓一跳——你是亚青赛的自由搏击冠军？"何晨光说："指导员，那都是过去的事儿了。"

"还是军人子弟？"龚箭问。

"是。"

"你的爷爷是咱们军区的老首长，可是你的父亲一栏——是空白。我不是那么三八的人，不过作为指导员，我确实需要了解每个战士的家庭情况和思想状况。可以告诉我，你父亲的情况吗？"——何晨光不说话。龚箭轻拍他的肩膀："如果你的父亲在保密单位工作，你也应该告诉我。我是军人，也是党员，是神枪手四连的党支部书记，你的直接领导——相信我，我不会泄密的。"何晨光有些哽咽："指导员……他不在了。"龚箭一愣，何晨光眼里的泪水在打转，他努力不让眼泪掉下来。

"可以告诉我怎么回事吗？"

"他牺牲了。"

"在前线？"

"不是，那时候战争已经结束了。他在军区狼牙特战旅服役，在行动当中牺牲了。"

"是军事行动？"

"是，指导员。但是我也不清楚到底是什么行动，只知道他牺牲了。"

"那时候你多大？"

"八岁。"

"你的母亲呢？"龚箭看着何晨光，脸色沉重。

"在此以前，因为车祸，去世了。"

"对不起，我不是有意的。"龚箭有些内疚。何晨光抬起头，一脸坚毅："没什么，指导员，这是你应该知道的。我不想告诉别人，我相信你也能理解。"

"我理解。你是一个好兵，我相信，你的父母会欣慰的。"

"谢谢指导员。"

"我看了你爷爷的资料，他在抗美援朝的时候就是狙击手，还是志愿军功勋狙击手张桃芳同志的战友，狙杀成绩仅次于张桃芳——看来你得了他的真传。你的父亲也是狙击手吗？"

"是。"

"现在你也是狙击手。"

"谢谢指导员。"何晨光看着龚箭，目光坚定。龚箭说："不用谢我，这是你自己努力争取到的。我突然想起一件事，现在的狼牙特战旅狙击手总教官范天雷，你认识吗？"

"认识，他是我父亲的战友，代号金雕。"

"是他把你发到我这儿来的？"

"我不知道，我一当兵就到铁拳团了。"何晨光有点儿意外。龚箭苦笑道："我猜对了。"何晨光问："你认识他，指导员？"龚箭回答："我就是被他选到狼牙特战旅去的，也是他的学生，后来去外军留学，学的也是狙击战术。"

"指导员，有一件事我一直不明白，不知道该问不该问。"何晨光说。

"问吧，谈心嘛！你有什么疑惑都可以问我。我欢迎你提任何问题，别藏在心里。"

"是！指导员。"何晨光立正，"我确实没想通，你的军事素质这么好，在特种部队也是尖子，还去外军特种部队进修过，也是成绩优异，为什么……"

"为什么回国以后，反而当了指导员，对吗？"龚箭笑笑。

"是，指导员。"

"瞧不起政工干部？"

"不是，指导员。"何晨光解释。

"没关系，你只是提出了很多人想问的问题。现在是二十一世纪，信息时代，市场经济，各种新思潮接踵而来。部队的环境虽然相对封闭，但军队注定是年轻人的世界。一代一代的年轻人走进部队，带来新的观念，新的思潮，注定也会有新的冲击，新的探讨。"龚箭凑近何晨光，低声说，"不瞒你说，其实当年我跟你一样，瞧不起政工干部。"看着何晨光诧异的表情，"我刚到部队的时候，以为指导员也好，政委也罢，都是要嘴皮子的。军队是干什么的？是打仗的！是要战士一刀一枪，在战场上杀出来的！动动嘴皮子功夫，就可以杀敌吗？所以我一直瞧不起政工干部，在连队当战士的时候就跟指导员的关系一般，只会闷头苦练。后来我入选特种部队，提干，上军校，也入了党。但是当时入党并不是真心自愿的，带有一点功利的成分，这种心理你并不陌生。我想现在许多年轻人，包括我们的部分战士，也有类似的心理。"何晨光不敢说话。龚箭笑笑，"我知道，这个话题对你来说，很敏感。但回避是没有用的，因为这是现实，我可以对你畅所欲言。政治工作，在这个时代的军队中到底有没有开展的必要？这在以前，根本不是我思考的问题，一直到我去了国外进修。"

何晨光好奇地听着，龚箭看了看他："我在外军特种部队和军校进修，他们都很尊敬我。这种尊敬不光是因为我的军事素质过硬，还有很重要的一点——因为我是中国人民解放军的留学生。他们对我的尊敬，其实是对中国人民解放军的尊敬。这种尊敬是从哪里来的呢？是我们的前辈打出来的！我们的前辈曾经用小米加步枪打败了日本侵略者，用双腿双脚跑赢了国民党的汽车轮子，和人民群众用小推车创造了淮海战役60万全歼90万的奇迹。更重要的是，我们的前辈曾经用'二战'时期的步兵装备，打赢了当时世界上最现代化的多国联军，这让他们很不解，也对我们很尊重。"

"他们不知道我们为什么会胜利吗？"何晨光问。

"那时候我也不能说得特别清楚。很奇怪，我在国外的时候却开始研究我军的战史。在翻阅了大量资料以后，我得出了一个结论——中国人民解放军能够在世界军队之林中有一席之地，能够获得世界各国军队的尊重，跟我们是中国共产党领导下的军队是断然分不开的。党对人民军队的绝对领导，是这支军队的灵魂所在，起到关键性作用。一支强大的军队，必定有一个强大的灵魂。而擅长以弱打强、以劣势装备来战胜优势装备的军队，那么这支军队的灵魂注定要比其他军队的更强大——这就是我们的独特之处。"

"我明白了，指导员。"何晨光说。龚箭继续道："精神和灵魂，并不能完全取代物质的优势。但是若没有精神和灵魂，再丰富的物质也是无力的。军事和政治，其实密不可分，就好像肌肉和骨骼一样。而骨骼，才是最坚硬、最有力的！"何晨光敬礼："是，指导员。"

"当我明白这一点后，就知道了我的人生方向。我热爱这支军队，我希望这支军队强大有力，也希望自己所做的一切能够得到更多人的理解。"

"我现在理解了，指导员。"何晨光敬佩地看着龚箭。龚箭看着何晨光，在他肩膀上重重一拍："我相信你不是只服两年兵役就会走的，你的志向和抱负在部队。在你的军人生涯当中，会遇到各种各样的艰难坎坷，记住我今天说的话——骨骼，才是最坚硬、最有力的！""是，指导员！"何晨光一个立正敬礼。

"去训练吧。我很高兴，看见你这样有天赋和潜质的新兵愿意留在部队。你的路还很长，希望你继续努力，毫不放松。记住，只有勤奋和努力，才能把你的天分更好地发挥出来。而解放军，会给你最大的舞台！"

"是！"何晨光敬礼，转身走了。龚箭笑笑，继续看材料。

3

王艳兵正坐在门口值班，值班台上放着几本射击教材，他认真地一笔一画做着笔记。

"艳兵！"李二牛喊。王艳兵一抬头，高兴地说："二牛？！你怎么来了？"

"俺做完饭了，就跑过来看看你！"

"快过来！你怎么样？"王艳兵招呼李二牛在凳子上坐下。

"挺好的啊！班里兄弟都对俺挺好的，俺现在也掌勺了！"

"你咋样啊？"李二牛问。王艳兵说："我？也挺好的。"

"听说你一来就把六连给震了？当狙击手了？"李二牛两眼冒光。

"我不懂的还很多呢！这不，班长给了我一本射击教材，让我慢慢钻研。现在后悔没好好上学了，好多东西看不懂，都是些数学公式、物理公式。"王艳兵看着教材有些发愁。

"乖乖！这当狙击手还真的不简单啊！难怪都说何晨光……"李二牛突然不说了。

"都说何晨光怎么了？"王艳兵问。李二牛憨笑道："没事没事，俺说错了。"

"二牛同志啊，你不是个偷奸耍滑的主儿啊，怎么现在也变得支支吾吾了？"

"哎呀！咱不说那中不？你们俩啊，简直……"

"哎呀，好二牛！你就告诉我吧！看在新兵连时我帮你的分儿上！"

李二牛看着王艳兵，想想说："你这一说，俺还真不好意思嘞！要没你跟何晨光帮俺，俺也不能去神枪手四连做炊事员！不知道在哪个农场养猪呢！"

"那你还不说？"王艳兵理直气壮。

"没啥别的，就说何晨光是咱团十年来难得一见的神枪手、天生的狙击手！"

王艳兵有点失落。李二牛指着他说："看你，看你！脸上挂不住了吧？"

"我哪有？！还说啥了？"王艳兵矢口否认。

"你说你咋跟个女人似的，这么好打听人家背后议论啥呢！他们还说何晨光要是早生二十年，肯定是战斗英雄；早生五十年，就是张桃芳第二；早生两千年，就是飞将军李广！"

"吹吧你就！"王艳兵笑。李二牛认真地说："谁吹了？谁吹了？乖乖，何晨光一出手，就知有没有啊！1200 米！远不？俺看都看不清嘞！何晨光一枪就把脑袋那么小的气球打爆了！指导员当场就宣布，何晨光做俺们连的狙击手！"

"1200 米？！你没开玩笑吧？"王艳兵有点儿呆。

"没啊！"

"88 狙击步枪的有效射程是 800 米，600 米以上子弹就飘了。1200 米？子弹都不知道飞哪里去了！还打气球呢！我不信！"

王艳兵没说话，心事更重了。李二牛看他："俺不说，你非要俺说！看，自己郁闷了不是？哎，你们俩呀，就跟俺村东头的水牛和西头的黄牛一样！"

"什么意思？"王艳兵没明白。李二牛说："都中意俺村的那头小母牛，一见面就顶牛！"

"你这什么比喻啊？"王艳兵被气笑了。

"咋？俺说错了吗？这'最好狙击手'的称号就是小母牛，你俩争的，就是那头小母牛！"

王艳兵苦笑道："哎！懒得跟你解释了！那你呢？不是也想做狙击手吗？你不想做最好的狙击手吗？"李二牛憨笑："俺不想。俺想做狙击手，但是不想做最好的狙击手！能做个第二第三就中了！"

"为啥？"王艳兵被李二牛带沟里了。李二牛看着他，意味深长地说："太累！"

突然，一阵凌厉的战备警报拉响了。两人都是一愣。瞬间，无数官兵在院内狂奔，叫喊着各自归队。李二牛一把拉住一个老兵："班长，这是咋了？"老兵急赤白脸地说："哎呀！快回自己连队，一级战斗警报！"李二牛一松手，老兵兔子一样跑了。王艳兵跟李二牛面面相觑，李二牛突然高喊："不得了了！打仗了！"

尖厉的警报声响彻全团，战士们在路上奔跑着。车场里，数辆军用车辆、主战坦克和步战车几乎同时发动，轰鸣声四起。官兵们全副武装地紧急集合，战前的紧张气氛笼罩在营部上空。四连的战士们匆忙跑出来列好队，通用迷彩、头盔、07通用携行具、通用迷彩背囊，官兵们全副武装，佩戴着统一的红军标志，老黑在点人。

"人到齐了吗？"龚箭也全副武装地出来。老黑喊："炊事班差一个李二牛！"

"他跑到哪里去了？"龚箭火了。老黑忙报告："他说去六连看战友，还没回来。"

龚箭看了看手表："顾不上他了，我们走！军区年度大演习，这耽误了不是闹着玩的！"

"是！"老黑开始喊队，"快快快！战士跟着班长，班长跟着排长，自行到车场登车！快！"队伍转身，散开就跑，速度极快。何晨光左右看了看，来不及了，一咬牙跑了。何晨光跟着队伍跑到车场，各连排的战士会集在一起，井然有序地各自登车。王艳兵也跟着六连的队伍过来了，何晨光一把抓住他："二牛呢？！"

"他回连队了！你们没在一起吗？"王艳兵惊诧。何晨光着急地说："他还没回来，我们就过来了！"王艳兵恍然大悟："哎呀！不好！他被甩掉了！"何晨光很着急。老黑高喊："快！我们是第一尖刀分队！"王艳兵说："你先去吧，回头再说！"

何晨光无奈，只好跟着队伍上了步战车。吉普车、步战车一辆接一辆地快速冲了出去。王艳兵看着神枪手四连的连旗飘走，有些失落。"艳兵！走了走了！来不及了！""走了！艳兵，看什么呢？我们是第二梯队，马上就走了！"蔡小心和黄班长在喊他。

"哎！"王艳兵深吸一口气，转身上车。回头看看，哪里还有李二牛呢？王艳兵一咬牙，"砰"一声关上了后舱门，步战车轰鸣着出去了。

没过多久，李二牛提着背囊、头盔和步枪，疲惫不堪地跑来："四连……神枪手四连在哪儿呢？"没人顾得上理他，都噌噌噌地从身边跑过去。一会儿工夫，团里已经没车没人了，只剩下李二牛孤独地跟着步战车跑。他终于跑不动了，站在路上，望着前面飞扬的尘土，一丢背囊坐上去哭起来："你们咋都不等俺呢？太不够意思了！"

"你在这儿干什么？"一声巨吼，李二牛吓了一跳，抬头看见几辆猎豹停在旁边，康团长怒气冲天地坐在车里喊。李二牛急忙起身敬礼："报告！团长，俺……俺掉队了……"

"掉队？！你是哪个连的？"康团长气不打一处来。李二牛的声音很小："神枪手……神枪手四连……"康团长火大："妈拉个巴子，我非扒了龚箭的皮不可！赶紧滚上来，号什么丧？！四连怎么有你这样的兵？！"李二牛不敢说话，提上自己的东西，不知道上哪辆车。康团长急得一闭眼，咬牙切齿："我的车！其余的都满了！"李二牛提着背囊急忙上了车，坐在团长旁边，赔着笑："团，团长……俺……俺叫李二牛……"

"走走走！"康团长顾不上听他说话，催着司机开车，猎豹扬长而去。

山间公路上，铁拳团浩大的装甲车队风驰电掣。空中，战斗机的轰鸣声惊天动地。武装直升机从低空掠过，黑压压的如同乌鸦群。李二牛坐在车里，看着外面地动山摇，咽了一口唾沫，脸都白了。康团长脸色铁青，闭目养神。李二牛看了看旁边的团长，终于鼓足勇气："团……团长，这……真的是要打仗了？"康团长睁眼看他，李二牛忙说："团长，俺错了！俺不该多嘴……"康团长问他："怕了？"

"怕……不怕！提高警惕，准备打仗！"李二牛想起新兵连墙壁上的标语。康团长苦笑："队伍都跑出去二里地了，你还待在家里，还准备打仗呢！我看你可以去炊事班了！"

"报告！团长，俺就是炊事班的！"李二牛一声吼。康团长被噎住了，少顷，怒喝道："那就去农场养猪！"

"是，团长！"

"怎么招了你这么个兵？"康团长看着李二牛，气不打一处来，转头继续闭目养神。李二牛不敢说话了。

车队在继续前进，扬起的尘土像战场上的硝烟。空中，印有蓝军标志的无人侦察机在盘旋，操作员的无线电在响："金雕，这里是鹰眼。我已经抓住铁拳一号的车队，正在4398往南行驶，预计十分钟内到达潜伏位置。完毕。"

"金雕收到。鹰眼，等待我的命令。完毕。"范天雷回复。

"鹰眼收到。等待命令。完毕。"

4

这是一个临时搭建的指挥所，蓝军特种部队的指挥中心就在这儿。屋里各种现代化设施一应俱全，机器运转，红灯闪烁。大屏幕上，正播放着无人侦察机发回的实时画面。特种部队的参谋们来来去去，各自忙碌着。一个穿着迷彩服，肩扛上校章的背影站在大屏幕前注视着。陈善明站在他的身后："五号，轻而易举得手了！"范天雷看着大屏幕："先别高兴得太早，老康也是个打过仗的老团长了，做好应急准备吧。战斗还没开始，鹿死谁手还未可知也。"此刻，佩戴着蓝军臂章的狙击手和观察手正趴在山脊上，吉利服让他们跟周围的环境浑然一体。

山路上，康团长的车队在前行。披着吉利服的狙击手，手持巴雷特狙击步枪，低语：

"金雕，野狼小队报告。我们已经看到铁拳一号，预计三分钟内可以发动斩首行动。完毕。"

"金雕收到，等待鹰眼发动袭击。完毕。"范天雷命令。

"野狼小队收到。完毕。"狙击手继续瞄着。路边，一队同样戴着蓝军臂章的特种兵正潜伏着。空中，无人侦察机突然俯冲下来。金雕命令："阻止车队前进。完毕。"

"收到。完毕。"无人侦察机下挂的反坦克导弹嗖地发射，落在车队前几米的路面上，轰然爆炸。司机一个急刹车，康团长跟李二牛撞在了一起。李二牛大惊失色："咋了？咋了？"

"斩首行动……"康团长的肋骨伤了，呻吟着。

"咋？！这就打起来了？"

"下车。"康团长按着肋处，眉头紧皱。

"团长，俺的枪没子弹啊！这还不如个烧火棍啊！咋办啊？"李二牛大喊。康团长艰难地坐起来："滚下去！扶我下车！我受伤了……"李二牛不敢说话，急忙扶住团长。

山路上，潜伏着的蓝军特种部队已经跳出来，与警卫们激战，一时间枪声大作。

李二牛扶着团长下来，躲在车旁。李二牛拉住一个警卫："班长，俺没子弹，给俺子弹！"

"要子弹有啥用？！滚一边去！让开！"警卫顾不上理他，一甩膀子，继续射击。李二牛又想找别人，听见团长呻吟，急忙转身："团长！"康团长拿出手雷，拉开保险："我不能被他们俘虏！"李二牛一把握住手雷："团长，不能啊！留得青山在，不愁没柴烧啊！你不能啊！咱还没到绝路上呢！"

"兔崽子，你懂个屁？！赶紧撒手！"康团长想一脚踹开他。

"团长！有俺在，就有你！"说着一把抢过手雷，站起来甩了出去。康团长气急："你你你……"李二牛急忙卧倒，等了几秒钟——没爆炸。李二牛探出头去："啊？臭蛋？只冒烟？"康团长哭笑不得，暴骂："傻小子！列兵！新兵蛋子！你是真不懂啊……"

"俺懂！臭蛋！团长，你别怕，有俺在！"李二牛一拍胸脯。

双方的激战仍在继续。此刻，蓝军特种部队已经冲上公路。李二牛把步枪反拿着，跟打狗似的藏在车后。一个蓝军刚冲过来，李二牛一枪托打在他的头盔上，蓝军特种兵猝然栽倒。李二牛一把夺过他的武器，开始射击。康团长目瞪口呆："你小子，行啊！"警卫们都诧异地看着李二牛，不知道这个列兵是从哪里冒出来的。李二牛一边喊，一边拔出枪刺趴下。他一把拽下猎豹车上的备用汽油桶，打开后往空地上倒。康团长大惊："哎！你干什么？！"

"跟外国电影里学的！团长，俺背你！"李二牛继续倒，汽油哗哗流了一地。

"你别胡闹！会出事的！"康团长赶忙阻止。

"要爆炸！班长们闪开！"李二牛一扔汽油桶高喊。警卫们急忙四散开去。李二牛一把背起康团长："抱紧俺！团长！"他背上康团长就开跑，还不忘转身拿起那把缴获的枪反手射击。倒在地上的汽油没动静。

"看来这外国电影不能信啊——子弹打不着火！"李二牛纳闷儿。

"我跟你说，傻小子！你千万别做傻事，这车好几十万呢！"康团长趴在李二牛背上。李二牛摸出防风打火机："这本来是俺准备驻训的时候做菜点火用的！贡献了！""啪！"打着了。"不——"康团长来不及阻止，打火机被李二牛甩了出去，在空中划出一道抛物线。康团长瞪大了眼，大喊："卧倒——"打火机落在汽油上，"轰"地一声着了。李二牛背着团长转身就跑，火势迅速蔓延。看见一个家伙点着了汽油桶，正在追击的蓝军特种部队队员们呆住了。

"快快快！撒！卧倒——"队长大喊。"轰！"一团烈焰冲天而起，所有人都卧倒了，目瞪口呆。李二牛背着团长，没命似的飞奔着。

看着大屏幕上的烈焰，范天雷瞪大了眼，参谋们也呆住了。

"不是吧？来真的了！"陈善明看着一个列兵背着团长没命地跑，愣住了。

"那个兵是谁？"范天雷问。

远处的山路上，装甲车队戛然而止。一架直8B直升机急速降落在旁边的开阔地。

"快！一号被伏击了！我们赶去救援！一排，轻装，跟我走！"龚箭命令。

何晨光涂着一脸迷彩，跟着老黑下了车。他们都没带背囊，急速跑向路边匆匆降落的直升机。舱门刚关上，直升机就拔地而起。王艳兵看着飞走的直升机，别提多羡慕了。彭连长放下电台，高喊："六连是地面营救突击队！一排！换车！"王艳兵跟黄班长等人跳下步战车，跟着连长上了一辆敞篷吉普。车队风驰电掣地开走了。

直升机舱内，发动机的声音震耳欲聋，战士们在检查各自的武器装备。龚箭在机舱内走着，大声喊："我们一定要找到一号！不惜一切代价，保护一号的安全！大家明白了吗？！""明白！"战士们大吼。何晨光整理着狙击步枪，老黑在他对面："跟着我，对手是狼牙特战旅的！他们不是好对付的！"何晨光笑笑，说道："我们也不是好对付的！"老黑看着他，爽朗地笑了。空中，直升机在飞翔，压低，冲向山顶。

李二牛背着康团长，警觉地在崎岖的山路上穿行。康团长被折腾得几乎奄奄一息："我说这个兵……歇会儿，歇会儿……"

"团长，咱们现在很危险，俺不敢歇！再坚持坚持！"李二牛的脚步一点没停。

"你知道你这是在往哪儿走吗？"康团长趴在他背上问。李二牛背着团长吭哧吭哧地跑着："不知道！"康团长苦笑："那你走这么起劲干什么？"李二牛停了一下："俺估摸着，仗打起来了，这一片都危险，俺带你回老家！"康团长差点儿晕过去："什么？！"

"对啊，团长，俺带你回老家！俺那儿是老区！你带俺们打游击去！俺老家不远，就离这儿二百里地吧！"李二牛激动地说。康团长快要崩溃了："你知道不知道这是演习啊？！"

"演习？啥是演习？俺不知道。俺就知道你是俺的团长，俺就是死，也不能让你被敌人抓去！"康团长哭笑不得，但还是很感动："这个兵！这个兵，你叫什么？"

"俺叫李二牛！"

"好，好！李二牛，你是个好兵！但是我不能跟你回老家去！"康团长一脸正经。

"为啥？"李二牛停住脚。

"咱们团还有部队，需要我带呢！"

"哦，对！咱们团还有上千兄弟呢！对对对，找部队去！"

康团长趴在他背上，这才松了一口气。李二牛问："团长，可咱咋找部队啊？"

"你放下我，我有办法！"李二牛把团长放下，康团长靠着树坐下，哭笑不得，指着李二牛的鼻子："你小子！你小子……"李二牛很警觉地持枪观察着四周。

山路上，火焰还在燃烧。直升机在附近的空地上降落，龚箭带着战士们飞奔过来，看着燃烧的汽油桶，怒吼："这是搞什么啊？玩大了吧！你们差点儿把我们团长的车给炸了！我们团长呢？人要是出了事，让你们吃不了兜着走！"两个被俘的蓝军特种兵坐在地上，不吭声，警卫们看着他们。一名蓝军说："上尉，是你的兵玩大了。车不是我们炸的。"

"怎么回事？"龚箭问。那名蓝军回答说："是你们的兵引爆了车，然后背着你们团长跑了。"龚箭皱着眉头："不是你们的无人机炸的？"另一个蓝军说："那边路上的洞是我们炸的，但我们怎么可能对着自己的部队发射导弹呢？"

老黑转头问警通连长："谁把团长背跑了？"警通连长一脸苦相："不是我们警通连的。那个兵我们没见过，好像是你们连的吧！"老黑一愣："我们连的？我们连的都在车上呢！"

"臂章是神枪手四连的。还喊着让我们掩护，就把汽油箱给炸了，团长也被他给背跑了。"警通连长说。何晨光恍然大悟："李二牛！"龚箭和老黑看他，何晨光肯定地说："李二牛干得出来这事儿！他一定以为是真的打仗了！他不知道是演习！"龚箭看着群山，无奈："现在怎么办？我们去哪儿找团长？"老黑哭笑不得："这个李二牛……蓝军特种部队没砍成我们的头儿，他却把我们的头儿背跑了！"

"你们应该感谢那个兵。如果不是他，我们不会输的，这次斩首行动肯定成功！"一名被俘的蓝军特种兵说。龚箭问："军犬呢？"警通连长一指后面："在后面车里呢！"

"赶紧地，放狗找人！这鬼林子，撒一个集团军进去也没戏！"龚箭正说着，六连的车队也到了。彭连长走下车，傻眼了："这车是怎么回事？谁干的？"龚箭苦笑："现在一句两句话说不清楚！我们连那个李二牛把团长给背走了，咱们两个连的尖刀排要进山去找。"

"怎么回事？"王艳兵悄声问何晨光。何晨光苦笑："二牛发飙了。"王艳兵看着燃烧的火焰："这家伙，平时蔫不唧的，要搞就搞大的啊！"何晨光低声说："还好团长坐的不是直升机，不然他敢把直升机给烧了。"

"咱们分成两路，扇形搜索，中间保持间隔一公里。军犬引导，电台联络，争取在天黑之前找到团长，不然就麻烦了。天黑以后，这一带有野兽出没。李二牛在山里估计也找不准方向，万一迷路可不得了。"龚箭指着地图说。彭连长说："好，就这么办！"龚箭说："你们连的王艳兵跟李二牛熟悉，如果找到了，让他喊话。"

"他还能攻击我们不成？"彭连长说。龚箭思量着："难说。这个兵不知道是演习，他以为是真的战争。记住，让王艳兵喊话，表明身份。"彭连长简直觉得不可思议："还真有这样的神仙？"龚箭也很无奈："这不是遇到了吗？好了，四连一排，我们走！呈扇形队形，搜索前进！"彭连长也招呼着自己的队伍："六连，进山了！"两个排的士兵散开队形，在军犬的引导下进入森林。

密林里，远处隐约有人影在晃动，李二牛警觉性十足："团长，有人！"康团长转身："是找我们的吧？"李二牛说着又背起团长："现在敌情不明，团长，你再委屈一下吧！"

"我跟你说，二牛！"康团长想从他背上下来，但明显不得劲，"你放下我，跑也是白跑！这肯定是咱们团的人，来找我们的！"

"团长，现在这事儿可不好说！"李二牛背着团长在林子里穿行。

"好歹也得看看是谁吧！"康团长哭笑不得。

"等咱们看清楚的时候就晚了，跑都跑不掉！"李二牛加快脚步，"团长你别说话了，你受伤了，节省点儿力气！"康团长回头，看着密林深处："我看我们还是在这儿等着吧！"

"不中！敌情不明，咱们还是赶紧走！"李二牛背着团长就跑。

远处，军犬狂躁不安，开始狂吠。龚箭大喜："找到目标了！快！"训导员松开绳索，军犬嗖地一下子冲了出去。何晨光一个箭步跑到最前面，跟着军犬冲过去。

"六连，这里是四连，我们找到目标了！快向我们靠拢，快向我们靠拢！"电台兵在喊话。战士们追着军犬，快速向前跃进。军犬的叫声越来越近，李二牛背着团长猛跑。康团长没别的选择，只好用力抱住李二牛的脖子。李二牛站住，傻了——前面是悬崖。

"二牛、二牛，把我放下！咱别跑了，没路了！"康团长搂紧李二牛的脖子。远处，有两个排的士兵在渐渐围拢。李二牛没办法了，他慢慢放下康团长，康团长松了一口气。李二牛看了看前方的悬崖，下面是万丈深渊。康团长擦着汗："这日子，可算到头了！"追兵越来越近，李二牛看看追兵，又看看悬崖，风声萧瑟，树叶哗啦，他的脸色变得悲壮起来。

"二牛，你怎么了？"康团长问。李二牛看着悬崖："团长，咱们没路了……"康团长说："是啊，没路了。"李二牛转身，神情悲壮："团长，你知道狼牙山五壮士吗？"

指挥中心的大屏幕上，康团长一脸惊愕。陈善明大吼："他们在干什么？"范天雷也纳闷儿，突然一下子站起来："不好！要出事！"

悬崖边上，李二牛走向康团长："团长，咱们宁死也不能做俘虏！"康团长急忙摆手："不不不！二牛，我们不能这样！你不是说，'留得青山在，不愁没柴烧'吗？！"

"团长，咱们是铁拳团的！你说过，铁拳团，精忠报国，勇于牺牲！宁死，咱们也不能做俘虏啊！"康团长的脸都白了。李二牛不由分说，一把背起团长："团长，我们精忠报国吧！翠芬，我对不起你！我精忠报国了——""啊——"康团长一声惨叫。李二牛快速冲向悬崖，纵身一跃——一只手斜刺里伸出来，抓住了李二牛的弹匣袋背带，李二牛和康团长一下子顿在了半空中。康团长睁开眼，何晨光趴在悬崖边上，青筋暴起，紧紧地抓着李二牛的背带。李二牛一抬头："晨光？！你咋来了？"何晨光憋着劲："二牛！别胡闹！快，抓住我的手！"李二牛道："原来不是敌人啊！团长，对不起，俺跳错了！"

康团长一听，死的心都有了。何晨光趴在悬崖边，开始往下滑了。后面的战士们疯跑过来，一个身影扑上去，抓住了何晨光的腰带。何晨光一回头——是王艳兵。王艳兵咬牙，抓住他的腰带，左手扣住地面的石头。李二牛去抓何晨光的手，一不小心，差点儿把康团长给掀下去。康团长一声惨叫，伸手乱抓，抓住了李二牛的腰带。悬崖边上，几个人跟一串糖葫芦似的挂在半空中。老黑也扑了上来，抓住了何晨光的背带。这时，更多的兵冲了过来，这才没有往下坠。

"快！下攀登绳！"龚箭大吼。一个兵打开攀登绳，哗啦啦甩下去，将攀登绳的另外一端绕在粗壮的大树上。康团长伸手抓住攀登绳，松了第一口气："主席保佑啊……"李二牛他们也抓住了攀登绳，几个兵在上面用力拔河："一！二！一！二！"人慢慢被拉上来。龚箭一把抓住团长，将他拉上来："团长！团长！你没事吧？！"康团长一屁股坐在地上："我差点儿就去见马克思了啊！"

"团长，团长，对不起啊！俺不知道是自己人，跳错了！下次俺注意！"

"还有下次啊？！"康团长看着他。何晨光和王艳兵相视苦笑，李二牛看着他俩："晨光，艳兵，你们来得真是时候！敌人已经打进来了！咱们在新兵连没白练，赶上打仗了！"所有人都看着李二牛，李二牛浑然不觉，"你们看俺干啥？打仗去啊！"

何晨光看着李二牛，忍不住笑出声来，王艳兵也笑了。在场的官兵们都忍俊不禁，哈哈大笑。李二牛纳闷儿："你们都笑啥啊？！敌人打进来了，咱们去打仗啊！"

龚箭没有笑，盯着天空——一架无人机飞得很低，若隐若现。

蓝军指挥中心里，范天雷看着大笑的众人，冷笑："打仗？好，给他们点儿刺激！"陈善明坏笑着按下了按钮——悬崖边，无人机突然俯冲下来。"找掩护！"龚箭大喊，官兵们急忙四散。无人机的导弹发射出来，"轰"的一声在悬崖的峭壁上爆炸了，官兵们被震得倒下。李二牛吐出嘴里的土："给俺机枪！"旁边的老兵说："给你有蛋用啊！打不下来的！"李二牛一把抢过机枪，对天射击——"嗒嗒嗒……"

"这嘎小子！"康团长苦笑，官兵们都趴在悬崖上。

"妈的！这完全不对等啊！"老黑骂道，"他们是实弹，我们是空包弹！这怎么打啊？！"

"老子干死你！"李二牛对着滑过天空的无人机射击，呐喊着。

指挥中心里，参谋们哈哈大笑。范天雷笑得很开心："我喜欢这小子！继续逗他们！"

无人机又俯冲下来，发射了一颗导弹，"轰"的一声在不远的地方爆炸。所有官兵都是灰头土脸，无人机超低空呼啸而过。老黑趴在地上，吐出一嘴的土："他是在玩儿我们！"李二牛打光了机枪里的子弹，骂道："咋连根毛都没沾上啊？！"何晨光吐出嘴里的土，目光坚毅，转向树林，王艳兵看着他。何晨光拿起攀登绳："我需要你帮忙！"王艳兵跟着他进了树林。李二牛喊："你们俩干啥去？"何晨光和王艳兵顾不上搭理他，进了树林，噌噌噌地开始爬树。这时，一架无人机从远处飞了回来。两人正将一棵中等粗细的树弄弯，把攀登绳拴在两侧。王艳兵笑道："有日子没玩儿这个了！真有你的，怎么想起来的？"

"就是用牙齿，也要战斗到底！"

两个人把树弯起来，利用攀登绳，做成了一个大弹弓，攀登绳上的飞虎爪被当作了子弹。这时，无人机再次俯冲过来。何晨光瞄准，两人紧紧抓住攀登绳，拉开弓。"放！"何晨光大喊，两个人同时松手，飞虎爪嗖地飞了出去——无人机超低空掠过。

指挥中心的大屏幕上，飞虎爪迎面冲来，范天雷一下子呆住了。操作员大惊："这是什么东西？！""咣当！"信号中断，大屏幕上雪花乱闪。悬崖边，飞虎爪一下子抓住了无人机的机头，无人机被半空拉住。何晨光抓紧攀登绳，直接一拽，无人机被拽落在地上，"轰"一声爆炸了。李二牛高喊："打掉了！打掉了！"官兵们都目瞪口呆。

"好几千万呢！没了？！"老黑吓得不轻。龚箭看着成为一团火球的无人机："没了……"

"不会让咱们赔吧？这可赔不起！"老黑开始担心。

"他敢！他们那玩意儿金贵又怎么样？！当我们是好欺负的？！"康团长爬起来。何晨光从丛林的岩石后面慢慢站起来，目光坚毅。

"我知道他很出色，可我没想到——他这么出色！"龚箭说。

"指导员！"李二牛杀气腾腾地抓着两把自动步枪，扎着头巾，跟蓝波似的，"咱们去哪里打仗？"龚箭不知道怎么回答，康团长捂着肋骨："龚箭，这是你连队的新兵？"

"是。"龚箭回答。康团长问："炊事班的？"

"是！对不起，团长，他不懂事，给你添麻烦了。"

"懂事！懂事！好兵！李二牛！"康团长笑着说。李二牛戳得笔直："到！"

"你给我当公务兵吧！"

"俺不去！"

"怎么？"康团长一愣。李二牛回答："俺是神枪手四连的炊事员！"

"我知道啊，你们指导员已经同意了。"康团长说。这次轮到李二牛一愣："你都没问俺指导员，你咋知道的？"康团长扬了扬头："不信你问他！"李二牛一脸无辜地看着龚箭："指导员，你不要俺了？"龚箭看看他，又看看团长："那什么……革命战士要服从上级工作安排……"李二牛犯倔了："不去！指导员同意俺也不去！"

"李二牛！"龚箭大吼。康团长忙说："别，你让他说，为啥？"李二牛说："俺好不容易到了神枪手四连，就算是炊事员，也是神枪手四连的炊事员！俺去做公务兵了，以后跟俺对象，跟俺爹娘咋说啊？好不容易当兵了，吃了那么多苦，最后去伺候人了！

俺不去！"

"好！好小子！有种！"康团长爽朗地笑了，"龚箭！"

"到！"

"你这个新兵连带得不错！他，还有他们两个——打掉无人机的，我都给记功！"一激动，扯着伤口，康团长疼得龇牙咧嘴。龚箭急忙喊："卫生员！卫生员！"卫生员跑步过来。康团长还是很高兴："有希望，铁拳团有希望！让那帮狗日的军区特战旅看看，想砍我的头，连我的三个列兵都对付不了！哈哈哈！"

5

指挥中心里，范天雷在沉思。陈善明问："五号，我们怎么办？"范天雷想了想："继续斩首行动！"陈善明问："还去？"范天雷起身："我亲自带队。"陈善明站在他后面："五号，你是赌气还是说真的？"范天雷看看桌上的地图，回头对陈善明："赌气，也是说真的。铁拳团的这颗头，我砍定了！你带队去机场等我，带上我的东西。"

"是！"陈善明立正，出去了。范天雷苦笑："什么叫自作自受？没想到难受的是我！"所有官兵都不敢说话，范天雷铁青着脸："信息战分队——"

"到！"一名少校从电脑前起身。

"你们的信息战病毒是否已经掌握红军的指挥网络？"范天雷问。

"报告，参谋长！我们独自开发的黑鸟03木马病毒已经通过红军的接驳节点，植入红军铁马一号指挥网络，目前可以掌握红军部队的部分动向！"

范天雷一扬手："我不关心别的部队，我就想知道，你能不能进入铁拳团的防空预警体系？"

"81集团军的铁拳团？"

"难道还有第二个铁拳团吗？"

"报告！没问题！"

"好！给我干掉它！我看看你们信息战分队是不是吃干饭的！"范天雷一拳擂在桌上。

"是！参谋长，您就放心吧！"少校动手在键盘上一阵忙碌，电脑屏幕上出现一排字幕："红军81集团军防空系统已被我控制，等待下一步指令。"少校看着范天雷。

"等我的突击队抵近就动手，明白吗？"范天雷命令。

"明白！"

"我要让铁拳团看看，到底谁是王者！"范天雷看着大屏幕，发狠地说。

黑暗中，蓝军的旗帜在陆航机场上空飘扬。几辆敞篷猛士颠簸着开过来，陈善明带领突击队员跳下车，都是精悍勇士。范天雷则带队登上了一架直8B直升机，轰鸣着起飞，迅速消失在夜空。

夜晚，星星很亮。铁拳团团部外的一处帐篷村外停着车队，红军的旗帜和铁拳团的旗帜在飘舞，探照灯雪亮的灯柱投射在空旷的营地上。大帐篷内，是先进的数字化步兵团指挥中心，摆放着高科技的终端设施，大屏幕上灯光闪烁，来来往往的参谋们各自忙碌着。

"按照红军司令部的命令，我神枪手四连已经抢占291高地，堵截了蓝军必经之路。我团其余部队，也已经到达指定位置。战斗在进行当中，我一个团已经扼守住蓝军一个集团军退守二线防御阵地的咽喉。红军司令部正在组织部队合围，预计明晨六时以前，总攻就会打响。"参谋长报告。胳膊上吊着绷带的康团长看着大屏幕，哈哈大笑："我看这次蓝军往哪儿跑！想砍老子的头？我把你们全部给吃了，连骨头都不剩！"

蓝军司令部指挥部，何志军旅长走进来："怎么搞成了这样？我的参谋长在哪里？"

"报告！旅长，参谋长亲自带队去执行斩首行动了。"

"斩首？去搞红军司令部？这不是胡闹吗？！那里搞得下来吗？未经过我的允许，他居然敢带队去搞红军司令部？！"何志军气呼呼地坐下。参谋报告："不是，是去……抓铁拳团的康团长了！"何志军怒道："什么？！他是小孩子吗？！能在乎一城一地的得失吗？！都这把岁数了，连这样的失败都承受不了，竟然跟铁拳团置气！"

参谋不敢说话了，何志军命令："去，给我找到他！"

"报告，他带着突击队已经深入敌后，实行了无线电静默。"

"胡闹！"何志军噌地一下站起来，指挥部一片沉寂。何志军努力控制住自己："联系到他，给我回话。"——"是！"参谋转身去了，何志军一脸铁青。

<h1 style="text-align:center">6</h1>

黑暗中的丛林很静谧，在一片空地上，范天雷脸上涂着迷彩油，背着伞包，带队从天而降，落地滚翻的同时迅速脱落伞包。陈善明一挥手，队员们聚拢过来，神情肃穆。范天雷打出手语，队员们出发了。红军的指挥部帐篷村，两个红军哨兵在那边说话。范天雷打着手语，两个队员匍匐前进，突然起身，飞奔过去。红军哨兵回头大惊，但显然已经来不及了，两人同时被扼住喉咙，一块毛巾捂了上来，一道口红的痕迹在哨兵的脖子上迅速滑过，范天雷带着队伍起身快速通过。铁拳团指挥中心里，康团长正在看大屏幕，其他的人都各自忙碌着。突然，大屏幕上出现错乱纹路，弹出一排字幕："红军特种部队，你们死定了！"

康团长一愣，参谋们也一片混乱。突然之间，几颗闪光震撼弹丢了进来，在地上滴溜儿转。"轰！"爆炸过后，一片雪白，顿时枪声大作……

范天雷带队冲了进来，不断地持枪射击。其他队员也从门口突入，立刻控制了要点。康团长揉揉眼，看见范天雷站在他面前。康团长回过神来："又是你？！"

范天雷冷笑着："你的头，我一定要砍下来！"

康团长被范天雷抓着，快步跑向直升机。特战队员阻击着追来的警卫，边打边撤。直升机在黑夜里拔地而起。警卫们傻眼了，看着直升机消失在茫茫夜空……

机舱里，康团长怒目而视。范天雷坐在对面，拿出烟递过来，"啪！"康团长不客气地一把打掉。范天雷也不生气，带着胜利者的微笑。

"范天雷！偷鸡摸狗，算什么本事？！有本事按照套路打——把你的部队给我摆出来，我们面对面干！"康团长怒吼。范天雷并不生气，给自己点了支烟，吐出一口烟圈："我是特战旅的，老康，偷鸡摸狗就是我的套路。我的部队里都是轻步兵，在你的机械化部队面前，根本不堪一击——只有傻子才会这样干。老康，你气糊涂了？"

"你们休想打垮铁拳团！"康团长不服气。范天雷笑道："那就试试看了。我倒想看看，你老康的铁拳到底有多硬！"范天雷转向电台兵，"告诉狼穴，我们抓住铁拳团的一号了，让红军司令部自己看着办吧！"电台兵开始呼叫："是！"康团长气得说不出话来。范天雷带着笑，拿出外军的军用酒壶："这个你不会拒绝吧？茅台，二十年的！"康团长一把抓过来就喝。范天雷笑着："把我的下酒菜给他。"旁边的陈善明拿出袋装的花生米："康团长，您消消气。"康团长一边吃一边喝："我跟你说，范天雷，你肯定会后悔的！你看着吧！"

"对对对，我会后悔的，我们的头也会被你的步兵砍掉的。"范天雷搓着花生米，机舱里的特种兵们哈哈大笑。直升机在夜空高速掠过。

7

蓝军司令部收到消息，军区副司令朱世巍中将心情大好："太好了！我们的特战旅抓了红军的铁拳团团长，捣毁了他们的团部！我命令——全面发动总攻！趁此机会，全歼铁拳团！"

291高地上，连续的爆炸声震耳欲聋，爆炸后烈焰满天。何晨光窝在战壕里，李二牛爬过来，递给他一个馒头："刚做好的，吃吧！"何晨光一把将李二牛拽了进来："你快进来！""轰！"又是一声爆炸——李二牛拖着的筐子里装的白馒头上面盖了一层土。李二牛大怒："这群浑球儿！一个热乎馒头都不给兄弟们吃啊？！"何晨光站起来，在战壕里不断地射击。

连指挥部的洞穴内，龚箭着急地看着地图，电台兵拿着无线电高喊："我们跟团部联系不上了！"龚箭大惊："什么？"电台兵说道："通信信号断了！"龚箭怒吼："我们现在需要支援！"电台兵急得快哭了："指导员，真的联系不上！我没办法了！"

老黑钻进洞里："不行了，这么打下去，全连都得完蛋！我们只剩下一半人了！指导员，得赶紧拿个主意！"龚箭吼道："我们接到的命令是死守291高地！"

"那是通信信号中断以前的命令，现在我们跟团部联系不上，接不到新的命令，得你拿主意了！指导员！"——龚箭痛苦地看着地图，老黑看着他："指导员，咱神枪手四连要是真的被蓝军全部歼灭，打光了编制，那才真是大笑话！听我一句，留得青山在，不愁没柴烧！现在撤下去，以后反攻还来得及！"龚箭看着地图，一咬牙："撤！"

阵地上，何晨光正在更换弹匣，准备继续射击。排长摘下耳机，命令道："撤！"

"咋说撤就撤呢？"李二牛起身问。何晨光收好武器，拉了李二牛一把："再不撤都得完蛋！走，二牛，快回炊事班去！"李二牛拎着枪，跑了："这仗打得——窝火！"何晨光掩护着战士们陆续撤离，蓝军士兵们呐喊着冲了上来。

8

路口处，六连三班奉命把守路口，保持交通畅通。远处隐隐有炮声传过来。蔡小心躺在三轮摩托上，用头盔盖着脸睡大觉。王艳兵手持狙击步枪蹲在车顶警戒，环顾着四周。黄班长跑过来，看见蔡小心，咣地一枪托直接砸掉了他的头盔。

"有情况！"蔡小心迷迷糊糊地高喊，抓起摩托上的88通用机枪。

"有球情况！谁让你睡觉的？！"黄班长骂。蔡小心一看，松了口气："班长啊……吓死我了！这不是没啥事儿吗？"

"那你就能睡觉了？"

"咱们六连三班啊，就在被遗忘的角落。看人家打得多热闹，咱们连看热闹都看不着，跟这儿听热闹！"

"你咋不学学王艳兵？看看人家，一个新兵同志，多自觉！"黄班长气急。蔡小心看看还在警戒的王艳兵，嗤之以鼻："他啊，他不是新兵吗？再待一段时间就知道了。班长，连长有啥指示？"黄班长说："没啥新指示，就是跟团部联系不上了。"王艳兵看着前方，突然拉开枪栓："有情况！"几个人急忙跑进沙袋后，占据阵地，拉开枪栓。远处，一列96A主战坦克车队迅速开来。蔡小心小声问："是咱们的坦克吧？"

"咱们的坦克营在前面，这是从后面来的！"王艳兵说。蔡小心说："后面就没坦克部队了吗？兴许是别的团的！"黄班长拿起望远镜，坦克周边尘土漫天，看不清楚。坦克车队轰轰隆隆越来越近。黄班长命令："发信号！"蔡小心拿起探照灯打开，打着信号语。坦克车队在距离他们10米左右的地方停下了。蔡小心不以为然："我说什么来着？是咱们的坦克，看得懂信号！"王艳兵仔细地看着，突然大惊失色："蓝军！"

坦克上挂着的蓝军旗帜在飞扬的尘土中显现出来。"闪开！"黄班长大吼。坦克上的重机枪开火了，王艳兵翻身滚下步战车，其余的战士身上都开始冒烟。黄班长摘下头盔站起来："完了，都完了。冒烟了，站起来吧！"战士们纷纷站起来。"你咋还不站起来啊？"蔡小心看着还躺在步战车下的王艳兵。王艳兵不说话，抱着自己的武器。黄班长小声地怒骂："他没死！你别喊！艳兵，我们掩护你！你快走！"

"班长……"

"哎呀！我已经是烈士了！你赶紧走啊！"黄班长压低声音。对面的坦克上跳下来几个兵，持枪走过来："铁拳团的吧？"黄班长打着掩护："是啊是啊！我们都阵亡了！你们是哪个团的？"对面的一个中尉回答："601团的。"黄班长走过去，拿出烟递上："那什么，我还有个老乡在601呢！叫嵇道清，你认识不认识啊？"那中尉一呆："你认识我们嵇副团长？"黄班长附和道："对！都说了是老乡嘛！我跟他儿子嵇天毅是高中校友呢！他媳妇，丛蕊老师，是我的高中班主任呢！"中尉一下子放松了警惕："那什么，都自己人，好说好说！饿坏了吧？哎，五班长，给搞点儿吃的来！"

"自己人，自己人，别说外话！"黄班长笑。步战车下面，王艳兵低姿匍匐，滚下了河。他卧在水里，慢慢爬行，离开危险区域，到了桥下。一辆坦克车队从桥上轰隆隆开过，碾落的土块簌簌往下掉。王艳兵握着武器躲在水里，一动不敢动。

9

清晨，朝阳逐渐在群山之间升起，王艳兵手持狙击步枪，狼狈不堪地在山林里穿行。前方有蓝军在搜山，王艳兵急忙卧倒，潜伏在灌木丛中。待搜索队过去了，王艳兵仍不敢出声。突然，旁边的一团草丛动了动，露出一张迷彩大脸，两眼黑白分明。王艳兵惊喜地想叫，被另外一只手从后面捂住了嘴。对面的迷彩脸低语："你一叫，我们就都暴露了。"王艳兵回过神来，点点头，后面的老黑这才松开手。王艳兵低声说："你们都在这儿啊？我们班完了！"何晨光说："咱们团损兵折将，现在就剩下不到俩营了。我们是出来找幸存的同志的。走吧，我们回去。"王艳兵一惊："咱们团就剩下俩营？"

"团长都完了，剩下俩营就不错了。"老黑说。王艳兵更惊了："怎么团长都完了？！"

"蓝军特种部队的斩首行动，直接把团长抓走了。现在全团在仙人洞集结，收拢队伍。"

"铁拳团被打败了？"王艳兵问。何晨光说："还没有，我们还在。"

"机械化步兵团——我们没有坦克和步战车了，"老黑苦笑，"就剩下这点儿人和枪了。"王艳兵惊愕不已。

第五章

─────── ★ ───────

1

从林里，树木葱郁，雾气缭绕，何晨光、老黑和王艳兵三人在密林间快速穿行。防空洞里，铁拳团的战士们无精打采地靠着洞壁坐着，全是满脸满身的泥，情绪低落。李二牛来回穿梭着，给战士们送吃的，但这时没人有心情填肚子。李二牛看着战士们，很无奈。这时，穿着一身吉利服的老黑和何晨光领着王艳兵进来了。王艳兵叫了一声："二牛！"

"艳兵！"李二牛起身，高兴不已，"你还活着啊！"王艳兵苦笑："你不是看见了吗？没当烈士！"李二牛语无伦次了："不是，不是，你看俺这嘴！俺是说，你还没死啊……不是不是，俺是说……"王艳兵左右看看："行了行了，意思我明白了。六连在哪儿呢？"

"六连？没看见，好像就你一个。"李二牛说。王艳兵一愣。

"我们只找到你一个六连的。"何晨光看着他。李二牛劝他："你别难受，艳兵！大难不死必有后福啊！这烈士没当上，兴许就会有好事发生呢！"

王艳兵望过去，在里面的一个隐蔽处，参谋长跟龚箭等几个校尉军官正在对着地图研究。

"现在就剩下我们几个了，谈谈你们的看法吧。"参谋长说，"我们下一步怎么办？"都不吭声，参谋长一扔笔："总不能一直落草为寇吧？"龚箭想了想，抬头："参谋长，我想反击。"参谋长疑惑地看着他："反击？拿什么反击呢？要啥啥没有，我一辆坦克、一辆步战车、一门火炮都不能给你了。"

"我想试试看。"龚箭语气坚定。参谋长想了想："谈谈你的看法。"

"虽然我们是机械化步兵团，但是除去这些武器装备，我们还是红军团。"龚箭看了看大家，继续说，"从建团开始，我们在武器装备方面就一直处于劣势，但是我们从未失败过！"

"时代不同了。"参谋长叹气。龚箭有些激动："无论什么时代，我们红军团的底子还在！我们可以化整为零，打麻雀战、游击战！我们神枪手四连，人人都是神枪手，狙击步枪号称小型远程火炮！四连人人都可以使用狙击步枪！把现有的狙击步枪集中起来，肯定够我们连用的！这比起我们的红军前辈来，条件不知道好了多少倍！"

"可是蓝军的武器装备、技术条件，也不是当时的国民党军队可以比的啊！"一名连长说。龚箭道："虽然蓝军有解放军最现代化的装备，我们失去了所有的现代化装备，但是我们的优势却恰恰在于——我们什么都没有。我们也没有电台可以联系，完全处于无线电的静默。失去了无线电信号跟踪、信息网络追踪，在这山里面，卫星侦察和航空侦察对化整为零的狙击小组根本没有效果，他们除了跟我们当面作战，没有别的机会发现我们。狙击步枪的射程远，蓝军不占便宜。全团其余的官兵全部分散成游击小组，四处点火，肯定会使他们疲于应付的。"

"这好像是特种部队经常使用的战术。"参谋长看着他。龚箭笑道："参谋长说得很对。"

"我知道你是狼牙特战旅出来的，但蓝军中可是有你的老上级老部队老战友！你带四连出去，跟他们经验丰富的狙击小组对战，有把握吗？"参谋长有些担心。

"敌后狙击作战，最难的不是对战。"龚箭自信地说，"在敌后，被发现基本就是死路一条。我们四连还有五十多个官兵，可以分散成二三十个狙击小组，他们即便发现，也没有办法把我们全歼。我的兵我了解，他们未必是蓝军特种部队狙击小组的对手。但是，我们把这二三十个狙击小组都撒出去，蓝军特种部队压根儿不可能全部找到。而我们这些狙击小组，除了自由猎杀，最终的目标只有一个——"龚箭停住了。

"蓝军司令——朱世巍中将。"参谋长看着地图。

"对！"龚箭笑得很自信，"他们搞不清我们到底有多少狙击小组在活动。这二三十个狙击小组全部出去活动，活动范围会超过上百平方公里。他们绝不可能把我们这么多的狙击小组一网打尽！这会是在他们后方活动的跳蚤，咬一口不一定致命，但是他们会很难受！这样会减轻红军在正面战场的压力，有利于红军司令部重整旗鼓，转败为胜！"

参谋长皱眉思考着，龚箭继续说："如果运气好，偶然因素和必然因素都具备，我们也许会创造奇迹——成功狙杀朱世巍中将，一雪我们铁拳团被斩首的耻辱！"

"我同意！你们还有什么不同的看法吗？"参谋长点点头，看着大家——没人否决，参谋长一拍桌子，"好，我命令——将所有的狙击步枪都集中起来，交给神枪手四连！"

防空洞里，战士们陆续起身。王艳兵一愣，站起来："班长，为什么要把狙击步枪都交给四连？"传令员说："四连要组织狙击小组出去。"王艳兵瞪圆了眼："可我也是狙击手啊！"传令员说："人家可是神枪手四连，人人都是神枪手！你啊，省省吧！参谋长下令，把所有的狙击步枪集中到四连去！"传令员说完就跑了。王艳兵抱着狙击步枪站在那儿，很不舒服。这时，已经涂好迷彩，穿着吉利服的何晨光走过来，叫了一声："艳兵！"

王艳兵抬眼："你想来看我有多难受吗？这是我的枪，是我的第二生命，你们四连要把它拿走！"何晨光说："跟我一起去。"王艳兵吃惊："我？"

何晨光说："我跟指导员汇报了。"王艳兵看看那边，画好迷彩脸的龚箭站在一群狙击手跟前，看着他："列兵王艳兵——"王艳兵一个立正："到！"

"你是我新兵连的射击能手，虽然现在不在我的连队，但是你愿意跟我们一起作战吗？"龚箭问得很大声。王艳兵一个激灵："报告！指导员，我愿意！"何晨光拍拍王艳兵的肩膀，笑了。两个人同时举起拳头："同生共死！"

2

防空洞里，五十多名穿好吉利服，画好迷彩脸的狙击手持枪肃立，每个人都挂着两把长枪——一把狙击步枪，一把自动步枪。钢盔下面黝黑消瘦的脸，在沉默中蕴蓄着无穷的力量。连炊事班的李二牛、老马等也都武装完毕。何晨光脸色平静，王艳兵有点儿激动，但努力忍住了。李二牛背着枪，喘着粗气，像随时准备赴死一样。龚箭身着同样的装束，看着他的士兵们。"同志们——"龚箭一声吼，声音在防空洞里回响。唰——五十多名精锐彪悍的战士持枪立正。龚箭还礼："请稍息！这是一个最坏的时刻，我们铁拳团的团长被俘，全团建制被打散，战争形势正向着有利于敌人的方向发展。但这也是一个最好的时刻，虽然我们丢掉了所有的装甲装备、自行火炮，甚至跟上级失去了联系，但是我们的枪还在！"战士们目光炯炯。"对于神枪手四连来说，只要枪在，胜利就在！我们的红军前辈，用手里的步枪战胜了敌人的火炮坦克，打下了一个新中国！现在，面对优势敌人的海陆空信息全方位的围剿，你们——解放军的士兵们，你们怕了吗？"

"不怕！"

"铁拳团战败过吗？"

"没有！"战士们怒吼。

"你们都接受过最严格的射击训练，每个人都是当之无愧的神枪手！虽然并不是每个人都接受过狙击小组的战术训练，但是没吃过猪肉，还没见过猪跑吗？！你们都羡慕狙击手，都想当狙击手，今天，这个机会就摆在你们面前！全连化整为零，进行狙击作战！从出发开始，不再互相联系，一直到战争结束！如果幸存下来，就各自归建；如果不幸阵亡，我请你们喝酒！我可以负责地说，谁在这场特殊作战当中表现出色，即使不是狙击手，我也提拔你做狙击手；如果表现欠佳，就算是狙击手，我也让你交出狙击步枪，从头再来！明白了吗？"

"明白！"李二牛激动地一声吼。所有人都看向他，李二牛嘿嘿憨笑："对不起，对不起，俺太激动了……"龚箭看看他，笑笑，说道："很有上进心，我喜欢！你们明白了吗？！"

"明白！"

"你们是最勇敢的解放军战士吗？"

"是！"

"神枪手四连——"

"狭路相逢勇者胜！"战士们的喊声地动山摇。王艳兵站在队列里，有点儿别扭。

"出发！"龚箭一声令下。

"是！"老黑出列，"四连全体都有——左后转弯，跑步——走！"

龚箭看着有点儿恍惚的王艳兵，笑笑，指着何晨光："比他差？"

"不是，指导员！"王艳兵一挺胸膛。龚箭拍拍他的肩膀："那就证明给我看！"

"是，指导员！"王艳兵追上何晨光，两人并肩跑着。

龚箭提起狙击步枪，转向参谋长，敬礼："我走了，参谋长！"

"全看你了！"参谋长回礼。龚箭神情坚定："我会尽力的！"然后，他走了。

"铁拳团，敬礼！——"参谋长高喊。唰——所有官兵向着跑步出去的狙击手们庄重敬礼。狙击手们的迷彩脸上带着一丝庄严和神圣。

山路上，蓝军的车队正在开进。突然，远处传来一声枪响，开路车的司机中弹，身上的发烟罐滋滋地冒着白烟。他停下车，一脸沮丧："我中弹了……""狙击手！"其余的战士们急忙跳下车，各自寻找隐蔽地点。山上的狙击小组开始射击，不断有蓝军战士中弹，烟雾弥漫。"快！火力覆盖！"一个中校高喊，话音未落，"砰"一声枪响，中校也冒烟了。一个兵甩出烟雾弹，烟雾瞬间升腾起来。

山坡上，李二牛看着蓝军在烟雾弹的掩护下奔跑，紧张道："他们在架迫击炮！"

"撤吧，这地方没搞头了，马上就被火力覆盖了。"老黑带着李二牛，快速往下滑去。山下，几门迫击炮开始发射，重机枪也开始不停地扫射——但山上毫无反应。

山谷里，一个连的坦克隆隆驶过，驾驶员小心翼翼地探出脑袋看路，车长露出了半个身子。王艳兵眼睛离开瞄准镜："这群铁王八，我们没办法了。"

"我们打掉他们。"何晨光。王艳兵一愣："打？拿什么打？你有反坦克导弹吗？"

"没有。"何晨光笑笑，"但是我们有狙击步枪。"

"别逗了！那可是坦克！我们的子弹能打穿装甲吗？挠痒痒都不够格！"王艳兵说。

"别着急，你看——"何晨光指了指，王艳兵顺着看过去，何晨光低声说，"看见没？最后一辆是指挥坦克，那个露出来的车长，就是连长。"王艳兵问："你怎么知道是指挥坦克？"何晨光说："看车上的天线。"王艳兵看去，果然有两根很长的天线在摇曳。

"这天线是跟上级联系用的，只有指挥坦克上有。我们打不穿他们的装甲，但是他们的人在外面。我们先射击连长和指挥坦克的驾驶员，指挥坦克就失去了机动能力，只能瘫在那儿。"何晨光说。王艳兵说："可是他们还有那么多坦克呢！"

"枪一响，他们就会缩进王八壳里面去，通过潜望镜观察外面。潜望镜的视野是有限的，我们在几百米外的山上，想通过潜望镜找到我们是很难的。我们——打掉他们的眼睛！"

"打潜望镜？"王艳兵有点儿明白了。

"对！我们对潜望镜挨个点名！没有潜望镜，他们开不走。"何晨光笑得很贼。

"也就是说，我们两个狙击手，就可以让一个连的主战坦克失去战斗力？"王艳兵有点儿兴奋。何晨光说："不错！武术上叫作四两拨千斤！怎么样，干不干？"王艳兵看着他，佩服地说："你果然很强！"何晨光说："看书看的。"王艳兵低吼："干！"

"我们先从指挥坦克下手，接着打掉领头的，把他们憋死在山谷里面！"何晨光布置，两个人开始着手准备。"我打连长，你打驾驶员。准备！"何晨光的眼睛抵上瞄准镜，两个人都瞄准各自的目标。"三、二、一——射击！"何晨光和王艳兵同时扣动了扳机。

山谷里，连长正在观察，身上开始蜂鸣着冒烟，同时旁边的驾驶员也冒烟。两人不明就里，奇怪地左顾右盼。"哪里打枪？"连长问。话音未落，第一辆车的车长和驾驶员也冒烟。连长突然明白过来。"狙击手！快进坦克！"连长大喊，其余的车长和驾驶员迅速缩进坦克。连长沮丧地撕下臂章，恨恨地道："妈的，没想到被狙击步枪给阴了！"

二号坦克里，副连长握着无线电："各单位注意，这里是佩刀二号！连长牺牲，现在由我接替指挥。我们遭遇红军狙击小组，立即展开战斗队形，准备快速通过！完毕！"

"佩刀二号，我是军刀二号。军刀一号也停止行驶了，路已经堵上了！完毕。"

"怎么搞的？军刀一号，军刀一号，收到没有？回话！"副连长大吼。没有回应。片刻，无线电里传来声音："佩刀二号，军刀一号不能回话。完毕。"

"怎么回事？"副连长急了。无线电回话："我已经阵亡了。完毕。"

"副连长，现在咋办？前进不能，后退不得！他们要是有反坦克导弹小组，我们就完蛋了！"驾驶员回头，看见副连长的鼻头开始冒汗了，驾驶员带着哭腔，"怎么办，副连长？"

"潜望镜，机枪射击！"副连长大吼。瞬间，各辆坦克的同轴机枪开始四处射击。王艳兵趴在对面的山坡上嘿嘿乐："他们果然在使用潜望镜。要是我们有反坦克导弹，他们就全完蛋了！"何晨光说："狙击步枪号称小型远程火炮，我们照样干！我从前往后，你从后往前，挨个点名。"

"好！轻松愉快，解决战斗！"王艳兵瞄准，两个人开始对潜望镜挨个射击。

副连长正在车内观察，啪！——潜望镜黑了。副连长呵斥："怎么回事？！"

"有人打了我们的潜望镜！按照演习设定，潜望镜被击中自动锁定！"炮手大声报告。

"嘿！遇到高人了！"副连长对旁边的士兵说，"他们的狙击手在打我们的坦克！释放烟雾弹！"不一会儿，山谷里便烟雾四起，遮挡住了何晨光和王艳兵的视线。

"他们开始放烟了。"王艳兵说。何晨光收起狙击步枪："打不了了，撤！"

"这就走了？"王艳兵没挪窝。

"他们会呼叫炮兵支援，闹不好还会采取火箭炮覆盖。我们只能出其不意攻其不备，一旦被发现，就只有跑路了。走吧！指导员还在等我们！"两人收起狙击步枪，快速离开。对面的山路上，被烟雾笼罩的坦克车队还在盲目地射击着。

3

蓝军指挥中心里，大屏幕上显示着无人机传输回来的画面——山谷里烟雾升腾，同轴机枪还在盲目地射击。范天雷站在大屏幕前，脸色铁青。陈善明瞪大了眼："狙击手打坦克？！他们真行！是龚箭干的？"范天雷盯着大屏幕："不会这么巧的。"

"那是谁？！神枪手四连还有高人？"

"是他。"范天雷肯定说。陈善明问："谁啊？"范天雷笑了："肯定是他！我果然没看错他！天生的狙击手！他这些年没白过，一直在看他父亲留下的资料。"

"五号，你说的到底是谁？"陈善明纳闷儿。范天雷拿起作战帽笑笑，说道："我们走！"

"去干吗？那个狙击小组肯定撤了！"陈善明紧跟在后面。

"我要去看看他的狙击阵地到底设得怎么样，是不是符合我的标准。"

"五号，你越说越神了。神枪手四连，再怎么也是步兵连啊！能达到你的标准，得是什么样的神人啊？"陈善明不相信。

"有些人生下来，就注定是干这行的。我们走吧。"范天雷眼睛里闪着亮光。

范天雷来到了何晨光已经撤离的狙击阵地。这个阵地有力地借助了山窝的掩护，上面遮挡着树叶枝蔓，不仔细看，根本发现不了。范天雷蹲下身，细细地观察着。陈善明看了看，说："是个高手！在这个位置可以对下面全部控制，也方便撤离。我还真是小看这个步兵连了！"正在勘察现场的苗狼捡起地上遗落的一颗弹壳，递给范天雷。范天雷仔细观察着，苦笑："他还是太嫩了。"陈善明说："留下了痕迹。"

"毕竟没有接受过系统的培训，自学总会有缺陷的。"范天雷把玩着弹壳，叹息。

"我越来越好奇了，你说的到底是谁？"陈善明问。范天雷说："你认识。"陈善明更纳闷儿了："我认识？"范天雷回答："是的。你看见就知道了。"

"越说越神秘了。"

范天雷看了看那些老士官们："你们都认识。"苗狼和其他人不明白，看着他。范天雷眼神有些阴郁："那些牺牲的烈士，是永生的。"在场的官兵们听得云山雾绕。范天雷笑笑，说道："你们都会明白的。"

山林里，何晨光和王艳兵涉水过来。在附近的一棵树上，一支枪口伪装得极好，正追随着他们。何晨光用余光扫了一眼，不动声色。旁边的王艳兵浑然不觉。何晨光突然捡起一块石头，甩手出去，啪！——哎呀一声，狙击手从树上栽下来。王艳兵持枪一个激灵："谁？"

　　"别开枪，别开枪，是俺……"李二牛从地上爬起来，揉着胳膊，"自己人，自己人……"

　　"你爬那么高干吗？不知道爬得越高，摔得越重啊？"王艳兵无语。

　　"你怎么发现俺的？"李二牛还以为自己藏得很严实。何晨光笑着把他拉起来："你啊，顾头不顾屁股！记住，伪装的时候不要乱动！"

　　"我们伪装得怎么样？"一个声音从芦苇丛中传来。何晨光一激灵，王艳兵持枪左右观察着。突然，老黑笑着从芦苇丛里钻出来，接下来是龚箭，也从岸上的土坑里冒了出来，抖搂着身上的草屑。何晨光不好意思地笑道："指导员，真的没想到。"

　　"你们迟到了三分钟。"龚箭看表。王艳兵说："指导员，我们打了一个坦克连！"

　　"就是打了一个坦克团，也不能迟到。战场上，耽误一秒钟时间，都会酿成大祸的。"龚箭面无表情地说。何晨光压低声音："是，指导员。"

　　"我已经从蓝军的电台通信中听到了！干得不错！你们两个搞垮了一个坦克连！"龚箭笑笑，夸奖道。何晨光笑道："谢谢指导员。"

　　"走吧，兄弟们在等你们呢！"一行人整理好装备继续出发。

　　不久，几人与狙击小队在山林里集结，几个狙击手围在龚箭身边看地图。

　　"我们已经搞得蓝军疲于应付，他们也知道我们的狙击小组在四处活动了。"龚箭指了指地图，"他们现在已经进山，在到处找我们的狙击小组。我们下一步要更加出其不意，打一场步兵攻坚战！他们以为我们不会集中攻坚，我们就给他们来个狠的！"

　　"我们打哪儿啊？"李二牛很兴奋。

　　"34号大桥！"龚箭点了点地图上的位置，"这是蓝军的交通要道。我们炸掉这座桥！"

　　"那我们需要炸药，大量的炸药。"王艳兵说。老黑一把掀起旁边的伪装网，嘿嘿一笑："昨天晚上，我和二牛去搞了蓝军的一个弹药库，搞来这些家伙！"王艳兵笑着竖起了大拇指。何晨光若有所思地站在旁边，想着什么。龚箭问："何晨光，你有什么想法？"

　　"34号大桥距离最近的蓝军机械化步兵营只有三公里，他们会迅速增援，我们没有反坦克武器。"何晨光说。龚箭的脸上带着坏笑："我们没有，他们有。"

　　"我明白了。"何晨光也笑。龚箭命令："我们以最快的速度抢占大桥！守军有反坦克导弹，我们用他们的武器来阻击他们的坦克！"

　　"没有枪，没有炮，敌人给我们造！"李二牛唱起了歌，大家都笑了。龚箭看看手表："赶路吧！我们把分散的狙击小组集中起来，给蓝军看看，什么是神枪手四连！"

4

山林里一片静谧，越来越多的狙击手穿行其中，龚箭带队在悬崖山林里急行军。大桥边，蓝军的旗帜在飘舞，一个排的士兵严阵以待，旁边停着数辆吉普车、卡车等，不时有巡逻队在桥上来回巡视。"砰！"机枪手身上开始冒烟，东张西望："谁打的我？"中尉高喊："狙击手！卧倒！"又一枪，他的身上也开始冒烟，士兵们四散卧倒。

山上，何晨光和王艳兵手持狙击步枪，分别占据了一高一低两个位置在射击。

"火力压制！"龚箭在树下大喊。几个机枪手冒出来，开始不停地射击。

"催泪弹！"——几个兵拿起95自动步枪，下挂榴弹发射器。"嗵！"催泪弹打出去，大桥上烟雾四起。守军们不停地咳嗽，在烟雾中挣扎着摸索防毒面具。这时，十几个戴着防毒面具的红军在龚箭的率领下冲上桥。枪声不停，守军纷纷中弹冒烟。何晨光背着狙击步枪跑出烟雾范围，摘掉防毒面具，手持05微冲快速向前："快！我们到位置了！安炸药！"

王艳兵手持95自动步枪，背着背囊跟在后面，带着几个兵快速跑向桥。他打开背囊，取出炸药。何晨光手持狙击步枪警戒，不时地射击冒头的蓝军。王艳兵等人爬到桥下，紧张地安装着炸药。这时，前面隐约有轰鸣声传来，尘土飞扬。何晨光眼睛抵在瞄准镜上，看见蓝军的主战坦克高速开过来，步兵分散在两侧。

"坦克！"何晨光报告。龚箭下令："干掉它！"

一个兵从蓝军的工事里拿起反坦克导弹，瞄准，发射——"嗖！"主战坦克冒烟，周围的步兵急忙闪开。何晨光冷静地瞄准，一个又一个蓝军接连冒烟。

另一边，蓝军厨房里，炊事班的兵们还没反应过来，门就被一脚踹开。李二牛站在门口持枪高喊："我们是红军！"几秒钟后，炊事员们反应过来，胖司务长高喊："抄家伙！上！"厨房外，李二牛正被炊事员们打出来，左右抵挡着，已经鼻青脸肿。何晨光斜刺里冒出来，连续几个侧腿踢，炊事员们一个一个倒地呻吟着。王艳兵跑过来："都搞定了？"

"搞定了！"何晨光拍着手。李二牛被拉起来："班长，咋能这样呢？"炊事班长倒在地上，气呼呼的，说不出话。何晨光背着狙击步枪："点了哑穴了！我们走！"

桥头上，蓝军的大部队飞驰而至。王艳兵大惊："走不了了！"蓝军跑过来，不断地开枪，坦克转移着火炮。何晨光大喊："跳！"李二牛吓了一跳："啊？真的当狼牙山五壮士啊！"王艳兵不由分说，拉起李二牛跳入河里。河流很急，三个人转眼就没影了。

"真跳啊！"一名蓝军士兵傻眼了。蓝军中尉佩服地说："厉害！宁死不当俘虏啊！"蓝军士兵问："不会真的出事吧？"蓝军中尉看了看湍急的河面："不知道。看他们的命吧，反正每次演习都有指标。"蓝军士兵好奇地问："啥指标，排长？"

"死亡指标。"蓝军中尉说得很平静，蓝军士兵打了个冷战。

中尉看了他一眼："你以为演习是过家家啊？当兵，是真的要牺牲的！"

桥下，三个人在水里沉浮，忽隐忽现，互相大喊着。何晨光一把抓住河面上伸过来的树枝，将狙击步枪甩出去，拉住了枪带。李二牛和王艳兵分别抓着，三个人跟糖葫芦一样串着，拼命地往岸上挣扎。三个人艰难地爬上岸，王艳兵埋怨着李二牛："你去厨房干什么？"

"俺想找点儿吃的……"李二牛有点儿委屈。王艳兵忍不住骂道："你就知道吃！"何晨光忙给他解围："他是想给大家找点儿吃的。你们受伤没？"

两人都各自检查了一番，完好无损。收拾好东西，三个人起身出发了。

桥头，范天雷站在车前，久久凝视着神枪手四连的臂章。范天雷摘下粘在车身上的神枪手四连臂章，苦笑："我的学生给我留下的。"

"他们这是在跟我们叫板！我们要想办法抓住他们！"陈善明狠狠地说。范天雷转身，看着远处静谧的群山："抓不住的。莽莽群山，他们化整为零打游击，想怎么藏身都可以。"

"我们就看着他们这么胡搞吗？"

"超限战——"范天雷苦笑，"世界上最强大的军队、最现代化的装备，在游击战面前，也是一堆废铜烂铁。所谓的信息化高科技战争，根本不是这种超限战的对手。现在他们除了手里那几杆枪，什么都没有了，我们用技术侦察手段反而找不到他们了。"

"蓝军司令部下了死命令，要求我们必须围剿铁拳团的这群漏网残兵！"陈善明愤愤地说。范天雷摇摇头："残兵？他们根本不是什么残兵。他们是有组织、有纪律、有信念的革命军人。他们虽然丢掉了自己的坦克战车，但是没有放下自己的步枪。战争，还是步兵一枪一枪打出来的。战士的意志最重要，这一点，铁拳团交出了最好的答卷。"

"那我们怎么办呢？"陈善明问。

"靠我们，根本别想在山里全歼他们。我们需要蓝军司令部的协助，采取拉网围剿战术。机械化部队定点固守，拉网搜查，减少他们的游击战活动空间。尤其注意的是，要把他们跟老百姓彻底隔绝开，不能让他们活动到居民区去，譬如人口密集的农村、城镇。在那里，他们会如鱼得水，混迹于老百姓当中。那时候我们就麻烦了，只有挨黑枪的份儿。"

陈善明苦笑："怎么听起来似曾相识啊？"范天雷笑笑，说道："国民党军队围剿苏区的老办法——碉堡战术，也叫龟壳战术。老办法，也是笨办法。这不是真正的战争，我们没有时间去发动群众，组织人民来揪出来他们，只能用这个笨办法了。游击战和反游击战有很深的学问，也是现代化军队很难解决的头等难题。即使打得下来，你守得住吗？还好这是演习，如果是真的战争，不断遭受冷枪射杀会严重影响蓝军的士气。"

"我们还能做什么？"陈善明问。范天雷说："进山，'剿匪'——共产党的军队打共产党的军队，要用共产党军队的老办法。精锐小分队进山剿匪，死缠烂打，一定不能让他们漏网。比耐力，比山地战，他们给我们提鞋都不够格！命令各个特战分队，丢掉直升机和车辆，携带一周的物资装备，徒步进山！发现目标就穷追猛打，让敌人疲于奔命！记住，一定要保持联系，不要抢功，当心被各个击破！既然龚箭要跟我玩，我就跟他玩到底！"

"是，五号！全体注意，我们进山！"陈善明传达完命令，特战队员们拿上自己的背囊，分散进山了。范天雷接过一把蒙着枪衣的长枪，撕开，唰——是那把85狙击步枪。

陈善明苦笑："走吧，同志们！林海雪原开演了，我们跟着203剿匪去啊！"特战队员们笑着，跟着走了。

山谷上空，武直十武装直升机超低空掠过。王艳兵在灌木丛里露出头："怎么这么多直升机？在找我们？""又来一架！"三个人急忙卧倒，吉利服跟周围的环境融为一体。

武装直升机超低空掠过，飞得很慢。飞行员东张西望，只看见下面一片绿色的海洋。飞行员摇头，武装直升机依依不舍地飞走了。

丛林里，前方隐约出现蓝军的身影，慢慢搜索过来。

"这条路走不通了。"何晨光领着另外两人，借助树木的掩护，悄然消失。

山坳里，龚箭、老黑和几个狙击手被遮挡在树叶下，他们组成了一个分队。龚箭看着天空滑过的武直十直升机，思索着。这时有两个兵跑回来，龚箭忙问："怎么样？"一人回答说："过不去，到处都是封锁线。"龚箭没说话。老黑说："看来蓝军玩狠的了，专门来对付我们。"龚箭苦笑："我从小就喜欢看切·格瓦拉，没想到今天自己也混到了这步田地。我的老师范天雷是一个游击战专家，是他教会我游击战的。他今天搞反游击战，自然是轻车熟路。下面就难过了，他的剿匪小分队也会化整为零，上山跟我们玩的。走吧，这个地方不能待了。"众人起身背上背囊。

"何晨光他三个新兵同志怎么办？他们在往集结点来。"老黑问。龚箭看了看丛林深处："他们都很聪明，比我想象的聪明。他们会随机应变的，我们不能等了。老黑，埋雷，注意清理痕迹。一旦被他们发现痕迹，他们就会穷追猛打的，那时候我们就更不好过了。"

"是。"老黑拿出地雷，埋在地上，做好伪装。

没过多久，一个迷彩的身影出现，是苗狼。迷彩围巾被他扎成了包头巾，腰带上还别着猎刀。苗狼慢慢蹲下，鼻子轻轻地嗅着——没有异常。他一挥手，范天雷等人涉水过来。

"有什么发现？"范天雷问。苗狼说："他们曾在这儿宿营，刚走没多久。"

"知道他们往哪边去了吗？"

"味道是从那边过来的。"苗狼指了指方向。

"追!"范天雷抬脚要走,苗狼一伸手拦住:"等等,有地雷。"苗狼慢慢蹲下,从范天雷的脚前面摸出一根细细的钢丝来。一名队员拿出匕首挖开周边的土,一颗防步兵地雷露了出来。陈善明蹲下:"还知道埋雷,这步兵团的不简单。"

"还是饵雷。"苗狼说。果然,地雷下面还有另一颗牵连的地雷。苗狼小心地将地雷起出来,陈善明一愣:"谁教他们埋饵雷的?"范天雷说:"我。"大家都看着他。范天雷面无表情:"龚箭毕竟是我的学生啊。走吧,苗狼,前面带路,小心点儿,他懂我们那一套,会拿来对付我们的。陷阱、饵雷,什么东西都有可能冒出来的。"

"越来越有意思了啊!五号,你的学生居然用你的方式来对付你。"陈善明笑道。

"好事。解放军就是要靠这种不断对抗来互相促进,相互提高。通知蓝军司令部,我们需要军犬,大量的军犬,把所有能找到的军犬都调过来。对付这些游击小组,军犬是最好的追踪工具———一旦发现,就会死追到底!"

"金雕,我的鼻子比军犬好使!"苗狼不高兴了。

"苗狼,你是最好的痕迹追踪专家,比军犬还厉害,这点我不怀疑。但不是每支上山搜索的队伍里都有苗狼的———把你割成一百个都不够!我还是要完整的苗狼吧!"范天雷笑着说。队员们都笑了,苗狼也笑着说:"我不要被割碎。"

"走吧!我们继续赶路!"范天雷命令,"让他们的军犬到得快一点!"

山地上空,武直十直升机高速掠过。军犬在山林中狂吠,追逐着前面的两个狙击手。训导员和蓝军搜山队伍跟在后面。陈善明大喊:"抓住他们———抓活的———别跑了———解放军优待俘虏———"两个狙击手疲于奔命,"咣当"一声掉进了陷阱里。军犬追到陷阱边,对着下面狂吠。陈善明趴在陷阱边上露出脑袋:"能跑?可以啊!你们跑得过四条腿的吗?"陷阱下的两个狙击手无语地看着他。

公路上,蓝军哨兵牵着军犬正在检查一辆拉着稻草的拖拉机。这时,军犬朝着稻草堆狂吠不止。司机吓得脸都白了:"解放军同志,解放军同志……"哨兵们如临大敌,迅速围住了拖拉机。"哗———"哨兵一把掀开稻草,两名红军狙击手抱着狙击步枪苦笑。

战俘营里,被俘的神枪手四连战士们坐在地上,都是愤愤不平。铁丝网外,戒备森严。范天雷走过来,站在高处看着他们。陈善明看着:"五号,看来你这手奏效了。"范天雷的目光在俘虏堆里寻找着,随后欣慰地笑了:"果然,你们没让我失望。"陈善明很不好意思:"我们没做什么,五号。"

"哦,我是说四连的指导员龚箭,还有他手底下的那三个新兵。"

"他们不是还没被抓住吗?"陈善明说。

"对啊,被抓住不就让我失望了吗?如果他们这么容易被抓住,算是我看错人了。"

"你很喜欢他们?"陈善明看着他。范天雷回答说:"对。我希望抓住他们的不是别人,是我。走吧,我们还得找人。"范天雷走下来,对突击队员说,"没时间休息了,我们还要进山。我们累,他们更累!这是一场意志和耐力的较量,也是一场特殊的战斗!

只要对方有一个狙击手漏网，鹿死谁手还真的很难说。出发！"队员们上车，车队扬长而去。

<h1 style="text-align:center">5</h1>

深山里，狙击小分队在青纱帐之间穿行，犹如出鞘的黑色利剑与黑夜融为一体。老黑拿出几块干粮："就剩下这么多了。"看龚箭面色严峻，老黑说笑，"坚壁清野，处处碉堡，严密封锁——都快赶上五次反围剿了。"龚箭说："本来我们就是红军嘛！"

"这顿都不够吃的，下一顿还不知道怎么办呢！"老黑看着手里的几块干粮苦笑。

"我们天亮下山，想办法找点儿吃的！蓝军想困死我们、饿死我们，我们也不能束手待毙！"龚箭狠狠地说。老黑伸头看了看山下："他们在等着我们下山吧？"龚箭苦笑："对，所以要加倍小心！不要在老乡那儿过多停留，发现不对赶紧撤！"

"何晨光他们不知道怎么样了，这深山老林的，出事可不得了！"老黑有些担心。龚箭看着苍茫的群山："这对我们是个考验，对他们，更是考验……"

黑暗中，三个新兵小心翼翼地摸索着前进。不远处的山头上，特战队员们借着夜色潜伏着，虎视眈眈。军犬趴在灌木丛中，跃跃欲试。训导员低语："不叫，凯迪！不叫！"军犬凯迪被压制着，发出"呜呜"的叫声。陈善明低吼："你能不能让它闭嘴啊？"训导员一脸委屈："它是狗，又不是人！它看见目标了，就想上！"陈善明又压低声音："这样下去，肯定会暴露的！"最终，凯迪还是克制不住，低吠了一声。山林里，何晨光一个激灵。王艳兵看他："怎么了？"何晨光停下步子："有狗叫。"

"这深山老林里，有个把野狗很正常啊。再说，也可能是猎人的猎犬啊。"王艳兵说。

"不是土狗，是狼狗！"李二牛很紧张。王艳兵问："你怎么知道？"

"俺村家家养狗，俺从小就熟悉狗。这是狼狗，错不了的！"李二牛肯定。

"往回走！前面不太平！"何晨光转身往回走。王艳兵不乐意："不至于吧，我们都走这么远了，还要回去……"突然，前面的狗叫声此起彼伏，声音雄壮。王艳兵脸色突变："是狼狗！"何晨光领着两人转身就跑："军犬！快走！"凯迪克制不住，开始狂吠。陈善明愤愤："暴露了！放狗追！"

"凯迪，上！"训导员一松手，凯迪噌地一下子冲了出去。一群潜伏着的特战队员也起身飞奔，追逐着逃窜的三个狙击手。陈善明在后面大喊："别跑了！解放军优待俘虏！快！分头包抄，抓住他们——"三个人根本顾不上听，夺命狂奔。凯迪的速度超快，不断跃起。三个人滑下一处陡坡，李二牛呼哧带喘："咱……怎么也……跑不过四条腿的狗啊！"王艳兵拔出匕首："实在不行，弄死它！"

"别胡闹！那是军犬！是人家军犬训导员的战友！"何晨光的脚下不敢停。

"那咱们就这么被狗追？！"王艳兵跟上。何晨光说："分头跑，能出去就在091点会合！走了！"说完，三个人飞快地分头跑开。凯迪朝着一个方向死追过去。李二牛转头，跑得更快了："天爷啊！咋就追俺啊？啊——"凯迪噌噌地跳过去，狂追不已。

清晨，天空泛着鱼肚白，太阳刚刚露出山头，朝霞就从这里洒下来。山上有几间旧房子，看样子是一个山林承包人的临时住所，很偏僻。房子外有几只草鸡正在觅食，一只土狗懒洋洋地趴在地上睡觉。老黑悄悄摸上来，靠在边上观察。少顷，他一挥手，龚箭等人在他身后蹲下。老黑低声："没什么动静。"龚箭命令："散开，老黑跟我进去，其余的人警戒。""是！"战士们散开，持枪警戒。老黑跟着龚箭站起身，两个人都将枪口放低，警戒性十足。龚箭看看四周，没有异常，上前礼貌地敲门。门开了，露出一个老农的脸。

"老乡，您好，我们是解放军……"龚箭还没说完，发现老农脸色不对。龚箭突然反应过来，迅速伸手摸枪。老农被一把拽开，露出黑洞洞的枪口，范天雷看着他笑说："小兔崽子，哪里跑？"龚箭呆住了。老黑在身后端起机枪想射击："老子跟你们拼了！"

"放下武器！"龚箭说。老黑急了："指导员？！"龚箭平静地说："放下武器，这是命令！"老黑一咬牙，放下机枪。两个特战队员上来按住他，反绑起来。"指导员！"后面的战士高喊着，拿起步枪。龚箭转过身："放下武器，放下！"战士们含恨，但还是执行了命令。特战队员从周围蹿出来，抓住了他们。

"不错，你不愧是我的学生。"范天雷带着笑。老黑心有不甘："指导员，我们为什么不抵抗？"龚箭看了看屋里："没看见他们有人质吗？屋里面都是老乡，开枪会误伤他们！我们是红军，任何时候都要以老百姓的利益为重！"老黑懊恼不已："哎！人算不如天算啊！"

范天雷清点着被俘的红军士兵——他没看到自己想找的人。

"怎么？范教，您在找谁？"龚箭看着他问。范天雷笑笑，说道："你知道。"

"他们三个，没跟我在一起。"龚箭淡淡地说。范天雷看他："你让新兵单独编组，去执行任务？"龚箭高傲地看着他："你觉得以他们三个的战斗力，是新兵吗？"范天雷笑道："兔崽子，还用问我吗？他们三个都是我亲自选的。你以为老天爷给你空降了三个宝贝兵？"

"我猜到了，您是把他们送到我这儿来完成入伍锻炼的。"龚箭早就想到了。

"不错，我还是会带走他们的。"范天雷看着他。

"范教，在您带他们三个走以前，他们还是我神枪手四连的兵。"龚箭脸色冷峻。

"我明白。演习还在继续，你的神枪手四连还在战斗，对吧？"范天雷也变得严肃。龚箭很骄傲地说："您说得很对，范教。现在你知道，神枪手四连多难啃了吧？"

"别得意得太早。现在山里面不过是三个漏网的小狗崽子，我可是一只老狐狸。"范天雷笑着说，"带走吧，这可是个危险人物，要看管好。"特战队员跑过来："是！上尉，不好意思了。"龚箭伸出手，被绑住了："没事，按规矩来。"

范天雷转身向惊魂未定的老乡道歉："对不起啊，老乡，我也是没办法。这点钱您拿着，算我们赔偿您的损失吧！"老乡瞪大了眼："你们到底谁是解放军啊？"范天雷笑笑，说道："都是。"说完一个敬礼，转身走了。留下老乡还站在门口纳闷儿："咋解放军还抓解放军呢？"

6

清晨，091高地。阳光透过密林间的缝隙投射在地上，斑斑驳驳。王艳兵一路摸索着过来，身上的迷彩服被刮烂不少，看上去更像吉利服了。他左顾右盼，一声清脆的布谷鸟叫传来，王艳兵看过去，何晨光从树林中探出一张迷彩大脸。他急忙跑过去："二牛呢？"

"还没看见。"何晨光说。王艳兵担心地问："他不会被抓了吧？"

这时，远处又传来一阵狗叫。王艳兵快哭了："完蛋了！跑了二百里地，这该死的军犬还是追来了！"何晨光拿起武器："什么也别说了，准备继续跑路吧！"

"别叫！别叫！"——何晨光和王艳兵都愣住了——是李二牛的声音。两人拔腿跑开，隐藏在草丛里观察，都愣住了——军犬的脖子上拴着一条草绳子，李二牛正牵着狗过来："别叫！好好的！"凯迪很听话，不叫了，埋头往前走，刚走几步就狂吠不止。

"别叫了！"李二牛低吼，凯迪还在狂吠。

前面的草丛一动，李二牛急忙持枪："真的有人啊？出来！不出来开枪了！"王艳兵冒出头："你怎么把它给牵来了？"何晨光从上面跳下来："二牛，这是怎么回事？"李二牛牵着狗，喜不自胜："俺说过，俺村人人养狗！对付狗，俺有绝招！"

"军犬不是都受过训练吗？不跟陌生人接近的。"王艳兵说。

"俺从小就养狗，俺村的狗都喜欢俺！可能俺身上都有狗味吧！"

王艳兵看看凯迪，凯迪呼哧呼哧地吐着舌头看他。

"反正它追上俺却没咬，扑上来就跟俺亲热。俺就给牵来了！"李二牛一脸得意。

"蓝军这买卖赔本了啊！军犬都叛变了！"何晨光笑。

"可不是咋的？"李二牛看看凯迪，"居然放狗咬俺！这下他们该哭了。"

"现在我们怎么办？去找指导员？"王艳兵问。

"下不去山了，到处都是封锁线！俺刚才试过了。"李二牛说。

何晨光没吭声，看着凯迪。李二牛紧张道："你看它干啥？"站在旁边的王艳兵嘿嘿笑道："肚子饿了呗！好几天没吃热乎东西了！要不……我做狗肉可是一绝啊！"说着拔出匕首。李二牛一把抱住狗："别胡闹！艳兵，你要杀狗，先杀了俺吧！"

"我们不能杀狗！军犬也是战士！你能杀战友吗？"何晨光说。

"那你看狗干什么？"王艳兵看着他。何晨光笑道："我们有道具了，可以演戏了。"

"我们本来就在演习啊！"王艳兵不明白。何晨光看着凯迪笑道："这可是蓝军做梦也想不到的。"凯迪呼哧呼哧地吐着舌头。王艳兵和李二牛看着他，不明所以。

公路上，几个蓝军在哨卡前百无聊赖地站着。三个红军在路边趴着，悄然摸了上去，蓝军们浑然不觉。几分钟后，哨兵左右张望，发现其他蓝军都不见了，他一转脸吓一跳——一只军犬虎视眈眈地对着他吐舌头。哨兵还没反应过来，军犬一声怒吼，他一屁股坐在地上。何晨光、王艳兵和李二牛冒出来："班长，你被俘了。"哨兵拿着枪还在发呆。

"班长，不行俺就放狗了。"李二牛松了松绳子。哨兵赶忙摆手："别别别！我从小就怕狗，被狗咬过！"急忙放下武器。公路下坐着一串哨兵。三个新兵拿着武器，凯迪吐着鲜红的舌头，虎视眈眈地看着他们。何晨光说："按照演习规则，除了被俘的班长，你们都牺牲了，希望你们能遵守。"哨兵们被狗看着，都不敢吭声。

"摘臂章。"王艳兵说。哨兵们面面相觑，都没动手。王艳兵盯着他们："看什么看？摘臂章啊！难道真的要我们动手，从死人身上摘臂章？！"哨兵互相看看，无奈地动手，撕下了迷彩服上的蓝军臂章和军区臂章。

公路上，李二牛牵着凯迪，凯迪吐着舌头在前面走，何晨光和王艳兵跟在后面。三人的臂上贴着蓝军的标志，大摇大摆地走在公路上。不时有蓝军的车辆和部队呼啸而过，对他们都没察觉。李二牛低声说："我们往哪儿走？"何晨光说："往前，找辆车。"

前面，一辆吉普车停在路边，一个干部和一个兵正在换车胎。

"开车去哪儿？"王艳兵问。何晨光面色冷静："蓝军司令部。"

"天爷啊，咱们去自首吗？"李二牛惊呼。何晨光说："我们得到了天赐良机！忘记指导员给我们的任务了吗？狙杀蓝军司令！"王艳兵问："我们三个，不找指导员了吗？"

这时，一列敞篷猛士车队从身边开过——被俘的龚箭、老黑等人在车上，范天雷坐在旁边闭目养神。龚箭和老黑看着车下的三人愣了，那三人也眼巴巴地看着他们，只有凯迪好奇地左右看看。王艳兵低声说："看来是不用找了……"何晨光的目光变得冷峻起来。

蓝军战俘营里，帐篷和哨楼林立，警戒森严，不时有巡逻队带着军犬走过。铁丝网里面，被俘的红军战士们沮丧地坐在地上，或者站着聊天。蔡小心站在铁丝网跟前，正跟蓝军看守攀谈着，两人都认了老乡。蓝军看守递给他一支烟，蔡小心伸手又要了一支，跑回去。黄班长敌意地看着他。蔡小心把烟递过去："班长，好不容易找到个老乡！"黄班长一把打掉。蔡小心急忙捡起来："干啥啊，班长？又不是真的敌人，也是咱们自己人。"

"演习就是战争，你懂不懂？这次铁拳团丢人丢大发了，你还好意思去认老乡？"黄班长气急。蔡小心擦着烟："班长，这你就不懂了吧？咱是去了解情况！咱铁拳团没完呢！"

"咋？"

"刚才我那老乡说了，铁拳团没完蛋！"蔡小心凑过去，小声说，"神枪手四连化整为零，在山里跟蓝军打游击呢！蓝军被搞得很难受，到处损兵折将！现在的局势跟当年苏区的反围剿似的，红军游击队神出鬼没，蓝军机械化兵团一筹莫展！"

黄班长眼一亮："不愧是神枪手四连啊！"蔡小心问："有啥典故吗？"

"这你都不知道？神枪手四连就是从红军游击队发展起来的，现在又捡回老传统了！"

"咱班的王艳兵还没来报到，是不是跟他们在一起啊？"

"哎，肯定是。"黄班长笑，"我早就看出来了，王艳兵不是一般的兵，他早晚得是神枪手四连的！"

"就他？我是没在外面，我要在外面——"

"得得得，你别吹了！你还不如人家的一半呢！哎，这回能不能翻身，就看四连的了！"

这时，有车队开进来。龚箭、老黑等人被推下车，进了另外一个大铁丝网。黄班长和蔡小心看着，都瞪大了眼。蔡小心苦笑："完了，红军游击队被歼灭了，游击战的星星之火也灭了……"黄班长也一脸沮丧："彻底没希望了……"铁拳团的官兵们都很郁闷，默默无语。

另外一个铁丝网里，龚箭活动着手腕，东张西望。铁丝网外围插着骷髅头标志的牌子，上面写着"雷区勿入"。老黑凑近龚箭，低声道："警戒森严，外面还有地雷。"龚箭四处张望，摇摇头："没希望，范天雷亲自设计的战俘营。他是逃脱战俘营的教官，太专业了！"

"不知道那三个新兵现在怎么样了，没想到他们绑架了一条军犬啊！"

"我也没想到。"龚箭苦笑，"看来对年轻一代的新兵，我们确实不能用老眼光看待了。他们太聪明了，超过了我对新兵的认识。"

"也更难管教了，现在的新兵脑子都活。"老黑也犯难。

"不能老想着管教他们。现在的新兵是在新时代成长起来的，虽然思维跟我们不一样，但骨子里面也是热血男儿。只要方法得当，他们会比我们成熟得更快。现在就已经看出来了，我们所有的希望都在他们身上。"

"神枪手四连，居然要靠三个新兵来翻牌。"老黑苦笑。

"谁不是从新兵过来的呢？老黑，我们的思维定式要改一改了。"

"他们到底在哪儿呢？"老黑看着铁丝网外，一脸担忧。

公路上的一个涵洞处，戴着少校军衔的李二牛安装好炸药，转身上去了。导火索在嘶嘶地燃烧，李二牛拍拍凯迪："走了！"何晨光"中尉"和王艳兵"下士"在公路上的车旁等着，李二牛牵着狗上来："好了好了！点着了！"

"多久炸？"何晨光问。李二牛张开蒲扇般的大手："五分钟！"

"五分钟？你弄那么长？！"王艳兵说。

"是啊！安全第一啊！不然炸到咱们怎么办？"李二牛说。

"五分钟连个响都听不见！"

"干啥要听响？炸了不就得了吗？"李二牛一梗脖子。何晨光苦笑："算了算了，二牛也是好心！走吧，营长，路不短呢！"李二牛看看自己的领章，憨笑："对啊！俺现在提干了，是干部了啊！这一转眼工夫俺就提干了！乖乖，还是个少校嘞！营长啊！"三个人一条狗登车走了。

吉普车在公路上行驶。王艳兵开着车，旁边坐着"中尉"何晨光，后面坐着"少校"军官李二牛和凯迪，路上不时有蓝军经过。前方有哨卡，王艳兵开着车，没回头："喂，营长，你遇到考验了。"李二牛一看，脸都白了："完了，这一问俺还不穿帮？"何晨光拿出墨镜递给他："记住，沉着冷静，不要多嘴！你的军衔够高，就是脸嫩，遮住！"李二牛急忙戴上墨镜，坐在后面跟真事儿似的。车到跟前，哨兵举起红旗。王艳兵停下车，但没熄火。

"冷静。"何晨光正襟危坐，低声道。负责哨卡的是个少尉排长，走过来敬礼："根据蓝军司令部的命令，所有过往军车都要检查，请您配合我的工作。谢谢。"何晨光指着车前："不是有通行证吗？"少尉排长说："还要检查个人证件，谢谢。"

李二牛屏住呼吸。何晨光伸手往怀里，却掏出一把手枪。少尉脸色大变。"走！"何晨光朝哨兵开了枪。王艳兵一脚油门，车跟旋风一样冲了出去。少尉开始冒烟，旁边的士兵们高喊："有奸细！开枪！"吉普车轰地撞开拒马，高速行驶。士兵们纷纷跳上摩托车和越野车，狂追上去。"扔手雷！"何晨光大喊。李二牛拿出手雷向后甩去，凯迪则站在车上狂吠。手雷在路面爆炸，后面的车猛地急刹车，有的车猛地转向，一辆车上升腾起白烟，停了下来。紧接着，更多的车冲过白烟，狂追过来。"快！在前面掉头！"何晨光大喊。王艳兵打着方向盘："掉头干什么？！自首啊？！"

"什么自首不自首的！开回去，赶在爆炸以前过桥！"何晨光吼道。王艳兵明白了，迅速打着方向盘掉头，直接插过去。追兵们害怕被撞，纷纷躲避。吉普车闪电一般滑过。蓝军惊魂未定，赶紧掉头继续追。

涵洞里，导火索冒着火花，快燃到尽头了。

吉普车高速开过涵洞不远，王艳兵一个急刹车。李二牛坐在后座上，差点儿栽下去："你干啥啊？！"王艳兵一脸兴奋："听响，听响！"

"走吧走吧，别夜长梦多！"何晨光催促着。

"着啥急？差不多了，听听！看看他们咋倒霉的！"王艳兵神采飞扬。

远处，追兵越来越近，快上涵洞了。涵洞里，眼看着导火索即将燃到头了，"啪嗒——"洞上方一滴水珠滴下来，落在了导火索上。这时，追兵鱼贯驶过涵洞上的小桥。

"啊？怎么没炸？！"王艳兵看看表。李二牛也不明白出了什么事："不应该啊！"

"你安的什么炸药啊？！"王艳兵怒骂。何晨光一扬手，甩出一颗手雷，大喊："快走！"王艳兵一踩油门，吉普车与地面发出刺耳的摩擦声，再次冲了出去。后面的追兵越来越近，两车几乎相撞。何晨光转身，打出一梭子："换我开！"

"你行吗？"吉普车开得颠簸。"赶紧换人！"何晨光大吼。两人在飞驰的车上换了位置。何晨光握紧方向盘，脚下猛地一踩，突然急刹车。后面的车猝不及防，从旁边猛冲过去，斜撞在路边。"对不住了，班长们！"何晨光一踩油门，扬长而去。追兵们跳下车，看着被撞废掉的车，再看看前面飞扬的尘土，愤怒又无奈。吉普车上，三个人兴高采烈。

"可以啊你！没看出来啊！"王艳兵猛地一拍何晨光的肩膀，车子闪了一下。

"从小就喜欢琢磨车，好莱坞大片看多了。"何晨光笑。这时，李二牛抱着狗，脸色发白："开，开慢点……"话没说完，歪头就开始吐。何晨光减慢车速："晕车了。"

"你真没用啊，哎！"王艳兵一脸鄙视。"俺没坐过这样的车……"李二牛哇哇地继续吐。何晨光在路边停下车："车不能开了，上山继续走路吧。"王艳兵有些不甘心："好不容易有辆车开，哎！"何晨光没理他，径自跳下车："他们不是傻子，还会在前面设卡的，我们无论如何也过不去。走吧，上山。"何晨光搀扶着李二牛下车，牵着狗进山了。

7

"还有一条狗？"范天雷拿着报告，脸上说不清是什么表情。陈善明无语："对，很可能就是那条追人走失的军犬。"范天雷有点儿意外："这三个小兔崽子！够机灵的啊！连狗都被忽悠过去了！"陈善明问："现在怎么办？"

"把所有军犬都集中起来！"范天雷命令。陈善明一愣："不放狗继续搜索了？"

"他们带着军犬，在山里走不了多远，还是要上公路！军犬的蹄子是肉做的，不是铁的，在山里走不了多久就会皮开肉绽！我们把所有的军犬都集中起来，外面若有人牵着军犬走，就肯定是他们！想蒙混过关，门儿也没有！"陈善明竖起大拇指，欲言又止。范天雷一瞪眼："有话就赶紧说！"陈善明嘿嘿一笑："五号，我想说——高，实在是高！"

"少贫嘴了，去做事！"

"是！"陈善明转身去了。范天雷看着大屏幕，脸带笑意："我倒是想看看，你们三个怎么跟我玩！"

在蓝军营地，训导员们的情绪很激动。"为什么要禁止我们继续参加演习？""首长，我们当兵好几年，好不容易才赶上一次大演习啊！"几十号人加上几十条军犬在狂吠，现场极其热闹。那个丢了军犬的训导员失落地坐在地上，旁边另一名训导员问："凯迪还没回来？"凯迪的训导员眼睛都哭肿了："嗯，也不知道现在怎么样了……它没在这样的山里独自待过……"说着又快哭了。旁边的训导员想说什么，又不知道怎么安慰。

"同志们静一静！同志们静一静！"陈善明站在高一点的地方大喊。训导员们逐渐安静下来，军犬也不叫了。陈善明说："你们有一条狗被红军游击小组拐走了！"丢了狗的训导员眼睛一亮："是凯迪！"陈善明说："我不知道那狗叫什么，总之这条狗叛变了！"

"不可能！"训导员急了，"凯迪一直跟我在一起的，怎么可能叛变呢？"在场的训导员都很愤怒："对，我们的军犬是不可能叛变的！""首长，你不能胡说！"……

陈善明一竿子打翻了一船人，有些按不住局势了，军犬也开始狂吠。这时，范天雷走过来，训导员们渐渐安静下来。范天雷看了看下面的训导员："同志们！我很理解你们的心情。军犬是你们的战友，在我的眼里也是，我曾经被军犬从死人堆里面救出来。这条命，就是军犬这个战友给我的！我的心情，跟你们一样！"训导员们和军犬们静静地看着，范天雷继续说："同志们，我们都是军人，军犬也是我们的战士。虽然这个战士不会说话，但依旧是我们中国人民解放军中的一员！演习就是战争，在战争当中什么情况都可能发生！刚才我的部下说军犬叛变，这是对我们战士的不尊敬，我代表他道歉！应该说，我们的战士被蒙蔽了，不知道自己面对的是敌是友！"训导员都低下了头。"这是个非常时刻，也是这场战争的关键时刻！因此，我希望同志们能够理解这个非常措施！请军犬基地的同志们配合，一切为了战争的胜利！我的话完了！"一片沉寂。训导员们很难过，军犬们也似乎感受到了这气氛，闷闷不乐。军犬队长是个上尉，片刻，他转身看着训导员们："好了，刚才首长已经说得很明白了。我们作为参战部队，要遵守蓝军的命令。大家都进去休息吧，把军犬看好，走吧。"训导员们这才牵着军犬进了不同的帐篷。

"五号，真有你的。"陈善明低声说。

"你以后要注意措辞，战士的自尊心是不能伤害的。去做事吧，我们要想办法找到他们——那条狗就是线索。"范天雷说。"是！"陈善明"啪"地立正。

8

三个新兵正在密林里穿行，凯迪突然停下不走了。走在后面的李二牛看着凯迪："不行了，俺的狗走不了了。"何晨光和王艳兵转过身，李二牛举起凯迪的爪子，上面都是血。身后的石头路上有一条明显的血痕。李二牛抱着凯迪快哭了："狗不能再走了，再走就废了！"王艳兵骂道："真耽误事！你说你带它过来干啥？这条狗就是个累赘！"

"你说俺可以，别说俺的狗！"李二牛心疼地抱着凯迪。何晨光劝解着："好了好了，别吵了，我们还在敌后。"王艳兵提议："要不我们把狗放了吧。"

"那哪儿行？狗又不是马，哪知道回家的路？再说，这山上到处都是野兽，狗被吃了怎么办？"李二牛的头摇得跟拨浪鼓似的。何晨光思索着，王艳兵坏笑道："要不……咱们吃了它？反正也没干粮。"李二牛一把抱住凯迪："你敢！俺跟你拼命！"

"别闹了，艳兵。军犬也是在编的战士，你想咱们都上军事法庭吗？"

"我就是开个玩笑！"王艳兵乐。李二牛掉着泪，死死抱住凯迪："玩笑都不许你开！俺的狗多乖啊，脚都流血了，一声也不吭！"

"咱们总得想个办法吧？总不能抱着狗走吧？"王艳兵无奈。何晨光没吭声，李二牛期待救星似的看着他。何晨光说："我们把狗还给蓝军。"王艳兵疑惑："咋还？抱着狗大摇大摆走过去，连人带狗一块儿送？"何晨光看着他笑，有了主意。

第六章

———— ★ ————

1

一处峡谷的公路边，蓝军的旗帜在飘舞，哨卡士兵盘查着过往的车辆。蓝军的一名中尉排长正在看地图，突然，机枪手高喊："有情况！""哗啦"一声，子弹顶上了膛。排长一把丢掉地图，持枪到沙袋跟前，所有战士各就各位。远处，一个红军列兵抱着军犬走过来。排长问旁边的："是不是丢的那条军犬？"机枪手说："好像是！这个家伙在干啥？"

"警告他，停止前进！"

"前面的兵听着，停止前进！否则我们要开枪射击了！"机枪手大喊。李二牛抱着狗，凯迪的四只爪子全都缠着纱布，听话地趴在李二牛的肩头。李二牛继续往前走。排长命令："对着他上方，警告射击！注意，不要打人，尽量抓活的！"——"是！"机枪手一扣扳机——"嗒嗒嗒……"李二牛站在了不远处。排长躲在沙袋后："立即放下武器，就地蹲下，双手抱头！这是最后的警告！"李二牛抱着狗："班长，这条狗是你们蓝军的，俺还给你们！它受伤了，不能走了，需要治疗！"排长喊："你以为你逃得出去吗？"李二牛停下脚步："你们看上面！"排长抬头看山上，一惊，一个跪姿的狙击手正抵枪瞄准自己——是王艳兵。排长胸有成竹地说："你们要搞什么？就一个狙击手，想干掉我一个排吗？"

"排长，你看你上面！"李二牛喊。排长再次抬头，另外一侧的山头上，何晨光手持狙击步枪跪姿瞄准着。李二牛摸出一颗手雷："你再看俺身上。"蓝军们一惊。

排长气急："你们到底想干什么？"李二牛说："如果你们要抓俺，俺最多跟你们同归于尽，但是俺的两个战友会对你们点名射击。排长，你们千万别动。他们确实是精度速射的高手，你们只要一动，他们就开枪。俺敢说，半分钟之内，你们排就没什么活口了。他们在制高点，想跑也很容易，但是你们跑不掉。"排长问："你想用你一个，换我们一个排？！"

91

"排长，俺没那意思，俺只是想还狗。当然，俺也希望你能放俺一条活路。"

排长思索着，李二牛弯身慢慢放下凯迪。凯迪卧在地上，看着李二牛。李二牛摸摸它的脑袋："好狗，听话，别跟着俺。"凯迪呜咽了一声，李二牛的眼泪就下来了："俺还得赶路，不能带着你了。你得去医院，知道不？"凯迪舔着李二牛的手，李二牛拍拍狗，站起身："排长，打不打你决定。"

排长和他的士兵都目瞪口呆。王艳兵和何晨光冷峻瞄准着他们。双方对峙着。

"排长，咋办？"机枪手问。排长咬牙："让他走。"

"排长？！"

"你蠢啊？咱们一个排的兄弟换他一个，划算吗？这帮小子有种！君子报仇，十年不晚！"排长气得不行。李二牛解开身上的炸药包，放在地上，举着遥控器慢慢后退。凯迪卧在地上，巴巴地望着他。"好狗，听话啊！"李二牛慢慢向后退去，凯迪不吭声。何晨光和王艳兵还持枪对着下面，官兵们谁都不敢动。李二牛退回到树林边，转身就跑，一眨眼就没了影。山上，何晨光和王艳兵几乎同时收枪，掉头就跑。排长惊魂未定地站在那儿，凯迪卧在地上，对着远处嗷嗷地叫。排长气急："过去看看我们的军犬！"官兵们跳出沙袋，跑向军犬。一个兵拿起炸药包，飞奔着丢向一边。

2

"什么？！他们就这样把狗给还了？！"范天雷在指挥中心气得跺脚，陈善明苦笑。范天雷摘下帽子，一把砸在桌子上："小兔崽子果然聪明，跟我玩这套！够狠！够毒辣！"

"五号，说实话，他们确实比我想的勇敢机智，多数的特战队员未必比得上他们。你是想要他们吗？"陈善明说得真心实意。

"那是战争结束以后的事！现在还在打仗，难道你就认输了吗？！"

"没有，五号！"陈善明一声吼。

"你现在不治住他们，还想他们来了特种部队服你吗？"

"明白了，五号。现在我们怎么办？再把狗放出去？"

"他们对军犬已经有办法了，得用别的绝招才行。"——陈善明看着他，范天雷想了想，"军区科技部特种作战研究中心来试验过的反狙击手渗透卫星系统，效果怎么样？"

"还可以，只是还没在真正的山区野外实战中使用过。五号，这可是情报部特种作战科研中心的心肝宝贝啊！"

"告诉他们，有个难得的实战机会。"范天雷笑。陈善明问："那么贵的东西，他们舍得吗？"范天雷一瞪眼："科技部研究那玩意儿干什么？摆设吗？"陈善明唰地立正："是，我明白了！"

野外陆航机场，一架直8B运输直升机缓慢降落。机场上，蓝军旗帜在飘舞，一列车队已经在旁边等待，范天雷和陈善明站在下面。舱门拉开，一个穿着07迷彩服的年轻女中尉出现在机舱口。范天雷上前握手："小唐，就等你来了！"唐心怡笑了笑，敬礼："参谋长好！"另一名女学员顾晓绿也跳下飞机，敬礼："首长好！"

"参谋长，这是我们科研室新来的学员顾晓绿。"唐心怡介绍，又问："参谋长，怎么这演习越搞越大了？听说你把军犬基地的宝贝都拉来了，现在又把我给拽来了！"范天雷说："演习嘛，就是不流血的战争。为了战争的胜利，不得不调动所有的优势资源。实不相瞒，我遇到了难题。"唐心怡笑着问："哦？鼎鼎有名的狼牙特战旅参谋长，无所不能的范天雷同志，也会遇到难题？"范天雷毫不避讳地说道："对。我遇到了一个厉害的狙击小组，军犬都对付不了。所以，就把你们给请来了。"

"不会吧？！你这样的老狙击手，还会被他们给难住？"唐心怡诧异。

"长江后浪推前浪，还是值得高兴的事。走吧，路上说。"范天雷转身要走。

"哎，得帮我搬一下东西啊！我自己可拿不了！"旁边的顾晓绿指了指直升机。

"早就准备好了！"陈善明一挥手，苗狼跟几个兵蹿上直升机开始搬东西。随后车队出发，掀起漫天尘土。

阳光包裹着密林，除了沙沙的脚步声，四周一片安静。王艳兵担任尖兵，小心翼翼地来到山林边缘，前方是一片沼泽地。何晨光和李二牛停下，警觉地察看着四周。

"怎么了？"何晨光走过来。王艳兵看着前面的沼泽地："没路了。"

"天爷啊！这么大一片沼泽地啊！"李二牛也过来了。

何晨光拿出地图，仔细看："通过这片沼泽地，我们就可以接近蓝军司令部了。"

"不是吧？你没看过那苏联老电影吗？《这里的黎明静悄悄》。我们走进去，闹不好就出不来了。"王艳兵一惊。何晨光也很着急，左右看看。远处公路上，有蓝军的车队和部队来回穿梭。何晨光说："但我们确实没路可走了。"李二牛指了指面前的沼泽："从这儿走？"何晨光有些着急："我们已经尝试过很多次了，所有能走的路都被蓝军堵死了。"

"那也不能从这儿走啊！这进去要是出了事，可是叫天天不应，叫地地不灵！"

何晨光焦灼地思考着，王艳兵看他还盯着前面："你……不是还在琢磨这事儿吧？！我跟你说，此路肯定不通！咱们还是想别的办法吧！"

"除了这条路，确实没路可走了。"何晨光看着前面的一片沼泽。王艳兵一口否决："不行，太危险了！"李二牛也有点儿胆怯。何晨光坚定地说："我们从这儿走。"王艳兵立马起身："要走你自己走！我肯定不走！"何晨光看着他："如果这是战争中，你会不走吗？"王艳兵低吼："你也说了'如果'！这不是真的战争！你傻了吗？！"何晨光的目光更加坚定："我们一定要完成任务！"

"何晨光，完成任务归完成任务，也不至于眼睁睁去送死吧？！"王艳兵还劝。

93

"我们只有这条路可走！"

"别逗了！"王艳兵一笑，"你又不是干部，又不是班长！看见没？都一样——一道杠！你说的就是命令吗？我们为什么一定要听你的？我不走！"

"你们俩别吵了，有话好好说！"李二牛不知道该听谁的。

"好吧，那我们各走各的。"何晨光起身拿出砍刀，砍断一根粗一点的树枝，迈步向沼泽地走去。王艳兵拉了一把，没拉住："喂喂喂！你还真去啊！你疯了吧？！"何晨光不说话，继续往前走。李二牛傻了。何晨光深一脚浅一脚地进去了，王艳兵急得乱跳："哎呀！我怎么说你啊？！何晨光，你回来，回来！我不是那意思，咱们有话好商量！"何晨光头也没回，继续坚定地往前走。李二牛看着王艳兵："咱咋办？"

"还能咋办？走啊！难道真看着他去送死啊？"王艳兵拿出砍刀。两人正准备砍树枝，这时候，远处有追兵的声音传来："在那边！快追！"王艳兵和李二牛傻眼了。王艳兵反应过来，大喊："快闪！"何晨光唰地卧倒在沼泽地的芦苇丛中，王艳兵跟李二牛掉头就跑，追兵哗啦啦地跑过来。何晨光埋着头，藏在沼泽里面。追兵追着跑远的两人，枪声断断续续。过了几分钟，何晨光小心翼翼地探出头，两只眼睛黑白分明，满脸都是泥巴，心急如焚。他左右看看，没别的办法了，一咬牙，站起身往沼泽地深处走去。

3

蓝军指挥中心处，卫星设备已经架设好了，唐心怡和顾晓绿正忙着调试，她们的左臂上贴着蓝军臂章。范天雷看着大屏幕："你们上次来的时候，我在带队出任务。你们这个系统是什么原理？"唐心怡走过来说："参谋长，其实很简单。这套反狙击手渗透卫星系统，是把原有的侦察卫星、无人机和固定移动等战场即时传输和热成像等侦察手段整合起来，使之成为一个完整的侦察体系。其实不光是反狙击手，对特种部队的渗透也是有针对性的。蓝军的车辆和士兵都携带有敌我识别系统，在卫星监控的战区内，不携带敌我识别系统的武装人员，就会被标注为危险信号。"

"可以有效识别是否携带武器？这是什么原理？"陈善明问。唐心怡笑笑，说："那我就不好说了。"陈善明笑笑，说："我明白，问多了。不好意思，唐工。"

"主要是通过热成像吗？"范天雷问。

"对。只要是有生命的物体都会发热，而车辆、战机、船舶等交通工具，一旦发动，也会发热。可以说，没有什么东西能够逃脱这套系统的绝对监控。"

范天雷思索着，唐心怡问他："怎么？您不信吗？"

"我不是不信。小唐，只是经验告诉我，凡事没有绝对。尤其是狙击手敌后作战，采取的战略战术千变万化。技术侦察只能是侦察手段中的一种，很难说'绝对'两个字。"

"那就试试看了，参谋长。"唐心怡大方地一笑。范天雷也笑道："好，试试看。"

唐心怡回到设备前："开启系统。"顾晓绿十指翻飞，熟练地操作着，屏幕上开始出现变化。几秒钟后，整个战区的地形地貌三维图出现在大屏幕上，有带光标的亮点在不断移动。唐心怡介绍："这些带光标的亮点，就是演习开始前，我军绑缚在身上的敌我识别系统。"范天雷的眼一亮，指着屏幕："这两个呢？"屏幕上，两个没有带光标的亮点在山地间移动。

"嗯？敌军！"唐心怡定睛一看。范天雷一吼："还等什么？！"

"是！突击队登机！"陈善明转身去了，正看新鲜的苗狼等突击队员立刻拿起自己的武器装备出发。唐心怡笑道："怎么样，参谋长？"范天雷忧心忡忡："为什么是两个？有没有可能遗漏？"唐心怡肯定地说："怎么可能呢？只要是发热的人和物体，都不可能躲避。"

"我的情报是，有三个红军狙击手。"范天雷面无表情。

"三个？"唐心怡盯着大屏幕寻找。

"在找到这第三个红军狙击手以前，我还是睡不着觉。"范天雷说。

"难道他的身体不发热吗？"唐心怡疑惑地看着他。

沼泽地里，何晨光满身泥泞，咬着牙，拿着一根粗树枝在探路。他小心翼翼地走着，生怕一脚踏错，陷了进去。他整个身体都被一层泥巴紧紧包裹着，看上去像一个兵马俑，只有狙击步枪被他小心地用枪衣裹着。

夜色笼罩下，王艳兵跟李二牛精疲力竭地在山地里小心前进。李二牛喘着粗气："也不知道何晨光到底咋样了……"王艳兵发狠地说："他死不了！"

"自己的战友，你一点儿也不关心！还说这种话！"李二牛白了他一眼。

"你懂什么？我这是相信他！"王艳兵拨开一根树枝。

"相信他啥啊？他不是肉做的？"李二牛见不得他这样。

"是，但是他比我以前想的要强悍得多。"王艳兵说。

"咦！这是你说的话吗？"李二牛不相信。王艳兵说："是我说的。我说他死不了，是基于我对他的了解。他既然选择走沼泽地，肯定是有那份自信的。"

"那你为啥不肯走呢？"李二牛纳闷儿地问。王艳兵站住了，片刻："因为我没那份自信。"李二牛傻了。王艳兵转头看他："很奇怪是吗？在你眼里，我跟他就是对手。"

"对，俺没想到你会这么想。"李二牛笑笑。王艳兵说："其实，最了解一个人的，可能就是他的对手。因为只有他的对手，才会天天琢磨他，无论是优势还是弱点。"

"他的弱点是啥？"李二牛刨根问底。

"还不知道……"突然，王艳兵停住脚步。"咋了？"李二牛开始紧张。王艳兵慢慢地转过脸，看着面前的丛林。李二牛也看，但啥也没看见："咋了？"

"有人。"王艳兵握紧了狙击步枪。李二牛伸了伸脖子："在哪儿呢？"

王艳兵伸出枪杆，慢慢挑开面前的杂草——黑暗中，露出一双眼睛，冒着贼光；接着就是一张迷彩大脸，露出一嘴白牙。陈善明高喊："动手！"两人还没反应过来，特战队员们就从四面八方噌噌地蹿了出来，两人挣扎着奋力搏斗。

大网收拢起来，两个人被吊在了半空中，徒劳地挣扎着。陈善明慢慢走过来，看着两个人的脸坏笑："不容易啊！列兵，抓你们真不容易！我们这群老杆子，这次真的是见世面了！"

"首长，要不这样，你算俺们阵亡吧！俺不想被俘！"李二牛不识趣地讲条件。陈善明站在下面："有那么好的事吗？"王艳兵悄悄地摸手雷，陈善明举起步枪，挡住他的手："别摸了。在我眼皮底下，你还要得了花招吗？"王艳兵问："首长，怎么发现我们的？"

"想知道吗？"

"报告，想！"

陈善明笑笑，说道："就不告诉你！带走！"

4

王艳兵和李二牛被关在蓝军指挥中心的审讯室里，苗狼看着两人："还有一个呢，在哪儿？"两个人都不说话，苗狼威胁道："是不是想吃苦头？"

观察室里，范天雷看着监视器的屏幕。陈善明说："五号，我喜欢这俩小子！你不进去见见他们吗？"范天雷看着屏幕里一脸倔强的俩小子："现在见不太好，拔苗助长了。让他们再长长吧。"陈善明说："第三个兵跟他们分开了？我们将所有可能的路都封锁了，他是怎么过来的？"范天雷说："我在想一个问题。"

"什么？"

"他为什么不发热呢？"

"不发热？"

"只有死人才会没有热量。"范天雷皱着眉。

"你不会说他死了吧？那可真是太可惜了，这么好的一个兵！"陈善明打了一个冷战。

"他命没那么短。"

陈善明不明白。范天雷笑道："我们以前是怎么欺骗敌人的热成像的？"

"全身抹满泥巴，阻止热量传出！"陈善明脱口而出。

"对，他就是用这个办法！"

"但是他怎么知道，我们使用了热成像的方法侦察呢？"

范天雷长出一口气："我真笨——沼泽地！"

"穿越沼泽地？！他一个人？！"陈善明一惊。范天雷腾地站起身，出去了。唐心怡还在大屏幕前寻找，范天雷大步进来："你的系统有缺陷！"唐心怡抬头："什么缺陷？"

"狙击手可以欺骗你的侦察设备，达到无形渗透的效果！"

"怎么可能？参谋长，你没开玩笑吧？"

"狙击手可以做到身体不发热！"范天雷说。顾晓绿立刻否认："不可能！只要是哺乳动物，身体就会有热量！难道狙击手是单细胞动物吗？"

"如果用泥巴裹满全身呢？"范天雷看着她。唐心怡一愣。

"过去在前线作战，敌人刚刚装备热成像的时候，我们就采用了这个办法。可惜，这些年来我也被所谓的高科技所迷惑，忘记了最原始的办法恰恰是最有效的办法。"

"你是说红军漏网的狙击手，浑身裹满了泥巴？"唐心怡有些不相信。范天雷肯定地说："对！"唐心怡说："参谋长，你不是开玩笑吧？现在山区的气温起码比平原低五度，如果浑身裹满泥巴，会冻死人的！狙击手受得了吗？"

"狙击手不畏惧任何寒冷。"范天雷语气坚定。

"难道狙击手是超人吗？！"

"不是！"范天雷看着大屏幕，"是狙击手。"

唐心怡目瞪口呆，片刻："我没搞懂你的逻辑，参谋长。"

"你还是不了解狙击手。虽然你一直在针对狙击作战搞科研，但是你欠缺的还很多。小唐，我希望你能真的去了解狙击手，不光是看教材和战例，而是了解狙击手的精神世界。技术侦察要对付的，不是冷冰冰的机器，而是有思想的活人！"

"在事情没有搞清楚以前，我不会怀疑我的技术侦察设备！我不相信在这样的温度下，还会有人这样骗过技术侦察！"唐心怡不甘心。

"你会相信的。我现在要去抓人了，你要不要一起去？"范天雷转头问她。

"好！我倒要见识见识，什么是所谓的狙击手！"见范天雷转身就走，唐心怡紧跟上去。

5

沼泽岸边，满身泥泞的何晨光慢慢地爬出来。他嘴唇发紫，浑身跟打摆子一样战栗着，身体蜷缩成一团取暖。他拖着狙击步枪的枪衣——枪衣上面也裹满了泥巴，艰难地往前爬。前面传来一阵狗叫声，何晨光无助地抬起头。不远处，数把强光手电来回扫射着。何晨光咳嗽着，想躲避，却没有力气，浑身打战。突然，一束手电强光笼罩住他。何晨光的眼被强光所刺，视线变得模糊起来，他只能看见前面一闪一闪的，特战队员的身影若隐若现。

"好像在水里！"有人高喊，声音时而清晰时而模糊，"在这里……"

"他在打摆子……卫生员……卫生员快来……"

何晨光哆嗦着手，去抓手雷。数名特战队员围上来，抓住了他。何晨光被抬了起来，他努力伸手去抓枪，枪也被一把夺走了。何晨光无助地看着，眼前一黑，晕倒了。

直升机腾空而起，灯光划破夜空，将天幕划开一道鱼肚白的口子。机舱里，何晨光仍昏迷着，脸上的泥巴已经掉了不少。范天雷默默地看着他，很心疼。唐心怡看着这个兵，也很震惊。陈善明、苗狼和几个老士官默默地看着何晨光那张熟悉的脸。

"我还以为是真的……"苗狼有些哽咽。陈善明声音低沉："我也是。"苗狼看着那张熟悉的脸："我还想，他怎么变年轻了呢……"陈善明问："五号，你早就知道？"

"是我把他招进部队的。"范天雷心疼地替何晨光擦掉身上的泥巴。

"五号，说实话，你太残忍了。"范天雷看他，陈善明毫不畏惧，"你不仅对他残忍，也对我们老哥几个太残忍了！"

"你们忘记他了吗？"范天雷平静地问。苗狼眼里含着眼泪，几个老士官偷偷地在抹泪。陈善明不知道该怎么说："怎么可能呢？是他手把手教会我打枪的！可是……这是他的独生子啊！"范天雷淡淡地说："有些人生下来就已经注定了以后要干什么，就好像俄罗斯的哥萨克，男子汉生来就是要当兵的。他也一样——生来就是当兵的，就是祖国的狙击手。"陈善明默默地注视着何晨光。范天雷神情坚定："他会成长起来的。"所有人都沉默，看着昏迷不醒的何晨光。直升机在夜空中飞翔，天色逐渐泛白。

6

清晨，八一军旗和蓝军旗帜在指挥中心上空飘舞。这是一个废弃的工厂，四周哨兵林立，戒备森严。坦克、步战车、高机停在空地上，有一种大战来临的紧张气氛。战俘营，龚箭站在铁丝网前想着什么，其他战士都沮丧地坐在后面。王艳兵跟李二牛也坐在里面，看着他的背影。李二牛低声说："指导员一晚上都没说话，咱们真的让他失望了。"王艳兵看着那个背影："他还怀着希望。"李二牛好奇地问："咋？"王艳兵说："何晨光还在外面。"

远处有巨大的轰鸣声传来，一架直升机从空中降落。龚箭看着，皱了皱眉。老黑说："不会是抓住了何晨光吧？"特战队员和卫生员跳下直升机，抬着担架向诊所飞跑。所有人都呆住了——担架上躺着昏迷的何晨光！

"完了，全完了……"李二牛沮丧地说。

"最后的希望也没了……"王艳兵看见龚箭眼里的希望消失了。

急救室里一片忙碌。

"生命体温正在恢复正常。"

"注射强心针。"

……

病床上，何晨光慢慢地睁开眼，视线模糊。他翕动着嘴唇，却说不出话来。旁边的心跳仪上显示心跳渐趋平稳。护士惊喜："醒了！他醒了！"何晨光眼前一黑，又晕了过去。

不知过了多久，何晨光再次睁开眼，范天雷的一张大脸在跟前："好孩子，你是个好孩子。"何晨光翕动着嘴唇，艰难地说："我……输了……"

"不重要了。"范天雷说。何晨光说不出话，很难过。范天雷看着他："你已经很厉害了，你战胜了我所有的追踪手段。如果不是突发奇想，我也抓不住你。"

"神枪手四连……输了……"何晨光看着他。范天雷不说话，何晨光哽咽着："我的连队……"范天雷在他肩上重重一捏："好孩子，别多想。胜败乃兵家常事，天底下没有常胜不败的军队。神枪手四连锐气太盛，受点儿挫折也是好事。好好休息，你受苦了。演习还没结束，我还要去忙。等演习结束以后，我来看你。"范天雷拍拍何晨光的脸，转身走了。何晨光看了看范天雷离去的背影，闭上眼睛。旁边一个身影慢慢走向他，何晨光睁开眼——一个年轻漂亮的女中尉。

唐心怡诧异地看着他："你到底是什么材料做成的？"何晨光没说话。唐心怡盯着他："你不知道你差点儿死了吗？"何晨光嘴角浮起一丝苦笑，还是没说话。

"你叫什么？"唐心怡问。

"对不起，中尉。在演习没有结束以前，我不能回答你的任何问题。"

唐心怡看看自己的蓝军臂章，一把撕了下来。何晨光急道："你这是干什么？撕掉臂章，就是退出演习啊！"唐心怡手一背："我本来就是局外人。我真搞不懂，你是怎么想到这样欺骗热成像侦察设备的？"

"热成像？"

"对，只要你有热量，我就可以追踪到你。"唐心怡说。何晨光苦笑，没说话。唐心怡看着他："为什么不说话？"

"我不能回答你的任何问题。"

"回答我。你真的不怕冷吗？"唐心怡不甘心。何晨光索性两眼一闭，不再说话。唐心怡走近了："你是一块木头吗？"何晨光微微睁眼——看见了唐心怡腰上别着的手枪。唐心怡靠近他："说话啊！"何晨光突然睁开眼，唐心怡吓了一跳。何晨光右手猛地出手，一把拔出唐心怡的手枪。唐心怡还没叫出来，就被何晨光捂住了嘴。何晨光低声说："别害怕，我不会伤害你的。"唐心怡惊恐地瞪大了眼。何晨光不敢撒手："演习还在继续，对不起。你不要喊，我放开你。"唐心怡惊恐地点点头，何晨光慢慢松手。唐心怡突然一脚踢飞了何晨光手里的枪，动作干脆利落。何晨光一愣。唐心怡再一脚踢飞何晨光，冷峻地摆好格斗姿势："你以为，我是穿军装的花瓶吗？"

何晨光刚站起来，唐心怡又冲上来，动作果断干练，把何晨光打了个措手不及。何晨光被迫左右遮挡，躲开唐心怡的进攻："再打我就还手了啊！"唐心怡再次上来："怕你不成？！"何晨光猛地出手，唐心怡就落了下风。何晨光按住唐心怡，顺手抄起桌上的手术剪，猛地扎下去——手术剪在唐心怡的眼球上方停住了。唐心怡瞪着大眼睛，惊魂未定。何晨光喘着粗气。唐心怡还没反应过来，何晨光的手术剪敏捷地在她脖子上滑过：
"你牺牲了！"

"啊？！"唐心怡没回过神来。何晨光笑道："你是干部，不要耍赖！"他松开唐心怡。唐心怡怒视着他。何晨光的额头还冒着冷汗，不时地打战，仍坚持着："脱衣服。"唐心怡吓了一跳："你说什么？！"何晨光没看她，解自己的衣服扣子："脱衣服，你已经是死人了。非要我动手脱吗？"唐心怡惊恐道："你居然耍流氓？！"何晨光不断地冒着冷汗，他努力扶墙站稳："你自己不脱，我就要动手了！"唐心怡一脸惊恐，抓住自己的衣领捂得紧紧的。

7

救护所门口，何晨光一身迷彩服，压低帽檐走出门。身边来来往往的蓝军士兵，竟没人发现他。房间里，唐心怡只穿着T恤衫和短裤，手脚都被绑住，嘴里塞着毛巾，躺在床上呜呜叫。何晨光压低帽檐，穿行在蓝军司令部。一路上，不时有军衔比他低的官兵跟他敬礼。何晨光随手还礼，脸上都是汗——不是吓的，是冷的。

一辆步战车从戒备森严的战俘营开过，何晨光左右看看，走过去，被上等兵军衔的哨兵拦住了："首长，请出示特别通行证。"

"特别通行证？"

"是。上级的命令，要进入战俘营，必须出示特别通行证。"

"哦，这样啊，我不进去，就在外面看看。听说神枪手四连的都被抓来了？"何晨光往里看了看。哨兵笑道："是，好多干部来看了，说难得一见，神枪手四连终于被打败了！"

"对啊，我就在铁丝网外面看看热闹。"

"好的，只要您不过警戒线。首长，您满头是虚汗，发烧了吗？"哨兵看了看他，问道。"没事，刚从救护所抓药出来。谢谢啊，班长。"何晨光冲口而出，哨兵一愣。说漏了嘴——何晨光意识到，赶紧改口笑笑，说道："小同志，难道以后不想做班长吗？我跟你们连长可是军校的师兄弟！你很认真，我记住你了！"哨兵激动地一个立正："谢谢首长！"何晨光拍拍他的脸："班长，记住我。"哨兵站得更直了："是，忘不了！"

何晨光咳嗽着，走向铁丝网。龚箭冷冷地看着这个走来的中尉。老黑头也没抬："又是来看西洋景的！神枪手四连这次更出名了！战俘营都成动物园了。"王艳兵玩着手里的扑克："再这样，我就要卖票了！一张五毛！出，二牛，该你了。"李二牛没动，仔细地看着那个走来的中尉，拉拉王艳兵："不对！"王艳兵不耐烦："什么不对？"

"你自己看！"

王艳兵回头，呆住了——走到铁丝网跟前的何晨光慢慢抬起头，注视着里面的龚箭和兄弟们。龚箭也瞪大了眼。李二牛高兴极了，想喊，被王艳兵一把捂住嘴："别出声！他好不容易才混进来！"李二牛克制住，眼神里都是激动。老黑使了个眼色，站起来的战士们又若无其事地坐下了，但眼睛都看着何晨光。何晨光擦了擦脸上的冷汗，龚箭咬着牙，欣慰地点点头。在蓝军的心脏，红军的漏网之鱼跟被俘的红军官兵们就这样对视着，默默无语。

何晨光看看四周："神枪手四连，狭路相逢勇者胜？"龚箭稳住，平静道："对，难道你有什么不同的见解吗？"何晨光看着龚箭："没有。"龚箭眼神坚定："记住，神枪手四连没有战败的历史！"何晨光看着龚箭，咬住嘴唇，点头。两个人在众目睽睽之下，不能多说。龚箭假装愤怒："滚！去做你该做的事！"何晨光点点头，看着兄弟们。隔着铁丝网，就好像被分成两个世界。龚箭取下自己的神枪手四连臂章，甩给何晨光："滚！"

何晨光接过臂章，不再说话，打着冷战，转身走了。老黑默默地注视着他的背影，心疼地说："他发烧了。"

"他还活着，还能战斗。"龚箭相信他的兵。老黑担心："他能撑下去吗？"

"能！"龚箭看着远去的背影，"因为他是战士！"

何晨光远去，王艳兵、李二牛和四连的其他战士们站起来，默默地注视他离去的方向。蓝军的旗帜还在上空飘扬，龚箭笑笑，说道："战争，才刚刚开始！"

8

弹药库里，两个哨兵正站着，身边都是各种弹药的箱子。一个身影双脚夹紧攀登绳，慢慢地下滑。哨兵左右张望，突然，一双手抓住两个哨兵的脑袋，一碰。

何晨光赤裸着上身，套着战术背心跳下来，拿走了他的自动步枪。他的战术背心上插着神枪手四连的臂章。何晨光光着膀子在弹药库里安装炸弹，已经"牺牲"的两个哨兵看得目瞪口呆。随后，何晨光又悄悄摸到了车库，在油罐车上安装好炸药。

司令部楼顶，蓝军特种部队的狙击手小组在观察着。突然，一个身影瞬间弄倒两人。狙击手和观察手同时倒在地上，被一个人压着，喉咙也被扼住，都出不了声。何晨光说话有些费劲："班长，你们挂了。"狙击手看着他："你是昨天晚上那个冻晕的红军？！"

"请遵守演习规则。"

狙击手不说话了，看了看旁边的观察手。何晨光哆嗦着，抄起他们的武器装备、耳麦和背囊。狙击手看到何晨光一头冷汗："你病得很重。"何晨光说："我还活着，还能战斗。"狙击手眼里都是敬佩："我很佩服你。"何晨光拿着武器装备，浑身不时地哆嗦着转身："谢谢班长。"狙击手叫了他一声："哎！"何晨光回头。狙击手拿出一个军用酒壶，抛给他："里面是二锅头，可以帮你驱寒。"何晨光接过来，点点头。

"小伙子，好样的！"狙击手竖起大拇指。何晨光笑笑，转身走了。

救护所的门被撞开，穿着 T 恤衫和短裤的唐心怡披头散发，光着脚闯出来："来人啊！"一时间，凌厉的战斗警报拉响了，响彻整个营地上空，蓝军士兵们快速穿插着。战俘营的龚箭等人忧心忡忡，走到铁丝网跟前观察着。范天雷快步走着："这可真叫百密总有一疏！"陈善明跟在后面："五号，是我不对！我没安排看守。"

"不怪你，是我的责任！我以为已经完事了，没想到，这小子还没完事！是我掉以轻心了！"范天雷自责。陈善明看看营地："他能去哪儿？"范天雷说："肯定就在蓝军司令部！掘地三尺，也要把他找到！"陈善明带队去了。

"这小子，连我都佩服他了！"范天雷看看远处一根高耸入云的大烟囱，苦笑着走了。

烟囱里，何晨光戴着耳麦，背着武器装备和背囊，双手双脚使劲撑着烟囱壁，努力往上蹭。他全身上下被涂得漆黑，只剩俩眼睛在滴溜儿转。挂在身上的对讲机里传来蓝军的对话。何晨光不时地打着冷战，但他仍坚持着往上爬。突然，他脚一松，哗啦啦地直往下滑去。何晨光拼命地撑住墙壁，这才没摔下去。他低头看看深不见底的烟囱，咬咬牙，继续往上爬去。

唐心怡回到女兵宿舍，披头散发地冲了进来。顾晓绿跟进来："唐工，你没事吧？"

"我死不了！"唐心怡打开自己的柜子开始取衣服。她脱下 T 恤，顾晓绿一愣——唐心怡赤裸的背上，一条长长的伤痕赫然可见。唐心怡扎好头发，戴上战术手套，一脸冷峻的杀气。顾晓绿一脸惊讶："唐工，你背后……"

"执行任务留下的！"唐心怡穿上战术背心，打开箱子——里面是一把崭新的外军狙击步枪。唐心怡娴熟地检查，上膛，提起枪就往出走。

"唐工，你去哪儿？"顾晓绿忙问。唐心怡气得不行："他以为他对付的是谁？！"

"唐工，按照演习规则，你已经阵亡了……"

"让开，我去干掉他！"

顾晓绿吓坏了，立马闪身。唐心怡提着枪，大步流星地出去了。

蓝军司令部已经是一片忙乱，警报四起。何晨光躲在烟囱顶，按下了起爆器。周围一片爆炸声，白烟升起，士兵们高喊着："弹药库！有人炸了弹药库！"

唐心怡手持狙击步枪，大步流星地在纷乱的人群当中走着，怒火中烧。

战俘营里，李二牛瞪大眼睛站起来，指着那边："女……女狙击手！"王艳兵转过头，也傻眼了——人群中，怒气冲天的唐心怡手持狙击步枪，大步流星。王艳兵的下巴差点儿掉下来："不会吧？蓝军还有女狙击手？！"

"真的是啊！那枪跟咱们的不一样哎！"李二牛羡慕地看着唐心怡手里的狙击步枪。

"外军狙击步枪。"龚箭眯缝着眼说。老黑问："这女的什么来路？"

"特战旅的？没听说过啊！"龚箭也弄不明白。

唐心怡怒气冲天地走着，眼神恨不得杀人。王艳兵想想，恍然大悟："我明白了！

晨光穿的是她的中尉军装！我说怎么穿上显小呢！"李二牛问："啥意思？她把军装给何晨光了？"王艳兵说："肯定不是啊！你看她那样子，像是会给何晨光军装的那种人吗？你看她那样，恨不得现在就宰了何晨光！"李二牛更纳闷儿了："那是啥意思？她的军装怎么到晨光身上了？"王艳兵恨不得一脚踹过去："我说你怎么还是那么二啊？肯定是何晨光脱了她衣服！她现在要去宰了何晨光报仇的！"李二牛大惊："脱女兵衣服？！乖乖，这可是作风问题啊！"王艳兵无语："打仗呢！你想什么呢？！"

9

　　蓝军司令部里，范天雷看着地图在部署："把所有的狙击手都撒出去，他肯定就在这里活动……"唐心怡怒气冲冲地走进来："参谋长，我要求参加战斗！"陈善明一看："乖乖！家伙都带来了！"范天雷看着她手里的狙击步枪："你不是工程师吗？"

　　"我参加过战斗！"唐心怡下定决心。范天雷笑着说："我看出来了，大机关真的是藏龙卧虎，工程师也不是吃干饭的。可你已经阵亡了，按照规则，你要退出演习。"

　　"我不能就这样便宜了他！"唐心怡咽不下这口气。

　　"丫头，这不是男女朋友斗气，这是战争。"范天雷继续看图。

　　"谁跟他是男女朋友斗气？！我要亲手宰了他！"唐心怡发狠地说。陈善明"扑哧"一声乐了，唐心怡说："参谋长，我不是穿军装的花瓶！"

　　"好吧，就算你不是穿军装的花瓶，你想亲手宰了他，可是首先你得找到他吧？现在好几百人在到处找他，还没眉目。你要是能找到他，是宰了他还是割了他，我不管。你去找吧。"

　　唐心怡愣住了。

　　外面到处都是搜索的蓝军士兵，还有直升机在超低空盘旋。唐心怡气得满脸通红。

　　烟囱顶上，一个黑人艰难地爬出来，俯卧着。何晨光浑身打战，上下牙咯咯作响，但仍然坚持着拿出狙击步枪。他身上披着一张破烂不堪的麻袋片，和周围的烟囱顶砖石融为一体。何晨光拿出酒壶，哆嗦着喝了一口。他撕掉一片迷彩布，绑在枪口的瞄准镜前面，挡住了可能的反光；随后拿出匕首，在这片布上划出一条一字形的小口子，作为观察的出口；然后将枪口从砖石缝隙中伸出去——下面就是蓝军司令部，一览无遗。何晨光一直在哆嗦，直冒冷汗，神枪手四连臂章在胸前。他又喝了一口酒，以保持身体的热度。他的眼睛凑在瞄准镜上观察着，一动不动，像一座雕塑。天色逐渐暗了下去，何晨光还趴在烟囱顶，静止如雕塑，只是颤抖时断时续。这时，空中闷雷涌动，雨点开始噼里啪啦地落下，打在何晨光身上。转瞬，暴雨突至，何晨光握着狙击步枪，岿然不动。

　　蓝军司令部，士兵们穿着雨衣在暴雨中执勤。有探照灯不时扫过，一队队巡逻的士兵在雨中穿行。范天雷忧心忡忡地看着窗外的雨。陈善明看看手表："十五个小时了，他还没有消息，不会出事了吧？"范天雷没说话。陈善明看看外面："现在下雨，气温骤降，他肯定不好过，本身就在打摆子。"

"他能撑住的。"

"你就那么相信他？"陈善明看着他。

"我不是相信他，我是告诉自己，他能撑住……"范天雷苦笑，"我在自己骗自己。"陈善明忧郁地看着窗外，没说话。

战俘营里，龚箭也忧心忡忡地看着窗外。老黑担心地说："这场雨下得真不是时候。"王艳兵说："就算不下雨，他也很难受了。他在打摆子，这不是一般人能承受的痛苦。"李二牛大惊："天爷啊！打摆子，再淋这样的雨，真的会死人的！"龚箭忧心忡忡，说不出话。老黑看着他："指导员，容我说一句，这样做有意义吗？"龚箭还是不说话。

"他可能真的会……"

"他是兵人。"龚箭打断他。老黑心疼地说："可他还是个孩子。"

"他只有一个名字，就是兵人——"龚箭看着他，"我当新兵的时候，你告诉我的。"老黑不再说话，看向窗外。王艳兵和李二牛也是忧心忡忡。

深夜，暴雨还在下，气温骤降，穿着雨衣的狙击手们警觉地观察着四周。唐心怡披着雨衣，拿着热成像在观察——没有发现可疑目标。唐心怡放下热成像，看着黑夜："别着急，我一定会抓住你！"她身后的烟囱，高耸入云。烟囱顶，何晨光顶着暴雨，在打着摆子。他拿起酒壶，摇了摇，空了。他哆嗦着放下酒壶，视线开始变得模糊。他抱紧狙击步枪，眼睛凑在瞄准镜上，等待着。雨下了一夜，终于停了。太阳爬出山头，朝阳洒下一片金黄。蓝军司令部里，正在警戒的士兵们如临大敌。范天雷也是一夜没睡，他下定决心："不能再等了！这小子还没消息，始终是个隐患！护送一号首长转移，我们不能再冒险了！"

"他还活着吗？"陈善明问。范天雷看了看外面："我只能说，我希望他活着。"陈善明无语，转身出去了。范天雷看着窗外："孩子，你在哪儿呢？"

烟囱顶上，何晨光跟他的狙击步枪好像已经融为一体，岿然不动，像失去了生命的气息一样，但他的眼睛还睁着。

蓝军司令部，特种部队和警卫部队护送着朱世巍中将出来，个个如临大敌。范天雷亲自带队，特种兵们将中将团团围住，往机场走去。范天雷左顾右盼，还带着一丝希望。

烟囱顶，好像死掉的何晨光伸着手指，哆嗦着上膛，拉开枪栓，眼睛慢慢凑到瞄准镜上。他压抑着自己的咳嗽，嘴里已经咳出了血。瞄准镜里，一群特种兵护卫着中将，警惕性十足。何晨光的眼都有点儿睁不开了，但还是努力使劲睁开。扳机上，何晨光的食指开始缓慢加力——"砰！"突然的一声枪响，响彻云霄。特战队员们迅速反应，陈善明大喊："保护首长！"特战队员们护卫着朱世巍，枪口指向四面八方，但是已经晚了——朱世巍中将身上开始滋滋地冒烟。他怒气冲天地撕下臂章，摔在范天雷脸上："你搞的什么反斩首战术？！"范天雷不敢说话。朱世巍带着一群参谋，怒气冲冲地转身走了。特战队员们都起身看着范天雷，范天雷的嘴角却浮起一丝微笑。

"五号，你犯规了，这可算通敌。"陈善明低声说。

"那你为什么不举报我？"范天雷问。

"因为——"陈善明凑近悄声说，"我也想过通敌。"范天雷笑了。陈善明低语："他的命，比演习本身重要——我们都不能接受再失去他。他再这样耗下去，只有死路一条。"

"话不要说得太明白了，记住。"范天雷笑。

"是。"

"枪响就暴露了，那孩子在烟囱上面，去找他吧。"范天雷看了看高耸入云的烟囱。

"苗狼，带人上去救人！"陈善明命令。"是！"苗狼召集人马，准备上去。"砰！"又是一枪——范天雷开始冒烟，他一愣。陈善明笑道："五号，人家可不领你这个情。""砰！"又是一枪，陈善明笑不出来了——他自己也冒烟了。范天雷却笑了，陈善明笑骂："妈的！这小兔崽子！"两个人都笑着撕下蓝军臂章，其余的特战队员早就隐蔽了。

"我们怎么办？"苗狼问。范天雷笑说："别问我们了，我们俩挂了。"

"是！我接手指挥！所有的狙击手，控制制高点的烟囱！干掉他！"苗狼命令，各个不同位置的狙击手开始对烟囱射击。

战俘营里，龚箭听到枪声，惊喜地跑到铁丝网边，其余的人也跑了过来。老黑有点儿不敢相信："他狙掉了蓝军司令？"李二牛四处望着寻找："乖乖，他在哪儿呢？"王艳兵说："烟囱上面。"李二牛问："你咋知道？"

"你没看见这些狙击手在对着那儿打吗？"王艳兵扬了扬头。

烟囱顶上，何晨光努力坚持着射击，不时有蓝军的狙击手冒烟。陈善明看过去："嗯？那是谁？不是我们的人！"一个人影在烟囱外徒手攀登。范天雷拿起望远镜，呆住了——唐心怡背着狙击步枪，徒手攀登着。范天雷笑笑，说道："我真的是小看这丫头了！"

烟囱顶上，何晨光咳嗽着缩回来，他的手哆嗦着更换弹匣。突然，一把匕首抵在了他的脖子上，何晨光停住了。唐心怡压在他身上，盯着他恶狠狠地道："信不信我真的宰了你？！"何晨光开始剧烈地咳嗽，猛地吐出一大口鲜血，晕倒了。唐心怡举着匕首，愣住了。

群山上空，一架直8B直升机在飞翔。机舱里，何晨光奄奄一息。

"一定要救活他！"范天雷抱着何晨光冰冷的身体，眼里满是心疼。

很快，一辆军用救护车急停在东南军区总医院门口，穿着白大褂的医生和护士们脚步急促地抬着担架，迅速进了急救室。

10

病房里，脸色苍白的何晨光缓缓睁开眼，他的嘴唇没有一点儿血色，旁边挂着输液瓶。龚箭穿着常服，站在床前，正微笑着看他。何晨光挣扎着想起身，龚箭赶紧按住他："别动，你还没好。"何晨光艰难地问："演习……"

"演习已经结束了，红军取得了演习的胜利。"龚箭笑着说，"斩首行动，你成功了！"何晨光艰难地笑了："四连……"

"神枪手四连的荣誉还在。"龚箭一脸骄傲。何晨光看着他："我们赢了……"

"对，我们赢了！"龚箭说，何晨光整个人一下子放松下来。龚箭看着他："全连都想来看你，但是不能来。我就做个代表来看看你，同时代表集团军党委，授予你这枚军功章。"龚箭的手上，是一枚二等功军功章。

"我……我不够格。"何晨光努力撑起身子。龚箭将军功章戴在他的病号服上："决定不是我做的，是集团军党委。你如果有不同意见，可以等回到部队以后，逐级上报。"何晨光看着胸前，激动地说："谢谢……"龚箭看着他："应该是我谢谢你。"何晨光不明白："指导员……"龚箭神情严肃："你帮助神枪手四连挽回了即将失去的荣誉。"

"我只是做了我该做的……"

"这些话，留着回去说吧。你好好休息，我会再来看你的。天黑以前，我得赶回部队。我先走了。"龚箭走到门口，回头，"何晨光，好兵！"

"谢谢指导员！"何晨光说。龚箭转身出门，带上门的时候转头："狭路相逢——"

"勇者胜！"何晨光笑得很开心。

11

城市的街道上人潮汹涌，来来往往的热闹非凡。在街角的一家咖啡厅里，唐心怡穿着便装，虽然少了英姿飒爽的味道，却多了一份女人特有的妩媚和柔情。此刻，她正坐在沙发上，桌上放着一台笔记本电脑。屏幕上不停地滑过何晨光各个时期的照片，还有获得亚青赛冠军时的照片和报道。唐心怡看着电脑，苦笑："难怪……"坐在对面的顾晓绿："难怪什么，唐工？"唐心怡合上电脑："没什么。"

"唐工，说真的，要不是这次演习，我还不知道你身手这么厉害呢！"顾晓绿佩服地说。

"厉害什么啊，还不是被人给割喉了，还把……"唐心怡停下不说了。顾晓绿吐吐舌头，好奇地说："有一件事我一直想问呢！"

"什么？"

"他……没怎么你吧？"顾晓绿八卦地问。

"谁啊？"

"哎呀！就是脱你军装的那个兵啊！"

"你胡说八道什么啊？我怎么不知道你还这么三八呢？！"唐心怡作势要打。

"算了，我不问了！"顾晓绿躲闪着笑道，"不该问的我不问，对吧？别看我是实习生，但是那套规矩我懂！军校又不是白上的！"

"什么该问不该问的，你想哪儿去了？朗朗乾坤，数万部队，在演习的蓝军指挥部，他还能怎么我？你也不想想！你说你人不大，脑子里都在想什么呢？"

顾晓绿笑道："对不起啊，我错了……对，唐工，你怎么会有那么厉害的身手啊？还有你背上的伤，是哪儿来的？"

"不该问的，别问！"唐心怡脸一沉，顾晓绿不敢说话了。

"好了好了，我也不是想对你凶的，我跟你道歉。今天是出来逛街的，又不是谈演习的事的——你没告诉别人吧？"唐心怡悄声问。

"什么啊？"

"就是演习时候的事！"

"唐工，这已经不需要我说了……"顾晓绿看着她。唐心怡不明白："什么意思？"

"大家早就知道了。咱们还没回来，他们就都知道了，连部长跟政委都知道了。"顾晓绿说。唐心怡气急："怎么现在男的比女的还三八呢？这都是谁说的啊？！"

"唐工，你忘了，现在是信息时代……"顾晓绿笑。

<h1 style="text-align:center">12</h1>

大学校园门口，林晓晓提着扎好的礼物盒子正急匆匆地走着。路边停了一辆黑色越野，王亚东坐在车里，看到林晓晓出来，下车："哎！晓晓！"林晓晓转身："哟！怎么是你啊，王老板？"王亚东拿出手机："你的电话掉我店里了，我可一通好找。"林晓晓接过电话："啊？我都忘了呢！我后来换了电话，重新补办的卡呢！不过还是谢谢你啊！"

"你这是去哪儿啊，这么急的样子？"王亚东看了看她手里的东西。

"刚才我接到电话，我男朋友住进军区总医院了！我得赶紧去看看他！"林晓晓说。

"哦？怎么了？受伤了？"王亚东一脸关心。

"不知道呢！"

"我送你去吧！现在是交通高峰期，不太好打车。"王亚东指了指路边。

"那怎么好意思啊？"

"没关系，举手之劳。你忘了，我的店距离军区总医院没多远，顺便的事儿。"

林晓晓想想："好吧，那谢谢你了，王老板！"王亚东殷勤地为林晓晓打开车门，林晓晓笑笑，上了车。远处，一辆不怎么起眼的面包车启动，慢慢地跟了上去。司机戴着耳麦："我是斑点狗，目标接上林晓晓，现在走了。完毕。"无线电回话："斑点狗，腊肠收到。在下个十字路口换我跟踪。注意，他很有跟踪和反跟踪的经验，不要暴露。完毕。"

"斑点狗收到。完毕。"

王亚东开着车，混在城市的车流里。林晓晓抱着礼盒坐在副驾上，王亚东看了一眼，笑道："带的什么礼物？"林晓晓说："在你那儿买的那双军靴啊！"

"怎么你还没给他呢？这都多长时间了？"

"我也得知道他在哪儿啊……"林晓晓苦笑。王亚东随意地问道："现在解放军的部队，保密制度这么严格吗？连寄东西都不许吗？"林晓晓无奈地说："不是……是他没告诉我他在哪个部队。"王亚东不敢问了，笑了笑。

"我知道你觉得奇怪……在他当兵的这件事上，我一直是持反对意见的。我想可能是我的问题吧，我一直觉得，他应该有更好的前途。"林晓晓抱着军靴。

"有些男孩子，生来就是要去当兵的，这个我能理解他。如果你爱他，就应该支持他。男人有时候需要的是支持和鼓励，反对不仅无效，还会破坏你们的感情。"

"我现在明白了，没晚吧？"林晓晓笑着看他。王亚东笑道："晚什么？解放军的部队跟外军不一样，管理制度不仅是严格，甚至可以说是苛刻了。他又不可能遇到别的女孩子，你怕什么？就算两个人感情出现点小问题，只要没有第三个人的介入，不会出什么事儿的。况且你们肯定有很深的感情基础，有问题说开了不就得了？"

"你好懂啊！"

"我三十四了，不是小孩子了，也是曾经沧海难为水了。再不懂，我不是傻瓜了吗？"王亚东笑着继续开车。林晓晓羡慕地说："你太太一定很幸福。"王亚东的脸抽搐了一下，林晓晓问："怎么了？"王亚东有些悲伤："没什么，她去世已经五年了。"

"对不起啊，我不知道。"

"很多东西，只有失去了，才知道是最珍贵的。"

林晓晓无语，王亚东看着她："所以晓晓，当你拥有的时候，就要加倍珍惜。"

"谢谢你啊，王老板。"林晓晓心情明显好转。王亚东笑笑，继续开车。

"对了，王老板，你的普通话说得这么好啊！一点儿也不像华侨！"林晓晓扭头说。

"我不是什么华侨，我原来就是从大陆出去的。"

"那你怎么去国外当兵了呢？"

"失恋。"

"失恋？"林晓晓很意外。王亚东一边开车一边说道："对，失恋。我原来是海员，跑国际航运的。你知道，大半年不回家，是会给不太稳定的感情带来严重危机的，我就遇到了。当时我人在欧洲，也没办法解决这些问题，就去酒吧喝酒，结果遇到了一个人……"

林晓晓看着他，王亚东笑笑，继续开车。缓慢的车流将他的思绪拉回了那个他永远也忘不了的夜晚……

13

那是一座欧洲沿海的小城市，干净的石头小路尽头，一间安静的酒吧里放着蓝调，客人们都零散地坐着，喝酒聊天。那时王亚东还是海员，很年轻，他又一次抓起一瓶威士忌喝了下去。坐在不远处的一个中年男子默默地看着他。

"再来一瓶。"王亚东已经醉了。

"小伙子，不能再喝了。"老板也是个华人。

"老哥，再给我来一瓶吧，我难受。"王亚东伏在酒吧台上。老板无奈，递给他一瓶酒，王亚东接过来继续喝。那边忽然喧闹起来，几个白人水手调戏一个女孩儿，女孩儿尖叫着躲闪。"喂！你们——"王亚东晃着脑袋叫道。水手们抬眼，王亚东站起身，晃晃悠悠地走过去："你们……闪开……别胡闹……"

"你是谁？"其中一名水手走过来。"我……我是我！你们不许……"王亚东语无伦次，水手们已经冲了上来。不远处的中年男子不动声色，带着微笑注视着。王亚东与水手们扭打在一起，明显只有挨打的份儿，但仍不屈不挠地回击。一个水手拿起桌上的空酒瓶，啪地砸碎，向王亚东扎去。中年男子突然出手，水手们一愣："你别多管闲事！"中年男子猛地出手，动作干净利索，水手们急忙夺门而逃。老板扶起惊魂未定的女孩，王亚东看呆了。中年男子站起身，笑笑，说道："这里的损失，都算我的。"老板苦笑道："你也是这里的老板，不算你的，算谁的呢？"

"你是谁？"王亚东看着他。中年男子说："一个过客。"

"你……你是老板……"

"我只是在这间小酒吧有点股份罢了。"

"不，你是老板，大老板！"王亚东晃着脑袋，中年男子冷冷地看着他。王亚东已经醉了："大老板，有钱！你有钱！你会去找小姑娘——刚毕业的小姑娘！你抢了我的女朋友！对……就是你！"

"我以为，能这么喝酒的，能这样见义勇为的，一定是个难得的男子汉！我没想到，原来是个懦夫。"中年男子转身要走。王亚东站都站不稳，吼道："谁？懦夫？我？开玩笑！我是谁？我是王亚东！我是海员！大海啊，就是我故乡……"

"你不是懦夫是什么？为了一个女人，把自己喝成这样。"

"你懂什么是爱情吗？"

"你懂什么是男人吗？"

"我懂！"

"男人就是你这样？为了一个不值得你难受的女人，借酒浇愁？清醒后你还有什么？"

"那男人应该是什么样？！"

中年男子笑笑，递给他一张照片。照片里，一个穿着 F2 迷彩服的军人手持 FAMAS 步枪，身后是大片的热带丛林。

"我这样——"中年男子指了指照片。

"你是……解放军？"王亚东想立正，但站不稳，"解放军叔叔好！"

"你见过在欧洲的小酒吧里面喝酒的解放军吗？"

"那这是什么？这不是解放军吗？"

"听说过外籍兵团吗？"

王亚东摇头："没有！只知道绿色兵团！游戏，好玩！小人开枪，嗖嗖——"

"你想让你的人生重新开始吗？"

"嗯？重新开始？"

"成为一个没有过去的人。"

"没有过去？"

"对，没有过去的人。一切都是新的——你的名字，你的身份，都是新的。你会进入一个崭新的世界，男子汉的世界。你会变得勇敢、坚强、无所畏惧。"

"我还会失恋吗？"

中年男子笑笑，拉过他来："你连过去都没有了，还在乎失恋吗？"

"忘情水啊？"王亚东醉眼迷离。

"一个人的痛苦，就在于过去。没有了过去，你还会这么痛苦吗？"

"你没骗我？"

"我为什么要骗你？"

"好，我去……绿色兵团！"

"外籍兵团。"中年男子纠正说。王亚东一拍吧台："都一样！老板，拿酒来，我要去绿色兵团！对了，绿色兵团是干什么的？"

"雇佣兵。我叫蝎子。"中年男子冷冷地说道。

……

"怎么不说话了？"林晓晓打断王亚东的思绪。他回过神来，继续开车，脸色阴沉。

"没什么，想起了过去的一些事情。我一直以为，我可以变成没有过去的人。现在才知道，原来，人不可能跟过去断绝。"

"没有过去的人？"林晓晓听不明白。王亚东笑道："我走神了，没事。"林晓晓笑笑，透过玻璃前窗，已经可以看见军区总医院的大楼了。

第七章

———★———

1

医院病房里，何晨光摘下胸前的二等军功章，仔细地看看。随后，他从枕头下摸出一个盒子，打开——是那个血染的狙击步枪瞄准镜。何晨光将军功章端正地放好，和那个瞄准镜在一起，"啪"的一声，扣上了。

"二等功，不简单！"门口传来声音。何晨光一抬眼，看见范天雷站在面前，慢慢摘下墨镜。何晨光惊喜地叫道："金雕叔叔！"范天雷看着他手里的小盒子："你爸爸会很高兴的。"何晨光说："我差得还很多。"范天雷在床边坐下："确实。想成为你父亲那样的狙击手，你还有很长的路要走。"何晨光看着他："我想知道一件事。"

"你说。"

"为什么故意露破绽给我？"范天雷看着他，何晨光继续说，"当敌人的狙击手在大本营范围内活动的时候，最好的安保措施不是马上转移保卫目标，而是藏起来，直到找出这个狙击手。"范天雷看着他："我知道，瞒不过你。"

"为什么要这么做？"

"那我问你，你为什么不上报呢？告诉你的指导员，是我露破绽给你；也告诉演习导演部，斩首行动的成功，是因为蓝军特种部队的指挥官通敌导致的——你为什么不这么做？"

"我想过，但是我不能。"

"因为你有顾虑。"

"是的。"

"神枪手四连是一个光荣的红军连队，也是骄傲的，换句话来说，非常好面子。如果让他们知道，他们的胜利不是因为自己士兵的出色，而是对手的放水，对他们的骄傲会是一个严重的侮辱。你没有考虑你个人，而是考虑神枪手四连，对吗？"范天雷看着何晨光的眼睛。

"是的。"

"除此以外，你还为我考虑。我是一个老兵，'演习就是战争'这句话不需要再对我重复。我在演习当中通敌，也就等同于在战争当中通敌，换句话说——我叛变了。对于军人来说，叛变意味着什么，大家都清楚。虽然我不会上军事法庭，但是我肯定会脱下军装，灰溜溜地离开这支被我视为生命的军队。"范天雷说，"基于以上两点顾虑，你没有选择上报。"

何晨光注视着他："对，我的想法你都知道。"

"是人都会有顾虑，何晨光。这个世界上没有谁可以抛弃所有的顾虑，我也是，我也有顾虑。不光是我，曾经和你父亲在一起战斗的所有官兵，都不愿意在我们的眼皮底下，在一场演习当中失去你。虽然我们天天说演习就是战争，但演习毕竟不是真正的战争。告诉我，如果换了你是我，你会怎么做？"范天雷问。何晨光无语。范天雷看着他："我相信你会理解我们。"何晨光抬起头："是，我理解。"

"你的父亲，是你参军的动力，也会是你在部队的巨大压力。希望你能迅速成熟起来。有压力不可怕，男子汉就应该有点压力；可怕的是，真的被压垮。"

"我不会的！"

"我相信你。"范天雷看着他笑笑。何晨光又问："对了，那个女干部是谁？怎么有那么好的身手？特种部队现在有女作战干部了吗？"

范天雷笑了，说道："她不是我们的人，是军区机关的工程师。"

"工程师？！"何晨光很惊讶。范天雷回答说："对，科技部特种作战科研中心的工程师，叫唐心怡。我以前也不知道她还会这些，这次演习才知道的。"

"她肯定是受过训练的，还是高手。"

"那我就不清楚了，只有你跟她交过手。"范天雷笑笑，何晨光思索着。这时，门被推开，林晓晓激动地站在门口："晨光！"何晨光抬头，林晓晓一下子就哭着冲过来："你怎么了？怎么受伤了？"

"我该走了。"范天雷笑笑，戴上墨镜转身，一个穿着法军 F2 迷彩服的壮汉站在他跟前，两人互相看着对方。王亚东笑笑，说道："你好，上校。"

"你好，你是哪位？"范天雷面无表情。王亚东伸出手："我叫王亚东。"范天雷看了他一眼："外军？"王亚东苦笑："曾经是……现在是老百姓。很高兴认识你。"范天雷看看他，仔细地上下打量着，又回头看了一眼何晨光，出去了。王亚东尴尬地伸着右手站在那儿。

那边，林晓晓满眼是泪："晨光，这到底是怎么回事？你哪里受伤了？"

"晓晓，我没事，你怎么来了？"何晨光说。

"是奶奶打电话告诉我的。你为什么都不肯告诉我呢？"

"我还没来得及……"

林晓晓擦去眼泪，拿起礼盒："这是我送你的礼物。对不起，晨光，以前我不懂事，你原谅我，好吗？"何晨光苦笑："是我不好，我没跟你说清楚……那是谁？"

王亚东笑道："你好，我叫王亚东，是晓晓的朋友。正好路过，我送她过来的。"何晨光看着他。王亚东发现自己有些多余，笑道："那什么，我先走了。晓晓，再见。士兵，再见。"说完转身走了。何晨光还看着门口，林晓晓伸手在他眼前一晃，笑了："你想什么呢？"何晨光说："没什么。"林晓晓笑："你——吃醋了！"

"吃醋？我吃什么醋？"

"哈哈哈！你果然吃醋了！"林晓晓喜出望外，"真没想到！何晨光——你也会吃醋了！我真开心！我就喜欢你为我吃醋！哈哈哈！"何晨光努力让自己平静，却也忍不住笑了。

2

军区总院的草坪上，林晓晓正挽扶着何晨光散步。何晨光穿着病号服，脚上套着那双军靴，样子看起来有些怪异。何晨光笑着："这双靴子蛮舒服的！要很多钱吧？"

"还好了！你喜欢就好！"林晓晓高兴地说。

"在哪儿买的？我给我的战友带两双。"

林晓晓有些生气："你啊！就记得你的那些战友！你什么时候能记着给我礼物啊？"何晨光有些尴尬，林晓晓看着他："算了算了，我知道你就是这样的！不过生日，不买礼物，不过圣诞节，不过情人节……哎，我怎么找了你这么个木头人啊！"

何晨光苦笑："我也不知道为什么我会这样，从小在家里养成的习惯吧。"

"哎！知道知道，你们是老革命军人家庭！马克思主义者！不过洋节！哎，左得要死了！你爷爷不知道马克思是德国人吗？马克思和燕妮难道不过生日、不过节、不买礼物吗？"

"我也搞不懂他。也许这就是老一代人的传统吧，我都习惯了。过节、买礼物，感觉怪怪的。"何晨光说完，往前慢慢挪着。林晓晓看他："哎！我也认了啊！哎，你别走那么快！别摔着！"何晨光走得更快了，转身笑道："你看，我没事吧！"

"你啊，从小就跟个黑猴子似的！"

何晨光"哎呀"一声，栽倒了。林晓晓急忙上去："哎呀！我看看摔到哪儿了！我看看摔到哪儿了！"何晨光一伸手抱住了她，林晓晓不好意思："哎呀！搞什么啊？大白天的，这儿到处是人！"

"谁管呢？"何晨光不撒手。林晓晓很享受："你不是当兵的吗？解放军管你！"

"我又没穿军装，这里又没有别人。"何晨光趁林晓晓不注意，一口吻住了她。林晓晓不吭声了，两人抱在了一起。突然，身后传来两声重重的咳嗽声，两人赶紧分开。一个女军医黑着脸："那个兵，你多少注意些影响！"何晨光急忙起来："对不起首长，我……"林晓晓也站起来，脸都红透了："叫你别胡闹！"女军医笑了："你以为不穿军装就不知道你是当兵的？看你那发型、那身板，小兵蛋子搞对象还搞到我们草坪上了！一边玩去！"

"是！首长！"何晨光敬礼，拉着林晓晓跑了。何晨光拉着林晓晓跑到军区总医院的角落里，林晓晓嗔怪："哎呀！我跟你说了吧？别胡闹！解放军会修理你！"

何晨光又想抱她，林晓晓指着那边："自己看啊，别怪我没提醒你！"何晨光回头，看见不远处的一个摄像头，悻悻地松开手："看来这当了兵还真的是不自由了！"

"活该，你自己作的！好好的大学不上，非要去当兵！现在好了，慢慢享受吧！解放军同志！离我远点儿啊，解放军叔叔可都是好人！"林晓晓笑，何晨光很不好意思。林晓晓一本正经："哎，说真的，你下一步怎么打算的？继续在部队吗？"

"对，我好不容易穿上军装了，我不会脱的。"

"那我不就成军嫂了？"

"嘿嘿，你说呢？"何晨光看着她，"对了，晓晓，我问你个问题啊！"

"你说。"

"我得罪了一个女孩子，想跟她道歉，买什么礼物比较合适？"

"你？！不是吧？算了算了，我不要了！懒得理你倒是真的！"林晓晓一脸惊讶。

"不是，我是给一个不认识的女孩儿！"何晨光一脸认真，林晓晓呆住了。何晨光没发觉："这么说吧，我得罪她了！我不是故意的，当时是演习……"

"她是谁啊？"林晓晓问。

"我真的不认识！好像是叫唐心怡……"

"唐心怡？名字很好听啊！漂亮吗？"林晓晓酸酸地问。

"还行吧，当时也顾不上看清楚，是我们军区机关的干部……"何晨光自顾自地说着。

"还是军官啊！你很厉害啊，刚当兵就勾搭女军官！"

"什么勾搭啊？我没有！"

"那你怎么得罪她了？"

"我……这事儿说不清楚了！当时是演习，演习就是战争……"

林晓晓直接打断他："你直截了当说，你怎么得罪她了？"

"我，我把她衣服给脱了……"

林晓晓瞪大了眼。何晨光反应过来："你听我说，不是那意思！我是脱了她衣服，那是……"林晓晓掉头就走。何晨光在后面喊："晓晓！你听我说，不是你想的那样！"

林晓晓回头："何晨光！我告诉你，我一直以为你是个老实人！你沉默就沉默吧，那说明你内向，内向的男人稳重，我爸爸都这么说的！可是我没想到，你居然干出这样的事来！"

"晓晓，你真的误会了！"何晨光还在喊。林晓晓哭了："我恨你！"然后掉头跑了。何晨光起身要追，一下子栽倒了。林晓晓越跑越远。何晨光从地上爬起来，想叫却叫不出来。

3

　　咖啡厅客人不多，林晓晓坐在一处角落的沙发上哭。王亚东急匆匆走进来："怎么了，晓晓，这么着急找我？怎么哭成这样了？"林晓晓抹眼泪："他骗了我！"王亚东在对面沙发坐下："谁啊？谁骗了你？"林晓晓哭喊："他！他骗我！"王亚东似乎有点明白了："怎么回事？"林晓晓哭得更厉害了："你跟我说过，只要不出现第三个人，就不会有问题。可是现在，这第三个人出现了！"

　　"不会吧？解放军在国际上是出了名的管理严格！我曾经跟解放军的维和部队在一起维和，他们的军纪是有名的！"

　　"什么破军纪啊？他都把女军官的衣服给脱了！"林晓晓又抽了张纸巾，继续哭。王亚东有点蒙，愣了半天："解放军，现在开化到这个地步了吗？"

　　"他自己说的！"

　　"也许有什么特殊情况呢，譬如战地救护之类的。我们在作战的时候，也经常遇到这样的事情。战场上没有男人和女人，只有自己人和敌人。遇到危险的时候，是不会分性别的。"

　　"怎么可能呢？现在哪里有仗打啊？"

　　王亚东沉默了。林晓晓想起来就哭："我真的没想到他会这样……"

　　王亚东想了想："晓晓，你听我说句心里话。我都三十四岁的老男人了，什么没见过，什么不知道？男人，确实没有几个可以表里如一的。我知道你很难接受，但这是现实。先不说他是不是真的有背叛你的地方，即便有，也要考虑当时的环境。很多事情不是那么简单，一就是一，二就是二的。起码有一点，他没有骗你，他还是对你说了，对吗？"

　　"他还不如不说！"林晓晓白了他一眼。王亚东苦笑："这就是了。男人如果不诚实，反而会解决好多问题；男人如果诚实，事儿就越闹越大。要我说，他还是很可爱的。"

　　"可爱？"林晓晓看着他。王亚东说："是啊，可爱。虽然他办了错事，但他还是跟你实话实说了，这样的男孩子还是很可爱的。你现在心里难受，其实很多事情想清楚了，也就没那么难受了。你现在不冷静，回头冷静下来，再仔细想清楚吧。"

　　"为什么你会向着他说话？"林晓晓看着他。王亚东笑道："因为我也是个男人，我也当过兵。军队虽然封闭，但是会遇到各种极端情况，我理解他。"

　　"那你呢，背叛过自己的爱人吗？"林晓晓轻声问。

　　"有。"王亚东回答。林晓晓一愣："啊？你真坦诚啊！"

　　王亚东看着她，笑笑，说道："很多时候，男人都会做错事的，世界上没有不犯错的男人。而女人应该怎么选择呢？选择权在你，我不想影响你。虽然我不认识他，但是所谓惺惺相惜，从他的眼神当中我可以看出，他是一个出色的士兵。他也许没错，也许错了，但是这对你真的那么重要吗？你对他的感情，真的那么不堪一击吗？"林晓晓不吭声，王亚东继续说，"好了，你不哭就好了。至于怎么选择，真的就是你自己的事情了。"

"谢谢你，我会好好想想的。"

此时，咖啡厅外的一处街角停着一辆搬家公司的厢式卡车。车内，监控设备一应俱全，屏幕上显示着交谈甚欢的王亚东和林晓晓。陈伟军看着屏幕，苦笑："我好像看到，一出悲剧正在上演。"武然着急地问："怎么办？要不去提醒那女孩一下？"陈伟军看了他一眼，不紧不慢地说："待着吧您！去干啥？要白头雕修理你吗？安心工作，别胡思乱想！"

"就这么眼睁睁看着？"

"除非目标动手杀人或者有什么别的严重违法行为，否则我们不能出面阻止。"陈伟军白了他一眼，"我问你，泡妞是严重违法行为吗？"

"不是啊，不过我看那家伙也没有要泡那女孩儿的意思啊。"武然一脸认真。陈伟军白他一眼："你啊，Too young, too simple, some times naive（太年轻了，太简单了，有时候太幼稚了）！欲擒故纵，找到机会就痛诉革命家史——老男人的老套路了！看着吧，没跑！"

"那女孩也太可怜了吧……"

"这不是我们能左右的事了。感情这东西，玄妙！"陈伟军一脸老江湖的表情。

"那个小兵怎么办？"

陈伟军看看他："你多想怎么工作吧！干这行，就得学会做个旁观者！"武然一声叹息，转向监视器："我一直以为毕业后能做个黑猫警长呢，没想到做了个千里眼顺风耳！"

"黑猫警长成功破案的背后，就是无数个千里眼和顺风耳的勤奋工作。"陈伟军指了指监视器上的标语，"好好干活，别胡思乱想了！"

4

何晨光抱着两束搭配好的香水百合来到特种作战科研中心，走廊的墙上贴着一些关于特种作战的常识海报等。何晨光一边走，一边认真地看着，路过的干部们都好奇地看他。

"喂！那个兵！"顾晓绿路过叫他。何晨光回头："哦，你好！"顾晓绿问他："你找谁啊？"何晨光回答："我想找一下唐心怡。"顾晓绿一愣："唐心怡？你是谁？"

"我……我是在演习的时候遇到她的，我是来向她道歉的。"何晨光说。

顾晓绿马上就明白了。

特种作战科研中心狙击手作战实验室里，唐心怡正低头忙碌，测试数据。顾晓绿闯进来，急道："喂喂喂！唐工，唐工！不得了了！"唐心怡心静如水："什么了不得的大事？等我测试完这颗子弹再说。"

"他……他……他来找你了！"

"谁啊？"唐心怡头也没抬。

"是……是……是那个小兵！就是演习的时候……他……就在门外！"

唐心怡的脸色突变，腾地起身，试验器材翻落一地。走廊上，唐心怡跑出来，满脸官司："你来干什么？！"何晨光急忙立正，敬礼："报告！我是专程来道歉的！"

"道歉？道什么歉？"

"对不起，演习的时候，也是情势所迫，我……"何晨光不知道怎么解释。

"拉倒吧你！别在这儿废话了，赶紧走人！"唐心怡一点情面不留。

"是！请你收下！"何晨光将手里的花递过去。唐心怡一把推开："我不要你的花！"

"不管你要不要，这代表我的歉意。对不起！"何晨光不由分说，把花塞在她手里就要走。唐心怡将花一把摔向何晨光的后背。何晨光一个转身，接住花，笑笑，说道："首长，要扔，好歹也等我走了再扔啊！"唐心怡刚想骂，走过俩校官。唐心怡不好骂，何晨光把花又递了过来。唐心怡没办法，害怕再来人："你赶紧走！"

"是！"何晨光笑笑，敬礼，转身走了。唐心怡眼珠一转："等等！"

"首长还有什么吩咐？"何晨光回头。唐心怡说："你在门口等我！"何晨光一愣，唐心怡说："五分钟以后，我出去！"何晨光有些犹豫，唐心怡已经进去了。何晨光苦笑："看起来，还没完。"

唐心怡回到实验室，脱掉白大褂："晓绿，我先出去了。主任要是问，你就说我老乡来了。"顾晓绿瞪大眼："啊？唐工，不是吧？！这就约上了！"

"什么跟什么啊？我要好好收拾收拾他！"唐心怡将花一把塞给顾晓绿，"送你了！"顾晓绿抱着花，眨巴眨巴眼："本来没事，这一收拾，闹不好真的有事了！"

何晨光抱着给林晓晓的那束花站在大门口。哨兵笑嘻嘻笑着问道："列兵，咋？刚才不是送了吗？"何晨光笑笑，说道："这个是给别人的。"这时，唐心怡开着一辆越野车，停在了门口："上车！"何晨光苦笑，上去了。

越野车在体育大学门口停住了，何晨光一愣："到这儿来干什么？"唐心怡白他一眼，没说话。保安笑道："唐助教，您来了！今天有课？"唐心怡意味深长地说："加课。"保安打开护栏，越野车开了进去。何晨光在车里很尴尬，左看右看。唐心怡冷笑："你欠人钱了？"何晨光掩饰着："没有啊！怎么可能？"

"那你怕什么？"

"我……我对象在体育大学。"何晨光看了看车外。

"可以啊！还找了个大学生！"

何晨光尴尬地看看她："我们一起长大的……"

吉普车停在了格斗馆门口。"下车！"唐心怡跳下车，径自走了。何晨光想想，抱

117

着花也下去了。格斗馆里空无一人，唐心怡走进来，打开灯，中间的散打台子立即亮了起来。

"你不是能打吗？我就想见识见识你有多能打！"

"首长，没有必要的。"

"有必要！"唐心怡走近他，"何晨光，不要以为只有你没有输过一场，我也没输过！"

"我不跟女人打架，演习的时候是没办法。对不起，我走了。"

唐心怡一把抓住他的肩膀："想走？没那么容易！"何晨光绕开，还想走，又被唐心怡抓住。何晨光甩开她，唐心怡一脚踢飞了何晨光手里的花，花散落一地。何晨光彻底怒了："你干什么？！"唐心怡冷笑着："来啊？"何晨光压抑着自己的怒火，低头去捡花。唐心怡又是一脚，花被踢碎了。何晨光一把抓住她的脚，反手送出，唐心怡后空翻落地："好啊，开始了！"何晨光摘下帽子，脱去外衣，唐心怡冷笑着看他。

散打台上，唐心怡换了紧身短裤和背心，冷冷地看着何晨光。何晨光赤裸着上身，穿着军用短裤，赤脚，摆出格斗姿势。唐心怡呐喊一声，扑过来，何晨光还手。唐心怡几次被推回去，又再次进攻。何晨光忍着怒气，只防守。唐心怡的进攻都好像是对着一块石头，每次都被弹回。何晨光冷酷地看着她。

唐心怡发起总攻，何晨光格挡，只在空中出了一招，唐心怡重重地摔在地上。何晨光还站在那儿。唐心怡艰难地想起身，却又摔倒了。等她再抬起头，何晨光已经走了。唐心怡跪在台子上，呆住了——何晨光已经穿好军装，正在一朵一朵收拾地上残破的花。他仔细地收好，站起来："谢谢你带我来这儿，首长，再见。"唐心怡愣愣地看着。

5

何晨光站在女生宿舍门口，抱在怀里的花是他好不容易弄好的，但还是有点破败。来来往往的女生们好奇地看着他，何晨光有点尴尬。

这时，邓敏走过来，上下打量着他："你找林晓晓吧？"

"是，你怎么知道？"

"我听她说起过你。"邓敏笑着。

"麻烦你，帮我找一下晓晓好吗？"

"她……她好像出去了吧。"

"去哪儿了？"何晨光问。邓敏想想："这事儿吧，我不太好说。"

"怎么了？"何晨光纳闷儿。邓敏于心不忍："哎，兵哥哥，你好傻！要不这样吧，你别说是我说的，好吗？"邓敏凑近何晨光，何晨光的脸色逐渐变得难看。

女生宿舍外，人影寥寥，路灯孤零。王亚东的车停在宿舍门口，林晓晓跳下车，跟王亚东说笑着。王亚东笑着，突然呆住了——何晨光从暗处走出来，抱着那束花。

"你怎么不说话了？傻了啊？"林晓晓伸手在他眼前晃了晃。王亚东默默无语。林晓晓回头，一惊——何晨光正默默地看着她。林晓晓很意外："晨光？你怎么来了？"

何晨光稳住，走过去，把花递给她，强笑道："我路过，来看看你。好了，我走了。"

"晨光！晨光！你听我说！"林晓晓忙叫他。何晨光转身，笑笑，说道："看见你开心就好了。对不起，我让你不开心了。我走了，已经很晚了，部队医院是有规定的。"

王亚东不知道说什么，何晨光冲他一扬头："嘿！好好对待她，晓晓是个很好的姑娘！"说完转身走了。林晓晓呆在原地，王亚东内疚地看着她。

路灯下，何晨光孤独地走着，目光却逐渐变得坚定起来。监控车里，武然叹息："完了！这个小兵的爱情，完了！"陈伟军说："好事。"

"失恋了还是好事？真不知道你这个老同志是怎么想的！"

"不失恋，难道让这个小兵卷进来吗？"

"卷进来？"武然不明白。陈伟军说："林晓晓早晚是王亚东的女人，你非让这个兵卷进来，耽误他在部队的前途吗？当断不断，反受其乱。现在断，比以后断好！这是一件好事，应该说，让我的心放轻松了不少。"

"那这个小兵不是太可怜吗？刚当兵就失恋了。"

"失恋对男人来说，是太轻的挫折了；而失恋，恰恰最容易让男人成长。对他来说，这是难得的成长机会。"陈伟军看着屏幕，意味深长地说。

6

军区总院的病房内，黑漆漆一片，没有开灯。月光洒进来，白茫茫一片。何晨光坐在病床上，发呆。

女生宿舍已经熄灯，林晓晓躲在床上抽泣着。邓敏从上铺下来："怎么了？还在哭？"林晓晓哭着说："他为什么不听我解释呢？"

"哎！你说，还需要你解释什么呢？"

"我跟王亚东真的是普通朋友啊！什么事儿都没有！"林晓晓又开始哭。邓敏认真地看着她："晓晓，我是过来人。其实……你的心已经变了……"

"怎么会呢？我喜欢何晨光啊！"林晓晓止住哭。

"人是可能喜欢两个人的……"——林晓晓愣住了。邓敏看着她："晓晓，你骗不了自己的。你好好想想吧。我睡了。"林晓晓还在沉思，一下子躺在枕头上，看着上边发呆。

清晨，黑着眼圈的林晓晓摇醒了邓敏。邓敏吓了一跳："干吗啊？大早晨的！"林晓晓看着她："我想好了，我爱何晨光。"

林晓晓来到军区总医院，推开病房门。护士正在收拾床铺："你好，请问你找谁？"林晓晓一愣："他呢？"

"谁啊？"

"何晨光。"

"哦！你是说铁拳团那个兵啊！走了啊！"

林晓晓一愣："走了？去哪里了？"

"回部队了啊！"

"他现在不该出院的啊！"

"他早晨去找了主任，坚决要求出院。我们都劝他再住几天，基层部队多苦啊，他也难得休息。可他就是想回部队，说部队才是他的家。"

林晓晓呆住了。护士看着她："你是他的女朋友吧？怎么，他没跟你说吗？"

"没有……可能没顾上吧……"林晓晓掩饰着，"谢谢啊，我走了。"

林晓晓在街上走着，边走边哭。

路边，穿着军装的何晨光走进无名高地军品店。王亚东看见何晨光进来，一愣。何晨光默默地看着他。王亚东忙着解释："听我说，你误会了。"

"没什么，我都已经说过了。我来这儿，不是找你谈这个的。"何晨光说。

"那你是想……"

"我要回部队了，想给我的战友带两双军靴。"

"啊，好啊！我送你！"王亚东忙招呼着。

"不用，我有工资，虽然不多，但是我想买军靴应该够了吧。"何晨光笑笑。

"多大号的？"王亚东问。何晨光报了号码。王亚东在柜台里翻出来，打好包。

"多少钱？"何晨光问。王亚东想了想："一共五百。"何晨光笑笑，拿出一个信封："里面是四千。我大概知道这靴子的价格，谢谢你。"说着拿起军靴转身走了。

"列兵！"王亚东叫住他。何晨光转身问："怎么？还有事吗？"王亚东说："你真的误会了！"何晨光说："不重要。再见。"他转身走了，留下王亚东傻在那儿。

何晨光走出军品店，远远地看见林晓晓哭着走来。何晨光伸手拦住一辆出租车，上车了。林晓晓看见，急忙冲过来："何晨光！"

"开车。"司机开车走了。林晓晓在后面追着喊着："何晨光！"

何晨光闭上眼，泪水慢慢流出来。追着车的林晓晓摔倒了，何晨光从后视镜里看见了，刚想喊，王亚东跑来，扶起了林晓晓。林晓晓哭着还想追，被王亚东抱住了，林晓晓泣不成声。何晨光转过脸，咬住嘴唇，车渐渐开远。

7

何晨光迈步走进铁拳团，听见士兵们洪亮的口号声，一切都那么熟悉。何晨光笑笑，迈步走了进去。士兵们看见他，对他笑着。一切都是那么亲切，好像他从未离开过一样。何晨光的情绪大好，大步流星地走向自己的连队。

"报告！指导员，我回来了！"何晨光站在门口喊。龚箭正在训话，大家都看过去。龚箭笑了，大家也笑了。李二牛很兴奋，有点儿克制不住自己了。

"好！欢迎归队！全连——解散！"战士们一哄而散，冲向何晨光。龚箭和老黑笑着，看着。李二牛一把抱住了何晨光："可想死俺了！"战士们围着何晨光，把他举了起来。何晨光笑着，被抛起来。他知道，他回家了。

炊事班，李二牛拉着何晨光进来："快来快来！俺给你做小灶！饿了吧？"何晨光笑笑，说道："不饿！在长途车上吃了俩面包呢！"李二牛准备开火："面包哪能当饭吃？看俺的！"何晨光从背囊里取出军靴："这个是给你的。"

"啥呀？"李二牛接过去，"军靴！咋还有外国字呢？"

"傻蛋！进口的！好东西！"何晨光笑。

"进口的？俺试试，俺试试！"李二牛蹬上军靴走了两步，"正好！真舒坦！"

"艳兵呢？是不是调到咱们连了？怎么没看见他啊？"何晨光问。

"没，他还在六连呢！"李二牛试着新鞋。

"还在六连？我觉得他够格调入四连啊！"

"这俺就不知道了。总之指导员去要过他，结果他自己不肯来，继续留在六连了。"

"我明白了。他重情义，不肯背叛六连。"

"啥背叛不背叛的？不都是解放军吗？"李二牛听不懂。

"你不懂。我去六连看看他。"何晨光说着往外走去。

"中！你叫他过来，我给你们好好炒几个菜！一块儿吃！"李二牛开始切菜。

六连车库，三班在做快速更换弹匣练习，王艳兵在做示范，一板一眼的。他的余光看见了什么，一转脸——何晨光站在那儿，正对着他笑。王艳兵愣住了，冲过去一把抱住何晨光："你还知道回来？"何晨光抱着他："我不回来，你不就是第一了吗？"

"没你，第一也没劲！"两个人都笑了。何晨光问："怎么着？什么时候解散？二牛可做了好菜！"王艳兵为难地说："今天刚出来……"黄班长开始布置任务："那什么，今天改训练科目，大家打扫一下车库卫生！"蔡小心一愣："又打扫卫生？昨天刚打扫过……"黄班长眼一瞪："怎么？不乐意啊？"大家都很不乐意。

"好吧，我也民主一把，大家举手表决！不愿意打扫卫生的举手！"

全班都举起了手，看着他嘿嘿乐。

"好，经过民主评议，今天不打扫卫生了，换科目——武装越野五公里！走！"

全班都傻了。蔡小心悔得要死："还不如打扫卫生呢……"黄班长走到王艳兵身边："你跟你的战友好好唠，晚上归队就好！"

"是，谢谢班长！"两个人嘻嘻哈哈地跑了。

8

障碍后面，三个兵正在野炊，火在烧，锅在滚。"咣！"三个茶缸子碰在一起，何晨光、王艳兵和李二牛拿起茶缸子，一饮而尽。王艳兵问："哎！咱们团全团禁酒，这酒从哪儿搞的？"何晨光笑着说："我悄悄带回来的！我想，咱们哥儿仨重逢，怎么着也得喝两杯啊！不能过量啊！"王艳兵笑道："有你的啊，何晨光！"

"有些事儿，恰恰是你想不到的人做出来的。"何晨光脸色有些黯淡。李二牛夹了口菜问："咋了？看你闷闷不乐的，出啥问题了？"何晨光举起茶缸子："没问题！能有什么问题？来，再喝一杯！"王艳兵问："是不是有什么心事？"

"没什么心事，真的。"

"你瞒不住我。我了解你，就好像你了解我一样。"

何晨光笑笑，说道："以后会告诉你的，现在咱们再喝！"王艳兵看看李二牛，苦笑："算了，别问了，想喝就陪他喝吧！"何晨光一口干掉了一杯酒，又倒。王艳兵伸手拦住："你搞什么？这样会喝醉的！"何晨光道："我说了，我没事！"李二牛担心地问："晨光，你到底咋的了？"何晨光表情奇怪地笑笑，说道："我失恋。"

"失恋？"王艳兵一愣。李二牛也愣住了："啥？跟对象吹灯了？"

"来来来！喝！一醉解千愁！"王艳兵举起茶缸子。李二牛忙拦着："我说你们俩，真喝醉了咋办？指导员他……"王艳兵把茶缸子一蹾："我说你这个脑子——这儿有指导员吗？"李二牛还坚持着说："可咱铁拳团是应急机动作战部队……这要是喝醉了，万一打仗咋办？"

"打仗？跟谁打？哪儿有仗打？牛哥，我说你这个脑子啊！"王艳兵气得想蹾他。

"咱不天天喊'提高警惕，准备打仗'吗？"

"跟你也说不明白！喝酒喝酒，陪这倒霉蛋喝！"三个人的茶缸子又撞在一起。

火在烧，烟雾在升腾。

训练场上，龚箭绑着沙袋，背着背囊，手持步枪跑步过来。他抬眼看见烟雾："失火了？"拔腿冲了过去。三人还在喝酒，突然，一铲子泥巴直接进了锅。三人一愣，抬眼——龚箭拿着工兵锹站在他们跟前。李二牛和王艳兵急忙起身，何晨光已经有些醉意，还在倒酒："指导员……来，喝酒……我请客……"

"嗯，好酒。谁的酒？"龚箭冷冷地说，另外两人站在那儿都不敢说话。

"我的……我从家带来的……"何晨光话都说不清了。龚箭一把打掉他的茶缸："给我站好！"何晨光站起来："是！"他没醉，不过脚下有点儿晃悠。龚箭冷冷地注视着他，何晨光带着笑意看龚箭。龚箭大吼："你是谁？你告诉我，你是谁？"

"报告！指导员，我是列兵何晨光！"何晨光本能地立正敬礼。龚箭一把撕掉他的军衔，举到他的面前："你不配！"

"报告！指导员，我是列兵何晨光！"

"你穿着军装，但是你根本不配做一个解放军的列兵！"

"报告！指导员，我不明白！"何晨光还在晃。龚箭怒吼："还有什么不明白的？！你还有什么不明白的？！何晨光，我一直看重你、欣赏你，所以有些时候纵容你！但是你太过分了！你根本忘记了自己是干什么的！你把解放军的军营当作什么？你们家的后花园吗？！我知道你在军区大院长大，所以你自以为熟悉部队，了解部队；我更知道你从小就看见了部队的另外一面，然后你就不把基层部队的荣誉和尊严放在眼里！"

"报告！指导员，我不是这样想的！"何晨光努力站直。

"可是你已经这样做了！你把我的宽容当作理所应当，完全不知道我为什么这样纵容你！何晨光，不要以为你枪打得好，军事素质过硬，就无可替代了！神枪手四连，人人都是神枪手！但是人人也都必须是一个合格的出色的兵！兵，你知道这个字的含义吗？"

"报告！我知道！"

"你知道个屁！你但凡对'兵'这个字有一点点的理解，这些事你都做不出来！全连这么多战士，你有什么特殊的？条例条令是什么？是坚不可摧的岩石！任何一个人往这上面碰，必然头破血流！你特殊在哪儿？你告诉我，你特殊在哪儿？！"

"报告！指导员，我不特殊！"何晨光大吼。

"不特殊？"龚箭冷笑，"从新兵连开始我就注意着你！对，你有过硬的军事素质，但是你压根儿就不是一个合格的兵！不是一个好兵！因为一个合格的兵、一个好兵，绝对干不出你做的这些事来！你看看你自己，还像个列兵吗？你的眼里还有条例条令吗？你的眼里还有官兵关系吗？你把你的班长、你的指导员当回事吗？！"

"报告！我没有！"何晨光喊得更大声。

"你可千万别说你没有！你自以为对军队很了解，所以什么事情都想搞个特殊化！也许你并不是这样想的，既然你来部队，就是想做一个好兵，但是你的潜意识里一直在这样做！你在部队的点点滴滴，还有谁比我更了解吗？我告诉你，你在侮辱的，是这个军队的荣誉和尊严！"何晨光说不出话来。龚箭严厉地问："你知道什么是荣誉和尊严吗？"

三个兵都不敢说话，龚箭冷冷地看着他们："军队的荣誉和尊严，不是一枚挂在军人胸前的军功章，而是一种发自内心的自豪和忌惮！为什么自豪？为自己是一名解放军战士而自豪！为什么而忌惮？为大家都必须遵守的条例条令而忌惮！别人都忌惮，而你却不忌惮——你就是侮辱了我们全体！你不仅不是一个好兵，而且是一个浑蛋！根本不配自称为一个兵！一个解放军的列兵！"

　　"报告！我是一个兵！"

　　"你还是把这句话裹巴裹巴塞茅坑里得了！你根本不配做一个兵，而且解放军也不需要这样的一个兵！你军事素质再硬，有什么用？狗屁！你的那点儿本事，在解放军当中根本狗屁不是！数百万的解放军，不出这个团，就能找出比你强的兵来！你承认不承认？"

　　"报告！我承认！"

　　"那你还有什么特殊的？！你以为，地球离了你就不转了吗？！"

　　"报告！指导员，我错了！"

　　"'对不起'有用的话，就不需要处分了！"

　　龚箭举起手里的列兵军衔："好好看清楚！这军衔，不是谁都能配上的！现在我就告诉你，你不配！"何晨光不吭声，急促呼吸。

　　"你也不配！"

　　李二牛急忙撕下自己的军衔。王艳兵犹豫了一下，唰地也撕下了自己的军衔。

　　"王艳兵！"龚箭大吼。

　　"到！"

　　"你不是我连队的兵，滚回六连去，找你们连长指导员坦白，怎么处理是他们的事！"

　　"是！"王艳兵立正。龚箭看看另外两人："你们把部队当作什么？还像你们在街头打架一样吗？！滚！"王艳兵兔子似的撒腿跑了，剩下何晨光和李二牛忐忑不安地站在那儿。

　　"给我站到那个拳头下面去！"龚箭怒吼。两个兵笔直地戳在铁拳下，后面是一面大军旗。何晨光看着龚箭："报告！指导员，酒是我带的，跟李二牛……"龚箭冷冷地注视着他："我不想和你们任何一个人说话。"何晨光住嘴了。唰——龚箭撕下他们的胸贴和臂章："你们侮辱了铁拳团！侮辱了神枪手四连！更侮辱了这面旗帜！"说完转身走了。

　　两个兵傻站在那儿，直到天色暗下来，两个兵还戳在那儿。

　　"是的，指导员说得没错，地球离了谁都转。也许我并不是那样想的，但是我的行为，确实侮辱了我的部队。部队是一个集体，每个人都不能特殊。而我，又有什么特殊的呢？此时此刻，我才意识到，成为一名军人，真的不那么简单。"

第八章

1

康团长正在电脑前看文件，敲门声响起。康团长头也不抬："进来！"门开了，一只德州扒鸡从门缝里递了进来。康团长抽抽鼻子，闻到味儿，乐了："哟！谁啊这是？知道我有日子没吃老家的扒鸡了，雪中送鸡啊！快进来，快进来！这个马屁拍得好！是谁啊？"

范天雷笑嘻嘻地走进来，康团长的脸色马上变了，范天雷也不在意，笑道："康团长，是我，我来拍您的马屁了！"

"范参谋长？你拍我什么马屁？拿走！"康团长低头继续看文件。范天雷一点儿不生气："康团长，别动怒啊！这不是专程来看您？俗话说，这佛祖也不打送礼人！咱康团长大人有大量，不会跟我这专业偷鸡摸狗的一般见识吧！"

"少跟我嬉皮笑脸的！黄鼠狼给鸡拜年——没安好心！你心里那点儿小九九，以为我不知道？不行，一个也不行！"

"我这还没开口呢，康团长就知道我想要什么了！康团长真的是厉害啊！"范天雷提着鸡，自己坐下了。

"你来我这儿干什么，还用说吗？我不管你跟我要谁，两个字——不行！"

"瞧您说的，康团长，怎么我来就必须得找你要人吗？咱们多少年交情了，在前线就是你从死人堆里把我扒拉出来的！救命恩人哪！怎么？我来看看你，给你送你爱吃的家乡扒鸡，还有错了？"

"少我来这套啊！范天雷，我警告你，别把我当三岁小孩子哄！你一次又一次给我上眼药，以为一只扒鸡就能打发我？可笑！"康团长不买账。范天雷笑嘻嘻，从身后又拎出两瓶茅台。康团长眼一亮，旋即一脸正色："拿走！我这是应急机动作战部队！上级有明文规定，应急机动作战部队绝对不允许喝酒！你想招我犯错误是不是？赶紧拿走！"

"我刚才看了看你们的值班安排，今天不是你值班啊！怎么跑办公室来了？"

康团长一愣："好啊！你小子，敢搞我的情报！谁告诉你的！"范天雷指了指他桌上

125

那张平铺的值班表。康团长大惊："这你都能看见？！还真不愧是偷鸡摸狗的专业户啊！"

"走吧！老康，别端着了！都是应急机动作战部队，谁不知道谁啊？禁酒说的是在部队院里，你今天又不是值班首长，出去吃顿饭怎么了？咱们出去，找个地方好好喝两杯！估计你也有半年没喝了吧？"

"半年？整整一年了！除了上次演习的时候，蹭了你酒壶里面两小口！这禁酒令给我害死了！"

"那还等什么？走！"范天雷招呼着。

"不去！"康团长摇头，"你这酒不够喝——还没解馋呢，没了！我才不上这个当呢！"

"车上有一箱呢！"

"真的？"康团长眼睛一亮。

"我能空手来吗？走吧，整整一箱子呢！"

康团长收拾东西："走走走！跟我去换件衣服，咱们出去吃饭得穿便装！"

"我车上有便装，我到车上换，等你啊！"范天雷放下茅台，出去了。康团长笑："你小子啊，真不愧是特战旅的参谋长，随时准备化装啊！"

2

火锅店的雅间里热气腾腾，锅里红通通的汤咕嘟咕嘟地翻腾着。此刻两人已是酒过三巡，康团长大手一拍范天雷："兄弟！好兄弟！我的好兄弟啊！"

"哥哥！你说，没二话！我去把那个山头给你打下来！"范天雷端着酒杯。

"别提了，别提了啊！"康团长有些难过，"三十个！我的三十个兵啊！我带着三十个兵组成的突击队去打山头啊，就回来十一个！十一个啊！其中还有三个都断了腿！不是完整的了！我这个当连长的有愧啊！"

"哥哥，没关系！不就是断腿吗？"范天雷啪地一下掀起裤腿，摘下假肢，一家伙竖在桌子上。康团长瞪大了眼，看着范天雷竖起大拇指："好！好！好弟弟！你不愧是我的好弟弟！有种！没看出来！哥哥一直没看出来！你有种！哥哥敬你！"康团长拿起一瓶酒，两人直接对瓶吹。两个老兵喝得已经都不行了。

"奶奶的，没白把你从死人堆里面扒拉出来啊！硬汉！好兄弟！好战友！好弟弟！"康团长一蹾酒瓶，"说，要哥哥哪个兵？现在就让他找你报到！"

"不要不要！我说了，这次是专程来看你，找你喝酒！要你的兵干什么？"范天雷摆手。康团长一瞪眼："不行！你必须要！你不要就是看不起哥哥！哥哥把兵交给你——我骄傲！"

"我不要！我要你的兵干什么？我就是来看你的！"

康团长急了："你不要不行！你必须要！"

"我要是要了你的兵，我不就成你们团眼里的小人了吗？找你喝酒，就为要你的兵吗？！"范天雷一拍康团长。康团长明显已经高了："我是团长！是铁拳团的一号！谁敢说你是小人，老子修理他！说！你要谁？"

"我真的不要！"

"你必须得要！"

"可是我不要啊！"范天雷很为难。

"那我给你说，我团里现在最好的三个兵——何晨光、王艳兵、李二牛！你要谁？"康团长眯缝着眼。

"我哪个都不想要啊！"

"不行！这事儿我说了算！"康团长看了看桌上竖着的腿，"就看在你这条腿的分儿上，这三个，都给你了！你不要就是不给我面子！你还想不想来铁拳团了？！还认不认我这个哥哥了？！"范天雷哭笑不得。康团长指着他："说，你要不要？！"

"哥哥你别生气，坐下，坐下。我现在站不起来也扶不了你，你坐下。"范天雷扶着晃得不行的康团长坐好，"我要，我要还不行吗？我要，我要，你别生气。"

"三个都得要！"

"是是是，三个都要。"范天雷赔着笑。这下康团长满意了，拿起一瓶酒，咬开："喝！你要反悔你是孙子！"范天雷喝着酒，嘴角却带上一丝狡猾的笑意。桌上的火锅还热闹地翻腾着。

清晨，龚箭在连部接电话："是是，我明白。"随后放下电话纳闷儿，"不会吧？团长这是搞什么？"老黑站在旁边："怎么了？"龚箭也搞不清状况："叫何晨光和李二牛两个进来。"老黑低声问："是不是跟范天雷来咱们团有关系？团长怎么了？喝酒了吗？怎么这么糊涂？"

"先别忙。这样，我去找团长！"龚箭出去了。老黑忧心忡忡地看着门口。

此刻，康团长正揪着太阳穴，坐在办公桌里："酒啊酒啊，害人的东西啊……"

"报告！"

"进来！"

"团长！"龚箭推开门。康团长一见他就唉声叹气，揉着太阳穴："酒啊酒啊，害人的东西啊……"龚箭马上明白怎么回事，没话说了。

六连连部，彭连长拿着电话，发了半天的呆。指导员站在对面："怎么了，连长？"彭连长一声叹息："不是我们的，终归不是我们的。"

王艳兵正在辅导三班拆卸武器，彭连长走过来："王艳兵！"

"到！"王艳兵起身。彭连长面无表情地说："收拾你的东西，到团部报到！"王艳兵一愣，在场的三班战士也是一愣。彭连长看看他："没听见吗？"王艳兵面色犯难："是，连长，可是……为什么啊？"

"从现在开始，你不是六连的兵了，去团部报到吧，这是命令。"彭连长转身想走。

"连长，为什么不要我了？"王艳兵大声问。彭连长努努嘴，想说什么，半天："执行命令！"转身走了，还骂一句，"浑蛋！"王艳兵呆住了，三班的弟兄们也都呆住了。

"没听连长说吗？收拾东西，去团部报到！"黄班长看着王艳兵。

"我去团部干什么啊？团部不就是公务员吗？我又干不了公务员。"王艳兵还没弄明白。黄班长说："去吧，肯定有安排。"王艳兵没动，黄班长拍了拍他："咱们是当兵的，得服从命令。"王艳兵郁闷地看着大家，三班战士也依依不舍地看着他。

何晨光和李二牛站在四连门口，老黑在对面眼巴巴地看着。李二牛耐不住："老黑班长，到底啥事儿啊？把俺俩找来，啥也不说，就在这儿等着。"老黑脸一沉："让你等着就等着！一切等指导员回来再说！"这时，龚箭急匆匆地走过来，老黑期待地看着他。龚箭想了想，看着老黑："你没说错。"老黑问："咋了？"龚箭也是一张黑脸："团长喝多了。"

"啊？！"老黑一惊。李二牛哆嗦着嘴唇："团……团长也喝酒……"何晨光若有所思。龚箭和老黑郁闷地看着两人。

团部外，三个穿着常服的兵背着行囊，茫然地站着。三个人互相看看，还是不明白状况。

一辆越野车高速驶来，停在三人身边。范天雷摇下车窗："都来了？"三个人惊喜地看着他。范天雷笑笑，说道："赶紧上车！别等你们团长后悔！"李二牛问："去哪儿啊？"

"狼牙特战旅。"

三个人脸上放光，把行囊一扔，毫不犹豫地跳上车。"快！"范天雷催促着。司机一踩油门，越野车噌噌地跑了。康团长站在团部窗口，眼巴巴地看着，骂："这帮没良心的小狼崽子！"龚箭一脸心疼："团长，要不……您再想想办法，让门卫拦住？"

"哎！总不能让我当孙子吧？我说出去的话，不算数？"康团长也悔得不行不行的。龚箭一脸苦相地看着他，康团长还在骂："酒啊酒啊，害人的东西啊……"

3

越野车在山路上疾驰，范天雷坐在副驾上，三个列兵坐在后排，都是满脸放光。

"不是做梦吧？咱们真的要去特种部队了？"王艳兵一脸兴奋。

"艳兵，艳兵，啥是特种部队啊？跟咱团有啥不一样啊？"李二牛问。

"我跟你说啊，特种部队，就是……《渡江侦察记》看过吧？"

"看过啊！小时候就看过！"李二牛一脸认真。王艳兵一脸的兴奋地说："就是《渡江侦察记》《乌龙山剿匪记》《闪电行动》……哎呀，电影多了！"

"啊？不会吧！俺就是个炊事员啊，也要去渡江侦察了？"李二牛不敢相信。何晨光坐在旁边笑道："你已经是全团最牛的炊事员了！"李二牛兴奋不已。范天雷坐在旁边，脸上没有笑容："你们带便装了吗？"三个人都一愣。何晨光说："带了一套。"

"你们俩呢？"——王艳兵和李二牛摇头，都没带。

"出发不带齐东西，准备不充分！带钱了吗？"这下三个人都齐刷刷地点头。范天雷对司机说："到前面的县城停下，给他们两个买服装。"

县城的长途车站，何晨光、王艳兵和李二牛都换好了便装，站在车旁。范天雷伸手："把证件和钱包都给我。"三个人拿出士兵证和钱包，交给范天雷。司机走过来，递给范天雷三张车票，范天雷随手分发。三个人不明白，互相看看。

"不是去同一个地方啊？"李二牛看着车票有点蒙。

"去同一个地方还有意思吗？这三个终点，相距二百公里以上。当然，都是与省城不同的方向。我给你们两天时间，到达目的地，目的地在车票的背面。记住，一定要到终点哦！有人在终点等你们，给你们情报。然后，你们就在规定时间内到达省城。"范天雷说完，戴上墨镜。何晨光拿着车票，犯难："报告！我们……我们身上没钱啊……"

"我知道你们没钱了。要是拿着钱包，不是太容易了吗？"范天雷看着他。

"我们……我们总不能去偷去抢吧？"王艳兵一脸苦相。

"你试试，国法无情，军法更严。"

"那俺们咋去啊？"李二牛看着手里的车票发愁。范天雷懒得看他们："自己想办法。这点儿路都走不到，还想加入特种部队？这还是和平时期，要是在战争时期呢？要是在敌后呢？让你们到目的地去，还跟我讲条件？去得了要去，去不了也要去！否则要你们干什么？"三个人都不吭声了。范天雷又说，"去吧。各自上各自的车，记住目的地。你们的证件已经被收走了，所以不要暴露自己是军人。要是实在不行了，就打车票后面的电话，我会安排当地的武装部去接你——当然，你也去不了什么特种部队了，直接送你回老部队去。"

三个人都瞪大眼，李二牛一梗脖子："不能回去！说啥也不能回去！"范天雷笑笑，说道："去吧。"三人互相看看，何晨光拿着票转身："走吧，跑不掉的事儿。"王艳兵苦笑，转身也走了。李二牛一步三回头。范天雷吼："干什么？"

"俺怕迷路……"李二牛说。范天雷一挥手："那你别去了，直接上车，送你回去。"李二牛转身就跑了。范天雷笑笑，看看手表——四十八小时计时开始了。

4

长途车到站，何晨光跟着人群下了车。置身于完全陌生的环境，何晨光四处打量。一个开黑车的过来："师傅，打车走吗？便宜！"何晨光推脱着："我身上没钱。"黑车师傅拉着他，突然低语："十分钟以后，光明路小学门口。"何晨光还没反应过来，黑车司机已经一踩油门开走了，招揽别的生意去了。何晨光眨巴眨巴眼，拉住一个乘客："同志，光明路小学在哪儿？"乘客一口山东腔："俺不知，俺不是本地的。"何晨光又拉住站在门口的一个保安："同志，知道不知道光明路小学怎么走？"保安思索着："光明路小学？你从前面的十字路口左拐，一直往下。打个车去吧，有三里地呢！"何晨光说了声谢谢转身就跑。不远处，黑车司机看着他的背影，对着领子："他上路了。完毕。"

天已经黑了，何晨光在街上没命地跑着。角落里，一辆巡警车停路边，两名巡警正在小摊上吃面条。一名巡警努努嘴："那小子，你看看。"另一名巡警擦擦嘴："他跑什么？走，过去看看。"两人结完账，上了警车。警车没有亮灯，远远地跟着。何晨光没发现，还没命地跑着，不时地看看手表。俩巡警面色严肃，远远地跟着。一名巡警拿起对讲机："901报告总部，发现一名可疑男子在街上跑，不知道是什么情况，现在在光明路。完毕。"

"901，总部收到。你们保持监控，我马上调派支援。完毕。"无线电回话。

"901收到。完毕。"俩巡警一脸严肃，开着没有亮灯的警车紧跟着。

何晨光没停歇，一口气跑到光明路小学门口，一头大汗。此时学校已经没什么人了，空落落的。何晨光左顾右盼，看看手表，还差两分钟。警车远远地停下了，俩巡警目不转睛地看着他。这时，一辆摩托飞驰而至，咣地在何晨光脚下丢了一个箱子。何晨光一把接住，还没反应过来，摩托又嗖地没影了。何晨光顾不了那么多，拿着箱子，急忙打开，一惊———把92手枪，满满的两个弹匣，还有几本护照和各国钞票。何晨光急忙啪地合上，左右看。不远处的警车突然亮了警灯和远光灯，俩巡警下车，拔出手枪："站住！警察！"何晨光一惊，掉头就跑。巡警举起枪："再跑开枪了！"何晨光头也不回，嗖地翻过围墙，噌噌地上了楼顶。举枪的巡警目瞪口呆，抓起对讲机："901请求支援！立即封锁光明路附近街道，疑犯跑了！上房了！"旁边的巡警也举着枪问："我们怎么办？"

"怎么办？找梯子去！"

楼顶上，何晨光在黑夜里飞奔，如同脱兔。对面突然出现几个特警，拿着手电："站住！"何晨光回头，后面也是几个特警，拿手电照着他。黑暗里，他听见手枪上膛的声音，很清脆。何晨光左右看看，两侧的特警都虎视眈眈，持枪缓慢接近他。何晨光突然奔向楼的边缘，特警大惊："别做傻事！"何晨光已经纵身跃了出去，扑向路灯，"当"地一声撞在路灯上。他忍住痛，抱着路灯迅速往下滑。特警们赶到楼边，大惊失色。何晨光落地，一看双手，都已经血肉模糊。他顾不上这些，抱起箱子就跑。楼上的特警拿着对讲机："总部，疑犯跳楼了！"无线电回话："我马上派救护车过去！"

"不需要救护车，需要更多的警车！"特警大喊。

到了市郊，彻底安静下来。何晨光向铁路桥狂奔而去，后面的警车停在两侧，警察们下车上桥狂追，后面传来狗叫声。何晨光没命地狂奔，在桥中间停下来，喘着粗气。

两侧的警察和警犬缓缓靠近他，何晨光稳定住自己，一名特警喘着粗气："小伙子，我不知道你犯了什么事儿，但是你真的没必要玩命！国有国法，你别乱跑了。法网恢恢疏而不漏，你根本跑不出去的！"

远处，一列货运火车从下面高速驶来。何晨光突然纵身一跃，跳到了货车顶上。警察们追到桥边，望尘莫及。货车在黑夜里高速行驶，何晨光抱着箱子，在车顶匍匐前进。找到一处开着窗的位置，他翻身下去，钻进了车厢。何晨光艰难地坐下，把箱子放下，躲在角落里。他的双手已经血肉模糊，唰地撕下衣服一角，将手包扎好，颤巍巍地打开箱子，仔细检查。何晨光拿出护照打开一看，上面都是自己的照片，看来一切早有准备。何晨光苦笑："搞大了……"何晨光拿起手机，打开，一条短信马上跳出来：欢迎上路。利用提供给你的装备，到达指定目的地。若被警方逮捕，游戏自动结束。

何晨光放下手机，正思索着，"嘀"的一声，第二条短信跳出来：忘了告诉你，手机将在 10 秒内自毁。何晨光脸色突变，抓起手机扔出窗外，"轰！"手机还没落地就爆了。何晨光站在车厢口喘息着，试图让自己平静。窗外，火车在夜色里呼啸驶过。

5

此时，王艳兵在一个不知名的小城市下了车。他打量着四周，没什么异常情况。这时，一个穿军装的身影从他身边滑过。王艳兵定睛一看，是苗狼。苗狼提着一个手提箱，使了一个眼色。王艳兵跟上去，不紧不慢。洗手间里，苗狼正对着镜子洗脸。王艳兵进来，拎开水龙头，抹了一把脸。苗狼从镜子里看着他："箱子是给你的。"

"什么意思？"王艳兵问，苗狼笑笑，说道："拿上，走自己的路。"

王艳兵不动声色，擦擦手，提起苗狼脚下的手提箱出去了。苗狼笑了一下，继续洗脸。王艳兵提着箱子从洗手间出来，左右看看，走了。墙上的摄像头缓慢地摇摆着。突然，苗狼夺门而出，大喊："抓小偷啊！有人偷我的手提箱！"王艳兵脸色一变："妈的！阴我！"他顾不上啰唆，拔腿就跑。路边的人都看着，一名保安跑过来："解放军同志，怎么了？"苗狼指了指王艳兵的背影："那个人是小偷，偷我的箱子！"保安和众人拔腿就追。苗狼站在原地，笑笑，说道："傻瓜，上路吧。"

马路上，王艳兵在没命地跑着，后面隐隐传来警笛声。此刻，苗狼正坐在派出所里，急赤白脸："他拿起我的箱子就跑了！"所长拿着笔记本做记录："你别着急，同志。箱子里面有什么？"苗狼一脸着急："有，有……哎呀！有军用危险品！"

"什么危险？"

"手枪！"

所长噌地一下站起来："有多少发子弹？"苗狼肯定地说："三十发，两个弹匣！"

"你的持枪证明呢？"

苗狼从口袋里摸出"侦察证"递给他，所长仔细看着，拿起电话："给我接市局……"

黑夜里，王艳兵抱着箱子跑到一个桥洞下。四周寂静无比，他借助路灯的亮光打开箱子一看，手枪赫然在目，还有两个满满的弹匣和护照、钞票、手机。"妈的！害我！"王艳兵怒吼，慌忙朝左右看看，没人，这才拿出枪，装上弹匣，塞在腰里。和何晨光一样，护照上都是他的照片。王艳兵拿起钞票，抽出一张，捻了捻，是真的，随后将钞票塞进了自己的背囊里。

"这是玩什么啊？！"王艳兵一边抱怨，一边把手机打开。和何晨光的短信一样：欢迎上路。利用提供给你的装备，到达指定目的地。若被警方逮捕，游戏自动结束。王艳兵瞪大眼："让警察抓我？！"紧接着同样一条短信：忘了告诉你，手机将在 10 秒内自毁。王艳兵想都没想，急忙把手机丢到水里，"噗！"一声闷响。随后，王艳兵看看四周，将箱子装满石头，合上盖，扔进了水里。王艳兵骂骂咧咧地走了："当兵以前没做过贼，当兵以后要被警察追了！这浑蛋特种部队，要害死老子啊！"

繁华的市区里，霓虹闪烁，车来车往。王艳兵穿着外套在人流中走着，后面两个便衣拿着照片，悄悄跟着。王艳兵没发觉，继续走着，一边走一边四处看。在路边的橱窗玻璃上，王艳兵发现了两个壮汉的身影。王艳兵想想，不动声色，继续走向地下通道，两个便衣赶紧跟上。王艳兵加快脚步，下了台阶，一拐弯就迅速脱掉衣服，反过来套上，从背囊里掏出棒球帽、墨镜，所有动作一气呵成，丝毫不拖泥带水。王艳兵坦然自若地走着，扶住旁边一个老太太。老太太客气地说："孩子，谢谢你啊！"几乎同时，俩便衣也拐进了地下通道，四处看看，全是人流，已经不见刚才的目标。便衣互相看看，急忙往前狂奔，一边跑一边拿出对讲机："快！疑犯跑了！立即在前面路口布置拦截！"

王艳兵扶着老太太走着，等俩便衣跑没影了，才松开老太太："大妈，我还有点别的事儿，先走了啊！"老太太笑着："谢谢孩子啊！"王艳兵掉头就走，快速离开，刚出地道口，迎面而来众多警察跑进地下通道，开始封锁，禁止出入。王艳兵与警察擦肩而过，继续往前走，看见对面的地下通道口也被封锁，正在一个一个盘查。王艳兵看了看，径直走到马路上，上了一辆出租车。王艳兵摘下墨镜，看着窗外。司机没回头："去哪儿？"王艳兵一愣，觉得声音很熟，转脸看去。苗狼笑着："好小子，有一套！金雕果然没看错你。"

"你们在玩什么？！知道不知道我现在是持枪逃犯，警察可以不加警告将我就地击毙！"王艳兵急了。苗狼一点儿也不生气，笑笑，说道："玩的就是心跳。"

"我心都快不跳了！"王艳兵坐在后座，稍微放松了一些。

"下个路口下车。"苗狼说。

"去哪儿？"

"自己想办法。"

"为什么要这么玩我？！"

"都是这么玩的。你玩不玩？不玩现在就退出。"苗狼从后视镜里看着他笑。王艳兵咬牙，气呼呼地说："我要是被玩死了，你们也不好过！你们会上军事法庭的！"

"看你自己的本事了。"苗狼笑着说。苗狼在路口刹住车，王艳兵刚打开车门，苗狼拿出一个血包使劲捏破，直接往脸上抹，脸上、身上都是血，高喊："打劫啊！"王艳兵看着糊了一脸血的苗狼："我去——"拔腿就开跑。苗狼爬出出租车，高喊："打劫啊！打劫啊！抓住他！"众人惊愕，警察们快速朝这边跑来。王艳兵没命地狂跑，纵身跃过绿化带，往马路对面狂奔过去，后面警察们一路追来。

小巷子里，警察们打着手电，狂奔过来。没人。"分两边，追！"警察们分散跑开了。小巷子又恢复了寂静。角落里的垃圾桶轻轻晃了晃，王艳兵从垃圾桶里露出两眼，见没动静才爬出来，藏在垃圾堆的阴影当中。

"干啥踩我？"

王艳兵吓一跳，转脸一看，一个流浪汉不满地伸出脑袋。王艳兵看着他，想想，从背囊里摸出一张百元钞票，流浪汉眼睛一亮。没多久，王艳兵穿着流浪汉的衣服，蓬头垢面，满脸污垢，手里拿着一个破碗走着。警察们纷纷从他身边跑过。王艳兵忍住恶臭，坚持走着，额头上都是冷汗——熏的。

6

深夜，长城脚下一个车站，穿着便装的陈善明提着手提箱左等右等，不见李二牛，纳闷儿得不行。这时，一辆长途车在夜色里隐约出现，李二牛懵懂地走下车。陈善明戴上墨镜，提着手提箱走过去，和李二牛擦肩而过。陈善明咳嗽了一声，李二牛转头看看他。陈善明把手提箱放在地上，起步就走。李二牛忙喊："哎！同志！你东西掉了！"陈善明赶紧加速跑，李二牛提起箱子："哎！同志！同志！你的箱子掉了！"

"妈的！这个二五眼！"陈善明骂，拔腿就跑。李二牛抱起箱子就追："同志！同志！你的箱子！"陈善明敏捷地跃过栏杆，上了一辆车，开跑了。李二牛跃过栏杆："同志！你的箱子不要了——"一个保安走来："怎么了？"

"他他他……箱子丢下，跑了，不要箱子了！"李二牛看着手里的箱了，不知道该如何处理。

"那你跟我来。"

"哦，好！"李二牛乖乖地跟着保安走了。

大街上，出租车在狂奔。陈善明摘下胡子，回头，看见李二牛被保安带走了，骂道："没见过这么笨的笨蛋！接头都不会！"冒充司机的特战队员问："头儿，现在怎么办？"陈善明那个恨："还能怎么办？！这兔崽子自投罗网，进了派出所。箱子打开，他还能跑得了？！通知五号，这小子已经被淘汰了！"

"千年不遇的奇才！好歹也挣扎几下啊！"

"开你的车得了，哪儿那么多话？"陈善明拿起手机开始拨号。

车站派出所里，李二牛抱着箱子跟着保安走进来。执勤民警问："怎么了？"

"他捡了个箱子。"保安指了指身后的李二牛。

"什么箱子？"

"警察叔叔，就是这个箱子！那人丢下箱子就跑了！"李二牛赶紧解释。民警警惕起来："箱子里面是啥？"李二牛一脸无辜："俺不知道啊！"

"把箱子给我。"

"嗯！"李二牛把箱子递过去。民警提着箱子走向旁边的X射线通道，李二牛还等在那儿。那边，箱子在过X射线，民警眼睛瞪大了——X射线机上，手枪赫然在目。民警拿起箱子走回去，一招手，另外一个民警也跟过来了。李二牛看着他们过来，笑道："警察叔叔，俺可以走了吗？俺还有事，有人跟俺接头。"

"接头？接什么头？"民警看着他，警觉地问。李二牛笑呵呵地说："俺也不知道这是哪儿，就知道到地方了有人跟俺接头。"民警一声喊："控制他！"保安一愣，站在李二牛身后的民警拿出手铐。李二牛一愣："这是干啥？"一只手被铐了。

"咱们是自己人！"李二牛急了。

"什么自己人？"

"不是说军警不分家吗？俺是当兵的！"

"证件呢？"民警问。李二牛一掏："哎呀！坏了，没带。"

"那就闭上你的嘴。打开箱子！"

另外一个民警戴上白手套，小心翼翼地打开箱子——手枪、钞票、护照、手机。李二牛瞪大了眼。民警拿起手枪，仔细看着："30发实弹，9毫米军用手枪，威力很大。"

"警察叔叔，这箱子不是俺的！"李二牛一脸无辜。民警拿起护照——上面都是李二牛的照片。这下李二牛的眼瞪得更大了。

"还说不是你的？"民警拿起手机，开机——同样的短信内容。民警举起手机："你自己看看是什么。"

"俺……俺不知道咋回事啊！"李二牛也一头雾水。旁边的民警接过手机："你还不老实？！给他两只手都铐上！"又一条短信进来了，民警打开："忘了告诉你，手机将在10秒内自毁。不好！"

"找掩护！"李二牛一下子扑倒身边的保安。民警急忙将手机扔出去。手机爆炸了，所有人都卧倒。等民警们再爬起来，李二牛已经不见了。

"他人呢？！"

保安捂着脑袋爬起来："不知道。他动作很快，一拳就给我撂倒了！"民警再一看，箱子也没了，大喊："抓住他！"

桥上，李二牛戴着手铐抱着箱子，没命地跑："哎呀！这么玩啊！不早跟俺说——"

行人纷纷看向他，后面的警察从拐弯处追出来："站住！别跑！"李二牛见状，看了看四周，纵身一跃，翻过围墙，"扑通"一声就跳河里了。民警们爬上围墙。下面河水很急，李二牛抱着箱子在水里沉浮着。李二牛高喊："警察叔叔，俺不是坏蛋！"

"快！报告市局！"民警大喊。

7

公安厅大门口，武警哨兵在站岗。刑侦总队队长温国强大步走着，几名处长跟在旁边。温国强脸色阴沉："什么时候的事儿？"刑侦总队的钱处长面色冷峻地说："刚刚接到的报告。分别在 A 城、B 城、C 城，几乎同时发现三名疑犯，携带枪支、护照、现金等逃脱警方追捕。根据汇总来的情况，他们都训练有素，不像普通的疑犯。情报总队怀疑，这三者之间有某种内在联系，而且他们很可能是退役军人，以前是侦察兵或者特种兵。一般人不可能有这样的身手，我们的警员现场目睹。"

"我知道了。"温国强推门进了指挥大厅。大厅里，警察们纷纷起立。

"现在出现紧急情况，立即启动红色警报预警。"温国强一脸严肃，"把疑犯的资料下发到基层派出所、街道居委会，发动人民，挖出疑犯。另外通知各个市县公安机关，要求他们的刑警、治安、巡警和特警等各个警种取消所有休假，全员上岗，参与追捕。"

"是，温总！要武警协助吗？"一名处长问。

"给我接省武警总队高队长。"温国强看着年轻的警察们，"同志们，这是一场特殊的战斗，大家不要掉以轻心！这次的敌人不是寻常罪犯，他们受过专业系统的训练，身手敏捷，行动果断，战斗力惊人。我们的同志必须要注意保护老百姓的人身安全，同时要确保自身安全！在这个前提下，才可以采取果断行动，明白了吗？""明白！"警察们齐声吼。

"温队，发现目标可以射击吗？"钱处长低声问。

温国强仔细想想："现在还不知道疑犯到底有什么阴谋诡计，告诉一线警员，尽量抓活的。这里面有文章——他们这么好的身手，还有武器，却没有对我们射击。如果他们没有敌对行为，暂时不要对他们采取致命手段，可以使用非致命手段。"

"是！"钱处长拿着手机过来，"温队，省武警总队高队在等您。"温队拿过手机："老高，我是老温。我现在需要你的协助……"

8

静谧的武警部队营区，战斗警报突然响起，划破沉寂的夜空。战士们快速冲向武器库。营区外，戴着头盔，穿着防弹背心的武警战士们，持枪冲向各自的车辆。越野车打头，警笛鸣响，装甲车跟后，完全是一派临战状态。装甲车内，武警特战分队队长看着队员："注意！我们要对付的是多名持枪疑犯，他们身手敏捷，很可能接受过军事训练。"武警特战队员们聚精会神，握紧武器。队长继续说："更要注意的是，上级命令，在对手没有对我射击以前，不得采取致命措施，只能采取非致命手段，抓活口！"特战队员们都很疑惑。

"执行命令吧，我们是军人！"——特战队员们面面相觑，还是关上了枪保险。

"队长，那我们用什么对付他们？"一名新兵问。老士官笑眯眯地拿出一根警棍塞给他，新兵瞪大了眼："拿棍子对付持枪疑犯？"士官们哈哈大笑。队长也忍俊不禁，片刻："别笑了！别逗新兵同志了。我们有别的非致命武器，绳枪、镇痛弹、麻醉枪——招数多了。"接着队长正色道，"疑犯的徒手格斗功夫也很了得，大家不要掉以轻心，不要逞英雄。发现目标要集体行动，防止被各个击破，明白了吗？"——"明白！"队员们喊。

"如果对手向我们开枪射击——"队长问。队员们怒吼："干掉他！"

车队从街上一掠而过，路口处已经有执勤的巡警、特警等，警灯闪亮，如临大敌。省厅指挥中心，钱处长匆匆赶来："温队，在别的市县也出现了类似的疑犯！"温国强一惊："不止这三个？"钱处长说："远远不止。根据刚刚汇总来的情况，起码有五十个之多！"

"一个都没抓住吗？"温国强脸色严峻。钱处长说："都在追捕当中。同时出现这么多的可疑人物，如果不用战争前兆来解释，就很难解释通了。"

温总看着他："战争前兆？什么意思？"钱处长赔笑道："温队，您是打过仗的老兵了，我只是个军事爱好者。我想这不用我解释……"温国强看了他一眼，钱处长正色道："是！我知道您是在考我。当代战争，为了缩短战争时间，减小战争代价，通常在战争爆发以前，特种作战就已经开始了。大批受过严格训练，装备精良的特种部队，会化装分组，以不同批次进入敌占区，在敌后长驱直入，对预定战略目标执行暗杀、破坏、袭扰等特种作战任务。"

"你是说战争即将爆发？"

钱处长顿了顿："我不敢这么说。我只是说，很像战争前的特种部队渗透。"

"谁会对我们开战？"

"不知道。"

"虽然你说得不错，但是只能打个及格。我们虽然不是军人，但是也要对战争有高度的警惕性，这样才能立于不败之地。"

"温队，如果这真的是战争前兆，我们自己可对付不了。"钱处长忧心忡忡。

"我会跟上面联系的，做好自己的事。"

"是！另外，温队，是不是可以解除对致命武器的禁令？如果这些真的是受训过的敌人特种兵，他们可能会先发制人。"钱处长问。温国强想想："在事情没有搞清楚以前，还是抓活的。不抓活的，你怎么知道到底是怎么回事？”

"是！但是温总，这些可真的是高手，万一对我们的同志先发制人……"

"他们对我们先发制人了吗？"

"目前还没有。"

"去做事吧，这里面一定有文章。记住，抓活的！"

"是！可是，如果他们对我们射击呢？"

"还需要问我吗？如果射击，就地击毙！"温总看了看他说。"明白了！"钱处长敬礼，转身出去了。温国强看着大屏幕，脸色严峻："一个也没抓住吗？"

9

夜晚的省城，车水马龙，霓虹闪烁。在一处还未完工的写字楼里，一个封闭的空间内灯火明亮，各种指挥设施一应俱全，已然成为一个军队的敌后指挥中心。特战队员们来来去去，各自忙碌着。范天雷和陈善明穿着常服边走边说，推门进来。范天雷问："现在情况怎么样了？"陈善明说："有几个菜鸟已经被抓住了，这次他们的反应比我们预计的要快。"范天雷苦笑："吃一堑长一智，换谁也都快速反应了，何况是老温。"

"这帮菜鸟还没有受过专业训练，会不会都被抓住？"陈善明有些担心。范天雷说："总会有漏网的。"陈善明笑："你还在说他们三个？"

"你不希望他们三个准时到达吗？"

"希望！尤其是那个李二牛，他能脱身，超过了我的想象。"陈善明脸色微变，"不过这次公安和武警联动很快，他们会很麻烦。"

"特种部队化装侦察，深入敌后，就是要不断地面对麻烦，不断地解决麻烦。连这点儿麻烦都解决不了，还能成为解放军的特种兵吗？"范天雷转向大屏幕，武警、公安在到处设卡，盘查行人。

清晨，一个荒芜的小车站。货车停下，何晨光抱着箱子从车厢里钻出来。工作人员苦笑："逃票的？坐这车可受老罪了！"何晨光支吾着，笑着过去了。何晨光大步走着，远处架子上晾着一排衣服。何晨光看了看四周，没人，猫着腰，噌噌噌地收了几件，走时还不忘将两张钞票夹在晾衣绳子上。车站外，何晨光穿着铁路工作人员的制服出来了。这时，几个民警下了车，正往里走。何晨光表情镇定，跟他们擦肩而过，大步流星地走向外面。少顷，几个民警从里面出来："刚才那个家伙呢？"几个人四处看，哪里还有人。

何晨光走进市区的一家商场，没一会儿，焕然一新地出来了，戴着假的长发套、手套，还架了副墨镜。街边，几个士兵正在闲逛，何晨光看着，心里不是滋味。他定定神，转身上了公交车。

高速公路上，一辆大货车急速行驶着。车厢里，王艳兵窝在鸡笼子后面，捏着鼻子，一脸的难受相。鸡们好奇地看着他，对峙着。不久，货车在高速公路的出口停住了——警察在路口处设岗。司机跳下车，热情地说："警察同志，车上都是鸡。啊，不是那个鸡……"警察笑笑，说道："我知道，是吃的鸡。例行检查，谢谢配合。"几个特警牵着警犬走到货车后面，车门一打开，笼子里的鸡开始扑腾，警犬也跟着狂吠。训导员捂着鼻子："都是鸡屎，狗鼻子失灵了。"警察看了看，皱着眉："放行吧。这味道，他藏里面也熏死了。"车门关上，司机道着谢，开走了。货车里，王艳兵顶着一头的鸡毛，从鸡屎密布的笼子后面钻出来，痛苦不堪地骂："我这是受的什么洋罪？！"

另一边，列车停在省城车站的站台，乘客们乌泱乌泱地下车。李二牛蓬头垢面，扛着编织袋走下来，俨然一个民工。他混在民工队伍间往外走，但目光坚毅。

省城机场，各个航班不断起落。一架刚抵达的航班停稳，乘客们从舷梯车上陆续下来。何晨光戴着假发，又换了一身衣服，归国华侨一般，提着一个新的大箱子，风度翩翩地走下来。何晨光从机场特警身边走过，拐进了洗手间。进了隔间后，他打开大箱子，里面是一个变形金刚的大玩具。何晨光开始拆变形金刚，从其中找出枪支零件。很快，一把手枪组装起来了。然后，他又换衣服和假发。换完装后，何晨光对着洗手间的镜子戴隐形眼镜，这次变成了蓝色。随后，他拿出一副假脸给自己套上，此刻已完全换了一个人。收拾完毕，他提起箱子出去了。

来到一栋写字楼外，此时何晨光又换了一身装扮，背着一个背包出现了，他仰头看了看。不远处，一身乞丐打扮的王艳兵拖着一堆破烂，一边捡着矿泉水瓶子一边走过来，一脸狼狈相。另一边，李二牛扛着编织袋下了公车，快步跑来。三个人终于会合，相视苦笑。何晨光看看，说："走吧，进去吧。"

写字楼大厅里，已经站了二十几个不同装束的年轻人，背手跨立。穿着迷彩服的苗狼站在对面。何晨光、王艳兵和李二牛推门进来，愣住了。苗狼看着他们三个："站进去吧。"三个人进去，苗狼看看手表。这时，范天雷和陈善明穿着常服走进来。

"立正！"苗狼一声吼，大家唰地都立正。陈善明扫视了一眼："到了多少只菜鸟？"苗狼大声报告："报告，二十七只菜鸟！"士兵们目不斜视，注视前方。范天雷点点头："比我预计的要多。"这时，又一个小伙子匆忙跑进来："报告！"苗狼笑笑，说道："没迟到，进去吧。"小伙子站进去。范天雷刚想说话，外面的警笛声响起来，陈善明脸色一变。外面的警察喊话："里面的人听着！你们已经被包围了！立即放下武器，出来投降！负隅顽抗，只有死路一条！这是最后的警告！"

写字楼外面警车云集，特警、民警、便衣已将这个地方包围了。越来越多的警车开来，武警们也到了。一辆高级警车开过来，温国强走下车。钱处长走过来："省武警总队的高总队也到了。"温国强转头，武警总队长高山正从越野车上下来。温国强笑着走过去，握手："老高，你也来了啊！"高总队笑着说："我能不来吗？发现老巢这么大的事儿，能让你一个人抢功？"两个人哈哈大笑，周围的警察都奇怪地看着他们。钱处长站在旁边纳闷儿："这俩不是喜欢抢功的人啊！"

大厅里，范天雷怒不可遏："是你把警察招来的？"那个最后进来的菜鸟站在队伍里："首长，对，对不起……我……"范天雷怒了："你被警察跟踪，却带着他们跑到了这儿？"菜鸟不敢说话了。范天雷使了一个眼色，苗狼会意："出来！"菜鸟灰溜溜地出去了，其余的人都不敢吭声。何晨光、王艳兵和李二牛站在队伍里，面面相觑。范天雷眼神凌厉："被跟踪，居然把跟踪者带到集结点来！你想在敌后把大家都害死吗？"

外面，特警、武警、民警，还有便衣如临大敌，高音喇叭还在喊："里面的人听着，再不投降，我们就冲进去了！负隅顽抗，只有死路一条……"温国强和高山互相看看："走，进去瞅瞅老范去！"高山笑道："走走走！把他的老窝挖到了，哈哈哈！他那张脸肯定不能看！"两人哈哈笑着，跨过警戒线，往里走去。警察们都傻眼了。"温队！高队！你们……"——温国强甩甩手："演习结束，咱们满分！都回去！"高山也回头："散了散了！参谋长带队回去总结！"剩下的警察都目瞪口呆。钱处长明白了，苦笑："我说为什么温队一反常态，反复强调必须抓活的呢！明白怎么回事了！"武警参谋长也笑着说："你说说，怎么回事？"钱处长说："我们温队和你们高队，都是东南军区狼牙特战旅的转业干部！这是一次军警联动的反渗透大演习！"

10

大厅里，温国强和高山笑嘻嘻地走进来。高山笑道："老范啊，我们老哥儿俩来看你了！不容易啊，不容易！找到你可真是不容易啊！"温国强也不甘示弱："哎！可是我的人先找到地方的啊！"高山道："没有我一路围追堵截，小菜鸟能被你的人发现？"

范天雷脸色尴尬，站在那儿。

"立正！"陈善明吼道，在场的所有士兵立正。

"敬礼！"

高山和温国强都还礼。温国强笑道："孩子们不用敬礼了！稍息，稍息！哈哈哈！"范天雷的脸一拉，不客气地说："你们俩来看我的笑话？"高山笑说："哪里有？哪里有？我这是来慰劳解放军老大哥的！我都跟后勤的说了，今天晚上就去我那儿会餐！"

"对对对，他那儿伙食搞得不错！晚上我也带人去，一起热闹热闹！"温国强也凑热闹，"我跟你说，老范，我那儿还有演出队呢，晚上有文艺节目！"范天雷的脸色更难看了，一声叹息："哎！不必了，我们下午就回去了。"温国强说："干啥这就走啊？咱们好不容易见一面！小陈他们几个不是还没对象吗？我单位还有几个年轻女干部呢，正好联谊联谊啊！"陈善明站在旁边，忍住乐说："谢谢温队。"范天雷怒了："谢什么谢？！你还好意思谢？！"陈善明不敢吭声了。高山拉拉温国强，两人也不吭声了。

"太丢人了！你们被抓住，在我意料之中！哪怕你们都被抓住呢，也不丢人，因为你们没训练过！但是连我们的安全点都被连根挖，一锅烩了！在这些年的联合演习当中，还从未出现过这样的结果！那个，对，就是你！永远不要在我眼前出现了！"范天雷怒吼，最后进来的那名菜鸟不吭声。

"陈善明！"

"到！"

"永远取消他进入狼牙特战旅的资格！"

"是！"陈善明立正。范天雷吼完了，努力平息着自己的情绪。温国强看看："看来我们来得不是时候，我们撤，我们撤！"说完拉着高山要溜。

范天雷笑了："没事，你们俩还不了解我？我是冲他们这帮不成器的笨蛋！这次你们赢了，我也该高兴，说明你们的业务水平更高了。公安搞得好，社会就太平。火发完了就好了。不过今天晚上确实不能会餐了，我得把这些倒霉蛋带回大队去。那些倒霉蛋呢？"

"在在在，都在！马上带进来！"温国强向后挥挥手。一会儿，三十几个倒霉蛋低着头灰溜溜地进来，站在另外的队列里。范天雷命令："把他们都送回原来的部队。"

"是！"陈善明示意，苗狼带着他们出去了。

范天雷看着幸存者们，脸色严峻："现在你们明白了吗？"

"明白！"

"我给你们介绍一下，这两位是你们的老前辈，特种部队的转业干部。这位是省公安厅刑侦总队的温总队长，这位是省武警总队的高总队长。"范天雷扫了一眼幸存的菜鸟们，"这次代号为红色天网的军地联合演习，有两重目的。第一，考核你们这些新人的基本素质和特种作战意识；第二，考核公安和武警系统的联动搜捕能力。演习是军区司令部、省政法委与省公安厅、武警总队联合进行的，既考核矛，又考核盾。你们已经知道了，这次盾赢了，全胜，因为他们把我们连锅端了。"新人们不敢说话。"你们以为特种作战是什么？穿着迷彩服，画着花脸，从直升机上跳下来，一阵扫射，然后抓个人就走？还是闯进挟持人质的房间，一通乱干，击毙匪徒，人质幸存，皆大欢喜？太浅薄了！"新人们更不敢说话了。

"特种作战是融合了情报战、心理战、网络战等特殊作战样式，采取非常规方式进行作战的一种综合作战形式。你们中的多数人，曾经在演习的时候跟我们交过手，互有胜负。不错，在这点上我不讳言。由于演习的特殊性和局限性，特种部队失败的概率并不小。你们战胜了特种部队，会觉得很骄傲，还会觉得特种部队也不过如此，没有什么了不起的。很遗憾，你们错了。如果不是演习的规则捆住了我们的手脚，你们毫无胜算！"菜鸟们的眼神里有点不服气。范天雷笑笑，继续说道，"今天我懒得跟你们多说，如果你们够聪明，以后就会明白。搞这么大的场面，并不是为了选寻常的特战队员，不然温总和高总还不得累死？公安和武警其他事儿都别干了，就帮我们选人吧！全军区的六十五名种子选手，在四十八小时以后，就剩下你们二十七个。不要激动，因为你们中的大多数人还得走。搞这么大的场面，是因为你们中的幸运者，将加入一个高度保密的行动小组。通俗一点儿说，就是特种部队当中的特种部队。"菜鸟们认真听着。

"小组的代号就是——红细胞。听名字就应该知道，这是一个什么样的特战分队。在战斗中，你们将会像细胞一样，渗透到敌占区去，引发癌变。很可能在战争正式爆发以前，你们就已经把敌人搞垮了。这就是红细胞的独特威力！既然是小组，就说明我不需要太多人，精益求精是红细胞选拔的原则。今天你们觉得化装渗透很新鲜，以后你们就会觉得很没劲，因为学得太多了，练得太多了。"范天雷顿了顿，"在没有战事的时候，红细胞除了备战，还将执行其他特殊任务。至于什么特殊任务，只有最后留下的人才能知道。好了，说得已经很明确了，带他们走吧。"

"是！"陈善明转身，"全体都有！向右——转！齐步——走！外面登车！"

范天雷转向温国强和高山道："我也得告辞了。"高山拉住他："队伍走了，你留下啊！咱们多久没在一块儿喝了？"范天雷苦笑："演习输了，心中有愧啊！"

"演习是演习，结束了！走走走！小聚会，我做东，我让他们把好酒送来！"温国强拉着他。范天雷推辞着："不行啊，老温，我真得走啊！"

"得了吧！你这个中校比我这个少将都忙！不就是怕何志军剋你吗？怕毛？我来跟他说！走走走！"范天雷被高山连拉带拽地拖走了。

11

晨色当中，两架直升机相继停在了特种部队的机场。地面上，一列猛士车队已经停好，特战教官们正在待命。范天雷带着老兵们和换好常服的菜鸟们，分别从两架直升机上下来，向车队走去。菜鸟们好奇地打量着这个崭新的世界。年轻的中尉宋凯飞笑道："特种部队就用这些烂直升机啊！比我们陆航团的差远了！"李二牛一脸兴奋："咋这么说？起码俺没看见过这么多直升机！乖乖，好威风！"宋凯飞一脸得意："米171、武直九、小羚羊而已，也就直8B新鲜点——还当什么新鲜玩意儿，都老得掉渣了！听说过武直十没有？"李二牛一头雾水："啥？啥是无知——还十？"宋凯飞诧异地看着他："你是怎么来的？"王艳兵说："武装直升机，编号10！"李二牛说："哦，这意思啊！你早说不就得了？还跟俺卖关子！俺叫李二牛，铁拳团的炊事员！"宋凯飞更震惊了，直愣愣地看他："炊事员？没搞错吧？"李二牛笑道："没！俺是二级厨师呢！等安顿下来，俺下厨，给大家炒几个好菜！"菜鸟们都笑了。

宋凯飞看着王艳兵："那你呢？"王艳兵说："也是铁拳团的。"宋凯飞瞪大了眼："你不会是农场的吧？"王艳兵一本正经："对，专门养飞猪的。"菜鸟们哈哈大笑。

宋凯飞知道自己被戏弄了，气不打一处来："你这个列兵，有你这么跟干部说话的吗？"何晨光在旁边不紧不慢："干部得有个干部的样子，才能赢得列兵的尊重。"宋凯飞看他："你又是哪个团的？"

"铁拳团。"

"哟！铁拳团真厉害啊！炊事员、养猪班的都来了！你呢，是干什么的？"

"打飞机的。"

菜鸟们都喷了。何晨光笑笑，说道："专长——打飞机！"

宋凯飞怒了，一甩背囊就冲了上去。王艳兵和李二牛立即扑上来，揪住宋凯飞。菜鸟们乱作一团。走在前面的陈善明准备上去，范天雷拦住他："锐气太盛，让他们碰撞碰撞。"何晨光没有动手，因为宋凯飞已被王艳兵和李二牛抱住了。

"同是天涯沦落人，何必呢？何必呢？"一个戴着眼镜的白面中尉细声细气地说。

"谁沦落？你才沦落呢！你也是铁拳团的？"宋凯飞吼道。白面中尉介绍说："不是不是！在下是军区信息战中心的徐天龙，大家叫我龙龙就好了！"

"龙龙？我看你是聋子瞎子！不干了！我费尽力气，没想到跟你们这帮人为伍！都闪开，我要回陆航团去！"

"何必呢？何苦呢？"徐天龙笑嘻嘻地轻轻抓住宋凯飞的手腕，何晨光眼一亮。宋凯飞尖叫一声："啊！"徐天龙扶扶眼镜："怎么了，大干部？"宋凯飞揉着手腕子："你用针扎我！"徐天龙摊开双手："没有啊！"宋凯飞冲上来："妈的！这都是一帮什么鸟人啊？死四眼儿，我跟你没完！"徐天龙一错身，宋凯飞扑过去了。徐天龙脚下一使绊子，宋凯飞一个狗吃屎倒地。李二牛悄声道："这读书人厉害啊！"

"什么功夫？"王艳兵问何晨光。何晨光想想："祖传的绝门，不知道什么门派。"

"藏龙卧虎啊！都不是善茬子！"王艳兵惊道。

宋凯飞爬起来，又要冲上去。何晨光一把抓住他，低声道："十个你也不是他的对手！聪明点儿就别闹了！"宋凯飞一愣。何晨光低声说："再闹下去，你更难堪！中尉，我看你不是糊涂蛋！"宋凯飞想想，捡起帽子："君子报仇，十年不晚！死四眼儿，你给我等着！"菜鸟们哈哈大笑。徐天龙夸张地恐惧道："不是来真的吧？我魂都吓掉了！"又是一阵笑声。"砰！砰！"两声枪响，菜鸟们都安静了。

站在车上的范天雷把步枪还给身边的特战队员："玩够了？不错啊！不愧是各个部队的精英啊，到哪儿都精力过剩！挺好！我喜欢！这样才像我选出来的精英嘛！既然大家都不累，就不需要坐车了——跟着车跑！这一路不算长——十公里，你们肯定能跑出宇宙纪录！"菜鸟们都傻了。范天雷笑笑坐下："开车！"教官们早已上车，听命就点火，猛士车队呼啸而过。菜鸟们目瞪口呆，互相看着。何晨光大喊："还愣着干什么？一会儿追不上了！走啊！"大家如梦方醒，背上各自的背囊，快步跑去。车队开得很快，后面的菜鸟队伍散乱，都在玩儿命狂奔。

第九章

1

　　山路上，车队扬起漫天尘土。范天雷悠然自得地坐在车上，一路看着风景。后面尘土飞扬，菜鸟们灰头土脸，队伍散乱。车子上了石子路，速度稍微慢了下来，后面的菜鸟队伍更散了。菜鸟们穿着常服皮鞋，石子路让他们很难受。大部分人都跑掉了一只鞋，有的甚至已经光脚踩在尖石子上，一片乱叫。宋凯飞提着一只鞋，一瘸一拐："这是谁的狗主意啊？"

　　何晨光咬牙，干脆脱掉两只鞋，跑在石子路上。李二牛跑得龇牙咧嘴："俺的天爷啊！完蛋了！脚废了！"王艳兵也好不到哪儿去，一个不小心摔了一跤，眼看就要磕在石头上。何晨光跟徐天龙同时出手，一边一个拉起他。王艳兵心有余悸地说："谢谢啊！"徐天龙笑笑，看看何晨光："原来你是高手，班门弄斧了！"何晨光说："学武的就别那么客套了！走吧！"徐天龙笑笑，转身跑了。后面石子路上一片血迹。

　　海滩上，车队从水里一冲而过，掀起漫天水花。菜鸟们龇牙咧嘴地提着鞋，狼狈地跑过来，看见大海傻眼了。何晨光怒吼："冲啊——"菜鸟们怒吼着冲进大海，滴血的脚被海水刺得生疼，惨叫声一片，菜鸟们还是疲惫不堪地继续跟着……

　　红细胞特训基地，车队早已到达。范天雷、陈善明，还有苗狼等人正坐在车上斗地主。这时，狼狈不堪的菜鸟们互相搀扶着跑来。范天雷抬抬眼，吹了声口哨。门口的哨兵拿起防风打火机，点着了火把。菜鸟们光着脚，蹒跚地走着。哨兵一声冷笑，将火把丢进了门口的一道浅沟。"轰！"汽油被点着，一道火墙立即拦住了菜鸟们的去路，菜鸟们都傻在门口。范天雷笑笑，继续打牌。火墙燃烧着，菜鸟们心惊胆战地看着。

　　"咋……咋办？"李二牛看着火墙问。何晨光一咬牙："没办法了！跳吧！"

　　"也要跳得过去才行啊！这火多大啊！"王艳兵说。宋凯飞在旁边站着："要是有直升机就好了。"徐天龙笑嘻嘻地说："刀山火海啊！这杀威棒够意思！"何晨光看看他们："过不去也得过！难道你们想回去啊？！"李二牛脸一横："不回去！打死也不回去！"

"跟着我！"何晨光第一个冲出去，纵身一跃，噌地从火墙上过去了。王艳兵还在到处看："有没有火小点的地方——二牛！"李二牛已经跟着何晨光跳过去了，惨叫着。

"哎呀！等我！"王艳兵急了，纵身一跃。徐天龙看了看宋凯飞，笑道："飞行员，没有直升机，敢过吗？"宋凯飞心惊胆战地看着，没动。徐天龙一把抓住他："跟我走吧！"宋凯飞大叫："别拉我！我不跳！啊！"噌——过去了。后面的菜鸟还在那儿团团转，不知道该怎么办。跳过火墙的菜鸟们心有余悸地看着，衣服被烧破了一些。

范天雷看看手表："到时间了，灭火。"几个兵拿着灭火器跑过来，火瞬间就灭了。过来的十几个菜鸟坐在地上，看着外面傻站着的几个菜鸟。范天雷笑笑，说道："胆子被吓破的，走吧走吧！回去继续做你们团的精英！"傻站着的几个菜鸟表情复杂，一个哭起来："我回去怎么说啊？"范天雷淡淡地说："该怎么说就怎么说！军人，输要输得起！带走吧。"苗狼起身过去："走吧，车在那边。"剩下的菜鸟们瘫软在地上，基本都光着脚，军装也被烧破，一个个狼狈不堪。李二牛看着身上的衣服哭。

"你哭什么？"何晨光纳闷儿。李二牛哭着说："多好的军装啊！俺小时候连裤子都穿不上……"王艳兵听不过去，耐心地劝他："部队还会发给你的。"

"发是发的！这军装好好的，就这么给烧破了，不可惜啊？"

"精英们，感觉好吗？"范天雷笑着，菜鸟们都傻看着他，"魂都吓飞了？带他们去洗洗，换衣服，这样太丢精英的人了！"苗狼走过去："起来起来，都起来！"菜鸟们陆续站起来，跟着苗狼一瘸一拐地过去了。

"五号，怎么玩？老规矩吗？"陈善明笑着问。范天雷说："太没意思了，来点儿创意。"

"什么创意？"

"我还在想呢！这么容易就想到了，那还叫创意吗？"

陈善明琢磨："创意？刀山火海都过了，还有什么创意？"

2

浴室里的两个大池子都被盛满了，脱光光的菜鸟们走进来，闻闻，都觉得味道不对。李二牛抽着鼻子："酒？"苗狼笑着说："想美事呢！这要是酒，还轮得到你们喝？我都快三年没喝酒了！进去吧！"王艳兵看着第一个大池子问："里面是什么东西？"

"医用酒精。"何晨光说。苗狼笑笑，说道："你怎么闻出来不是工业酒精的？"何晨光立正："报告！我刚从军区总医院出院归队。"苗狼笑道："挺好，再品味一下熟悉的滋味吧！看你们脚上有不少伤口，消消毒！进去吧。"菜鸟们不敢动，苗狼笑道：

"早晚的事儿，进去吧。在酒精池子里泡五分钟，再换水池！"

"会疼死的……"宋凯飞心有余悸地看着一池子酒精。

"死不了。"徐天龙说得轻松。宋凯飞斜了他一眼："难道你的伤口不怕疼？"徐天龙笑笑，说道："我的意思是半死。"何晨光看着池子，咬咬牙："没选择了！"

"真下啊？！"王艳兵也发蒙。李二牛咽了下口水："说实话，俺有点怕……"何晨光叹息："咱们还有退路吗？回去吗？"一咬牙，进去了。何晨光咬着牙，强忍着。

"不错，有表率了。坐下，坐下。"苗狼笑着点头。何晨光咬咬牙，坐下了，整个身子都浸在了酒精里面，青筋暴起。菜鸟们心有余悸地看着。王艳兵心一横："活着干，死了算！死都不怕，还怕疼？"说着一脚踏了进去，死咬着牙。李二牛看着，咽下口唾沫："神枪手四连！狭路相逢勇者胜——"刚伸进去一只脚就一声惨叫。王艳兵咬着牙，强忍着："你别喊，喊得我……啊——"惨叫声中，徐天龙纵身一跃，进去坐下，满脸笑容，但脸上还是有掩饰不住的痛楚。其余的菜鸟们见状，也陆续下去了，只有宋凯飞始终犹豫着。

"你出去吧，别继续玩了。"苗狼面无表情地说。

"回去？我为参加你们部队，准备了这么多年，全团都知道我来了！我回去？开玩笑吧！"

"这关都过不了，你还想继续玩吗？"

"谁说我过不了？飞虎团，落地一样是猛虎！啊——"宋凯飞一声惨叫，人没动。

"你还没进去呢！叫什么啊？"苗狼皱了皱眉。

"我预热一下！啊——"宋凯飞惨叫着跳了进去。苗狼面无表情地看着表。

3

红细胞特训基地的操场上，国旗下，已换好一身迷彩服和军靴的菜鸟们列队跨立，以陈善明、苗狼为首的教官们站在对面。范天雷从屋里出来，陈善明喊："立正！敬礼！"范天雷还礼，陈善明："稍息！"唰——全体跨立。范天雷审视着他们："都洗干净了，换军装了，看上去精神多了。嗯，你们军姿站得不错。"菜鸟们目不斜视，知道这不是夸奖。

范天雷笑笑，说道："不知道体能怎么样！躺下，收腹！"菜鸟们都愣住了。

"全体注意！流水作业——后倒！"陈善明一声令下。啪啪啪啪——一串后倒，干净利索。"收腹！"——菜鸟们腿和胳膊都抬了起来，只有屁股着地。范天雷笑笑，走到他们中间："都看过电影吧？特种部队选人后，总得来那么一段开场白。想想也没什么新鲜的，就不多说了。我主要讲五点。"菜鸟们都傻眼了——这姿势可不好受。

"第一点，你们都是各个部队的骨干、精英、兵王，军规、军纪我就不多说了，都懂。所以一会儿呢，你们要背诵中国人民解放军内务条令。现在就算了，我怕我话长。"

范天雷不紧不慢地说着，"第二点呢，我就讲讲狼牙特战旅的特训条令。虽然集训有不同的规格，但是这个特训条令是通用的，大概有十三个大项，五十七条小项。一会儿呢，会带着你们读，也就不多说了。"菜鸟们还伸着胳膊腿，都出了汗，但咬牙坚持着。

"第三点，关于这里的伙食待遇——这个可是大事儿，我不能不说。解放军绝对不会出现克扣你们伙食费的情况，但是特种部队有特殊的情况，所以你们也得理解。你们来自不同的部队，其中还有飞行员，伙食费高！确实挺高，比军犬标准还高。"

宋凯飞脸色不太好看，很难受，但说不出话。

"但是在这儿呢，暂时先执行一个标准。什么标准呢？那就是没标准。特训嘛，确实要吃点儿特殊的苦头。你们都不怕苦，不然也不会来这儿跟我们玩，所以多说也没啥意义。多出来的伙食费呢，你们要是回到原部队，他们会处理；要是留下呢，大家会餐，好好吃几顿，因为一顿可能吃不完。"菜鸟们喘息着，不时有呻吟声传来。

"第四点，就寝和操课时间，暂时不执行内务条令。这也是没办法，道理我刚才说过了——特训嘛，带个'特'字，就得特事特办。什么时候就寝，什么时候操课，我说了算。对了，还没有周末，所以也根本谈不上外出了。攒出来的假期怎么办呢？以后慢慢补吧。总之，我这个人很厚道，不会让你们吃亏的。"更多的呻吟声已经此起彼伏。范天雷笑笑，说道："不错，挺能忍的。"王艳兵咬着牙："第四点了……快了……"

"对了，我刚才说到第几点了？"范天雷一脸认真。陈善明说："报告！第三点！"

"哦，对，那我现在说第四点。"菜鸟们快哭了。范天雷继续："这第四点呢，就是就寝和操课时间……"宋凯飞忍着说："报……报告……"范天雷走到他身边蹲下，笑嘻嘻地问："哦？你有问题？"宋凯飞看着范天雷："是……首长。"

"说说，我就喜欢听实话。"

"是……您该说第五点了……"

范天雷一脸诧异："是吗？我该说第五点了吗？"

"是……首长……"

范天雷拍拍脑袋："我想想，我难道记错了吗？"菜鸟们期待地看着他。范天雷恍然大悟："哦，我错了！真错了真错了！看来是老了！谢谢啊！"说着站起身，"这第一点呢，就是关于中国人民解放军内务条令……"菜鸟们彻底傻眼了，个个一脸痛苦的表情，都狠狠地看着宋凯飞。王艳兵咬着牙："你说你……多那个嘴干吗？！"宋凯飞苦不堪言。何晨光还好，但也是汗如雨下。

范天雷边走边说："中国人民解放军内务条令，你们都学过了，应该都会背诵。我看这样好了，现在你们给我背一遍中国人民解放军内务条令吧！"菜鸟们目瞪口呆。范天雷指着李二牛："你，起个头。"李二牛痛苦地说："报告……俺一下子，想不起来了……"范天雷摇摇头："身为中国人民解放军的军人，居然忘了内务条令。那你，你来起头。"何晨光咬牙："第一章，总则……第一条，为了规范中国人民解放军的内务制度，加强内务建设……根据有关法律和军队建设的实际，制定本条令……"

"挺好，你记得，继续。"范天雷看了看其他菜鸟，"你们都忘了吗？"

菜鸟们断断续续地背着："第二条……本条令是中国人民解放军内务建设的基本依据……适用于中国人民解放军现役军人……和单位（不含企事业单位），以及参训的预备役人员……"范天雷的笑容变得很冷，独自走在这群可怜虫中间。陈善明目瞪口呆："创意！这就是创意啊！太狠了！二十一世纪什么最珍贵？创意！"

大家还在坚持背诵，汗如雨下。"嗵！"宋凯飞晕倒了。李二牛还咬牙坚持着，但是腿再也抬不起来，也晕倒了。范天雷冷酷地看着，站在前面。

"中国人民解放军内务条令，2010年6月3日版。全文总计二十一章，四百二十条。没有人可能在这种情况下背诵完全文，他要的并不是我们可以背诵全文，而是让我们知道，在这个世界上，还有我们做不到的事情。我们都很优秀，锐气太盛，自以为只要我们想做，就没有我们做不到的事情。他用这种方式告诉我们，我们不是超级战士，我们只是——菜鸟。"

4

夜晚，操场四周一片安静，只有何晨光微弱的声音，气若游丝："第三百……十……"徐天龙奄奄一息："伙计，别……别背了，他们只关心咱俩……什么时候晕……"何晨光咬着牙，还在背诵，终于眼前一黑，晕倒了。徐天龙看看他，苦笑，也晕了。苗狼这才精神抖擞地走过去，挨个看："行了，都倒了。"范天雷打了个哈欠，从行军床上起来。陈善明正歪在车上睡觉，抬眼问："下面怎么玩，五号？"

"叫他们起床，睡觉。"范天雷起身走了。陈善明挥挥手，苗狼拿起消防水枪，直接打过去。"啊——"菜鸟们被冷水激醒，苦不堪言，相互搀扶着起来，小腹都是剧痛，个个弯着腰，跟虾米似的。陈善明举着水枪："怎么？军姿都不会站了？"菜鸟们表情痛苦地坚持着站起来。陈善明拍拍手："什么破样子？带走！"苗狼整理着队列："向右——转！齐步——走！"菜鸟们走得很滑稽。旁边一个菜鸟栽倒了，何晨光拉他："起来！"

"我不行了……"菜鸟趴在地上。王艳兵回身拉他："坚持！这就要睡觉了！"

"我真的不行了……"

李二牛也过来了："班长……挺一挺……"

"我真的不行了……"菜鸟哀号着。陈善明走过来，站在他跟前，脸色冷峻："你还有一次机会。最后一次问你，到底行不行？"菜鸟的眼泪出来了，嘴唇颤抖着。何晨光看着那个菜鸟："刀山火海都过来了，班长！"

"没要你说话！"陈善明看了何晨光一眼。何晨光咬住嘴唇。菜鸟痛苦地摇头，泣不成声。陈善明挥挥手，两个兵抬着担架过来，其余的菜鸟们默默地看着。菜鸟躺在担架上，号啕大哭着远去了。陈善明看着剩下的菜鸟们："你们，要么跟他一起滚蛋，要么去走队列。"菜鸟们互相看看，咬牙坚持站起身，列好队。苗狼喊着口令，菜鸟们滑稽地齐步走着。

大宿舍里，没有开灯，床头放着夜光纸做的号码牌。菜鸟们互相搀扶着走进宿舍，苗狼在外面喊道："赶紧睡觉！床上有号码，自己找！"菜鸟们苦不堪言，弯着腰到处找号。

"奶奶的！我是上铺！"王艳兵差点儿栽倒。何晨光扶着他："踩着我上去！"说完咬着牙蹲下。王艳兵苦笑道："不好意思了！"王艳兵努力想抬腿，却抬不起来。李二牛抱住他的一条腿，帮他放上去。王艳兵一脚踩下去，何晨光咬牙坚持着。旁边，李二牛扶着王艳兵的屁股，拿肩膀顶着。终于，王艳兵滚上了床，何晨光跟李二牛都倒了。王艳兵斜躺在床上，动不了，偏头问："兄弟们，没事吧？"

何晨光跟李二牛互相搀扶着起来，何晨光笑笑，说道："没事，我是下铺。"李二牛也摸索到自己的床："俺也是下铺……"扑上去就打呼噜了，什么都没脱。对面，宋凯飞死活爬不上去。何晨光摸索着过去："踩着我。"宋凯飞有点儿愧疚："我……"

"你什么啊？踩吧……"何晨光又痛苦地蹲下。宋凯飞刚抬上脚，何晨光就靠在下铺上了。宋凯飞忙问："你没事吧，列兵？"何晨光撑着床沿蹲好："没事……"徐天龙看见，走过来，撑住宋凯飞另外一条腿："别硬撑！"何晨光笑笑，说道："谢了……"宋凯飞艰难地爬上去："想不到我宋凯飞也有今天啊……"没说完就睡着了。宿舍里鼾声一片。

徐天龙跟何晨光一屁股坐在地上，相视苦笑。徐天龙看他："我见过你。"

"什么时候？"

"报纸上。"

何晨光苦笑，摆手："别提那些了。"徐天龙笑笑，伸出右手："徐天龙，叫我龙龙。"何晨光也伸出手："何晨光，首长好。"徐天龙一笑，说道："什么首长不首长的？叫龙龙吧。"

"龙龙……练的什么门派？"

徐天龙笑道："祖父交代过，不能说，怕仇家追杀。"

"现在还有什么仇家？"

"好几百年前留下的家族阴影，我得尊重老人家。"

何晨光笑笑，说道："理解。咱们起来吧……"两个人相互搀扶着起来，爬到各自的床上。何晨光试着解开衣服，眼皮却直往下搭，头一偏，睡着了。旁边，徐天龙直接趴着就睡着了。地上，有的菜鸟靠着床边就睡着了。鼾声四起。

5

范天雷坐在电脑前打游戏，没过关，被炸死了。他一拍桌子："奶奶的！又死了！"气呼呼地看看表，出去了。基地，范天雷一脸官司地走出来。陈善明立正："金雕！又挂了？"范天雷一把拿过他的步枪，边走边上膛。陈善明急忙跟上。

"咣！"宿舍门被一脚踹开。范天雷闯进来，对着床铺上的人一阵乱射。枪声中，菜鸟们鸡飞狗跳，纷纷跳下床躲避着。范天雷扫射完毕，怒吼："就你们这个熊样子！全灭！""啪"一声，灯亮了。菜鸟们惊魂未定，纷纷探出脑袋。陈善明进来："全副武装！出去训练！快！"菜鸟们反应过来，急忙捡起自己的东西，拿起武器，冲了出去。

"我被手雷炸死了！手雷！就差那么一点儿！"范天雷怒吼。陈善明赶紧赔笑："是，五号！我明白了！手雷！"

"咣咣咣！"几箱子手雷被放在了训练场地上。陈善明打开一个箱子，拿出崭新的86全塑手雷。此刻，疲惫不堪的菜鸟们正在武装越野，陈善明冷冷地看着。菜鸟们跑过来，气喘吁吁地列队。陈善明拿着两个手雷站起来："86全塑手雷，1986年定型生产，攻防两用手雷，杀伤半径大于6米，引信时间2.8至4秒！"菜鸟们目瞪口呆，不知道他是啥意思。陈善明一口一个，咬掉手雷的保险栓。何晨光瞪大了眼："小心！"

"嗖嗖——"两颗手雷被丢出去，撞针在空中弹出……菜鸟们反应过来，四散奔逃。手雷在空中旋转着。只有何晨光没有动，注视着。"啪啪！"手雷陆续落在菜鸟们中间，何晨光一跃而出，抓住其中一个手雷，站起身甩出去。王艳兵惨叫着，抓住另外一个手雷，丢了出去——"轰！""轰！"两道巨大的爆炸声。烈焰中，菜鸟们目瞪口呆。

"啊——"李二牛还在惨叫。王艳兵拉他："没事没事，别叫了！"

"真的会死人的！啊——"李二牛还在叫。陈善明面无表情地站着，在他的身后站着一排兵，一人两个手雷，菜鸟们彻底傻了。"啪啪啪啪啪——"所有手雷的保险栓都被咬掉。宋凯飞看着大叫："你们这是要杀人啊！我要去告你们！"

"有命活下来再说吧，扔！"陈善明一声令下，"嗖嗖嗖——"十几个手雷几乎同时被丢了出去……王艳兵大叫："抓不过来了，找掩护！"何晨光纵身跃起，挥舞着步枪。在空中，他的步枪跟棒球棒似的连续撞击手雷，手雷纷纷被打向别的方向。何晨光刚落地，又有两颗手雷飞向人群。宋凯飞脸色发白："完蛋了……"王艳兵纵身跃起，抓住其中一个，在空中滚翻着落地。李二牛大叫："艳兵，丢！"另外一个手雷被一只军靴挑起来，徐天龙弹起手雷，在空中一横腿，手雷被弹了出去，爆炸声震耳欲聋。

王艳兵站起身，慌忙将手雷甩出去，"轰"的一声巨响，手雷在距离他很近的空中爆炸，王艳兵被笼罩在了烟雾当中。李二牛哭喊着冲过去："艳兵！艳兵！"烟雾中，王艳兵还站在原地，整张脸被熏得漆黑，只剩下俩眼在滴溜儿转。正奔去的何晨光愣住了。李二牛抱着王艳兵："艳兵！好兄弟！你死得冤啊！啊啊啊啊啊——"王艳兵眨巴眨巴眼，黑脸上两只眼很亮，一张嘴，一口白牙："王八蛋耍我们！"旁边，陈善明冷眼看着，表情酷酷的。何晨光一看："没弹片？"徐天龙笑笑，说道："肯定没弹片。教练弹，就是逗我们玩的。他们不敢，这游戏怎么也得有个底线。好小子，好身手！"

"你也是，好脚法！"

"一般般！平时好踢球！"

宋凯飞神气起来了，爬起来："他妈的！没弹片的教练弹，以为我会怕啊？！老子是天不怕地不怕的飞行员！""嗒嗒嗒嗒！"脚下一片弹着点，宋凯飞的脸瞬间白了。陈善明拿着步枪，冷眼看他："有弹头吗？"宋凯飞有些吓着了："有，有……"陈善明举起枪瞄准他，宋凯飞一下子卧倒了："杀人啦！"陈善明扣动扳机，宋凯飞尖叫着，身体上下左右不断有子弹飞过。宋凯飞魂都要吓出来了，其余的菜鸟们看得目瞪口呆。陈善明抬起枪口："天不怕地不怕？"宋凯飞还在尖叫，李二牛拍他："飞行员，飞行员，不打了，不打了！醒醒……"宋凯飞停止叫唤，喘息着看着陈善明。陈善明冷眼看着他："不要跟我说什么天不怕地不怕。你怕，我也怕。你怕被我打死，我怕打死你，我们都会害怕！害怕不丢人，知道害怕是因为你是人而不是机器。但是不要被害怕吓倒，因为很多事情即使害怕你也要去做，别无选择！明白吗？！"菜鸟们都不知道怎么回答。陈善明大吼："都从地上爬起来！那边，给我拼！"菜鸟们看看，爬起来，冲向那边的特种障碍场。

特种障碍场上，火焰被点燃，机枪声嗒嗒嗒地响，菜鸟们在弹雨中穿梭，障碍场上的假人不断中弹。李二牛脸上被溅了一片假人的血，大惊："实弹！"后面的何晨光弯腰躲避："走走走！肯定是实弹，快走！"王艳兵翻过障碍，躲在沙包下面。一串子弹扫过他刚才的位置，王艳兵心有余悸："妈的！还好老子命大！"徐天龙也翻过来，喘着气："不是你命大，他就追着你打！这些都是神枪手，心里有准头！"宋凯飞爬上去，被稀泥滑下来，大喊："谁拉我一把！啊——"王艳兵没敢露头，把步枪伸了出去，宋凯飞一把抓住。李二牛在下面撑住他："飞行员，走！"宋凯飞侧头一看："炊事员？"

"俺以前不中，都是兄弟们帮忙的！走了！"李二牛用力往上顶。宋凯飞急忙上去，子弹追着屁股就过来了，宋凯飞惊魂未定："这日子什么时候是个头儿啊？！"何晨光翻过来，滑到掩体后："飞行员，这才刚开始呢！走了！"几个人一跃而起，火光映红了他们年轻的躯体。机枪手精确瞄准，不断点射。烈焰中，战士们在弹雨里穿梭……

夜色中，范天雷在掩体里冷酷地操着那把85狙击步枪，瞄准了在铁丝网下面的泥潭中爬行的何晨光。范天雷扣动扳机，"嗖——"头盔带子被打断。何晨光一个激灵，偏头看见了那个掩体。又是一枪，何晨光的头盔被掀了起来。他低下头，伸手抓住头盔，继续往前爬行。掩体里，范天雷换了目标，笑笑，扣动了扳机——王艳兵的枪带被打断，步枪落在身后。

"妈的！军工质量也不行啊！真不经用！"王艳兵骂。"啪！"又是一枪——王艳兵的背囊带子断了。王艳兵仔细一看，是弹痕，他脸色一变："狙击手！""啪！"水壶漏了。王艳兵咬牙："老子早晚要搞你们！"掩体里，范天雷露出笑容："等着你搞我。"说着将瞄准镜对准了正在铁丝网上爬行的李二牛。"啪！"子弹打在他的面前，李二牛一愣，抬眼，又一枪打在他侧面。雪亮的探照灯在黑夜里扫着，李二牛看看，伸手在背囊里摸。掩体里，范天雷诧异地看着。障碍场上，探照灯扫向李二牛。李二牛突然从背囊里掏出一把不锈钢饭勺子。探照灯扫过去，反光啪地扫向掩体。范天雷一下子离开瞄准镜，眨巴着揉眼。

"不要小看炊事员！噢耶！"李二牛笑笑，继续爬。掩体里，范天雷恢复过来，笑笑，说道："兔崽子，有点儿意思！"

障碍场上爆炸声不断，烈焰映红了黑夜。菜鸟们艰难地爬行着，互相协作通过难度更高的障碍。

6

训练场上，十几个菜鸟背手跨立。在他们面前，巴雷特、AWP、SR25、88狙击步枪、85狙击步枪等各种中外狙击步枪一应俱全。范天雷在队列前来回踱着："从今天开始，你们进行狙击手战术学习。我知道，你们当中有些同志在老部队就是狙击手。有些同志和我们打过交道，水平还不错。不过那只是野战部队的狙击手，不是特种部队的狙击手。红细胞小组在未来的行动当中，将经常进行狙击作战。所以，你们得好好学习，天天向上，不要丢了自己的命，还连累别的同志。"菜鸟们目不斜视。"我为什么选你们出来？因为我不需要再教你们狙击基础，那些你们都已经在老部队学完了。你们每个人都是当之无愧的神枪手，当然，距离我的狙击手标准还有不小的差距。这是你们的悲剧——你们要丢掉自己的神枪手头衔，从头学起！"菜鸟们有点不服气。范天雷淡淡一笑："你们不服气，对吗？"

"报告！不服气！如果我们不符合您的狙击手标准，请问您的标准是什么？"王艳兵在队列里大喊。范天雷看着他："好，不错。我喜欢这种实话。如果你们没有这性格，倒是我真的看错人了。我知道你们的射击水平，不然你们也不会站在这儿了。不过，我倒是想问一句，你们有谁打过活人？"所有人都呆住了。"跟你们谈什么射击技巧，意义不大。你们都很聪明，都很精锐——精英，兵王嘛！在原来的部队，你们大多是班长，有的还是连排长、带队主官。给你们发几本教材，晚上自己看看，回去都可以做各个部队的狙击手教员了。所以我不跟你们谈那些。我就是想知道，你们打过活人吗？"没人吭声。范天雷扫了队列一眼，"有些同志肯定会想，我们又没打过仗，怎么可能打过活人呢？没错，这话没错！但是当战争来临，或者面前有一个指定目标要你们射杀，你们敢吗？"

"有什么不敢的……"宋凯飞在队列里嘀咕。范天雷吼："大声说！"

"报告！我是说，有什么不敢的！"宋凯飞立正。

"真的敢吗？"所有人都看着范天雷，目光里有一丝不服气。何晨光皱着眉，想着什么。范天雷笑笑，"没上战场以前，都是这个鸟样子！枪声一响，就全都拉稀了！不跟你们打嘴仗了！带回，换衣服去！"

"是！带回吧。"陈善明挥挥手，苗狼带着他们走了。

菜鸟们回到宿舍，都很纳闷儿。宋凯飞一屁股坐在床上："有什么了不起的？跟我们摆打过仗的老资格！"李二牛问："今天咋不练咱们了呢，艳兵？"

"不知道！"王艳兵看着何晨光，"你想啥呢？"何晨光一直在想着什么，看看王艳兵。

"怎么了？你倒是说话啊！"

徐天龙一直在看着何晨光："不会是真的吧？"何晨光神情严肃："不知道，我觉得可能是真的。"王艳兵听不明白："你们两个，打什么哑谜啊？"徐天龙一声叹息。何晨光看着王艳兵："这第一课，不太好过。"李二牛问："到底咋了？又要收拾咱们？"

"他们还有什么招儿没使出来吗？我看差不多了啊！"王艳兵一脸疑惑。

"你们都在说什么呢？我怎么越来越听不懂啊！"宋凯飞问。

"没什么，我希望不是真的。"何晨光神情变得轻松。这时，苗狼走进来："怎么还不换衣服？"王艳兵纳闷儿："换什么衣服？"

"常服，出去集合。五分钟时间。"说完径直出去了。大家互相看看，开始换衣服。何晨光一直在思索，苦笑："该来的，迟早会来。"徐天龙也苦笑。王艳兵问："为什么要我们换常服？"何晨光道："别问了，太早知道不好。"他继续换衣服，王艳兵一脑门儿问号。

红细胞基地，菜鸟们换好常服列队。陈善明走过来，点点头："先去吃饭。"

"是！"苗狼转身，"全体都有！向右——转！目标食堂！齐步——走！"大家都很纳闷儿，何晨光表情一直很难看。食堂里，桌子上一人一碗豆腐脑，红红白白的。何晨光脸色更加难看了。王艳兵嗅了嗅："挺香啊！有日子没吃过了啊！"

"教员咋知道俺喜欢吃呢？可馋了。"李二牛看着有吃的就高兴。徐天龙在旁边提醒："悠着点儿，别吃撑了。"宋凯飞冷笑："就这碗豆腐脑能吃撑了？"这时，范天雷走进来，坐下。苗狼一声令下："开饭！"大家开始呼啦啦地吃，只有何晨光和徐天龙始终没动。王艳兵、李二牛和宋凯飞三人吃得很香。何晨光和徐天龙互相看看，都没说话。范天雷一边吃一边观察着他们。

山路上，一辆大轿车在疾驰。范天雷坐在车上："我知道你们都很好奇，我们到底去干什么。公安和武警有个大活动，我们是去观摩，只带眼，不带嘴。记住，这次的机会来之不易，找了好多关系，所以你们要珍惜！"菜鸟们还是不明白。何晨光跟徐天龙互相看看。

"看来是真的。"徐天龙低声说，何晨光点点头。

高速路一路上戒备森严，不时有警用直升机低空掠过。车开进郊区时，王艳兵觉得有点儿不对劲："这是去哪儿？怎么又进山了？"李二牛一脸惋惜："俺还想进城看看热闹呢！"何晨光看看他，苦笑："有热闹看的。"王艳兵看着外面，突然想到了什么，猛地看向何晨光。何晨光问："猜到了？"王艳兵脸色大惊："不会是真的吧？！"何晨光苦笑："你觉得是假的吗？"王艳兵瞪大了眼。

刑场上戒备森严，民警、法警、武警等肃立周围。空中，警用直升机低空盘旋警戒着。大轿车在警戒线外停下了。菜鸟们坐在车里，目瞪口呆，互相看着。范天雷冷笑道："下车。"一车菜鸟胆战心惊地下了车。

刑场上，刑侦总队队长温国强和武警总队队长高山都在，正在部署警戒。走下车的菜鸟们勉强站直了列队。范天雷走了过来："怎么你们两个都在？"

"头等警戒，我们俩谁敢不在呢？"高山笑道。

"不是只枪决一个吗？"

"这个可不简单！"温国强说，"境外毒枭头目，在大陆落网。据说他的家族出了重金，想劫我们的法场。"范天雷笑道："别逗了！在中华人民共和国的土地上，还有这种扯淡的事儿？"高山一脸严肃："情报是这么说的，上级非常重视。你来了正好，从特种部队的角度，看看我们的部署有没有什么漏洞。"范天雷笑笑，说道："你们俩这阵势，就是真的派来特种部队也望而生畏了。"温国强指指后面："但愿如此啊！不过还是不敢掉以轻心。情报总队说，江湖上确实有这方面的传闻。他们还在搜集线索，希望一切顺利吧！你的学生们看起来不是很情愿啊！"范天雷回头看看，菜鸟们的表情都很复杂。范天雷笑笑，说道："早晚的事儿。我不耽误你们工作了，我在边上看，有什么需要就招呼。"

范天雷走过去，看着菜鸟们笑道："你们面前那道白线，就是行刑的位置。所以你们会很清楚地看见子弹击中死囚后脑的场景，我的要求是——不许闭眼，不许叫喊，只能默默地看。"菜鸟们默默地站着。范天雷面无表情地说："你们都是军人，习惯了跟武器在一起，却不知道武器的含义是什么。武器跟死亡是紧密相连的，这是不可回避的问题。记住，狙击手不是打靶的，是打人的！"菜鸟们紧张地看着。

山路上，一列警车队伍拉着刺耳的警笛高速驶来。路边三步一岗，五步一哨。特警、武警们牵着警犬各就各位。

远处，一小队穿着伪装服，手持轻武器的彪悍男人在丛林里快速穿行。带队的狙击手手持 SVD 狙击步枪——是蝎子。到达地点后，蝎子带队，"啪"的卧倒隐蔽，一队画满迷彩油的彪悍脸孔也相继卧倒。蝎子拉开枪栓，眼睛凑在瞄准镜上。

刑场上，菜鸟们心惊胆战地站着，范天雷目光冷峻。队列里，何晨光深呼吸平复着；李二牛眨巴眨巴眼；宋凯飞牙齿打战，晃晃头，猛扇了自己一巴掌。这时，囚车开进来停下，几个蒙面武警快速跑了过去。死囚被带了出来，身形彪悍，带着一股桀骜不驯，戴着的手铐脚镣叮当作响。站在旁边的法警戴着墨镜和口罩，武警们蒙面站立，对死囚验明正身。菜鸟们目瞪口呆地看着。

山林里，蝎子举着瞄准镜搜索全场，将视线落在了后面那排队列。一名部下问："军队来干什么？"蝎子冷笑道："我看到了我的老朋友，他带新人来观摩。"

刑场上，何晨光感觉到了一丝异样——余光看见山林里有隐约的闪光。蝎子继续瞄准着，突然，瞄准镜锁定了年轻的何晨光，蝎子一愣——奔跑而来的何卫东，虽然是迷彩脸，但是清晰可辨……蝎子回过神，继续瞄准。何晨光站在队列里，眯缝着眼转过身去。蝎子快速低头，手同时捂住了瞄准镜。何晨光盯着那个地方，思索着。范天雷走过来："你在看什么？"

"反光。"

"什么反光？"

"狙击步枪瞄准镜的反光。"何晨光想想，"可能是武警部署了狙击手。不过我很纳闷儿，为什么会部署在那里？那是最佳的攻击位置，而不是防御位置。"范天雷警觉地回头。

"撤！"蝎子起身，快速收起狙击步枪。

"怎么了？"

"我被发现了！马上撤离！中国军警马上要来搜山了！"蝎子提着枪，快速撤离狙击阵地。

刑场上，范天雷看看，没发现什么："你确定？"何晨光肯定地说："我确定。"范天雷想想，走过去："老温，那个地方你们是不是布置人了？"温国强看看他："我负责内围。老高，是不是你的人？"高山看看他："没有。"范天雷突然反应过来："快，就在那儿！"

高山一挥手，武警特战分队立即跳下车，狂奔过去。温国强过来："你们也去！"公安特警们也立即跳下车，跟武警特战分队一起冲过去。菜鸟们有些骚动，王艳兵呼吸急促："给我一把枪，我也上！"李二牛紧张地问："是不是真要打仗了？"何晨光道："可能有人要劫法场。"何晨光报告："教官！给我们枪吧！"陈善明脸色冷峻："安静，我们是来观摩的！这不关你们的事儿，不要乱！"菜鸟们只能看着。

山林里，蝎子带队狂奔。蝎子突然停下，拿出匕首在树上刻了一个蝎子的图案。

刑场上，死囚被带到白线位置。武警一脚踹在他的膝盖处，使其跪下，按住他。菜鸟们惊恐地看着一把56半自动步枪顶住了死囚的后脑，"砰"的一声枪响——菜鸟们表情复杂。

高速公路上，大轿车在疾驰，范天雷面无表情地坐着。菜鸟们抱着呕吐袋，哇哇地吐成一片。何晨光没有吐，但是脸色很难看。王艳兵吐完了，一脸苦相："真后悔吃你的豆腐脑。"李二牛一听豆腐脑，又开始狂吐。宋凯飞脸都黄了，徐天龙拍着他的后背。宋凯飞擦擦嘴："胆汁都吐出来了……"范天雷眉头紧蹙。陈善明看他："你在想什么？"

"那个狙击阵地的设置，让我想起来一个打过交道的对手。"范天雷思索着。

"谁？"陈善明问。范天雷没说话，回头看着何晨光。何晨光也纳闷儿地看着他。范天雷想想，转脸继续看前面。

7

基地食堂里，队员们坐着，面前一桌子丰盛的饭菜，却没人动筷子。旁边，范天雷和教官们吃得津津有味。这时，一个特战队员进来，俯在范天雷耳边。只见范天雷脸色一沉，起身出去了。范天雷跟陈善明走进队部，笑道："又有什么摆不平的事儿了？我叫人去拿我的枪！"温国强脸色严肃："老范，你瞎激动什么？没有什么人质被劫持。"范天雷笑道："没人被劫持，你找我干什么？帮你查案？"

"对，是帮忙分析一条线索。"

"这倒奇怪了！我能帮你分析什么线索？"范天雷看他，"说吧，什么事儿？"

温国强身边的技术员拿出一张照片："我们在距刑场500米外的树林里面发现了这个。根据技术部门鉴定，是下午新留的。"范天雷接过来——树干上，一个蝎子刻图清晰可见。技术员看着他说："范参谋长，这个图形您知道是什么意思吗？公安部的专家说，这个蝎子该是一个什么人或者部落的签名图形。我们查不出来是谁，温总说来找您试试看。"

范天雷看着照片，面色冷峻："蝎子，是一个人的代号。"温国强看他："你认识？"范天雷拿起狙击步枪："应该说，这把枪认识。"温国强看着他手里的85狙击步枪："他怎么会从你的枪下逃脱？"范天雷说："这把枪的主人，不是我。"

温国强不明白，范天雷看着他："说起来话就长了。那时候你已经不在部队了，是你转业以后的事儿。这把枪的主人是我的战友，狙击手何卫东。在一次行动当中，他为了掩护我，牺牲了，凶手就是蝎子！"温国强默默地看着他。范天雷看着手里的85狙击步枪："我没猜错，蝎子果真又出现了！"温国强说："你们都出去一下。"部下们互相看看，都出去了，只剩下范天雷。温国强看着他，面色阴郁："你确定是蝎子吗？"

"确定。你是什么意思？"范天雷看他。

"我知道蝎子。"

范天雷有些意外，温国强看着他说："国际刑警一直在追捕蝎子以及他的死党。他们涉嫌多起暗杀和绑架案件，其中不少涉及外国政治家和知名企业家。本来这件事情跟我没有什么关系，但是一年前，蝎子最亲密的一个手下回到了大陆，就在我的地头活动。"

"回到大陆？"范天雷思索着。温国强说："他本来是个海员，就是从大陆出去的。他追随蝎子，参加了欧洲的外籍兵团。他们在一起参加过多次战争，退伍以后获得了外国国籍。后来他就跟着蝎子当了职业雇佣兵，国际刑警也对他发了红色通缉令。"

"你一直在监控他？"范天雷问。

"对，足足监控了一年了。他一直都没有动作，包括这次事件，他也没有任何异常。"温国强起身，"国际刑警本来希望通过对他的监控，挖出蝎子，看来这条线走不通。他可能真的是金盆洗手了，想叶落归根。如果是这样，我就要收网了。"

范天雷一扬手："先别着急。"温国强问："怎么？"

"你现在收网，抓住的只是一个没有用的局外人。如果他真的曾经是蝎子最信任的部下，那么蝎子还是会跟他联系的。老温，战友之间的兄弟情谊，尤其是在战场上出生入死过的战友，不会那么决绝的。"范天雷说。温国强看着他："你说得有道理，那我继续监控下去，希望会有新发现。"范天雷想了想说："你比我熟悉这套，我只是随便说说。你说的这个人，让我想起一个人来。"温国强笑笑，说道："没错，你见过。"

"王亚东？"

"对。"

"他跟我的一个兵的对象走得很近！"

"我知道你的担心，我知道那个兵是谁。"

范天雷笑笑，说道："说的也是，你养了他一年的金鱼，什么都能知道。"

"其实你已经不需要担心了，他们分手了，我的部下都看在眼里。这是你的兵的幸运，不然卷进来，他肯定很麻烦，会影响他的个人前途。"

范天雷松了一口气："最好的结果。要是因为这件事影响他的个人前途，才是真的悲剧。"

"怎么？"温国强不明白。

"你知道他叫什么吗？"

"何晨光。"温国强想想，一惊，"何卫东？！"

"对，就是何卫东的儿子。"

温国强一脸庆幸："不幸中的万幸啊！烈士的儿子，要是真的跟这种人搅合在一起，那才是倒霉得不明不白的！"范天雷看他："你确定他们真的分手了？"

"确定加肯定！"温国强看他，"除非你这个兵没出息，吃回头草。"

"他不会的，我了解他的个性。"

温总笑笑，说道："那就好。我这边也加强对王亚东的监控，一旦有什么问题，马上告诉你。"范天雷拍拍他肩膀："好，拜托了！"

8

夜晚，红细胞基地，菜鸟们正在进行各项体能基础训练。何晨光在做仰卧起坐，李二牛正给他压腿。"……七十八，七十九……"李二牛数数的速度越来越慢，歪着脑袋想事儿。何晨光坐起来："怎么了？怎么不数了？"李二牛皱眉："没事，难受。"

"怎么了，还在想白天的事儿？"

何晨光看着他，李二牛晃晃脑袋："俺以前一直想做狙击手，觉得光荣。现在，俺不知道啥感觉——一枪打在别人的脑袋上，俺……"

"你后悔了？"何晨光问。李二牛一脸懊恼："俺不知道……俺觉得，能当兵，真的挺光荣的。现在又来了特种部队，是俺以前做梦都没想过的。俺喜欢穿军装，喜欢当兵，喜欢打枪……可是……可是俺只想打靶子……"

"我说二牛你想点儿什么不好，尽想些没用的！你光想能解决问题吗？还不是一样要面对？你天天喊着打仗了，打仗了，演习的时候表现得比谁都勇敢，跟打了鸡血似的！现在怎么变成这样了？"王艳兵说。何晨光挥挥手，王艳兵住了口。

"俺现在真的挺迷茫的，不知道以后要是真的出现这种情况，俺该咋办。活人可不是靶子，一枪上去，不是环数，是血……"李二牛一脸恐惧。王艳兵也很难受，拍拍李二牛。

"如果是在战争中，想想我们的老百姓。我们是什么？中国人民解放军战士。为了人民，我们没有什么不可以牺牲的。老电影中有句常用的台词，'我代表人民，枪毙了你'。我想那时候说的话，肯定是真诚的。"两人思索着，何晨光叹息，"想想 1937 年冬天，三十万中国老百姓的惨死——这就是我们今天穿军装的意义！"两个人抬起眼，注视着何晨光。"我不是唱高调，我是真的这么想。我希望你们也这么想。我们是中国军人，我们的职责是保卫祖国和人民。我们的祖国和人民曾经付出过那么惨痛的代价！今天，我们在这里踌躇是不是敢杀敌——我觉得，可能是我们的问题。"

王艳兵露出坏笑："我懂了，指导员。"李二牛没反应过来："啊？你啥时候成指导员了？"何晨光笑笑说道："他逗你呢！"他伸出右手，"为了我们的人民曾经的血和泪——"王艳兵伸出右手，两人看李二牛。李二牛呼吸急促。何晨光期待地看着他。终于，李二牛伸出右手，三只手握在了一起。

"提高警惕！"

"准备打仗！"

第十章

―――★―――

1

欧洲小镇上，酒吧里灯光幽暗。现在没什么客人，一名东南亚女歌手在台上唱着《Dem Lao Xao》，整个酒吧里飘荡着忧伤的旋律。穿着一身便装的蝎子拿着伏特加，眼睛血红，一饮而尽。吧台另一面，一男一女和他相对而坐。男人问："蝎子，你刚才说，因为一群没有武装的中国陆军特战队员，你放弃了营救袭击？"蝎子继续喝酒："是的。"

"为什么？"

"因为这不在我们的预案当中，我们没有应对措施，董事先生。一旦纠缠在战斗当中，会全军覆没。"

"你们的家人会得到合同规定的抚恤金，但是撤出战斗，我们要按照双倍赔付客户——这是多大的一笔数字，你想过没有？如果战斗打响，失败了，我们只需要偿还一半的酬金！"女人有些气急。蝎了苦笑："抚恤金？"他拿起酒杯一饮而尽。

一个身材高大的白人出现在他的身边，是他的上司——北极熊。蝎子没抬头："董事会最后怎么说？"北极熊在旁边坐下，看着他："还是伏特加？"蝎子苦笑："这不是你教我喝的吗？"北极熊闻了闻："故乡的味道。"也是一饮而尽。蝎子看着杯中酒，有些阴郁："我在想，这样做值得不值得。"北极熊看着他："值得，你保住了自己部下的性命。你不能要求那些董事们，他们只是投资人，在他们的眼里一切都是生意。"

"我知道，包括我们的命，都是生意。"

"蝎子，你不是毛头小伙子了，稳住情绪。"

"我刚才突然在想，我在为了什么而战斗？我为什么要离开自己的军队？那时候虽然我没钱，我穷得要死，但是我有信仰！虽然这个信仰是谎言，但是总比没有好！我为了国家战斗，为了军旗战斗，为了光荣的人民军战斗！"蝎子有些激动。

"现在你是为了自己战斗。"

"对，你说得都对。我离开我的祖国，离开我的军队，跟随你去了外籍兵团——你是我的教官，我信任你！然后我又跟随你离开外籍兵团，还带着自己的兄弟，跟着你做了职业杀手！一直到今天，我挣了钱。挣了钱有什么用？我什么都没了！我的信仰，我的国家，我的军队，还有我的母亲，都没了！"蝎子苦笑。北极熊拍拍他："会过去的。你还年轻，你会想明白的。"蝎子看他："你是想告诉我，让我滚蛋吗？"

"不是，我说服了董事会，他们同意留下你。虽然你不能再担任行动主管，但是你的基本酬金没有变——蝎子，你还是我们最贵的王牌。"

"没有意义了，我打算离开。"

"离开？"

"是的，我想回国，去我母亲安葬的地方，安安静静度完我的下半生。也许我会出家，为那些被我杀掉的亡魂去超度……"

"你回得去吗？"北极熊看着他，"你的祖国比国际刑警更想抓住你。在他们的眼里，你是个潜逃者，还是个——叛徒。在国际刑警的红色通缉令上，你也排在十大职业杀手的榜首。蝎子，你没有选择了，这条路只能继续走下去。"

"总有一天我会走不动的，那时候，我只有死路一条。"

"我们都一样，总有一天会走上死路。"北极熊看着他，"蝎子，享受过程吧，思考对于杀手来说是没有意义的，因为总有一颗属于自己的子弹，会打穿你的脑袋。知道结果，就要享受过程——去找个女人，放松放松。"蝎子默默地看着舞台上的歌手。北极熊笑笑，拍拍他的肩膀："祝你好运，我的兄弟。"北极熊走了，女歌手还在唱歌，忧伤莫名。

2

清晨，军区首长会议室里，以陆军中将朱世巍副司令为首的将官们济济一堂。这时，穿着一身常服的唐心怡走上讲台，背后的墙上挂着一面大投影幕。唐心怡看着面前将星闪烁，不卑不亢："各位首长，今天我的演示题目是'军事游戏对新世纪军队军事训练与精神养成的意义和作用'。请各位首长看投影，这是由美国陆军投资并研究开发的军事游戏《美国陆军》。早在1999年，一位美国陆军经济学家就曾经计划为美国陆军制作一款杰出的游戏，这个设想在2002年实现了。这款名为'美国陆军'的游戏，由美国陆军投资并且研究开发，真实性极强。就像这位经济学家所说的那样，这款游戏将会把年轻人吸引进来，让他们感觉到军队生活的莫大乐趣。这款游戏中包括新兵入伍、新兵基础训练、班组战术、车辆驾驶、轻重武器使用、空地协同、真实度极强的模拟战争等，一应俱全。可以说，这是一部关于美国陆军军人养成的百科全书，真实地还原了军队营区、训练设施以及武器装备、军人级别、军事术语等。"

啪！墙上的投影幕布上，打出了一幅"二战"场景。

"这是由美国艺电公司开发的第一人称射击游戏——《荣誉勋章》系列。《荣誉勋章》是一款风靡全球的战争游戏，从 1999 年开始，已经开发成为系列战争游戏，包括《地下抵抗》《前线》《联合袭击》《奇袭先锋》《突袭珍珠港》《突破防线》《渗透者》《太平洋之战》《欧洲战役》《先锋部队》《神兵天降》《铁胆英豪》等。值得注意的是，2010 年，《荣誉勋章》系列一改'二战'风格，而开发了以当代特种作战为背景的最新款游戏。根据美军特种部队真实战例改编的这款最新版本游戏中，出现的兵种、武器装备、车辆、直升机、空地协同、激光引导打击等，都是在美军特种部队官兵的指导下完成的，非常严谨……外军军事专家分析认为，游戏练兵作为当今信息时代的产物，不仅体现了快乐练兵的时代理念，而且提供了一种高拟真化的战争预演，从而达到'在游戏中战斗，在战斗中游戏'的境界。美国国防部在一项研究报告中指出：游戏不是战争，战争也绝不是游戏，但游戏技术在很大程度上推动了战争艺术的巨大变革，更新了战争方式。"

将官们陷入了沉思。唐心怡抬手敬礼："我的汇报完毕，谢谢各位首长！"朱世巍副司令起身："好了，听完课了，我们现在开个短会。"唐心怡回到后台，顾晓绿竖起大拇指："唐工，太棒了！我都听入迷了！"唐心怡笑笑，说道："瞧你说的！咱们收拾收拾回去吧。"这时，主任推门进来："小唐，你来一下，首长找你。"

"首长找我？"唐心怡一惊。主任笑着说："对，是大首长。"唐心怡一愣。她来到会议室，在门口喊道："报告！"

"进来。"

唐心怡小心地进去，敬礼："首长好！"朱世巍副司令笑笑，说道："你对军事游戏很有研究啊！"唐心怡立正："报告首长，我只是在工作当中有所接触。在研究外军特种部队的时候，他们利用游戏进行练兵，一直是我关注的训练方法之一。"

"你多大了？"朱副司令笑着问。

"报告，二十三！"

"不错！年轻，有知识，有干劲！"

"谢谢首长鼓励！"

"刚才我们开了个常委的短会，军委首长现在也很关注军事游戏这个新领域。"朱副司令说，"为什么我要求你们搞一个关于军事游戏的汇报呢？因为解放军要面对未来，面对现在的年轻人，面对高科技战争的挑战，就要涉足这个新领域。"

唐心怡瞪大眼："搞军事游戏？"朱副司令笑道："对，你说得很对。军区已经决定，成立一个军事游戏办公室，组织开发属于我们自己的军事游戏，解放军的军事游戏。"唐心怡高兴道："首长，那太好了！"朱副司令道："好是好，但熟悉军事游戏的干部，可以说是凤毛麟角。刚才你的课讲得不错，深入浅出。从你的教案上也可以看出来，你非常熟悉军事游戏。所以常委会决定，由你担任军事游戏办公室的主任。"唐心怡张大了嘴："啊？！"

"怎么，你有不同意见吗？"

"首长，我太年轻了啊！我……我要是搞不好，我……"

"探索嘛，总是要摸着石头过河的。我给你时间，也给你协助。你要的人力、物力，我们都会想办法保障。对于解放军来说，这是一个全新的领域，充满了挑战，充满了未知数。"

"首长，我……我还不够格……"

"军人的天职是什么？"朱副司令正色。唐心怡立正："是！我服从命令！"朱副司令笑笑，说道："去吧，小唐主任——从现在开始，你就是军区游戏办公室主任了！"唐心怡瞪大眼："是！谢谢首长！"朱副司令看着她，笑笑，说道："有压力吗？"唐心怡想想："有，首长！"朱副司令笑着说："有压力才会有动力！小唐主任，即使有千难万险，我相信，你也能啃下这个山头。"唐心怡一咬牙："是，首长！保证完成任务！"

3

清晨，雾气寥寥，红细胞基地肃穆如常。鲜红的国旗下，十七个菜鸟背手跨立，英姿挺拔。前面的地上摆着伪装好的 88 狙击步枪、85 狙击步枪、自动步枪、吉利服、激光测距仪、背囊、水袋等狙击手专用装备。基地旁，伞兵突击车、猛士越野车停在边上，甚至还有两架直九武装直升机停在远处。宋凯飞看着，眼睛发亮："是学交通工具驾驶吗？直升机！我太久没开直升机了！手痒痒啊！"徐天龙撇撇嘴："看这架势不太像……"

陈善明站在武器装备后面跨立，范天雷走过来："今天我们玩个红蓝对抗的游戏，也算是狙击手战术课程结业的测试。游戏的名称很通俗，叫作打猎。怎么玩呢？"他拿出一副扑克牌，"抽个生死签，抽到大小王的就是猎物，其余的都是猎人。猎物两人一组，一个狙击手，一个观察手；猎人自由编组。猎物只有两条腿，猎人有所有的交通工具——伞兵突击车、猛士越野车，还有武装直升机！游戏的范围，二十平方公里。自由潜伏，自由搜索，自由射击。猎物是红队，猎人是蓝队。一方全部阵亡，游戏结束。如果在二十四小时内红队还幸存，则蓝队失败。"菜鸟们互相看着。王艳兵笑道："两个打十五个？有点儿意思啊！咱俩上？"何晨光笑笑，说道："得抽签决定。"

"妈呀！俺可别当猎物啊！俺想当猎人！"李二牛看着地上的一堆武器。王艳兵说："为什么？当猎物不是更刺激吗？"李二牛看着他说："人多力量大啊！就俩人，还不被打得满头是包？这咋也跑不出去啊！"王艳兵笑笑，说道："要不你跟何晨光当猎人，我当猎物？"李二牛斜眼看他："你咋那么喜欢被群殴呢？"

"以少胜多，才够味！"王艳兵不以为然。何晨光淡淡地一笑："他的意思是，如果他是猎物，必将一个一个干掉猎人。"王艳兵侧头看他："还是你了解我。"何晨光目不斜视："也包括我。"王艳兵口气很大："等的就是干掉你！"何晨光笑笑，说道："那你可以试试。"陈善明扫了一眼队列："别在下面开小会了！过来抽签！"

菜鸟们笑着，走上前抽签。何晨光抽了一支，没翻。王艳兵一脸失望。李二牛拿着签，闭着眼不敢看。陈善明大吼一声："出牌！"大王——是何晨光。李二牛闭着眼出牌，大家一看，都笑了。李二牛战战兢兢地睁眼，傻眼了——小王。陈善明清清嗓子："猎物产生，猎人待命。"李二牛双腿发软，看着大家。

"猎物，带上你们的武器装备，上一号机！猎人们，一小时以后出发！"陈善明大吼。李二牛不情愿地抱起东西，眼巴巴地看着大家。何晨光冷静地收拾好，看向王艳兵。王艳兵竖起大拇指，冷笑："小心我！"何晨光也竖起大拇指："我希望最后一个干掉你！"

"谁干掉谁，还真的不一定呢！"

何晨光笑笑，转身走了。李二牛被何晨光拽着，走向一号机，三步一回头："那什么，何晨光，你心里有底吗？"何晨光问："什么底？"李二牛带着哭腔："咱能不能最终活下来？"何晨光看看他，笑笑，说道："只有天知道。"

"完了完了！"李二牛快哭了，"这样，俺不能拖你的后腿。到时候俺吸引开他们，你就找个地方藏起来。你那么机灵，肯定能找到地方！藏够二十四小时，咱就赢了！"

"狙击手不是神风敢死队，你不能玩自杀式攻击。"

"那咱们咋办啊？"

"冷静，会有办法的！"

两人上了直升机，关上舱门，一号机拔地而起。陈善明看看剩下的猎人们："你们准备吧，一小时后，自由编组出发！"猎人们走向自己的装备武器。王艳兵面色冷峻，整理着自己的武器装具，不时转头看着渐渐远去的直升机。

晨雾里，直升机快速降落在丛林中的一片空地上。已穿好吉利服，背着背囊，涂好伪装迷彩的何晨光和李二牛刚跃下来，直升机再次拔地而起。飞行员对着无线电："天狼一号报告，猎物已经到位。完毕。"

红细胞基地，陈善明一直看着表。范天雷坐在躺椅上，一脸悠闲地拿着 iPad 玩游戏。王艳兵等猎人已经换好了 CP 迷彩的吉利服，面部涂好迷彩，杀气十足。"时间到！"陈善明一挥手，菜鸟们立刻奔向各自的交通工具。宋凯飞上了直升机，动作娴熟。徐天龙坐在副驾驶的位置上。宋凯飞看着他："你会开吗就坐这儿？"徐天龙说："在游戏里开过。"宋凯飞看着他，无语。王艳兵爬上直升机，催促着："快飞快飞！"

宋凯飞驾驶着直升机，在巨大的轰鸣声中拔地而起。数辆猛士、伞突也点火开动，掀起了漫天尘土。猎人队伍浩浩荡荡地出发了。

机舱里，宋凯飞操纵着直升机，徐天龙在旁边拿着激光测距仪观察着。丛林一片葱郁，将大地笼罩得严严实实，除了一片绿色，什么也看不到。王艳兵坐在后面，旁边是另外一个少尉军官张渝洋。徐天龙说："他们是在 B121 点下的直升机。"

宋凯飞将直升机在空中悬停："这地方没动静。别说藏俩狙击手了，就是藏一个团在这片丛林里，我们也很难用肉眼看见。要是有热成像设备就好了！"

"如果有热成像设备，就不需要撒出去找了，直接导弹对地攻击覆盖，他们绝无生路。"王艳兵讥讽道。宋凯飞说："行了，咱们总得想想要去哪儿吧？要在这方圆几十公里来回兜圈子吗？"宋凯飞问。王艳兵看看下面，又看看地图，伸手在图上丈量了一下。张渝洋凑过来："你在找什么？"

"他们的活动半径。"王艳兵说。

"有这么大？！一个小时，他们跑得了这么远吗？"张渝洋看着地图。

"他们是跟我一起当兵的，我们在一个新兵连，一个团——我了解他们俩。"

"我看看地图。"徐天龙伸手接过地图，一看，也傻眼了，"乖乖，飞毛腿啊？"宋凯飞偏头一看："扯呢？！一个小时，在这样的山地丛林负重30公斤行军，活动半径能达到十公里？！编故事呢？"王艳兵认真地说道："他们的能力不是故事，是真实的。"

"王艳兵说的可能是真的，我们要扩大搜索半径。"徐天龙拿着测距仪说。

此时，正藏在树下的李二牛战战兢兢，一动不敢动。何晨光从树叶下露出脸："我们走吧。"李二牛抱着狙击步枪，忧心忡忡："咱能逃得掉吗？"何晨光问："我们为什么要逃？"李二牛一脸苦相："十五个兄弟到处追咱们呢！他们哪一个都不是好惹的啊！"何晨光笑笑，说道："我们也不是好惹的。"

"你不是好惹的，"李二牛看看何晨光，"俺只会给你拖后腿……"

"听我说，二牛，咱们现在是一个狙击小组，就是一个人！不要再说谁给谁拖后腿的话，没有任何意义！你忘记了老黑班长说过的话吗？一个人强不是强，再强也是只绵羊；全连强才是强，团结起来是群狼！你忘了吗？"何晨光目光坚定地看着李二牛。

"俺没忘……"

"你能挺到现在，跟我一起参加红细胞特训，你就是狼，不是绵羊！"何晨光说，"你要跟我一条心，心无杂念，干掉他们！我们一定能赢的！"何晨光伸出右手，"嗯？"

"嗯！"李二牛的目光也变得坚定起来，两只大手紧紧握在一起。何晨光笑笑，说道："神枪手四连——"李二牛铿锵有力地答道："狭路相逢勇者胜！"

4

山路上，一辆猛士越野车快速行驶，车上坐着蓝队的一个狙击小组。越野车在路边停下，两个猎人站起来，拿着望远镜和激光测距仪到处观察着——什么动静也没有。

"连根人毛都看不见！奶奶的！"狙击手抓起车上的轻机枪，哗啦一下拉开枪栓，对着山头一阵胡乱扫射，观察手捂着耳朵。一个弹链打完了，一点动静也没有。狙击手喘息着，观察手笑道："肯定是没用的。谁也不会傻到还待在附近，早就溜走了。"山林里，在一片腐烂的枝叶当中，露出一支狙击步枪的枪口。枪口伪装得极好，几乎跟树枝一模一样。何晨光如同一只迷彩色的蜥蜴，潜伏在枝叶当中。在他的身边，趴着另外一只蜥蜴。李二牛拿起激光测距仪："目标二人，方位4390，距离50米。太近了！他们在打什么？"

"空气。"

"这太近了，俺也能打了。"李二牛拿起自动步枪。何晨光阻止："再等等。"

"等啥？"

"他这梭子快报销光了，等他换下一个，开枪的时候一起射击。他的枪声会掩盖我们的枪声，我们杀人于无形当中。"何晨光冷笑。李二牛想想："你的办法，中！"

山路上，蓝3狙击手扫射完毕，爽快地出了一口恶气："妈的！"观察手说："走吧，别跟这儿发泄了，我们搜一下东南方向。"蓝3狙击手又换了一个弹鼓："等等，我再扫完这一梭子！""嗒嗒嗒嗒……"又开始扫射。何晨光轻声令下："一对一，射击！"两个人几乎同时扣动扳机，连续的机枪声完全掩盖了狙击步枪的声音。正在扫射的狙击手身上的反应器开始冒烟，他看看旁边，观察手也冒着烟，一脸纳闷儿地看着他。两个人都是一头冷汗。狙击手停止扫射，怒喝："你不是说他们都没影了吗？"

"你自己他妈的在这里胡扫，还说我！"

何晨光和李二牛从树丛当中钻出来，小心翼翼地搜索着前进，对这二人视若无物。

5

狼牙特战旅的营区，战车林立，战士们不时地来回穿梭，一派特种部队的凛然杀气。哨兵站在门口。一辆猛士开来，范天雷跳下车，快步上了台阶。他的余光看见角落里一辆军区机关的猎豹，想了想，进去了。范天雷快步走进旅长办公室："报告！"

"进来！"

范天雷走进去，看见唐心怡站在何志军旁边："参谋长，来得真快啊！"范天雷一愣："嗯？唐工？"唐心怡笑道："怎么，参谋长，不认识了吗？"

"小唐现在可不是唐工了，是唐主任！"何志军笑着说。

"唐主任？特战研究中心的李主任退休了？"

"不是，是军区新组建的军事游戏办公室！"

"哟嗬！升官了啊！祝贺祝贺！唐主任，欢迎来特种部队视察指导啊！"范天雷笑着说。唐心怡也笑着说："别损我了，参谋长！我这个主任是个光杆，手底下就一个死党！这不是专门来咱们旅求援了吗？"范天雷说："要说玩军事游戏，我们旅确实有不少高手！"

"对啊！我就听说，咱们范参谋长是著名的军事游戏高手，曾经有过休假两个月，一个月出门一次，其余时间除了睡觉吃饭就是玩游戏的记录！"

范天雷苦笑道："好事不出门，坏事传千里啊！玩物丧志的事儿，唐主任都知道了！旅长，是你说的吧？"何志军笑道："就你那点事儿，还用我说？军网上早就传开了！代号金雕的玩家，多出名啊！"

"哎，老了老了，在军网上玩游戏玩出名了啊！"

"参谋长，对我来说，这可是好事啊！咱们的部队里面，玩军事游戏的高手可不多，而且大都集中在特战旅！听说参谋长还组织军事游戏竞赛，算做军事考核的参考成绩！"唐心怡说。范天雷点头："对。很多同志看不起军事游戏，其实军事游戏是一种非常重要的辅助训练手段。不光是飞行员可以利用辅助软件进行模拟飞行，其实步兵、装甲兵甚至特战队员，都可以利用这种辅助软件进行模拟训练。"唐心怡看着他："哎，知音啊！本以为远在天边，没想到近在眼前啊！参谋长，我们军事游戏办准备特聘你为总顾问！"

范天雷笑道："别逗了，唐主任。瞎玩玩还行，什么总顾问啊，我不行我不行！"

"哎呀！说你行，你就行！那么婆婆妈妈干什么？小唐一说军事游戏的事儿需要个顾问，我想都没想——我的参谋长啊，玩游戏都能耽误机关会，这顾问非你莫属啊！"何志军笑着说。范天雷苦笑："旅长，就这点儿丢人的事，你全给抖搂出来了！好吧，这个什么总顾问，我干！不过我有个条件，唐主任。"

"还是叫我小唐顺耳点！"

"好吧，小唐主任，我做你的总顾问可以，但是你要做我的客串教员！"

"我？你没开玩笑吧？我做你们特战旅的客串教员？"

"没开玩笑。"范天雷说，"这里就旅长跟我，你也没必要再谦虚了。你不仅身手了得，而且有作战经验——你以前可不是搞科研的。"唐心怡笑而不语。何志军一惊："哟！这我可没想到啊！这么漂亮的丫头，以前是干我们这行的？"

"对，旅长，"范天雷说，"她可不单纯是什么工程师，不只是从书本上学的知识！她到科研中心以前的档案，我可没找到，全都是空白的——有不能说的秘密啊！她肯定是有实战经验的，而且是绝对的高手。咱们旅的年轻作战干部们，真打起来还未必是她的对手呢！"

唐心怡笑道："参谋长，对我搞侦察，这可不太好吧？"何志军看唐心怡："想不到想不到，机关里面还真的藏龙卧虎啊！"唐心怡笑道："旅长见笑了，参谋长是在说笑话呢！"范天雷笑道："小唐主任，咱们找个地方好好聊聊！别耽误旅长办公啊！"唐心怡哈哈一笑，点头道："走吧，参谋长，看看这笔买卖划不划算！"何志军笑道："你们俩赶紧都给我滚蛋！让我清净清净，下午军区首长还来视察呢！去吧去吧！"两个人笑着，敬礼出门。

唐心怡跟范天雷走出办公大楼，顾晓绿从猎豹车上跳下来："唐主任，我们去哪儿等你啊？"唐心怡看看她："到门口吧，我跟参谋长聊聊。"两个人边走边聊。

范天雷看看她："言归正传，我能帮你的军事游戏办公室做点什么呢？"

"参谋长，你能做得太多了。现在这个军事游戏还是一无所有呢！从脚本、故事、人物、武器装备和战斗战役的设定等，全都要靠你的主意了！"唐心怡说。范天雷笑道："我对什么脚本、故事、人物可不在行，你要说武器装备和战斗战役，或许我还能帮上点忙。"

唐心怡看他："你玩过那么多军事游戏，对脚本、故事、人物什么的肯定会有自己的想法！所以呢，我就特别想听听你的想法！"范天雷摆摆手："小唐，我是粗人，是带兵打仗的丘八！你的这些脚本、故事、人物什么的，最好还是你自己动手！要是说感觉，或许你能在我们旅找到一些。不管怎么说，这也是全军区的军事尖子会集成的尖刀部队！既然你要做中国的军事游戏，我想你来我这里，肯定也不只是想请我做什么总顾问。"

"参谋长说得不错，果然姜还是老的辣啊！"唐心怡笑道，"关于这个军事游戏，我确实有一些初步想法。我想以咱们特战旅为背景，以咱们的狙击手为主人公，以一支特战分队为主线——这个设想怎么样？"范天雷想想，笑着："不错！做好我肯定要玩玩！游戏的名字呢？"

"《国之利刃》！"

"《国之利刃》？好啊！这个名字好！我们特战旅正是当之无愧的国之利刃！"

"参谋长喜欢就好！对了，参谋长，你说让我做教员，我还不知道给谁做教员，教什么呢！总不能教大家怎么搞科研吧！"唐心怡说。范天雷说："教特种侦察和特种作战。"唐心怡笑着说："那参谋长这儿可不缺高手。"

"不一样。我的人都是在这个小环境中培养的，思维和见地超越不了现在所处的环境。总部首长把组建红细胞特别行动小组的任务交给我们旅，我希望他们能接受不同的训练，而且是最好的训练！小唐主任，我们都是为了军队建设，所以你没必要再藏着掖着了！"范天雷说。唐天怡笑笑，没说话。范天雷看着她，继续说道："小唐主任，你肯定是绝对的自己人了，就跟你详细说说吧。总部命令我们旅组建一支全新的特别行动小组。"范天雷看看她，"之所以说全新，不仅是要求装备新、技术新、训练新，而且要战法新、思维新、手段新。总之，针对未来战争的所有可能性，针对特种部队非战争行动的所有可能性，组建一支全天候的全能型特别行动小组。"

"小组的代号呢？"唐心怡问。范天雷笑笑，说道："红细胞。"

"红细胞？"唐心怡想想，"倒是很有创意啊！如同红细胞一样无形、隐秘、渺小，却能引发巨大的癌变！参谋长，够狠！"

"战争，是迫使敌人服从我们意志的一种暴力行为，使敌人无力抵抗是战争行为的目标！"范天雷说。唐心怡道："克劳塞维茨的《战争论》第一卷。"范天雷笑笑，说道："不简单，连《战争论》都看过。"唐心怡笑笑，说道："参谋长过奖了，只看过一点儿皮毛。我明白你的意思了，你是想让我给这个小组上课。"

"对，红细胞特别行动小组注定要采取跟传统特战分队不一样的作战方式，在不一样的作战理念指导下行动！所以，我希望你可以教授给这些队员不一样的东西！"

"你以前不是说过，我不懂狙击手，只从书本上了解吗？我能有什么不一样呢？"

唐心怡苦笑着说。范天雷呵呵笑，说："那是我说错话了。你或许不了解特种部队的狙击手，但是你对秘密行动绝对是内行。化装渗透、心理作战、敌后接头、交接情报、安全点的选择和使用、徒手格杀、对象国家和地区的风土人情与政治军事，诸如此类的知识他们都要学。并且，你要教会他们，怎么样去做一个无名英雄。我相信，你会是个好教员。"

唐心怡一愣，笑了："参谋长，内行！你才是绝对的内行！佩服！你一眼就看出来，我接受过这些训练！"范天雷笑："你我就不要互相吹捧了！自己人就别说外话了！"唐心怡说："参谋长，不知道你的红细胞特别行动小组在哪里，我想先去见识见识。"

"还在选拔当中。"范天雷说，"今天和明天，都要进行狙击战术对抗训练。"唐心怡笑道："那我更想见识见识了！他们在哪儿？"

"在那儿！"范天雷的目光转向苍茫的群山。唐心怡一愣："哪里？只有山啊！"

"他们在山里，现在我也找不到他们了。一直到对抗结束，他们都会消失得无影无踪，是丛林当中的隐形杀手。"范天雷说。唐心怡也看着群山："我还是想去看看。"

"好啊。我派人带你去。"范天雷说。唐心怡笑道："不用了。你不相信我的徒步山地穿越？"范天雷苦笑："不是不相信，这一片的地形地貌太复杂了，我怕——"

"怕我迷路啊？"

范天雷笑笑，唐心怡说："不会的，你放心吧！"

"那好吧。带上这个，随时联系。"范天雷摘下自己的电台丢给唐心怡。唐心怡拿起电台，笑笑，说道："谢谢参谋长！"

6

山头上，王艳兵拿着激光测距仪正在观察着，张渝洋站在他身边，徐天龙在后面对着地图标注："蓝队又挂了两个，现在是十一比二了。"宋凯飞愤愤不平："这俩小子够狡猾的，刚开战就搞掉我们四个人了，居然还是俩列兵！"张渝洋笑笑，说道："艳兵，你了解他们俩。你说说看，他们俩最有可能在哪儿？"

王艳兵看着地图："一定在我想不到的地方，他们也了解我。"

一处破旧的厂房，烟囱林立，周围一片破败的景象。厂区的外围墙处有一个缺口，被茅草遮挡着。何晨光和李二牛穿着吉利服，跟两团茅草似的，小心翼翼地接近缺口。李二牛悄声问："咱们进去吗？"何晨光谨慎地看看缺口，用枪口轻轻挑开一点茅草——扇形防步兵地雷露了出来。李二牛一惊："你咋知道有地雷的？"何晨光看看四周："换了我，也会在这种地方埋雷。蓝队有狙击小组在里面活动，小心点。"

"我来排雷。"李二牛说。何晨光笑笑，说道："别，留着，省得咱们再埋了，留着给蓝队尝鲜吧。"李二牛也笑了："你够坏的！咱们进去吧！"何晨光悄声说："等等。武器上消音器。"李二牛点头。两人把携带的狙击步枪、自动步枪和微冲等旋转上消音器，小心翼翼地从缺口处通过。何晨光和李二牛低姿匍匐，沿着厂区建筑的墙角缓慢前进。何晨光猛地一抬眼，看着高大的烟囱，笑了笑，停止前进。李二牛拿起激光测距仪看看："没什么异常，你看见什么了？"

"我也什么都没看见。如果有人，他藏得很好。"

"那你怎么知道上面有人？"

"如果是我，进来第一件事就是占据那个制高点。帮我看着周围，我来个火力侦察。"何晨光说，李二牛立刻警戒。何晨光找到射击位置，跪姿瞄准了烟筒。"噗噗噗！"何晨光均匀地向烟囱连开三枪，声音很闷，离远了根本听不出来是枪声。李二牛看着："还是没动静啊！"话还没完，一阵烟雾升腾，一个人头冒出来，左顾右盼。李二牛笑着竖起了大拇指。

"观察手就在附近。"何晨光说。李二牛拿着激光测距仪寻找："俺找到了——九点钟方向，屋顶上！"何晨光挪动枪口，"噗"一声闷响，又一阵烟雾冒出来。观察员站起来四处张望："鬼影子都没看见，地雷也没炸！小史，你就是头猪啊！你出的什么烂主意？"烟囱上远远传来喊声："嫌烂你别听啊！你不也没主意吗？"

李二牛看着烟囱："我们上那个制高点？那是很好的狙击位置。"何晨光思索着："不能上去，没有退路。如果王艳兵进来，他首先也得对着烟囱射击。那儿虽然控制范围广，但是逃都没地方逃，等于在那儿挨打。"李二牛观察着四周："里面还有人吗？"狙击手和观察手还在对骂，声音很大。何晨光思索着，眼一亮："有！他们在报信！"

"他们挂了，不能使用电台报警，所以只能喊话。这是约定好的信号，在给潜伏的其他蓝队小组报警！其他小组在看不见他们的地方，否则就不需要报警了！"何晨光说。李二牛看看那片破旧的建筑物："那只能在楼里。"何晨光苦笑："没办法，挨屋搜索。"

"到那儿要经过那么大一片开阔地呢！"李二牛惊呼，"跟这儿一直趴到天黑？"

"熬到天黑吧！"何晨光苦笑，"没别的办法了，一动就可能被发现。"两个人收拾好，藏在角落里，等待天黑的来临。

山路上，一身迷彩服的唐心怡和顾晓绿远远走来。顾晓绿满头是汗："唐主任，唐主任……我不行了，不行了……歇会儿吧！"唐心怡稳健地走着："这才走了几步啊？"顾晓绿苦笑："唐主任啊，我在军校的时候学的是信息工程，可不是作战指挥啊！从来没有进山走过！"唐心怡停下脚："看来这现代化信息战，也不能丢了解放军的铁脚板啊！走吧！坚持下！"顾晓绿一屁股坐下，脱下靴子，袜子上有殷殷的血迹浸出来。唐心怡摇头，左右张望，发现远处有一辆猛士车："坚持下，那边有辆车！咱们过去吧！"扶起顾晓绿，往那边走去。

车旁边，四个人还在斗地主，脸上都贴了不少纸条，还在嚷嚷着。唐心怡扶着顾晓绿过来，狙击手看见了："起立！"另外三人目瞪口呆，互相看看，急忙站起来。狙击手一使眼色："首长好！"其余三个兵含糊不清地喊。唐心怡看着他们："不用喊了，不用喊了。你们四个怎么在这儿啊？"狙击手说："不是搞红蓝对抗吗？我们挂了，按照规矩，只能原地待着。"唐心怡叹息："哎！不过如此啊！这车是你们的吗？"

"是。"

"我临时征用了。上车，小顾。"唐心怡跳上车，四个人目瞪口呆。

"首长，这车是部队提供给我们训练的，你要是开走了，我们没办法交代啊！"狙击手一脸难色。唐心怡笑笑，说道："没事，我认识你们参谋长。"狙击手眨巴眨巴眼。

唐心怡发动汽车，打不着，纳闷儿："嗯？这车有毛病？"

"不知道，刚才还好好的呢！"狙击手说。唐心怡跳下车，掀起发动机盖子，苦笑："算了！小顾，下车。"顾晓绿惊愕："啊？还要走啊！这车怎么这时候坏了呢？"

"走吧！人家不借，咱别赖着了！下来！"——顾晓绿不情愿地跳下车，唐心怡扶着她走了。狙击手看看远去的背影，又看看其余三个兄弟："谁干的？"旁边的狙击手笑嘻嘻地拿出手里的零件："这车要被她征走了，咱回去怎么交代啊？"

"行啊，你小子下手真快！什么时候弄下来的？"

"不能说，绝活！说了咱就没本钱了！"

"拉倒吧，我还不想学呢！"接着招呼着，"来来来，继续打牌！"

7

黄昏，太阳慢慢落山，映得山头一片金黄。一名狙击手和观察手还在观察四周，寻找目标。在他们身后的山坡下，停着一辆猛士越野车。唐心怡扶着顾晓绿悄悄地爬上车，顾晓绿悄声道："唐主任，这不太好吧！"唐心怡低声道："嘘！他们在附近，估计就在山上。"顾晓绿担心地说："咱们这可是偷车啊！上面不会处分咱们吧？"

"要处分也是处分我，你怕什么？再说了，在特种部队的狙击手对抗训练当中，他们的车被偷了，肯定是他们被处分！咱们又不是特种部队的人，你怕什么？处分不到咱们头上！"唐心怡坏笑，"再说了，他们也该被处分！"顾晓绿问："为什么？"

唐心怡拿起车上的95轻机枪："把自己的车丢在这儿，居然还把轻机枪留在车上，就这么被人偷走了——还红细胞呢！红烧肉差不多！这也算是我给他们上的第一课吧！坐稳了！"顾晓绿紧张地抓住车身把手。唐心怡直接高速起步，猛士车一路扬尘，径直开走了。还站在山巅上观察的两个人回头，狙击手大惊："嗯？谁把咱的车给偷走了？"

山路上，顾晓绿紧张地抓着把手，车跟野兔子一样在疾驰。

169

第十一章

──────★──────

1

　　夜幕席卷山林，破败的办公楼前，何晨光和李二牛借助建筑物的掩护，慢慢接近窗户。窗户早就没了玻璃，黑洞洞的。两人脱去吉利服，换了微冲，紧靠在墙上。何晨光在窗户口露出眼睛，观察着里面。李二牛持枪在外面等着。何晨光点点头，李二牛一个鱼跃，翻进屋子，持枪躲在门后。李二牛警觉地观察，没有动静，点点头，何晨光也跃了进来。两人背着长枪，藏在门后。何晨光点点头，李二牛会意，双手持枪往外搜索。"哗啦！"军靴一下子踩在了碎玻璃碴上。李二牛急忙卧倒，何晨光也急忙隐蔽。门外的走廊上，月光下，一个枪手的影子若隐若现。何晨光掉转枪口，对准门口。李二牛也侧过身子，举起手枪瞄准。"啪！"一个手雷丢了进来。李二牛呆住了，何晨光一把抓住他："走！"

　　两个人跳出房间，手雷在后面发出一声闷响。何晨光一抬头，一把枪口顶住了他的脑袋。狙击手一笑，露出一嘴白牙："哥们儿，栽了吧？抓了活的！"何晨光没动。观察手也从后面过来，持着枪说："起来起来！GAMEOVER 了！"狙击手笑道："别担心，国军也优待俘虏！起来起来，别装熊。"李二牛看着何晨光。何晨光笑笑，慢慢站起来："你让我起来的啊！"李二牛会意，趴在地上低头。何晨光突然出手，狙击手和观察手都被击倒。一阵眼花缭乱，两支长枪都到了何晨光的手里。狙击手和观察手都呆住了。

　　两支长枪对准二人，李二牛站起来："起来起来，解放军优待俘虏！"狙击手竖起大拇指："好身手！我还是我们团的散打冠军呢，没想到，还没看清楚就输了！"

　　"那是！也不看看你们对付的是谁！"李二牛看何晨光，"这俩俘虏咋办？"

　　"噗噗！"何晨光突然开枪，两人都开始冒烟。李二牛一愣："嗯？"

　　"在敌后，我们没办法带俘虏。"何晨光冷笑。

　　"可他们没枪了啊！"

　　何晨光笑笑，说道："你看看他们的右手。"

　　李二牛一看——狙击手和观察手的右手都摸在手枪上，已拔出来半截了。

"呀！跟俺玩这套阴的啊！"

"你以为他们会投降吗？能参加红细胞选拔的，哪个也不是善茬子，都是有名的快枪手！给他们一点儿机会，输的就是咱们了。走吧，拿上他们的武器弹药。对了，水袋和干粮也拿走。"何晨光说。李二牛收拾着他们的武器、水袋和干粮，狙击手苦笑："好歹给我们留一口吃喝吧！不知道要在这儿待多久呢！"何晨光冷冷地说："死人用得着吗？"俩人可怜巴巴地看着，说不出话来。何晨光看看俩人："给他们留一口。"李二牛丢给他们一份水袋和干粮，走了。狙击手和观察手相视苦笑。

两人趁着夜色，来到一处阁楼前，门上封着厚厚的木条。何晨光连续几脚踹烂了这些木条。一团灰尘当中，两人抱着枪走进来。李二牛四处观察着："咋？咱在这儿窝着？"

"这里是进入厂区的必经之路，也是良好的狙击位置。"何晨光说，"我们在这儿等到上午 10 点，如果没有人，就转移到西南的沼泽地；如果有人，就在这里周旋。这里方向朝西，10 点以前是顺光，天亮以后对面很难看见反光，我们却可以看见对面的光学仪器反光。"何晨光一边说一边布置狙击阵地，"你在那边，距离窗户远一点。"李二牛嘿嘿笑道："跟你还真的能学到点东西！"

"都一样是学生，来学的。"何晨光脸色严肃，"说实话，别人我都不是太担心。我们真正应该提防的是王艳兵，我们都太了解对方。"李二牛点头："他现在能在哪儿呢？"

"我还没想到。所以，咱们要等他来。"何晨光说。"他知道咱们在这儿？"李二牛问。何晨光摇头："现在还不知道，但是很快他就会想到了。我故意在这里布置阵地的，我相信他会来找我。"李二牛一惊："那就是说，这里是死地？"

"置之死地而后生。如果不在这里等他，方圆十公里的范围，咱们很难找到他。你先休息，三个小时以后，我叫你。"何晨光笑笑。李二牛问："那你呢？我们轮流休息？"

"我不能休息。"何晨光说，"艳兵一定在到处找我，不知道他什么时候会出现。"李二牛算算："七比二，我们还有七个人要对付。"

"在我眼里只有一个——"何晨光说，"他才是真正的威胁。他太了解我了，也太想赢我了，只是以前没有机会。这次是他等了一年的机会。"李二牛苦笑："你们俩啊！一对欢喜冤家！"说完铺好麻袋片躺下，闭目养神。

2

夜空中，武直九在低空巡航。宋凯飞开着直升机，徐天龙看着下面一片黑暗，忧心忡忡："现在是七比二了！就剩下我们四个，还有另外一个小组。"王艳兵在紧张地思索着。

"你说的可疑地方都找过了，现在还去哪儿？"宋凯飞问。

"看来要去我觉得最不可能的一个地方了。"

"哪儿？"

"A911地区的报废厂。"

"你为什么说这是最不可能的一个地方？"徐天龙问。

"这个地方是最好的狙击阵地。"王艳兵说，"你看，地势高，建筑多，利于隐藏，到处都是狙击阵地，而且可以控制方圆几公里的区域。"

"你早知道啊？为什么之前我们不去搜那儿呢？"

"正因为我首先想到那里，所以我觉得他不会去——"王艳兵说，"因为他知道我能想到。难道不怕我把所有的狙击小组都叫来围歼他吗？如果所有的狙击小组都在，十五个人交替掩护，他最多打死几个，也暴露了自己的位置，我们剩下的人足够全歼他们两个。"

宋凯飞看他一眼："我们现在可没十五个人了，只剩七个了！"王艳兵懊恼："我真笨！你说得对，我太自以为是了！"

"现在事情麻烦了！"徐天龙说，"如果他真的在这个报废厂，到处都是狙击阵地，我们剩下的七个人别说围歼了，就是对狙都不划算。他们在暗处，我们在明处，怎么也进不去的。何晨光确实是难得的神枪手，李二牛也不弱，估计我们冒头就被狙了。"

"不会吧！他会把我的直升机打下来？！用什么打？"宋凯飞一脸鄙夷。王艳兵冷冷地说："狙击步枪。"宋凯飞不相信："你不是开玩笑吧？他用5.8毫米口径的狙击步枪能打下我的直升机？"王艳兵肯定地说："他会有办法的。你的直升机比坦克硬吗？"

"当然没有！那是铁壳子的，还有反应装甲！"宋凯飞说。

"他用5.8毫米口径的狙击步枪可以干掉坦克。"王艳兵信誓旦旦。

"我不信！"

"以前我也不信，后来我信了。"王艳兵眼神坚定，"因为我亲眼看见了。"

"是不是打车长和驾驶员？"徐天龙问。

"对，然后干掉其余坦克的潜望镜，人只能憋在里面，是睁眼瞎。他这样干掉过一个坦克连，当时我跟他在一起。"

"我在资料上看到过这样的狙击战术，还觉得很新奇，没想到咱们这儿都有实战的了。"徐天龙说。王艳兵皱眉："所以我想，他对直升机肯定有办法。"宋凯飞脸色微变："那我可真得小心点，不能被他打下来，那就丢大人了，我没脸回飞虎团了！"徐天龙笑着说："但是，我们总得飞过去侦察侦察啊！"王艳兵对宋凯飞说道："飞行员，我想你肯定有办法的。"宋凯飞笑笑，说道："小意思！航校一年级就学过了。不就是规避地面炮火吗？武装直升机飞行员的基本功！瞧我的！"说完压低操纵杆，直升机飞了下去。

厂区外，一阵马达声传来，武装直升机乘着夜色超低空飞来。李二牛从麻袋片下抬头："有直升机！"

"是他！"何晨光立即持枪到窗口，隐蔽在阴影处观察。外面天空，直升机一划而过。

"咋？你还想打直升机？！"李二牛问。何晨光放下枪口："切入得太快了！角度也刁！宋凯飞是个飞行高手！"李二牛一惊："你真的想打直升机啊？"何晨光说："不是不可能，如果他不知道下面有狙击手的话！直升机的油箱是可以打穿的！"

"油箱在哪儿啊？"

"武直九的话，在侧面，目标很大，这个高度可以一枪击穿。我相信咱们的教员肯定明白这些，一定在直升机上有设定！宋凯飞太狡猾了，以他这个速度，我们根本打不到的！"

"宋凯飞怎么知道咱们在这儿啊？"李二牛纳闷儿。

"王艳兵想到了，他们当然就都知道了。"

夜空里，直升机转向，再次从厂区上空掠过。宋凯飞在机舱内悠然自得地操作，王艳兵和徐天龙一脸紧张。王艳兵紧张地问："你有把握飞得比子弹快吗？"宋凯飞笑笑，说道："子弹不得飞一会儿吗？"空中，直升机几乎接近悬停。阁楼的隐蔽处，何晨光还在观察。"砰"的一声枪响，旁边的李二牛已经开枪了。何晨光一惊。宋凯飞稳健地控制着操纵杆，直升机突然一个急速机动规避，机舱里的人被甩在一边挤成一堆，直升机再次升高。宋凯飞高喊着："哈哈哈！他们在里面！"王艳兵捂着脑袋："脖子差点儿就断了！"宋凯飞高喊："好玩吗？刺激吗？没坑过吧？还有呢！"说着控制着操纵杆，里面再次响起尖叫声。

阁楼里，何晨光看着李二牛："你怎么开枪了？"李二牛看着离去的直升机："没打中？"

"暴露了！离开这儿！宋凯飞是特级飞行员，他不是光会嘴上说说的！走了！"何晨光拉着李二牛离开了狙击阵地。

夜空中，直升机转向，对准了厂区。机舱里，徐天龙捂着脖子："刚才搞什么？我差点儿吐了！"宋凯飞说："他们在对我射击！"

"在打油箱！"王艳兵说，"飞行员好样的，你果然飞得比子弹快！"

"让子弹飞一会儿！"宋凯飞笑笑，挤挤眼，"我们现在有两个选择！第一，我发射火箭弹，将整个厂区夷为平地！第二，进去找他们。选哪个？"徐天龙看他："你肯定是想轰平这个厂区了！"宋凯飞笑道："那是，轻松直接，完成任务，回去睡觉！"

王艳兵没吭声，思考着。徐天龙看他："你在想什么呢？"

"我们可能还得进去。"王艳兵说。宋凯飞说："不会吧？你有没有搞错？明明现在就可以干掉他们的！只要我的手轻轻一按，无数火箭弹就会把他们俩变烤全猪！我们进去干什么？找死啊？他们俩的射击水平都不弱！难道你就想跟何晨光单独较量一场？"王艳兵说："我肯定是想跟他较量，但是我们要完成任务，就必须进去。"

"为什么？"徐天龙问。王艳兵肯定地说："火箭弹干不掉何晨光！"

"什么？！"宋凯飞大惊，"连主战坦克都抵挡不住我的火箭弹，他能逃得掉？"

"能！"王艳兵信誓旦旦。宋凯飞不服气："你凭什么这么说？！"

"因为我能，所以我相信他也能。"王艳兵看他，"你想轰平这儿，就得水平机动。在这个时候，他会射击你的——你未必干得掉他，但是他肯定能干掉你！直升机被打掉，我们就都完了！我们都在直升机上，变成烤全猪的就会是我们四个！"宋凯飞也思索着。

徐天龙想想："看来我们得进去了。飞行员，你怎么不说话？"宋凯飞说："他说得有道理。"王艳兵欣慰一笑。徐天龙很奇怪："你怎么不反驳他了？"

"他说得有道理，我干吗要反驳？"宋凯飞说。

徐天龙笑笑："行！现在我放心了，你们俩不会因为打架被开掉了。现在我们该怎么办？"

"用电台呼叫剩下的三个人，我们七个人一起进去。"王艳兵说。

"七个人一起进去？"宋凯飞想想，"送进去被他们挨个点名？"

"对。现在我们只有七个人了，力量不能再分散。组成七人狙击小队，全力搜索厂区。他就在里面，也不会出来的，因为这是唯一可以和我们周旋的地方。其他地方都太分散，他没有办法以少打多。我们七个人进去，分组不分队，保持距离。他不管打哪个，都得暴露目标。发现他就好办了。你们看呢，干部们？"王艳兵看看各位。徐天龙和张渝洋表示同意。宋凯飞看看三人："都没有意见，我也没啥意见了。这直升机怎么办？"

"扔掉。"王艳兵说。宋凯飞一脸惋惜："哎！刚过瘾，就丢掉，太可惜了。"

徐天龙呼叫电台："蓝17，这里是蓝3，我们在厂区外 A12 点会合。完毕。"无线电回话："收到，十分钟内赶到。完毕。"

月光下，偌大的厂区一片静谧。何晨光带着李二牛在走廊上狂奔，李二牛手里还拿着一把缴获的狙击步枪。何晨光说："我们要去下一个狙击阵地！刚才那个暴露了！"李二牛一脸歉意："对不起啊，俺也是想打下来……"

"没事，下一次要听我的口令！这地方到处都是狙击阵地，不碍事！"何晨光说。

"他们会进来吗？"

"肯定会，因为咱们不会出去的。"何晨光说，"在外面一旦被发现，只有死路一条，在这个厂区里面还能据险防守。在敌众我寡的情况下，巷战是最好的战斗方式。否则八路军也不会在冀中平原挖地道，跟日本鬼子打地道战了——还是因为没有隐蔽，所以只能自己制造隐蔽。"李二牛点头："嗯，俺听你的！"

来到房间门口，何晨光一脚踹开屋门："这是你的阵地！"李二牛看了看："嗯？要分开吗？"何晨光说："对。我早就看过了，这里和对面的房间具有交叉狙击视野！整个厂区都在狙击范围内，他们想进来，肯定要从我们的枪口下面过！"李二牛有点儿紧张。

"没事的，二牛，你能行！听我的电台口令，明白吗？"何晨光拍拍他的肩膀，李二牛点头。何晨光提着枪，转身跑了。李二牛走进房间，开始设置狙击阵地。他拆掉了狙击步枪的两个脚架，将一个装满土的军用袜子放在距离窗户不远的地方，将枪杆架上去，拉开枪栓。

走廊上，何晨光狂奔向对面的楼。他没有进门，直接纵身一跃，徒手攀爬上楼，速度极快。房间里，李二牛离开狙击步枪瞄准镜，目瞪口呆："乖乖！轻功啊！"何晨光敏捷地翻进对面房间，迅速布置好狙击阵地后，平稳自己的呼吸，看着外面。

3

夜色中，开阔地一片寂静。A12点，直升机缓缓降落。四个人跳下来，布置好警戒，等待着。这时，两辆猛士车高速开来。七个人围拢在一起，其中有三个干部。徐天龙看看："王艳兵，你说吧。"王艳兵也没客气，看看众人："我们现在面临严峻的局面。红队的狙击手是何晨光，我们是从一个部队来的，我了解他，你们应该也对他有深刻的印象。我推断，他在厂区里面已经设置了狙击阵地，等着我们过去。现在已经有七组狙击手挂了，剩下的只有我们七个人了。我们不能再分开，要集结在一起组成狙击手分队作战！"大家都没说话。

"我研究了一年！一年！我就是在研究他！"王艳兵低声怒吼，"如果我们分开，你们没有一个能活着出去！我会活着，但是任务会失败！明白吗？任务会失败！"

"我现在怎么不明白了，什么时候解放军的规矩改了——不是干部下命令，是列兵下命令？"一个上士说。徐天龙说："现在没有什么干部列兵的区别，大家都是一样的，希望能够战胜红队。"老上士说："没干部了是吧？既然这样，我自己走！我就不信，死了张屠夫，我就吃带毛的猪了！这破集训，越来越不像话了！我当了十几年兵，现在要听一个列兵招呼？！扯淡！"说完拿起自己的枪，起身上了一辆车，扬长而去。王艳兵一脸尴尬。

宋凯飞看看剩下的人："要说军衔，就我们俩是中尉，这儿还有个少尉。我们三个同意这个列兵的建议，你们有不同意见吗？"剩下的两个士官互相看看："没有。"王艳兵看着宋凯飞："谢谢。"宋凯飞一笑，说道："客套话就别说了，咱们怎么动手？"

4

一号狙击阵地，何晨光眼睛凑在瞄准镜上，一愣——厂区大门处一片烟尘，一辆车灯大开的猛士车高速驶来，但上面只有一个人。何晨光有点儿不明白。

二号狙击阵地，李二牛瞄准了："红1，红2请求射击。完毕。"

"红2，再等等，看看是什么情况。他可能是来吸引火力的，其余的狙击手在我们附近。完毕。"

"红2收到，继续观察。完毕。"

厂区里，猛士车高速驶入，"吱"地一声停在空地上。那名上士提着自动步枪，站在车头上怒吼："出来！"何晨光静静地观察着，李二牛呼吸急促："红1，红2请求射击。完毕。"何晨光屏住呼吸："稍等。完毕。"上士怒吼："出来！跟我火拼！妈的！一天到晚偷偷摸摸，我都憋疯了！来啊，跟我真刀真枪地干！"李二牛的瞄准镜锁定了车头上的目标："红1，红2再次请求射击。完毕。"何晨光再次观察四周："红2，红1同意射击。射击完毕后立即转移，离开现有狙击阵地。完毕。"

"红2收到。完毕。"李二牛靠在狙击步枪上，食指从扳机护圈移到了扳机上。"砰！"李二牛果断地扣动扳机。站在车头的上士周围一团烟雾升腾，上士傻眼了。李二牛开完枪，迅速撤出狙击阵地，快步通过破损的楼道，上了另外一层楼的备用狙击阵地："红1，红2已转移。完毕。"

"红1收到，准备迎接蓝队。完毕。"

厂区空地上，上士抱着自动步枪傻在那儿。突然，他高喊："我受不了了！我要回老部队！"红细胞队部监控中心，几十个大屏幕播放着各个角落的训练场监控画面。范天雷看着大屏幕："让他回去吧，马上就走。我见不得这种弱者！"陈善明答"是"出去了。

一号狙击阵地上，何晨光虎视眈眈；另一个狙击阵地上，李二牛抱着枪趴着，打了个哈欠。何晨光说："红2，你休息两个小时。完毕。"李二牛确实有点睁不开眼："红1，那你呢？完毕。"

"我没事，你休息。完毕。"

"红1，俺……俺没事……"

"别撑着了，他今天晚上应该不会来。完毕。"

"你咋知道？完毕。"

"如果我是他，我会在对方熬不住的时候进来，那就是明天早晨。完毕。"

李二牛眼皮打架："那你啥时候休息？"

"我会休息的，你放心。完毕。"

"俺真睡了……"李二牛趴下就睡着了。一号狙击阵地，何晨光靠着狙击步枪，目光炯炯。

厂区外，宋凯飞问："咱们什么时候进去？"

"你在战备值班的时候，什么时候最困？"王艳兵问他。

"第二天天刚亮的时候……"宋凯飞恍然，"我明白了！"

"何晨光再厉害，也不是超人。他今天晚上肯定很精神，因为知道我们在外面。但是他不可能一直这么精神，等他不精神的时候，我们再进去，胜算就大得多！"王艳兵冷笑。徐天龙说："那就照你的意思办吧。"宋凯飞笑笑，说道："这意思，是不是可以睡觉了？我是真的困了！"王艳兵笑笑，看徐天龙。徐天龙笑道："主意是你出的，你说了算。我们现在把指挥权移交给你，列兵同志。"王艳兵不客气："不好意思了，干部们。那咱们就轮流休息，两个小时一班岗。咱们养精蓄锐，明天杀进去！"

"咱们来排个班。谁来站第一岗？"徐天龙刚问，另一边鼾声已经起来了。众人看看，宋凯飞正歪在车上酣睡。王艳兵苦笑："第一班岗可以把他排除了。"张渝洋看看："是真的睡着了还是装的？"徐天龙笑笑，说道："还用问吗？装的。"

"开了一天的直升机，他也确实够呛了。让他睡吧。"王艳兵看看酣睡的人。众人散去，宋凯飞露出一丝狡黠的笑意，继续睡。

5

夜里，猛士车一路颠簸，在山路上孤独地开着。顾晓绿坐在副驾上，都吓哭了："怎么办啊？咱们找不到回去的路了……"唐心怡一脚踩住刹车："你别哭了，吵得心里乱七八糟的。"唐心怡站起身，四周漆黑一片，都是一样的荒山。顾晓绿带着哭腔："咱们怎么办啊，唐主任？这儿前不着村后不着店的，连个灯都没有！"唐心怡抬头，天色阴沉沉的："天上连颗星星都没有！现在是判定不了方位了！等天亮吧！"顾晓绿快哭了："啊？！天亮？！在这地方等天亮？！这荒山野岭的，咱们怎么过夜啊？"

"看来下一步，军事游戏办要增加野外生存训练了！你就先体验着吧！"唐心怡跳下车，从车后面翻出俩背囊，"这是那俩狙击手的，看看有什么东西没！"

帐篷、睡袋、水袋，还有压缩干粮，都被翻出来了。唐心怡看看："行了，有吃有喝有睡袋！今天晚上能对付了！"远处，隐约传来一声狼叫。顾晓绿吓得一个激灵："啊，狼！"唐心怡也吓了一跳："没事没事！别怕！"说着拔出匕首，"狼这东西，没什么好怕的！"顾晓绿哭出来："天啊！这是什么日子啊？！"

"当兵的日子！以前你没经历过，现在就补上吧！你钻进去睡吧，我给你看着！"唐心怡拿着匕首，也是心有余悸。顾晓绿战战兢兢地钻进睡袋。

远处的狼叫时断时续，唐心怡满脸是汗，握紧匕首。

监控中心里，一个大屏幕上播放着唐心怡和顾晓绿的窘状。范天雷笑笑，陈善明站起来："我去接她们俩回来。"范天雷一瞪眼："急什么？"

"怎么？"

"你小看了唐心怡，她可不是寻常的女干部。"范天雷笑着说。

177

"我知道她有身手、有胆色。不过在机关待久了，她身上还能有多少功夫？再说那地方真的有狼，万一出点事儿，这责任咱们可承担不起啊！"

"不会出事的，那地方的狼早被我们的兵吓得不敢下山了。唐心怡她们俩现在就是带着一百只小肥羊，狼群也未必敢下来，安全得很。你那么着急当护花使者干什么？"

陈善明不好意思："再怎么说那也是俩女干部……"

范天雷淡淡地道："让她们慢慢受着吧！既然想搞咱们自己的军事游戏，就得多少有点儿相关经历。这是多难得的机会，她就是自己申请，旅长也未必会批。谁敢让俩女同志单独在山区过夜？现在这机会，她们当一辈子兵都得不到！"

陈善明只好坐下："她们要是吓破了胆子怎么办？"范天雷笑笑，说道："你怕她们俩就此离开特战旅，回机关，再也不来了？"陈善明不好意思地说："五号，瞧你说的。"范天雷笑笑，说道："唐心怡是不会被吓破胆的。就如你所说，她在机关待得太久了，需要点新鲜刺激的东西来激发她的本能。她是红细胞特训班的特聘教员，你会有机会跟她打交道的。"陈善明道："我不是那意思，五号。"

范天雷看他，笑笑，说道："只是她不会是你的，你降不住她。"陈善明嗤之以鼻："我？我能降不住她？！"范天雷摇头说："我是个军龄二十多年的老兵，部队的各色人等，我看一眼就知道是怎么回事。她的锐气，不是你能降得住的。"

"五号，你不是小看我吧？"陈善明不服气。范天雷看着他说："不是。人是有气场的，你们俩的气场不合适。换个路子，别徒增烦恼。我带你当兵，也带你到特战旅，一直到今天，你都在我身边，最了解你的人是我。你应该相信，我是为你好的。"陈善明不吭声。

"你记住：是你的，就是你的；不是你的，你怎么也得不到。"

陈善明想想："哎！俗话说，不听老人言，吃亏在眼前！我看我还是听你的吧，你是我的导师嘛！那什么样的男人可以降服唐心怡？"范天雷笑笑，说道："到时候你会知道的。"陈善明一脸迷茫。

6

清晨，日出东方，笼罩在晨雾里的厂区一片寂静。二号狙击阵地里，李二牛还在打鼾。这时，电台噼啪作响。李二牛马上惊醒，持枪看着外面："红1，有情况没有？完毕。"何晨光隐蔽在狙击阵地，吃了一口大蒜，让自己再清醒点儿。他的眼里已经有了血丝，旁边的地上丢着不少蒜皮。

"红2，到现在也没什么异常。完毕。"

"红1，对不起，俺太困了，一直睡到现在……"李二牛不好意思地说。

"没事，红2。现在不是总结的时候，保持清醒，准备战斗。他们肯定会在这个时候来的！完毕。"

"红2收到。完毕。"李二牛晃晃脑袋，持枪做好了准备。

一号狙击阵地，何晨光继续观察着。突然，他离开瞄准镜："搞的什么鬼名堂？"

厂区外，一辆猛士越野车掀起巨大的尘土，径直向厂区驶来，车上坐了六名狙击手。

"红1，红2无法捕捉目标，车速太快。完毕。"李二牛报告。何晨光瞪大了眼："红2，注意观察车上的人数变化。完毕！"

猛士风驰电掣，掀起漫天尘土。宋凯飞驾着车，开得跟飞似的。王艳兵跟其他人坐在车上，虎视眈眈。猛士开入厂区，没有减速，径直冲向后门。在经过一座建筑的时候，王艳兵滚翻下车。在尘土的掩护下，他纵身一跃，进入窗户，消失了。猛士车没停，继续往前疾驰。李二牛眨巴眨巴眼："车上人数变了！少了一个！"何晨光注视着："那肯定是王艳兵！他进来了，小心点儿！不要暴露目标！"

王艳兵滚翻进一处废墟，落地，持枪躲在墙后，急促呼吸着。猛士车直接开出后门，消失了。何晨光四处寻找着，瞄准镜滑过整个厂区。

"红2，找到目标没有？完毕。"何晨光问。李二牛也在四处寻找："还没有，红1。完毕。"何晨光道："他肯定进来了！多加小心，随时准备转移阵地。完毕！"

"收到。完毕。"

何晨光保持冷静，满脸冷汗。废墟里，王艳兵也是满脸冷汗，一动不敢动，藏在墙后。厂区外，猛士车又开回大门外不远处的隐蔽地点。五个人跳下车，一字排开卧倒。徐天龙对着耳麦："蓝5，我们已经脱离红队狙击手的射程。你是否准备好？完毕。"

"蓝3，我已经准备好。完毕。"王艳兵藏在隐蔽处不敢动。徐天龙说："蓝5，第一梯队准备进去了。希望我们的牺牲不是徒劳的，但愿你可以抓住他。完毕。"

"蓝3，蓝5收到。完毕。"

"进！"徐天龙一挥手，一个下士起身，持枪快速冲向厂区。徐天龙目光冷静。宋凯飞看着："要是真的打仗，他就是去送死的。"

"战争对于下级军官和士兵来说，就是一台巨大的绞肉机。"徐天龙感慨。

下士的身影出现在厂区里。他的动作很灵巧，借助各种隐蔽，小心翼翼地前进。他逐渐接近厂区中心花园的位置，喷泉早就不冒了，只有一潭臭水。他加快速度，一个箭步冲到水池旁边卧倒，藏在雕像后面。李二牛的瞄准镜里出现了对方露出来的半个屁股。

"红1，俺已经抓住目标，请求射击。完毕。"李二牛说。何晨光还在搜索整个厂区："红2，不要射击，这是诱饵。完毕。"李二牛瞄准，坏笑道："红1，俺的射击角度非常好，请求射击。完毕。"何晨光想想："红2，射击后立即转移。完毕。"

"收到。完毕。"李二牛果断地扣动了扳机，一声枪响，下士的头上开始冒烟。李二牛射击完毕，立即捂住瞄准镜，起身抱着枪快速跑进了楼道。

"红1，俺现在转移到下一个狙击阵地。完毕！"

"红1收到。完毕。"

李二牛快速下楼，冲入另外一个房间，迅速卧倒："红1，俺到了！完毕。"

废墟里，王艳兵在急速寻找着，终于找到了开枪的位置："蓝5，在我九点钟方向，二楼左手第四个窗户，是一个狙击阵地。不是何晨光，他不会上当。你去想办法清场。完毕。"

山路上，唐心怡一脚刹车，车停住了。顾晓绿一惊："怎么了？"

"有枪声！很远，是狙击步枪。"唐心怡笑，一踩油门，"总算找到人了，他们在训练。我们走吧，这回不会迷路了。顺着枪声走，肯定能找到他们！"

厂区里，一个士官起身："我上！"徐天龙喊道："宋凯飞！"

"怎么？"

"你开车带他进去，走进去就是送死！"徐天龙看着他。宋凯飞起身，上车。猛士高速发动，冲向厂区，再次掀起巨大的尘土。一号狙击阵地，何晨光在看着。

"红1，又来一次，开得很快。完毕。"李二牛汇报。

"你要小心，他在送人进来。完毕。"何晨光提醒着。

"红1，红2收到。完毕。"

何晨光在想什么。废墟里，王艳兵带着微笑，转向另外一个窗户："交叉射击角度——我知道，你就在这儿。"猛士车急速开来，中士翻身下车，三步两步就翻进了李二牛所在的楼。宋凯飞驾车再次冲出去。中士冲进楼里，靠在墙上急促呼吸："蓝5，蓝19进来了！完毕。"王艳兵提醒他："蓝5收到，小心饵雷。完毕。"

"明白。完毕。"中士背好狙击步枪，拔出手枪，小心翼翼地往里搜索，脚步绕开所有的砖头瓦砾。王艳兵借助建筑物的掩护，绕开那个窗户的射击角度，进入了何晨光所在的大楼。二号狙击阵地，李二牛瞄准着外面。这时，传来一阵轻微的脚步声。李二牛一个激灵，转身出枪，狙击步枪被举起来，一把微冲抵住他的鼻子。中士大喊："浑蛋，你完了！"

李二牛直接一枪托上去，砸到对方下巴，中士往后倒下。李二牛举起枪，中士一把抓住他的枪管，按向外面。李二牛连连开枪，没中。中士大吼："我跟你拼了！"李二牛被推到窗口，要不是枪挡住窗户，他已经被推下去了。李二牛大喊："你是山炮啊？！要俺的命——"两个人扭打在一起。中士显然是个中高手，李二牛落了下风，被打得很惨。李二牛一摸鼻子，一手鼻血。李二牛见血大怒，高喊着冲上去一阵乱拳。中士猝不及防，被乱拳打倒。李二牛站在他面前，拿起狙击步枪准备走人。"噗——"李二牛站住了，回头一看，一颗手榴弹被丢在他跟中士中间滴溜溜转。李二牛还没反应过来，一声闷响，两人都开始冒烟。中士的鼻子流着血，看着李二牛笑："你也完了。"

"你这是要赖！要是真打仗，俺早给你干死了！"李二牛沮丧地丢掉狙击步枪，伸手拉起中士。中士擦擦鼻子上的血："回头你教教我，你这是什么拳法？"

"王八拳。"李二牛开玩笑。

"王八拳？"中士发傻，随即双手抱拳，武林中人的范儿出来了，"我自幼习武，我爹是武校校长。我学过螳螂拳、狗拳、鹤拳……王八拳是什么拳？敢问仁兄是哪路门派？可是武学已经失传？"李二牛苦笑："都说俺是山炮，原来还有真山炮！"

<h1 style="text-align:center">7</h1>

一号狙击阵地外的走廊上，王艳兵逐渐接近门口。他的脚步很轻，落地无声。到了门口，他手持微冲，突然纵身进去，第一眼就看见一个趴着的穿通用迷彩吉利服的狙击手。王艳兵果断开枪，狙击手没有反应。王艳兵打光了一个弹匣，对方没有冒烟。王艳兵很奇怪，走过去一把掀开吉利服的帽子——一张不认识的迷彩脸，不悦道："你鞭尸啊？"

"你是蓝队的？怎么在这儿？"王艳兵一惊。

"他把我搬进来的啊！"

"怎么穿着红队的吉利服？"

"他给我换上的啊！刚刚又让我卧在这儿。"迷彩脸无奈，"我是死尸，这得服从。"

王艳兵咬牙切齿："他往哪个方向去了？"

"我是尸体，我不能说。"

王艳兵突然意识到什么，转身就一个滚翻到了墙角。一声枪响，王艳兵急促呼吸，满脸冷汗，他握住狙击步枪躲在墙角不动。徐天龙问："蓝5，你那边情况怎么样？完毕。"

"蓝3，他已经发现我了！完毕。"王艳兵躲着不敢动。剩下的三个人紧张地互相看着。徐天龙问："我们是否进去支援你？完毕。"

"先别进来，我还没找到他的位置。完毕。"

"确保你的安全，蓝5。完毕。"——王艳兵还躲在墙角："我很安全，在他的射击死角，但是我不能动，一动就会被发现。完毕。"

"我们现在怎么办？完毕。"

"等待时机。现在敌情不明，不要贸然采取行动。完毕。"

"收到。完毕。"

<h1 style="text-align:center">8</h1>

监控中心里，范天雷坐在桌子前，一边玩着手里的扑克牌，一边笑眯眯地看着监视器："好戏就要开场了。"

厂区里还是静谧一片，王艳兵此刻还蜷缩在里面，仿佛雕塑一样。突然马达声传来，王艳兵一愣。唐心怡开着猛士，带着顾晓绿，径直闯了进来。王艳兵纳闷儿："蓝3，怎么回事？怎么你们没有接到命令就进来了？"

"蓝5，开车进去的不是我们。完毕。"徐天龙也不明白。

"那是谁？"

徐天龙拿着望远镜："是俩女兵。完毕。"王艳兵一愣："女兵？哪里来的女兵？"

"不知道，不过肯定不是我们的人。完毕。"

"知道了。保持冷静，先不动。完毕。"

猛士车高速开进来，滑过那个喷水池。一个满是绿苔藓的头从死水当中露出俩眼睛，贴着喷水雕塑观察着外面。车开过，何晨光深呼吸一口，再次潜入水里。车开到厂区中央花园的水池边停下，顾晓绿看看四周，害怕地问："这是哪儿啊？怎么跟鬼片似的？"

"别怕，这也是训练场。刚才有枪声，肯定有人。"唐心怡站在车上对着四周高喊，"有人吗？"王艳兵一愣。何晨光慢慢从水里探出眼，睁开，看着不远处的两个女兵。唐心怡还站在车上高喊："有人吗？我们是军区军事游戏办公室的，迷路了！能不能带我们回去啊？"

王艳兵不吭声。何晨光也不吭声。顾晓绿被吓哭了："有人吗？我们害怕……"

"你哭什么啊？这儿肯定有人！"唐心怡站起来抓起车上的轻机枪，"他们可能纠缠到外面去了。我开枪，他们会听到的。"顾晓绿捂住耳朵，唐心怡对着天空扣动扳机，机枪沉闷地鸣叫起来——"嗒嗒嗒……"

监控中心，陈善明看着监视器苦笑，准备出去。范天雷严厉地问："干吗去？"

"接人啊！"陈善明站住。

"现在那儿是战场。你能进入战场吗？"

"我就是去接她俩出来，也不影响他们对战。"

"不行！"范天雷看着他说，"待着，现在不是英雄救美的时候。"

"可是她们也干扰咱们的训练啊！"

范天雷看着监视器屏幕："战场上什么事情都可能发生，如果有人闯入战场，战斗就不继续了？对于他们来说，这是一次难得的考验。看看他们的应变能力如何，怎样处理这个突发事件。传我的命令，任何人不得去接人！"

"参谋长，旅长肯定也在找她们俩呢。"

"这个消息要对旅里封锁。他们肯定在疯狂找人，要是一号知道了她俩的下落，肯定会中止我们的训练去接人的。"范天雷说。陈善明苦笑："那旅长要是知道，还不把我给活吃了？这不是咱们的兵，是军区机关的干部。"范天雷看他："你就不怕我把你给活吃了吗？"陈善明急忙坐到监视器前，摘下帽子放好，不敢再说话。

"嗒嗒嗒……"唐心怡打着机枪，弹壳飞舞。顾晓绿哭着说："别打了，别打了，不会有人来的……"唐心怡放下机枪，揉揉手腕，看四周，还是死一般的寂静。嗖嗖——两只大老鼠从废墟中追逐而出，噌噌的从车头蹿过。"啊！"顾晓绿尖叫着跳下车，脚下一滑，摔到了水池里。唐心怡下车，急忙跳进水池。顾晓绿从脏水里爬起来，抹掉脸色的绿藻，扭曲着脸："这是个什么鬼地方？我要回家！"唐心怡伸手去拉她："没事没事，快出来！是老鼠……"她突然呆住了———一个黑洞洞的人头露在水面上，那双睁开的眼睛特别的明亮。唐心怡惊恐地张大嘴："啊——"

"我知道他在哪儿了！"王艳兵一下子站起来，举起狙击步枪寻找着。唐心怡跟顾晓绿同时尖叫着，何晨光躲不了了，纵身跳出来，飞奔向旁边的废墟。王艳兵的瞄准镜跟随飞奔的何晨光快速移动着——"砰砰砰……"王艳兵果断地连续射击。何晨光的动作非常快，一个鱼跃，跳进最近的废墟卧倒。何晨光躺在墙后急促呼吸着，胳膊上，几条蚂蟥蠕动着，何晨光不敢动。王艳兵举着狙击步枪，瞄准何晨光刚刚跃入的废墟处。唐心怡反应过来，一抬眼，看见王艳兵站在上面的窗户里举枪一动不动。

"喂！刚才怎么不理我们？！专门吓唬我们的啊？！"唐心怡大喊。王艳兵举着狙击步枪对准何晨光藏身的位置，不吭声。唐心怡捡起一块砖头就扔过去："跟你说话呢！喂！你聋了啊？"王艳兵急忙躲开砖头。何晨光趁着这个机会，起身飞奔到废墟里消失了。王艳兵对着无线电大喊："所有蓝队迅速进场！快速搜索！完毕！"他跳下楼，冲向何晨光刚才消失的地方。唐心怡一把抓住王艳兵的吉利服，王艳兵没停，唐心怡被带倒下了。唐心怡一个扫堂腿，王艳兵也倒了。王艳兵眼里冒着火，掉转枪口顶住唐心怡的脑袋，怒吼："再废话我毙了你！松手！"唐心怡果断出拳，打偏王艳兵的枪口。王艳兵怒吼："滚！这里在训练！"余光看见人影一闪，王艳兵纵身一跃。何晨光跳出来连开三枪，王艳兵躲到猛士车后。唐心怡跳上车，一脚过来："你叫谁滚？！"王艳兵怒吼："这里在训练！"

唐心怡一脚踩住他的枪口："你凶什么？！没看见我们迷路了吗？！"王艳兵顾不上搭理她，抽出枪口。屋顶上人影闪过，王艳兵果断射击——没打中，何晨光已经跃上另外一个屋顶消失了。王艳兵大喊："蓝队全速进场，我们不能让他藏起来！完毕。"这时，另外一辆猛士车高速开入，三个干部跳下车分散开来。唐心怡又出现在王艳兵面前："告诉我旅部的方位！"王艳兵一枪托干过去，唐心怡下腰，躲开枪托，顺势一脚踢在王艳兵的胸口。王艳兵爬起来："蓝队，你们在哪儿？"徐天龙飞奔着："我们去控制制高点！完毕。"

"不要管什么狗屁制高点了！到我这儿来，帮我挡开这个女魔头！"

"你叫谁女魔头？！"

"你给我闪开，不然我真的不客气了！"王艳兵快被气疯了。一个人影又在屋顶出现，王艳兵急忙滚翻。枪声响起，王艳兵躲了起来。唐心怡又跳出来，王艳兵忍无可忍，两人对打起来。屋顶上，何晨光出枪瞄准。瞄准镜里，唐心怡不时地挡住王艳兵，没有射击机会。何晨光收回狙击步枪，跳下屋顶。宋凯飞出现："就等你了！"何晨光一脚过去，宋凯飞的枪一偏。何晨光紧接着过去一阵打，宋凯飞猝不及防，不断挡着。"砰！"一声枪响，何晨光躲到宋凯飞身后，宋凯飞冒烟了———张渝洋目瞪口呆。

何晨光掏出手枪急速射，张渝洋也开始冒烟。那边，徐天龙手持狙击步枪，瞄准了何晨光。何晨光躲到了宋凯飞后。徐天龙扣动扳机——"砰！"又打在宋凯飞身上。

徐天龙还没反应过来，何晨光扣动手枪扳机——没子弹了。他丢出手枪，摔向徐天龙的脸部。徐天龙一躲，何晨光人已经到了，两个人打在一起。另一边，王艳兵跟唐心怡的对战也在继续。王艳兵被踹了好几脚，倒地。唐心怡很酷地站着："告诉你，不要小看女兵！"王艳兵被激怒了，起身高喊着冲过来，两人再次打在一起。

何晨光一把抓掉徐天龙的眼镜，徐天龙却没有眯眼，冷笑道："你以为我看不清了吗？"何晨光一惊："原来是假的！"徐天龙目射冷光："不戴个眼镜，怎么装文化人啊？"他再次运气，准备出招。何晨光一甩手，抓了一把土撒过去——徐天龙这次是真迷眼了。何晨光冲过来，飞身而起，躲过徐天龙的一击，随即反肘砸下。徐天龙背部中招，倒下了。何晨光落在徐天龙身上，一把勒住徐天龙的脖子。徐天龙艰难地说："你会泰拳……"

"跟对手学的。你挂了。"

徐天龙的眼看不见，叹息："认栽……"何晨光起身，拿起狙击步枪跑了。

宋凯飞和张渝洋互相看看，宋凯飞竖起大拇指："高手！武林高手！"徐天龙大喊："快给我拿水洗眼！"两个人一愣，急忙跑过去。

王艳兵又被唐心怡一脚踢飞，唐心怡冷眼相对。何晨光从楼里闪现出来，持枪对准王艳兵。王艳兵急忙躲开，滚翻着。"砰！"枪响了，唐心怡一愣。何晨光冲过来，直逼王艳兵。

"是你？！"唐心怡看清来人。何晨光哪里顾得上搭理她，冲向王艳兵。王艳兵去拿狙击步枪，结果枪带被挂住了，他怒吼着冲过来。何晨光举枪，被唐心怡一脚踢飞："我找你好久了！"何晨光来不及答话，唐心怡便打来了，王艳兵也扑上来，三个人打成一团。

监控中心，范天雷看着大屏幕哈哈大笑："热闹！热闹！我喜欢！好久没这么热闹了！"陈善明目瞪口呆："真的很能打啊！"范天雷笑道："我早说过，她是高手。看热闹！这样的高手对决，我们难得一见！"

第十二章

———— ★ ————

1

厂区废墟处，三个人打得难解难分，其他人都站在外围看热闹。何晨光跟王艳兵好似生死绝杀，唐心怡明显是添乱的，打何晨光也打王艳兵，一片混乱。好不容易停下来，三个人散开，喘着粗气，呈三角对峙。唐心怡呈格斗姿势虎视眈眈地看着他们俩。何晨光跟王艳兵相对一看，互相会意。突然，两个人一起冲上来。唐心怡大惊，急忙防守。

宋凯飞站在旁边，不断地比画着，像操纵电子游戏似的，突然一愣："嗯？游戏出BUG了？改打主任了！"徐天龙说："他们俩是想先把她打出局，再对战，不然决不出胜负。"

唐心怡哪里打得过这两个人，左右格挡，连连退后。突然，何晨光使出杀招，唐心怡被打晕了，木然站着，一下子栽倒。宋凯飞惊道："啊！把主任打死了？！"徐天龙大喊："晕了！快救人！"几个人冲过去。

监控中心里，陈善明一下子站起来。范天雷一挥手："她是练家子的，这算什么？"陈善明坐下："这玩大了吧？把军区游戏办的主任打晕了！"范天雷笑笑，说道："游戏就是不流血的战争，战争就是流血的游戏。游戏办主任嘛，体验一下流血的游戏，不好吗？"

厂区处，何晨光跟王艳兵对视着。突然，两人冲向对方，一阵格杀。王艳兵被踢飞出去，落地，滚翻，摸到了狙击步枪。何晨光往后退去，也摸到了狙击步枪。两个人交替射击，向各自的掩体撤离……李二牛看着两人："你们俩还打啊？！"徐天龙苦笑："没决出胜负呢，怎么不打？"

旁边，顾晓绿抱着唐心怡，大喊："主任！主任！"唐心怡晕着，眼神迷离。

此刻，何晨光跟王艳兵两人灵活规避，互相对射，把子弹都打光了。两人怒吼着，丢掉步枪，冲向对方。王艳兵明显不是对手，何晨光一脚将王艳兵踢了出去，王艳兵从窗户飞身下去。楼下的宋凯飞等人眼睁睁地看着。"咣当！"王艳兵落地，一片尘土飞扬。

王艳兵呻吟着，吐出一口鲜血。何晨光站在窗口，冷冷地看着下面。王艳兵咬牙想站起来，又吐出一口血。何晨光纵身跳下，李二牛大喊："可以了吧！再打就出人命了！"何晨光走向王艳兵。王艳兵挣扎着，却无法起身。何晨光走来，伸出右手。王艳兵抬眼看他，颤巍巍地伸出手来。

"我……输了……"王艳兵眼一黑，晕倒了。何晨光站在那儿，抱着瘫软的王艳兵，一言不发。所有人都是目瞪口呆，何晨光怒吼："你们傻了？！叫救护直升机啊！"

2

清晨，东方日出。红细胞基地军号嘹亮，国旗飘舞。菜鸟们穿着常服，陆续走进多媒体教室。何晨光站在门前张望着。走廊尽头，王艳兵鼻青脸肿，揉着眼从卫生队走过来。何晨光迎上去，王艳兵苦笑："你想看看我被你打得有多惨吗？"

"你没事吧？"何晨光看着他。王艳兵笑笑："没事，擦破点儿皮。"

"我力度可能大了点儿，不好意思啊！"

"跟我还说这些虚的干什么？"

"那就好，真怕你有事。"何晨光抱歉地笑笑。

"你太高看自己了吧！"王艳兵说，"就这我能有事？哈哈！哎，对了，那女的什么来路？怎么见你就打啊？"何晨光发愁："别提了，你忘了上次演习的事儿了？"

"想起来了。就她呀？见我就打，我也没看清楚。长得挺漂亮的，看上你了吧？"王艳兵笑着说。何晨光一拳揎过去："别胡说八道的，见我就打，还看上什么看上？"王艳兵龇牙咧嘴："打是亲骂是爱嘛！"陈善明探头出来："你们两个，在这里打情骂俏呢？！俩大男人腻歪什么？滚进来上课！"两个人急忙进去。

多媒体教室的墙上挂着一幅巨型地形图，范天雷在上面标注着蓝队各组狙击手挂掉的位置，然后标出红队的潜伏渗透路线和隐藏地点，最后在厂区的地图上画出了复杂的路线图，红蓝线条在地图上纵横交错。范天雷转身："综上所述，红队在这次对抗训练当中确实技高一筹。蓝队整体混乱，虽然有战斗意识，但是没有战斗思维，不动脑子。"

李二牛很开心，何晨光不动声色。

"报告！"鼻青脸肿的王艳兵起立。范天雷看着他："讲。"

"首长，如果不是那俩女的突然闯入训练区域，红队不会得手的！红1是借助突发因素得手，不说明红队比我们蓝队技高一筹。我希望，再次进行对抗训练！我的话完了。"

范天雷点点头："你坐下吧。"看着不服气的蓝队队员们，"你们是不是都这么想？"一片沉默。范天雷笑笑，问："作为狙击手，深入敌后长途渗透是家常便饭。也就是说，你们不是打阵地战的步兵，你们所在的区域，不一定是剑拔弩张的战区前沿。在敌后活动，可能遇到的偶然因素太多了，什么事情都可能发生，什么人都可能出现。如果你们在和敌人的狙击手紧张对峙，出现平民怎么办？难道你们就不作战了吗？难道你们要跟敌人说，等等，有偶然因素，一会儿再打？可能吗？这还是最简单的对抗训练，出现的也不过是我们的两个女兵。如果我把对抗训练安排在城市呢？你们会遇到多少偶然因素？到处都是人，你们就不打了吗？应对突发情况，本来就是狙击手的基本功。所以你们有什么不服气的？真的是当和平少爷兵习惯了，非得一切都按照预案来才觉得是训练？"

王艳兵是明白人，知道自己错了，低下头。范天雷扫视着，说："你们啊，到底什么时候才能进入状况呢？你们是什么兵？你们不是步兵不是装甲兵不是炮兵，不是说只有两国开战才进入战斗的。你们是特战队员，还是红细胞特别行动小组的种子选手！你们要比其他任何部队都更早投入战斗，甚至在开战以前你们就可能在敌国的首都活动了！定点清除、斩首行动——这不是你们该干的事儿吗？你们持这种观念能去清除和斩首吗？能混迹在复杂的城市街道当中，潜伏在狙击地点不被发现吗？恐怕脑袋都被敌人给砍了，还在那儿不服气呢！有什么不服？打起仗来，第一个死的就是你！"

王艳兵起立，痛快地道："是！我知道错了！"范天雷挥挥手："坐下吧。这种观念一定要扭转过来！教给你们特种作战技能倒是次要的，首先要培养你们特种作战的观念——要用脑子！特种作战就是非常规作战，你们用常规作战的思维，孤零零地深入敌后，光靠枪打得好、路跑得快，活不过三个小时！"下面的菜鸟们看着他。

"明白了吗？！"范天雷怒吼。菜鸟们起立大吼："明白了！"

3

宿舍里，唐心怡穿着吊带背心和短裤，正在擦跌打药，身上到处是青紫。顾晓绿坐在旁边帮她擦抹，唐心怡"哎哟"一声，顾晓绿急忙停手："啊？怎么了？弄疼了啊？"

唐心怡摆手："没事没事，继续擦吧。"顾晓绿继续抹："唐主任，不是我劝你——你一个堂堂的大主任，还是个女干部，怎么跟俩小兵打架啊？"

"知道你看见的是谁吗？"唐心怡转头问她。

"谁啊？都画得满脸迷彩，我看着都一样啊！"

"就是那个兵！"唐心怡说着就动气。

"哪个？"顾晓绿恍然大悟，"啊！我知道了！他不是铁拳团的吗？怎么去特种部队了？"

"我也没想到，他现在到特种部队参加红细胞特训了。"

"什么红细胞？卫生员集训吗？"顾晓绿问。唐心怡苦笑："你就别打听了。"她伸手去摘常服衬衣，"哎呀"一声。顾晓绿赶紧道："哎呀！你要拿什么，我帮你拿吧！要穿军装是吧？"

"对，我要出去一下，帮我叫司机在机关门口等我。"唐心怡穿好衬衣，打领带，默默无语，但是眼神凶狠。

4

红细胞基地的操场上，菜鸟们坐在小马扎上，对面的一块黑板上写着科目：敌后侦察。范天雷走上来："今天下午进行理论课的学习。这门敌后侦察，是红细胞特训班的必修科目。你们以前在部队没学过，所以要专心点，别走神！我提醒过你们——专心点儿，别走神！"大家都纳闷儿，但是不敢说话。范天雷继续："为了提高你们的专业技能，我给你们请了一个很特别的教员！唐主任，请——"菜鸟们还没反应过来。阳光投射过来，唐心怡的背影映在前面的地上。菜鸟们看着地上的影子，目瞪口呆——是个女的！菜鸟们眼直了。

"原来特战旅真有女干部！"宋凯飞嘿嘿直乐。何晨光似乎意识到了什么。王艳兵很兴奋，看何晨光："怎么了？"何晨光苦笑："背后看，迷死人。"

"啥意思？"王艳兵不明白。何晨光看了他一眼："一转头，吓死人！"王艳兵听不明白："嗯？"唐心怡转过脸——王艳兵一下子就掉在马扎下面了，菜鸟们一阵哄笑。唐心怡冷若冰霜地看着。王艳兵干笑着爬起来，坐下："对不起，对不起……"对何晨光低声，"是她啊！完了！"何晨光面无表情地坐着："告诉过你了，一转头，吓死人……"

范天雷咳嗽两声，菜鸟们立即安静了，正襟危坐，何晨光和王艳兵坐得尤其笔直。唐心怡还是冷若冰霜，审视着他们。范天雷介绍："这位是军区军事游戏办公室的唐主任，以前是特战研究中心的工程师，可以说是情报和特战的双料专家。就由她来教授敌后侦察这门特殊的课程，大家欢迎！"菜鸟们急忙鼓掌。范天雷说："唐主任，你给他们上课，我去办公室了。"唐心怡敬礼："好，参谋长。"范天雷转身走了。

菜鸟们互相递着眼色。宋凯飞比画着手语；王艳兵摇头；何晨光竖起三个手指头，比画了一个半圆。唐心怡一回头："你们在搞什么？"都不吭声。唐心怡指着王艳兵："你！"王艳兵起立："到！"

"说，你们在搞什么？"

"报告！唐教员，我们……我们在复习反恐手语！"王艳兵说。

"反恐手语？"唐心怡才不相信，"很好，告诉我，刚才手语的内容是什么？"

王艳兵不敢说话，唐心怡看何晨光。何晨光正襟危坐。唐心怡指指何晨光："你！起来！告诉我，手语的内容是什么？"何晨光起立，也不吭声。唐心怡扫视着："革命军人，连实话都不敢说吗？！"何晨光说："报告！唐教员，不是不敢说，是不好意思说！"

"好笑！有什么不好意思的？这里是课堂！我命令你说！"

"是！"何晨光嗫嚅了一下，"报告……刚才我们的手语意思是，青年女性一名，身高一米七……"

"哟！还学会目测身高了？"

"是！谢谢教员表扬！"

唐心怡竖起三个手指头，画了个半圆："这是什么意思？"菜鸟们忍俊不禁，都憋着，有些人已经在笑了。何晨光不敢吭声。

"说！"

"是！"何晨光一咬牙，"他们推断你是 B 罩杯，我说是 C 罩杯！"菜鸟们哈哈大笑。李二牛懵懂无知，左右问："啥是 B 罩杯？啥是 C 罩杯啊？"唐心怡脸一阵红一阵白，一跺脚："别笑了！"都不吭声。何晨光跟王艳兵站着，也不敢吭声。李二牛还在懵懂，举手："报告！"唐心怡的脸憋得不行："讲！"李二牛起立："是！教员，啥是 B 罩杯，啥是 C 罩杯啊？"菜鸟们又乐了。何晨光跟王艳兵都忍不住乐了。唐心怡怒视着他们，气得说不出话。何晨光不笑了，王艳兵也止住了，大家都不敢笑了。

"很好！红细胞特训班，观察敏锐啊？你们营救人质，还能推测出女性人质的罩杯？很不错啊！你们厉害啊！"唐心怡气得不行。何晨光说："报告！唐教员，我们必须这样目测！"

"哟，你还有理了！那为什么啊？"

"报告！唐教员，当人质被匪徒劫持，要考虑一切可能影响狙击步枪弹道的因素！尤其是女性人质，胸的罩杯必须在狙击手射击弹道的考虑范围内！总不能……一枪打了吧？"何晨光说。菜鸟们终于忍不住了，哈哈大笑。唐心怡一脚踢在何晨光的胸口，何晨光后退几步，忍住疼。唐心怡怒吼："我踹你，不是教员踹你，是被你侮辱的女性踹你！别说我干部欺负兵，这是你自找的！"何晨光忍住疼："是！唐教员，我记住了！"

"不得了！红细胞特训班真不得了！你真不愧是参谋长的掌上明珠！都给我听好了，既然你们精力这么过剩，上课就要变个花样！全体起立！"唰地一下，全部立正。

"撒马扎！蹲马步！"——全都傻了。唐心怡笑着看他们："精英们，不知道什么是马步吗？！"——菜鸟们蹲着马步，姿势标准。

唐心怡在他们面前来回蹬着步："从今天开始，就由我来给你们讲授敌后侦察这门课！从此以后，这就是你们上课的标准姿势！我的课不长，每节一个小时，中间有课间休息十分钟。鉴于你们确实精力过剩，课间休息时间给你们安排了课余活动——十分钟倒立。你们都是精英，都是兵王，我相信这对你们不算什么。"菜鸟们苦不堪言，谁都不敢吭声。

唐心怡走到何晨光面前："我相信对于你更不算什么，对吗？"

"报告！唐教员，谢谢你的鼓励！"何晨光说。唐心怡看着他："所以，要给你加点码！别人是马步，你是金鸡独立；别人是双手倒立，你呢——单手！开始吧！"何晨光换了金鸡独立。唐心怡冷笑一下："受不了的话可以求饶，我这个人宽宏大量，可以放你一马。"何晨光不说话。唐心怡走向黑板："好，现在我们开始上课。敌后侦察，离不开情报。所谓情报，是指被传递的知识或事实，是知识的激活，是运用一定的载体，越过空间和时间传递给特定用户，解决科研、战争、政治、经济中的具体问题所需要的特定知识和信息。情报具有三个基本属性。第一，知识性；第二，传递性；第三，效用性。现在我们来进行具体的分析和解读……"菜鸟们蹲马步，滋味不好受。何晨光金鸡独立，纹丝不动。唐心怡不时地扫他一眼，继续讲课。

"报……报告……"是宋凯飞。

"怎么了？"

"唐教员，我……我不行了，我不是从小练武的……"宋凯飞一脸痛苦。

"知道求饶就好，坐下。"

宋凯飞急忙坐下，如释重负，其他人也陆续求饶坐下了。徐天龙左右看看："报告，我也不行了。"李二牛看看："龙龙，你坐下干啥啊？你不是练武的吗？"王艳兵笑笑，说道："要不怎么说你是头牛呢？"徐天龙笑而不语。李二牛不明白："咋了？这都啥意思啊？你们都对了这么久的暗号了！"王艳兵问："还剩下谁站着？"

李二牛看看，何晨光正金鸡独立，纹丝不动。徐天龙摇头："二牛啊二牛，傻子都看出来了，唐教员是想收拾何晨光！你说我们陪太子读书干吗？"

"太不仗义了吧！"李二牛瞪了他一眼，"何晨光可是咱兄弟啊，就看着他被收拾？"王艳兵叹气："我说你是头牛吧，你还老反驳我！你啊，笨牛啊！"李二牛看看他们，又看看何晨光，再看看唐心怡，晕得不行。何晨光纹丝不动，唐心怡的眼神不时地飘向何晨光，但何晨光丝毫没有求饶的意思。李二牛一看："啊？！对上眼了？！"王艳兵一把捂住他的嘴："你喊什么？"唐心怡回头问："怎么回事？"

李二牛被王艳兵捂着嘴，出不了声。唐心怡指指王艳兵："你放手，让他说！"

"别乱说啊！"王艳兵低声叮嘱李二牛。

李二牛揉揉嘴，起立："报告！唐教员，他们说俺是笨牛！"

"为什么呢？"

李二牛嘿嘿乐了："因为俺确实笨，没看出来……"王艳兵一阵紧张，恨不得钻地底下。唐心怡看着他："没看出来什么？把话说完！"李二牛嘿嘿笑着说："没看出来……唐教员……唐教员，你挺好看的！"王艳兵一屁股跌在地上，菜鸟们哈哈大笑。

唐心怡也乐了："坐下吧！上课不要走神！胡思乱想的！别以为你们想什么我不知道！我十四岁就当兵了，告诉你们，你们这样的我见得多了！都给我老实待着，好好上课！否则，看我怎么收拾你们！还想蹲马步吗？"菜鸟们正襟危坐。

何晨光还在金鸡独立，纹丝不动，脸上有汗不断滴落。唐心怡瞟了一眼："现在我们继续上课。关于敌后侦察的一些基本原则，你们一定要记清楚……"

远处，办公室的范天雷拿着望远镜在看，金鸡独立的何晨光不时地瞟一眼唐心怡。

"他们在搞什么呢？"陈善明问。

"上课呗。"

"怎么就剩下何晨光自己跟那儿单腿站着了？"

范天雷笑笑，说道："没有无缘无故的恨，也没有无缘无故的爱。"

"嗯？"陈善明没反应过来。范天雷把望远镜塞给他："傻瓜！早告诉过你，别惦记了！"转身走了。陈善明接过望远镜，仔细看看："不会吧？那小子就是个一拐啊！"

5

基地操场，骄阳似火，菜鸟们在墙根双手倒立，只有何晨光单手倒立着，汗珠吧嗒吧嗒地落在地上。唐心怡悠然自得地走到他们跟前："刚才我们学习的是什么内容？"菜鸟们倒立着齐声吼："情报搜集！情报判读！情报处理！"

"要点是什么？"

"耐心，细致，认真！"

"最重要的是什么？！"

"耐心，耐心，再耐心！"

何晨光坚持着，肌肉在抽搐。唐心怡走过来，冷冷地看着他。何晨光稳定自己，坚持住。唐心怡转身走了："如何判断一个人的话是真话还是假话？"

"察言观色！旁敲侧击！半信半疑！假作真时真亦假！"

何晨光喊着，汗水迷了眼。他的胳膊弯曲了一点，一用力撑了起来。唐心怡偏头看着，四目相撞，她急忙躲开。何晨光目视前方，咬牙坚持，汗如雨下。

"进行敌后侦察，离不开化装渗透。根据对象国和地区的国情民情，对自己进行合理的伪装，以便可以方便地进行活动。这是一门必修课程，也是一门学问……"所有菜鸟都坐着，何晨光还是金鸡独立地站着，居然还在做笔记。唐心怡看了一眼何晨光，何晨光目不斜视，继续写。唐心怡冷笑一下，继续讲："当然，外形的伪装是必需的，但是更重要的是内心的伪装。你要相信自己就是你想伪装的那个人，你要坚信，你不是伪装成那个人，而是——你，就是他！"何晨光目不斜视，继续做笔记。

夜晚，菜鸟们在水房洗漱。宋凯飞一瘸一拐地端着脸盆进来："到现在，我这大腿小腿还一起酸呢！还有我这胳膊，我这后背，一起酸！好像都不是我的了！"徐天龙刷着牙，嘟囔着："瞧你那没出息的样儿，不就是蹲了一会儿马步，玩了会儿倒立？"

"那叫'一会儿'吗？！"宋凯飞看他，"你站着说话不腰疼！我带你上天飞几个高难度，我也可以跟你说'一会儿'！尺有所长，寸有所短！你别老拿你擅长的来笑话我！"王艳兵笑道："哟！就这几天，飞行员长进了啊！"

"俺也觉得啊！"李二牛跟着附和。宋凯飞看了看说："你们俩就别一唱一和地嘲笑我了！哎，何晨光呢？你们铁三角，怎么就剩俩了？"

"小唐教员不是给他布置了作业吗？在电脑室好好学习呢！一万字的论文，要今天完成，明天就看！乖乖，一万字啊！我就是抄，也得抄好几天啊！"王艳兵咂咂嘴，摇头。宋凯飞歪头想："也不知道何晨光这小子走什么桃花运了，这小唐教员看他的眼神就不对。

他们俩以前认识吗？"王艳兵苦笑："要是以前不认识，现在能这么恨之入骨吗？"

徐天龙问："他们俩到底怎么了？"王艳兵说得一脸轻松："没什么，何晨光把小唐教员的衣服给脱了。""咣当！"宋凯飞的脸盆掉地上了。徐天龙看看他："你激动什么啊？又不是你干的！"宋凯飞蹲下捡起脸盆，笑笑，说道："没事没事，我手松了，继续继续！"王艳兵左右看看："继续什么？"

"继续说啊！我就愿意听八卦！"

"那可是我兄弟，我能随便八卦吗？"王艳兵继续洗。

"这样得了，你不是喜欢我那飞行夹克吗？"

王艳兵笑笑，说道："送我了？"

"对对对，你赶紧说！"

"行！是这么回事……"

李二牛在旁边说道："看看，这就是兄弟啊！一件飞行夹克就打发了啊！"宋凯飞推他："你别打岔，二牛！我这耳朵都支半天了，再不说就成兔子了！"

"你让说，他就说啊？他是俺兄弟！"李二牛看王艳兵。王艳兵笑笑。

"行行行，你不是惦记我那飞行员墨镜吗？送你了！"

李二牛高兴了："哎！真八卦！俺是真见识了，这男的八卦起来比女的都厉害啊！"宋凯飞着急道："能说了吗，艳兵同志？"王艳兵笑笑，说道："行，那我就从头说起……"

电脑室里，何晨光还在挑灯苦读，屏幕上已经是密密麻麻的论文。何晨光伸了个懒腰："终于快完了！"一伸腿——啪！军靴踢开了电源，电脑马上黑屏了。何晨光看着电脑目瞪口呆，痛心疾首："我怎么就忘了存盘了呢？！"说着苦笑着弯下腰，插好电源，重新启动电脑。

6

水房里，菜鸟们哈哈大笑，一片热闹。王艳兵看着菜鸟们说："他就穿着女式07迷彩服，那帮笨蛋蓝军居然都没发现！"紧接着又是一片哈哈大笑。徐天龙说："我说呢，怎么小唐教员一见何晨光，就跟猫见了鱼似的，恨不得一口吃了！我还以为何晨光那小子交了桃花运呢！"宋凯飞笑道："原来是这么回事啊！看来我还有机会啊！哈哈哈哈……"

"你没机会了。"李二牛洗着衣服。宋凯飞看他："什么什么，二牛？"

"俺说，你没机会了。"

"怎么可能？难道我不比何晨光帅吗？再说何晨光比小唐教员小啊！难道姐弟恋吗？"宋凯飞说。李二牛说："不是帅不帅的问题，更不是年龄的问题。俺知道，你没机会了。唐教员喜欢上何晨光了，心里不可能有别人了！"

"二牛，你怎么知道的？我还以为你是一张白纸呢！"王艳兵问他。李二牛凑过去："俺跟你说过，俺在老家跟翠芬定亲了吧？"王艳兵点头。李二牛嘿嘿直乐："翠芬是俺初中同学，坐在俺前面，梳个长辫子。俺小时候可淘气，天天看这长辫子在前面晃。初三那年刚过完小年，俺放炮，就把火柴带学校去了。翠芬梳着长辫子坐在俺前面，俺就……"王艳兵瞪大眼："你干啥了？你别告诉我……"李二牛不好意思地笑道："那时候小，淘气！俺就拿出火柴，把翠芬的辫子给点了！"菜鸟们都看他。

"没烧出事儿吧？！"宋凯飞问。李二牛继续说："没有没有，就是一瞬间，'轰'地一下子，她脑袋就成一个大火球了！俺一看不好，正好棉袄在桌上，就把她脑袋给捂上了！火一下子就熄了，就是头发都烧秃了，跟被狗啃过似的！"

"后来呢？"

"后来，翠芬只好戴个帽子来上学。俺被俺爹暴打一顿，老师给俺调了座位，到角落自己坐着。翠芬一看见俺就哭，一看见俺就哭，吓得不行……"

"那她应该恨你才对啊，怎么还愿意嫁给你呢？"宋凯飞说。

李二牛笑笑，说道："俺初中毕业，因为家里面的原因，就出去打工了，两年没见过翠芬。后来回家过年，又看见翠芬。她又梳了个大辫子，但还是一见俺就哭，只是不像小时候哭得那么厉害……俺妹妹告诉俺，翠芬一直跟她打听俺的消息。原来，翠芬……一直在想俺……那时候俺才知道，原来恨到了极点，就会变成爱。因为恨，所以天天惦记你。惦记久了，你就在她的心里了，她就再也离不开你了。"

菜鸟们都安静地看着李二牛，李二牛一脸懵懂。菜鸟们由衷地鼓掌，李二牛紧张起来："咋？俺又说错话了？"王艳兵竖起大拇指："二牛，原来真正的聪明人是你！"

"俺聪明？得了吧！不说俺山炮就不错了！"李二牛憨笑。王艳兵大笑道："你不是山炮，我们才是山炮！"这时，何晨光端着脸盆进来："这么热闹！开联欢会呢，哥儿几个？"菜鸟们都不吭声了，看着何晨光。何晨光纳闷儿："你们看我干吗？"宋凯飞一把抓住他的手："快跟我握握手！"何晨光一愣一愣的："干吗？"

"我能不能找个媳妇，让我妈高兴高兴，就指望你给我传点儿仙气了！"宋凯飞说。

"什么找媳妇？什么仙气？"何晨光听得一头雾水。徐天龙叹息："哎！这年头啊，最可气的人是——身在福中不知福的啊！"何晨光甩开宋凯飞："你们这都说的什么乱七八糟的啊？"他站在李二牛跟王艳兵中间刷牙。两个人都看他。何晨光刷牙问："你们俩怎么也这么怪？到底怎么了？他们说什么呢？"李二牛看他："没，没啥！俺洗完了！"说完跑。何晨光看王艳兵："怎么了？"王艳兵看看他，想想："我也洗完了！"也跑了。

何晨光看大家，看谁谁跑，最后只剩下他自己孤零零一个。外面的走廊一片笑声，何晨光刷牙："神经病吗不是？这帮人！"

军区机关的宿舍楼里，灯光点点，穿着睡衣的唐心怡坐在沙发上发呆。笔记本电脑开着，屏幕上是何晨光阳光般的笑脸。唐心怡入神地看着："你知道吗？从来没有人可以打倒我，只有你。"一滴眼泪慢慢地落下来。

7

红细胞训练基地操场，队员们正在进行格斗训练。范天雷坐在太阳伞下，戴着墨镜喝啤酒。陈善明一愣，慢慢站起来。"看什么呢？"范天雷一转脸，唐心怡远远走来。陈善明嘟囔道："今天没有她的课啊！"范天雷回过头，喝了一口啤酒："不是来找你的。"

"我知道，那她是来找谁的呢？"

"她会说，'谁都不找，随便来看看'。"范天雷继续喝着啤酒。陈善明纳闷儿。范天雷笑笑，没说话。唐心怡走过来："参谋长好，陈教官好！"

范天雷起身："怎么今天跑来了？你的课不是在明天吗？来找谁啊？"

"啊，参谋长，谁都不找，随便来看看。"

陈善明看范天雷，范天雷笑笑，说道："不管是随便来，还是特意来，红细胞基地永远对你敞开大门。"唐心怡敬礼："谢谢参谋长。"

"坐。你是我们的特聘教员嘛！自己人，不说见外话！"范天雷笑着说。陈善明给唐心怡打开一张折叠椅，唐心怡道谢，坐下。范天雷看看陈善明："那什么，你去，叫他们集合。"

"这刚开始半个小时！"

"叫你去，你就去！废话怎么那么多？"范天雷瞪了他一眼。"是！"陈善明转身去了。

那边，陈善明已经招呼菜鸟们集合了。菜鸟们都看见了唐心怡，又不约而同都看着何晨光。何晨光纳闷儿地看看大家，又看看唐心怡。唐心怡赶紧错开眼，范天雷视而不见。陈善明吹哨子："都傻站着干什么？！列队！"菜鸟们赶紧集合。唐心怡若有所思，眼神飘过去。目光相撞，唐心怡赶紧躲开。何晨光好似明白了，想着什么。范天雷一挥手，陈善明跑过来："五号？"

"今天都有什么科目？"

"格斗基础。"

"改为城市反恐应用射击。"

"嗯？上周不是刚练过？"

范天雷抬眼。"是！"陈善明转身去了。范天雷着唐心怡："小唐主任，城市反恐应用射击你应该熟悉，今天你给他们授课。"唐心怡愣了一下："我？你的这些部下，应该都是反恐应用射击的高手啊！"

"不一样，他们习惯从兵的角度去思考。"

唐心怡苦笑道："我明白参谋长的意思了——要我从匪的角度去教学。"

"思维要全面嘛！你要不要去准备一下？"

"好的，正好我车上带着衣服。"

"嗯，小唐主任！"范天雷叫道。唐心怡回头："参谋长，有什么吩咐？"

"我们特种部队虽然带着诡秘的色彩，但那是在行动开始以前。一旦确定目标，那就要简单直接，行动果断！优柔寡断要不得，不仅害自己，也害别人！"唐心怡一愣。

范天雷笑笑，说道："可能我话说多了。你去吧，小唐主任。"唐心怡想想："我明白了，参谋长，谢谢你。"敬礼离去。

红细胞基地宿舍前，菜鸟们列队立正。陈善明站在队前："今天的科目有变化，改为城市应用反恐行动！去穿装备，领武器！十五分钟后在城市反恐场地集合！"

"是！"

"解散！"

"杀！"菜鸟们一哄而散，往回狂奔。

宿舍里，菜鸟们匆忙地换上 07 通用迷彩的战术背心。何晨光快速地换衣服，好像有心事。徐天龙换好衣服，催促着："快快！时间要到了！"大家匆忙出去。

城市反恐场地，全副武装的菜鸟们整齐地列队。范天雷站在他们面前，唐心怡换了 07 迷彩服。菜鸟们都看何晨光，何晨光目不斜视。范天雷看着队列："今天我们临时改一下科目，是因为——"

"五号，这里是狼穴。收到请回话。完毕。"

范天雷拿起别在腰里的电台："收到，请讲。完毕。"

"立即挑选一个最好的小组，到旅部来，有紧急任务。完毕。"

"收到。完毕。"——大家都目瞪口呆。范天雷看看队列："得，训练搞不了了，我得去干活了。"何晨光吼道："报告！"

"讲。"

"报告！我们就是最好的！"

范天雷一愣，唐心怡也一愣。范天雷笑笑，说道："怎么着？烈狗崽子拴不住了？嗷嗷叫了？你们都这样想的吗？"菜鸟们怒吼："对！我们就是最好的！"

"想出去耍要了？"范天雷看大家，"好！我喜欢你们这种精神！不过你们还没出师，我不能带你们去。这可是真枪实弹，要是有什么三长两短，你们人就没了。"

"报告！我们已经做好准备，为国捐躯！"何晨光吼道。范天雷看看他："他准备好了，你们准备好了吗？"菜鸟们怒吼："时刻准备着！"

"好！很好！非常好！你们这十个小伙子，论本事不是最大的，但是论精神，你们是最勇敢的！俗话说得好，无知者无畏！因为你们不知道生死是怎么回事，所以现在你们才这样喊！当你们知道子弹穿过脑袋你们就没命了的时候，你们就不会这么喊了！都给我带回吧。"

"是！苗狼，带回！"

"报告！"何晨光立正，"我们恳求您，批准我们参战！"菜鸟们怒视范天雷，都是杀气冲天。范天雷看看唐心怡，看看陈善明："好吧！就带你们去见识见识，开开眼界！上车！"

"是！上车！"陈善明一声令下，菜鸟们提着武器上了两辆猛士车。唐心怡和何晨光对视着，范天雷笑笑，说道："你也去吧。"唐心怡道："我？"

"对，我这帮小家伙都没战斗经验，有些事靠我一个做不来。怎么，你不敢？"范天雷笑着说。唐心怡道："笑话！参谋长，我有什么不敢的？"

"走吧！上我的车，车上说。"两个人上了一辆越野车，风驰电掣地去了。

8

作战简报室里，菜鸟们坐在桌子后面。范天雷带着唐心怡进来了，大家都纳闷儿。

"起立！"范天雷一声吼，菜鸟们唰地起立。旅长何志军走进来："都坐下吧。"菜鸟们坐下。何志军看了一眼："嗯？参谋长，怎么都是新训队员？我不是要你叫最好的人吗？"范天雷立正："是，他们就是最好的。"何志军有点蒙，左右看看："你得知道这事儿的严肃性，不是让你去练兵的。任务失败，你要上军事法庭的。"

"是，我明白。"范天雷啪地立正，"一号，他们就是最好的！"

"好吧。既然你负责这次行动，我相信你的判断。"何志军转头看见唐心怡也在，"小唐主任在这里干什么？"

唐心怡起立："报告！旅长同志，参谋长同志希望我能参加这次行动。我已经向军区首长汇报，并且获得批准。"何志军点点头："好吧，都不是外人，坐下吧。"

何志军看着大家："同志们，刚刚接到总部紧急命令，某国际恐怖组织的头目即将进入我境内。警方情报表示，该组织很可能在我境内展开恐怖活动。打击恐怖活动，是解放军义不容辞的责任，更是我们特战旅的本职工作。有关部门启动了联动反恐紧急预案，我们就是这个预案的组成部分。"投影幕上出现了一个光头壮汉。"他的绰号叫章鱼，本名不详，国籍不详，年龄在三十五到四十岁之间。亚洲黑色特别行动小组组长，与国外许多恐怖组织头目有密切的联系。曾经在境外组织对我游客与外派人员的恐怖活动，被我公安机关与国际刑警组织联合追捕多年，血债累累，罪恶多端。情报显示，他将在明天搭乘航班从沧海市入境，现在还不清楚他要组织什么恐怖活动。这是沧海市地图。沧海市的地形地貌非常复杂，市区一面临海，三面环山。情报部门判断，章鱼已经在沧海市附近建立了据点，安插了内线，并且派遣了大批恐怖分子入境。我们的任务，就是配合公安机关对章鱼进行跟踪侦察，发现其巢穴以后，实施突击行动，一举摧毁这个恐怖组织在我境内的秘密巢穴！"菜鸟们聚精会神地听着。"章鱼不是个简单的角色，他组织恐怖活动多年，纵横多国却毫发无损。他的部下，相当一部分是外军特种部队退役的老兵，并且持有精良的武器装备。也就是说，这会是一场真正的战斗！我相信，你们能够完成这个艰巨而光荣的任务！具体行动由参谋长布置。你们都是新人，要记住一切行动听指挥！士兵们，你们准备好了吗？！"

"时刻准备着！"大家站起来，怒吼。何志军冷冷地注视着他们："行动代号——黑拳！从代号就应该明白，这是一次高度保密的黑箱行动，希望你们铭记保密纪律！我的话完了！"大家敬礼。何志军还礼，转身出去了。

"全军区六十五名种子选手，现在就剩下你们十个人，我相信你们确实是最好的。你们各有特长，受训多日，更多的话不需要我说了。人人都怕死，这不可耻。有想退出的吗？"范天雷看着大家。没人吭声。"出了这个门，再腿软就要执行战场纪律了。所以你们都要想好，到时候不要怪我不留情面。最后问一次，有退出的吗？十秒钟考虑。"

菜鸟们呼吸急促，都不吭声。李二牛满脸是汗，突然喊："报告！"

"你要退出？"范天雷脸色铁青，"站到门外去吧。"

"不是。俺是想问……可以给俺媳妇打个电话吗？"

范天雷笑笑，说道："可以，但是不该说的，不要说。还有问题吗？"

"没……没了！"李二牛有些紧张。范天雷抬手看表："时间到了。士兵们，我们的荣誉是什么？！"菜鸟们怒吼："忠诚！"

9

红细胞基地，菜鸟们排队站在办公室外，轮流着打电话，没有王艳兵的身影。宿舍里，王艳兵从背囊中取出奶奶的相框，小心翼翼地擦擦，放在自己的床头。"奶奶，从小您就教育我，不管长大以后是穷还是富，都要做个好人。您说咱们家世世代代都是好人，爸爸小时候也很懂事，学习也好，还考上了警校，不知道长大了怎么变了……您相信爸爸会回家的，可是他一直没回来……"王艳兵的眼泪下来了，"我答应过您，长大以后要找到爸爸，把他带到您的面前……可是现在，我怕我不能实现这个誓言了。奶奶，说不定，我要去和您作伴了……在这以前，请让孙子给您敬个军礼！"王艳兵立正敬礼，泪如雨下。他想了想，颤抖着手从背囊里取出另外一张照片———一个穿着旧式橄榄绿警服的年轻人，英气勃发。

王艳兵苦笑，把照片放在奶奶相框的旁边："爸，虽然我恨你，但是不管怎么说，你也是我爸爸。你为什么放着警察不做，去做贼啊？为什么你要丢下我，丢下奶奶，丢下妈妈……爸，没有你，我真的好难受……你知不知道，这么多年，我一直被人欺负啊……爸……没爸爸的小孩，我怎么过的啊……"王艳兵终于哭了出来。走廊里，何晨光在外面听着，没有进去，默默地站着。宿舍里，王艳兵泣不成声："我恨你，可是我也想你……爸爸……你回家吧……爸爸……不要丢下我……”王艳兵趴在床上号啕大哭。屋外，何晨光含泪忍住。王艳兵趴在床边泣不成声，一只手放在他的肩膀上。“想哭，就哭出来吧。”何晨光拍拍他的肩膀。王艳兵压抑多年的情感终于爆发出来，何晨光紧紧地抱住了他。

“你爸爸……是警察？”何晨光默默地注视着照片。王艳兵笑笑，比哭还难看：“曾经是……后来做了贼。谁也没想到他会去做贼。我奶奶一直把我爸爸当成我们家的骄傲，我也是……他曾经是一个好警察，真的是好警察！他还立过功，二等功！他还跳水救人，上过报纸……可是，他后来变了……真搞不懂，他为什么这样做……”

“父辈的事情，我们都搞不懂。”

“他被判刑以后，你知道我和奶奶是怎么过来的吗？”

“我可以想到。”何晨光看着他。王艳兵摇头说：“你想不到……一个警察的儿子，在一瞬间失去了所有——父亲、母亲、尊严、童年……人生一下子从彩色变成了黑色。如果我不当兵，也许现在跟他一样，已经被判刑了。”何晨光看他：“你现在是军人了。”

“是，我很感谢部队，我在这里找到了人生的方向！我愿意为军队奉献一切，包括我的生命！”王艳兵哭泣着说。何晨光道：“生命只有一次，每个人都会失去。如果真的要在年轻的时候失去，我们就让生命失去得有意义！”

“嗯！谢谢你，何晨光……你们都去打电话，我却不知道打给谁，我没有亲人了……”王艳兵看着他说。何晨光认真地说：“我们就是你的亲人！”

何晨光举起右手。王艳兵看着，颤巍巍地举起右手，两个人握在一起。何晨光点点头：“兄弟！”王艳兵的眼泪慢慢流下，点头：“兄弟！”

10

办公室里，李二牛握着电话抹眼泪：“翠芬，俺跟你说，这次俺要是回不来，你赶紧找个人，知道不？”翠芬穿着饭店服务员的制服站在前台：“你说的啥话？二牛，你咋了？你不是在当兵吗？咋又要死要活的？”

“没啥……部队有点事儿……”

“你这是干啥啊？是不是打仗了？”翠芬一脸着急。李二牛连忙说：“没有没有。演习知道不？就是俺小时候玩的打仗游戏！只是这次不是用木头枪，是用真的枪！”

“那玩打仗游戏咋还有啥回来回不来的呢？”

“部队的事儿，很难说。你想想，车祸还可能死人呢，何况好几万人动枪动炮的？翠芬，俺跟你说的是真的，要是这次俺去了回不来，你就——”

“胡说八道！俺跟你说，李二牛！俺胡翠芬不是你想的那种人！你烧俺的头发，这笔账还没算呢！你不能死！你得给俺活着回来，知道不？！”

李二牛哭着："知道……"翠芬也哭了："二牛，你不会有事的！俺……俺还等着跟你算账呢！你欠着俺的，这辈子你就得给俺当牛做马！你得偿还俺！你给俺记着……不许死！你是俺的，你不许死！你……你不许死……"

"翠芬，俺知道，但是俺要是真的……你赶紧再找个人……"

"胡说！俺生是你李二牛的人，死是你李二牛的鬼……你要是死了，俺去伺候你爹娘，俺守寡一辈子……俺……不会跟别人的，俺等你……"翠芬挂了电话，泪如雨下。

老板张丽娜在前面看着她，翠芬擦着眼泪："不好意思啊，老板……俺……"张丽娜一声叹息："你对象是当兵的吧？我爸也当过兵，上过前线。我也是军人子弟，在部队大院长大的，这点事儿我明白。你今天休息吧，别上班了。"翠芬说："老板，俺没事，俺没事！您别开除俺……"张丽娜苦笑道："别说傻话，照发你工资，也算我这个军人子弟给部队做点儿贡献吧。你休息几天吧，想什么时候来就什么时候来。"翠芬感动道："老板，俺……"张丽娜说："别太难过了，部队演习是常有的事儿。他是新兵吧？紧张过度了。哪儿那么容易就捞到死亡指标啊？回去休息吧，翠芬。"翠芬擦泪，鞠躬："谢谢老板！不过俺不休息了，俺好了！俺家二牛从小就胆小，他也是听风就是雨！您给俺发工资，俺不能休息！俺去干活了！"说完跑了。张丽娜看着她的背影，笑笑，说道："这孩子，真朴实！领班！"一个穿深色制服的女孩儿走过来。张丽娜说："把翠芬提为领班，以后你多带带她！工资按照领班的标准发，明白吗？"女孩儿迟疑道："是，老板！那我……"张丽娜说："湖南路开了一家分店，下个月你去当大堂经理。"领班笑了："谢谢老板！"

11

机场上，直8B直升机的螺旋桨刮着飓风轰鸣着。背着大背囊，手持各种武器的菜鸟们肃立。他们每个人都携带了不少于两把长枪，还有手枪和微声冲锋枪，武装到了牙齿，携带了所有可能使用的武器装备。陈善明站在他们跟前，苗狼在整队。一辆猎豹开来，范天雷跟唐心怡跳下车，看着他们。陈善明上前："报告！参谋长同志，红细胞特训班集合完毕，请您指示！"范天雷看着队员们："不说那些废话了，是英雄是软蛋，战场上比比看！出发！"

"是！出发！"陈善明令下。范天雷一声喊："何晨光！"何晨光跑步过来："到！"

唐心怡看着何晨光。范天雷从车上拿出那把裹着迷彩枪衣的狙击步枪："这个交给你。"何晨光接过，一把揭开枪衣——把保养得非常好的85狙击步枪，但没装瞄准镜。

"你父亲的枪。"范天雷看着他。何晨光持枪，敬礼："谢谢参谋长！"

范天雷还礼："希望你能继承你父亲的遗志，成为一名优秀的中国军人！"

何晨光从背囊中取出那个盒子，打开——染血的瞄准镜露出来。何晨光把瞄准镜安在枪上。"哗啦！"瞄准镜在滑轨上装好，旋上按钮。何晨光大吼："我会的！"范天雷说：

"去吧。"何晨光看了唐心怡一眼，一转身，上了直升机。唐心怡问："他父亲是谁？"

"我们的烈士，也是我的老排长，牺牲的时候是特战旅的作训参谋。"范天雷神色阴郁。唐心怡一下呆住了。"多了解了解，有好处。我们走吧。"范天雷从车上拿下大包小包，长枪短枪，上了直升机。机舱里，菜鸟们坐成两排。看见范天雷跟唐心怡上来，菜鸟们立刻往后闪——把何晨光闪了出来。何晨光左右看看，也急忙起身往后闪。王艳兵看他："你往我这儿凑什么啊？那么大地方呢！"

"那你躲什么啊？都往这儿挤！"

"俺们这儿有事，对你保密，你赶紧过去！多挤啊！"李二牛说。何晨光无奈，又坐回去。范天雷看看，面无表情："你坐这儿吧。"唐心怡跟何晨光坐在一起，后面的菜鸟们立即看着他们俩。何晨光坐着，很尴尬。陈善明有点儿晕，范天雷看了他一眼，立即闭目养神。苗狼本来还在看右看，此刻也立即闭上眼。范天雷笑笑，说道："都睡觉，到地方再醒。"菜鸟们立即闭眼，动作整齐划一。何晨光跟唐心怡挨着坐，却都不敢看对方。飞行员看看，握住操纵杆，直升机轰鸣着拔地而起。

直升机一倾斜，机舱里的人东倒西歪。唐心怡没坐住，一下倒在何晨光身上，何晨光急忙扶住，两个人目光对视。何晨光扶着唐心怡："小心点。"唐心怡没说话。何晨光扶她坐正了，松开手。其他人都在闭目养神，李二牛还夸张地打起呼噜。王艳兵没睁眼，咬着牙："你都要把我耳膜震破了！"李二牛闭着眼："不打呼噜哪里像睡着了？"说完声音更大了。

"真服了你了！"王艳兵侧头继续睡。对面两人都愣坐着，看着前面。王艳兵眯缝着眼观察："没动静啊！这笨蛋！"李二牛说："急啥？心急吃不了热豆腐！睡觉，别吓坏他俩！"

直升机在空中飞翔，机舱里，大家都在闭目养神。何晨光正襟危坐，唐心怡心神不定，两人的手都放在座位上。直升机又一个颠簸，所有人都没醒。两只手碰在了一起，何晨光的手急忙躲，被唐心怡抓住。何晨光一惊，看着唐心怡，唐心怡也看着他。何晨光一挣，没挣开，却放弃了。唐心怡紧紧地握住何晨光的手，看着他，眼神火辣辣的。何晨光的手心开始冒汗。王艳兵眯缝着眼，跟猫头鹰似的睁开一只，猛推李二牛："哎哎！抓住手了！"李二牛没动，张着嘴，流着哈喇子，呼呼大睡。范天雷眯缝眼，嘘了一声。王艳兵会意，急忙闭眼，继续装睡。两只手紧紧地抓在一起。唐心怡不说话，有些羞涩。何晨光注视着她，也说不出话。两人就这么互相看着。陈善明在直升机后面顶顶帽子，露出眼："哎！这年头，旱的旱死，涝的涝死啊！"唐心怡和何晨光默默地坐着，一语不发，两只手紧紧地握在一起。

直升机在空中飞翔。前方，已经可以看见蓝色的海岸线了。

沧海市国际机场，一架国际航班在跑道上缓缓降落。机场大厅里人来人往，进出关的乘客们拖着箱子急步走着，墙壁上的摄像头不时转动着。

第十三章

————————★————————

1

在一间已被改为警方临时指挥部的巨型仓库里，特警在门口持枪肃立，库里十几个公安、便衣来来去去，紧张备战。电脑、大屏幕、监视器材等现代化监控设施一应俱全，红灯闪烁。外面，十几辆警车和特种警车停在边上，随时准备出击。这时，大屏幕上出现了机场大厅的同步画面，化过装的章鱼戴着墨镜混在人流中。温国强看着大屏幕，笑笑，说道："果然来了。"范天雷看他："我们上吗？"站在他后面的年轻菜鸟们都是全副武装，跃跃欲试。唐心怡也是同样装束，有些心神不宁地看着何晨光。何晨光聚精会神地看着大屏幕。

"再等等，等他进山再说，现在不是你们出动的时候。要为抓他一个，就不需要动用你的手下了。最重要的是挖出他在沧海市郊区的据点，那时候的战斗，是你们的强项。"温国强说。范天雷看看手表："那我们还有时间休息。"温国强笑道："对，养精蓄锐，准备参加更艰巨的战斗吧！"

"我知道，既然招呼我来了，就不会让我闲着。"范天雷转身看向菜鸟们，"去那边，卸掉装备，原地休息。小唐，你留一下，我们商量商量下一步的行动。"

何晨光若有所思地一直看着那边，唐心怡跟温国强、范天雷此刻正商议着。王艳兵看着他："你疯了吗？！"王艳兵蹲在他面前，"你在想什么？你告诉我，你在想什么？！"

"没什么。"

"你的眼睛告诉我，你的心很乱！很乱，你明白吗？"王艳兵低吼。

何晨光看着他，没说话。

"现在是什么时候了？要打仗了！你怎么突然变成这样？就因为那个女人？"

"不要这样说！"何晨光看着唐心怡。王艳兵气急地说："不这样说，我还怎么说？我们在一起摸爬滚打一年了，我什么时候看见你的眼神迷离过？你搞对象我当然支持，但是你为什么要在大战来临之前，搞得自己神魂颠倒？"何晨光无语。王艳兵拍拍他的脸："醒醒，何晨光！你醒醒！我要看见你的镇定和锐利，而不是现在跟丧家犬一样游离！你是我的战友，在战场上我们就是彼此的后背，我不想为我的后背担心！明白吗？"何晨光看着他，深呼吸。

"暂时把那女人忘掉！你有什么话，等有命回来再说！"

"对不起，是我的错。"何晨光道。王艳兵扶着他的肩膀："你是个战士！记住了！"

"嗯！"何晨光的眼神恢复了以前的果敢。

"我们都要活着回来，明白吗？"

"我明白！"

"别让我瞧不起你！"

何晨光露出习惯的微笑道："可能吗？"王艳兵笑了："这才是你！"何晨光看了那边一眼，唐心怡还是若有所思，看着这边，眼神里有内疚的感觉，但何晨光已经不为所动了。那边，李二牛还在呼呼大睡；宋凯飞拿着自己的自动步枪，反复地演练快速更换弹匣。

"不！"唐心怡一声大喊，菜鸟们立即本能地反应，持枪站起来。李二牛也翻身起来，虎视眈眈。唐心怡看着范天雷，泪流满面。何晨光诧异地看着那边。唐心怡激动地喊："我不同意这个行动方案！你们太残忍了！太残忍了！"温国强苦笑着看范天雷："怎么办？"范天雷看她："唐主任，我希望你配合我的工作。"唐心怡摇头："我不同意！"

范天雷看看队员们："有话我们出去说。"拉上唐心怡走了。唐心怡一路挣扎着："放开我！你卑鄙！无耻！你不配做个军人！"菜鸟们面面相觑。王艳兵看着何晨光："心静如水——记住！"何晨光深呼吸，平息着自己的情绪，点点头。所有人都看着何晨光。

"你们看我干什么？现在要准备打仗！战前亢奋啊？"何晨光坐下。菜鸟们也都赶紧坐下，忙自己的。何晨光拿着狙击步枪端详着。这时，范天雷拉着唐心怡回来了。唐心怡擦去眼泪，直截了当地喊："何晨光！"何晨光起立："到！"

"你跟我出来！"

"是！"何晨光起身出去了。菜鸟们面面相觑。范天雷大吼："看什么看？！都忙自己的！闲着难受？想做体能？！"菜鸟们赶紧低头收拾着自己的武器装备。

仓库外，何晨光跟着唐心怡来到一个角落。唐心怡回身，两个人对视着。唐心怡看着他："我要走了。"何晨光默默地看着她。唐心怡的眼泪下来了："对不起，我必须这样做……"

"我明白，你不用道歉。"何晨光心静如水。

"我……我要听命令……"

"我们都是军人，都要服从命令。"

"你会恨我的……"唐心怡的眼泪又开始淌，何晨光纳闷儿地看着她。唐心怡含泪苦笑道："你会的，你一定会恨我的……"

"不会的。"

"你一定会恨我的！"唐心怡哭出来。何晨光一把抓住她："你听我说！不管发生什么事情，不管你执行的是什么任务，我都不会恨你！"唐心怡泪眼汪汪地看着他。何晨光看着她："相信我！"唐心怡摇头："这一次，你一定不会原谅我的……"

"我没有那么狭隘。"何晨光扶着她的肩膀，"如果这个任务必须这样才可能完成，我只会把这看作你的牺牲。你是一个军人，你属于军队，不属于……"

"不属于谁？"唐心怡盯着他，眼睛里有东西在燃烧。

"我没有资格说这种话，你也没有必要跟我解释。对不起，我想多了。"何晨光转身走。唐心怡冲上来一把抱住他："何晨光！"何晨光呆住了。唐心怡从后面抱着他，泪如雨下，就这样抱着。何晨光不说话，表情复杂。唐心怡闭着眼："这是我第一次抱你，也许……是最后一次……"何晨光一转身抱住她："你要回来！一定要回来！"唐心怡看着他，泪眼婆娑，无语哽咽。何晨光说出了这句话："我等你！"唐心怡哭得撕声裂肺。何晨光心如刀绞，紧紧地抱着她。唐心怡哭着说："对不起……"

"不要再说对不起，你是军人，我也是。"

"你一定不会原谅我的……何晨光……"

"我会等你！"何晨光紧紧抱住了唐心怡。"咳咳！"范天雷站在远处，旁边停着一辆越野车。范天雷举起手腕，敲敲手表："时间到！"何晨光看着她："你去吧，小心点儿！"唐心怡欲言又止，咬咬牙，跑向越野车。何晨光默默地注视着。唐心怡跑到车边，范天雷笑笑，说道："小唐主任，上车吧。"唐心怡突然一巴掌过去，范天雷没有躲，墨镜被打掉了，露出范天雷恐怖的脸，却带着一抹特殊的笑意。血从嘴角流出来，他伸手擦了擦。

"卑鄙！"唐心怡咬牙切齿。范天雷面无表情："敌人卑鄙，我只能比他更卑鄙。"

唐心怡拉开车门，回头看何晨光。她的泪水压抑不住，一咬牙转身上车。何晨光注视着，越野车高速离去，他仍眼巴巴地看着。范天雷走过去："走吧，告别结束了。"

"是。"

"不想知道她去执行什么任务吗？"

"有些事，还是不知道为好。"

"躲避？"

"不是躲避，是逃避。我去归队。"何晨光看着他说。范天雷看着他的背影，笑笑，说道："逃避？你逃避得了吗？"何晨光走进仓库，菜鸟们都关切地看着他，但都不敢说话。何晨光看看大家："看我干什么？不认识？"

"那什么，该干吗干吗！"王艳兵生硬地笑着说。何晨光坐下，继续收拾自己的武器装备。范天雷大步走过来，看着菜鸟们："小唐教员要去执行的是一个特殊任务。你们作为行动的执行者，理当知道，任何特种作战行动，不外乎由两个方面构成——第一，情报；第二，行动。我们负责的是行动，小唐教员负责的就是情报！"菜鸟们聚精会神地听着。"准确的情报，是一切特种作战行动的前提！既然要打掉以章鱼为首的恐怖组织，就要知道关于他的所有情报！要贴身侦察，打到他的身边去，跟他形影不离！要做到这一点，就要知道对手的弱点！章鱼的弱点是什么呢？好色！"菜鸟们偷眼看何晨光，何晨光努力压抑着自己的情绪。范天雷看看他，说："所以，小唐教员就要利用这一点，打到章鱼的身边去，进行贴身侦察！如果把这次行动比喻成钓鱼的话，那么小唐教员就是我们投下的鱼饵！鱼饵，就一定要有足够的诱惑力。我想你们都清楚，小唐教员肯定是有这个诱惑力的！"何晨光的表情复杂。

"通报完了，你们继续待命。"范天雷敬礼，转身走了。菜鸟们都没坐下，看着何晨光。何晨光站在那儿，心里的怒火在压抑。王艳兵看看李二牛，两个人都不知道说什么。

"鱼饵……很容易被大鱼一口吞掉的……"宋凯飞看看大家。徐天龙瞪他："你不多嘴能死啊？！"宋凯飞赶紧捂嘴。何晨光平息着自己，慢慢坐下了。范天雷在远处和温国强说话，不时地看看这边。何晨光握紧手里的狙击步枪，咬牙平息心里的澎湃。温国强看范天雷，低声道："哎，有点儿过分了吧？我都看出来了，你是故意去撩他！何必呢？那孩子还年轻！"

"天将降大任于斯人也，必先苦其心志，劳其筋骨，饿其体肤，空乏其身，行拂乱其所为，所以动心忍性，曾益其所不能！"范天雷看着何晨光，"想成为盖世英雄，这才刚开始呢！"

何晨光坐在那儿，紧握着手里的狙击步枪，眼中怒火燃烧。

2

月光下，仓库四周一片静谧。菜鸟们或躺或坐，已经入睡，何晨光抱着狙击步枪还坐在那儿。范天雷走过来："为什么不休息？"何晨光起立。范天雷看着他："无能为力？嗯？"

"是。"

"很多年以前，我和你父亲在一个狙击小组。我们有一次，在前线执行侦察任务，观察对面的一个敌人据点。我们从光学仪器当中，看见敌人特工队抓了我们的一个女兵——会发生什么不用我再说了。这个女兵我们都认识，就是前线野战医院的护士，刚满十七岁的小胡。"

"你们没有救她？"

"相距780米，隔着一条界河，我们不可能越界行动。"范天雷看着他说，"780米的距离，遍布地雷。你父亲和我又不是超人，我们没办法飞过去。"

"你们怎么做的？"

"我们报告上级，希望进行炮击，阻拦他们往那边跑的路，然后派突击队过去救她。"

"上级没有批准？"

"炮击境外目标，需要相当级别的司令部批准，这需要时间。而我们俩又提出来越界去救人，也被否决了。其实我们也知道，我们过不去雷区，但是我们就算死，也不愿意看到自己的女兵受侮辱。"范天雷说。何晨光盯着他："就这么眼睁睁看着？"

"我们是狙击小组，你父亲是最好的狙击手。"

何晨光瞪大眼，范天雷看他："我们无能为力，只有一个选择。"两个人久久地注视着。何晨光一惊："杀了她？"范天雷没有回答，拍拍他的肩膀："最痛苦的事情，不是你如何选择，而是你别无选择。"范天雷转身走了。何晨光看着他的背影，默默无语。

郊区，一幢沿海的豪华别墅。卧室没开灯，黑漆漆一片，便衣警卫散立四周。卧室里，穿着浴袍的唐心怡拿着一杯红酒站在窗前。她撩开窗帘，月光透过缝隙洒在她脸上。章鱼躺在床上抽烟，笑笑，说道："世界很大，也很小——没想到，来的是你。"唐心怡看着窗外："我们有几年没见面了？"

"大概有两年了吧。"

"你怎么越来越没长进，干了这个？"

"一言难尽。腿伤了，没得混了，不干这个干什么？我还能去人才市场找工作吗？我的简历不把人给吓着？"章鱼抽着烟。唐心怡看着外面，心事重重。章鱼苦笑："自古风云出我辈，一入江湖岁月催。"唐心怡拿起红酒一饮而尽，一把拉开窗帘，大片的月光洒在她身上。

别墅外的灌木丛当中，潜伏的特警侦察员拿着侦察摄像机。

穿着浴袍的章鱼走到窗前，站在唐心怡身后，抱住了她。唐心怡的泪水流了下来。唰！窗帘被章鱼拉上了。仓库里的大屏幕上出现同步画面，菜鸟们默默地看着，何晨光压抑着自己的情绪。温国强看着大屏幕："不容易，军队的同志做出很大的牺牲，已经实现贴身侦察了。"何晨光注视着流泪的唐心怡，心如刀绞。菜鸟们偷眼看他，王艳兵咬牙切齿："我们会宰了他的！"何晨光不说话。范天雷看着大屏幕："谁也别想宰了他！他是我们的重要目标，是警方通缉多年的要犯！他活着比死了值钱，都给我记住了！"

"我们什么时候动手？！"王艳兵吼。

"该动手的时候！"

"那到底什么时候该动手？！"李二牛大吼。菜鸟们的眼神里都是愤怒，范天雷看着说道："怎么了？这就受不了了？"菜鸟们不吭声。范天雷怒喝："她是军人！你们也是！"何晨光怒吼："可是从来没有人告诉过我，我军也要派出色情间谍，去搞什么狗屁贴身侦察！"

所有人都呆住了。范天雷平静地看着何晨光。何晨光青筋暴起："你这是在胡搞！你违反了军法，也违背了我们从小就坚守的道德底线！"

"不想干，可以退出。"范天雷看他。

"我不是不想干，但是我要向上级去控告你！"

"控告我什么？"

"你在这次黑拳行动当中，采取违法的侦察手段！"

范天雷冷酷地注视着他，何晨光怒吼："你会上军事法庭！"

"那么你来告诉我，那些死在章鱼手上的同胞，他们该上什么法庭？！"范天雷一把甩出一沓照片，"你给我仔细看！"十几张照片撒在地上，都是惨死的中国人，触目惊心。菜鸟们默默地看着。"你想去控告我，可以，我等着！但那是在我们抓住章鱼以后！在这以前，要么你退出黑拳行动，要么你就给我住嘴！只要能抓住章鱼，为这些死难的同胞报仇，我个人付出什么代价都在所不惜！"范天雷跟头雄狮似的怒吼。菜鸟们面面相觑。何晨光默默地注视着照片，蹲下，仔细看着，一张张慢慢整理好。

"你以为这是什么？"范天雷盯着他，"这是战争！战争，是不择手段的！"

"这不是我想象的战争！我们的战争，不该这样进行。"何晨光声音低沉。

"因为这是现实的战争！现实的战争，是没有选择的！"

"我依旧保留向上级控告你的权利！"何晨光看他。

"可以，但是谁会为你做证呢？"

"我！"

范天雷一愣。王艳兵看着他："我亲眼看到了发生的事情，我会做证。"

"俺也会！"

"还有我！"

李二牛和徐天龙报告。宋凯飞左右看看："你们都疯了吗？黑拳黑拳，黑箱行动，没看过好莱坞电影……"菜鸟们都看他，宋凯飞嘟囔："我也做证。"后面的五个菜鸟不说话。范天雷看他们："你们呢？也会做证吗？"张渝洋低头，其余人也没吭声。

范天雷苦笑道："五比五？看起来我们不用再选人了，有五个已经被淘汰了。"

"我尊重你，但是你辜负了我的尊重。"何晨光看他，目光坚定，"哪怕我被你的红细胞特别行动小组淘汰，我也不会违背我作为军人的信念和道德底线！我不能忘记这些，我要知道我们为何而战！"

"好，有骨气！希望你记住自己说过的话。"

"我记得，而且我会用我的生命去实现我在军旗下的誓言！"

"你知道你在部队的前途完了吗？"

何晨光看着他："那又怎么样？我不相信解放军会容忍这样的情况发生！"范天雷看着王艳兵他们："你们呢？我再给你们一次改过自新的机会——真的要为他做证吗？"

"我们参加解放军，是因为心中有保家卫国的信念！我们不能接受这种卑鄙肮脏的手段，尤其是违法的手段！——战争，也要有战争的道德！"王艳兵大喊。李二牛也喊："俺也不变！这不是俺想象的解放军！俺要做堂堂正正的军人！"范天雷笑笑，说道："好，行动结束以后，你们去做你们该做的事吧。现在，是要继续参加行动，还是滚蛋？"何晨光等五个人目视前方，没有回答。范天雷转向温国强："既然参加行动，那现在就闭嘴！老温，不好意思，让你看笑话了，我们继续。"

温国强看得惊心动魄，低声苦笑道："这次玩大了啊！你要是进了监狱，我带烧鸡看你去。"范天雷笑笑，说道："别废话了，你见过的还少吗？干活吧，事情还多呢！"

五个菜鸟孤独地站在那儿，张渝洋低着头："对，对不起……我太想进入红细胞了……"何晨光没说话。徐天龙扶扶眼镜："没有人责怪你，但是我们是中国军人，起码要有个道德底线。"张渝洋无语。王艳兵看何晨光："无论发生什么事情，我都跟你在一起。"

"还有俺！"李二牛拍拍他的肩膀，点头。

"这是我穿军装以来，第一次抗命……"宋凯飞看着他们，"不过我也觉得应该这样做。"

"我第一次觉得，他不是我熟悉的他了……也许，他的目的是好的，但是，他的手段是错的。为了这些死难的同胞，我一定要参加这次行动。但是，不管怎么样，我也不会践踏自己的道德底线，这也是中国军人的道德底线。"

3

清晨的海边，天高气爽，阳光洒在海面上，泛着刺目的亮点。海滨公路上，三辆越野车在疾驰。唐心怡看着车外，脸色发白。章鱼坐在旁边，点燃一支烟，看她："你在想什么？以前从未看见过你这样。"唐心怡继续看着车外："没什么。"

空中，无人侦察机保持安全距离，紧跟车队。仓库大屏幕上，越野车队在公路上疾驰。温国强说："他们应该是去章鱼的老窝。"范天雷转身："不能等了，突击队登机！在空中保持跟踪，一旦确定章鱼的据点位置，马上展开突击！"

"你拖住他们，我来负责外围的封锁。章鱼很狡猾，不要让他跑掉！"温国强叮嘱。

"听你的，你是主力，我们是协助。走！"范天雷带着菜鸟们提起武器，拿起装备，快速奔向外面。仓库门口，警车后面停着一辆大巴，窗帘紧闭。范天雷带队狂奔，登上大巴："出发！"车队高速驶出。大巴车的所有窗帘都遮得很严实，狙击小组身穿07吉利服，其余菜鸟着07迷彩，正襟危坐。范天雷看看表："十分钟时间做战斗准备，我们要随时投入战斗！"——"明白！"菜鸟们开始检查武器，往脸上画迷彩。

何晨光目光冷峻，拿起一颗子弹端详着，随后塞入弹匣，装入狙击步枪。范天雷一边往脸上画油，一边冷冷地注视他。何晨光抬头，看着他。范天雷道："我不怪你，以后你会明白。"何晨光没说话。范天雷继续画："不管你们是不是对我个人有意见，在行动当中，我们要团结一致，争取胜利！记住，有话等行动结束以后再说！"

"明白！"菜鸟们怒吼。

三辆越野车在海边的一处废墟前停了下来，这是一片已成规模的废墟群。不远处，已经有武装枪手在等候。车门打开，章鱼和唐心怡跳下车，戴上墨镜，环顾四周。空中，无人侦察机在盘旋。

大巴车里，范天雷戴着耳麦："好，我知道了！郁金香找到位置了！我们进去！"何晨光握紧狙击步枪。王艳兵看他："心不要乱，我们都是你的后背！"何晨光笑笑，拍拍他的肩膀。其余的菜鸟们也是严阵以待。

海边，警车关闭警笛，只有警灯在闪烁。大巴紧随其后，高速行驶着。

废墟处，唐心怡环顾四周，跟着章鱼往前走。趁着没人注意，她丢下手里的口红，一脚将口红踩进沙里。大巴里，范天雷拿着PDA，地图上显示出亮点："精确位置已经到了，郁金香成功了。"王艳兵急问："我们现在打进去吗？"

"悄悄进去，还不知道他们有多少人，有什么武器。要隐秘、低调。他们每个人都对公安的调查工作有特殊意义，记住留活口！"范天雷看着他们。宋凯飞问："他们想要我们死，我们还要留活口？！"范天雷笑笑："你总结得很对！"

"这是什么行动规则？！"

范天雷看着何晨光："这是上级的死命令！执行命令，或者我执行战场纪律！"菜鸟们目瞪口呆。

大巴在海滨公路边停下，范天雷、陈善明、苗狼等人带着十名菜鸟鱼贯跃下，冲入树林，快速穿行。队员们聚集在范天雷身边，四面八方警戒。范天雷拿出地图："我们现在在B201点，距离目标大概有十公里。剩下的十公里，要靠我们自己穿越丛林，隐蔽接近。分成两个小组，我带一组，陈善明和苗狼带一组。我们分头进行，到预定位置以后待命。没有我的命令，不能发起行动。明白没有？"——"明白！"队员们低吼。

范天雷收起地图："出发！"带着张渝洋等五人走了。

"B组跟我走！"陈善明带着何晨光、王艳兵、李二牛、徐天龙和宋凯飞，潜入丛林。苗狼担任尖兵，在前方警惕性十足。两个小组在丛林中快速穿行。

废墟处，警戒的枪手散布四周。屋里的几台监视器传来周围的画面，章鱼冷冷地注视着。唐心怡站在他身后，默默地看着，一语不发。技术员报告："来了！"

章鱼看着监视器："老套路——兵分两路、纵深穿插。就不能有点儿新鲜的吗？"唐心怡默默地看着。章鱼抬起无线电："各单位注意，有贵客，准备接客。完毕。"

废墟旁的悬崖处，一只涂满迷彩的大手慢慢拨开枝蔓——露出何晨光的大脸。随后，更多的迷彩脸在旁边陆续冒出来。废墟处，警戒哨在巡视。何晨光拿起望远镜："环形防御，最里面是狙击小组。"王艳兵说："专业级的，他们果然有退伍的特种兵老油子。"李二牛放下望远镜："咋还没五号的消息？"宋凯飞担心地问："他们不会出问题了吧？"

"不会，五号那厮可是老油子。咱们还在幼儿园小班的时候，他就真刀真枪干仗了。"徐天龙说。宋凯飞嘟囔着："淹死的都是会水的……"陈善明拿起电台："雪豹呼叫金雕，收到请回答。"无人应答。苗狼奇怪道："怎么回事？没动静了？"

"他们可能不方便回应，再等等。"陈善明说。

"有情况！"何晨光低吼，其他人都拿起望远镜观察。废墟处，范天雷等六个人被反绑着带了出来，跪在沙滩上。章鱼从屋里出来，在他们面前站定。范天雷鼻青脸肿地抬起眼，章鱼蹲下注视着他，冷笑道："金雕，我们又见面了。"范天雷一口唾沫吐在他脸上。章鱼抹去血唾沫，狞笑着站起来，拔出手枪，顶上膛，对准了范天雷。范天雷怒视他。章鱼看着他——"砰！"一声枪响，范天雷胸口中弹，猝然倒地。悬崖上，何晨光等人全呆住了。

"我说什么了？！我说什么了？！淹死的都是会水的！"宋凯飞急道。李二牛有点儿发蒙："咋问都不问，就杀了？！"王艳兵说："看起来不需要问什么了……章鱼什么都明白。"徐天龙问："我们怎么办？"陈善明也很惊讶："冷静，现在我们还有人在他们手里。"

何晨光的狙击步枪对准了章鱼，十字线锁定章鱼的脑袋："我可以干掉他。"陈善明阻止他道："我们还有五名同志在他的手里！"何晨光低声怒吼："难道我们就看着他继续一个一个杀吗？"苗狼分析着："不要开枪！郁金香也在他们手里，她还没暴露！她肯定会想办法在里面做内应，我们还没完全失败！"何晨光慢慢地松开扳机，深呼吸。

"听着，我们现在遇到了紧急情况。大家不要乱，一切行动听指挥！"陈善明看着他们，"我们有五名同志落入敌手，绝对不能轻举妄动！苗狼说得对，我们还有机会！"

"那我们现在到底怎么办？"王艳兵大吼。

"分组行动，侧翼穿插！先想办法救出他们五个！"陈善明看着所有人，"苗狼，你带李二牛；宋凯飞、徐天龙，你们俩跟着我；何晨光、王艳兵——"

"到！"

"你们是狙击小组，等我的命令，干掉有威胁的敌人，掩护我们救人！"陈善明部署。
"明白！"何晨光和王艳兵低声怒吼。

"走！"陈善明带着宋凯飞、徐天龙，苗狼带着李二牛往后退去。

何晨光跟王艳兵留在原地。何晨光看看他："我们把目标做个排序，按照威胁程度列出狙杀先后顺序。"王艳兵点头，拿着地图，通过激光测距仪在观察："等等，又有新情况！"何晨光眼睛凑在狙击步枪瞄准镜上——唐心怡被两个枪手拖出来，按在地上跪着，章鱼的枪口对准了她。何晨光呆住了。唐心怡倔强地怒视着章鱼，章鱼哈哈大笑道："你这个贱货，以为我看不出来吗？你是个双面间谍！"

"你这个浑蛋！"唐心怡怒骂。章鱼一挥手："浑蛋？对对对，我就喜欢你骂我浑蛋！够味！把这个女间谍给我吊起来！"两个枪手过来，将唐心怡倒挂起来，吊在柱子上。唐心怡怒骂："浑蛋！我会宰了你！"章鱼哈哈大笑。

悬崖上，何晨光呼吸急促，食指放在扳机上，又松开了。王艳兵急吼："怎么办？！"何晨光努力让自己平静："这一枪出去，我只能打死一个章鱼，但是我们的人就全完了！"

"妈的！这一仗真憋屈！怎么就被人牵着鼻子走了？！"王艳兵怒骂。

"我们只能等！"何晨光一咬牙，关上保险。王艳兵咬牙切齿地看着对面。

从林里，李二牛猫着腰，跟着苗狼一路狂奔。突然，一声巨响，前面狂跑的苗狼消失了。李二牛一愣，停下一看——脚下是一个大陷阱，苗狼掉在陷阱当中，捂着腿呻吟。李二牛低吼："苗狼班长！"苗狼抬起头："快跑！"李二牛解下枪背带："俺来帮你！"苗狼痛苦地呻吟："我的腿断了！你快跑！"李二牛刚想下去，对面出现两支枪手，李二牛举起自动步枪。"噗！"李二牛的脖子上中了麻醉针。潜伏在丛林中的枪手含着吹筒，李二牛捂着脖子看着他。"嗯？还不倒？！"话音未落，李二牛软软地倒下了。

4

另一处山地，陈善明带着宋凯飞、徐天龙一路狂奔。丛林当中潜伏着十几个枪手，注视着三人。一个隐藏在丛林的枪手打着手语："注意了，那个戴眼镜的会武功，先拿下他！"所有人都盯着徐天龙。陈善明带队继续狂奔，一张绳网从天而降。徐天龙被套住了，挣扎着被吊起来。宋凯飞回头——"噗！"一支麻醉针扎在他的脖子上，宋凯飞也倒了。

悬崖上，何晨光持枪："联系上没有？"王艳兵继续喊话："雪豹，苗狼，收到请回话！雪豹，苗狼，收到请回话！妈的，都没动静了！"

废墟那边，唐心怡还被吊着，她已经失去知觉，旁边还绑着那些兄弟。王艳兵定睛一看："全完了！"这时，被反绑双手的陈善明等人也被枪手押出来。有个人被直接拖出来，地上划过一条血痕——是苗狼，他的腿断了。徐天龙被绳网罩着，拖出来和其他人跪成一排。枪手们对着他们一顿狠揍。何晨光紧张地看着，王艳兵额头上全是汗："全完了！"何晨光低吼："还没完！还有我们！"

"我们两个，怎么扭转乾坤啊？！"王艳兵有点儿不知所措。

"你告诉我的，要冷静！"何晨光看着他，"咱们下去，分开走，接近他们！看见那个制高点没有？我们在那里会合，潜伏下来，等待警方的支援！"

"等警方支援来了，黄花菜都凉了！他们都死光了！"王艳兵急吼。

"就算他们都死光了，咱们也要完成任务！"何晨光怒吼。王艳兵看着他："妈的！第一次执行任务就搞成这样，出发前真该翻翻皇历！"

"敌人可不看皇历！走吧！别说怪话了！保持联系！"两个人往后撤，分开快速穿插。

王艳兵在丛林里狂奔，军靴踩在积满落叶的道路上。突然，两只藏在落叶当中、横在路上的手臂一把抓住了他的双脚。王艳兵猝不及防，被掀翻。几个枪手扑上来，死死按住了他。王艳兵被压在下面挣扎着，大手捂住他的嘴。他支吾着，喊不出来。突然，捂住他嘴的枪手一声惨叫，松开手。王艳兵高喊："啊——""咣！"一枪托上来，王艳兵直接晕倒了。被咬的枪手哭丧着脸："啊——这小子属狗的？！卫生员，快给我打破伤风针！"

从林另外一边，何晨光在狂奔，听到惨叫停下脚步。他呼吸急促，站在原地，聆听周围的动静。突然，斜刺里一个人影。何晨光低头，一腿滑过，何晨光猛地出拳将对方打倒，顺手拔出手枪。另外一个枪手上来，一脚踢掉了他的手枪。何晨光躲闪着出拳，枪手们都不是对手，陆续被打倒。何晨光怒吼着向空中跃起，使出杀招。"噗！"暗处吹来的麻醉针扎了他的脖子上。何晨光空中一转体，落地捂住脖子，抬头。"噗！"又是一针。何晨光坚强地站起来，想出拳，眼前一黑，"吭当"一声，无力地栽倒了。几双有力的手死死按住了他，何晨光挣扎着。一支大针管扎入他的脖子，他的眼神变得呆滞，晕了过去……

快艇在海上疾驰，马达轰鸣，海水被切开，翻着白色的浪花。何晨光缓缓醒来，抬起头，被绑缚的战友们也在快艇上。唐心怡嘴被胶带封着，无助地看着他。何晨光的目光有些呆滞，他使劲晃晃头，努力清醒过来。章鱼一脚踢过来，何晨光再次倒下。章鱼看着何晨光："这小子可是自由搏击冠军，给他特殊的！"两个枪手拿出手铐，铐住了他的双脚。何晨光彻底动不了了。枪手说："已经到公海了，丢进去喂鱼吧。"

"不！"章鱼冷冷地注视他们，"我喜欢看着他们慢慢地死亡。这些都是中国军队的精锐，你不喜欢看着精锐被折磨，然后跟你求饶，然后在你面前腐烂，死掉吗？"枪手们狂笑起来。菜鸟们无助地看着。章鱼狞笑着，快艇靠近前面一艘不明国籍的货轮。何晨光努力地睁开眼，一支针管又扎在他的脖子上，他咳嗽着晕倒了……

5

货轮的底舱里，灯光摇曳。"何晨光——我知道你是谁——"缥缈的声音似乎从远处传来。何晨光的面前有一盏强光灯，他几乎睁不开眼，被捆绑在一张椅子上，使劲挣扎。他咳嗽着，眼睛血红。对面的玻璃后面，有个人影在注视着他。何晨光浑身脏兮兮的，迷彩油也花了一脸，光着脚，穿着T恤衫和迷彩裤，双脚也被绑在椅子上，椅子连接着电线。何晨光咳嗽着，吐出一口鲜血："我在哪儿……"

"在我的手心里。"还是那个缥缈的声音。"你是谁……"他晃晃头，想更清醒些。"你叫什么名字？"

"我什么都不会告诉你的！"何晨光喘息着。这时，何晨光突然一声惨叫，抖动着——椅子被通电了。随后，电闸被断开，何晨光急促地喘息着。

"我知道你是谁，我知道你是干什么的，我知道你所有的一切！我现在只是想给你一个少受罪的机会。告诉我，你叫什么名字？"

"去你妈的！"何晨光怒骂。电闸再次合上，"啊——"何晨光又是一阵惨叫。

"你叫什么？"

"我什么都不会告诉你的。"何晨光喘息着。电闸再一次被合上，何晨光惨叫着晕了……

另一间船舱，摇曳的灯光下，王艳兵仰天被绑在椅子上。枪手一记重拳下来，血飞溅出去，王艳兵躺在血泊中："老子不会放过你们的……"枪手冲过来，抓住他："你以为我什么都不知道吗？！你以为你在我眼里是个英雄吗？！你就是个可怜虫！一只蟑螂！因为我要把你活活踩死！招供吧，倒霉蛋！"王艳兵吐了一口带血的唾沫："那你最好现在把我踩死！"枪手冷笑，拍拍他的脸："我还要留着你慢慢玩，我要慢慢玩死你！"

"那你就别后悔！"王艳兵冷眼看他。

"后悔？我后悔什么？！"

"因为我会把你的肠子都拽出来，拴在你的脖子上，活活勒死你！"王艳兵冷冷地看着他，呸了一口唾沫。枪手一闭眼，睁开，慢慢地擦去脸上的血唾沫。王艳兵冷笑着："兔崽子，你最好现在踩死我，不然死的一定是你！"

枪手慢慢起身，面无表情。王艳兵怒视着他。枪手突然起脚，踢在王艳兵头上，随即一阵拳打脚踢。王艳兵咳嗽着、呻吟着，不断地吐出血……

"硬汉？啊？我今天就活活弄死你这个硬汉！"枪手抡起旁边的椅子，"咣"地一声砸在王艳兵的头上——木椅子粉身碎骨，血从王艳兵头顶流下来，可他嘴角带着笑。

"我让你笑——"枪手气急，一阵乱打。王艳兵却笑出了声："哈哈哈哈……"枪手恼羞成怒，抓起王艳兵按进旁边的水槽里，血泡沫咕嘟咕嘟地冒出来。

货轮餐厅里，章鱼惬意地吃着牛排。李二牛坐在他面前的空地上，后面站着俩枪手。李二牛鼻子抽抽，咽了口唾沫，肚子咕咕叫。

"饿吗？"章鱼吃了一口牛排。"饿。"李二牛诚实地点点头。

"想吃吗？"

"想。"

"只要你告诉我，你叫什么名字，是哪个部队的，就有好吃的。"章鱼看了李二牛一眼，继续吃。

"不中。"

"为什么？你不想吃吗？"

李二牛认真地看着他："俺咋知道你不是骗俺的？"章鱼笑笑，看看后面站着的枪手。立刻，一盘新的牛排冒着热气被摆上桌。李二牛咽口唾沫，肚子叫得更响了。

"我做到了，你呢？"章鱼看他。

"俺先吃再说！"李二牛说。章鱼笑着摇摇头："那不行，你要是骗我呢？"

"俺从不骗人，俺战友都知道！"李二牛一脸真诚。章鱼想想："解开他。"

　　枪手解开李二牛，李二牛扑到牛排前抓起来就吃，也不怕烫，章鱼哈哈大笑。李二牛吃了两口，赶紧咽下去，章鱼还在笑着。李二牛突然一把将牛排扣在了章鱼的脸上，章鱼一声惨叫，倒下了。李二牛扑过去捡起地上的牛排叼在嘴里啃，同时使劲掐住了章鱼的脖子。旁边的枪手们急忙扑上来。李二牛叼着牛排大口地嚼着，手下一直在使劲，章鱼快窒息了。一个枪手举起电棒，电在李二牛的屁股上。"啊——"李二牛一声惨叫——牛排掉了。枪手们按住李二牛，章鱼被拽起来，揉着脖子，喘息着。李二牛被按在地上，还在嚼着嘴里的牛排。

　　"我让你吃！"章鱼一脚踢在李二牛的头上。李二牛还是将嘴里的牛排咽下去了，死盯着章鱼："你以为俺怕死啊？！"

　　"好小子，有种！给我打！打到他张嘴为止！"章鱼揉着脖子大喊。枪手们扑上去一阵拳打脚踢，李二牛惨叫着……

　　船头，徐天龙被绑在了铁锚上，像条风干的鱼干似的，挂在外面。下面是浩瀚的大海。

　　"你叫什么？"

　　"你大爷！"徐天龙大喊。枪手挥挥手，铁锚往下放了一大截。"你叫什么？"枪手又问。徐天龙看看下面，抬头："你大爷！"铁锚又往下放，徐天龙一闭眼。铁锚停住了——军靴距离水面只有一点点。

　　"告诉我，你叫什么？"

　　"我叫你大爷——""哗啦！"铁锚下去了，徐天龙咕咚一下进入海里。他被绑在铁锚上挣扎着，喝了好几口水。"哗啦！"徐天龙又被吊起来，露出半截身子，大口地呼吸着。

　　"告诉我，你叫什么？！"

　　"我就是你大爷——你大爷——你大爷——""咣当！"铁锚再一次带人入水……

　　监控室里，屏幕上播放着不同船舱里的受刑画面。显示器前烟雾缭绕，一支快燃尽的香烟被弹进了烟灰缸。船舱里，饱受折磨的何晨光奄奄一息，坐在椅子上，慢慢地抬起眼。

　　"你还是什么都不肯说吗？"

　　何晨光带着冷笑，吐出一口血唾沫。

　　"看看你面前是谁。"

　　何晨光抬眼，面前一片黑暗。"啪！"顶灯突然亮起来——同样饱受折磨的唐心怡被胶带封着嘴，绑在椅子上。原来她一直只能这样看着他。唐心怡泪流满面，无助地看着何晨光。何晨光呆住了。

　　"你爱她，对吗？"

　　何晨光不说话，看着唐心怡。

"你爱她，这是你的弱点。"

唐心怡看着何晨光，泪流满面。

"我现在给你最后一次机会。""啪！"铁门打开，两个赤裸上身的壮汉走进来，站在唐心怡身边。何晨光的呼吸变得急促，唐心怡无助地看着他。

"你知道你会看见什么，你有十秒钟时间考虑。十，九……"

何晨光看着唐心怡。唐心怡的眼泪不住地流，摇头。何晨光呼吸急促。

"……六，五，四……"

何晨光的眼里含着眼泪。唐心怡哭着摇头。

"动手！"两个壮汉呼地撕开唐心怡的外衣。"不——"何晨光怒吼。唐心怡被推倒，裤子也被撕开。"住手——我说——"何晨光痛苦地哭出来，"我说……我说……你们不要伤害她……"两个壮汉互相看看，停住手。唐心怡趴在地上哭，嘴被封着。何晨光哭着："你们想知道什么，我都告诉你们！你们……求求你们……不要伤害她……"沉默。

"告诉我，你叫什么名字？"

"你们放开我，让我抱着她……"

"告诉我，你叫什么名字？！"

何晨光哭着大喊："我要抱着她——"难耐的沉默。只有何晨光的哭声。他抬头看着那张玻璃后面模糊的人影："求求你……放开我，让我抱着她……"唐心怡哭着看着他。何晨光绝望地吼道："我什么都说——你们放开我——"

"放开这个废物！"

两个壮汉过来，解开他脚上手上的皮套，何晨光一下子软在地上。唐心怡哭着看着他。何晨光奄奄一息，顽强地爬向唐心怡。唐心怡的脸贴在地上，无助地哭着。何晨光的手努力地往前爬，两个壮汉默默地看着。唐心怡扭动身躯，带着沉重的椅子，也艰难地往前爬。两个人用尽力气，向着彼此的方向爬去。终于，何晨光的手触摸到了唐心怡的脸。唐心怡哭着，拼命往前蹭。何晨光爬过去，把唐心怡嘴上的胶带撕掉。唐心怡哭着："对不起……"何晨光抱住她："别说话……你别说话……"他注视着唐心怡，两个人都是泪流满面。唐心怡哭着："对不起，真的对不起……"

何晨光的眼里无限爱怜，他的手轻轻地抚过唐心怡的脸，停留在唐心怡的脖子上。何晨光无限爱怜地看着唐心怡，眼泪再次涌了出来："我爱你……"唐心怡哭出声来："对不起……"何晨光闭上眼，他的手突然加力，扼住了唐心怡的脖子。唐心怡立即没有了声音，无助地看着何晨光，泪流满面。何晨光的脸哆嗦着，加力……

"快！制止他！"

两个壮汉冲上来使劲拽何晨光，何晨光死死地扼住唐心怡的脖子不松手。铁门被打开，范天雷冲进来："拿电棒！"苗狼拿着电棒冲进来，何晨光抽搐着松手了。他趴在地上看着范天雷，范天雷也看着他。唐心怡缓过来，内疚地重复着："对不起……我骗了你……"何晨光的脸上，慢慢回过神色。唐心怡无助地看着何晨光："你不会原谅我的……"何晨光恍然大悟。范天雷面无表情:"开灯。""啪!啪!啪!啪!"巨大的船舱里,所有的灯都打开了。张渝洋和其他四个菜鸟沮丧地坐在旁边的椅子上——他们一直在现场观摩。枪手们摘下面罩,露出标准的中国陆军和尚头。何晨光默默地看着唐心怡,眼泪再次涌出来,他绝望地摇头。唐心怡想说话,却说不出来,只能哭。这时,章鱼大步走进来:"那四个小子怎么样了?"范天雷看着地上的何晨光:"考核结束了。"

"最痛苦的,不是你如何选择,而是你别无选择。"

6

甲板上,鲜红的中国国旗升起来。海风吹过,国旗猎猎作响。枪手们列队,站得很整齐。章鱼站在队前,唐心怡站在旁边,还是泪流满面。菜鸟们在对面列队。唐心怡看何晨光,何晨光错开了唐心怡的眼。王艳兵咬着牙:"这场戏,够真的!"李二牛说:"俺还以为,五号真的死了呢……"宋凯飞说:"他是个老狐狸!你见过白白送死的老狐狸吗?我早就该想到,这肯定是骗局!"徐天龙挖苦他说:"你现在事后诸葛亮了,早干吗去了?"

宋凯飞笑笑,说道:"要不怎么说我单纯善良呢?"

在他们后面,张渝洋等五个菜鸟沮丧地站着。范天雷站在他们中间:"很高兴,你们通过了红细胞特别行动小组的最后考核,你们五个人,入选了。后面的五个,今天就可以回到原部队。"都不吭声。范天雷看着他们:"为什么淘汰你们五个?在你们放弃党性、放弃原则、放弃正义的那一瞬间,你们就已经被淘汰了。中国人民解放军是一支有严明纪律的钢铁部队,即便是特战旅也不例外。在任何情况下,我们都要遵守军规军纪,遵守法律法规。红细胞特别行动小组,需要的不是不择手段的冷血杀手,而是纪律严明的革命军人!这一点,你们没有合格。"

范天雷走到何晨光身边:"你们这五名同志,经受住了严酷的考验——无论是来自上级的还是来自敌人的,都表现出了非凡的战斗力、忍耐力和意志力!面对死亡的威胁,绝不妥协!你们无愧于中国人民解放军的荣誉,也无愧于特战队员的称号!因此,你们可以成为红细胞特别行动小组的正式队员!"何晨光等人目不斜视,都是伤痕累累。

"别高兴得太早,这只是一次演习的考验!你们未来将要面对的不会再是演习,而是真正的生与死的考验!以后就不会这么幸运了,因为敌人是绝对不会停手的!"范天雷走到国旗下,回头,"开船!回码头!"海上,货轮开始航行,五星红旗迎风飘舞。

甲板上,菜鸟们和枪手们还面对面地站着。何晨光默默地注视着,唐心怡不知道该怎么面对他。何晨光错开眼,唐心怡低下头。范天雷看在眼里,面无表情。

7

　　红细胞特训基地宿舍，何晨光穿着士兵常服，失魂落魄地坐在床上，注视着手里的07特种部队臂章，其余的兄弟也在换常服。王艳兵站在他面前，何晨光抬眼。李二牛坐在他的床边，握住他的手。何晨光努力地挤出笑容。王艳兵在对面坐下，握住何晨光另一只手："别想了……"何晨光情绪低沉："我知道，都是假的。"

　　"所以就别再想了，越想你自己越难受。"

　　何晨光不说话。

　　"俺觉得……算了，俺不说了。"李二牛想想，闭上嘴。

　　"有话你就赶紧说，吞吞吐吐干什么？"

　　"俺觉得小唐教员是真的。"李二牛想想说。王艳兵瞪他："真的什么？真的骗他是吧？"李二牛一撇嘴："俺都说了，俺不说了。算了，不跟你争。"王艳兵看看手表："走吧，车在下面等咱们。当兵一年，有个探亲假不容易。知道你心情不好，但是不要忘了谁对你最重要——你的爷爷奶奶！回去看看他们，啊？"王艳兵把臂章给他挂在常服上。

　　"嗯！"何晨光长出一口气，三个人站起来，往外走去。

　　"我们获得了一周的假期，作为对这几个月特训所受折磨的弥补，让我们得到好的休整。大家都很开心，我却开心不起来。"

第十四章

—— ★ ——

1

东南体育大学的格斗馆里，一群学生正在练习基础踢腿。教练在旁边看着，喊着口令。何晨光默默地站在门口，看着空无一人的拳台，脑海里回闪着唐心怡与他格斗的场景……教练看见他，回头："解放军同志，你找谁？"何晨光回过神来，立正敬礼："哦，我不找谁，随便看看。"教练走过来："你是不是来找唐助教的？"

"唐助教？"

"对啊，她是我们武术系的自由搏击特聘教员，也是你们部队上的人啊！"

"她是跟您学的自由搏击吗？"何晨光问。教练笑道："她的自由搏击比我们这些教练都要厉害，怎么可能是跟我学的呢？她是你们部队教出来的，至于师傅是谁，要去问她自己了。"何晨光笑笑，说道："谢谢您。"

"她可能不会再来了，说是部队上的工作太忙。"

"嗯，我知道。我只是随便来看看，谢谢您，我告辞了。"何晨光敬礼离去。

何晨光站在女生宿舍门口，想了想，转身要走，愣住了——林晓晓正站在远处看着他。何晨光躲不过，只好直接走过去。何晨光说："你一直在跟着我？"林晓晓的眼泪落下来："嗯，你一进学校，我就看见你了。在这儿，没有穿军装的。"何晨光苦笑道："看来我的受训还是不合格，这么显眼。"林晓晓哭了："我后来再也找不到你了，你去哪儿了？"

"我一直在部队。"

"你骗我……"林晓晓哭着说，"我去你们部队找过你，但是他们说你走了。问你去哪儿了，他们谁都不肯说……"

"他们肯定不会告诉你的，我也不能告诉你。"

"为什么？"

"晓晓，我们都不是小孩子了。我是军人，我有很多事情不能告诉别人。"

"我理解……"林晓晓流着泪，"但是也不重要了……"何晨光默默地看着她。

"你……是来找我的吗？"林晓晓看他。

"不是。"

林晓晓凄惨地一笑道："我明白……你想找的是那个武术系的漂亮女助教。"

"你怎么知道？"何晨光诧异地问。

"这个体育大学虽然大，但是能成为传说的人没几个——她就是一个。绝代佳人的美貌，凶狠毒辣的武功，完美地结合在她一个人的身上，而且她还是个解放军的女军官。你觉得这样的外聘老师，在这里不应该是名人吗？"何晨光无语。林晓晓长出一口气："你说得没错，我们都不是小孩子了……祝贺你，找到了真爱……"

"听到你说出这句话，我才知道什么叫作恍若隔世……"

林晓晓笑笑，说道："不是吗？我们从小一起长大，好像兄妹一样，从未想过离开彼此的时光会是怎么样。当我们长大了，你去参军，我来读书，真的分开了，却发现，曾经以为是爱情的东西，不是爱情；曾经以为会永远的东西，没有永远……"

何晨光不知道该怎么说。林晓晓伸出右手："不祝贺我吗？"何晨光一愣："祝贺……什么？"林晓晓佯装笑容，却涌出了眼泪："我要结婚了！"

"结婚？！"何晨光呆住了，"你大学还没毕业呢！"

"当兵当傻了吧？现在在校的大学生可以结婚了啊！"

"你……跟谁结婚？"

"反正不是跟你！你紧张什么？"林晓晓强颜欢笑。

"他？"

林晓晓故作轻松："是啊！你不要我了，我还不能跟别人好啊？"

"可是……你还这么小，你了解他吗？"

"我以前以为我了解你，其实，谁又能真的了解谁呢？"林晓晓看着他，"何晨光，你走了，再也没有回头。我知道，我已经永远失去了你。可生活还是要继续的，不是吗？他对我好，成熟、稳重，我还有什么可挑剔的呢？"

"晓晓，我还是觉得你太草率了！"

"草率？不草率又能怎么样呢？何晨光，你走了还会回来吗？流过的河水还会回头吗？过去的岁月还能重现吗？不能了，一切都不能了……你又为什么要说我草率呢？"

"对不起，我确实没有资格说这句话。"

"我的手都举得酸死了！怎么，真的不祝我幸福吗？"林晓晓笑。何晨光犹豫着伸出手，林晓晓一把抓住，紧紧握着。她笑着，却流出眼泪。何晨光看着她，眼里也慢慢溢出热泪。林晓晓紧紧抓住何晨光的手："松开以后，我们不会再牵手了！"何晨光看着她："你一定要幸福……晓晓……"林晓晓慢慢地挣开何晨光的手，后退着："我曾经爱过你。爱情，也许在我的心灵里还没有完全消亡，但愿它不会再打扰你……我曾经那样真诚，那样温柔地爱过你。但愿上帝保佑，另一个人也会像我爱你一样，爱你！"何晨光流着泪，看着林晓晓转身跑远了。

王亚东一直站在那边的车旁。何晨光擦去眼泪，大步走过去。

"好好对她，她是个好女孩！"

"我会的。"

"不许欺负她！"——王亚东点头。何晨光转身大步走了，王亚东默默看着他的背影。更远处，停着一辆厢式车。

2

墓园里，层层叠叠的公墓沿山而上，一片肃静。王艳兵穿着整齐的军装，捧着一束白色玫瑰，拾阶而上。在他奶奶的墓前，一个中年男子摘下墨镜跪着，看着墓碑上的照片，重重地磕了一个头。王艳兵抱着白玫瑰远远地走来，站住了。他看见那个中年男人在墓碑前泣不成声，立刻闪身藏在不远处的一座墓碑后面，瞪大了眼。王青山抬起眼，泪光当中带着无限的内疚。突然，他的余光扫到了人影，眼神立即变得锐利起来。王艳兵慢慢接近，王青山右手伸入怀中。王艳兵越走越近，王青山突然一个利索的拔枪转体，枪在空中上膛，动作干脆利落，对准了走来的王艳兵。王艳兵呆住了。王青山看着面前的年轻士兵，也呆住了。

"爸——"王艳兵高喊。王青山一脸惊讶。

"我是王艳兵——爸爸——"

王青山的嘴角抽搐着。王艳兵一把抓住手枪顶住自己的脑门儿："你要开枪打死你的亲生儿子吗？！来啊！你开枪啊！"王青山抽回手枪，王艳兵一个擒拿手夺过。王青山弹踢在王艳兵手上，手枪飞起来，他凌空接过手枪落地，完全不像一个中年人。

"爸爸——"王艳兵大喊。王青山拔腿就跑，王艳兵急忙追去。王青山敏捷地翻过墓地围墙，落地起身，呆住了——王艳兵气喘吁吁地站在面前。王艳兵看着面前的父亲："为什么要躲着我？"王青山不说话。

"我是你的亲生儿子！我做错了什么？"王艳兵忍住泪。王青山很内疚，无语。

"我做错了什么，你不要我了？"

"你没有错，都是我的错。"王青山声音低沉。王艳兵的眼泪一下子夺眶而出："为什么不要我？那时候我才五岁，我一直都很乖的，你知道的……"

"对不起……"

"为什么不要奶奶了？她一直叫着你的名字，一直到去世……"王艳兵哭着大吼。王青山老泪纵横。王艳兵哭着问："我们不是一家人吗？"王青山抬眼看天。王艳兵哭着："爸爸……这么多年，你去哪儿了？我还以为，你已经不在了……"

"你就当作……我死了吧。"

"不！你没有死，你就站在我的面前！"王艳兵撕心裂肺地大喊。

"我不配做你的爸爸。"

"可你是我的爸爸啊！我的身上，流的是你的血啊！"——王青山无语泪流。

"你知道不知道，没有你，我多难过……别的小朋友都有爸爸，我没有；别的同学都有爸爸来开家长会，我没有……甚至我当了兵，我要去执行任务，别人都可以给家里打电话，跟爸爸告别，我也没有……我好像一个孤儿，好像从石头缝里蹦出来的……我也想有爸爸……"——王青山闭上眼，压抑着自己的哭声。"爸爸，不管你犯了什么罪，你都是我的爸爸……我恨你，发自内心地恨过你，咬牙切齿地恨过你。但是……我越来越恨不起来你……爸，你肯定有你的苦衷，你不会丢下我不管的……"

"好孩子，是我对不起你……"王青山泪流满面。

"不！父子之间没有什么对得起，对不起的！你是我的爸爸，这是上天的安排！我的血管里面流的是你的血，爸——"王艳兵跪下了，哭着说，"爸……别走了……回家吧……"

王青山老泪纵横，哭了出来。

"不管你做过什么，犯过什么罪，我都不会怪你的……爸，自首吧……跟儿子回家……"

"啊——"王青山仰天呐喊。"爸——"王艳兵磕头，长跪不起。

"好孩子，我的事情不是那么简单的……"

"就算你要上刑场，儿子也送你最后一程！但是你别再跑了，爸……儿子会孝顺你的……别再离开我……"王艳兵哭着。王青山怜爱地看着自己的儿子。王艳兵再磕头，头磕在地面上，一下就出血了："爸——"再抬起来，呆住了——已经没有了人影。王艳兵站起来，山间风动，树叶沙沙，却没有父亲的影子。"爸——"群山苍岭，回荡着王艳兵嘶哑的声音。

3

清晨，繁华的都市车水马龙。李二牛下了公车，拿着地图东张西望，看见了那个大酒店。他整整军帽，兴高采烈地走过去。酒店门口，领班翠芬正带着员工们列队站好。李二牛走过来在后面站好，翠芬没看见，李二牛在员工们后面看着她笑。翠芬一转身，看到李二牛，愣住了："你还活着啊？！"李二牛笑道："俺不好好的吗？那啥，你也是个领导了，你……"翠芬冲过来抱住他："知不知道我多担心你啊？李二牛！"李二牛一个立正戳得笔直："到！"

办公楼上，张丽娜凑到玻璃窗前看："那个小兵是谁？翠芬的对象吗？"秘书看看："好像是，站得真规矩啊！"张丽娜笑道："新兵嘛！还新鲜呢！可以理解！你去告诉翠芬，今天可以不上班了。不，明天也不用来了。"

"啊？翠芬挺能干的啊，为什么要解雇她？"

"什么啊？！她对象不是来了吗？见一面不容易，放她几天假！"

"是！我知道了！咱们张总啊，真的是菩萨心肠！"

张丽娜笑道："你啊，别拍马屁了，去做事吧！我对胡翠芬网开一面，是因为她对象是当兵的！你要是也想让我网开一面，也去找个当兵的回来啊！"秘书吐吐舌头："原来张总跟当兵的这么有缘啊！"张丽娜的脸色微变。秘书急忙告退，关上门出去了。

张丽娜想想，走到办公桌前，拿起桌上的相框，五岁的儿子活泼可爱。她抽出儿子的照片，露出藏在下面的一张——年轻的少尉军官范天雷。

4

何家小院里，何保国正在收拾菜园子，奶奶在旁边浇水。门口，阳光将拉长的人影投射在地上。何保国抬起头，呆住了，奶奶也傻傻地看着。何保国站起身，蹒跚几步。

"爷爷，奶奶，我回来了。"何晨光站在门口。两个老人互相搀扶着，看着门口的孙子。何晨光啪地立正，敬礼。何保国颤巍巍地推开老伴儿，举手还礼。祖孙两代军人敬礼，互相久久凝视着。何保国的眼泪出来了，泪光中，年轻的何卫东仿佛站立在眼前。奶奶老泪纵横，抱住何晨光："我的好孩子啊……"何晨光也抱住奶奶："奶奶，我回家了……"

"回来好！回来好！奶奶这就给你做饭去！"奶奶擦着眼泪。何晨光扶着奶奶："我来做吧！"

"咋，你还会做饭了？"

何晨光笑道："瞧您说的！我经常在炊事班帮厨呢！我最好的战友，就是二级厨师呢！"爷爷点头："是军人了，知道战友的概念了。"

"爷爷，这个是我送给您的。"何晨光盒子打开——一枚二等军功章。

爷爷眼一亮，颤巍巍地接过："好！好！好！不愧是我的孙子！老婆子，把我的茅台酒拿出来！今天谁也不许限制我喝多少！"

5

军区机关大院里，唐心怡心事重重地走着。远处，一辆猛士车开来，范天雷从车上跳下来："小唐主任。"范天雷笑着说："我想跟你谈谈关于何晨光的事儿！"

唐心怡顿了一下，又继续走："那更没什么好谈的了。参谋长同志，我跟他，已经没办法再见面了。"范天雷说："你也是经历过风雨的，大小也算是个人物了。我真的没想到，你这么脆弱，这么胆小！你为什么不敢去见他？"

"我还有什么脸去见他？"唐心怡神情落寞。范天雷问："你为什么没脸去见他？"

"我欺骗了他！"

"我训练士兵，经常要欺骗他们，我为什么就敢见他们？"

"那不一样！"

"怎么不一样？"

"你是他们的教员，是他们的上级，你就是给他们制造情况的！"

"你不是他们的教员吗？"

"你明明知道，我跟何晨光之间不一样！你现在这么说，是想来嘲笑我不该爱上一个列兵吗？"唐心怡看着他说。范天雷道："他已经不是列兵了。"唐心怡一愣。

"他的提干命令，军区已经批准。我今天是为他提干的事情来机关的，不是专程来找你的。命令下达之日，他就是中尉军官了，跟你一样。而且，他也是全军区最年轻的中尉军官。我想你明白，他有这个资格。"范天雷说。唐心怡转身要走："可笑！这跟我有什么关系？我是那么恶俗的人吗？他是列兵，还是中尉，在我眼里有区别吗？！"

"有些东西错过了，是不会再回来的！"

范天雷看着她："感情这东西很微妙，往往在一瞬间，得到和失去就已经注定了。你装作不在乎，其实你很在乎。如果你真的不在乎，也不会愁眉不展的。小唐主任，我比你年长二十岁。作为过来人，我真心劝你，不要自己耽误自己。"唐心怡嗤了一声："过来人？你这个冷血动物，也配谈感情？"范天雷的嘴角抽搐一下。唐心怡继续说："难道你还谈过恋爱？这可稀奇了！谁不知道特种部队的范天雷参谋长孑然一身，以部队为家！"

"我结过婚。"

唐心怡一愣。范天雷的声音沉下去："十年前就离婚了。"范天雷掏出钱包，打开——一张三口之家的幸福合影。

"你的孩子？"

"对。"

"男孩儿女孩儿？"

"男孩儿。"

"他多大了？"

"如果他还活着，十五岁了。"

唐心怡呆住了。范天雷收起照片："我想和你好好谈谈，不知道你有没有时间。"唐心怡默默地看着他，不知道该说什么。

咖啡厅里，小提琴悠扬的旋律飘扬着，带着感伤的味道。唐心怡看着面前的范天雷：

"参谋长，我为我刚才说过的话，向你道歉。"范天雷说："没什么，我早就习惯了。在所有人的眼里，我就是个冷血动物！你说得没错，我现在是以部队为家，孑然一身。在你们这些年轻人的眼里，我是个怪老头。"唐心怡笑道："老头谈不上，不过倒真的是个怪大叔。"

"今天我叫你来，就是打算告诉你——二十年的出生入死，让我对很多事情都变得麻木，包括对个人生死。活着回来，算赚到了；牺牲了，倒好像是应该的。我和我的部下不畏生死，不畏危险，不畏痛苦，什么都不怕。但是，是人就会有弱点，越刚强的人，弱点越脆弱。"

"你的弱点……就是你的家庭？"——范天雷不说话，默默地看着她。

"我的前妻也是一个军人子弟，她的父亲是我的老团长，那时候我刚刚提干。虽然是由岳父介绍认识的，但我们也是自由恋爱。在我调动工作到狼牙特战旅以后不久，我们就结婚了。很快，我们有了这个儿子，叫奔奔。"范天雷取出照片，放在桌子上。他凝视儿子，目光中有无限爱怜，"我前妻属于下海比较早的一批人，当年赚了些钱，就想出国旅游。你知道，我们这些人肯定是不能去的。她不听我的劝告，在我探亲结束回部队以后，带着儿子去国外旅游。在国外，她和奔奔被国外敌对势力绑架了。"唐心怡瞪大眼。

"我空有一身武艺，又有什么用？我的战友都是最强悍的特战队员，又有什么用？"

唐心怡不敢说话，二十年前的回忆让范天雷一脸痛楚……

特种部队营区，范天雷穿着猎人迷彩服跳下车，肩上是上尉军衔。他走进大楼。值班室里，陈善明起立："副营长好！"

"谁找我？"

"不知道，是个男人，说是跟您爱人一起去国外旅游的！"

范天雷点点头："好，我知道了。"拿起电话。陈善明知趣地出去了。

"喂？"范天雷握着话筒。对方沉默。

"你是哪位？我是范天雷。"

国外某山地，穿着迷彩服的男子拿着卫星电话，抽了一口烟，吐出来："金雕。"范天雷一愣："你是谁？你怎么知道我的代号？"

"我不仅知道你的代号叫金雕，我还知道猎鹰，知道狼穴，知道狼头，知道很多很多。"

"你到底是谁？"

"是我杀了猎鹰。"

"蝎子？！"范天雷一惊。

"瞧，金雕，我们如此熟悉彼此，还需要做更多的自我介绍吗？"蝎子拿着卫星电话笑。

"你把我老婆孩子怎么样了？！"

"作为未曾谋面的老朋友，我只是请他们来做客。"蝎子扭头，张丽娜抱着小奔奔缩在泥地里，几支枪口对着他们。范天雷怒吼："你想干什么？！"蝎子笑笑，说道："你先听听他们的声音。"张丽娜抱着孩子，不说话，浑身战栗。蝎子怒喝："说话！"张丽娜抱着奔奔，还是不说话。旁边的枪手凶神恶煞："快说话！"

"妈妈，我怕……"

张丽娜抱紧他："不怕不怕……爸爸会来救我们的……爸爸是特战队员！"

"你爸爸不会来救你们的。"蝎子笑着拿走电话，"亲情热线结束了。金雕，现在是蝎子在说话。"

"你到底想干什么？！"

"你先冷静冷静，想想现在的状况。我们之间是有时差的，我现在该睡觉了，稍后我会再次跟你通话。完毕。"挂了电话。

值班室里，范天雷怒不可遏："蝎子！蝎子！别伤害我老婆孩子——"

蝎子笑着看着母子俩。张丽娜抱着奔奔："你跟我老公有仇，你去找他啊！你抓我们娘儿俩算什么本事？！"蝎子笑笑，说道："我跟你老公没有个人恩怨，相反，我很欣赏他。有人出钱，要买他的人头，我是给他一条活路。"

"那你就要绑架我们母子？"

"没办法，我不可能在中华人民共和国的土地上对一个解放军军官下手。正好你们出国旅游，我就顺便请你们过来做客了。"

"你要怎么样都可以，但是不要伤害我儿子！"

"那要看你老公了，看他是不是一个疼爱儿子的父亲！看看在他的心里，到底是忠诚于国家，还是忠诚于儿子！"

"卑鄙！无耻！你们杀了我，不要伤害我儿子！"张丽娜怒吼。蝎子面无表情地说："我只是想跟他合作，杀人不是我的目的。带他们走！"年轻的王亚东看着他们远去，很不忍心："蝎子，一定要这样做吗？"蝎子问："还有什么办法能逼金雕这样的角色下水吗？"

"你不如我了解中国的解放军，我是在那块土地上长大的——他真的会选择忠诚国家。"

"那对我们有什么损失？这母子俩也可以去交差了。"

"那个小孩子刚刚五岁啊！"王亚东不忍心地说道。蝎子道："山猫，这是生意。你知道生意的意思吗？就是没有感情。这一对母子，就是货物——你这样看，心里就好受了。"

王亚东冷冷地看他："你就一点儿感觉也没有吗？"

"有，但这是生意，生意是不能讲感情的。我知道你很难接受，但这是我们的命运。而命运，是我们不能抗衡的。你现在还年轻，过几年就明白了。"蝎子走了。王亚东很难过，抬头看着天。

值班室里，范天雷血红着眼，紧张地思索着。他拿起电话，又放下，看着墙壁上的军旗。范天雷一咬牙，拿起电话："给我接旅部，我是二营副营长……旅长，我有个紧急情况要向您汇报……"

6

咖啡厅里，范天雷痛苦地埋着头，唐心怡看着他："你报告了上级？"

"你告诉我，我还能有别的选择吗？"

唐心怡无语。

"换了你是我，你也不可能有第二个选择。"

唐心怡痛苦地点头："是的，你做得对。"

"部队迅速报告了上级，通过有关渠道联系到当地警方，他们开展了营救行动。但是你也可以想到，蝎子的战斗力有多么强悍，他并不比我差。蝎子带着大部分手下逃掉了，当地警方只救出了我的前妻。而我的奔奔，在战斗当中……被流弹击中了……"唐心怡的眼泪在打转。范天雷一脸痛苦："我的儿子，没有了……后来，也就离婚了……"

唐心怡看着范天雷——这个强悍的男人，这个什么都不怕的男人，第一次流出了眼泪。

"从此以后……你就一个人？"唐心怡哽咽着。

"对。"

"其实……我能感觉到，你还是很爱你妻子的，她也爱你。你应该去找她。"

"再让她陷入这种危机当中吗？"

唐心怡语塞。范天雷痛苦地说："这一切其实都是我的错，是我的疏忽大意导致的。我永远也不能原谅自己，也不可能让我爱的人再陷入这种危机。"

"参谋长，真的没想到，你还有这样一段往事……"唐心怡擦掉眼泪。

范天雷收起照片："过去了。所以我对他们很苛刻，因为他们要面对的形势，比我那时候更复杂、更危险。蝎子发现了我的弱点，拿我的弱点来对付我。而我们每个人都会有弱点，包括何晨光。我必须让他面对自己的弱点，并且能够战胜这个弱点。否则，他早晚会遇到更大的麻烦。有了这次的经验教训，他就能知道如何去处理。"

"我现在理解你了，我可以原谅你。"

"你原谅我有什么意义？我也不需要任何人的原谅。"

"那你来找我做什么？"

"我要你去找他。"

"为什么？"

"因为，你们彼此相爱。"

"这不是理由，相爱的人往往不能走到一起。"

"正因为相爱的人往往不能走到一起，所以我更希望你们可以走到一起，"范天雷看着她，"不要重蹈我的悲剧。"

"参谋长，你什么时候开始做媒婆了？"

"你知道，我跟何晨光的父亲是生死战友，他的父亲是因为我牺牲的。他的父亲不在了，我就是他的父辈，理所应当会关心这件事。而你跟他显然是合适的，我当然不能让他错过这段好姻缘。"范天雷说。唐心怡道："我可比他大好几岁呢！"

"知道，有关系吗？你唐心怡是会在乎这些的女人吗？如果是，那算我看错了！"

"你怎么知道他不在乎呢？"

"因为，他爱你！"

唐心怡一愣。范天雷认真地看着她："去，还是不去，你自己考虑。不管怎么样，我都尊重你的选择。只是你记住，你若因为面子不去找他，这个伤害会是他一生的阴影。他被你欺骗了，被自己爱的人欺骗了，你该知道这个伤害有多大。"

"那不还是你害的？！"

"我是原罪，你是执行者，半斤八两，一个都跑不了。解铃还须系铃人，小唐，如何选择看你自己的了。"范天雷起身拿起军帽出去了。唐心怡坐在那儿，心事重重。

7

军区干休所，唐心怡穿着军装，站在门口犹豫着。哨兵走过来，敬礼："首长，请问您有事吗？"唐心怡道："哦，没事……"哨兵笑笑，说道："那请您退到黄色警戒线以外。"哨兵走回去，继续站岗。唐心怡鼓足勇气，往里走，走到哨兵跟前又犹豫。哨兵纳闷儿地看着她。唐心怡一咬牙，转身走，可呆住了——何晨光扶着奶奶买菜回来，也呆住了。唐心怡站在那儿发傻。何晨光躲开她的目光，扶着奶奶往里走。奶奶看着唐心怡："这姑娘，真俊！"唐心怡不好意思地笑笑，不知道该说什么。

"有对象了吗？"奶奶笑着问。唐心怡不知道怎么说："没……没有。"

"那跟我孙子认识认识？这是我孙子，叫何晨光！特老实的孩子，又勤快……"

唐心怡不敢说话。何晨光有些尴尬："奶奶，您没糊涂吧？怎么一上街就给我张罗对象啊？逮着谁都要问！这是第几个了？"

"第三个啊！头两个你不满意，这个我看，你不能不满意吧？"奶奶笑着说。何晨光道："您这说的都是哪儿跟哪儿啊？您满意，也得看人家满意不满意啊！这事儿能您说了算啊？"

"我这不征询人家姑娘的意见吗？"

何晨光看唐心怡："对不起，我奶奶也是着急，都急糊涂了。"唐心怡尴尬地说：

"哦，没事。"奶奶看看他们："我糊涂？我才不糊涂呢！咋？你们认识？"两人点点头。奶奶笑了："是来找我们家晨光的吧？"

"是……"唐心怡迟疑地说。奶奶笑开了花："好好！这孩子，找到对象了也不跟奶奶说！这姑娘好，人见人爱，花见花开的！快快，家去！家去！"唐心怡很不好意思。何晨光苦笑："奶奶！就算人家是来找我的，也不说明就是我对象啊！您看您！"

"糊弄奶奶啊？别忘了，奶奶也年轻过！快把菜给我，你陪着姑娘在后面走着，奶奶赶紧回去告诉你爷爷！"奶奶一把抢过菜篮子，快步走了。何晨光和唐心怡站在那儿，两人都很尴尬。唐心怡尴尬地说："那什么，我就是路过，看看你怎么样。看见你就行了，我走了。"唐心怡转身，何晨光一把拉住她。唐心怡不敢动。何晨光看着她："现在你让我怎么收场？"

"对不起，我也不知道会这样……"

"走吧，就是演戏，你也得帮我演完。"

唐心怡不敢吭声，灰溜溜地跟何晨光进去了。

院外，奶奶提着菜篮子，老远就喊："老头子！老头子！"正在整理菜园子的何保国头也没抬："喊什么？闹地震了？"奶奶兴高采烈："孙子的对象来家了！"爷爷一愣："嗯？他什么时候有对象的？"

何晨光走进院子，唐心怡跟在他身后。何保国眨巴眨巴眼，何晨光苦笑。唐心怡急忙敬礼："首长您好，我是唐心怡，是何晨光的……教员。"何保国还礼："你好，你好！那什么，小唐，屋里坐！我去洗洗手！晨光，先给人倒茶！"何保国看着唐心怡的背影："中尉？你没搞错吧？找了个对象是中尉？"奶奶看着："这姑娘咋样？"

"模样倒是挺俊俏的，"何保国说，"可人家说了，是他的教员啊？"

"我说你真的是老糊涂了！你在军校当教员的时候，去我家，不也说是教员吗？！"何保国有点儿不好意思。

唐心怡一进客厅就呆住了，看着何晨光："是……你父亲？"何晨光看着她说："对。你坐吧，我给你倒茶。"唐心怡看着对面的照片："你和他很像。"何晨光没吭声。唐心怡内疚地问："你……是不是一直在恨我？"何晨光愣了一下，继续倒茶："不恨，那是训练。"

"对不起，我……"

何晨光把茶递给她："你不用道歉，一切的一切，都是为了训练。"

"不是你想的那样的，我……"

"没什么，真的。想进入红细胞特别行动小组，自然需要有一些过人之处，意志力的训练尤其重要。"

唐心怡看着他："你是不是以为，我都是骗你的？"

"我没那样想。"

"那你……"

"我曾经恨你，但是后来不恨了，我能想明白为什么要这样做。参谋长是为了我好，我都明白。"唐心怡不知道该说什么了。何晨光不敢看她："一切的一切，都是事先设计好的。"唐心怡有些激动："不是的！真的不是的！"

"为了我，参谋长真的是用心良苦，你也是。"何晨光苦笑。

"何晨光，我今天来就是想告诉你，事情不是你想的那样的！"

"那是怎么样的？你想告诉我，这不是你事先知情的？"

"我知情。"

"那你想告诉我什么？"

"我说过，你不会原谅我的……"——何晨光看着她："原谅？你需要我原谅什么？你是我的教员，你训练我，是天经地义的事，需要什么原谅呢？"

"你一定要这样想吗？"唐心怡的心在痛。

"告诉我，我该怎么想？"

"你在逼我！"

"对，我就是逼你！因为，我要真相。"何晨光眼里冒着火。

"什么真相？"

"所有的真相。"

唐心怡语塞。何晨光注视着她："你不敢说吗？"

"好吧！我就知道，好人都让范天雷做了，恶人都让我做！"唐心怡看着他，"是！我是欺骗了你！因为是范天雷参谋长安排的！但是我也对你说了实话！"

"什么实话？"

"我……我……"唐心怡语塞，说不出话来。何晨光期待地看着她。

"这里是何晨光家吗？"外面有人喊。何晨光起身："是！"身穿便装的陈伟军和武然站在门口，何晨光走出来："请问你们找我吗？我是何晨光。"陈伟军拿出证件："你好！如果你方便的话，请跟我们走一趟。我们有事希望能得到你的帮助。"何晨光一愣："什么事情，我能帮到你们呢？我当兵一年，刚回家探亲啊！"

"何晨光同志，希望你能理解。"陈伟军看看后面站在门口的唐心怡，"我现在什么都不能说。"何晨光回头看看："你们希望我帮忙，总要让我知道是什么事吧？"

陈伟军压低声音："关于林晓晓的事。"何晨光一愣："嗯？她怎么了？！"陈伟军低声说："现在不方便说。可以吗？跟我们走一趟，我们领导想跟你谈谈。"

"好。等我一下。"何晨光回头看唐心怡，"你今天来得不是时候，我要出去一下，很快回来。"唐心怡道："你小心点……"何晨光一愣，回头，唐心怡脸红了。何晨光笑笑，说道："我没事的。"跟着俩便衣走了。

8

车开到海边停下，一个高级警官站在不远处，陈伟军指指："那就是我们领导。"

陈伟军和武然在附近警戒，何晨光下车跑过去，立正，敬礼："首长好！"警官回过头，笑道："我们见过，何晨光。"何晨光一愣："温总队长？怎么是您？"

"很不好意思，你在休假，还把你给找来。"温国强笑道。

"没关系，帮助警方也是我的职责！请您下命令吧！到底需要我做什么？"

"我需要，你去跟林晓晓谈话。"温国强神色严肃。

"跟晓晓谈话？"何晨光有些纳闷儿，"可我现在不是很方便了，她都要结婚了。"

"我要你想办法，让她不要结婚！"

何晨光一愣。温国强看着他："她要嫁的人，是一个在国际刑警红色通缉令上的刑事要犯！"何晨光大惊。"我们已经跟踪监控他多年，没想到，林晓晓同学很无辜地卷进来了。为了不让她彻底卷进来，为了不让她的一生成为一个悲剧，我们总队党委经过研究，汇报省厅常委批准，决定找你帮忙，跟她谈话，阻止她结婚。"

"到底是怎么回事？"何晨光急道。

"那个叫王亚东的，是一个国际杀手集团的成员，不过没有血债，是被胁迫的从犯。他也可能是想金盆洗手，但是我们一直怀疑，他跟国外的杀手集团还是有联系的。更具体的，我不方便跟你多说。告诉你的这些，足够你做判断，该不该去跟林晓晓谈话。"

"温总，你们明知道他是国际杀手，明知道他跟晓晓在谈恋爱，你们却不阻止？！"

"我们没办法阻止。你要我们去怎么说？我们的民警去找到林晓晓，告诉她，跟她在一起的人是一个国际杀手，让她不要再跟他相处？可能吗？不超过一分钟，林晓晓的电话就会打到王亚东那儿，质问他是不是国际杀手！林晓晓的个性，你不了解吗？"温国强看着他。何晨光呼吸急促地问："但是你们也不能眼睁睁看着她一步一步被卷进去啊？！"

"所以我们现在才找你帮忙啊！"温国强说，"你不明白吗？如果林晓晓不是一个单纯无辜的女孩儿，我们会来找你帮忙吗？监控王亚东的专案已经进行多年，我们这么多年的努力，难道要付之东流吗？"

"你们可以把他抓起来啊！"

温国强摆摆手："还不到时候。我们想通过他，挖出幕后深藏的一个集团头目。"

"可是林晓晓是无辜的！"

"那些死在他和他同伙手上的人呢？是死有余辜的吗？"温国强看着何晨光。何晨光一下子呆住了。温国强看着他，语气凝重地说："我们已经尽力了！我已经找过省教委，找过省民政厅，找过林晓晓父母的单位领导，我甚至去找了林晓晓的学校领导，想尽了一切办法！但是你要我跟他们明说吗？想要打草惊蛇，让王亚东逃掉吗？结果这些领导都告诉我，法律上没有禁止的事情，他们没有办法出面阻止！咱们也是要讲法制的啊！我难道要跟他们说，王亚东是一个国际杀手吗？"

何晨光低着头，思索着。温国强继续说："现在只有这最后一个办法了。"

"你要我怎么跟她说呢？我不能告诉她王亚东的真实身份，该怎么阻止她结婚呢？"

"这要看你的本事了。"温国强说。何晨光摇头："可是我做不到，我做不到欺骗她。"

"我没有要你去欺骗她，你也欺骗不了她。我只是希望你去跟她推心置腹谈一次话，不管你们现在的关系怎么样，你们毕竟是一起长大的，还是有兄妹情谊的。你说话，她多少会考虑的。"何晨光摇头："我了解晓晓，她决定的事情，我改变不了的。"

"尽人事，听天命吧！"温国强叹息，"命运掌握在自己的手上，看她怎么选择吧！"

何晨光无语，看着大海。

9

何晨光房间，唐心怡推门进来，环顾着四周。墙上贴着李小龙的海报，各种兵人、舰船模型整齐地摆放着。桌子上几个扣着的相框吸引了她的注意，她走过去，慢慢拿起来——何晨光和林晓晓相依微笑。唐心怡看着，脸色微变。唐心怡走出房间："首长，我……我还有点事，就先走了！改天我再来看您和奶奶！"说着起身鞠躬，拿起帽子走了。

唐心怡匆匆走出干休所门口，对面，何晨光闷闷不乐地走来，看见唐心怡，站住了。何晨光没说话。唐心怡看着他："我……我还有点事儿……先走了。"

何晨光看着她走过去，没说话，想着心事走进去。

第十五章

★

1

别墅里，林晓晓坐在飘窗上想心事。窗外，大海静谧，海浪轻轻拍打着岸边，蓝白相映，梦幻一般的环境。王亚东还在刷漆："晓晓，你看这个颜色怎么样？比刚才的淡了点儿。"林晓晓没有回头，默默地看着外面。

海滨别墅区，何晨光下了出租车，抬眼一看，几百幢别墅林立。何晨光走到马路对面，对着大门站好，默默地注视着。别墅里，林晓晓呆住了——远处的门口，何晨光笔直地站着。林晓晓瞪大了眼，一下子跳起来，尖叫一声就往外跑。王亚东吓了一跳："晓晓，你去哪儿？"林晓晓光着脚冲出去，一把推开门跑了。

别墅区大门口，何晨光默默地站着。林晓晓光着脚从里面跑出来，没命地奔向他。何晨光注视着她，脸色铁青。林晓晓跑到何晨光跟前，呼哧带喘，说不出话。何晨光看着她："晓晓，我来找你。"林晓晓的眼泪出来了："找我？你找我……干什么？"何晨光一把拉住她的手："跟我走！"

"去哪儿？"

"回家！"

"回家？回谁的家？"

"你的家！你自己的家！你父母的身边！"

"不！这里才是我的家！"林晓晓挣扎着说。何晨光扳过她的肩膀："这不是你的家！你醒醒，晓晓！你才多大啊？你知道什么是婚姻，什么是家庭吗？！家是这个世界上最安全的地方！你觉得你现在安全吗？！他能带给你那种安全感吗？！"

"可是，你又能带给我安全感吗？"林晓晓看着他。何晨光语塞。

"这不是一回事！"

"这就是一回事。"林晓晓流着眼泪，"何晨光，你不要我了，现在又跑过来找我，跟我说这些，你到底想干什么？"

"我是为了你好！你父母同意你跟他结婚吗？"

林晓晓苦笑："你什么时候也变得这么俗了？"何晨光认真道："在这个世界上，唯一会为了你的幸福不惜一切代价，全心全意为你着想，甚至会牺牲自己让你能过得好的，只有你的父母！他们都是为了你考虑，他们的话就一点道理也没有吗？"

林晓晓不说话，只是流泪。

"晓晓，回家吧。我送你回家。"

"我不回去！这是我的家，我去哪儿啊？"林晓晓哭着说。何晨光怒喝："你会后悔的！"林晓晓摇头："不会的。有什么好后悔的？他对我好，还有什么后悔的？"

"你也不想想，靠开军品店，他能买得起这儿的别墅吗？"

林晓晓苦笑："那又有什么关系？"

"没关系吗？你想过他的钱是怎么来的吗？他万一是个坏人呢？"

"他没有对我坏，这就够了。"——何晨光无语。王亚东提着林晓晓的拖鞋出来："晓晓，地上凉，穿上鞋。"蹲下给林晓晓把鞋套上。何晨光默默地看着。林晓晓苦笑："你看，他就想到了，我没穿鞋。你呢？"何晨光无语。

"何晨光，你能来看我，我很开心。现在，我要回家了。你去我家做客吗？"

何晨光不说话。

"进去坐坐吗？我也是老兵，可能我们会有共同话题呢。"王亚东说。何晨光看着他："我们不是一路人。"王亚东也看着他："有些东西，我们是一样的。"何晨光冷冷地看着他："道不同，不相为谋。"王亚东伸出右手："既然这样，那就握个手吧！"何晨光仔细地看着他："我不会跟你握手的。"林晓晓吼道："何晨光！"

"对不起，晓晓，不是我没有气度，而是因为……我是军人。"何晨光说。王亚东苦笑："我理解。我是外国军人，你是中国军人。"说完黯然地收回手。何晨光看着林晓晓："跟我回家吧！晓晓，你再不走，就真的没有机会了！"林晓晓含泪摇头，何晨光无奈。

"他是我老公，我要跟他回家。我们走吧。"林晓晓挽住王亚东，走了。何晨光默默地看着。林晓晓跟着王亚东回到别墅，一直流泪。王亚东抱着她："如果你跟他走，我不会怪你的。"林晓晓埋在王亚东的怀里："我不会走的……"王亚东抱紧林晓晓："你什么时候想离开都可以……"

"我不会离开你的……"

"晓晓，有些事我一直想告诉你，其实我……"

林晓晓捂住他的嘴："我不想知道，别说了。只要你对我好，就够了……"

别墅区门口，何晨光孤独地看着，眼中有隐隐的泪光。夜幕降临，何晨光咬咬牙，转身走了。

"我现在终于可以理解金雕说过的那句话——其实很多事情，我们都无能为力。在这个世界上，总是有很多你办不到的事情……"

232

2

清晨，日出东方，都市一片繁华。棚户区，张大妈戴着街道红箍，挥舞着扫帚，急赤白脸地跑着："不得了了！王艳兵回来了——""咣当咣当咣当！"一片关门声，孩子们"噌"地都散了。整个胡同一片寂静，好像没人一样。穿着军装的王艳兵走过来，站在胡同口，苦笑一下，迈步走进去。五十岁左右的社区民警跟着张大妈从对面走来："哪儿呢？我得叮嘱叮嘱这小子，现在不是小孩子了，够劳教的年龄了，再惹事我就不客气了！"民警走着，一抬头，呆住了——王艳兵军装笔挺，站在他们面前。民警狐疑地看着他，王艳兵啪地一个立正，敬礼："乔叔，对不起！以前给您添麻烦了！"民警急忙还礼，眨巴眨巴眼，一脸疑惑。

"希望您能原谅我！还有张大妈，我从小就给您添麻烦！对不起！"

张大妈张大嘴："这……这……这是唱的哪出戏啊？"民警夸赞道："好！好小子！一年多不见……好！好！部队好！教育人！好小伙子！成才了！真是个好小伙子！"王艳兵伸手拿过张大妈的扫帚："我来帮您拿！"张大妈高喊："街坊邻居们，都出来吧！解放军同志王艳兵回来了——"王艳兵苦笑，环顾四周。张大妈边走边喊："快出来欢迎解放军同志王艳兵啊——"孩子们出来了，怯生生地站在墙边。王艳兵笑笑，拿出一个子弹壳。孩子们眼睛一亮，都跑了过来。王艳兵拿出一把子弹壳，分给大家："别抢！别抢！都有！"孩子们欢笑着吹着子弹壳。

街坊邻居们惊愕地看着王艳兵，王艳兵一举手，大家吓得往后一躲。王艳兵啪地一个敬礼，大家都呆住了："对不起，大爷大妈，叔叔阿姨，哥哥姐姐，弟弟妹妹！艳兵小时候不懂事，给大家添麻烦了！请接受我的道歉！"大家都看着他，半天才反应过来，拥簇着王艳兵向家走去。王艳兵推开门，灰尘遍地，破落不堪。他站在门外，看着熟悉而陌生的小屋已爬满了蜘蛛网。张大妈张罗着："咱们帮艳兵收拾收拾啊！"

"不用了，张大妈。我想自己待一会儿。"王艳兵说。

"成，成！散了散了，让艳兵自己待会儿吧！一年没回来，肯定有话跟他奶奶说！走了走了！一会儿再来看艳兵！"邻居们渐渐散去。王艳兵走进屋，关上门。王艳兵拉开灯，大盘灯亮了，满是灰尘。他放下背囊，走到奶奶的遗像前，伸手拂去上面的灰尘。

王艳兵放好遗像，后退一步跪下来："奶奶，我看见爸爸了……可是他又走了……我不知道他为什么还要躲着我……奶奶，就算到天涯海角，我也一定要找到爸爸……我发誓，我一定要把他带到您面前，让他跟您赔罪……"王艳兵的眼泪慢慢溢出，他摘下军帽，给奶奶重重地磕了一个头。

棚户区，宋凯飞跟徐天龙两个人走过来。宋凯飞一路探头探脑："王艳兵家就住这

233

儿啊！"徐天龙看看手上的纸条："看地址是啊！也不知道哪家是！"从对面走过来的张大妈看见同样穿着军装的两人，眼一亮，冲着后面高喊："王艳兵！有人来找你了！"徐天龙跟宋凯飞都是一愣。徐天龙走过去："大妈，您怎么知道我们是来找王艳兵的？"

"你们都是部队上的人，没错！"

"王艳兵是这儿的名人啊？！"宋凯飞跟着张大妈往前走。张大妈一愣："啊！老出名了！从小就出名！"

"乖乖！难怪啊！我们俩这一来，您就认出来了！"

"王艳兵怎么这么出名呢？"

张大妈咳了一声："从小就打张家玻璃，偷李家鸽子，砸赵家尿盆子！街坊邻居谁不知道他？五百年难得一见的调皮孩子！"徐天龙和宋凯飞都忍俊不禁。张大妈走到门口，大喊："王艳兵啊！你战友来了啊——"王艳兵正在打扫卫生，听见喊声，走出门，惊喜道："你们俩啊？！怎么找到这儿来了？我这正大扫除呢！你们俩来得正好！帮把手！"

宋凯飞和徐天龙都是一愣。徐天龙摘下军帽："进来吧！别愣着了！是你说要来的，满意了吧？饭没蹭着，干活吧！"张大妈笑道："哟，想吃饭还不容易？我管饭！我管饭！街坊邻居们，王艳兵的战友来了，咱们做饭啊——"说完又一阵风似的走了。宋凯飞目瞪口呆。徐天龙感叹："这就是人民啊！人民的力量是无穷的！"

中午，又一个中年妇女端着菜进屋子："快快快！刚出锅的！溜排骨！趁热吃！"桌子上已经摆满各种菜肴，三个人急忙起身接着。中年妇女热情地张罗着："你们快吃！快吃！我锅里还有菜呢！你们等着啊！"说完又出去了。王艳兵为两人夹着菜："对对对，咱们快吃，吃完了找何晨光玩去！"

"哎！说起何晨光，我倒是更关心，他跟那个小唐教员咋样了？"宋凯飞问。徐天龙也好奇："对啊！那一出戏唱的，都要手刃恋人了！这矛盾激化到这程度，他俩还能复合吗？"宋凯飞大笑着说："赶紧吃！吃完了找何晨光去！非得问出来他跟那小唐教员咋样了！奶奶的，总不能结婚了，咱哥儿几个最后知道吧！"

"谁结婚了？"——三个人一回头，何晨光提着两瓶酒进来，苦笑。

"哟！这人不能惦记啊！说曹操曹操就到啊！快快快！进来！"宋凯飞赶忙起身。王艳兵急忙拿椅子："还说去看看你呢，你怎么就来了？"

"你们这么想我，我能不赶紧来吗？"何晨光坐下，"怎么都不吭声了？"

徐天龙和宋凯飞果然不吭声了。王艳兵笑道："他们俩跟这儿犯贫呢！别理他们！今天不陪你爷爷奶奶啊？"何晨光道："陪了好几天了，我跟他们说，来看看战友。我爷爷就非要我拎着酒过来，这不，二十年的茅台！"

宋凯飞眼一亮："好东西啊！现在茅台又涨价了！快快快，打开！"

"打开什么啊？哎，既然咱们四个齐了，我有个建议啊！"徐天龙说。何晨光笑笑，说道："去乡下找李二牛！"王艳兵催促着说："对对对，快吃快吃！何晨光你也吃！

这酒咱们留着，去乡下找李二牛再喝！"宋凯飞高兴："好好！"

"快快快！吃完了咱们就出发，买车票去！"几个人哗啦啦都赶紧吃。

3

军区干休所门口，唐心怡摇下车窗，递过去军官证。哨兵笑笑，说道："首长，是你啊！请进请进请进！免检了！"唐心怡笑笑，开车进去。唐心怡把车停在小院门口，拎着礼物，站在门口。何保国和奶奶惊喜地站起来，唐心怡笑笑，敬礼："二位首长好！"

何保国还礼："来找何晨光的吧？"

"对，他在家吗？"

"哟，刚出去一会儿，说是去找战友。"

"没关系，我来看看你们二老。这是我给你们带的礼物。"

"你说你来就来，还带东西干啥？"奶奶拉着她进屋，"快快快！进去坐！进去坐！老何，把你最好的茶叶拿出来！"唐心怡不好意思地说："不了不了，二位……首长，何晨光去找谁了？我想去看看他们，他们也都是我的学员。"

"也成！我也不是老糊涂，你跟我们俩老家伙也没啥可说的！"何保国笑着说，"他去找的是一个叫王艳兵的战友，你知道他住哪儿吗？"唐心怡笑："知道名字就成了，我肯定找得到！首长，我走了！"她敬礼，出去了。

棚户区，唐心怡将车停在胡同口，跳下车快步走进去。张大妈迎过来："解放军同志，解放军同志，你是找王艳兵吧？"唐心怡礼貌地笑笑："嗯？大妈，您怎么知道啊？"张大妈说："哎呀！今天来了好几个解放军，都找王艳兵！我一看你这穿军装，肯定是找他的，没跑！你是……艳兵的女朋友？"唐心怡笑道："不是不是！我是他在部队的教员。哎，他住哪啊？"张大妈转身一指："住后面，你看，第三个门！不过他们都走了！"唐心怡一愣："走了？去哪儿了？"

"不知道啊！他们闹哄哄的，吃完午饭就一窝蜂似的跑了！说要去看个战友，挺远的！"

"哦，谢谢您啊，大妈。"唐心怡跳上车，四处张望，懊恼道："怎么总是我找你啊？你就不知道来找我？这个死小子！"她沮丧地开车走了。

4

农田里，骄阳似火。李二牛穿着迷彩服，坐在拖拉机上握着把手，拖拉机"突突突"地跑。翠芬坐在旁边，看着他乐。李二牛脸上也乐得快开花了。唰——一道闪光擦过李二牛的眼。李二牛一脚刹车，本能地抱住翠芬滚下车。翠芬被李二牛搞得不知所措：

"咋了？！"

"狙击手！"

"啥？"

"回家了哪还有狙击手？！"李二牛反应过来，小心翼翼地探头出去。一道闪光打过来，晃着他的眼。李二牛挡住，探头看——不远处，四个穿军装的身影拿着小镜子在晃他。李二牛笑了。翠芬站起来，拍拍身上的土："你咋的了？一惊一乍的！看俺衣服都脏了！"

"俺战友来了！"李二牛嘿嘿乐。

"你战友？哪儿呢？"——李二牛一回头，人都没了。李二牛一惊："嗯？！"

噔噔噔，几个人影从四面八方冒出来，一把将李二牛按在地上。何晨光压在李二牛身上，勒住他的脖子："捕俘成功！"王艳兵也压在李二牛的胳膊上："快！跟解放军叔叔老实交代，都干什么坏事了？！"翠芬一惊，李二牛龇牙咧嘴："翠芬，别怕，都是俺……战友……"何晨光松开手，李二牛爬起来揉着脖子："偷袭俺……"

"你看你，一回家就放松警惕性了吧？"话音未落，李二牛一个扫堂腿，宋凯飞、徐天龙、王艳兵都倒了。何晨光飞身起来，踩着轮胎空翻过去。李二牛又冲上去。何晨光空中转体，扳倒了李二牛，按死在地上。

"好小子！敢跟我们来这套？！"王艳兵几人起身就打。李二牛爬起来就跑："俺错了！俺错了！"四个人在后面叫嚣着，追着，翠芬站在田埂上咯咯笑。

黄昏，坡地上的篝火烧得正旺，上面挂着烤全羊，滋滋地冒着油水。

"干杯——"五个茶缸子"砰"地撞到一起。放下杯子，李二牛辣得直哈气。宋凯飞看他："你看你，不知道好东西了吧？这二十年陈酿茅台，可不比黄金便宜！还不知道好歹！"李二牛看看杯子，赶紧舔，众人哈哈大笑。翠芬看着几人，咯咯地乐："快快快，你娘专门做的硬菜！知道你们五个小伙子肯定好这口！"王艳兵掀开篮子上的布："好家伙！猪头啊！哈哈哈！这个够味！"何晨光拿出匕首，噌噌地切开，几个人扯着猪头，大嚼着。

"有情况！"瞬间，五个人翻身下坡，动作迅猛。翠芬吓了一跳。五双眼探出地平线。李二牛眯缝着眼："十点钟方向，不明车辆在迅速接近！"另外四双眼睛齐刷刷地看过去——远处，卷起一团尘土。飞扬的尘土团越来越近，何晨光看着，脸色微变。

"这车见过！"

"没错，见过！"

"是见过！"

"对，是谁的车？！"

"到底是谁的车？！"

王艳兵看向何晨光："就是，是谁的车？！"何晨光苦笑，站起来："你们别闹了！"

236

四个人哈哈笑着都围过来。越野车急速开来，一声急刹车，尘土散开，落了五个人一身一脸的土。唐心怡跳下车，几个人灰头土脸地拍打着身上。"咳！"唐心怡轻咳一声，五个人腾地立正，何晨光目不斜视。唐心怡看看他们："你们在这儿干什么呢？"五个人互相看看，都不说话。唐心怡又问："没人回答我的问题吗？"

唰——四只手一起指向何晨光。唐心怡走过去："看起来你的战友们很体贴你，民主选举你来回答问题啊！"何晨光看看他们，无奈道："是！报告教员，我们在会餐！"

"会餐？"唐心怡看他，"忘记野外生存的原则了吗？你们点的火，我在五公里外就能看见烟！看来你们的警惕性不够啊，列兵！"何晨光一立正："是！教员教训得对！"

翠芬站在旁边不敢说话，另外四个人挤眉弄眼。唐心怡冷眼走过去："你们——解散！你——站着！"何晨光看看其他几人，兄弟们一哄而散，拉上翠芬："走走走！吃烤全羊去！"跑上坡去了。何晨光目不斜视，唐心怡盯着他："你很骄傲是吗？"

"报告！我不明白教员的意思。"

"你牛！你真牛！"唐心怡冷笑道，"你居然丢下我不管，让我驱车二百公里，主动来找你！"何晨光的眼神有些柔软："对不起……"唐心怡一瞪眼："说'报告'了吗？！"

"报告！对不起，我以为……"

"你以为什么？"

"报告！我以为……你不会来找我的。"

"为什么？"

"报告！"何晨光的声音沉下来，"我本来想去找你，可是想到我的战友王艳兵，他一个人在家。我不能丢下他，我们是兄弟！"唐心怡有点儿意外。"报告！他最后的亲人奶奶去世了，父亲失踪，家里只有他一个人。这个探亲假，他不好过，所以我想先去找他。我相信教员不会问一个愚蠢的问题。"

"什么问题？"唐心怡看他。

"到底是你重要，还是我的战友重要。"

"如果我问，你打算怎么说？"唐心怡看着他的眼睛。何晨光目不斜视："都重要。"

唐心怡默默地看着他。何晨光也看着她："你们在我的心里，一样重要。"

"我不信。"

"是真的，但是我要先考虑我的战友，因为他……是孤儿。"

"这还差不多，是句人话。我信你了。"唐心怡出了一口气。

5

黄昏，树林外，火一样燃烧的夕阳映在整个山坡上。何晨光坐在田坎上，唐心怡把玩着一根草，坐在旁边。两人都规规矩矩地坐着看日落。唐心怡看着落日，无限柔情："好久没到乡下来了，真漂亮啊！"何晨光淡淡一笑："嗯。以前训练，光顾着完成任务，也没这样看过日落。"他看着远方若有所思。唐心怡看他："你好像真的有什么心事，能跟我说说吗？"何晨光想想："有些事，我不能告诉你的。"唐心怡笑道："关于照片上那个女孩的事？"

"不完全是。她叫林晓晓，是我以前的女朋友，我们从小一起长大的。"

"哦，青梅竹马啊！"

"已经分手了。"

"看你这样子，是不是特舍不得？"

"这样说，你就小看我了。"何晨光说，"我是做事绝对不会后悔的人，但是我确实在为她难受。"

"为什么？"

"她要结婚了。"

"她多大啊？学生？不是还没毕业吗？"

"跟我一样大。现在婚姻法修改了，在校大学生可以结婚了。她的年龄刚刚够法定结婚线。在法律上，这是可行的。"

"哦——"唐心怡转过脸去，"因为她要结婚而难受啊！怪不得呢！"何晨光看她："我一直觉得你是个豪爽的女孩，可是我错了。"

"你说我小心眼？"唐心怡问。何晨光看着她说："不是吗？我为什么难受你都没有搞清楚，就下判断。不是你教我们情报判读的吗？难道你就这么判读自己身边的情报吗？"

"那你不告诉我，我怎么清楚啊？"

"我真的不能告诉你。"

唐心怡点点头："有问题。"何晨光没明白："什么问题？"

"如果这个女孩儿是跟你一起长大的，她不会有问题。有问题的可能性只有一个，她要嫁的人是个被警方关注的焦点疑犯！"

"你怎么知道？"何晨光诧异地看着她。

"根据蛛丝马迹判读的啊！我不是教过你吗？我在你家的时候，两个警察来找你，你的神色变得很着急，然后马上就出去了，回来后就变得怪怪的，那只能是因为她的事情了！她这么小，你们又知根知底，那她就不会有问题——有问题的，只能是那个男人了！"

何晨光看着她，不说话。唐心怡道："怎么了？你看着我干什么？"

何晨光转过脸："不是我告诉你的。"

"那我就猜对了……"唐心怡叹了口气，"这事儿很麻烦，你着急也没用的。"

"我不敢想她以后的命运会是什么样的。"

"现在也不能跟她挑明，谁都没办法了。"

何晨光看着远方："最痛苦的事情，不是如何选择，而是别无选择。"

"这话挺有道理的，你说的？"

"参谋长说的，我一直记着。现在我才知道，原来最痛苦的事情有很多，我都别无选择。"何晨光看着落日说。唐心怡看着他："说到这儿，我想起来了——那天……你真的会杀了我吗？"何晨光看她："你知道答案。"唐心怡淡淡地说："我知道。可能女人就是这样傻吧，明明知道答案，却总希望能有不一样的回答。"何晨光看着她，无语。

6

红细胞基地，一面国旗飘扬在营地上空。五个新人整齐列队，已经换上了特种部队的猎人迷彩服，分腿跨立，眼神里充满傲气。范天雷站在他们面前："祝贺你们正式成为红细胞特别行动小组的特战队员。这是一个好消息，也是一个坏消息。说它是好消息，因为这代表你们是精锐当中的精锐，很光荣嘛！"队员们目不斜视，知道还有下文。

"说它是坏消息，因为你们会没完没了地去玩命！就跟一首歌里面唱的一样，这个世界，并不太平嘛！你们随时都要准备出发！干什么去？战斗去！今天，当你们佩戴上红细胞特别行动小组的臂章，就注定要出生入死，随时准备投身沙场，报效祖国！特种部队不是超人部队，特战队员更不是超人！人都是肉长的，一枪下去，该死就得死，活着就是你赚了！什么是赚了？"范天雷弯下腰，唰一下卷起自己的裤腿——钢铁假肢露了出来。队员们傻眼了。"好好看看！什么叫赚了？这，就叫赚了！"范天雷声若擂鼓："你们以为什么是战斗？这就是战斗！每次出任务，都要抱着敢死的决心！有我无敌，一击必杀！当你深入敌后，你往哪里撒？四面八方都是敌人，落地就被包围！记住我的话——战斗！"

"记住了！"

"为谁战斗啊？！"

"忠诚于党！热爱人民！报效国家！献身使命！崇尚荣誉！"队员们立正怒吼。

范天雷冷冷地看着他们："口号喊得震天响，但是你们能不能做到呢？你们能不能真正成为忠诚于党的钢铁特战队员呢？现在还是未知数，需要实践来证明。这是你们的组长，你们已经很熟悉了！"陈善明敬礼。"还有另外一位主官，正在赶来的路上。今天下午，红细胞特别行动小组的教导员就要上任了——一个优秀的政工干部！我希望你们跟他好好学学，怎样去做一名中国人民解放军的钢铁战士！"队员们有点儿蒙，互相看看。

"看什么？这不是独立大队吗？不该有教导员吗？"范天雷怒喝，"你们都是党员或者预备党员，党组织的工作等教导员到位以后再布置。我现在是给你们提个醒，不管经过什么样的训练，不管学会了什么样的技能，你们都是中国共产党员，都是中国人民解放军战士！明白了吗？！"队员们高喊："明白！"

"下面我宣布军区签发的提干命令。"范天雷拿出公文，大家都有点蒙。

"中国人民解放军东南军区政治部干字 201 号命令。根据总参、总政《关于改革从优秀士兵中选拔培养基层干部办法的通知》，我军区狼牙特战旅红细胞特别行动小组列兵何晨光同志，符合通知精神与相关规定，经报总参、总政干部部门批准，特破格提升为中尉军衔，行政级别副连，并择时送往相关院校培训。此令，中国人民解放军东南军区政治部！"

何晨光有些意外。旁边，王艳兵有些失落地咽了一口气，随即抬起头，目光坚定。

范天雷合上命令："命令宣读完毕。另外，王艳兵、李二牛，你们的军衔也该换换了。从今天开始，你们是上等兵了——两拐。"李二牛眨巴眨巴眼，兴高采烈地去找苗狼领军衔了。王艳兵长出一口气，有些闷闷不乐。何晨光看着王艳兵，两个人的目光交汇。王艳兵苦笑了一下，走过去了。

第十六章

────────★────────

1

　　王艳兵孤独地坐在靶场一角，手里拿着两拐的军衔，很失落。何晨光走到他身后，王艳兵笑笑，说道："你成功了。"

　　"我们都成功了。"

　　"不，成功的是你。我们一起当兵，现在你是军官了。"王艳兵失落地说。

　　"我不知道该说什么了。"何晨光看着他。王艳兵说："有话，你就直接说。"

　　"成功的标志，就是成为军官吗？"

　　"你成功了，当然可以这么说了。"王艳兵苦笑。何晨光说："艳兵，你想错了。"

　　王艳兵笑笑，说道："我知道，我确实不如你出色。"

　　"我们都是军人，不管是军官还是士兵，都是普通的军人。我们……"

　　"你想跟我说大道理吗？"何晨光语塞。王艳兵站起来，看着他，"咱们是一起当的兵，政治课也是一起上的，我也没缺课……省省吧。我没什么，只是心里难受。风风雨雨这么久了，谁还不了解谁呢？你确实比我强，这点我承认。但是总有一天，我会超过你的！"

　　"嗯，我等着！"——王艳兵把领章递给他："我希望你帮我戴上，这样我会永远记住。"何晨光看着他，没动。王艳兵问："怎么？不愿意帮你的战友戴军衔吗？"

　　"不是，我只是不希望你想太多。"何晨光接过军衔。王艳兵诡笑道："就算你是军官又怎么样？你戴着一毛二，我就不敢修理你了？"何晨光也笑了："怎么着？不服啊？"他帮他戴上上等兵的军衔。两个人还在闹着，何晨光发现一个海军少校站在边上。两人停住了，急忙敬礼："首长好！"少校抬起脸，两人目瞪口呆——龚箭！龚箭坏笑，看着他们俩："怎么了？当了特种兵，就不认识我这个指导员了？"两个人都笑了，扑上去抱住龚箭："指导员——"何晨光看看他："指导员，你怎么当海军了？"

　　"就是啊！"王艳兵看见肩膀上的军衔，"正营级，少校——升官了！你调到海军了？"

龚箭笑道："不仅是我，咱们团——都是海军陆战队了！"两个人一愣。龚箭道："为加强海军陆战队的力量建设，铁拳团被整体改编为海军陆战队，成为一把两栖尖刀了！"

两个人还没反过味来。龚箭看着何晨光："可以嘛，何晨光，现在是中尉了！我来以前就听说了，你现在很火嘛！"何晨光岔开话题："指导员，你来看我们吗？"

龚箭指指那边的车："我的行李在车上，你们两个难道不去帮忙吗？"何晨光明白了："指导员，你……你就是我们的教导员？"

"怎么？我给你们做教导员，不够格吗？"

何晨光和王艳兵喜不自胜，抱住龚箭，一起向车那边走去。

2

基地操场上，队员们背手跨立。龚箭走在前面："很高兴认识大家，我叫龚箭，奉命来到红细胞特别行动小组担任教导员。你们当中有我的兵，也有不认识我的同志。不管过去是否认识，我都会一视同仁！我看了你们的资料，不错，大部分都是党员，少数同志是预备党员！这说明，这会是一个战斗力与意志力超强的战斗集体！我非常高兴，能够成为你们的教导员，也希望你们牢记自己的入党誓词，甘做军人表率！"队员们目不斜视。

"红细胞特别行动小组有自己的特殊性，但是在任何情况下，都要牢牢记住你们是干什么的。超人吗？你们是军人！军人，就要有军人的样子！我刚才去你们宿舍看了一下，不客气地说，你们的内务全部都不及格！"龚箭怒吼，"你们不是干部就是老兵，还需要我当作新兵连那样带吗？你们在新兵连学的东西，都还给班长和教员了吗？我知道你们特殊——特别行动小组嘛，就想搞点儿特殊化！但是你们给我记住，特种兵的特，不是内务条令的特，不是军人准则的特！是特殊的训练、特殊的装备、特殊的任务，而不是在军营里面搞什么特殊化！"龚箭看着他们，"瞧你们一个一个都不可一世的样子，忘记自己是一个兵了吗？整顿作风，首先从整顿内务，落实条例条令开始！依法治军，从严治军——政工干部都喜欢这两句话，我也不例外。你们只是一个战斗小组，是我带过的人数最少的队伍——这很好，我会省心不少，同时也说明，我可以随时注意到你们每一个人！"

龚箭蹲下身，摸了一把地面，举起手——都是灰尘。队员们看着他，都有点蒙。龚箭举起手："今天是红细胞特别行动小组成立的大好日子，也是我们第一次见面，所以要有一个特殊的仪式，让大家记住这个纪念日。看见我的手套了吗？这场地多久没打扫过了？"队员们不知道什么情况，都不敢吭声。"特战队员，甘做军人表率，就从大扫除开始吧！知道我的标准了吧？我的话说完了，开始吧。"队员们面面相觑，还没明白。

"开始！磨磨蹭蹭干什么？没打扫过卫生吗？"苗狼在旁边怒喝。队员们这才反应过来，一路狂奔。龚箭冷冷地看着他们提着笤帚、簸箕冲过来，开始干活。他转身对苗狼说："给他们两个小时时间，一尘不染。"

"是！"苗狼敬礼。队员们拿着水管冲刷地面，疯狂地打扫着卫生……

操场另外一角，范天雷看着外面正打扫卫生的新人苦笑。这时，龚箭走进来，敬礼："参谋长。"范天雷还礼，笑笑，说道："来得真快，进入状态了？"龚箭笑道："没想到你会把我调来，我还以为真的会改行呢！"

"想改行？哪儿那么容易？红细胞特别行动小组要组建的时候，我就把你的名字报告上去了。之所以现在才调你过来，是因为之前你带过的三个兵都在参加特训——如果那时候你来，他们在精神上会有依赖感，不利于他们的成长。"

龚箭看着范天雷："参谋长，我都懂。"

"你来了就好了，陈善明是这个小组的指挥官，但是他还担任孤狼特别突击队队长，所以平时你的责任就重一些，军政一把抓。三年前我就想把你调过来，无奈你们集团军首长不放人。现在你们划归海军陆战队，趁他们还没注意到你，我赶紧把你挖过来。"范天雷狡猾地笑，"当年你来受训，我就想挖你过来了。你以为，你能逃脱我的手心吗？"

"从我见到你的第一眼，就知道逃不掉，很高兴正式成为你的部下！"龚箭举起右拳。

"同生共死！"两个人的拳头，终于碰在了一起。

3

苍茫的群山，郁郁葱葱。特战靶场上，各种特殊的靶子林立，各种武器、特战装备等摆在队列前面。红细胞特别行动小组的队员们束手跨立，精神抖擞。龚箭和陈善明亲自带队，站在排头。范天雷抬头看表："该来了！都打起精神来！这可是我们红细胞特别行动小组第一次在首长跟前亮相！"队员们昂首挺胸。

远处，一队高级越野车风驰电掣，掀起一片尘土，高速开来。车门打开，陆军副司令朱世巍中将走下车，肩上的将星金灿灿的。紧接着下来的一串少将大校，旅长和政委都陪在旁边，唐心怡和顾晓绿也跳下车。队员们肃立，一动不动。何晨光的眼瞟了一下，继续目视前方。范天雷跑步上前，敬礼："报告！首长同志，中国陆军狼牙特战旅红细胞特别行动小组集合完毕！请您检阅！"朱世巍还礼："开始吧。""是！"范天雷让到一边。

朱世巍走在前面，看着七人小组军姿整齐："同志们好！"

"首长好！"

"同志们辛苦了！"

"为人民服务！"

七个人的小队伍，口号喊得地动山摇，声音在群山之间回响。

"嗯！精神面貌还不错！"朱世巍点头，走到队尾。李二牛戳得笔直，紧张地憋着气。朱世巍看他，笑道："小鬼，有点儿胖啊！"

"首长胖！"李二牛脱口而出。朱世巍一愣，周围的人都憋住笑。李二牛傻眼了，目瞪口呆。朱世巍看着他，爽朗地笑了。李二牛紧张道："首、首长，对不起，俺……"朱世巍笑笑，说道："没关系，没关系。你今天汇报的科目是什么啊？"

"报告！营救匪徒！"

众人哄堂大笑，朱世巍也笑坏了："有创意啊！出动解放军，去营救匪徒？"李二牛汗都出来了："俺，俺错了……"朱世巍顺手抄起一把85狙击步枪，娴熟地检查，扔给李二牛："来！就从你开始吧！"李二牛看看："首长，这，这不是俺的枪……"朱世巍笑笑，说道："战场上，拿别人的枪就不能打了吗？"

"报告，首长，俺错了……"

"请首长点靶！"范天雷大喊。朱世巍看靶场："200米，人质移动靶。"

李二牛看看何晨光和王艳兵，两人点点头。李二牛一咬牙，走上前去。远处，人质靶开始移动。李二牛上膛，开保险，坐姿瞄准。众人都聚精会神地看着。李二牛呼吸紧张，汗水从眼皮流下来。他一咬牙，扣动扳机——"砰！"李二牛闭眼，不敢看。朱世巍拿着望远镜，嘴角一丝苦笑——人质眉心中弹。朱世巍放下望远镜，无奈地笑笑，说道："你成功地营救了匪徒。"所有人都没笑，知道这时候不该笑。李二牛委屈地站起来："报告……首长，这不是俺的枪……"朱世巍笑笑，拿过那把狙击步枪，仔细看看，上膛，立姿，动作标准利落。朱世巍扣动扳机，连续射击三枪——100米的靶心左侧，散布三个弹洞。所有人都惊奇。

朱世巍关上保险，放下步枪："弹道偏左。这把枪是谁的？"

"报告！是我的！"何晨光抬头挺胸，目不斜视。朱世巍看他，笑笑，说道："你就是那个历尽千辛万苦把我斩首的、神枪手四连狙击手何晨光吧？"

"是，首长！"

朱世巍看看他肩膀，笑笑，说道："不错，这个军衔适合你。为什么你的枪弹道偏左？"

"报告！个人习惯，首长！"何晨光回答。

"你详细解释一下。"

"在战场上，如果我牺牲了，我不希望这把枪可以被敌人捡起来使用。如果我设定归零完全正确，很可能会出现这样的危险。"

"但你是狙击手，你拿一把校对不准确的步枪，能完成狙杀任务吗？"

"报告！首长，这把枪经过我的磨合，完全可以执行狙杀任务！"何晨光不卑不亢地说。朱世巍疑惑道："哦？你来打打试试看。"何晨光出列，接过狙击步枪。李二牛一脸歉意："对不起啊，何晨光，俺……"

"不是你的错，红细胞的面子我给找回来。"何晨光笑笑，走到射击地线前，转向人质靶，却没有卧倒，立姿，迅速举起狙击步枪。朱世巍大喊："200米，人质移动靶！"

何晨光持枪射击——"啪！啪！啪！"匪徒眉心三次中弹。朱世巍厉声大喊："400米出现敌情！"何晨光趋前一步，跪姿射击。"啪！啪！啪！"连续三枪，400米处的三个钢板靶全部被击倒。朱世巍没有给他喘息的机会："700米处，敌直升机驾驶员！"

何晨光直接卧倒，瞄准700米外的一个直升机模型——"啪！"直升机模型上的驾驶员靶子被击中，头部中弹。

"1200米外，敌坦克车长！"朱世巍紧接着喊。何晨光还有最后一颗子弹，他盘腿坐好，依托左臂架起狙击步枪，瞄准1200米外的一辆坦克——上面有个草人，露出小半身。

"等等！"朱世巍喊。何晨光没有射击，均匀呼吸。"把坦克给我开起来！"朱世巍指着主战坦克说。范天雷急忙拿起对讲机："保障，开动坦克！"靶场地沟里面立即跳出来一个兵，跑步到坦克边，跳入驾驶舱，熟练地开动坦克，顿时掀起一阵烟尘。何晨光没有动，还是继续瞄准。朱世巍怒吼："速度给我开到60迈！"

"是！"范天雷拿着对讲机，"开到60迈！快！"驾驶员急忙加速，坦克开得越来越快。何晨光在调整瞄准镜上的焦距。范天雷报告："首长，到60迈了！"

"可以射击！"朱世巍说。何晨光还是没动，伸手从地上抓起一把土，松开手掌，土被强劲的山风吹散。何晨光注视着土被吹去的方向，抬眼看看坦克周围被风吹动的杂草，举起狙击步枪。狙击步枪架在何晨光的左胳膊上，随着坦克在慢慢移动。"砰！"——子弹脱膛而出，大家都屏住了呼吸。弹头在空中旋转着——"啪！"草人车长的脑袋被击中，藏在脑袋里面的番茄酱瓶子被打碎，血红的番茄酱飞溅出来。

何晨光稳稳地呼吸着，保持刚刚的射击姿势，枪口还在冒烟。

寂静。还是寂静。片刻之后，朱世巍举起双手，鼓掌。周围一片雷动，范天雷和龚箭等人都很开心。何晨光还是保持狙击姿势，脸色一样的沉稳，仿佛什么都没发生过一样。

"起立！"朱世巍大喊。何晨光站起身。朱世巍走过去，看着他："我果然没看错你！枪王！这是真正的枪王！"何晨光冷峻地站着，一言不发。朱世巍转向大家："很好，你们的红细胞特别行动小组有点儿意思！虽然我只看了他一个人的射击表演，但是我相信你们有着超强的战斗力！这是我见过的最精彩的狙击手汇报表演！枪王！这是真正的枪王！可以了，不用看了！红细胞特别行动小组，不错！"

"报告！"何晨光一声大喊。朱世巍看他。范天雷皱眉，示意他不要说话。何晨光住嘴了。朱世巍挥挥手："你让他说嘛！中尉，你讲。"何晨光道："报告！首长同志，狙击手只是红细胞特别小组的一个组成部分。我们为首长准备的汇报演示，还没有正式开始！是否合格，还希望首长同志检查！"朱世巍笑笑，说道："知道我为什么说不用看了吗？"

"报告！不知道！"

"我当兵快四十年了，当将军也有十多年了！部队应对上级首长检查是怎么回事，我还能不清楚吗？你们准备好的科目，千锤百炼，没有破绽，比文工团演出还完美。特种部队我没来过吗？我不知道怎么回事吗？你们要汇报什么，我没有看见？部队的真实战斗力，靠看汇报根本不能了解！靠什么了解？抽查！只有这样的临时抽查，才能体现一支部队的真实战斗力！事先准备好的汇报演示，跟开卷考试有什么区别？"

何晨光不敢吭声。朱世巍笑笑，说道："中尉，我说得不对吗？"

"报告！首长同志，您说得都对！"

"但是，你好像还有话说。"

"是！"

范天雷一瞪眼，朱世巍瞥过去，范天雷不敢吭声了。

"让他说。你讲。"

"报告！首长同志，为了您这次来视察，我们苦练了一个月！同志们没白天没黑夜，就是为了给您呈现这次汇报演出！可是，您一句话，我们的努力就……"

朱世巍笑笑，说道："你们训练，就是为了给我看吗？"

何晨光愣住了。朱世巍笑着拍拍他的军衔："中尉，你这身军装，是为我穿的吗？"

何晨光呆住了。朱世巍继续说："你的军装，你们的军装，都不是为我个人穿的！你们准备了一个月，就是为了给我个人看吗？你们吃的苦，受的累，都是为了我吗？"

"报告！首长同志，我错了！"何晨光立正。朱世巍笑笑，说道："你们是军人，是中华人民共和国的军人，是中国人民解放军的军人！你们训练，你们吃苦，你们受累，为的不是在这儿给我表演！那种虚的东西没意思，哪个部队都能给我来上那么几手绝活，何况你们是从几十万作战部队当中精挑细选出来的精锐？你们准备好的科目，我看了有什么用？我想看的，就是你们没有准备过的！你们都是军人，告诉我，是看汇报，还是抽查，更能体现一个部队的战斗力啊？"所有人都沉默了。

"练为战，不为看。我来以前，机关里面的同志们就开玩笑说，中国的特种部队就剩下俩功能——第一，给领导看；第二，自己锻炼！告诉我，你们是这样的吗？"还是沉默。

"我是战区副司令，我组织一场演习，耗资上亿，将所有的一切都事先设置好，去糊弄军委主席吗？你们是我的兵，要事先编排好，演戏给我看吗？有意义吗？答案是，没有！你们不是文工团，不是演出队。你们的任务不是演戏，是打仗！你们准备好了吗？！"

"时刻准备着！"队员们立正。朱世巍继续说："我很高兴，因为我知道你们已经准备好了！在战争中获胜，不仅靠将军的智慧，还要靠战士勇敢杀敌的本领！一支强大的军队，是由强大的战士组成的虎狼之师！这支虎狼之师，要有杀气、勇气、霸气！我在红细胞特别行动小组，已经成功地看到了这些！你们的训练是有成效的！我很相信你们的战斗力！"

"忠于祖国！忠于人民！"队员们高喊。朱世巍看着他们："这样很好，节省时间。我还要去别的部队视察，你们按照日程训练计划，继续训练吧。"

"是！首长！"范天雷立正。朱世巍转向何晨光："不骄不躁，继续努力——这是一个共和国中将对你的嘱托。"朱世巍笑笑，转身走了。车队呼啦啦一阵风消失了。

唐心怡和顾晓绿留下了。何晨光看着唐心怡，唐心怡赶紧错开眼。范天雷走过来："小唐主任，欢迎来红细胞特别行动小组视察。"唐心怡受宠若惊："参谋长，你别取笑我了。这次还得请你帮忙呢！"范天雷笑笑，说道："说吧，有什么我能帮你的？"

"参谋长，我这次是带任务来的。我们的军事游戏开发遇到了瓶颈，需要你的红细胞特别行动小组帮忙。"唐心怡说，"我们需要素质最好的特战队员做战术演示，把真正的战术动作移植到我们的军事游戏当中。这样做，除了增强游戏的真实感，也是寓教于乐，让更多的战友能够学习标准规范的战术动作。"

"好事啊，我们肯定支持！不过你们来，得我们一号批准吧？"范天雷笑着说。

"军区机关出了正式的公函。旅长在电话里面亲自交代，让我到红细胞特别行动小组来，他说这个小组有整个旅素质最好的特战队员。"唐心怡说。范天雷笑笑，说道："好吧！陈善明、龚箭，你们俩过来一下！"陈善明和龚箭跑步过来："到！参谋长！"

"这位是军区军事游戏办公室的唐心怡主任，也是咱们的兼职教员。这位是红细胞特别行动小组的组长，陈善明，你已经认识了。这位是教导员，龚箭。"

陈善明和龚箭敬礼："请问有什么可以帮你的吗？"

"为了制作军事游戏，我需要特战队员帮忙做战术演示。"唐心怡说。

"游戏？就是五号老玩的那个吗？"陈善明看范天雷。

"对！我们要做解放军自己的军事游戏！"

龚箭笑笑，说道："明白了。那好。你什么时候需要，我就什么时候派人！"

"不用专门派人。组长，教导员，等你们训练结束或者不是很忙的时候，派一两个素质最高的特战队员，给我们做做演示就可以了。另外，你们基础训练的时候，我们可能也进行一些观摩，用来做游戏当中军事训练的样板。组长，教导员，没问题吧？"陈善明忙说："没问题，没问题！你看我怎么样？我去给你做演示！"唐心怡笑道："哪儿敢劳组长您的大驾啊？给我们派个兵就得了！"陈善明还想说话，龚箭一把拽住他。陈善明悻悻地住嘴了。

龚箭笑道："没问题，上级交代的任务，我们一定不折不扣地完成。我们单兵战术素质最高的特战队员，现成的——刚才做表演的那个中尉，也是我带过的兵！回头我就安排他去！"

唐心怡看何晨光，苦笑。何晨光没说话。龚箭左右看看："你们认识？"何晨光和唐心怡都没说话。范天雷笑笑，说道："当然认识！小唐主任是我们的教员嘛，熟人了！她熟悉我们每个队员的情况。那什么，你们带队按照计划训练去吧。"

"是！"陈善明和龚箭敬礼，转身去了。陈善明站在队前："红细胞，收拾自己的武器装备。十分钟以后，反恐战术训练场！""明白！"队员们大喊，冲过去开始收拾武器装备。

4

　　反恐训练场，队员们都在整理着装和微冲、手枪。陈善明和龚箭走进来："我们今天的科目是，信任射击。"队员们都瞪大眼，不知道什么意思。

　　龚箭看着他们说："所谓信任射击，不仅是挑战你们的射击水平，也挑战你们的心理承受能力。使用92式手枪，对10米内的防弹背心和防弹头盔射击，会是什么效果？"队员们目瞪口呆。龚箭看着李二牛："把防弹背心挂上去。"李二牛拿起一个防弹背心和防弹头盔，跑到10米的靶位前挂上。陈善明拔出手枪，上膛，出枪。"当当当当……"一个弹匣打完，防弹头盔和防弹背心上弹痕累累。头盔和背心啪地一下被丢在地上，到处是弹洞。

　　"92式9毫米手枪，大家也都很熟悉。我知道你们都是手枪速射的高手，不过今天的训练跟往常不一样，因为你们面对的不是靶子，而是自己的队友。"队员们心惊胆战地看着。宋凯飞嘟囔道："这意思是不是现在红细胞的经费不足了……"

　　"你说什么？"龚箭看着他。

　　"报告！我是说……现在抚恤金是不是又涨了……"——龚箭冷冷地注视他，宋凯飞立即住嘴。龚箭看着队员们："你们有谁希望自己的队友因此受到抚恤金吗？"

　　"教导员……你的意思是，让我们……面对面射击？"王艳兵问。龚箭道："对，这就是信任射击。对自己队友的绝对信任，和对自己枪法的绝对信任——这种训练，只能成功不能失败。如果失败，将会使自己的队友受重伤或者牺牲。防弹背心和防弹头盔，是无法抵御92式9毫米的近距离射击的——刚才的射击只是为了让你们明白这一点。"

　　徐天龙报告："组长，教导员，那我们打什么呢？总不能真的互相往身上打吧？"

　　"肯定不能往身上打，打身后的移动靶。谁先去试试？"龚箭看着他们，队员们都不吭声。何晨光上前一步："我来吧。"王艳兵一把拉住他。何晨光笑笑，说道："没事，教导员的枪法你还信不过？"李二牛眼巴巴地看着何晨光。陈善明笑笑，说道："怕什么？早晚都要上。"何晨光推开王艳兵的手，拿起防弹背心套上，戴上防弹头盔。

　　龚箭检查完手枪，插回枪套。何晨光站在位置上，队员们提心吊胆地看着。龚箭目光冷峻，挥挥手，何晨光身后的移动靶开始横向移动。何晨光跨立，目不斜视。队员们都很紧张。龚箭脸色平静，手垂在身侧。靶子移动到何晨光身后，龚箭快速拔枪上膛，连续射击，弹壳不断飞舞。队员们都目瞪口呆。这时，靶子又反向移动回来。龚箭再次举枪，快速射击。"啪啪啪……"一个弹匣打光了，靶子上都是弹洞。何晨光目不斜视，还站在那儿。龚箭收起手枪："好了，你归队。"

　　"这就是信任射击。在实战当中，我们不能让人质受到任何误伤，所以在训练当中就要绷紧这根弦儿！你们明白了吗？！"——"明白了……"队员们明显底气不足。

"虽然你们已经进入红细胞小组，但是你们随时都有退出的可能。明白了吗？！"

"明白了！"队员们大喊。

训练场上，何晨光和王艳兵都穿着防弹背心，戴着防弹头盔和风镜，面对面站着。两个移动人形靶在他们身后被缓缓拉过来。当靶子快移动到身后的时候，两个人同时拔枪，快速上膛——"啪啪啪啪……"靶子在他们俩身后中弹。两个人一动不动。

另一边，宋凯飞和徐天龙面对面站着。徐天龙很沉稳，宋凯飞有点儿紧张："哥……哥们儿，我没得罪过你……"徐天龙苦笑。宋凯飞有点儿哆嗦："你，你留点儿神……上次欠你的那顿饭，我肯定请你……我爸跟我说，家里刚酿好米酒……手工的，回头给你送来……"徐天龙无语，看着他："训练呢，飞行员！扯这些干什么？"

"四眼龙，你可真的要有点儿准啊！"

"别废话了，我还怕你没准呢！来吧来吧，早晚都是一劫！"

宋凯飞满脸是汗，徐天龙虎视眈眈。靶子移动到身后，两个人同时出枪，快速射击。靶子划过去，都是弹孔。两个人都努力平稳自己，宋凯飞的脸上也少了平日的戏谑，变得沉稳。

另一个训练场地上，李二牛战战兢兢地跟龚箭面对面，开始哆嗦："教，教导员……"龚箭笑笑，说道："怎么了，二牛？"

"教导员，俺……俺怕……"

"你不自信？"

"不是不是！"

"那你是不相信我的枪法？"

"不敢不敢……俺是怕万一……"李二牛忙摇头。

"红细胞特别行动小组，没有万一，只有万无一失！来吧，二牛！"

李二牛还是很紧张。龚箭笑笑，把自己的手枪拔出来，退出弹匣，举起来："我先不对你射击，你打你的。"李二牛的汗水满脸都是。龚箭把手枪和弹匣放入口袋，跨立看着李二牛："开始！"靶子开始移动，李二牛眨巴眼。靶子移动到龚箭身后，李二牛"啊"的一声，出枪，快速上膛，急速射击。龚箭面不改色，身后的靶子上都是弹洞。靶子滑过去，李二牛急促地呼吸着。龚箭笑笑，说道："我也要射击了啊！"李二牛点点头。靶子再次滑回来，龚箭快速上弹匣出枪——"啪啪啪啪……"跟李二牛几乎同时射击，枪口冒着烟，对面的靶子已布满弹洞。

5

红细胞基地，全副武装的队员们在陈善明的带领下，陆续跑回来，列队。龚箭走过来："何晨光！"何晨光立正："到！"

"带上你的武器装备，去游戏办的临时驻地报到，他们在礼堂。"

何晨光一愣。龚箭看着他："刚才旅部来的通知，要选一个军事素质最高的队员去做军事游戏的模特，上面点名要你去。你去吧，晚饭就在机关食堂吃，熄灯以前归队。"

"是！"何晨光转身去了。何晨光全副武装跑步来到礼堂，站在门口："报告！"顾晓绿在里面喊："进来吧！门开着！"何晨光推开门进去。舞台上已经打好灯光，技术人员正在调试设备。唐心怡看着他。何晨光敬礼："报告！红细胞特别行动小组何晨光中尉，奉命前来报到！请首长指示。"唐心怡还礼："我们这次是要你做单兵战术动作和手语，用来做军事游戏的样本。"

"是，首长！"

"先从手枪战术开始吧。"

"是！"何晨光上台，卸下武器背囊，拿着手枪，卸下弹匣，走到舞台中央。唐心怡一直冷冷地看着他。顾晓绿给何晨光安上抓捕的感应装置，唐心怡站在他对面不远处。何晨光活动了一下身体，适应身上的传感装置。唐心怡看着他："开始吧。"何晨光快速拔枪上膛，动作一气呵成，枪口直接对准唐心怡。

"击发！"

何晨光一愣。

"没有目标的话，你的战术动作会失真。我就是目标，按照你的训练要求，击发！"唐心怡冷冷地盯着他。何晨光的枪口一直对着唐心怡，没动。唐心怡盯着他："击发！面前就是目标！"何晨光深呼吸，果断击发，动作干净利索，如行云流水。唐心怡默默地看着。

夜晚，机关食堂里，何晨光跟技术干部们一起吃饭。唐心怡坐在他对面，闷头吃。干部们陆续吃完出去了，一张大桌子前，就只剩下唐心怡跟何晨光面对面了，两个人对视无语。炊事班长走过来："首长，您吃完了吗？我们这也得收拾收拾，晚上还得训练体能呢！"唐心怡起身："哦，完了。"何晨光拿起自己的武器背囊，跟着她出去了。食堂门口，不时地有队列穿插而过，口号嘹亮。唐心怡和何晨光出来，对视无语。唐心怡看他："陪我走走吧。"何晨光愣了一下："是。"唐心怡苦笑道："用得着这么正式吗？"

"你是上尉，是我的首长。"

"首长？在你眼里我还是首长？"唐心怡苦笑着说。何晨光无语。两人一前一后，往前走去。唐心怡转过身："你以前就是这样逛公园的吗？"

"不是啊……"

"那为什么要走在我后面？"

何晨光立正："报告。这里不是公园，是部队，我不能违反部队的规定。"唐心怡转回身："好吧，我就看看你到底要跟我演戏到什么时候！"

何晨光不说话。唐心怡问："难道非要我追你吗？"

"不是。"

"那你到底想怎么样？"

"其实，我并没有什么想法。我现在心里很乱，真的，安静不下来。最近出了一些事情，我总是放不下。"何晨光有些低沉。唐心怡转过头："还是关于你前女友的？"

何晨光看她："是。"

"其实我理解你的感受，但事情不是你可以左右的。很多时候，只能尽人事，听天命了。"

"我明白。"

"那你现在到底是什么打算的？跟我，就这么吊着？"

"不是，我只是心很乱，丢不下那边。我想等这件事了结，心里彻底放开的时候，再去找你的，没想到……"

"没想到我找上门来了是吗？"唐心怡接口。

"我不是这意思……"

"我算想明白了，你是我的克星！想我活了二十多年，也算是见过风雨，经历过生死的，没想到败给你了！算了，我认了！你想吧，等你想明白了，再来找我！"唐心怡稍稍有些放松。何晨光看着她："谢谢你……"

"什么谢不谢的，我认栽了！不过你可别自作多情，我来这儿可不是为了你，我是真的有任务！"唐心怡的语气带着骄傲。何晨光看着她："我相信。"

"你相信什么啊？你眼里写的都是得意！哼！"唐心怡转过身去。"我该归队了，先走了啊！"何晨光看看手表说。"啊？！"唐心怡一愣，转过身，背影已经跑远了。路灯下，跑着的何晨光，脸上带着幸福的笑容。

6

清晨，军品店门口。"哗啦啦！"卷帘门被拉起来，王亚东打开店门，一愣——戴着墨镜的蝎子笑眯眯地看着他。王亚东呆住了。蝎子走过来，摘下墨镜："怎么？山猫，不认识了吗？"王亚东默默地看着他。蝎子看看四周："看起来你过得不错。不请我进去坐坐吗？"

街角的一辆面包车里，武然在打盹儿。陈伟军拿着早点，开门进来："怎么睡着了？"武然赶紧爬起来："哦！不好意思，不好意思，我刚才不留神……"

"下次记住，值班的时候别打瞌睡！"陈伟军把早点递给他，"有什么异常情况吗？"

"是。"武然拿起豆浆油条，"没有……"

"你睡了多久？"

"大概十分钟吧……"

"大概？"

"对不起，我忘了……"

陈伟军想想："我是二十分钟前出去买早点的，从那时候开始看。"武然不敢说话，开始操作。

军品店里，王亚东把门拉上。蝎子环顾四周，都是琳琅满目的军品。王亚东默默地站在一边。蝎子笑笑，说道："都没忘？嗯？"王亚东看着他："你疯了吗？敢来大陆？还敢来找我？"蝎子笑着问："我为什么不敢来？"

"你跟我不一样，你在大陆是有血债的。"王亚东说，"一旦他们抓住你，必死无疑。"

"我会被他们抓住吗？"蝎子笑着说。

"你来找我，只是想告诉我，你有这个胆量吗？"

"当然不是，我被降级了！"

"降级？"王亚东有些惊讶。蝎子说："没什么，这很正常。你知道我跟那帮董事们合不来的，我被降级了，不再是行动主管。他们派我到大陆来，给一个老大做保镖。"

"让你做保镖？！"王亚东诧异。

"是啊，我被降级了嘛！我想我应该来看看你，不管你记得不记得我。"

王亚东看着他，蝎子笑笑，说道："我们曾经在一起出生入死，那些走过的岁月，我一辈子都不会忘记的。不管你还愿意不愿意追随我，我都记得你。"蝎子伸出右手，王亚东犹豫着，两只手还是握在了一起。蝎子笑笑，说道："好像回到了战场上，危机四伏，我们笑着面对。"王亚东刚想说话，蜂鸣器响起。蝎子和王亚东都是一愣。

"我安的警报，有情况！"王亚东晃动鼠标，监视器上，外面都是黑衣特警，在缓慢靠近店口。蝎子一把拔出手枪，王亚东制止他："你搞不过他们的！"

"那我也不能被他们抓住啊！"

"我有地道，走！"王亚东推开货架，拉起地上的盖子。蝎子笑道："看来你果然没有退化。"王亚东道："快走！"

"你跟我一起走吧，他们不会放过你的！"

"我没血债，包庇罪判不了我死刑！走！"

"保重！"蝎子跳进地道。王亚东拉上货架，关闭电脑，一切恢复原样。

门外，特警们兵分两组，举着防弹盾牌小心翼翼地靠近门口。特警队长检查卷帘门："白鲨，我们准备进去了。"远处的警车旁，温国强神色肃穆："你们一定要小心，那是个厉害角色。"门外，特警们做好突击准备。一个特警上去安好炸弹，按下起爆器，卷帘门轰地被炸开。特警队长带队冲进来，高喊："停止抵抗！"王亚东举起双手。特警们冲上去，直接按倒他，枪口对准他的脑袋。"搜！"特警队长一声令下，特警们开始搜查。王亚东被踩在地上，一言不发。特警队长环顾四周："白鲨，已经清场，没有发现目标。完毕。"王亚东露出一丝苦笑。

海滨处，一个井盖被顶起来，蝎子伸头出来，看看没人，急忙钻出来，拉上井盖，快速离开。

王亚东被特警们簇拥着出来。温国强走过去，王亚东坦然地看着他。温国强看着他："小子，你终于露出马脚了！"王亚东不说话。温国强道："带回去！"

特警队长过来："我们发现了地道！"温国强看王亚东："你早有准备啊！"王亚东苦笑道："警官，如果我是你，我不会建议你的人下去。"

"为什么？"

"我比你了解他，他会设机关的。"

温国强注视着他，王亚东说："请你相信我的话，我不想跟大陆警方为敌，我说的是实话。"温国强问："出口在哪儿？"王亚东说："海边。"温国强转身示意，特警队长带队迅速上车离去。王亚东平静地说："他肯定已经跑了。"温国强看他："你不还在吗？"王亚东苦笑道："我也不知道他去哪儿了。你是行家，该知道他不会告诉我的。"

"带回去。"温国强一声令下，特警们押着王亚东走出军品店。

海边，警车队伍急速驶来。特警队员们跳下车，将井盖包围。警犬闻闻，对着大海狂吠。

"他进大海了。"训导员说。"线索断了……"特警队长看着大海，无奈，"收队。"

7

审讯室里，温国强冷冷地看着王亚东，王亚东躲开他的目光。

"王亚东——山猫，没必要跟我打哑谜吧？"

"警官先生，我相信您已经掌握了我的全部材料。"

"当然，我们对你进行这么长时间的监控，肯定是有道理的。"

"您已经抓住我了，还需要我说什么？"王亚东坐在椅子上。

"用了这么长的时间，吊你的外线，养你的金鱼，肯定不是为了抓住你。要想抓你，你一入境就落进我们手里了，还能让你逍遥自在这么久？"

"你们想抓蝎子？"王亚东看着他。温国强道："当然是蝎子。"王亚东笑笑，说道："可惜你们错失了机会，他比谁都狡猾。"温国强看着他说："是人就有弱点，蝎子一样有。如果他真的那么狡猾，这次也不会露出马脚了。"

"可能这是你唯一的机会，他不会再让你发现踪迹的。"

"那你呢？还有几次机会？"

王亚东一愣："什么意思？"

"你很清楚下场是什么。"

"我不想跟您为敌，但是我也不想出卖蝎子。"王亚东说，"你肯定知道我跟他的感情，他不仅是我的上司，我们还是生死兄弟。"

"你知道你已经触犯了法律吗？"

"知道。但是我对他承诺过，他是我兄弟。"

温国强看着他的眼睛，王亚东的目光迎上去："你不了解这种感情，我们是从战场上下来的。"温国强撸起自己的袖子，露出胳膊上的一个枪洞伤痕。王亚东一愣。

"AK47，战争留下的。"——王亚东默默地注视着。温国强放下袖子："后生，当你还在上小学的时候，我就已经在打仗了。你说的，我都很清楚——什么是生死战友，什么是患难兄弟。"王亚东看着他："你想跟我说什么？"

"我之所以迟迟不抓你，除了你不是罪魁祸首，还有一点，就是我很同情你。"

"同情？我不需要谁的同情。"王亚东一笑。温国强道："你本来是一个热血少年，正义感很强，却误入歧途。你想实现自己的抱负，实现硬汉的梦想，这本是好事，你可以在国内参军嘛！但是你却跑到国外当了雇佣兵，最后沦落为职业杀手，成了犯罪集团的帮凶！虽然你没有杀过人，但你毕竟是犯罪集团的成员！难道你不该被我同情吗？"

"性格决定人生，选择决定命运。路是我自己走的，我不需要谁来跟我说'同情'二字。"

"不错，路是你自己走的。但是作为一个老兵，一个过来人，我应该告诉你，你现在还有选择的机会。"温国强说。王亚东抬眼。温国强看他："在你的面前，现在有两条路——一条道通向黑暗，一条道去往光明，你自己选择吧。"

"我不会出卖蝎子的。"

"那你就要背叛自己的正义感，还有你的家庭。"

王亚东不说话。

"你的未婚妻，一个刚刚二十岁的女孩儿，纯洁善良的女孩儿，你想让她知道吗？"

王亚东低下头："你想让我干什么？"

"你很清楚。告诉我，他来大陆干什么？他要去哪儿？"

王亚东深呼吸一口气："他到大陆来，是执行公司的任务。"

"什么任务？他要杀谁？"

"不是暗杀，是做保镖。"

"保镖？"温国强有点儿意外。

"对，保镖。"王亚东说，"他被公司降级了，派到内地来，给一个老大做保镖。"

"谁？"

王亚东苦笑道："我不知道。"温国强看他，王亚东坦然面对，眼神没有一丝慌乱。

"你走吧。他再联系你的时候，告诉我。"

"他不会联系我了，你该知道规矩。"

"凡事都有例外。"温国强看着他说，"在今天以前，他们都觉得蝎子不会再出现。现在事实已经证明，他很舍不得你。他早晚还会找你的，而你也无法彻底割舍他。"王亚东不说话。

"别以为我什么都不知道。按照你们的规矩，在被俘二十四小时以后，就可以招供了。因为二十四小时以后的情报，对队友构成不了直接威胁。"

王亚东看着他，温国强说："我们都是老兵，用不着打哑谜。他一定会联系你的。我相信，你也知道该怎么做。"王亚东不吭声。温国强继续说："你该知道跑掉是不可能的事，别做傻事。养你的金鱼，就是为了蝎子。你明白我说的意思，我可以把你抓捕归案，也可以继续把你养在我的玻璃鱼缸里。怎么选择明天的路，是你自己的事。"王亚东还是不吭声。温国强对特警："解开他的手铐、脚镣。"王亚东站起来："你以为我会出卖他吗？"

"我说了，怎么选择明天的路，是你自己的事。性格决定命运，选择决定人生——走好。"温国强看着他。王亚东转身出去了。温国强凝视着他的背影，思索着。

钱处长走上来："温总，对他这样的顽固分子，有用吗？"

"是人就有弱点，我们抓住了他的弱点。"

"他老婆？您不会是说……"

"我们不做那种下三滥的事儿。"温国强说，"他的弱点，是他的正义感和良心。他现在还在挣扎当中，我们要给他时间。"

"为什么要对他这么宽容？"

温国强叹气："蝎子不是那么容易对付的。不在他身边安插人，很难抓住他。"

"你想把王亚东转变过来，做我们的特情？"

温队看着王亚东离开的方向："会有机会的，我相信。"

军品店门口一片狼藉，爆破后的残骸散落在地上。王亚东走进去，狼藉当中，林晓晓在抹泪。看王亚东走进来，林晓晓站起身："亚东，这是怎么回事啊？都说你被警察抓走了，还炸了你的店！"王亚东笑笑，说道："没事，误会。"林晓晓抱住王亚东："没事就好，可吓死我了……"王亚东很内疚，抱住林晓晓，脸上表情很复杂："晓晓，其实我有很多事情瞒着你……"林晓晓捂住他的嘴："别说了，我不想知道！我只要知道你好好的，就可以了……看见你没事，我就安心了……"王亚东无语，紧紧地抱住林晓晓，表情复杂地闭上眼。

第十七章

———★———

1

蝎子蒙眼坐在马上，来到山间的一个破败厂区。蝎子下马，被蒙着眼带进来，黑布被一把撕掉。蝎子眯缝着眼适应光线，面前坐着一个中年人，长相并不凶狠，但眼神中却有股杀气。蝎子笑道："刘老大？"中年人看着他："你就是蝎子？"

"对。"蝎子说。

"请你来，我可花了很大的价钱。"刘老大抚弄着手上的大金戒指。蝎子笑笑，说道："对于我来说，这也是一个新的任务。我从未做过保镖，因为我的专长是暗杀。"

"你谁都杀得了吗？"刘老大轻笑。

"要看出多少钱了。"

"如果是我呢？"

蝎子笑笑，说道："如果公司给我足够多的钱，取你的人头，只是一秒钟的事情。"周围的匪徒唰地拔出枪来，指着蝎子。刘老大注视着蝎子，蝎子淡淡地笑着，不动声色。

"我也算阅人无数，能走到今天人头还在，跟我会识人有关系。你不愧叫蝎子。都放下武器吧，他要是想出手，你们刚才就死了。"刘老大笑笑，说道，"现在我们算认识了。我想，这笔钱我花得不冤枉。"

"还没有人后悔过给我付工钱。"

"请！今天我给你接风，让阿红多做几个好菜！走走走！一醉方休！"

蝎子跟着他往里走，阿红鼻青脸肿地拉着菜车过来。蝎子扫了她一眼，阿红急忙错开眼，走了。带着蝎子一起来的向导黄毛朝她屁股上啪地一拍，阿红一哆嗦，没敢吭声，拉着菜车过去了。匪徒们一阵哄笑。蝎子看着："她是谁？"刘老大诡异地笑笑，说道："兄弟们在山上总得有女人吧？稳定军心，稳定军心！哈哈哈！走走走！咱们进去！"

夜晚，蝎子推门走进房间，他喝得有点儿多。烛光下，浓妆艳抹的阿红急忙站起来。

蝎子本能地拔出手枪对准她，阿红吓得哆哆嗦嗦："是我……"蝎子慢慢把枪放下："你来这儿干什么？"阿红害怕地说："刘老大让我……让我来陪您……"

"出去。"

"我……先生，我会被他们打的……"

"出去！"

阿红的眼泪出来了，却不敢再说话，战战兢兢地往外走。

"gái điếm đĩ（妓女）！"蝎子冒出来俩字。阿红一愣，看着他。

"怎么还不出去？"

"我不是妓女……"

蝎子一愣："你听得懂我说的话？"阿红哭出来，点头："我们……我们是老乡……"蝎子呆住了。房间里，蝎子跟阿红久久地互相凝视着。蝎子问："你怎么会到这儿来？"阿红抽泣着："我不是妓女，我是村里的媳妇！是收了一万块人民币的彩礼，从境外嫁到这边来的！我是好人家的姑娘！我不是妓女！我是被抢来的！是刘海生抢我来的！你救救我……"蝎子渐渐明白了。阿红抬头看他，满脸泪痕："你带我走，带我回家吧……"蝎子看着她："我帮不了你，你走吧。"

"求求你，救救我……"阿红抱住了蝎子的腿。蝎子无奈，长叹。阿红泪眼婆娑地看着他。蝎子问："你叫什么？"阿红抽泣着回答："阿红。"

"阿红，从今天起，你就是我的女人。"

阿红呆住了。蝎子继续："没有一个人再敢碰你，否则我要他的命！"阿红哭了，抱住了蝎子："你是好人……"蝎子却推开她："你休息吧，去床上。"

"我在床上等你？要不我跟你一起洗澡吧？"阿红说。蝎子摇头："我就在外面的沙发上睡，你别管我了。"阿红诧异地看他，蝎子已经出去了。阿红脸上的泪痕还没擦干，又开始抽泣。

夜已经深了，蝎子和衣躺在屋外的沙发上，盖着外套，闭目睡觉。阿红裹着毛巾被出来，走到蝎子的面前，蝎子还在沉睡。她慢慢跪在蝎子的沙发前，伸出手去触摸他额头上的伤疤。手还没有触到，蝎子猛地睁开眼，同时，放在头下的手枪已经拔出来对准了阿红的脑门儿。蝎子急促呼吸着："你要干什么？"阿红被吓坏了："我……我……我……"蝎子明白过来，收起手枪坐起来："你回去睡觉。"

"不！"阿红抱住了他，"你不要我？"

"我说了，你是我的女人。"

"那你不要你的女人？你嫌我脏？"

蝎子道："我是为了保护你，不让你再受到那帮畜生的欺负。我是孤独的蝎子，丛林里的蝎子，永远都是……"阿红忍住眼泪，点点头："我懂了，谢谢你……"蝎子看着她走回卧室，门没有关。

2

省公安厅，温国强大步走着，脸色严峻："情报可靠吗？"钱处长抽出一张打印好的照片递过去："可靠，我们已经接到了手机彩信。"照片上，蝎子在废旧厂区走着，有些模糊。温国强看着照片："只能说很像，怎么判断就是蝎子？"钱处长说："我们的技术人员正在处理。"

技术中心的大屏幕上，正在处理被放大无数倍的手机彩信，技术人员都忙碌着。大屏幕上，模糊的人物脸部被切割下来，放大，一点点地清晰起来。温国强倒吸一口冷气："是他。"钱处长说："他现在跟刘海生犯罪集团搅合在一起了。"

"这就对了，他是在给刘海生做保镖。这个刘海生，倒是真的不惜血本了！"

"我们现在怎么办？动手吗？"

"那地方我们不一定能搞定，地形地貌、民情社情都非常复杂。"温国强说，"金海这个地方是老大难，务必将黑恶势力集团一次性捣毁，不然后患无穷。通知处级以上干部，到保密室开会。这份情报，不能出这个房间。明白吗？"

"是！"钱处长转身出去了。

红细胞基地，一个迷彩的队列在骄阳下不动如山。一面鲜红的党旗下，三张黝黑消瘦的脸在沉默中蕴蓄着无穷的力量。何晨光、王艳兵、李二牛面对党旗，其余队员在后面跨立站着。唰——龚箭在前面举起右拳："我宣誓！"

唰——三名精锐彪悍的队员齐刷刷举起右拳："我宣誓！"

"我志愿加入中国共产党，拥护党的纲领，遵守党的章程，履行党员义务，执行党的决定，严守党的纪律，保守党的秘密，对党忠诚，积极工作，为共产主义奋斗终生，随时准备为党和人民牺牲一切，永不叛党！"三个精锐彪悍的战士，汗珠顺着他们刚毅的脸颊滑落。

"今天，对于你们三位同志来说，是一个特殊的日子，是一个值得纪念的日子！"龚箭看着三位新人，"祝贺你们，正式成为中国共产党党员！这是你们的荣誉，也是我们红细胞特别行动小组全体官兵的荣誉！从今天开始，我们红细胞特别行动小组的全体官兵，都是中国共产党党员了！面对任何危险和困难，我们都要毫不犹豫，决不退缩！面对党组织下达的任务，我们都要赴汤蹈火，在所不辞！同志们，有信心没有？！"

"有！"全体队员一声吼。

3

旅部会议室里，何志军在沉思，桌子上放着偷拍的那张蝎子的照片。范天雷注视着照片，眼睛里的火焰在燃烧。当年战场上的嘶鸣，了弹带着死神的尖啸，还有猎鹰的呼喊，仿佛重新回到他眼前……

温国强看着照片："对付蝎子的话，警方需要你们帮忙。"范天雷从回忆当中清醒："他很难被活捉的。"温国强一拳擂在桌子上："必要的时候，可以干掉他。"

"这个家伙，我们也一直想干掉他！"何志军的眼里隐藏着火焰。

"该办的手续，我们都已经在办了。"温国强说，"现在就看部队愿不愿意帮忙了。"

"干！刚才我都说了，干掉他，也是我们的想法！"何志军怒喝。范天雷请缨："我亲自带队。"温国强看他："老范，你这个年龄，行吗？"范天雷咬牙切齿："我想亲手干掉他。"温国强看何志军："老何，你的意见呢？"何志军想想："我的参谋长不能去。"范天雷看着他："为什么？"

"先不说你的年龄和身体，我知道你的素质很好，残疾并不能影响你作战。单说你的心理，你很难冷静面对蝎子。"何志军说，"蝎子不仅杀害了我们的狙击手猎鹰，也杀害了你的儿子。你跟他有刻骨的仇恨，这个心结你越不过去的，会影响你的职业判断力。作为指挥官，我不能派你去执行这次狙杀任务。"范天雷无语，何志军看他："派红细胞特别行动小组去。你的学生陈善明和龚箭可以带队吗？"

"完全可以，你了解他们。但是红细胞的第一狙击手是何晨光，他是猎鹰的儿子。"范天雷犹豫着说。何志军问："他知道他父亲是牺牲在蝎子手里吗？"范天雷说："目前还不知道。"何志军挥挥手："那就先不要告诉他，以后再说。"范天雷说："是，我明白。"何志军看他："我知道你很想去，但是我相信你会理解我的。"

"是，一号。你说得没错，我确实有这个心结。如果蝎子出现，我会一门心思地想干掉他，也许会危害到全队的安全。"范天雷很清楚，此次行动自己并不合适参加。

"有时候，不一定手刃仇敌才是报仇。要相信年轻人，他们会完成任务的。"

"是！"范天雷立正。

"你去通知红细胞特别行动小组做准备吧，等上面的批示下来，立刻出发！"

"明白！"范天雷敬礼，出去了。

训练场上，队员们正在泥潭里进行格斗训练，呐喊着厮打。这时，基地上空，一道尖厉的战斗警报拉响。大家都停下来，互相看着。陈善明反应过来："实战警报！快！我们去准备！"

基地，队员们全副武装，背着背囊冲出来，跳上早已等待在这里的一辆猛士车。苗狼一踩油门，车风驰电掣地出去了。车上的队员们握紧自己的武器，神情肃穆。猛士车高速开进机场的机库，远处，有直升机在起降。队员们跳下车，提着自己的大包小包和武器列队。陈善明和龚箭冷冷地注视着他们。一架直升机停在机库门口，旁边已经布置好简报黑板，上面罩着一块迷彩布。队员们站好，持枪跨立。

何志军、范天雷跟温国强走进机库，陈善明立正，敬礼："报告！旅长同志，红细胞特别行动小组准备完毕，请您指示！"何志军还礼："稍息。"

"是！"陈善明向后转，"稍息！"队员们跨立。何志军看着队员们："回答我，你们是最好的特战队员吗？"队员们怒吼："是，旅长！"何志军说："你们当然是最好的！否则我就把你们踢出我的部队！因为我这儿只要最好的！"

"是，旅长！"队员们的吼声震得地动山摇。何志军看着他们："你们这次的任务是定点清除，配合警方剿灭有黑社会性质的犯罪集团！这位你们都见过面了，是我的老战友，省公安厅刑侦总队的温总队长！下面，请温总队长给你们做任务简报！"队员们持枪肃立。

"现在我给大家介绍一下任务情况。"温国强走到简报黑板前面，一把撕下上面的迷彩布——金海地区的地图露了出来，旁边贴着刘海生的照片。"金海地区是我省乃至全国的重要黄金产地，属于亚热带山地丛林，交通不便，只有一条公路。当地有大小金矿企业一百多家，其中央企有三家，属于我省重点企业。这是金海地区地图，从这里你们可以看到，整个金海都属于山区。"温国强介绍，"从前年起，当地出现一个带有黑社会性质的犯罪集团，在金海地区成为一霸。这就是他们的老大刘海生，是当地土生土长的混混头儿，有钱，有功夫，还不怕死，胆大妄为，所以他很快在金海地区成为霸主。他在当地为非作歹，还跟境外黑社会组织取得联系，进行制毒、贩毒以及军火走私活动。据我们得到的情报，已经有十二条人命死在这个犯罪集团手上，其中包括我们的两名卧底警官。可以说刘海生集团罪行累累，罄竹难书！刘海生极其狡猾凶残，平时身边都有武装卫队，压根儿就不出金海山区。警方等待半年，都没有找到合适的抓捕时机。省厅上报公安部、省委和省政法委批准，决定对刘海生采取果断措施，一举铲除该犯罪集团！"

范天雷走上前："之所以要动用红细胞特别行动小组，不完全是因为金海的形势比较复杂，最重要的原因是这个人的出现！"范天雷举起手里的照片，"这个人，代号叫作蝎子。"何晨光仔细地看着。"他可不是小角色，而是一个驰名海外的国际杀手。他是东南亚人，在你们还没出生的时候，他就开始在丛林里打游击战，还去东欧的特种部队留过学，学的就是狙击。后来他又去外籍兵团当兵，作为狙击手、突击队员，是外籍兵团的第一个亚裔军士长。他有丰富的作战经验，离开外籍兵团以后，当了雇佣兵和职业杀手。现在刘海生不惜重金把他请到身边当保镖。蝎子……我太熟悉他了。他的手上，有我们的人的血债！"

何晨光的眼睛一下子锐利起来。范天雷看了他一眼，眼神错开："我可以告诉你们，我的儿子——死在他的手上！"队员们呆住了，何志军和温国强都不吭声。范天雷控制着自己的情绪，拿出钱包，抽出一张照片——五岁的小奔奔。队员们静静地看着，眼里冒出怒火。范天雷收起照片："你们……不能小看他！他心狠手辣，技能全面，并且经验丰富！你们的二号目标，就是蝎子！干掉他！"队员们咬紧牙关，青筋暴起。

"报告！参谋长，我们一定会干掉他——血债血还！"何晨光大声说。"血债血还！"队员们高声怒吼。范天雷举手敬礼："拜托你们了，小伙子们！"队员们啪地一拍枪身。

"现在你们都清楚了吗？！"何志军问。队员们大吼："清楚了！"

"你们准备好了吗？！"

"时刻准备着！"

何志军专注地看着队员们："出发！"

4

机场上，红细胞特别行动小组在直8B前做登机准备。龚箭一脸严肃："这不是演习。你们都是第一次参加实战，所以一定要谨慎冷静！你们都接受过严格的训练，我相信你们一定能完成任务！"队员们凝视他。

"更多的话不说了，登机！"陈善明一声令下，队员们拿着自己的武器装备登机。

何晨光走在最后，他转身看外面。范天雷站在远处，默默地看着，举起右手。何晨光举起右手，还礼。直升机关上舱门。范天雷的手一直没有放下来，直到直升机消失在天际。范天雷的眼中慢慢溢出泪水，孤独地离开。直8B在高空飞翔。机舱内，队员们传递着蝎子的照片。何晨光拿着照片，默默地注视着。陈善明和龚箭互相看看，陈善明点点头："你宣布吧。"龚箭看着他们："何晨光，你是第一狙击手！"何晨光点点头。

"怕吗？"龚箭凑近他，"你的眼里有别的东西。告诉我，是不是怕了？"

何晨光摇头："我只是感觉好像见过他。"

"什么时候？"

"记不清了，但是肯定见过，应该是在我很小的时候。"

龚箭看着他。

"我不会看错的，见过一次。"

"你不要走神，保持绝对的注意力。世界上长得像的人很多，如果想不起来，就不要去想。"龚箭提醒，"我们现在要去执行狙杀任务，你是第一狙击手，要保持绝对的专注！"

陈善明环顾大家："同志们，你们都是第一次参加实战，我知道你们的心情都很复杂！但你们是军人，是特战队员，是红细胞！你们都是最优秀的特战队员吗？"

"是，组长！"队员们怒吼。陈善明举起右手："红细胞——"队员们举起武器回应："做先锋！"高空中，直 8B 高速滑过。

5

山林中，乡镇派出所如往常一样平静。食堂里的所有桌椅都被堆到一侧，里面已经被布置成现代化的临时公安指挥中心，各种设施一应俱全。对面的大屏幕上，依次闪出蝎子的各种照片，都是用手机偷偷拍摄的。龚箭问："我们怎么和内线联系？"温总脸色肃穆："你们不能和内线联系，她的身份是严格保密的。她已经知道定点清除的计划，会在这三天内制造机会。我一会儿给你们计划，你们按照这个计划执行。"何晨光疑惑地问："内线给我们制订定点清除的计划？"温国强看着他："是她提供情报，我来制订计划。"队员们都很诧异，看着龚箭。

"温总，这不符合我们的行动原则。"龚箭说，"我们不能直接得到第一手情报，我们在被这个内线牵着鼻子走啊！你们怎么确定，这个内线不会出卖我们呢？"

"这个内线，我们已经经营了一年多，一直都是可靠的。"

何晨光摇头："不作数，人是会变的。尤其是在这样复杂的环境里面，变了也很正常。"温国强看他："她跟刘海生有深仇大恨。"王艳兵问："什么深仇大恨？"

"我不能告诉你们。总之，这个计划无论周密也好，疏忽也罢，我们没有别的办法了。即使是赌博，我们也只能这样去赌一把，这是我所能尽到的最大努力了。刘海生很狡猾，现在又多了这个蝎子，我们不能再冒别的险。如果军队的同志不能执行这个任务，我会派我们特警的狙击手小组过去。"温国强说。龚箭看着他说："温队，我没有害怕的意思。我只是希望一切都能够科学化地进行，能够有详细的预案和备案。执行狙杀任务的是我们，我们活着进去，也要活着出来。我们既然来了，就一定要完成任务。我只想知道，我们在多大程度上可以信任这个内线，值得我们去冒这样的危险？"队员们注视着温国强。温总仔细想想："好吧，毕竟是你们要去出生入死！内线代号'西贡玫瑰'。"

"西贡玫瑰？"

"对，西贡玫瑰。她叫阿红，不是中国人，是被跨国人贩子拐卖到金海山村的当地媳妇。两年前，她被刘海生霸占，并且遭到轮奸和虐待，生不如死。我们的侦察员在卧底时候发展了她。后来这名侦察员不幸被发现，牺牲了，到死都没有出卖她。此后，西贡玫瑰开始和我们单独联系。我们根据她的情报摧毁了刘海生集团在内地的外围组织，并且国际刑警也根据西贡玫瑰的情报，破获了刘海生跟国际贩毒集团的几笔价值数千万美元的交易。我们一开始也不信任她，是在不断的合作过程当中了解了她，熟悉了她。我们跟她祖国的警方已经取得联系，行动结束以后，会送她回国。"

"要我们去信任一个外国人？"王艳兵张大了嘴。

"我们只有这个办法，而且就我个人来说，我信任她。"温国强态度坚定。

"请问，你们怎么肯定那个被发现的侦察员，一定受住了严刑拷打，没有出卖西贡玫瑰呢？你们没有在现场，不可能知道完全准确的情报。"何晨光问。温国强的嘴唇在颤抖，艰难地说："因为……他是我的儿子！"

肃静。队员们默默无语。片刻，龚箭抬头："我没有问题了。"陈善明也点头："我也没有了。"队员们互相看看。温国强抑制住自己的情绪："下面，我们来研究一下行动计划……"

6

幽静的山地雾气缭绕，茂密的丛林深处，河流潺潺。两岸的灌木长得很茂盛，枝条都拖到了河上。在一阵轻微的马达声中，一艘橡皮艇滑过。红细胞的特战队员们涂满迷彩的脸上，眼神警觉，按照战术队形，四面警戒，小心翼翼地前进。宋凯飞抱着机枪趴在船头，徐天龙手持自动步枪在他的侧翼，王艳兵在另外一侧。何晨光手持狙击步枪，居中观察。龚箭在他身后，不时地扫视着四周。李二牛在后面开船，橡皮艇划开水面前行。陈善明查看着地图，抬眼扫视四周，低语："1012，红细胞报告。我们已经从水路接近上岸位置，请求下一步指示。完毕。"临时指挥中心里，温国强手持无线电："1012收到。红细胞，目前情况没有异常，按照预案行动。完毕。"

"红细胞收到。完毕。"陈善明放下电台，低声道，"我们上岸，机灵点儿，进入任务区了。"李二牛驾舟，靠近岸边。大家依次下水，上岸。两名队员持枪警戒，其余队员用伪装网盖住橡皮舟。龚箭看看队员："不能留下我们走过的痕迹，明白？"大家点头。陈善明抬手看表："还有二十公里山路要走，马上就要天黑了。大家小心点儿，不知道在山里会遇到什么情况。出发。"特战分队沿着山路谨慎前行。

黑夜里，厂区四周散站着哨兵。黄毛看看，从兜里掏出一根烟，点着。一只手从后面直接扼住了他的脖子，黄毛还没来得及喊，就被按倒了，一把锋利的匕首搁在他的脖子上。黄毛傻眼了："老……老大，别别别杀我……"蝎子冷酷地盯着他："为什么要抽烟？"黄毛战战兢兢："我……我……"

"我说过什么？不许抽烟！你想被狙击手点名吗？"

"老大，这哪儿有狙击手啊？"

蝎子冷笑道："在你以为没有狙击手的时候，狙击手就会出现！记住，以后晚上站岗不许抽烟，不然我割了你的喉咙！"黄毛忙点头："是，是……"蝎子松开他，黄毛急忙爬起来。蝎子拿出一盒口香糖丢给他："以后晚上站岗，实在受不了就嚼这个！给我记住了！"

"是！"黄毛惊魂未定。蝎子拍拍他的脸，笑笑，说道："吓坏了？"

"没有没有……"

"对你严是为你好。像你们这么闹，早晚要闹出事来！你们以为中国警方是吃干饭的吗？他们早晚会来的，只是在等能把你们一网打尽的机会！"蝎子看看黄毛，说道，"既然你选了这条路，就得做好准备。好好站岗，别再走神了。"

"是。"黄毛摸摸自己的脖子，一头冷汗。蝎子向房间走去。

7

夜色下的丛林寂静一片，徐天龙手持步枪小心地前进。何晨光将狙击步枪背在身后，手持微冲，紧跟队伍。宋凯飞压后，手持88通用机枪，虎视眈眈。李二牛走在最后，一边警戒，一边把大家的脚印和动过的痕迹抹掉。突然，徐天龙举起右拳，大家猛地蹲下。压后的陈善明过来，低声："怎么了？"徐天龙低语："还有两公里我们就到地方了。"陈善明看着队员："进入一级备战状态，出发！教导员，我带队，你压阵吧！"龚箭点头："好，一切小心！"大家起身，更加小心地前进。军靴轻微地踩过地面，月光洒下来，被茂密的枝蔓遮挡着。月光下的厂区，危机四伏。黄毛和哨兵们四处警戒，虎视眈眈。

山地的灌木丛中，一只手轻轻拨开枯枝蔓叶，何晨光露出双眼。大家卧倒在山丘，排成一条线。陈善明拿起望远镜，看着远处破旧的厂区。

龚箭也拿着望远镜："老陈，你怎么看？"陈善明低语："我们占据两个狙击阵地，等口令射击。"

"我同意。"龚箭转身，"蝎子很狡猾，他是真正的狙击高手，大家一定要提高警惕。"

"明白。"队员们低语。

"按照预案，狙击小组出发。"

何晨光和王艳兵出发，李二牛和徐天龙则向另一个方向走去。

8

房间里，阿红跪在地上抽泣着。蝎子冷冷地看着阿红："你为什么要告诉我？你准备了这么长时间，就为了等待今天。"阿红颤抖着，哭着说："因为……我爱你……我没想到，你真的一点都不碰我……你是好人……"

"他们答应你什么？"

"他们没有给我开条件，是我自己愿意的……"阿红哭着，"我要毁了这里，毁了他……他们不是人，他们不是人……我就算死，也要毁了他们……我没想到，我遇到了你……"蝎子沉默一会儿："他们是不是答应你，等行动结束后，送你回故乡？"阿红哭着点头，蝎子看着她："你想回家吗？"

"我想回家，我想妈妈……"

"听着，如果你想回去，照我说的做！这不是你的世界，你不该在这里！我没有能力带你回家，但是，他们有能力帮你回家！你按照他们说的去做，你会回到家的！"

"可是他们要杀了你……"

"那些不重要。"蝎子笑笑，说道，"他们杀不了我的！你听我的，跟警方合作！你可以回到家，去见你的妈妈！"阿红看着他："你真的不会死？"蝎子肯定地点头："不会！你回家去！"阿红眼巴巴地看着他："那我还能见到你吗？"蝎子看着阿红，点头，抱住她："我不会骗你的，你是我的女人……"阿红幸福地哭起来，蝎子的表情越来越严峻。

9

清晨，城市刚刚苏醒，大街上就车水马龙。别墅里，王亚东和林晓晓还在睡觉。床头的手机响了，王亚东拿起来，迷迷糊糊："喂？"

"蝎子呼叫山猫，收到请回答。完毕。"

王亚东呆住了。

"蝎子呼叫山猫。山猫，这里是蝎子，收到请回答。完毕。"

王亚东呆呆地坐起来。

"蝎子再次呼叫山猫。我现在深入敌后，需要救援。完毕。"

王亚东起身走出去。

"山猫，蝎子最后一次呼叫。我现在需要你的支援。完毕。"

王亚东拿着手机走出来，稳定自己："我不认识你，你打错了。"他看看手机，挂了。王亚东想想，转身来到地下室，从暗处拿出一部崭新的手机。别墅区外的监控车内，武然戴着耳麦："他挂电话了。"陈伟军冷笑道："没那么简单，立刻查这个电话号码是哪儿的。"

"明白。"武然开始搜索，手指在键盘上飞快地操作。

房间里，蝎子拿着手机在思索，阿红看着："他，他不理你了？"蝎子淡淡地笑道："不会的，他在找安全的手机。"这时，电话响了，蝎子接起来。"山猫收到，蝎子请讲。完毕。"蝎子露出笑意："山猫，你终于回答我了，我还以为你会抛弃我。"王亚东表情复杂："蝎子，你说吧，到底怎么回事？"

"我现在被包围了，需要你的救援。"

"你别闹了，蝎子！你知道这是什么时候！你以为我还有直升机和突击队去救你吗？我现在是一个平民老百姓，我什么都没有！我还被警察监视着，拿什么去救你？"

"你一定有办法的！"

"有办法我也救不了你！"

"你既然跟我通话，就注定不会抛弃我的！"

"你到底想要我怎么样？！"王亚东低吼。蝎子道："我需要一条船。"

"你以为我是加勒比海盗吗？我去哪里给你找一条船来？！"

"你会有办法的。"蝎子笑笑说道。

"好吧，你告诉我，我去哪里等你？"

"记住下面的坐标——如果我能逃出去的话。"

"我知道了，我会在那儿等你。你说吧。"王亚东的神情变得非常复杂。

10

一号狙击阵地，何晨光跟王艳兵在监视着。"有情况！"王艳兵低语，何晨光掉转枪口。瞄准镜里，一个戴着盔式帽，穿着迷彩背心和短裤的人出现，手持一把狙击步枪。王艳兵继续观察："戴着帽子，看不清楚脸。"何晨光抵着瞄准镜："他是军人出身，走路也毫不松垮！"这时，那个男人摘下盔式帽，拿帽子扇着风。王艳兵看清了："蝎子！是蝎子！"何晨光的十字线稳稳地锁定了蝎子的眉心，稳定呼吸。

"呼叫雪豹。火烈鸟报告，蝎子出现！完毕。"王艳兵低语。何晨光已做好射击准备。指挥阵地，陈善明拿着望远镜："我看见了！第二狙击小组，报告你们的情况！完毕。"

"水牛报告……俺被挡住了，看不见……"李二牛有些着急。瞄准镜里，蝎子借助房屋遮挡，一闪而过。徐天龙拿着激光测距仪："我们无法锁定目标。完毕。"

指挥阵地，龚箭眉头紧锁："为保万无一失，两个狙击小组必须一起射击。"

陈善明低语："所有人注意，再等待机会。完毕。"

一号狙击阵地，何晨光的食指慢慢从扳机上松开，但眼睛仍抵在瞄准镜上。十字线上，戴着盔式帽的蝎子提着狙击步枪，进了另一处建筑。

远处，蝎子房间的窗帘被拉开了，阿红将一件红色衣服挂出来。王艳兵看着："那是西贡玫瑰，她在按照预定暗号标注自己的位置，让我们不要误伤。"何晨光皱眉："他们住在一起？那是蝎子的房间！"王艳兵拿起望远镜："啊，看样子确实是。"

"我们被出卖了！"何晨光立刻呼叫，"雪豹雪狼，山鹰呼叫！有问题，西贡玫瑰和蝎子住在一起！完毕。"

"收到，我跟指挥部联络，申请取消行动。你们准备撤离，注意警戒！一定要注意蝎子的动向，当心狙击手！完毕。"龚箭握着无线电，面色冷峻。陈善明调转到指挥部波段："指挥部，这是雪豹。现场情况超出我们预料，存在行动隐患，我申请取消行动。

完毕。"

"这是指挥部。什么行动隐患？完毕。"温国强拿着通话器。

"西贡玫瑰和蝎子有特殊关系，我们认为对红细胞构成客观威胁。完毕。"陈善明报告。

"这个情况我们早就掌握，没有对你们构成威胁。西贡玫瑰给我们提供了蝎子最详细的个人情报，我们认为她是可靠的。完毕。"

"指挥部，之前为什么不告诉我们？这是非常关键的情报，我们要确定西贡玫瑰的可靠性！完毕。"

"我说过了，她是可靠的。完毕。"

"我们作为小组的指挥员，认为威胁已经构成，建议行动取消，希望指挥部批准。完毕。"

"雪狼，我们警方的机动力量已经到位。你知道我们等了多久？我们等的就是今天！我们那么多的公安民警和武警部队已经到位，就在等待你们的一声枪响！就为了这个我们早就掌握的情况，你们就要取消行动？我同意取消你们的行动，我派人替换你们！完毕！"

龚箭深吸一口气，听得出来，温国强的态度非常强硬。陈善明看着龚箭："老龚，怎么办？"龚箭咬牙："我们的任务是配合警方行动。既然他们做出了判断，我们就执行吧！"

"也只有如此了。"陈善明对队员们，"提高警惕，准备战斗！"

龚箭拿起通话器："指挥部，雪狼同意继续行动，但是希望准备随时支援。如果发生意外，我们需要迅速撤离！完毕。"

"指挥部收到。我们会做好应变准备，你们放心执行任务。完毕。"

一号狙击阵地，何晨光纳闷儿地低声道："雪豹，重复一遍命令。完毕。"

"山鹰，狙击任务继续，保持警惕。完毕。"

何晨光愣了一会儿："山鹰收到。完毕。"

厂区的另外一个房间，换岗后的黄毛正在睡觉。蝎子走进来，踢踢他。黄毛睁眼，吓了一跳，急忙起身："我……老大，我换岗了……"

"我知道，你的表现不错。"蝎子笑笑，摘下自己的帽子，又从挎包里翻出背心和短裤，甩给他："穿上吧，这还是我从欧洲带来的呢！"

黄毛惊喜："哎呀，老大对我真好！谢谢老大！"黄毛换好了："怎么样，老大？不知道的还以为是你呢！"蝎子把狙击步枪递给他："不错！出去转转，逗逗他们。把枪也扛上，才像真的！"黄毛笑着接过："好嘞！没想到老大这么好玩啊！"蝎子笑着看他走出门，急忙从挎包里拿出迷彩服，开始换装。

一号狙击阵地，何晨光眼睛抵着瞄准镜："你相信蝎子没有感觉吗？"王艳兵举着望远镜看："看来西贡玫瑰真的没有出卖我们。没有什么异常，他们的警卫还是很松散。"

何晨光平静地说："如果我是蝎子，我会有感觉。这是一种直觉。他这样优秀的狙击手，不该没有这种直觉。"王艳兵反问："如果直觉错了呢？"何晨光笑笑，说道："直觉错了，也该挂了。"王艳兵笑道："那这次蝎子的直觉可能错了，该他挂了。你要是没把握，换我来。我保证一枪爆头，绝对不留下后患！"

"没那么简单。"何晨光说，"这么多年，蝎子能从枪林弹雨中闯荡过来，必然有他自己的一套。我们现在没别的办法，只有等待。"王艳兵拿着测距仪在观察。这时，废墟处，一个戴着盔式帽，扛着狙击步枪的人走出房间。

"他出来了！"王艳兵低语。李二牛从另一个角度瞄准："水牛锁定目标！完毕！"

指挥阵地，陈善明拿着望远镜："好！听我口令，准备——"

陈善明举着望远镜："三，二，一——放！"

何晨光扣动扳机，几乎同时，另一边的李二牛也扣动扳机。废墟处，"蝎子"头部和心脏位置同时中弹，倒下的同时帽子掉了——一头黄毛甩了出来。周围的匪徒都惊呆了，慌忙持枪朝四面乱射击……指挥阵地，龚箭也呆住了，陈善明瞪大了眼。宋凯飞看着："怎么办？"龚箭一咬牙："撤！"陈善明点头："撤吧，没搞头了，剩下的就不是我们的事儿了。"

狙击阵地，何晨光迅速收起狙击步枪："走吧。"王艳兵有些不甘："这就走了？"何晨光提着狙击步枪："没搞头了，蝎子肯定跑了！剩下的不是我们的事儿了！"王艳兵无奈，拿起武器装备，跟何晨光迅速撤离阵地。厂区附近，数辆警车高速驶来。几十个武警和特警全副武装跳下来，冲进厂区，一阵激战……

狙击小组迅速登上直升机，直8B的螺旋桨刮起飓风拔地而起。机舱内，龚箭脸色严峻。大家的脸色都很难看。龚箭看着队员说道："我们第一次行动就失手，完全是我的责任。你们不要有心理负担，我会向上级做详细的报告。这次的责任，完全由我承担。"

"什么话？我是军事主官，这次责任肯定是我的！"陈善明急吼。何晨光平静地说："组长，教导员，这次责任不完全是我们的。"龚箭纳闷儿地问："什么意思？"

"我们被出卖了。"

"出卖？"——所有人都看他。何晨光说，"蝎子第一次出来是故意给我们看的，让我们确定这样穿着的是他本人。然后他找了个替身，金蝉脱壳。采用这一战术的前提，是他知道我们什么时候到，我们在哪儿。"龚箭看他，何晨光继续说："西贡玫瑰出卖了我们。她跟蝎子是有特殊关系的，关键时刻，她动摇了。"

"你怎么知道她什么时候动摇的？"龚箭问。

"如果她早就出卖了我们，蝎子可能早就跑了，也没必要演一出这样的金蝉脱壳。"

"警方已经远程包围整个山区了，他跑得掉吗？"李二牛说。

"他是蝎子，是山里生的。只要进山，没有人能抓得住他。"

机舱里，所有人都沉默了。

第十八章

───────★───────

1

厂区处，警方已经控制了现场。温国强看着地上黄毛的尸体："封锁所有出关口岸，他要出境！把我们在海边的关系都用起来，通知海警严密监控，小心他偷渡！"

"是！"钱处长答应着跑向指挥车。这时，阿红被带了过来。温国强看着她："告诉我，这是怎么回事？！"阿红不敢说话。"你告诉他了？"阿红不说话。温国强叹了口气："我信任你，你怎么能这样？！"阿红抬起头，哭着："他是好人，他不是畜生！"

"他是国际刑警通缉的要犯，手上有累累血债！"

"但是他没有欺负我，他是好人！他是我的……男人！"

温国强看着她，没说话。阿红哭了："再说，他也没有阻拦你们，只是不想在这里送命。他只是想活下去，他也恨这里！他成全了你们，你们为什么还要追着他不放？"温国强不说话，挥挥手，阿红被带走了。钱处长过来问道："温总，那她怎么办？"温国强看看阿红的背影："她毕竟帮了我们……跟国际刑警联系，送她回国，该给的奖金一分不少……我们拿她又能怎么办？"钱处长说："那蝎子怎么办？"温国强叹息："他本来就不是这个世界的人，现在又离开了。我们很难再抓住他了，只能等待下一次机会。"

"他还会到国内来吗？"

"不知道。"温国强转头，"对了，你说王亚东那儿有动静是怎么回事？"

"我们监控的同志报告，蝎子跟他联系过，他把电话挂了。王亚东也很快向我们做了报告，说蝎子再没来过电话。"钱处长说。温国强看着他："你信吗？"钱处长一呆："我明白了。"温国强道："立即追查王亚东的下落！他肯定要跟蝎子会合！"

"是！我这就去做！"钱处长转身去了。

王亚东家，林晓晓正跪在地上擦地板。"砰！"门被一脚踹开，特警们持枪冲进来。林晓晓吓得一声尖叫。特警们分成几组全面搜查着房间，林晓晓大喊："你们这是干什么？！"特警控制住林晓晓，特警队长走到她面前："王亚东在哪儿？"林晓晓瞪大眼："我……我不知道啊！"

"带走！"

"你们这是干什么啊？"林晓晓挣扎着，"你们凭什么抓我啊？啊——"两个女特警抓着她出去了。

夜晚，荒芜的海岸线，除了海浪拍打沙滩的声音外，死一般寂静。丛林处，蝎子疲惫不堪地钻出来，拿出战术手电，无助地对着海上发信号。啪啪，啪啪——一片黑暗。蝎子疲惫地跪下了。远处，有手电亮了，若隐若现。蝎子瞪大眼，再次发出信号，对面有回应。蝎子的眼泪下来了。不一会儿，一艘渔船开了过来，王亚东站在船头。蝎子涉水过去，王亚东拉他上船。蝎子一把抱住王亚东："山猫，我知道你会来的……"王亚东推开他："我来，是因为你救过我。"蝎子看着他："好兄弟，真的是好兄弟！你终于回来了！跟我走吧！"

"这不代表我会跟你走。"

"你疯了吗？！"蝎子一惊，"你不跟我走，你去哪儿？"

"我去自首。"王亚东平静地说。

"你别闹了！你去自首，知道会是什么下场吗？"

"我真的受够了，蝎子，这种日子我不想再过了。你赶紧逃命吧！"王亚东挣开蝎子的手。蝎子一把抓住他，王亚东看着他说："船费我已经给过了，船老大会带你去公海。后面的路，你自己走吧，我只能帮你这么多！松手，我去自首！"蝎子注视着他："你真的不跟我走吗？"王亚东看着他："从我决心离开你的那天开始，就没打算回头！松手。"

蝎子眼里有泪，慢慢地松开手。王亚东跳下船，涉水向岸边走去。蝎子看着王亚东的背影，举起右手，敬礼。王亚东没有回头，大步地走着，走向自己的岸边。蝎子的眼泪渐渐下来了。王亚东的眼中也流出眼泪，但是他没有回头……

2

第二天上午，部队简报室，龚箭站在讲台上："综上所述，将西贡玫瑰作为整个计划的核心，肯定是一个疏忽，但是我的临阵指挥也有很大的问题。因此，行动失手的主要原因在我。我的汇报完了。"陈善明在下面很着急，举手："我是军事主官，这是我的责任！"

"责任的事情，回头再说。"范天雷站起来，看着自己的学生们，"第一次实战就失败了，你们很气馁，是吗？"大家不说话。范天雷继续说，"这个计划本身确实有问题，但那不是我们可以左右的。我们是特别行动小组，是执行者，不是决策者。我们所能做的，

270

就是完成自己的任务。雪豹和雪狼肯定有错误，你们可都是老码头了。"

陈善明起立："对不起，参谋长，我大意了。"龚箭也起立："应该怪我。"

范天雷看看他俩："坐下吧。尽快将你们的正式报告交上来，我们需要对这次行动做一个详细的分析，以便吸取教训。至于对你们的处分，要常委会研究。失败是成功之母，我能理解你们现在的感受，因为我也有过。你们一直以为自己天下无敌，现在知道轻敌的滋味了？你们应该庆幸，这次行动是在我们自己的国土上。否则现在总结行动的不是你们，而是蝎子和他的手下！"队员们都很尴尬。"在你们出发以前，我就想到了最坏的结果。还好，你们都完好无损地回来了。我不想打击你们的气势，因为自信心是特战队员可以在战场生存的根本。但我还是要告诉你们，自信不等于自大！你们总觉得自己很厉害，但是不知道人外有人，天外有天，总会有人比你们更厉害。你们这次败了，是好事！因为你们毕竟是败在自己的地盘，而不是敌占区！如果是真正的战争，你们有命回来坐在这儿反思吗？"

队员们都不吭声。

"军队有句话你们都很熟悉——坏事总是会变成好事！没有什么过不去的坎儿，抬起头，打起精神来！这次行动失败没关系，你们都活着回来最重要！因为只有活着，才能总结教训，才能战胜敌人！明白了吗？！"队员们起立："明白！"

3

浩瀚的海上，渔船在开着。一艘货轮停泊在公海，北极熊站在舷梯边。渔船靠近货轮，蝎子顺着舷梯爬上去。北极熊伸手拉他，笑道："欢迎你活着回来，蝎子！"

"我的雇主挂了，我没保护他。"

北极熊笑着："我很高兴，你的头脑够聪明，没有跟他同归于尽。我们只按照合同办事，而这次属于合同当中的不可抗力——政府行动。即使我们全体出马也不是中国政府的对手，所以我们没有任何责任。"蝎子道："谢谢你专门来接我。"

"我要祝贺你——你复职了。"北极熊笑。蝎子有些惊愕："什么？"

"由于你这次的出色脱逃，显示了你秘密行动的过人素质，加上我的一再坚持，董事会已经批准你重新负责秘密行动。"北极熊说。蝎子笑笑，说道："肯定是有什么硬骨头，他们料理不了了。"北极熊看向大海："你说得没错，南美。"蝎子笑道："我爱火热的南美，那里也非常热爱我的命，几次想要，我都舍不得给。"北极熊道："这次也一样，你会安全的。休息几天，你的小队会在南美和你会合，他们已经在南美了。"

"到岸我就走，我不能把小队丢在那里。告诉我，他们都活着！"

"Tuner挂了。"

"怎么回事？"蝎子痛心疾首。北极熊说："情报准确，指挥失败，Tuner主动留下阻击敌人，挂了。"蝎子怒喝："这群猪头！就不能派更聪明一点儿的人去指挥吗？"

"所以他们想到了你，蝎子。你是不可替代的，公司需要你挽回这次在非洲的失败。"北极熊看着他，说道。蝎子怒不可遏："那狗屁公司需要我？！"北极熊说："我需要你。我承担了这次失败的责任，我需要你去胜利！"蝎子这才平静下来："好吧，我去。Tuner 的抚恤金，一分都不能少！"

"我亲自负责。"北极熊张开双臂，"现在，让我来拥抱我最勇敢也最出色的学生！"蝎子跟北极熊熊一样地拥抱。北极熊拍拍他："你——蝎子，永远是最棒的！"

货轮在公海上行驶，鸣响汽笛。

4

山路上，一辆猛士车高速行驶。范天雷坐在车上不说话，何晨光也不敢吭声。范天雷看看他，欲言又止。猛士车在狼牙特战旅烈士陵园门口停住了，两人跳下车。范天雷带着何晨光来到墓碑前，何晨光默默地看着，摘下自己的军帽，面前是父亲年轻的笑容。范天雷摘下军帽："我今天叫你来，是有一件事情要告诉你。"何晨光看着墓碑，面色平静："你想告诉我，谁是杀害我父亲的凶手？"范天雷看他："你猜到了？"

"从你开始介绍蝎子，我就想到了。"

范天雷不说话，何晨光看着他："你怕影响我的战场心理，所以没有告诉我。"

"我早该想到，你会猜到的。"范天雷说。

"我理解你，这并没有影响我。"何晨光看着父亲。

"你父亲会很欣慰地看到，你成熟了。"

"其实狙杀失败的时候，我也想不顾一切冲过去，抓住他，干掉他。"

"你为什么没有这么做？"

"因为我不能。"何晨光看着墓碑，"我是第一狙击手，我要是冲下去，我的兄弟们也会去的。那样后果不堪设想，我们会打乱警方的统一部署。我不能那样做，虽然我很想为我父亲报仇。"范天雷说："他会为你骄傲的。"

"这不重要，重要的是我们没能完成任务。对于我来说，这是一个耻辱。"

"知耻而后勇嘛！你不要给自己太大的压力，我们总会扳回这一局的！"

"蝎子是个战术高手，真正的行家，他还会在这行混的。只要他在这行混，早晚会死于非命，这只是时间问题。善有善报，恶有恶报，不是不报，时间未到。他作恶多端，早晚会被干掉的。"范天雷说。何晨光道："但我希望亲手干掉他！"

"舍得舍得，有舍才有得！也许冥冥之中，上天已经注定了他的命运。我今天叫你来，是觉得这件事应该告诉你。可我并不希望你的心中充满仇恨，这不是职业军人的表现。"范天雷看着他，"现在我知道，我的担心是多余的，你会处理好自己内心的情绪。"

"谢谢参谋长。"何晨光说。范天雷拍拍他肩膀："你成长得很快，我很高兴。我相信，你的父亲也会很高兴的。"何晨光默默地注视着墓碑，父亲年轻的脸在看他。

5

省厅刑侦总队的审讯室，林晓晓坐在椅子上，惊魂未定。对面的女警察盯着她："王亚东现在在什么地方？"林晓晓有些哆嗦："我……我真的不知道……"

"林晓晓同学，你真的很年轻，我们不想你在这条道上被拉下水。希望你能配合我们工作，帮助我们找到王亚东。这不仅是他最后的机会，也是你最后的机会。"

林晓晓快哭了："请你们相信我，我真的什么都不知道……"女警察厉声呵斥："王亚东本来就是国际刑警通缉的要犯，现在潜逃了，罪加一等！你知道事情的严重性吗？"林晓晓哭着说："可是我真的什么都不知道……你们都说了，他是要犯。他要想瞒着我，我……怎么可能知……"林晓晓话没完，向地上栽倒，晕过去了。女警察急忙起身过去，抱起林晓晓："医生！医生！快送医务室！"

省厅门口，王亚东站定，抬头看了看。旁边的武警哨兵站岗，目不斜视。王亚东一步一步走向哨兵，跨过警戒线。哨兵举起手："同志，请你退到警戒线以外。"王亚东站住："我是来自首的。"

办公室，温国强注视着王亚东的通缉令，思索着。钱处长没敲门，直接推门进来："温队！"温国强看他："怎么了？慌什么？"钱处长站定："他来自首了！"温国强噌地一下站起来："什么？！他在哪儿？"钱处长说："正被我们的特警队带进来！"

"走，去看看！"两人向大厅走去。大厅里，被戴上手铐蒙上黑面罩的王亚东，在武警和公安特警的簇拥下走进来。温国强和钱处长大步走来。温国强一把掀开王亚东的黑色面罩，王亚东脸色平静："我来自首。"温国强问："蝎子呢？"

"已经在公海了，再去哪儿，我不可能知道了。"

"你为什么要这么做？"温国强注视着他。王亚东说："我对他有过承诺。"

"你真的是个糊涂蛋！带走！我要亲自审问！"

审讯室里，王亚东戴着手铐坐在椅子上，身后两个特警虎视眈眈。温国强站在王亚东面前："你以为自首就没事了吗？"王亚东不说话。温国强看着他："你虽然是包庇罪，但是这也够你蹲几年大牢的了。"王亚东苦笑道："我已经不想再逃了，我累了。"

"你的妻子怎么办？"

王亚东的嘴角抽搐一下，温国强说："她还那么年轻，那么爱你，你就这样丢下她吗？"

王亚东的眼睛有些湿润："我注定要对不起一个人，既然我选择了对得起蝎子，只能对不起她了……"温国强看他："你可以对不起你的妻子，你也想对不起你的孩子吗？"

王亚东震惊，呆住了。温国强继续说："刚才，她晕倒在我们的审讯室。我们的医生给她做了检查，发现她已经怀孕三个月了。"王亚东看着温国强："她在哪儿？"

"在我们的医务室，你放心，她现在很安全。"

"让我见她！"王亚东恳求地说，"求求你，带我去见她！"温国强看看他："带他去。"

医务室门口，王亚东走在中间，身前身后都是特警。温国强转脸："打开他的手铐。"王亚东一愣，钱处长走上前："温队，他可是有功夫的！"温国强说："打开吧，他去见妻子，应该知道轻重。"王亚东意外地看着温国强。温国强说："你自己进去吧。既然你来自首，我就相信你不会做傻事。"温国强说，"你我都是军人出身，我相信你会有军人的诚信。"

"谢谢……"王亚东走进医务室。林晓晓躺在病床上闭目流泪，旁边的护士正在忙碌。王亚东站在门外，呆呆地看着林晓晓。护士一愣："你是谁啊？你进来干什么？"林晓晓睁开泪眼，看着王亚东："亚东……"护士刚想阻拦，钱处长挥挥手，她会意，出去了。

王亚东慢慢走过去，林晓晓含泪看着他："你……你怎么来了……他们要抓你……"王亚东流着泪，跪下握住林晓晓的手。林晓晓哭出来："你快跑……他们会杀了你的……"王亚东握着林晓晓的手："我是来自首的……我不想再逃了……这些年来，我已经逃够了……"

"你……会被关多久？"林晓晓流着眼泪。王亚东沉默。林晓晓瞪大眼："无期徒刑？"王亚东也哭了："晓晓，你别问了。总之，真的是我对不起你……"林晓晓大哭起来："别这样说，我没有怪你……不管你被判多久，我都会等你的……"王亚东也泪如雨下。林晓晓看着王亚东，止住哭："你别难过……你都做爸爸了……"王亚东握紧林晓晓的手，泣不成声。林晓晓抚摩着肚子："既然来自首了，你就……都说了吧……我会等你的，还有我们的孩子……"王亚东咬住嘴唇，抽泣着。两个人抱头痛哭。

走廊里，特警们跨立等待着。温国强抽着烟，思索着。这时，门打开，王亚东走出来，特警们迅速围上去。王亚东看着温国强："我想和你单独谈谈。"

<h1 style="text-align:center">6</h1>

旅长办公室，何志军正埋头看文件。参谋进来，敬礼："旅长，总部加急传真。"何志军接过来一看，说："走，通知参谋长，一起去红细胞！"

红细胞基地的上空，凌厉的战斗警报拉响了。队员们迅速跑出来，全副武装集合。

龚箭整队，口令迅猛。队员们肃立，杀气凌人。远处，一辆猛士车疾驰而入，何志军和范天雷跳下车。龚箭跑步上前："报告！旅长同志，红细胞特别行动小组集合完毕！值班员，教导员龚箭少校，请您指示！"何志军还礼："稍息！"

"是！"龚箭转身，"稍息！"队员们背手跨立。何志军对范天雷点点头，范天雷走上前："命令！"队员们唰地立正。

"受 A 国国防部邀请，中国人民解放军狼牙特战旅将派出特战队员前往 A 国国际特种兵勇士学校，参加本年度的国际特战队员勇士训练营！命令宣布完毕！"队员们的目光炯炯有神。何志军注视大家："你们都听明白了吗？！"——"听明白了！"队员们吼。"你们——红细胞特别行动小组，将代表中国人民解放军，去参加这次的国际特战队员训练营！在以往的国际特战队员勇士训练营当中，我们的特战队员表现都很出色！你们知道，我也去过，那里还有我的名字！我知道，这会给你们带来巨大的压力！但军队永远是要英杰辈出的，不能靠我们这些老家伙去打仗了，要靠你们！所以，我希望你们排除所有干扰，去完成这个光荣而艰巨的任务！你们——中国人民解放军年轻的特战队员们，准备好了吗？！"

"时刻准备着！"队员们怒吼。

"我希望，你们不要让我失望！"何志军看大家，"我期待你们的成绩。"

"忠于祖国！忠于人民！"队员们怒吼，敬礼。何志军放下手，转身上车走了。

范天雷看着他们："这个任务，首长毫不犹豫地交给了红细胞，希望你们能够不辱使命！一次行动失败了，没关系！只要你们还活着，就有机会扳回来！战场上，哪有常胜将军？但是记住我的话——下一次，你们就没有那么幸运了！你们都看过这个国际特战队员训练营的资料，应该知道，他们的训练是伴随着不断的实战的！来自世界各国的学员，都要去参加训练营组织的实战！在那里是真正的异国他乡，举目无亲，很可能遭遇到更大的危险！你们怕了吗？！""不怕！"喊声震得地动山摇。范天雷点头："收拾一下，准备出发！"

"是！"龚箭转身，"全体都有！目标宿舍，向右——转，跑步——走！"

范天雷目视着队员们离开，龚箭问："五号，你还有什么吩咐吗？"

"告诉他们轻装上阵，不要有思想负担。"范天雷说，"另外，这次你带队去。那地方你熟悉，规矩你也懂。其他的不用我交代了，带好队伍，注意安全，不辱使命。"

"是！"龚箭立正。范天雷看他："你自己也不要背上包袱，行动评估报告已经送上去了，关于你的处分决定，旅常委正在研究。你要做好心理准备，接受组织上可能给予的处分。"

龚箭笑笑，说道："参谋长，你还不了解我吗？做事才会被处分，不做事永远不会有处分，我宁愿做一个做事的人。"范天雷笑道："吸取教训，去准备吧，明天出发！"

龚箭敬礼："是！我去了！"

7

夜晚，繁华的都市车水马龙，霓虹灯在黑夜里闪耀着五彩的光，提醒着这个城市还没有进入梦乡。省厅大楼的楼顶平台，温国强神色严肃，看着王亚东："你想好了？"王亚东神色坦然："对，我想好了。"温国强看着他："你知道你要面对什么吗？"

"知道，可能……是一个乱坟岗。"

"你为什么要这么做？"

"其实我早就应该这么做。"王亚东看着辽阔的夜空，深吸一口气，"蝎子曾经是我的偶像，是我在兵团的领路人，一直都是我的上级。我们在一起同生共死很多年，这些你都知道。我唯其马首是瞻，他也确实是我心目当中出色的职业军人，我的偶像，也是我的好大哥。"

"是什么促使你决心离开他？"

"杀戮，为了金钱的杀戮。他自从离开外籍兵团，就变成了一个我不认识的人。他成了雇佣兵，成了职业杀手，在这条路上越走越远。当我发现无法拉他回头的时候，我只能选择离开。"王亚东眼神有些落寞。温国强说："你又为什么要回去呢？为了获得减刑？"

王亚东摇头："不是，那对我来讲没有任何意义。一旦蝎子发现我是卧底，我不会活着回来的。而想瞒过蝎子，几乎是不可能的事。也就是说，我必死无疑。"

"那你为什么还要去呢？"

"因为，"王亚东抬眼看温国强，"我想做一个好人。"

温国强平静地注视着他，王亚东一言不发。温国强点点头："我相信你。"

"替我照顾好我的妻子和孩子。"

"这个你放心，我们会做好你家属的安顿工作。"

"如果我死了——"

"听着，你要相信自己。如果还没有出发，你就有这样的念头，我无法派你去执行任务。如果是这样，我宁愿取消你的卧底行动，也不愿意看见你牺牲在异国他乡。"温国强打断他。

"牺牲？"这个词让王亚东的心微微震动了一下。温国强看着他："对，牺牲。虽然你不是我们的警官，但你是我直接招募的特情，也是我的兄弟。"

"兄弟？"

"对，兄弟。你在我的手下工作，当然是我们的兄弟。我希望你能在保证个人安全的前提下完成任务，而不是抱着自寻死路的想法，那样太危险了，还不如不要去。我做这行这么多年，从不想看见任何一个特情连尸体都找不到！那不是我们的工作作风！任何行动都必须把特情的安全放在首位。"温国强说。王亚东的喉头蠕动，有些感动。

"你要坚定信心，一定能活着完成任务！记住，你的妻子和孩子，都在家里等你！"温国强看着他，眼神坚定。王亚东看着，眼泪出来了："对不起，我让你等了这么久……"温国强默默地注视他："等待是值得的，你没有让我失望。告诉我，你计划怎么做？"

8

南美洲，亚马孙流域的热带丛林，枝繁叶茂，湿热的空气在上空升腾。一辆涂着水果图案的国外货柜车在宽阔的道路上行驶。司机是南美人，车里放着南美的流行音乐，司机摇头晃脑地开着车。车厢里，蝎子和他的部下们穿着不同的迷彩服，手持各种武器。队员们看着蝎子，脸上都是神采奕奕。

"你回来了，太好了！"

"就是，蝎子！你不在，我们都没了主心骨！要是你在，Tuner 也不会死！"

队员们递给蝎子一个酒壶，蝎子喝了一口："现在我们又在一起了，希望大家能够打起精神来！我们是被人抛弃的孤儿，没人会疼我们。我们只有自己疼自己，同生共死！"队员们举起武器，低吼："同生共死！"

货柜车在一个丛林中的豪华别墅前停下了。别墅前宽阔的停机坪上，华裔贩毒集团头目尚明已经在那里等待，保镖头目王青山站在他身边。车门打开，部下们陆续跳下车，散漫地站着，打量尚明。蝎子最后下车，提着自己的狙击步枪，带部下走过来，摘下墨镜："尚明先生？"尚明看着他："你就是蝎子？"蝎子淡淡地笑道："对，是我。"尚明露出笑容："欢迎你。"两人握手，开始较劲。蝎子淡淡地笑着，尚明的脸色变得铁青。王青山一惊，要上前。蝎子的部下立即持枪对准他，尚明的保镖也拔出枪，双方剑拔弩张。尚明忍痛摆手："都退后，我……没事。"蝎子笑着，松开手："尚先生，见笑。"尚明忍痛："果然好身手，请！"

蝎子跟着尚明进去，和王青山擦肩而过时，两人互相注视。蝎子笑笑，说道："你是一个好保镖。但是你记住，别跟我动枪，否则脑袋都不知道怎么掉的。"王青山也死盯着他："你敢动尚先生一个手指头，我就跟你玩命！先死的还不知道是谁呢！"蝎子笑出声来："好！好！我喜欢你！是条汉子！怎么称呼？"

"王青山。"

"我是蝎子。这就算认识了，哪天闲极无聊，可以到我的小队玩玩。我喜欢你这样不怕死的傻蛋，符合我的口味。"

尚明回头苦笑："蝎子，你挖墙脚都挖到我这儿来了！这可是我最得力的助手！"蝎子笑笑，说道："尚先生出了这么高的价钱，不知道需要我们兄弟做什么？"

"你听说过勇士学校吗？"

"当然，我还去受训过。"蝎子说。尚明注视着他。蝎子看着他："去搞国际特种兵勇士学校？疯了吗？就我们七个？那儿除了有数以百计的当地特种兵，还有去受训的几十个各国特战队员，那可都是全世界特种部队高手当中的高手！你不如让我们直接给自己来一枪好了！这活儿我们干不了，收队！"蝎子转身，要带人走。

"等等。"尚明叫住他。蝎子回头："我说了，这活儿我们干不了。"

"我不是要你们搞掉勇士学校，我还没有愚蠢到与各国特种部队为敌的地步。我是要你们搞掉其中一个人，他是来受训的外国特战队员。"

"你跟他有什么仇？"

"他杀了我父亲！"尚明咬牙，眼神愤怒，"我们在他的国家做交易，被他们的特种部队伏击了。我知道，狙击手就是他。"

"他叫什么？"蝎子问。"察猜。"尚明递给他一张照片，上面是身穿迷彩服的察猜。

9

海边，破旧的小码头寂静如常。温国强一身便装，撑着伞："不死鸟——以后你的代号就是不死鸟。"王亚东默默地注视温国强，温国强拍拍他肩膀："给你取这个代号的意思，就是希望你能平安地飞回来。"王亚东点头："我会尽力的。"温国强语气坚定："不是尽力，是一定。"王亚东点头："我走了以后，请照顾好我的妻子。"

"这是我的分内之事，你不要有后顾之忧。蝎子很狡猾，你要全力对付他，一定要注意安全。如果威胁到自身安全，一定不要轻举妄动。记住，我要的不只是情报，还有你能平安归来。你的人身安全，一定要放在首位。"王亚东笑笑，说道："我走了。"

"保重！"温国强伸出右手，两只手紧紧地握在一起。王亚东笑笑，毅然转身上了渔船。温国强撑着伞站在雨中，默默地注视着。船慢慢开走了。钱处长从远处走过来："我们能信任不死鸟吗？"温国强道："他虽然参加过蝎子的行动，但是始终没有参与杀戮。从我对他的观察和分析来看，他良心未泯，应该是个有正义感的人。"

"他跟蝎子之间的兄弟感情，也不是假的。"钱处长忧心忡忡。

"他不是傻子，会做出正确的选择。"温国强转身，"我们走吧，还有很多事情要做。"

清晨，狼牙机场上空，鲜红的国旗在风中猎猎作响。远处，直8B缓缓降落。空地上，红细胞特别行动小组整齐列队，队员们背着大背囊，持枪肃立。范天雷面色凝重，注视着他们："旅长今天战备值班，来不了，委托我来给你们送行。这次你们代表中国特战队员参加国际勇士集训，是全军特战队员的无上光荣！你们——红细胞特别行动小组的全体官兵，承载着在国际舞台上与一流外军特种部队同场表演的使命，你们准备好了吗？！"

"时刻准备着！"队员们高声怒吼。

范天雷点头："希望你们不辱使命，扬我军威！出发！"

队员们登上直8B，范天雷默默地注视着。龚箭转身，关上舱门，直8B轰鸣着拔地而起。远处，唐心怡跑过来，喘息着，无助地看着直8B远去的方向。

夜里，地下室，蝎子注视着电脑屏幕，面色冷峻。电脑上，是前来参加特训的七名中国官兵的清晰画面。蝎子注视着何晨光———张似曾相识的脸。

"你跟你爸爸长得果然很像。"蝎子冷笑，"傻孩子，你为什么要选择走这条路呢？"

"你认识他？"部下问。蝎子回答："他父亲曾经想杀我，被我干掉了。"

"他呢？"

"他也想杀我，我还没有干掉他。这次，一定要干掉他！"蝎子的眼中露出凶光。

"我们的生意不包括他吧？"部下问。蝎子反问："怎么，要跟我谈钱吗？"

部下急忙摇头："不是不是，我错了。"

"去准备吧，这次我们要一网打尽，不留后患。察猜肯定要干掉，这个中国兵——也不能活着！要好好谋划一下，他们都不是好对付的角色！稍有不慎，我们满盘皆输！"

"明白了，我们会干掉他们的！"部下出去了。蝎子注视着何晨光："我有点儿捉摸不透你，这不是好现象。我琢磨不透的对手，就必须干掉，不然日后死掉的会是我。"

中国驻 A 国大使馆，国旗在夜风中飘舞。游泳池边上，武官少将跟队员们侃侃而谈："这里的国防部和勇士学校对你们这次参加集训非常重视，他们知道你们是特种部队当中的特种部队——红细胞特别行动小组，所以你们会面临不小的压力。而且他们的集训基本上都是围绕实战展开的——你们这个小组在国内有实战经验吗？"陈善明上前："报告！武官同志，这个小组有过一次失败的实战经验。"武官笑笑："失败？"

"对，我们看错了目标，是我的责任。"龚箭说。

"那说明你的领导很信任你们，也说明你们的对手非常狡猾——他是谁？"

"蝎子。"

武官点点头："难怪了，这个蝎子倒真的是国际军界的一个传说。"

"不知道首长有没有什么需要特别交代的？"陈善明说。武官说："这个国家的社情、民情、军情都比较复杂，他们的军警长期与贩毒武装集团有冲突。有些贩毒集团还有政治诉求，有根据地，有游击队，也有精良的武器装备。勇士学校经常组织国际班学员参与这种实战，危险系数很大，曾经有外军学员牺牲在类似的行动当中。你们确实要做好准备，这样的行动很可能与外军学员编组，互相不熟悉战术和打法，出问题的概率比较大。你以前来受过训，一定要带好队伍，确保安全，同时也要敢打硬仗，善打硬仗！"

"我们一定会谨慎小心的，首长。"龚箭说。武官继续说："别的都是老生常谈了，也没必要浪费口舌。同志们，远离祖国，身处南美，一切都是陌生的，充满挑战的。我相信，你们一定不会忘记军人的誓言。"队员们啪地立正："忠于祖国！忠于人民！"

10

南美洲，勇士学校里哨兵林立，各国士兵在搭建着各自的帐篷。中国分队的队员们穿着常服，背着大背囊，提着手提袋走进来，何晨光走在队伍后面。其他国家的士兵们好奇地打量着这支队伍。察猜正在收拾装备，也抬起头："是他？！"

龚箭带队，来到了写着 CHINA 的空地前。陈善明下令："收拾行装，安营扎寨！"队员们放下行囊，开始忙碌。不远处，察猜跑过来："兄弟！"何晨光瞪大眼，笑了："好兄弟！没想到在这儿看见你了！"两人拥抱。察猜握着何晨光的肩膀："让我好好看看你！哈哈哈哈！真的没想到会在这儿看见你！"龚箭看着两人："你们认识？"

"报告！教导员，这位是察猜，是我参军以前打过比赛的对手，好兄弟！"何晨光报告。察猜敬礼，龚箭笑着还礼："不用客气！既然认识，你们就去叙叙旧吧！其余的同志，安营扎寨！""谢谢教导员！"何晨光和察猜笑着，向训练场边走去。陈善明看那边："老龚，这样没事吧？"

"没事。有什么事？"龚箭转头看看，"跟外军接触是在所难免的，咱们还能关起门来谁都不理吗？放心吧，我们对自己的同志要充分相信。"旁边，队员们开始打地桩，支帐篷。

训练场上，两人并肩走着。何晨光看着察猜："你怎么也当兵了？"

"回国以后，我家里出了点儿事，我弟弟去世了……"察猜说。何晨光一惊："怎么回事？"察猜脸上露出痛苦的神情："我弟弟是个中学生，吸毒了。我们国家的毒品走私是很猖獗的，你应该知道。他被卷入了街头的少年贩毒集团，参与贩毒。我发现以后，带他去警局自首，没想到出门就被贩毒集团枪杀了。"何晨光默默地听着。"我再会打拳又有什么用？我连自己的亲弟弟都保护不了，他才十五岁。看着他倒在血泊当中，我却无能为力。凶手开着摩托就跑掉了，我根本不可能追上……安葬完弟弟，我就去报名参军，历尽千辛万苦进入了特种部队，参加国家军警的缉毒行动！我想用这些毒贩的血，来告慰弟弟的在天之灵！"

何晨光用力一拍他的肩膀，安慰道："别难过了，你做到了。"

"不，还有很多的坏人逍遥法外！我想把他们都干掉！这也是我当兵，参加特种部队，来勇士学校的原因！我希望能够成为最出色的特战队员，杀光这些坏蛋！"

"会的，这是一个漫长的过程。我们一起努力！"何晨光伸出右拳，两个拳头碰在一起，"好兄弟！我们并肩作战！"——"同生共死！"

远处山林里，穿着吉利服的侦察员拿着相机在拍摄。镜头里，察猜和何晨光的身影清晰可辨。废墟处，蝎子看着屏幕："他们果然在一起了。"

"狙杀他们吗？"部下说，"只需要一杆狙击步枪，就可以轻松干掉他们两个！"

"你疯了吗？在国际勇士学校搞远程狙击？你知道里面有多少狙击手吗？还有重火力和武装直升机！就算得手，一分钟内我们的狙击阵地就会被火力覆盖，方圆百公里都会被封锁。"蝎子冷笑，"就我们几个，跟世界各国的数百名特战队员打游击战吗？我们会死无葬身之地的！"部下说："明白。可是我们怎么干掉他们呢？"

"引蛇出洞，让他们离开勇士学校，在丛林里面干掉他们！"蝎子笑笑，说道，"会有办法的，别着急，我们有诱饵。"部下问："诱饵是什么呢？"

"我。"

部下看着蝎子，大惊。蝎子笑笑，说道："他们一定会上钩的！那个尚明身边的人，盯上了吗？"部下说："已经派出侦察小组了。蝎子，我很好奇，你为什么会怀疑他呢？按说，他应该是尚明最信任的人。"蝎子说："灯下黑——一个中国典故。一盏油灯，最黑的地方是距离灯最近的地方，这就是灯下黑。我不是断定他是卧底，但是如果真的有卧底，那么他最适合了。你看过他的资料吗？"部下点头："看过。"蝎子道："他混迹黑道多年，跟过十几个老大，也算老油条了。但是他跟过的老大中，有四个，不是挂了就是上了法庭。"

"哦？这我还真的没注意到！"

"事情蹊跷，肯定有原因。"蝎子站起身，"只要不影响我们的生存，他是不是卧底都没有那么重要。但直觉告诉我，他一定有问题。"

从林深处，王青山独自走着。他来到一片灌木林前，左右看看，迅速拐进去。王青山来到树丛前，扫开地面的枝叶，赫然露出一个木板洞口，他掀开后快速钻进去。来到洞里，王青山打开应急灯。洞里堆着一些器材，被一大块帆布遮挡着。王青山打开其中一个，取出里面的军用笔记本电脑打开，卫星伞也打开了，连接上线。

11

省厅办公室，电脑屏幕的信号灯不停地闪烁。温国强从一堆文件夹里站起身，移动鼠标，屏幕上出现王青山的脸。温国强问："怎么现在找我？出了什么事？"王青山说："我好不容易才找到机会单独出来。尚明请来了一队高手，准备在当地闹事。"

"你讲，是什么高手？"

"蝎子。"

温国强一愣，王青山继续："蝎子和他的小队已经到南美了，现在在尚明这里活动。"

"他们的目的是什么？"

"想搞勇士学校。"

"他没疯吧？就蝎子和他那几个虾兵蟹将，想搞正规军的国际特种兵学校？"温国强大惊。王青山说："没疯，他们想杀的是一个叫察猜的，是外国来受训的特战队员。还记得尚家父子被特种部队伏击的事吗？击毙他父亲的就是察猜，他是狙击手。尚明等待很久了，就是想等待这个机会干掉他！"温国强道："这是个重要情报，不光涉及友国特战队员的人身安全，还有一点特别重要，我们的特战队员现在也到了国际勇士学校。他们会跟察猜一起受训，也会一起执行任务。如果蝎子动手，我们的特战队员可能也会遇到麻烦。"

"白鲨，你别告诉我，我儿子也来了……"

"我只能告诉你，你猜对了。你儿子现在也在勇士学校，跟察猜一起受训。"

"你怎么能把我儿子也派来？！"王青山激动起来。温国强道："金枪鱼，你冷静点儿！派谁去受训，是我说了算吗？你儿子的表现非常出色，这次是国防部派去受训的七名特战队员当中的一个！我哪里管得了军队的事儿？但是你这个情报很重要，我马上向上级报告！如果需要采取什么措施，我会通知你的！你的情绪不要激动，保持冷静！"

"你让我怎么冷静？！"王青山激动地低吼，"我深入虎穴十几年，奉献了所有的一切！难道现在要我奉献我的儿子吗？！听着，我不管你用什么办法，马上把我儿子弄回国内去！"

"金枪鱼，你也是老侦察员了，出生入死这么多年，怎么这么不冷静啊？这又不是我可以决定的事儿！你儿子是警察吗？他是当兵的，是军人！我去给谁下命令？这摆明了是难为我嘛！我可以转告军方，请求调回你儿子，但是我能请求军方调回所有的特战队员吗？你让我们的国防部跟当地国防部怎么说？如果单独调回你儿子，你让他以后在部队怎么做人？他是犯错误了还是怎么了？这个命令怎么下？你自己好好想想！"

王青山呆住了。温国强问："你要我去跟军方申请吗？"

"对不起，我太激动了，是我的错。"王青山深呼吸，"我想得太简单了，确实不能调他回去。如果只调回他一个，他会失去所有的兄弟，我不能再让他孑然一身了。我已经孑然一身很多年了，我知道这个滋味。"

"金枪鱼，我理解，你的压力特别大。放松一些，我们现在已经知道蝎子在那儿，有你的准确情报，有国际刑警和相关国家有关部门的紧密配合，他们一定会没事的！你要坚强起来。金枪鱼。我知道儿子是你最关心的，但是你也亲眼见过他。他成长得很好，现在是一个光荣的解放军战士了，还是最优秀的特战队员，你应该为他骄傲！"

王青山泪如雨下，哽咽不语。

"有一天，他也会为你骄傲的。金枪鱼，你是我们的骄傲，是我们的英雄。这次任务完成以后，你的潜伏就结束了，我会把你撤回来的！金枪鱼，再坚持坚持，你快回家了！到时我亲自给你接风，你和你的儿子会生活在一起的！"

"白鲨……谢谢你，真的谢谢你。"王青山哽咽着。温国强也动容地说："应该我谢谢你，金枪鱼，祖国谢谢你。"王青山老泪纵横："白鲨，通话结束……我一定会保护我的儿子，还有他的战友们的！"温国强道："相信你能做到。但是一定记住，不能感情用事。在任何情况下，都要保持绝对的冷静！"——"是！"王青山泪流满面，挂断电话。

废墟处，部下走进来："蝎子，你说得没错，那个王青山肯定有问题。他在跟一个不明身份的人，使用卫星通话！"蝎子笑笑，说道："卫星？通话内容截获了吗？"部下说："没有，卫星信号是加密的！即使我们截获到也破译不了，这种卫星，只有军队和警方会使用。要去告诉尚明吗？"蝎子擦拭着狙击步枪："为什么要告诉尚明？"部下一愣："尚明不是我们的老板吗？"蝎子笑笑，说道："尚明不是我们的老板，尚明的钱才是我们的老板。"

蝎子脸色一转："王青山传递给中国警方的情报，会很快反馈到国际勇士学校的。他们会采取措施，采取行动，来对付我。"部下问："那怎么办？"

"这正好是我们抓住他们的机会。如果他们不离开那该死的勇士学校，我们毫无办法。这一次就是局中局，看谁能玩得过谁了！"蝎子一把拉开枪栓，看着对面墙上何晨光的照片，恶狠狠地说，"我警告过你，不要当兵。孩子，为什么你不听我的呢？"

12

特种部队，旅长办公室。何志军拿着照片，有些吃惊："蝎子也到南美了？"

"对，他的目标是察猜，就是这个外国士兵。"温国强说，"但是我相信，他的目标不只是察猜，那只是收钱办事。他更想干掉的目标是何晨光。"

何志军一愣。范天雷走上前："我相信。依照蝎子的个性，他不会给试图杀他的人留下活口。更何况何晨光不只是为完成任务——那是杀父之仇，只要有机会，即使没有命令，他也一定想干掉蝎子。蝎子深知这一点，所以他一定要干掉何晨光，甚至是我们的小队。"

"你说得有道理，但那不是我们的地盘，我们就是想去帮忙也没办法。"何志军说。

"旅长，我们没办法，但老温有办法。"范天雷说。

"老温，别卖关子了！你有什么办法？说说看！"何志军急道。

"老何，我哪里有卖什么关子啊？"温国强说，"一大早我就跟领导汇报，还跟国际刑警通了电话。我今天就赶到南美去，在国际刑警的协调下，与当地军警合作，组织对蝎子以及尚明贩毒集团的围剿。我有一个重要的侦察员，长期卧底在国际贩毒集团内部，他可以给我们提供详细的情报。"

283

何志军笑道："早就知道你老温搞情报的本事了得，没想到你的触角都伸到南美的贩毒集团了！"温国强的语气沉下来："其实，这个侦察员跟你们也有关系，老范知情。"

"嗯？"何志军纳闷儿，看向范天雷，"你又有什么事儿瞒着我？"

"不敢，只是我也刚知道里面的具体关系。"范天雷说，"之前老温找我，要我帮忙挽救一个在失足边缘的少年，带他当兵。我就问了问，他说是一个卧底警察的儿子，因为对父亲的误解而丧失生活信心，自暴自弃，几乎要走上邪路了，希望我们能帮助这个孩子。我想这也是我们应该做的，就去找这孩子，让他当了兵，现在在我们旅。"

"我知道了，是王艳兵。"何志军。温国强说："对，就是他。他的父亲王青山，代号金枪鱼，是我们的功勋侦察员，长期忍辱负重，打入国际贩毒网络十多年了。这次我去南美，也是要带他回来，他的任务应该结束了。这已经是他破坏的第五个贩毒集团，再这样下去危险性就大了。"何志军感叹："无名英雄不容易啊！他的孩子在我们部队，你应该早告诉我。王艳兵的军事素质我知道，文化素质怎么样？"

"高中毕业，但是学习成绩一般。"范天雷说。何志军点头："等他回国，让他补习补习，上军校。我们不是还有保送的名额吗？英雄在前方出生入死，我们理应安顿好他们的孩子。"范天雷笑道："是，一号，我记住了。"

温国强握住何志军的手："老何，真的谢谢你啊！"

"这是我们应该做的，我知道得太晚了。老温，我们这些当兵的只能干着急，没办法，出不了国。"何志军看着温国强，"老温，我的七个兵可就全靠你了！拜托了，安全带他们回来！他们都很年轻，是我们军队的栋梁，也是我的心尖子。"

温国强点头："我一定会尽力，但是必要的战斗肯定少不了。"

"瞧你说的，我何志军的兵什么时候成温室里的花骨朵了？战斗是必须的，军人不打仗，当兵干什么？让他们去战斗！但是我希望，他们不会被暗害！明白吗？"

温国强面色严峻，点头："我明白，我会想办法的。"

13

国际勇士学校，穿着学校迷彩服的一百多名各国特战队员背手跨立，神情肃穆。教员们站在四周。校长站在讲台上，看着面前的方阵："很高兴又在这里见到这么多的年轻人。来自世界各国的最精锐的特战队员，你们承载着各自国家军队的荣誉和骄傲，来到国际勇士学校接受训练。你们都是出色的军人，否则也不可能站在我的面前。你们都是特种部队的精英，所以什么样的开场白都不能让你们震惊。什么是勇士？"学员们静静地听着。

"为了他人，甘于牺牲自己的人，我们就叫这些人——勇士。你们来自不同的国家，不同的民族，有不同的信仰，但有一点是相同的——你们都是勇士。"

"我希望你们在这里有不一样的体验，那就是不同国家和民族的勇士，彼此得到碰撞和交流！感谢上帝，让我可以见到你们这些来自世界各地的年轻勇士！勇士学校已经举办了十几年的国际特种兵训练营，这些训练手段被传承到世界各地。我相信时至今日，你们已经对此不陌生。我希望这不只是一次特战技巧的集训，也是各国军人的精神大碰撞！不同的战略战术理念，会在这里得到最大程度的碰撞，迸发出新的火花！勇士们，我祝福你们！"校长面对整齐的方阵，敬礼，"我的话讲完了，下面训练开始。"

　　教员们高喊着，带着学员们分组散开。何晨光等人在队伍当中，扛起橡皮舟，呐喊着冲刺……泥泞中，何晨光与察猜徒手格斗，泥泞的迷彩服已经看不出颜色，脸上也是厚厚的泥巴……

　　"一切都是我们已经熟悉的内容。校长说得没错，这些训练手段早已被传承到世界各地。只是我们的标准更高、更严，因为我们都是来自世界各国的精锐，代表着各国的特种部队最高水平，互不相让。我们和世界各国的精英特战队员一起，体验着相似而又陌生的训练。我们都熟悉这些招数，但是却对期间迸发出的思想碰撞激动不已。我们不是同一个国家的军人，但是我们成为了很好的兄弟。这种情感，也许只有军人才明白……"

第十九章

───────★───────

1

勇士学校的办公室里，校长伸出右手："你好，来自中国的警官先生。总部已经通知我，要为你提供必要的协助。请问有什么可以帮助你的？"一身便装的温国强伸出右手："谢谢支持。直奔主题吧，有一个很危险的人物到了这里。"

"是什么人？"

温国强拿出照片，校长一看："蝎子。"

"你果然知道这个人。"

"当然知道，"校长看着照片，"他也是我的学生，早年毕业的，现在在国际军界很出名，著名的雇佣兵头子、国际杀手。怎么，他到了我的地盘吗？"

"我们获得了准确情报，他现在受雇于尚明集团。"

校长笑笑，说道："尚家父子跟我们也是老对手了！看起来他们想搞点儿厉害的。我听说蝎子的价格可不低，这次他们算是下血本了。"

"他们想暗杀你的一名学员。"温国强脸色严肃。

"谁？我想想……明白了，是C国来受训的特战队员吧？尚明的父亲在C国被特种部队伏击，负隅顽抗被狙杀了。狙击手是察猜，对吧？我没记错吧？"

"对，是察猜。"温国强点头，"我们跟C国有关部门联络过了，他们很重视这件事。还有一点，我们国家来受训的特战队员也参加过一次不成功的狙杀蝎子的行动。也就是说，蝎子跟我们的人也有深仇大恨，这次也会想办法先杀而后快的。"

"哦？看起来蝎子真的是疯掉了，想进攻我的勇士学校了！"校长说。温国强道："这个胆量估计他没有，他还没到丧心病狂的地步。我们分析，他是想将察猜和我们的特战队员引诱出去，在外面下手。"校长说："也就是说，他会传递假情报给我们。但是我们怎么知道，蝎子到底在哪里呢？"温国强说："我们在尚明的身边安插了人。我相信我的侦察员，他一定会想办法搞到准确的情报。"校长笑笑，说道："我也相信。

中国警方跟我们有过合作，我是了解的。"温国强伸出右手："希望这次能够精诚合作，抓住蝎子！"

"这也是我的心愿。蝎子是我们国际勇士学校的败类，一直是个祸害，如果能在我的手里被铲除，是我的幸运，也算是清理门户了。等你的情报。"

温国强点头："我会尽快搞到的。"

2

尚明的别墅外，保镖林立。地下室里，蝎子、尚明、王青山和部下们围着一张地图。蝎子指着地图："尚先生，我们的计划是这样的。麻烦你在二号地区布置一个假的目标，化装成我们活动，我们在三号地区埋伏。一旦勇士学校的突击队进入，我们就开始伏击。计划简单，但是我相信会有效。"尚明问："你怎么知道他们会派察猜来呢？"

"我已经想办法放风出去，说我专程来要察猜的命。我了解勇士学校，我也在那里受训过。他们的风格就是这样的，一旦知道我在哪儿，一定会派出察猜，因为我想干掉他。而且，跟他在一起的必然是跟我打过交道的人，也就是来自中国的红细胞特别行动小组。"蝎子说。王青山仔细看着地图，蝎子笑笑，说道："这个计划不一定百密一疏，但是现在看来，是最可行的。"尚明问王青山："你的意见呢？"王青山点头："我觉得可行，值得一试。"蝎子看着王青山，笑笑，说道："谢谢。"

"好，就这样办吧。我派出去的那队人明显就是牺牲品了，希望他们牺牲得值得。"尚明起身。蝎子看他："如果运气好的话，不等察猜他们动手，战斗就已经结束了，所以那队人不一定是牺牲品。"尚明道："我希望你说的是真的。他们跟着我父亲出生入死这么多年，应该活着。"蝎子说："我很敬佩你的义气，我会想办法做到的。"

"那就定下来吧。"尚明转过身，说道，"老王，你跟他们去落实行动的细则。那队人由你亲自带领，你的经验丰富，一定要保住兄弟们的性命。"王青山点头："我明白。蝎子先生，我来跟您一起拟订作战方案。"蝎子说："好，请去我们的临时指挥部吧，那里有沙盘和详细的地图。"王青山点头，跟着蝎子走出地下室。

勇士学校，何晨光和察猜等人正在进行徒手格斗训练，两个国家的战士打得难解难分。何晨光和察猜面对面打成一团，互不相让。这时，教员走过来，吹哨。所有队员都起立站好，气喘吁吁。教员看着他们："去收拾一下自己，十五分钟以后，校长要见你们。"

"是，长官！"队员们快速解散离去。

简报室里，已换好干净迷彩服的中国特战队员们站得笔直，背手跨立。旁边，C国的特战队员也在。门被推开，校长走进来，队员们啪地立正敬礼。校长看着他的学员："很好！在你们的身上，我看到了勇士的精神！现在有一个特殊的训练科目，需要你们联合编组完成——一场实战，真正的战斗！你们的对手很强大，也是我昔日的学生！你们怕了吗？！"

"不怕！"队员们怒吼。校长点头："很好，我喜欢看到你们的斗志！现在，就请代表国际刑警来到我们勇士学校的警官先生，介绍情况！"队员们肃立等待。温国强穿着中国警服走进来，队员们眼一亮。温国强笑笑，走上前敬礼："大家好，我来自中国警方，我姓温，我的代号是白鲨。这次联合行动是高度保密的。我之所以来到这里，是因为在你们的附近，出现了一个极度危险的人物。"

投影上出现蝎子的照片。中国队员们都一愣，何晨光咬紧牙关。

"对他，有些人已经很熟悉，有些人不熟悉。我来介绍一下，他的代号叫蝎子，男，四十岁到五十岁之间，化名众多，难辨真假，所以国际上一般都称呼他的代号——蝎子。他曾经是东南亚的特工部队狙击手，并且在东欧特种部队留过学，有丰富的丛林战经验。后来他到欧洲参加了著名的外籍兵团，在伞兵第二团服役，是第一个亚裔狙击手，军士长。他转战世界各地，作战经验丰富。离开外籍兵团后，他带了一组人加入了一个军事保安公司，其实就是雇佣兵公司，成为雇佣兵和职业杀手。他作恶多端，跟多国军警都有过交手，组织和指挥实施过政变、暗杀等多起恐怖活动，被国际刑警列入红色通缉令。"温国强看着墙上的蝎子照片，"他这次是应尚明贩毒集团的邀请，来到此地的。"投影打出尚明的照片。

温国强继续介绍："尚明，南美华裔毒枭，三十七岁。尚家父子是臭名昭著的毒枭，尚明的父亲在国外交易的时候，被当地特种部队伏击了。"温国强看向察猜，察猜上前一步："是，长官。是我们干的，我击毙了他的父亲。"温国强道，"所以他这次花高价请来了蝎子这组高手，准备在南美干掉你。"察猜一愣，队友都看他。察猜笑笑，说道："那太好了，就看谁干掉谁吧！"温国强继续说，"我们还有一个推断——我们中国的特战队员，也有一定危险性。"何晨光冷笑，队员们也跃跃欲试。温国强看着队员们："在国内，你们跟蝎子打过交道，让他逃走了。这一次，他又出现在你们的面前了。你们有信心吗？"

"保证完成任务！"队员们怒吼。校长点点头，走上前："这个尚明和蝎子不简单啊，搞到勇士学校头上来了。用一句中国俗语来说，叫作太岁头上动土！经过国家相关部门批准，我组织了这次行动，行动代号是亚马孙猎人！你们就是亚马孙河流域的猎人，给我干掉蝎子，抓住尚明，提着蝎子的人头回来见我！这就是你们的结业考试！明白了吗？！"

"明白！"吼声震天。校长看着他们说："猎人突击队的队长，由来自中国的陈善明少校担任！副队长，由来自C国的林源上尉担任！你们去做战斗准备吧。武器弹药充足，你们可以选择自己顺手的装备。一旦获得准确的情报，立即出发！"

"是！"队员们的吼声震得地动山摇。

3

远处群山苍莽，山林中，一间间民用仓库若隐若现。这里是勇士学校的一个安全点，陈善明带着特战队们在仓库里做战前准备。队员们四散着坐在弹药箱上，整理自己的武器装备。何晨光走到察猜面前蹲下："别紧张，我们在一起并肩作战。"察猜笑笑，说道："紧张什么？他想干掉我，我就一定要干掉他！"何晨光正色："你不要轻视他，他确实是真正的高手。"察猜问："有多厉害？"

"我父亲，一名解放军狙击手，死在他的枪下。"

察猜呆住了。何晨光看着察猜："我曾经试图狙杀他，但是没有成功。他真的很狡猾，熟悉所有的狙击战术，能够化解掉身边所有的威胁。"

"这次我们一定会干掉他的，为你报仇！"

"不是为我报仇。这不是谁的私仇，是我们的任务。"何晨光看他，"我不会带着这种情绪去打仗的，希望你也不会，因为这样会影响我们的判断。我们是职业特战队员，是狙击手，我们是去完成任务，不是去报私仇。我只是想提醒你，他有多厉害。"何晨光伸出右拳，"这一次，我们同生共死！"察猜也伸出右拳："同生共死！"两只拳头碰在一起。

另一边，王艳兵检查自己的武器，徐天龙忧心忡忡："不知道为什么，我的感觉一直不太好。"王艳兵笑道："有那么邪乎吗？"

"嘀咕什么呢？"龚箭走过来，环视大家，"一个个情绪不高！怕了？"队员们都摇头。龚箭笑道："跟我说说，想什么呢？"徐天龙说："教导员，这次情报准确吗？"

"我只能说，国际刑警和温总队长肯定会尽力搞到准确的情报。我们是特种部队，是执行者，这道理你们都懂。一旦我们出发，就随时面临被敌人的枪口窥视的危险。危机四伏是我们的家常便饭，如临大敌是我们的日常功课。我们是狼牙，是中国陆军特战队员，我们是来自地狱的勇士！我们要沉着冷静，应对变局。你们都是最好的特战队员，这次在异国他乡作战，要做好最坏的准备！明白吗？"——"明白！"队员们立正。

"在作战当中，要与外军队友多交流，互相照应，精诚团结。我们代表祖国，代表中国人民解放军！外事无小事，更何况这是生死战斗！都懂我的意思了吧？"龚箭看大家。

"懂！"队员们吼。龚箭继续说："好！我知道你们心中可能还有上次失败的阴影，但是现在我们有了挽回败绩的机会！干掉蝎子，完成任务，为我们自己争口气！"

"是！"队员们怒吼。陈善明走过来："老龚，我们去跟副队长研究一下作战方案。"

"你们准备吧。"龚箭起身，和陈善明去了。队员们互相看看，开始准备。

废墟处，蝎子站在沙盘前："我的计划就是这样，王先生，你看呢？"王青山看着沙盘："好，我觉得完美无缺。我去安排我那边的人，你可以准备了。"蝎子说："好，我们合作愉快。战斗打响以后，我们会以最快速度赶到，包抄他们。希望你的人能坚持到那个时候，对方是真正的高手。"王青山道："放心，我的人也不会那么菜！我走了！"他起身走了。蝎子看着王青山的背影，淡淡地笑着。

　　王青山拐入旁边的树林。远处，一个披着吉利服的狙击手伪装极好，一直在监视他。瞄准镜里，王青山走到了入口处。狙击手低语："蝎子，我看见他进去了，要我阻止他吗？完毕。"蝎子轻笑道："阻止他干什么？我就是要他发出刚听到的情报。"

　　"明白。完毕。"狙击手收起狙击步枪，躲入草丛。

　　山洞里，王青山已连接好电脑。温国强看着电脑屏幕，戴上耳麦，王青山的脸露了出来："我得到情报了。"温国强说："很好，我这边的突击队一直在等你的消息。"王青山问："你接到假情报了吗？"

　　"对，当地警方得到线报，蝎子他们今天晚上可能在二号地区活动。"

　　"那是我，不是蝎子。"

　　"我想到了，所以一直按兵不动。"

　　"我带一组人在二号地区做疑兵，引诱突击队。蝎子跟我说的计划是，他带人在三号地区居高临下，当战斗打响后，从背后突袭突击队；我带人中心开花，全歼突击队。我当然不信他会及时赶到，这是要突击队先吃掉我们，消耗精力和弹药。"

　　"计划倒真的是毒辣啊！拿你做诱饵，让你和突击队正面拼个两败俱伤，然后自己以逸待劳，去收拾残局？真的是一个如意算盘啊！"

　　"他们的位置是在三号地区，我再强调一次。"

　　"我记住了。我会告诉突击队，直接前往三号地区。你自己也要注意安全，赶紧回去吧。"温国强说。王青山犹豫着说："我不会有事的……白鲨，我问一件我不该问的事，但是你一定要告诉我！"

　　"你说吧。"

　　"我儿子……是不是也在突击队里面？"王青山有些紧张。

　　"对。"

　　王青山不语，呼吸急促。

　　"他是军人。"温国强说。王青山稳定了一下自己："我明白。"

　　"还有问题吗？"

　　"没有了，我知道自己该怎么做。"

　　"好，去准备吧。今天晚上的战斗，你要注意安全，不要被误伤。"温国强叮嘱说。

　　"我会的，走了。"王青山关上电脑，起身出去。

4

仓库的门打开，温国强身穿中国警察作训服，脚下蹬着军靴，看上去利落精干。校长大步走进来："情报来了！请温警官来告诉大家。"

"根据我们获得的可靠情报，今天晚上，蝎子会在三号地区出现。"

队员们聆听着，温国强继续道："记住，跟金枪鱼的接头暗号是'今天起风了'，回答'是，看来是台风'。我不希望你们误伤他，所以请牢牢记住！"

校长走上前："都明白了吗？"

"明白！"

"做好战斗准备，天黑以前出发！"

"是，长官！"队员们怒吼。校长敬礼："解散！"队员们散开，王艳兵走过去收拾武器。温国强看着他，欲言又止。王艳兵有点儿纳闷儿地问："首长，您有话说？"温国强看看他："没什么，注意安全，不要分心，全力以赴完成任务。明白吗？"

"是！"王艳兵敬礼。温国强还礼，看看他，走了。王艳兵站在那儿，还很纳闷儿自言自语道："他跟我说这些干什么？也跟我说不着啊！"说着疑惑地去准备了。

何晨光拿起那把85狙击步枪，仔细端详着。他从背囊里拿出那个血染的瞄准镜，"咔嚓"一声，与枪身合一了。何晨光冷笑，凝视蝎子的照片。

天刚擦黑，从林里，蝎子带着队小心地前进。蝎子停下脚步："这是他们的必经之路，埋伏吧。"部下们开始埋设地雷，将钢丝拉出来，机枪手卧倒，蝎子潜伏下来。部下问："他们会中计吗？"蝎子自信地笑笑，说道："会的。"部下说："他们也不全是傻子，这个计划并不是没有漏洞的。"蝎子说："他们太想干掉我了，这个时候，会失去平常的判断力。打仗靠的不光是蛮力，还得斗心眼。"蝎子转头，命令道，"都注意了，这一次我们遇到的对手非常强劲，是两个国家最出色的特种部队，最出色的战士！都提高警惕！"

"明白。"队员们低声回答。蝎子潜伏下来，注视着这条小路。

另外一处丛林，王青山带着一队人化装成雇佣兵，到这里停下。王青山低语："布置环形防御阵地，设警戒哨。"队员们开始忙活。王青山看看手表，忧心忡忡。夜空中，月亮在头顶发出皎洁的光。

深夜，一双双军靴踏过铺满丛林的落叶，猎人突击队的队员们谨慎前行着。C国的特战队员充当尖兵，手持微冲，小心翼翼地在队列前探路。何晨光和察猜走在一起，互相掩护。其余的队员紧随其后。陈善明和副队长殿后，目光警惕。

路边的隐蔽处，蝎子冷冷地注视着四周的情况。见猎人的尖兵远远地出现了，部下抓起武器，低语："来了！"蝎子冷冷地说："别着急，放进来再打。"他的眼睛抵着瞄准镜，在一张张脸上寻找着。十字线里，察猜的身影滑过，后面是何晨光。蝎子笑了。

　　路上，尖兵持枪小心地前进。何晨光忧心忡忡，低语："我觉得不太平。"察猜观察着四周："我也有这感觉。"何晨光放慢速度。徐天龙观察着："不对劲，真的不对劲。太安静了，安静得不正常。"宋凯飞低声骂："是不是不死几个人你就不踏实？"李二牛也很紧张："俺也觉得不对劲，这好像是个陷阱！"宋凯飞问："你怎么知道的？"李二牛说："他既然在这儿，怎么连个地雷也不埋啊？"龚箭走过来："怎么了？"何晨光说："有点儿中埋伏的感觉。"龚箭看看前方黑黝黝的丛林，低语："停止前进。"队伍立刻停下，队员们蹲下警戒。龚箭拿起夜视仪，绿莹莹一片，没有异常。陈善明走过来："什么情况？"

　　"有点不对劲。"龚箭看着夜视仪。林源走过来："队长，怎么了？"陈善明道："看起来有点儿问题。"宋凯飞看看四周："看不出有埋伏啊！"

　　"看不出埋伏才是真正的埋伏，我们有麻烦了，撤！"陈善明一声令下，"后队变前队，以最快速度撤离危险区！快！"队伍迅速掉头撤离。

　　丛林里，蝎子眼睛抵着瞄准镜："果然是高手，听我枪响。"他瞄准了正在倒退撤离的尖兵，扣动扳机——"砰！"尖兵头部中弹，冒出一团血花，倒地。这时，预埋的地雷"轰"地一声炸响，一个队员惨叫着被气浪掀飞出去。"卧倒！"龚箭大吼。这时，埋伏在四面八方的枪手开始射击。双方交火，暴露在路上的猎人们明显处于劣势。队员们顽强地抵抗着，不时地有人中弹，惨叫。

　　二号地区，枪声不断传来。王青山愣住了，噌地站起来。一保镖纳闷儿地问："怎么在那边打起来了？"王青山反应过来，心急如焚："浑蛋！蝎子骗我们！这王八蛋在那边设了埋伏！"保镖问："现在怎么办？"王青山拿起武器："走！"保镖说："我们去干吗？那边一片混战，这黑灯瞎火的，在林子里面打成一团，咱们去了不是添乱吗？"

　　"你们可以不去，我必须去！"王青山提着武器，走了。保镖喊道："哎！山哥，山哥！哎！走走走，不能看着山哥自己送死！"保镖们也起身提起武器过去了。王青山心急如焚，在丛林当中奔跑着。

　　激战还在继续，大部分队员已经受伤，但仍在顽强地射击。几颗手雷丢出来，"轰"的一声，还在射击的何晨光被震翻了。王艳兵扑过来，一颗子弹击中了他的腿部。王艳兵惨叫着倒下，再抬头，一支枪口已经顶住了他的脑袋。其余的队友也被蝎子的部下团团包围，都趴在地上，伤痕累累。蝎子走过来，察猜冷冷地注视着他。蝎子走到何晨光面前蹲下，看着他："我说过，你不要当兵。"何晨光怒视着，一口血唾沫吐在他脸上。蝎子冷冷地笑着，站起身拂去。蝎子的部下把察猜抓出来，一脚踹去，察猜跪下。一名部下拔出手枪，对准了察猜的脑门儿。

　　"等等。"蝎子扬手。部下问："尚明不是要他吗？"蝎子还是冷冷地说："他要就一定给吗？"那名部下悻悻地收回手枪。蝎子注视着察猜："我看你是条汉子，好身手，跟我吧。"察猜桀骜不驯地看着他，吐出一口唾沫到他脸上。蝎子没生气，笑笑，说道："这性格我喜欢，留下他活着。"蝎子走过去，冷漠地看着猎人队员们，随后举起枪，对准了 C 国特战队员，点名射击。陈善明在血泊当中怒吼："不要杀俘虏！"蝎子冷冷地道："少校，这不是战争，我没有义务保护战俘。"龚箭的眼里冒着火："你也曾经是个军人！为什么要这样对待军人？！"

"因为我们若是落在你们手里，你们也会这样对我们的！"

"我们不会！因为我们是军人，不是畜生！"龚箭大吼。一名部下一脚踢在龚箭脸上，李二牛等队员大吼："教导员！"枪口也顶住他们的脑袋。陈善明怒吼："浑蛋！我是突击队的队长！蝎子，你冲我来！"一枪托击过来，陈善明吐出嘴里的血，怒吼："要杀就杀我，不要杀我的兵！"蝎子对部下命令："虽然你们失败了，但我还是很欣赏你们。都带走！"部下不明白地问："蝎子，这是？"

"千军易得，一将难求。"蝎子提起狙击步枪，"他们已经失去战斗力了，想取他们的性命，犹如探囊取物。慢慢玩他们吧，我倒是想看看他们到底有多坚强。如果有人愿意加入我们的队伍，倒是真正的生力军啊！"

这时，王青山带着队员赶来。蝎子笑笑，说道："准备战斗。"部下们立即将枪上膛对准王青山。王青山看着这些战俘，气喘吁吁。王艳兵被抓着，看见王青山，惊呆了。王青山看着王艳兵，心急如焚。蝎子笑笑，说道："王先生，你来得真是时候。战斗已经结束了，这些是我的战果。"王青山控制着自己，转向蝎子："你的人为什么拿枪对着我？！"

"王先生，有些事情你知我知，天知地知，足够了，对吗？"蝎子别有深意地看着他。王青山一愣。蝎子拍拍他的肩膀："我不想坏你的事，你也别坏我的事。带走！"

王青山青筋暴起，咬牙控制住自己，看着他们离去。

5

夜晚，指挥部里，教员们紧张地站着，面面相觑。通信设备还在联系，但是没有回音。校长放下电话："他们完了。"温国强一脸震惊："怎么会这样？！"校长怒不可遏："蝎子骗了你的内线！我的一个突击队都完了！都是因为你那该死的卧底！"温国强紧张地思索着，说不出话。校长拿起 M4："出发，我们去战场！也许还有幸存者，我们不能丢下他们！"温国强急道："我跟你去！"校长看着他："你？！"

"我也是打过仗的老兵！"

"好吧！这个会使吗？"校长把手里的 M4 丢给他。温国强接过来，熟练上膛。

"出发！"校长带着教员们出去了。

清晨，别墅客厅里，王青山大步走进来："蝎子带走了所有人，包括察猜。"

"什么？！我花钱是要察猜的脑袋，他怎么抓走了活口？带去哪儿了？"尚明问。王青山摇头："不知道，他的临时驻地没人了。"尚明问："他是不是不想要钱了？！"

王青山不敢说话。尚明纳闷儿地问："他怎么能这样？你为什么不开枪杀了察猜？！"王青山说："他们用枪对着我们，我们根本没有开枪的机会。"

"我明白了！蝎子这个浑蛋，跟我来这套！别忘了，这是我的地头！"尚明说，"你去，动用我们所有的关系，找出来他们现在在哪儿！我来给他们公司打电话，我已经付了一半的定金，这个合同一定要履行！"

"我明白了。"王青山转身出去了。尚明拿起手机开始拨号。

山路上，王青山匆匆走着，拿出卫星电话打开。伏击阵地，救援队在搜索现场，整理尸体。卫星电话响了，全副武装的温国强接起来："喂？"王青山道："是我，金枪鱼。"

"这到底是怎么回事？"温国强急道。王青山说："时间紧迫，我不得不用手机跟你通信了。蝎子发现我是卧底了，他故意通过我送出假情报，要突击队中计！"

"你暴露了？！"温国强大惊。王青山道："暴露给蝎子不可怕，他不会告诉尚明的。这种人我了解，尚明没给他这笔钱，他不想管这些闲事。"

"现在突击队的情况怎么样了？察猜呢？"王青山说："死伤众多。外国队员幸存两人，中国队员都活着，但是身上都有伤。察猜还活着，有伤。"

"他们在尚明那儿吗？"温国强蹙眉问。王青山说："没有，被蝎子带走了。"温国强追问："去哪儿了？"王青山回答："我正在查。尚明也很恼火，他一定要察猜的人头。现在蝎子消失了，谁也不知道他去哪儿了。"

"蝎子为什么带走他们？"

"我分析，蝎子是想拉他们下水。"

"我们的人怎么可能下水呢？"

"对蝎子来说，这没损失。如果没人下水，他可以随时干掉这些俘虏，稳赚不赔的买卖。"

"尽快找到他们的下落，我会组织突击队营救。"

"我知道……"王青山犹豫了一下，"白鲨，我的儿子也在里面，我比任何人都更想知道他们的下落，我想救出我儿子。"温国强顿了一下："金枪鱼，对不起，我应该答应你的……"王青山激动道："不。你说得对，他是军人，是共和国的战士，他并不只是我的儿子。虽然我一直没有承担起做父亲的责任，但是这一次，我一定要把他和他的战友救出来！如果我有不测，请你一定告诉我儿子，我是个好人！"

"金枪鱼，你不要冲动——"温国强还没说完，王青山已经挂了电话，目光坚毅。

6

亚马孙河边，河水哗啦啦地流过，灼热的太阳照射在河面上，漂浮着一层氤氲的雾气逐渐散开，湿热的空气似乎拧得出水来。河面上架着竹楼，下面是水牢。被俘的队员们被关在水牢里面，水漫到胸部。蝎子的部下们散布在四周，举枪对着他们。何晨光被察猜和王艳兵架着，靠在栅栏上。王艳兵一直若有所思。宋凯飞看着四周警戒森严的哨兵："看看四面这些枪口，咱们还能活着出去吗？"李二牛说："俺现在什么都不想，就想俺媳妇……她要是知道俺光荣了，不知道该多难过……"

"我们会出去的！"何晨光坚定地说。李二牛眼巴巴地看着他："咱咋出去呢？"

"一定会有办法的，二牛，不要丧失信心！"

"嗯……"李二牛眼泪出来了。林源问："我们现在怎么办？"陈善明转脸，看着大家："只有活着，才能战斗！只有生存，才能反抗！上尉，我们不是一个国家的军人，我不知道你们有什么打算。"林源说："有什么不同吗？我们都是军人。"

"好，现在突击队还没有解散，我行使突击队长的职权。"队员们都默默看着他。陈善明说："同志们，战友们，我们现在面临最危险的情况——我们被俘了。现在我们深陷敌手，失去自由，随时有被严刑拷打和失去生命的危险。我们来自不同的国家，有不同的信仰，但是我们都是军人，都是特战队员！我们绝对不能背叛自己在军旗下的誓言！"队员们的目光变得坚毅起来。

"现在我宣布指挥员顺序。如果我牺牲了，由林源上尉接任队长。"

"是！"

"如果林源上尉牺牲了，由龚箭少校接任队长。"

"是！"

"如果龚箭少校牺牲了，由何晨光中尉接任队长。"

"是！"

"以下的指挥员，按照军衔排列。"

陈善明看看龚箭："老龚，下面交给你了。"龚箭目光坚毅，看着队员们："我们都是勇士学校的学员，记住校长的话——为他人牺牲自我的人，叫作勇士。今天，就到了我们实践这句话的时候了！告诉我，你们的名字是什么？"

"勇士！"

"告诉我，你们准备好去献身了吗？"

"时刻准备着！"

"我要再强调一次——中国共产党的党员们，你们忘记自己的入党誓词了吗？！"

"没有！"队员们怒吼。

"跟着我重新宣誓！"

"我宣誓！我志愿加入中国共产党，拥护党的纲领，遵守党的章程，履行党员义务，执行党的决定，严守党的纪律，保守党的秘密，对党忠诚，积极工作，为共产主义奋斗终生，随时准备为党和人民牺牲一切，永不叛党！"

"红细胞特别行动小组——"

"对党绝对忠诚！"

王艳兵一直若有所思，何晨光看他："你怎么了？"

"是他……"

"谁？"

"我父亲……后来赶到的那些人，带队的是我父亲……"王艳兵肯定道。何晨光说："你看错了吧？长得像的人很多！"王艳兵道："你会看错你父亲吗？"何晨光一愣，龚箭思索着。王艳兵脸上的表情很痛苦："那是我父亲……他怎么会在这儿？"

龚箭看着他："你确定你没看错？"

王艳兵道："是，教导员。我一直没告诉你，我父亲他……"龚箭接话道："我看过你的档案。"王艳兵无语了。

龚箭看着王艳兵："听着，不管遇到什么困难，你都要撑住！我理解你的心情，但是现在我们处在绝境，没时间也没精力考虑别的。先要活下去，逃脱出去，再说其他的！你父亲的事情，等我们回去以后再说！我相信，会有一个结果的！"龚箭看着王艳兵，"我相信你，一定能撑过去的。"王艳兵忍住眼泪，点头。

7

从林里，王青山带着一队保镖在迅速穿行。一名保镖跑过来："我们找到蝎子的藏身处了！"王青山问："可靠吗？"保镖点头："可靠，蝎子以前来过这里。他有一个老朋友，以前也是外籍兵团的，现在是这里的山民，有人见过一个很像蝎子的人去找他。不知道这个人的真名是什么，大家都叫他乔大叔。"王青山皱眉："他有能力将蝎子他们藏起来吗？"保镖道："有，他是这一带的护林员，对这里的地形地貌相当熟悉。"

"走，去找他！"王青山带着队伍出发了。

一座中国传统风格的木屋，门上贴着对联。乔大叔穿着唐装，在抽水烟袋。院子虽然破旧，但是很干净。林中起风了，乔大叔抬了一眼，不动声色。嗖嗖，两个黑影在院子里出现。乔大叔从水烟袋一头瞬间拔出一把短剑，动作极快，两个黑影倒下，都是喉咙被割断。

"砰！"一声枪响，乔大叔岿然不动。王青山的枪口朝天，冷冷地注视着他。十几个人出现在乔大叔身边，持枪对准他。乔大叔默默无语。

8

河边，蝎子悠闲地坐在椅子上，观察着远处水牢里面的俘虏。旁边的桌子上，卫星电话一直在响，蝎子不为所动。部下拿着电话："是公司打来的。"蝎子一把夺过来，按断。部下看着他："现在怎么办？公司跟尚明是有合同的，我们没有交出察猜的人头，还把他带跑了——"蝎子打断他："我们是跟尚明有合同，但是现在并没有超越合同规定的期限。我在合同期限内把人头给他就可以了。"

"如果察猜答应跟我们走呢？"

蝎子笑道："那他就是我的人，我的人当然要带走。"

"怎么跟尚明和公司交代？"

"找一个人杀掉，砍下头，敲掉牙齿，烧了尸体。没有牙齿和指纹，他们死无对证。"

"尚明会相信吗？"

"他不信也得信，难道他还想对我下手吗？"

"也是，他没有这个胆量。公司那边怎么交代？"

"公司还得靠我赚钱，"蝎子看着水牢里的察猜，笑，"他们也会乐得多一个生力军的。"

"察猜会同意吗？"

"那就看他的造化了。从我内心来说，希望他们都活着。"

"为什么？"

"因为我理解他们，我们和他们曾经是一样的人。祖国、军队、忠诚、信仰、荣誉、牺牲……只是我不再信这些鬼话，他们还信。不知道这是他们的悲剧，还是我的悲剧。"

部下诧异地看他："你的悲剧？"蝎子意味深长地说："人生就是一条河流，一去不能回头……好了，你们在这儿慢慢收拾他们吧，我去安排退路。如果必要，我们得瞒着尚明撤出去。"蝎子说完，站起身走了。部下转向那座竹楼，走过去。

水牢上面的门被打开，队员们抬头。林源和龚箭被抓住，其余的队员激愤起来，几支枪口顶住了他们的脑袋。龚箭看着队员们："冷静！都冷静！记住我刚才说的话！"队员们咬牙，含泪看着两个人被拉上去。王艳兵青筋暴起："我们怎么办？难道真的就这么看着吗？"陈善明咬牙："教导员不是说过了吗？不管发生什么情况，都要保持冷静！"

"我受不了了！"察猜呼吸急促。何晨光一把抓住他的肩膀："我们要坚持住！在这种情况下，我们冲不上去，只能白白送死！"察猜咬牙："你怕死，可我不怕！"

"我什么时候怕过死？！"何晨光握着他的肩膀，"但我们不能白白送死，要死也得拉几个垫背的！我们现在往外冲，只能挨枪子儿，根本上不去！"何晨光看着他，"我们要忍耐，等待……"察猜急促地呼吸着，努力让自己冷静下来。

屋内，龚箭和林源被按在桌子两端，四周都有枪口对着他们。一名匪徒拿起一把左轮手枪，啪地拍在桌子上，两个人都呆住了；又拿出一颗子弹，啪地拍在桌上："你们都是老手，知道怎么玩，不需要我告诉你们规矩了！"

龚箭和林源急促呼吸，试图寻找机会。几支枪口纷纷顶住他们的脑袋。那名匪徒拿起子弹，塞入左轮枪——"唰！"弹仓旋转着。他将手枪拍在桌子上："我再问一次，谁跟我们走？"龚箭怒吼："有本事开枪打死我！你们这群浑蛋！别痴心妄想了！"林源挣扎着："开枪！我们不会玩俄罗斯轮盘赌的！"匪徒看着林源："只有一个能活下来！现在告诉我，你跟我走吗？"林源一口唾沫吐在他脸上。匪徒一把举起铁锤，直接砸在林源头上。

"住手！"龚箭怒吼着，青筋暴起。匪徒举起铁锤，连续砸下去。

水牢下面，鲜血从天花板缝隙流下来。察猜拍打着木板："浑蛋！我宰了你们！"

屋内，林源倒在地上，鲜血横流。龚箭怒火中烧，被按在桌子上挣扎着："你们这群畜生！杀了我！"匪徒擦了擦溅在身上的血："还没到时候！再抓一个上来！"龚箭咬住牙，看着地上血流满脸的林源。门被打开，何晨光被拽进来，按在桌子旁。龚箭看着他，眼神复杂。匪徒拿起左轮枪，又开始旋转弹仓，看着两人："你们谁愿意跟我们走？"没人吭声。他啪地把枪拍在桌上："开始！"周围的人一片叫嚣。何晨光注视着龚箭，两个人的手都没有动。匪徒拿起铁锤，狞笑着站在何晨光身后。龚箭看着何晨光，下定决心，一把拿起左轮，对准自己的太阳穴。何晨光大吼："教导员！"

"啊——"龚箭呐喊着扣动扳机——空枪。龚箭站在那儿喘息着，周围的人欢呼叫嚣。龚箭把枪拍在桌子上，怒吼："下一发肯定是！"何晨光看着他。龚箭怒吼："拿起来！干！"何晨光咬牙，拿起左轮。龚箭怒视着他："别犹豫！扣动扳机！就这发，肯定是！干！"何晨光抓起左轮，深呼吸，对准了自己的脑袋……瞬间，何晨光的枪口转向，对准了对面的匪徒，扣动了扳机。"砰！"子弹高速飞过，打在对方眉心。同时，龚箭也起身击倒了身边的匪徒。何晨光扔掉左轮，抢过旁边匪徒的冲锋枪，连续射击。龚箭滚翻倒地，连续射击，匪徒们猝不及防。水牢里，队员们听见了枪声。陈善明大吼："冲出去！跟他们拼了！"队员们拼命打开门，陆续冲了上去。屋内，龚箭和何晨光交替射击，将匪徒们逼出屋外。匪徒们逐渐撤出去，拿起手雷："干死他们！"

这时，一阵枪响，王青山带着保镖们出现，对准匪徒的后背快速射击。匪徒们猝不及防，在弹雨当中抽搐。屋内弹雨横飞，到处都被打烂了，突击队员们卧倒在地上。李二牛趴在地上："我们怎么办？"陈善明大吼："死战到底！"王艳兵着急地大喊："是我爸！"宋凯飞大喊："都什么时候了？那是敌人！"察猜怒吼着："他们要的是我的人头，我去！"何晨光一把按住他："你去是白白送死！他们即使杀了你，也不会放过我们的！"

"难道要一起死在这儿？！"

"我们宁愿一起死在这儿，也不能让你先去送死！"徐天龙怒吼。

"同志们，最后的时刻到了！我们准备死战到底！"陈善明看着队员们，目光坚毅，"听我命令——一，二——"

屋外，一名保镖补射完了，回头："老大，我们冲进去吧！"突然，王青山抬起枪口，准确点射。保镖倒地，不相信地看着王青山："老大，你……"王青山冷峻地扫射，其余的保镖猝不及防，纷纷倒地。屋内，队员们都呆住了。

"我爸……在救我们……"王艳兵看着外面，呼吸急促。

"看起来，不是你的档案上记得那么简单。"

"难道是我们的人？"

"对，他很可能就是温队的侦察员。"龚箭命令，"压低枪口，没有命令不许射击！"

"爸……"王艳兵的眼中涌出热泪。屋外，王青山打倒所有保镖，拔出手枪，上去补射。王青山站在那儿，看着里面模糊的人影："你们不用怕，我的代号是金枪鱼，是国际刑警和中国警方的侦察员，我的儿子在里面！"

"爸——"王艳兵爬起来想冲出去。陈善明一把按住他："先不要出去，等情况明朗。"

"你放开我！"王艳兵被几个人按在地上，动弹不得。龚箭起身往门外走去："我出去，你们注意。"何晨光点头："我们掩护你。"王艳兵被按在地上，挣扎着："你们放开我！"李二牛说："艳兵，教导员说得对！现在还不知道啥情况呢！"

"可他是我爸！"王艳兵泪如雨下，李二牛无语。何晨光目光冷峻，瞄准了王青山。龚箭走出来，王青山的枪口还朝天。龚箭走上前："我是这支突击队的指挥官。"

"我是金枪鱼，我的儿子在里面。你们跟我走，我带你们去抓尚明！"

龚箭看着他："我凭什么相信你？"

"今天起风了。"

"是，看来是台风——金枪鱼同志！"

"现在可以跟我走了吗？"

龚箭朝屋里挥挥手，队员们持枪走出来。王艳兵爬起来，一个箭步冲出去："爸——"王青山冷冷地站着，王艳兵冲上来："爸——"王青山一巴掌把他打翻在地上："现在是什么时候？！要命的时候！你认爹等打完仗再说！"王艳兵被抽得嘴角流血，跪着："爸……"其余的队员只能看着。王青山怒吼："拿起武器跟我走！"王艳兵咬牙，拿起地上的步枪。王青山拿出卫星电话："说短一点儿，超过时间会被追踪，对面是老温。"龚箭接过来："我明白。"

山林里，校长带着温国强等人在搜索前进。温国强接听电话："金枪鱼，我是白鲨，现在情况怎么样？"龚箭一边走一边说："温总，我是龚箭，我们现在和金枪鱼在一起！"

"太好了！你们在哪儿？"

"我们现在去找蝎子和尚明，一会儿金枪鱼会报告地址给你！"

"你们要注意安全，我们马上就到！让金枪鱼接电话！"

王青山接过电话："白鲨，地址坐标我随后给你。蝎子的人已经完了，他孤身逃亡，现在不知道去向，我只能先搞定尚明！"温国强道："你一定要注意安全！我们马上向你指定的位置奔袭！"温国强挂断电话，向目标位置快速奔袭。

9

乔家院子里，乔大叔被拴在柱子上，在血泊中慢慢睁开眼。蝎子看着他："怎么回事？"乔大叔伤痕累累："蝎子……对不起，我出卖了你……"蝎子笑笑，说道："没关系，我明白。"乔大叔艰难地说："我实在撑不住了……"

"我能理解。还好，我不在那儿，你并没有出卖我。"

"那就好……"乔大叔松了口气。蝎子转身，突然拔出枪，"砰"的一声，乔大叔心口中弹，他不相信地看着蝎子。蝎子笑笑，说道："我在帮你结束痛苦。出卖我的人，不会有好下场的，这是我的原则。对不起，安息吧。"蝎子转身，快速离开。

丛林里，蝎子一边跑一边拿出卫星电话："北极熊，是我。现在一两句话说不清楚，尚明身边有警方的卧底，我的小队都完了！"

"什么？！都完了？！"北极熊一下子站起来。

"对！都完了，只剩下我一个了！"

"这到底是怎么回事？！"

"北极熊，我回去以后会给你写一份详细的报告！但是现在我需要你的帮助，我要撤出去！"

"你把我们最好的小队丢掉了，现在想自己回来吗？！"北极熊怒吼。

"北极熊，你一定要帮我！"

"他们真的都死了吗？"

"我基本确定。"

"这可是我们最好的小队，是最出色的小队！"北极熊痛心疾首。

"只要有我在，照样给你带一个新的小队出来！"

"蝎子，你现在去找他们！把他们带回来！这是我给你的命令！"

"你疯了吗？！他们已经布下了陷阱，你要我去送死吗？！"

"这是我的命令！"北极熊坚定地吼道，"我们不能失去这个小队！我要你回来带这个小队，不是为了让他们去送死的！"

"北极熊！"蝎子大喊，北极熊挂断了电话。"他妈的！"蝎子沮丧地骂道，呼吸急促，"这群浑蛋，想丢下我？！我要你们好看！"蝎子思索着，快速进入丛林。

10

别墅附近，王青山带着小队来到丛林处潜伏着，王艳兵紧紧地跟着他。

"我熟悉里面，你们跟着我。"王青山起身，队伍跟着一跃而出，冲上前去。这时，尚明正好带人出来，双方立刻接上火，一场激战打响了。

"顶住！顶住！"尚明拿着枪大喊。

"尚明，你逃不出去了，警方正在路上！"

尚明看着王青山，咬牙切齿："你是叛徒！"

"我是警察！"

"妈的！给我杀了他！"

保镖们端着枪冲了出去，特战队员们也怒吼着冲上去，双方交火。尚明转身想跑，王青山起身就追。"爸！"王艳兵跟上去。"快！掩护他们！突击组跟上！"龚箭带着徐天龙和宋凯飞、李二牛一跃而起，冲入弹雨。何晨光跪姿狙杀着敌人。

尚明在悬崖边快速奔跑，王青山和王艳兵紧跟其后。尚明跑到悬崖边上，石头纷纷掉落下去——前面已经没有路了。尚明回头，王青山和王艳兵逼上来，将枪口对准他。尚明拿着枪，看着王青山："你出卖了我！"

"只能怪你自己脑子不够用！"

"我们一家都这么信任你，为什么你要出卖我？！"

"你糊涂了吗？"王青山看着他，"我是警察，就是来抓你的！放下武器，举手投降！"王艳兵从侧面悄悄靠近。"白日做梦！"尚明怒吼，举起冲锋枪对准逼近的王艳兵。王青山一个箭步上前，挡在王艳兵身前。"嗒嗒嗒……"王青山倒在血泊当中。

"爸——"王艳兵大怒，举起冲锋枪，"啊——"尚明在弹雨当中抽搐着向后倒去，摔下悬崖。王青山倒在血泊当中，奄奄一息。王艳兵丢下武器，一把抱住王青山，痛哭不已："爸——"王青山的嘴里不停地冒着血，看着儿子。王艳兵嘶哑地吼叫着："爸——"

追上来的特战队员们只能默默地看着，王艳兵抱住父亲，泣不成声。龚箭举起枪口，朝着天空，队员们也默默地举起武器，扣动扳机——"嗒嗒嗒嗒……"枪声震耳欲聋，在山间回响，枪口的火焰映亮了战士们的泪眼。

第二十章

———— ★ ————

1

几年前，欧洲某小国的一个普通公园里，王青山坐在长椅上，温国强拿着报纸坐在椅子另一面："你家里的事情，我很内疚。"王青山默默无言。温国强继续看报纸："我知道，是我对不住你，我没照顾好你家里面。"王青山低声说："现在说这些还有什么用？十多年的血雨腥风都过来了，我知道，有些事情你也没办法。"

"你还有什么要求？我一定满足你。"

"我现在最放心不下的，就是我儿子。"王青山叹息，"这些年我儿子受苦了，他一直以为他爸爸是一个坏蛋。"

"我会安顿好他的。"

"你有什么想法？"

"我让他去当兵吧，你知道，狼牙特战旅还有我的不少战友。当兵，到部队——他会是一个好兵的。"

"当兵？不错，还是你考虑得周全。在部队他会学好的，我相信。"

"我真的很对不住你……你还有什么要求？"

"没有了。这是我的工作，我能承受。"王青山站起身走了。温国强拿着报纸，默默地看着他的背影。

2

国际勇士学校的太平间里，王青山身穿警服，安详地躺着。王艳兵跪在旁边，两颊挂着风干的泪痕，双目微肿，神情呆滞地望着父亲的遗体，目不转睛。温国强走进来，站在旁边："王艳兵同志……"

"为什么你不肯早点儿告诉我？"

"这是工作的原则，对不起……"

"现在你说对不起还有什么意义？他死了……"

"他是烈士。"

"出去——"——温国强沉默，王艳兵看着他："我要你出去。让我和我爸爸单独待一会儿。"温国强没有生气，拍拍他的肩膀，转身出去了。

"爸……"王艳兵看着父亲，泪如雨下，"为什么你不告诉我呢……我不会告诉别人的，真的不会……爸，你……是我错怪了你……求求你原谅我……"王艳兵流着泪，重重地磕着头，可父亲还是那样躺着。

温国强走出来："我是没办法了。"陈善明和龚箭站起来。李二牛看着太平间："这都第三天了，他还是啥都不肯吃……"徐天龙一脸担心："这样下去，他的身体会受不了的。"何晨光想想："我再去试试吧。"龚箭点头："你去吧，想办法让他吃点儿东西。我们都能理解他，但是这样下去，他真的撑不住。"何晨光点头，向太平间走去，其他几个人一脸担忧地坐下。温国强拉着陈善明和龚箭走到旁边商量着。

温国强脸色沉重："这次又让蝎子跑了。"龚箭问："你得到关于他的情报了吗？"

"没有。"温国强摇头，"我们动用了所有的关系，还是没他的消息。"

"这蝎子太狡猾了！他回到公司了吗？"陈善明问。温国强道："没有，他跟他的上司北极熊闹翻了，现在他的公司也不知道他的下落。他是死是活，谁都不知道。"

"他肯定不会死的。"龚箭咬牙说道。温国强说："对，但是我们这次打到了七寸，他的小队都完了。蝎子现在没有什么同伙，靠他一个人，能力是有限的。"

"要是他藏起来，再也不露面，我们倒是真的麻烦了。"

"我有一颗棋子，本来想可能用不上了，打算召回来。现在看，还是有使用的必要。"温国强看着两人，"蝎子的老部下王亚东，我已经派他出去了。蝎子现在孤独一人，需要帮手。"陈善明疑惑："王亚东能找到蝎子吗？"

"他们肯定有自己的联系方式。"

"你信任他吗？"

"他丢下自己的妻子和未出世的儿子去出生入死，我没有理由不相信他。"

龚箭看着他，温国强说："这是我的工作。"

"我明白，只是觉得，有些事情太残忍了。"龚箭苦笑。

"我已经报告上级，给王青山同志追记一等功。"

"逝者已去，我现在担心的是我的兵，他能不能挺过来！"陈善明忧心忡忡。

"会的。"

"为什么你比我们还肯定？"龚箭说。温国强看着他："我比你早当兵二十年，我相信我们的战士一定能挺过来的。"龚箭叹息："我希望你的话是对的。"

太平间里，王艳兵脸色木然地跪在那儿。何晨光走近，拍拍他的肩膀。

"我爸爸死了……"

"他是警察，他是为了完成任务而牺牲的。"

王艳兵的眼泪涌出来："他是为了给我挡子弹……"

"那他更不想看见你这样。"

"他在我很小的时候就离开了我……"

"这是他的使命，你应该为他骄傲。"

王艳兵咬住嘴唇。何晨光把他慢慢拉起来："你父亲是为了保护你而牺牲的，你不能出事。他在看着你，你要坚强……"何晨光注视着他，"记住，你是军人。"

王艳兵放声哭起来。何晨光抱住他，默默无言，抱得紧紧的。

3

王艳兵穿着整齐的军装，捧着一束白色玫瑰，拾阶而上。公墓排山而上，军警们肃立四周，一片肃静。王艳兵奶奶的墓地旁，新添了一座墓碑，花圈遍布四周。墓碑上，穿着警服的王青山微笑着。王艳兵看着父亲的照片，眼泪涌了出来。

"敬礼！"公安厅长举起手，在场的所有官兵都庄重地举起右手敬礼。

温国强走到王艳兵面前，将一枚一等功勋章放在他手里："这是你父亲的荣誉。"王艳兵注视着，泣不成声。

"他是真正的英雄，祖国的英雄，人民的英雄，公安的英雄——也是你的英雄。"

王艳兵含泪点头。

"在你未来的军旅生涯和人生道路上，还会有很多的坎坷。我知道，这些年，你的父亲一直是你的心病，现在你可以释然了。"温国强看着他，"对不起，因为工作的敏感性，之前我没有告诉你这些。这些年，让你受委屈了。"王艳兵摇头："不，不能这么说。他是警察，我理解他。"

"他是一个好警察。"

王艳兵哭出声来。

"你也是一个好兵！"

王艳兵抬起眼："我想做警察！"

"在部队好好干吧。"温国强拍拍他的肩膀，走了。王艳兵看着他的背影，怅然若失。

4

狼牙特战旅机场，直8B远远地飞了过来。唐心怡焦急地等待着，眼中带着热泪。直升机缓缓降落，飓风吹走了唐心怡的迷彩帽，黑亮的头发随风飘散。

舱门打开，陈善明和龚箭带领小队走下直升机。何晨光跳下直升机，脸色疲惫。唐心怡冲过去，站在他的面前，何晨光默默地看着她。

唐心怡流着眼泪："你，受伤没有？"何晨光摇头："没有。"唐心怡看着他："你骗我！"何晨光纳闷儿："你怎么知道？"唐心怡哭着："是我教你怎么辨别对方是否说谎的，你瞒不了我！"

何晨光无语，唐心怡一把抱住了他，哭出来。何晨光呆住了。唐心怡哭着，抱紧何晨光："你知道不知道，我多担心你啊——啊——"

队员们看着，都笑了。何晨光慢慢伸出手，抱住了唐心怡，两个人抱得紧紧的。

省公安厅办公室，王青山的照片摆在桌子上，温国强默默凝视着。这时，手机响了，温国强拿起来："喂？"

欧洲某小国的公园里，王亚东拿着手机："白鲨，这里是不死鸟。"

"你到地方了？"

"对，但是我没有找到蝎子。"

"这很正常，他在南美出事了。"

"出事？他死了？"王亚东惊诧。

"没有，他又跑了，只是他的小队都挂了。"

"怎么回事？一次报销他一个小队？谁干的？"

"去南美受训的中国特战队员。蝎子自己跑掉了。"

"强手的对决。很好，蝎子没挂。"

"为什么？"

"如果他挂了，我来卧底就没有意义了。他没挂，那么我还有用。"

"其实我恨不得他挂了，那么你就不用出生入死了。"

"别说了，我已经走上这条路了。"王亚东定了定神，"蝎子回公司了吗？"

"没有，他好像跟北极熊那边闹翻了。根据我们的情报，北极熊当时就决定抛弃蝎子不管，把他丢在南美自生自灭。"温国强道。王亚东冷笑道："我想到了。他们只会这样，对没有价值的炮灰就会无情地丢掉。现在蝎子活着跑掉了，北极熊这帮杂碎有麻烦了。"

"你有什么想法？"

"这是一个机会，蝎子现在孤立无援了，他需要帮手。他对北极熊这帮浑蛋怀恨在心，肯定是想报复的。我可以到他的身边去，帮助他搞垮这个破公司！这是一个难得的机会，我知道国际刑警一直想摸清这个公司的网络，将其一网打尽！蝎子是最知道内情的人之一，他会有办法的！"

"蝎子会跟警方合作？"温国强疑惑地问。王亚东道："那不可能，我知道你们也不可能跟他合作。他血债累累，知道自首也是死。对于这种人来说，死缓还不如毙了他！所以他注定会一条道走到黑，断然不会回头！我是说，我接近他，通过他获得更多的内幕，帮助你们捣毁这个作恶多端的犯罪集团！蝎子肯定也想这么做，应该说这一次你们不谋而合！"

"有把握吗？"

"只要我找到蝎子，一切都不是问题！"

"你有什么办法找到蝎子？"

"我跟他有应急联络办法，你不用担心。白鲨，这次通话结束，下一次我会按照约定时间打给你。"

"好，一切小心。"

王亚东挂了电话向出口走去，路过一个垃圾桶，直接将电话丢了进去。办公室里，温国强想想，放下电话，拿起座机："通知各部门一号，到会议室召开紧急会议。"

5

清晨，静谧的东南亚山林，一处稻田里，穿着京族服饰的阿红正在干农活。两个孩子打闹着跑过去，泥水溅在阿红脸上，她亲昵地笑着："一边玩去！"阿红抬起眼——不远处的田埂边，蝎子站在那儿，默默地看着她。阿红一下子呆住了，半天，踩着泥水跑过去，一把抱住蝎子，泣不成声："我没想到，我真的没想到……你会来找我……"蝎子也慢慢地抱住她："现在我无处可去了……"阿红哭着："好人，好人，你来找我了，真好……我再也不跟你分开了……"蝎子抱着阿红，没有说话，他的眼中满是仇恨。

夜晚，山林中寂静如常，繁星点点，只有草丛里不知名的昆虫在鸣叫。屋里已经收拾干净了，蝎子躺在床上想事情。阿红偎依在他怀里，没有合眼："你在想什么？"

"我为他出生入死，他却出卖了我。"

"谁？"

"你不认识，是我的老板。"

阿红不吭声。蝎子眼里闪着凶光："我不会放过他的。"

"别去报复，好吗？"阿红抱紧他，"你现在活着，多不容易啊！就让他们忘了你吧！"蝎子苦笑道："你不懂我心里的仇恨。"阿红开解他说："仇恨会迷惑人的眼睛，让人看不到将要发生的危险。当你放下仇恨，其实一切都是美好的。你已经在血雨腥风中过了这么多年，真的要去送死吗？靠你一个人，去对抗你的老板吗？"

蝎子默默地看着她，阿红满眼心疼："算了吧，没有结果的。你逃出来了，历尽千辛万苦，难道还要回去吗？就算你杀了你的老板，又有什么意义呢？"

"那些跟随我多年的部下，都白死了吗？"蝎子的眼里冒着火。

"善有善报，恶有恶报，不是不报，时候未到！他们这样出卖你们，早晚会遭到报应的！可是你现在顶着锋芒上去，不仅杀不了他们，还会白白送死的！"阿红抬头看着他，"仇恨是无法解决的，唯一能解决的，是你那颗仇恨的心。"蝎子没说话，默默沉思。

"你现在活着，为什么还要去仇恨呢？你可以隐藏起来，他们也不会找你的。你一个人，没有什么危害，他们很清楚！你现在回去，能解决什么问题呢？"

"或许你说的是对的，但是我的部下就白死了吗？"

"他们在尘世的日子结束了，这不怪谁。"

蝎子眼里含泪："他们跟着我出生入死十几年，我不能独自苟活于世！"

"你先冷静几天，再想想到底要不要回去，好吗？"

"我既然来找你，就是想避避风头。等我想好了，我是一定要回去的。"

阿红无奈，抱住蝎子，泪如雨下。蝎子沉思着，拿起手机，打开，进入信箱，有一封未读邮件。蝎子一愣，打开——里面都是数字的暗语。蝎子看着，瞪大了眼。蝎子看着手机，长出一口气。阿红看他："怎么了？"蝎子起身："你睡吧，我有事要做。"阿红无奈地看着蝎子的背影，流出了眼泪。

海边，王亚东坐在礁石上接电话："蝎子，我知道是你。"

"山猫，没想到你还会联系我，我以为你被中国人关进监狱了。"蝎子微微有些激动。

"我出来了。"

"你怎么从中国的监狱里逃出来的？"

"是他们放我出来的，让我到你身边做卧底。"

"什么意思？"

"也就是说，我现在的身份是中国警方的卧底。"

"那你怎么还敢联系我呢？你了解我，我肯定会杀了你的。"

"蝎子，我如果不这样答应他们，出得来吗？"

蝎子犹豫："我凭什么相信你？"

"这个世界上，你还有可以信任的人吗？"

"没有了。"蝎子有些落寞。王亚东说："你可以选择不信任我，我理解你。但是我既然出来，就是想帮你。自首也会被判无期徒刑，我还不如选择出来，走自己不得不走的路。"

"你的妻子和孩子呢？"

"中国警方不会为难他们的，他们是受法律约束的，拿我没办法。也许有一天，我可以接他们出来。"王亚东说。蝎子问："我的事情你都知道了？"王亚东道："对，全部了解。你被北极熊出卖了，战友们都挂了，只有你活着。你现在在哪儿？我想帮你。"

"既然你的身份是中国警方的卧底，那我为什么要告诉你？"

"真卧底假卧底你自然会分辨，用不着咱们俩费口舌。你孤身一人，已经不会有什么作为，警方还需要动用力量来对付你吗？"

蝎子思索着。王亚东说："没关系，我不勉强你。我出来是为了找你，帮你，你可以不接受。我该做的都已经做了，我也要选择自己的人生道路了。再见。"

"等等！我明白你的意思，我相信你，也需要你的帮助。"蝎子说。

"我们在哪里见面？"

"我会通过密语告诉你的，我希望你是真的，否则，我会把你的头拧下来。"蝎子咬牙说道。王亚东道："我要是怕死，就不来找你了！通话结束。"王亚东挂断电话，随手丢进浩瀚的大海，转身走了。木屋前，蝎子拿着电话，面色严峻。

"用人要疑，疑人要用，随他去吧。"蝎子转身进了屋。

6

红细胞基地的简报室，队员们正襟危坐。

"啪！"范天雷把资料夹子丢在桌上："你们的报告我都仔细看过了。这次你们的表现是很出色的，行动出现纰漏不是你们的过错。特种作战行动，情报是先决条件。两次行动，我们都没有掌握准确的情报，被敌人牵着鼻子走，这说明蝎子确实是个空前强劲的敌人。他不仅作战经验超乎常人，智商也极高。在国际军界，这样的人物确实不多，只有早年的雇佣兵头目疯狂麦克可以与之媲美，有点儿独孤求败的意思。"队员们静静地听着。

"但是这一次蝎子确实被打得很痛，他的小队都没了，只剩下他一个人，而他也被北极熊抛弃了。至于接下来事情怎么发展，只能推测了。如果不出所料，蝎子会找北极熊报仇。北极熊那边兵强马壮，靠他一个人，是改变不了局面的。后面的事情就很难说，但是我想，蝎子再厉害也不是超人，失去援助的他，只能被北极熊活活吃掉。"队员们有点儿沮丧。范天雷看他们："我知道，你们都希望蝎子死在你们的手里，我更希望亲手宰了他。但我们是解放军，不是报私仇的江湖浪子，我们不能公报私仇。你们都是成熟的解放军军人，不需要我再多说什么。我们是军人，是国之利刃，不是属于个人的，明白吗？！"

"明白！"队员们大喊。

"暂时忘记蝎子，做自己该做的事。你们的任务还很多，不要光盯着蝎子的脑袋，要盯着所有敌人的脑袋！你们是国之利刃，随时准备出击，直取敌酋首级！排除一切干扰，准备完成党和军队交给你们的光荣使命！你们准备好了吗？！"

"时刻准备着！"队员们起身怒吼。

7

拂晓的丛林，空气里氤氲着草木香味，非常清爽。一尊大佛静静地仁立，王亚东虔诚地跪着，合十祈福。穿着京族服饰的阿红走过来，王亚东抬眼。阿红没有停留，伸出右手做了个手语。王亚东一愣，左右看看，紧跟上去。对面山头，伪装好的蝎子抱着狙击步枪在观察。瞄准镜里，王亚东谨慎前行，左右观察着，没有异常。蝎子收好武器，快速滑下去。

山路上，阿红在前面走着，不时地回头看看他。王亚东加快脚步，抓住阿红："我到底什么时候能见到他？""啊！"阿红吓得一声尖叫。一个黑影从树上跳下直逼过来，王亚东一个激灵闪开。几个回合后，蝎子手里的匕首抵在了王亚东的脖子上，两个人互相逼视着。王亚东看着他："你就这样对待我？！"

"我现在没办法相信你。"

"你想杀就杀吧，我知道你的作风，你不会信任我的。"

"那你为什么还敢来？"

"因为我信任你！"

蝎子呆住了。王亚东看着他："我既然来，就做好了一切准备！蝎子，没有人比我更了解你，你做得出来，但我还是要来见你！"

"为什么？"

"为了一个承诺——我对你许下的承诺！"

蝎子脸上的肌肉轻微地抽搐了一下。王亚东眼神坚定："我们说过——同生共死！你可以不信我，但我还是来了，因为我不像你！"蝎子看着他，慢慢放下匕首："这也是我欣赏你的地方。没想到，你会在我一无所有的时候出现。"

"我也是一无所有了，要么把牢底坐穿，要么冒死一搏。你也了解我，我不会坐穿牢底的，我宁愿战死！"

"他们为什么派你来卧底？我现在还有什么价值？"

"我被派出来的时候，你还没有到现在的地步。"

"你完全可以逃掉。"

"我不能丢下你，你了解我。"

"也许当初你离开我是一种幸运，"蝎子叹息，"不然你可能也跟他们一起挂了。还好，你还活着。"

"我现在有些后悔离开你。如果我还在，这种悲剧不可能发生。"

"哎，我就欣赏你的这种自信。"

"不是自信，是事实。蝎子，"王亚东看着他，"我回来了，我希望我们可以重新开始。你说的是对的，这个世界上没有谁是可以信任的，我们只有信任自己。"

"欢迎你归队。"蝎子伸出手，王亚东的手跟他紧紧地握在一起。站在旁边的阿红这才松了一口气。王亚东看她，蝎子介绍道："这是阿红，我的女人。"

王亚东冲她点头。蝎子说道："走吧，我们要好好谋划一下，怎么搞定那头该死的北极熊。"

屋里，阿红在倒茶。王亚东打量着四周："没想到你隐居的地方这么美！"

"大隐隐于市，小隐隐于野。"蝎子自嘲道，"我这只能算逃命，躲起来收拾伤口。早晚有一天，我会杀回去的。"

"干掉北极熊不难，难的是摧毁整个公司。北极熊再防守戒备，也只是一个人，是人就会有弱点。找机会干掉他，对你和我来说不算麻烦。但是你打算怎么对抗整个公司呢？"王亚东端起茶杯，喝了一口。蝎子叹息："我现在只想干掉北极熊，我对这个庞大的公司毫无办法。"王亚东道："我提个建议，不知道你怎么理解。"

蝎子纳闷儿地看着他，王亚东说："借力打力。"

"借力打力？"

"对。"王亚东点头，"你有情报，但是没有这个能力；有人有这个能力，但是没这种情报。"蝎子看着他："你想说什么？"

"国际刑警有这个能力。我们可以利用国际刑警的力量，来摧毁这个公司。"

蝎子看着他。王亚东也看他："我说得不对吗？"蝎子皱眉说道："你说得都对。问题在于，我开始怀疑你来找我的目的。你到底是为了帮我，还是为了帮他们？"

"都帮。"王亚东答道。蝎子看着他。王亚东继续说，"我的老婆，还有未出世的孩子都在大陆，我希望他们得到警方的照顾。这会是一份厚礼，我想让我的家人好过一点儿。而我也想帮你报仇，利用警方的力量，可以很容易做到这一点。"

"然后呢？"

"然后？还有什么然后？我跟你走呗。既然已经选择了浪迹天涯，哪里还有回头的余地？"王亚东道。蝎子注视着他。

"你怀疑我会暗害你？"

"不，我相信你。"

"你是不会相信我的。"王亚东苦笑，"算了，既然我想来帮你，就帮到底吧！后面的事情，走一步看一步吧！你打算怎么办？"蝎子站起身："你想多了，我按照你说的去做。你跟警方联系吧，我们一起来想办法干掉北极熊，摧毁公司。"

"你信不信我，我都已经做出选择了。"王亚东转身出去了。蝎子看着王亚东的背影，沉思着。

8

欧洲某小国，北极熊坐在办公室："现在我们必须重新招募一队人来取代蝎子了。"

"是，北极熊。蝎子这队人全军覆没，对公司来说是一个巨大的损失。"下属说。北极熊笑道："既然你这样说，肯定是有了候选人吧？"下属拿出一张照片，递给北极熊——是察猜。北极熊一愣："是他？"

"对，在我们的信息库中输入人员筛选条件以后，跳出来的第一名就是察猜。"

"可他曾经是我们的暗杀目标。"

"对，但是尚明死了，合同解除了。"

"我们如何招募察猜？他可是个有名的死硬分子！"

"他有弱点。"下属拿出另一张照片，上面是一个漂亮的女人抱着女婴，笑得很灿烂。北极熊看着照片："他的家人在哪儿？"

"在 C 国首都。"

北极熊把照片还给他："去做吧。"

"好的。"下属笑笑，转身出去了。北极熊苦笑，继续看文件。

东南亚丛林里，十几个特战队员正在训练。察猜在训练狙击战术，弹无虚发，颗颗命中目标。这时，手机响了。察猜接听："喂？"

"如果你够聪明，就不要声张。"

"你是谁？"

"我是谁并不重要，重要的是，我手里有你的妻子和女儿。"

"你？！"察猜一愣，站起身，告诉身边的队员，"我去接个电话。"走远了。密林深处，察猜左右看看："说吧，你想干什么？"

"你的妻子和女儿在我的手上。"

"你知道我面对过多少次这样的威胁吗？"

"知道，你是国家英雄嘛！"

"我的家人都在国家的保护当中，我根本不相信你说的话！"

"察猜，救我们——"电话里传来察猜妻子惊恐的叫喊声。察猜低声怒吼："你到底想怎么样？直说吧！"

"杀掉你见到的第一个人。"

察猜一愣："什么？"

"你希望你的妻子和女儿活命吗？"

"我不能那么做！"

"杀掉你见到的第一个人，否则你的家人就会死！"

察猜拿着电话，满头是汗。不远处，一个士兵走过来，敬礼："少尉好！"察猜突然出手，一招扭断了他的脖子。

"很好，察猜少尉，这说明我们有合作的基础。"

"你们到底想要我怎么样？"察猜呼吸急促。

"跟我们合作，面谈。你该知道我们，我们是雇佣兵公司。"

"我不会当雇佣兵的！"

"这已经由不得你了，察猜少尉。你的手上已经有了人命，离开那里吧，几分钟之后你的战友就会到处追杀你。请你立即赶往以下地点……"

密林里，察猜没命地狂奔。后面有士兵紧追不舍，狼狗噌噌地追着。察猜一路狂奔到海边，一艘汽艇已经在那里等待。察猜没命地冲向汽艇，枪手对着后面不断开枪。

"不要杀那些兵！"察猜跳上汽艇阻止。枪手大骂："你已经杀过了，现在还谈这个？闪开！"枪手一甩膀子，旁边的另外几个人把他按倒在地。汽艇启动，高速离开。枪手拿起引爆器按下，"轰"的一声，沙滩上蹿起一道火墙，惨叫声四起，火光映着察猜痛苦的脸。

公海上，货轮在行驶。蒙着头的察猜被丢上来，倒在地上。唰地一下，头套被撕下去。北极熊笑眯眯地看着他："勇士察猜。久仰大名啊！"察猜怒视着他："你是谁？"

"你没有听说过北极熊吗？"

"是你？！臭名昭著的战争贩子！雇佣兵头子！"

"对，我相信你听说过我。"北极熊笑着说，"我也听说过你——察猜，陆军少尉，特种部队狙击手，全才的领军人物，不可多得的特战军官，训练有素，素质过硬，号称东南亚第一勇士！"

"我不会跟你走的！"

"你没选择了，只有这一条路。"

"你不怕我杀了你吗？！"

"你不怕我杀了你的老婆跟孩子吗？"

察猜无语。

北极熊看着他："通过一个简单的测试，我就知道，你对军队许下的誓言不如自己的老婆孩子重要。察猜，你没有选择了——不光是因为你的老婆孩子在我手里，你还杀了自己的士兵，你的国家和军队断然不会饶过你！你还有别的选择吗？"察猜痛苦地看着他。

"跟我走，我会给你很多钱。"

"我不要你的臭钱！"

"这臭钱可以安顿好你和你家人的下半生，让她们过上富足的生活，而且可以挽救她们的性命，你懂吗？"

"好吧，我给你选择的机会。"北极熊笑笑，站起身，"把他的家人干掉，给他看视频，然后丢进海里去！"电脑打开，视频传输过来，画面中妻子和女儿一脸惊恐，一个蒙面人提着刀走过去。察猜痛苦地吼道："不——不——我答应你——"

北极熊笑笑，察猜声泪俱下："我答应你……别伤害她们……"

"在你出手杀死自己的士兵那一瞬间，我就知道你会走这条路。认命吧，察猜。请你相信，我帮你选择的并不是一条多难走的路，你很快会感到愉悦，这才是一个真正的战士的路！你战斗是为了什么？忠诚？荣誉？这些根本不存在，只有金钱是真的！人不为己，天诛地灭——这句中国话，我送给你！"

汽笛鸣响，货轮迅速启动。北极熊迎风站着，后面跪着的察猜痛不欲生。

9

"蝎子想跟我们联手对付雇佣兵公司，这倒是一个新局面。"温国强思索着。钱处长忧心忡忡："蝎子的话可信吗？"温国强分析道："要从他的心理去分析了。敌人的敌人，不一定是朋友，但是起码跟我们有一个共同点——有共同的敌人。对蝎子来说也是这样，他不可能跟我们成为朋友，但是他跟雇佣兵公司现在肯定是敌人。他想搞垮公司，为部下报仇。但是靠他自己哪里有这个能力？唯一有能力的，是国际刑警和相关国家警方。"

"他想将功补过？"钱处长问。温国强摇头："不可能的。他罪孽深重，自知无法逃脱严惩。这只是暂时的统一战线，而且很脆弱。只要雇佣兵公司被搞垮了，北极熊倒了霉，他转脸就会跟我们为敌，不需要任何过渡。"

"那他对不死鸟信任吗？"

"很难说。我想他也在犹豫，半信半疑。王亚东几次救过他，也受到他的连累，这些他不会不知道。但是他比我们更了解王亚东的为人，既然我们相信王亚东是个善良的人，他也一定相信。所以，蝎子现在还很难下判断。"

"也就是说，不死鸟在危险当中？"

"对，但是暂时还没有生命危险。即便不死鸟的身份被蝎子识破也没关系，因为现在他还有利用的价值。我看只能将捣毁雇佣兵公司和抓捕蝎子同时进行，我们不能冒险，再失去不死鸟了。"温国强叹息，"只是这场战斗，比我们想象的要艰难得多。"钱处长看着温国强："温队，我很少见你这么发愁。"

温国强叹息一声："我不可能不发愁啊！对手是蝎子，他是一个传奇。我们几次设局，都被他逃脱了。不知道这一次，我们能不能成功结果他。"温国强起身，"走吧，我要和国际刑警总部联络。这次行动，需要国际刑警的协助和各国警方的全力配合，一点儿风声都不能走漏。这个公司可不简单，不光是战争贩子，还在各国军政机关有大批眼线。摧毁这个黑暗帝国，不亚于一次大地震。"

夜晚的海边一片冷寂，温国强抬手看看表。钱处长守在不远处："他会来吗？过了三分钟了。"温队面色冷峻："再等等吧。"

"哗！"水中突然冒出一个蛙人，持枪对准两人。钱处长敏捷地拔出手枪。另一个蛙人也出现，持枪对准他。安了消音器的冲锋枪精确点射，打在钱处长的脚下。

蛙人摘下面罩："我要是你，就收起武器。要是想打死你们，一个小时以前你们就横尸海滩了。"钱处长喘息着。

"收起武器吧。"温国强说，"这样出场，倒符合你的习惯，蝎子。"

蝎子站在他面前，穿着潜水衣："温总队长，我们是老相识了。我相信你恨不得现在就宰了我，我也一样。不过现在我们有一个共同的敌人，相比之下，我们更想先干掉他。"

"对，所以现在我暂且留下你的性命。"

"你想杀，杀得了吗？"

温国强打了个呼哨。沙滩上突然跃起五个当地特警，脱下身上的伪装，持枪虎视眈眈。两组狙击手持狙击步枪射击——"噗噗……"蝎子和王亚东脚下也是沙土乱飞。

"我要想杀你，刚才你出头时就已经千疮百孔了。"温国强说。蝎子笑笑，说道："果然都不是傻子，棋逢对手。"

"我们没有必要互相探底。你既然敢来，就知道我肯定是有诚意的。"温国强说。

"很好，我喜欢聪明人。"

"我们都想捣毁那个犯罪集团，你协助我们调查的行为，在给你量刑的时候会考虑进去。法律是公正的，会给你应得的惩罚。"

蝎子冷笑道："别逗了，温队。你我都是明白人，这话对我有意义吗？"

"对你有没有意义我管不着，但是我该说的还是要说，这是警察的职责。"

"言归正传吧。你想要北极熊和那个公司的情报，我都给你。"

"在哪儿？"

蝎子拿出一个密封的 U 盘，交给他："这里面是我这些年来搜集的北极熊以及公司董事会的全部内幕资料，我早就做好了和他们彻底决裂的准备。他不叫我好过，那大家就鱼死网破。里面的密码只有一次输入机会，如果输入错误，资料就会全部自动销毁。"

温国强接过 U 盘："密码是多少？"

"我到了安全的地方，自然会告诉你。"

"果然是蝎子，给自己留后手。"

"如果不做好准备，我敢来吗？温队，谢谢你的盛情款待，我告辞了。"蝎子转身走向海里。温国强看着王亚东，王亚东默默无言。蝎子回头说："我知道他是你的卧底。你可以选择不跟我走。"王亚东低头："对不起，温队，我已经做出了选择。我跟蝎子走，不会再回来了。你要我做的，我都已经做了，请你善待我的家人。"

"王亚东，你这一走，可要知道后果！你休想逃脱法律的制裁！"

"从我答应给你做卧底那天开始，我就决定了做假卧底。我决定的事情，自然会做到底。再会了，温队，谢谢你对我家人的照顾。"王亚东戴上面罩，跟着蝎子走向大海。

蝎子回头笑笑，戴上面具，进入水底。瞬间，两人都消失了。

温国强默默地注视着海面。钱处长走上来："王亚东，他是假卧底？！"温总面色冷峻："收队，U 盘妥善保管，等他的密码。"

10

一艘渔船停在海面，阿红在船头张望着。蝎子和王亚东爬上渔船，阿红急忙开船离开。蝎子脱掉潜水服，拿出酒壶："你本来可以跟家人团聚的。"

"我说了，我已经做出了选择。"王亚东没看他。

"一条道走到黑？"

"跟着你加入外籍兵团的时候，我就该知道，自己没有别的路可走了。"

"我没想到，真的是你跟着我到最后。知道吗？我曾经想，如果有一天我走投无路了，有你在我身边，我就安心多了。"蝎子叹息一声，说道。王亚东看他："现在不正是这样吗？"蝎子苦笑道："是啊，英雄末路啊！"

"北极熊他们肯定会完蛋的，下一步你打算怎么办？"

"下一步？走一步看一步吧！踏上这条路，谁知道明天是什么呢？"

王亚东看着远方，心事重重。孤独的渔船在深蓝的海面上静静地航行。

11

欧洲雇佣兵公司总部，职员们来来往往，电梯前面站着一个女性职员。电梯门一开，女职员大惊失色："啊——"一只黑色手套捂住她的嘴。一队黑衣蒙面特警手持 MP5 正从电梯出来，另外一队从安全梯出来，突然进入公司总部。

地下车库里，北极熊在察猜等人的保护下快步走向车辆。特警出现，双方展开一场激战。察猜保护着北极熊上了车，枪林弹雨当中，察猜开车冲了出去。

山路上，北极熊惊魂未定："察猜，没想到最后是你保护我离开！"察猜不说话，继续开车。山上，伪装过的蝎子举起狙击步枪。王亚东在他的身边，拿着激光测距仪："你怎么知道他会走这条路？"蝎子冷笑道："这个世界上还有人比我更了解他吗？"

"开车的是谁？"

蝎子笑笑，说道："察猜——北极熊找到的替代我的人。"

山路上，察猜一踩刹车，汽车突然急停下来。北极熊直往前栽："怎么了？车出问题了？"察猜不说话，跳下车打开后车门，把他拽下来。北极熊大惊："你干什么？！"

察猜拔出手枪，顶上膛。北极熊呆住了："你，你干什么？"

山头上，王亚东拿着望远镜："他们在搞什么？"蝎子笑笑，说道："强扭的瓜不甜，中国的这句俗话果然应验了。能让察猜这样的高手为自己服务，北极熊肯定用他的家人做了筹码。这种买卖，早晚会崩的。察猜想干他，肯定很久了。"

察猜冷冷地看着北极熊，北极熊有点儿哆嗦："察猜，你，你这是干什么？我给了你那么多钱，你就这样对待我吗？"察猜目露凶光："你死定了。"

"为什么？为什么要杀我？"

"第一次见你，我就想杀了你。今天，是我最后的机会了！"

"察猜，你不要开枪，我什么都给你，什么都给你！我还有钱，我有黄金，我有钻石，我什么都给你！"

"我只要你的命。"

"不，不，察猜，你不要开枪！我们好商量，你想要什么我都给你！"

察猜举起手枪，正准备扣动扳机。"砰！"一枪打在他面前的地上，察猜一惊。蝎子站起来，举着狙击步枪。察猜呆住了。北极熊大喜："蝎子……蝎子……是你？！你来了，太好了！快，快！我没想到你会救我！"蝎子看着察猜："放下你的枪。"察猜怒视着蝎子，慢慢地放下手枪。北极熊说："蝎子，蝎子，没想到你会来救我，你还是没有忘了我——只有你来救我了，只有你救我……我的好学生，我的好兄弟……"

"闭嘴吧，北极熊，你我太了解彼此了。"

北极熊急忙闭嘴，不再念叨，可怜巴巴地看着蝎子。

蝎子冷冷地看着察猜："为什么要杀他？"

"他逼我走上这条不归路，我现在要他死！"

"杀了他以后呢？"

"自杀。"

"为什么？"

察猜一脸痛苦："我已经背叛了我的祖国，我的军队，我没有路可走了！只有我死了，我的家人才可能得到宽恕！"

"得到谁的宽恕？"

"我的祖国的宽恕，我不想她们作为罪人的家属回国！"

"你死了，她们会幸福吗？"

察猜无语。

"你准备丢下她们吗？"

"我还能怎么办？再说，你现在跟我说这些有什么用？你会放过我吗？我现在也是你的枪下之鬼！"

"我为什么要杀你？"

"你不是要救他吗？"

蝎子冷笑道："我为什么要救他？"

察猜一愣，北极熊慌了："蝎子，蝎子……你要救我，你不能这样……"

蝎子把手里的狙击步枪塞给察猜："本来我想亲手干掉他，但是我看你的态度比我

316

更坚决。"察猜纳闷儿了。北极熊慌了："不！蝎子！我一直培养你、造就你，你不能忘本啊！"

察猜举起狙击步枪，北极熊"扑通"一声跪下："求求你们，放过我吧——""砰！"察猜扣动扳机，北极熊眉心中弹，猝然倒地。察猜冲上去连续补射，发泄着压抑许久的痛苦。"啊——"察猜打光了整匣子弹，痛苦地号啕起来。蝎子拍拍他的肩膀："你已经无处可去了，跟我走吧。"

"去哪儿？"

"总会有能够容留我们这些人的地方。"

"我的老婆孩子怎么办？"

"找个小国家安顿下来。"

"难道我就这样逃一辈子吗？"

"过一天，赚一天。踏上这条路，活的每一分钟都是赚来的。多赚点儿钱，留给老婆孩子。"蝎子说。察猜无语。蝎子站起身："落草为寇，也是一种人生。走吧，警察很快会来了。"察猜默默地站起身，跟着蝎子走了。

12

"北极熊死了？"龚箭站在简报室，一脸惊讶。范天雷点点。何晨光问："谁干的？"范天雷看着他说："你一定想不到。察猜。"何晨光一下子站起来。其他队员也呆住了，坐在那儿面面相觑。何晨光不相信地问："怎么会是察猜？！"范天雷说："察猜已经离开了军队，跑到北极熊那边去了。根据情报，他是被胁迫的，北极熊用他的家人相胁迫。"

"他被抓了？"

范天雷摇头："没有，他现在跟蝎子在一起。"

"又是蝎子？！"

"对，根据情报，是这样。他们去投奔了虎鲨海盗集团，当了海盗。"

"海盗？察猜怎么会去做海盗呢？"何晨光纳闷儿地问，"我们要去抓他们吗？"

"他们在公海，我们没有得到命令，怎么去抓？"范天雷说，"虎鲨海盗集团盘踞在公海的月牙岛上，那是一块飞地，没有命令，去都别想去。我们该干什么干什么吧，暂时别惦记这些事儿了。"

"是，参谋长。"何晨光坐下，出神。

"察猜……怎么会当了海盗呢……我们怎么会成为敌人呢？"

第二十一章

───────★───────

1

海面上，一艘货轮在夜色里航行，甲板上仍留着战斗过的痕迹。驾驶舱内，有几个外国水手和十几个持枪的恐怖分子。为首的是一个老牌的恐怖分子，外号猫头鹰。船长掌舵说："我们的船被破坏得很厉害，已经不能正常航行了，偏航很严重。"猫头鹰问："我们现在要去哪里？"船长说："中国领海。还有半个小时，我们就进入中国领海了！"

"我们不能进入中国领海！"猫头鹰说。

"我们没办法了，他们还会继续进攻的。"船长说。猫头鹰看着外面，思索着。

货舱里，一个孤零零的集装箱单独放在那儿，里面是被冰块包裹着的十几个罐子，上面有变幻的数字不断提示着温度。

高级指挥部内，穿着常服的参谋们来来去去，臂上都挂着国防部的臂章。中将跟一个海军少将，还有一个空军少将站在大屏幕前。中将问："现在的情况怎么样？"

大校摇头："情况不容乐观。目前，文森特号货轮在多国军警海上力量的围剿下，已经进入我领海线。这艘船上载有恐怖组织从黑市上购买的 CVX2 毒气弹的核心部件，一旦出现泄漏，后果不堪设想。"

"我不想听什么'后果不堪设想'，我想知道的是，到底有什么不堪设想的后果？！"

"是，首长。"大校说，"CVX2 毒气弹为军用毒气弹，杀伤力惊人。如果在一千万人口的城市引爆，死亡率在百分之九十以上，并且会扩散至土壤、空气等媒介当中，百年内不得挥发——这是一颗 CVX2 毒气弹的威力。现在文森特号货轮上，有 CVX2 毒气弹十五颗！"

"无论如何，不能让这艘船靠岸，想办法击沉它！"

"我们的战斗机可以办到，已经在待命出击状态！"空军少将说。海军少将说："海航的战斗机和舰队也可以办到，只等一声令下。"中将点头："那就这么办吧！把威胁终止在海上！"大校开口："等等，首长，我们不能这么做！"

"为什么？"

"如果击沉这艘货轮，毒气弹会在海里引爆，剧毒物质会在海水当中扩散。而扩散的区域，现在还很难估计。也就是说，如果这艘货轮在海上被击沉，十五颗 CVX2 毒气弹在海水当中爆炸或者缓慢泄漏，我们的海域乃至太平洋的相当一部分，会变成真正的死海！"中将呆住了。大校继续说，"这也就是各国军警不惜一切代价，组织突击队不断登船的原因。如果击沉文森特号货轮可以解决一切问题的话，这艘船早就沉入海底了。"

"我们也只能派突击队上船吗？"

大校点头："是的，首长，这可能是唯一可行的办法。"中将在沉思："那简直就是敢死队……我们也只好这么做了！命令特种部队，准备登船！"大校行礼："是！首长，派哪支特种部队去？"中将看着大屏幕："那还用说吗？通知东南军区的狼牙特战旅红细胞特别行动组——出击！"

2

东南军区大院，唐心怡走出大门，与路过的同事打着招呼。这时，手机响了。唐心怡拿出加密的军用手机："喂？"

"黑夜给了我黑色的眼睛。"一个低沉的声音从电话里传来，唐心怡一愣："我却用它来寻找光明。"

"燕尾蝶，欢迎你归队。"

郊外僻静处，一辆奥迪轿车停在那儿。旁边，两个精悍的中尉在车附近警戒。唐心怡站在不远处，旁边是一位白发苍苍的老人，肩上将星闪烁。唐心怡看着老人："没想到，还会接到您的召唤。"中将声音低沉："事发突然。如果不是万不得已，我不会再启用你。"

"首长，到底出了什么事？"

中将拿出一张照片，唐心怡一看："是他？！"

"是的——猫头鹰，他出现了。"

"他到中国来干什么？"

"不是他想到中国来，而是他不得不来中国。"

"什么意思？"唐心怡不明白。

"一言难尽，详细的情报很快会给你。"

唐心怡苦笑："真的没想到，我还会做老本行。"

"这个任务将会非常危险。"

"这些年，我的信念一直告诉自己——如果明天战争来临，我将时刻准备着！"唐心怡的眼睛在黑夜当中闪烁着泪花。中将看着她说："猫头鹰对你，可是一直怀恨在心的。他的个性你很清楚，心狠手辣，杀人如麻。你已经离开这条战线了，可以选择不去。"

"当祖国和人民需要我的时候，我怎么可能选择不去？"唐心怡看着中将。中将注视着她："燕尾蝶，你准备好了吗？"唐心怡眼神坚定："时刻准备着！"

3

浩瀚的海上，货轮在疾驶。预警机从空中飞过，两架武直九和三架武直十低空掠过。猫头鹰站在甲板上，看着上面的中国武装直升机。武直十悬停，机头对准他们。

"文森特号货轮听着，我们是中国人民解放军！你船携带武器弹药，已经进入中国领海，涉嫌非法入侵与恐怖袭击。立即停止航行，离开中国领海，否则我们将采取果断措施。这是正式的警告……"中英双语从高音喇叭传来。

恐怖分子隐蔽在掩体里，持枪对准上空。旁边，M72火箭筒和40火箭筒也已经准备完毕。猫头鹰冷冷地注视着直升机，手里的卫星电话响了，他接起来："喂？"

"猫头鹰，我奉命和你对话。"中将在电话另一头说。猫头鹰笑笑，说道："我知道你是中国军方的行动负责人。"

"你已经被包围了。如果想击沉你的船，只需要我一个命令。"

猫头鹰轻笑道："你是不敢击沉我的船的。"

"你到底想要什么呢？"

"不是我想冒犯你们，但是冒犯了你们，我也没有办法。太平洋上已经没有我的退路，如果你们把我逼急了，不需要你们动手，我自己就可以引爆这条船。"

"你应该知道那样做的后果。"

"听着，正因为我们都知道后果，所以你不敢击沉我的船。我也不想这条船爆炸，我想要的就是安全离开，去我想去的地方！"

"你应该知道，这办不到。我们是不会和恐怖分子谈判的！"

"那就不要怪我不客气了！"

"……我会安排人跟你接洽，磋商具体的细节。"

"我知道你会同意的。"猫头鹰笑笑，"我不想求死，你更不想我引爆CVX2。我们的目的是一致的，都希望这批CVX2毒气弹尽早离开中国领海，去该去的地方！既然有共同的目的，希望我们的行为也是一致的！"

"好吧。我派去的人已经准备上船了，不要射击！"

猫头鹰抬眼："我看到了，通话结束。"他按下电话。一架武直九在甲板上慢慢降落，恐怖分子们抬起枪口。猫头鹰下令："保持警惕，我们的客人来了——来得很快。"

直升机的舱门打开，穿着迷彩服的唐心怡跳了下来，猫头鹰一愣。唐心怡冷冷地注视他，走过去，站在他面前："怎么？不认识了吗？"猫头鹰的眼里露出杀气："你终于出现了。"

"我本来已经过上了平静的生活，是你，让我的生活再次不平静！你为什么要出现在中国领海？"

"也许是上天注定，让我再次见到你吧！看见你穿着军装出现，真好。"

唐心怡冷笑道："好什么？"

"解决了盘旋在我心中多年的那个困惑——原来，真正的卧底，是你！"

"恨不得现在杀了我吧？"

"对，我最好的部下，还有我的右眼，都没了——都是因为你！"

周围的枪手举起武器，唐心怡面不改色："动手啊！我来了，就没打算活着回去！"猫头鹰抬抬手："我们现在还用得着她。现在我们来谈谈，怎么让我安全到达我想去的地方吧！"

唐心怡跟着猫头鹰走进船长室，猫头鹰打开冰箱拿出啤酒，转身递给她："我们好久没在一起喝酒了。"唐心怡看着他："是啊，好久了。"

"上次是在哪儿？中东？还是在东南亚？"

"那些都不重要了，重要的是，你现在打算怎么办？"

猫头鹰奇怪地笑道："中尉，你到底叫什么名字？"

"这就更不重要了。"

"重要。对我个人来说，非常重要！"猫头鹰看着她，"我想知道，我爱过的女人，到底是谁。"唐心怡愣住了。猫头鹰的独眼当中，居然含着泪花。

"你可真的没有对我说过。"

"是的，原因是——我希望你能离开我们这个罪恶的世界，过上正常人的生活！我怕影响了你！而我万万没有想到，你是卧底，你还毁了我的一切！也许，这就是一个莫大的讽刺吧！"猫头鹰说。唐心怡说："现在说这些还有意义吗？我们要谈的，是CVX2毒气弹！这是一个大麻烦，而我的国家正面对这个麻烦，所以我需要解决这个麻烦！而你现在在我们的领海，也是你的麻烦！带着你的CVX2赶紧滚蛋，不要再在我们的地头出现！"

猫头鹰笑道："呵呵，大国道义？"唐心怡看着他说："事到临头，你还扯这些没用的？我们只是不希望这个麻烦落在自己头上！我们跟你现在的组织没有什么恩怨！该是谁的事，就是谁的事，不要再拉我们下水了！"

"我想到了，换了哪个国家，都会这样做的！"

"言归正传吧！CVX2毒气弹在哪儿？我要亲眼看看！"

"有这么多国家军警宪特的情报，你还需要亲眼看看吗？"

"我们付出这么大的代价来跟你们交易，难道就不能看一眼是不是真的吗？"

"好，我带你去看。"

4

海上，三架武直十、两架武直九护送着一架直 8B 在高空盘旋。机舱内，范天雷看着笔记本电脑，表情肃穆，屏幕上播放着货轮上的情况。宋凯飞看着范天雷说："我们到底要去哪儿？就在这儿绕圈子吗？"徐天龙看他："你怎么知道在绕圈子？"

"我当然知道，我是飞行员啊！"

"我们在等待行动的信号。"范天雷没抬头。王艳兵问："到底要等到什么时候？"

"我说了，我们在等待行动的信号。现在侦察员已经上船，一旦确定 CVX2 毒气弹的具体位置，就轮到我们上场了！"范天雷抬头。

"侦察员上船？他们怎么上船的？大白天的，派蛙人也爬不上去啊！而且这种行动的战前侦察任务，应该交给我们啊！"何晨光说。范天雷看他。何晨光说："怎么了，参谋长？我说的有什么不对吗？"范天雷说："派去的侦察员，以前曾经在特殊单位工作，与这个外号猫头鹰的恐怖分子头目认识。有关部门传输来侦察员的照片，希望我们不要误伤她。"范天雷转过笔记本电脑——唐心怡的照片。何晨光一愣，所有人都呆住了。

"这是我们的侦察员，代号燕尾蝶。"

何晨光呆住了。

"我相信，大家都不会误伤她。我们现在等待的，就是她确定 CVX2 毒气弹的具体位置。如果我们连毒气弹藏在什么地方都不清楚，上了船一阵乱打，很可能造成毒气弹的泄漏。那时候就不仅仅是我们全军覆没了，后果会是灾难性的！大家都清楚了吗？"范天雷脸色严峻。"清楚！"队员们齐声回答。何晨光还在发呆，范天雷叫了他一声："如果你不能参加这次行动，就不要跟我们一起下去！"

"报告！我能！"

"排除一切干扰，等待行动开始！"

"是！"何晨光高声回答。

5

甲板上，唐心怡跟在猫头鹰身后，旁边的枪手们虎视眈眈。货舱的门慢慢打开，猫头鹰笑笑，说道："想亲眼看看吗？"唐心怡看他："我来，就是要看见 CVX2！"

"打开集装箱！"猫头鹰走下去。唐心怡稳定了一下自己，跟他下去了。两人走到集装箱跟前，打开——CVX2 毒气弹被冰块包围，仪器红灯不停地闪烁着，旁边还附着一排弹药箱。唐心怡问："那是什么？"猫头鹰取出遥控器："炸药。如果有什么不测，我马上遥控引爆！"唐心怡仔细地看着毒气弹，迷彩服的纽扣在拍摄。

直8B机舱内，笔记本电脑上出现遥控器和炸药的画面。

"兔崽子准备了炸药，是遥控的！"范天雷咬牙。何晨光看范天雷："我们现在出击吗？"

"再等等。"

"CVX2的位置都找到了，还等什么等？！"何晨光急道。

"何晨光！"龚箭一声吼。

"教导员，难道我说错了吗？！"

"注意你的措辞！现在我们是军事行动，不是个人恩怨！"陈善明低吼。

"好了，别吵了。"范天雷看着何晨光，"你说的是没有错，我们已经找到了CVX2的位置。但是，行动需要等待上级的命令。想登上这条船，需要上级的统一部署，多兵种协同，也需要里应外合。以你的军事素质，不该不知道这一点，但是你的情绪失控了。何晨光，我有理由认为你不适合参加这次行动。"

"参谋长！"何晨光急吼。范天雷冷冷地命令："交出你的武器。"

大家都呆住了，何晨光也呆住了。范天雷继续说："作为行动的指挥员，我认为你已经不适合参加这次行动。全体参战队员的生死，甚至海洋的未来，都寄托在我们这次行动上。而你的表现，显示出你并不适合参加这次行动。我非常失望。特战队员最基本的素质，就是不动如山！面对天大的危险，也要像山一样沉着冷静！你没有做到。"

何晨光压抑着自己。

"听着，特种部队不需要冲动的感情动物，需要的是职业军人——不动如山的职业军人！你已经不合格了，不能参加拯救者行动！"

"参谋长……"何晨光看着范天雷。

"交出你的武器，不许参加行动。留在直升机上，等待我们行动结束！返航后立即离开红细胞特别行动组，转到别的单位服役。"范天雷冷冷地说。何晨光彻底呆住了。"这是我的命令！"范天雷眼神凌厉。大家都不敢说话。何晨光默默地摘下自己的狙击步枪，递给身边的王艳兵。王艳兵拿着枪发傻。龚箭看着王艳兵："按照战斗序列，你现在是第一狙击手。"

"还有配枪。"范天雷说。何晨光摘下手枪，检查一下，交给李二牛。范天雷冷冷地注视他："你让我很失望。"何晨光看着范天雷："对不起，参谋长，是我的错。"

陈善明低声道："五号，我们马上要上船，正是用人之际……"范天雷立刻打断："我还需要重复我的命令吗？"陈善明立刻不说话了。范天雷看着队员们："你们都是职业军人，是最好的特战队员！记住，不要做不专业的事！"何晨光坐在角落里，一言不发。

海上，机群在盘旋。指挥部里，唐心怡拍摄的画面在大屏幕上播放着。

"没错！是CVX2！确定位置了！"大校转头，"命令燕尾蝶、红细胞——强行突击！"

直8B里，范天雷看着电脑屏幕："命令来了！"队员们精神起来，注视着他。何晨光默默地看着范天雷。范天雷大声道："上级命令，红细胞特别行动组强行突击，完成任务！记住，要不惜一切代价保护CVX2毒气弹的安全！"

"明白！"队员们怒吼，何晨光失落地看着。驾驶舱内，范天雷看着队员们："最后一分钟准备！"大家开始检查武器装备，何晨光呆呆地看着。队员们看看他，都不敢吭声。

"集中注意力，否则，我把你们都踢出拯救者行动！我随时可以再调一队人来参加行动，不要以为你们不可替代！"大家都转回目光，默默准备。

范天雷举起右拳："红细胞——"

"做先锋！"

"在这个瞬间，我突然觉得无比孤独……"

6

船长室里，猫头鹰喝了一口啤酒："你们计划如何让我们离开？"唐心怡看着他："你们这艘船的目标太大，要换船才行。"猫头鹰点头："这我想到了，换什么船？"

"我们已经准备了一艘远洋货轮。你们先投降，在我们舰队的押解下到达指定位置。在你们换船的时间段，我们会安排卫星屏蔽。这样，就没人会发现你们换了船。"

"然后呢？"

"然后你们就该去哪儿去哪儿。千万不要泄露我们之间做过交易这件事，否则，就算你们到了天涯海角，我们也会追杀到底！"唐心怡盯着他，眼神凶狠。

猫头鹰笑笑，说道："没想到，解放军也会跟我做交易。"唐心怡冷笑："这种废话就别说了！赶紧安排好交易，赶紧滚蛋！越远越好！当作这件事情没发生过！"

"我知道……但是，我不能忘记……我再次见到你……"

"猫头鹰，你应该知道，你跟我说这些，等于是对牛弹琴。"

"我知道，我当然知道……如果不是我对你还有这份感情，你下直升机的时候，就已经死了！"

"如果我想要你的命，你压根儿就没有跟我对话的机会！"

外面，直升机螺旋桨发出巨大的轰鸣声，盘旋的飓风刮得海面波浪起伏。猫头鹰拔出手枪，怒吼："你骗我？！"唐心怡突然出拳，与猫头鹰扭打在一起。

货轮上空，武直十快速超低掠过，机炮发射——"轰！轰！"甲板上到处爆炸，恐怖分子在弹雨当中抽搐，整个甲板陷入一片火海。一架直8B快速下降，舱门打开，龚箭甩下绳子，第一个滑降下去，队员们也陆续滑降。范天雷走在最后，他回头，何晨光还在发呆。范天雷冷冷地看他一眼，下去了。直8B在货轮上空悬停着，队员们落地后，立刻在甲板上组成环形防御。范天雷最后一个落下。何晨光坐在机舱内，注视着舱门。

货轮甲板上，范天雷大吼："快！按计划行动！"各行动组迅速散开，范天雷跟龚箭快速冲向驾驶舱，沿途不断发生枪战，恐怖分子纷纷中弹倒地。

飞行员操作着直8B离开货轮，准备拉高。何晨光突然起身，跑到舱门前。飓风吹来，飞行员回头："你干什么？！"何晨光纵身一跃，顺着绳子滑降，落入水中。飞行员大惊失色："他跳海了！指挥部！指挥部！我这里出现突发情况……"

海上，何晨光从水里冒出头，拼命往货轮游去。

龚箭朝货轮驾驶舱内丢入一枚闪光震撼弹——"轰！"一片刺眼的白光。恐怖分子们睁不开眼，尖叫着，一片混乱。龚箭和范天雷闪身进去，端着枪，连续射击，恐怖分子纷纷中弹倒地。范天雷对着通话器："指挥部！我们已经控制驾驶舱，指挥组到位！"

轮机舱，王艳兵和李二牛交替掩护着前进。突然，几名恐怖分子斜刺里冲出来，距离太近，双方展开肉搏。

货轮高处，宋凯飞抱着机枪快速穿越："制高点，制高点……我要抢占制高点……"两个恐怖分子斜刺里冲出来，宋凯飞射击，打倒一个。另一个扑过来，二人扭打在一起。

走廊里，唐心怡刚冒头，一腿飞来，唐心怡闪身躲过，接着迅疾一拳打在她的腹部。唐心怡措手不及，倒下了。猫头鹰冲过来，抓住她一顿暴揍……唐心怡倔强地想站起来，猫头鹰一记重拳打在唐心怡脸上，她吐出血。猫头鹰一把将她抓起来："想跟我玩？！门都没有！你会死得很难看！"两个恐怖分子过来，猫头鹰吩咐："把这个女的绑起来！小心点儿，她的功夫不错！"已经半晕的唐心怡被绑起来："猫头鹰，你不会得手的！你会死得很难看！"

"我知道我会死的，但是我会拉着你陪葬！在地狱，我要好好享用你！"猫头鹰冷笑，拿起手上的遥控器。唐心怡大喊："不要——"猫头鹰冷笑："还没到时候。等到万不得已的时候，我一定会引爆的！"他转身走了。

范天雷和龚箭控制着驾驶舱。突然，空调处冒出白烟，龚箭大惊："这是什么？！"范天雷抽抽鼻子："乙醚！快！出去！"两个人刚想往外跑，腿一软，栽倒了。几个恐怖分子戴着防毒面具冲进来，将枪口对准二人。

轮机舱里，王艳兵和李二牛披荆斩棘，一路格杀。突然，白烟冒出来。两个人抬眼，却已经无法举起匕首，恐怖分子上来按住了二人。

货轮高处，宋凯飞正在跟恐怖分子们肉搏。宋凯飞的腿被抱住，一个扛肩摔，宋凯飞从高处摔下，落到甲板上。宋凯飞吐出一口血，顽强地爬起来。一个恐怖分子跳下来，飞腿踹在他的胸口。宋凯飞飞了出去，撞在甲板的突出物上，倒下了……

货轮甲板上，被俘的特战队员和唐心怡被包围在一起。猫头鹰狞笑，一把撕下宋凯飞的臂章："红细胞特别行动组？听名字真唬人啊！还不是都落在我手里了？"

"你不会有好下场的！"唐心怡吐出一口血水。猫头鹰笑笑，说道："我当然知道我不会有好下场，我就没打算要好下场！可以，很好，非常好！我要是死了，就拉你们陪葬！还有那么多的人……对，还有海里的鱼，也都要给我陪葬！哈哈哈！这笔买卖划算！"

空中，武直十和武直九降低高度，包围了货轮。飞行员大喊："立即放下武器，举手投降！否则我们要采取果断措施了！"猫头鹰哈哈大笑，一把抓起唐心怡，枪口抵住她的脑袋："你们试试？！我手里有人质！"驾驶舱里，飞行员按下的手指松开了："指挥部，我们的人全部被俘了！"

指挥部的大屏幕上播放着直升机摄像头拍摄的画面，大校看着："他们全军覆没了！"中将很沉着，但是眉头也皱起来了。

"派海军特种部队上去吧！"

"空军特种部队也在待命！"

"他们没有全军覆没。"中将抬起头，"还有一个，没有被俘！"

"他在哪儿？"

"刚才在海里，现在，也许已经上船了。"

"靠他一个人挽回败局？"

"我们还没有失败，哪怕只剩下他一个人！"

甲板上，猫头鹰带着邪恶的笑，拿着枪顶在唐心怡的后脑。驾驶舱里，飞行员满头是汗："指挥部，我们怎么办？特种部队已经全军覆没！"中将命令："撤出去。"

"什么？"

"我命令——撤到警戒空域。"

"那我们的人怎么办？"

"你想靠武装直升机去营救人质吗？听我的命令，离开进攻位置，撤出去！我们还没输，我们还有人在船上！"

"飞虎1号收到。我们马上撤离！"飞行员拉高直升机，撤离。

甲板上，猫头鹰看着拉高的武装直升机，笑了："怎么样？拿我没办法了吧？"龚箭怒吼："你不会得逞的！"猫头鹰笑着说："少校，除了嘴硬，你能不能拿出可行性办法来？！从我干上这行，就没打算死在床上！"

甲板另外一侧，一个恐怖分子狙击手在警戒。突然一个黑影冒出，浑身水淋淋的何晨光猛地将他摁倒，一记猛掌，狙击手晕死过去。何晨光捡起狙击步枪，迅速躲闪到暗处，探头，看着甲板那边的队友和匪徒思索着。武直九在高空盘旋，何晨光摘下瞄准镜，晃晃。飞行员看见白光："我看见他了！红细胞最后一名队员没有被俘！他上船了！"

指挥部的大屏幕上，何晨光在打灯语。大校看着："他在干什么？"中将说："军舰的灯语，他在试图跟我们联络。"海军少将看着："他说的是——我会采取行动，希望得到支援。"中将握着通话器："飞虎1号，准备全力支援他！"

"收到！"飞行员大喊。

7

甲板上，猫头鹰拿着枪冷笑："我要慢慢地折磨死你！折磨死你们！给那些被你害死的兄弟们报仇！"唐心怡看着他："畜生！你一定会死得很惨！"

猫头鹰哈哈大笑，转脸，忽然瞥见反射的白光。猫头鹰大惊失色，纵身一跃。何晨光扣动扳机，子弹脱膛而出，打在恐怖分子身上，爆了。猫头鹰大喊："狙击手！"何晨光再次开枪，武直十和武直九快速低空掠过，带动的飓风把恐怖分子的阵营掀乱了。何晨光纵身快步冲来，拔出从恐怖分子身上缴获的手枪，连续射击，恐怖分子纷纷中弹倒地……队员们沸腾起来，高喊着，但是身体无力，都被绑着，站不起来。猫头鹰掉头就跑："你们顶住——"

何晨光已经冲到近前。几个恐怖分子过来，被何晨光几拳干倒。唐心怡大喊："晨光！快解开我们！"何晨光解开唐心怡，转向范天雷："参谋长！"范天雷抖搂绳子，急吼："快去！你快去！我们还被乙醚麻醉着，药效还没过！你快去阻止他！"何晨光把武器塞给范天雷："你们保护好自己！"

"我跟你一起去！"唐心怡大喊，"我没有被麻醉！"

"快走，别说那么多了！"何晨光一咬牙："你跟在我后面！"两人迅速向货舱跑去。

范天雷挣扎着从地上爬过去给龚箭解绳子，龚箭笑道："哈！参谋长，没想到这样扳回一局啊！"范天雷没笑，说："不做好应急准备怎么行啊？我太了解这个兔崽子了，他一定会跳海上船的！在陌生区域作战，我们必须准备后手！你们怎么样？还站得起来吗？"所有人都软在甲板上。

轮机舱，何晨光带着唐心怡谨慎前行。唐心怡看着何晨光："他去找 CVX2 毒气弹了！我们快追！"走到通道口，唐心怡突然停下了。何晨光回头："怎么了？"唐心怡注视着他："我们只能进去一个人。"

"为什么？！"

"这里是密封舱门，里面就是 CVX2 毒气弹！我们只能进去一个人，不能全进去！"

"我明白了！我去！"何晨光转身就要进去。唐心怡突然出手，掏出手铐铐住了何晨光，不容分说地将另一端铐在栏杆上。"你干什么？！"何晨光看着她大喊。唐心怡眼中含泪："你没进去过，不知道里面的地形。要去，我去！再见，晨光，我爱你！"

转身进去了。

何晨光戴着手铐挣扎着，唐心怡含着眼泪，关上了密封舱的舱门。

"不——"何晨光大吼。

唐心怡将门锁死，转身隔着玻璃看着何晨光。何晨光疯了一样吼叫着、挣扎着。唐心怡笑笑，隔着玻璃亲吻了一下，转身消失在黑暗中。

货舱里，猫头鹰跑过来，紧张地拿着遥控器："我的死期到了……我的死期到了……"他的手哆嗦着想按，却按不下去。唐心怡突然飞起一脚，踢飞遥控器。猫头鹰回头，唐心怡冲上来，两人扭打在一起。唐心怡略占上风，一记重拳打在猫头鹰脸上，猫头鹰吐出一口鲜血。唐心怡准备腾空格杀，猫头鹰忽然甩出一把匕首，扎在唐心怡的胸前，唐心怡凌空栽倒。猫头鹰支撑着起身，吐了一口血："想搞死我，没那么容易……我……我要你们都死……"转身去捡遥控器。唐心怡忍痛抓住刀柄，往外拔出。她看着猫头鹰的背影，视线逐渐变得模糊起来。嗖！匕首甩出去，扎在猫头鹰的后背。猫头鹰栽倒，痛苦地转过身："你……你这个毒女人……"

"我说过……你一定会死得很惨……"

猫头鹰突然露出奇怪的笑容："你知道不知道，你要跟我死在一起了？"

"我才不会跟你死在一起……"

"我的匕首上有剧毒，神经性的毒素！不仅我要死，你也要死！真好！你跟我死在一起，倒是一个完美的结局……"

唐心怡愣住了，猫头鹰痛苦地看着她："你不觉得，身体开始发麻了吗？"

"浑蛋！我做鬼也不会放过你的……"

猫头鹰吐出一口血："我……我爱你……"

"别恶心我了！浑蛋……"唐心怡一把推开爬来的猫头鹰，眼前的世界开始有些迷蒙，眼一黑，昏过去了……

轮机舱内，何晨光疯似的挣扎着，他的手腕处已被勒得血肉模糊，血不停地顺着胳膊往下流。忽然，穿着防化服的战士们持枪鱼贯进入。何晨光满脸泪痕，大吼："我是特种部队的！"

"我们是防化团的！来收尾的！你还好吗？"

"快放开我！"何晨光怒吼。战士砰的一枪打断手铐，何晨光发疯一样扑向密封舱门。几个战士们拦住他："你不能进去！我们上！"何晨光一把推开他，冲了进去，扑向唐心怡："心怡！心怡！"唐心怡嘴角流着血，没有反应。

"啊——"何晨光抱着唐心怡，发出最痛的哀号。

8

医院走廊里，何晨光失魂落魄地坐着，手里拿着军帽，呆呆地看着帽子上的军徽。这时，手术室的门被推开，穿着白大褂的军医走出来。何晨光立刻迎上去，一脸焦急："医生，医生！她现在怎么样了？"军医看着他，欲言又止。何晨光怒吼："你说话啊！"

"我们……我们已经尽全力了……"

何晨光的眼神黯淡下来，军医看着他："她……她从死亡线上挣扎过来了，但是……"

"但是什么？"

"她……她可能醒不过来了……"

何晨光急了，抓住军医的肩膀："我不明白！你说她从死亡线上挣扎过来了，又醒不过来——这到底是什么意思啊？！"

"她可能会成为植物人。"

"植物人？！"

"对，植物人。"军医点头，"那把匕首上涂了神经性毒素，用通俗的话来说，就是见血封喉。由于现场医护人员应急措施得力，保住了她的生命。我们采取了一切措施，组织了全军专家会诊……但是，对不起……"

何晨光彻底呆住了，愣坐在椅子上，眼泪一滴一滴地落下来。

重症监护室里，唐心怡躺在床上，静静地闭着眼睛。床头的各种仪器在运转着，心电监护仪上的线条微弱地跳动着。

走廊上，何晨光还是那样呆呆地坐着。他抚摩着军徽，靠在墙上，闭上眼，眼泪默默地滑落下来。一只手轻轻地放在他的肩膀上，何晨光睁开眼，王艳兵、李二牛、宋凯飞和徐天龙等站在他的面前。何晨光看着他们，还是失魂落魄。王艳兵把头顶住他的额头："你要坚强……"接着也说不下去了。

龚箭和陈善明站在旁边，默默看着，对视一下。龚箭叫他："何晨光。"

何晨光好像没听见一样。龚箭难过地挪开眼。

"何晨光……我们给你办了休假，你有两个月的时间休息调整。"陈善明也不好受，"我知道，这对于你来说很痛苦，但我们都希望你能坚强起来。"

何晨光木然地看着他，陈善明也说不下去了。龚箭看了陈善明一眼，陈善明跟他出去了。其余的队员站在何晨光的身边，不知道说什么好。陈善明和龚箭来到走廊的拐角处，龚箭一脸担忧："老陈，我看这次有点儿悬。"

"什么悬？"

"当然是何晨光啊！"

陈善明点头，叹息："是啊！我也知道，有点儿悬！可是能怎么办呢？我们谁也不能替他去痛苦、去难过。这件事情发生以后，我常常想，如果换了我，我能不能顶得住。"

"我自从当指导员以来，第一次觉得面对自己的部下无能为力。再多的语言也是徒劳的，他是个聪明人，什么道理都懂，他根本听不进去我们说的话……"

"我们给他一点儿时间吧，既然我们都认为他是一个好兵。让队员们轮流陪伴他吧。"龚箭说。陈善明一惊："你不会是怕他做傻事吧？"

"那倒不至于。但是有个说话的人，总比没有强吧？"

陈善明看着何晨光，沉默。

夜晚，城市里车水马龙，霓虹闪烁。军区总医院门口，哨兵在站岗，院内一片安静。走廊上，何晨光还是呆呆地看着天花板。王艳兵坐在他的对面，目不转睛地看着他。何晨光呆呆地问："你怎么还不走？"

"我们是战友，是兄弟！这时候，你让我去哪儿？"

何晨光看着他："回部队去，回你该回的地方。"

"要回去，你跟我一起回去。"

何晨光没说话。王艳兵看着他："何晨光，我们当兵前就认识，当兵以后，我们彼此基本没离开过。是你不了解我呢，还是我不了解你？我今天为什么坐在你面前，为什么陪你，你心里很清楚。我知道你很难过，但是我们都希望你能战胜自己。"

何晨光看着军帽上的军徽，抚摸着："我不想干了。"王艳兵一愣："你说什么？"

"我……不适合当兵。"

王艳兵看着他，强笑着说："我不信，你逗我呢！"

"当兵有什么用？"

"保家卫国啊！"

"我的家……保住了吗？"

王艳兵语塞。

"你说，我这个兵，还能当下去吗？"

王艳兵看着他，恼怒道："大道理我说不过你，但是我压根儿就不信你会离开部队！"

"为什么？给我个理由。"

王艳兵看着他："你是狙击手，是红细胞的特战队员，是最好的战士！"何晨光慢慢摘下军帽上的军徽。王艳兵看着他："你干什么？！"

何晨光把军徽塞到他的手里："我的转业报告，明天就交上去。"

"何晨光！你？！"

"现在，我想自己待一会儿，好吗？"

王艳兵愣住了。

"我可以和我的爱人，单独待一会儿吗？"

王艳兵看着他："总之，我不会让你转业的！我在外面等你！"

何晨光看着他走了，站起身，来到病房门口。透过玻璃，唐心怡躺在病床上，睡得很安详。何晨光看着，眼泪流了下来。

9

"转业报告？！没搞错吧？！"陈善明一脸惊讶。龚箭拿着那份转业报告："白纸黑字，签着他的名字——我们都熟悉他的笔迹。"

狙击战术训练场，队员们都走过来。宋凯飞问："怎么了怎么了？谁要转业？"伸脖子看看，"哟？！我们的枪王不干了？！"徐天龙一惊："不可能吧？！这事搞大了！"穿着常服的王艳兵苦着脸："他亲手交给我的。"龚箭看了看："李二牛呢？"

"我跟他交接过了，他现在在跟着何晨光。"王艳兵说。

"这份报告——我们怎么办？"陈善明拿着报告气急。龚箭看着他："还能怎么办呢？我们先压着吧。只能寄希望于他是一时冲动吧。"

"教导员，我看真的不像……"王艳兵一脸忧心，"何晨光可真的是个说到做到的主儿。"

"那你什么意思呢？我们把转业报告交到旅部吗？！"龚箭吼。

"不是……我只是说，他这次可能真的去意已决。"

"不管怎么说，我们也得先压下来。这件事就这么定了，谁也不许说出去！"

"是！"队员们立正。龚箭收起转业报告，陈善明没说话，大家都沉默了。

街上，何晨光换了便装，在前面走，李二牛穿着军装在后面追："晨光！晨光！你等等俺！"何晨光没回头："你为什么要跟着我？"李二牛紧跟上来："俺……俺今天负责陪你啊！"何晨光淡淡地说："我不需要任何人陪！"

"别这么说，晨光。"李二牛也很难过。何晨光转过身："牛哥，我求你了，让我安静安静吧！"李二牛停住脚步："晨光，不是俺不想让你安静！但是，你怎么也不能转业啊！"

"我已经决定了，你不要再劝我了！"

"俺……俺不能让你走！"

"牛哥，你拦得住我吗？"

"俺知道俺拦不住你，但是……俺不能让你走！"

"牛哥，你回去吧，我真的太需要自己待一会儿了。"何晨光转身继续往前走。

"不中！你跟俺回部队去！"李二牛一把抓住何晨光。何晨光两下就推开了李二牛，李二牛呆住了。

"牛哥，别逼我了。我只是想自己待着，安静安静。"何晨光感到说不出的难受。李二牛愣住了，看着他："你跟俺动手了？"何晨光没说话，转身走了。李二牛在后面大喊："何晨光！你是个懦夫！亏俺那么崇拜你！"何晨光头也不回，走了。

10

夜晚，荒野静谧一片，何晨光看着远处苍莽的群山，眼泪慢慢地流出他深陷的眼窝。一周的时间让他消瘦了一圈，原本就棱角分明的脸庞，更加显得如同岩石一样坚硬。

何晨光拿着唐心怡的照片，眼睛在黑暗中闪烁着泪花。他蜷缩在风中，又打开一罐啤酒，仰脖喝下。此刻，他只能用酒来浇灭自己内心深处燃烧的火焰。一个空的啤酒罐子又被扔了出来，脚下已经乱七八糟地堆放了十几个空的啤酒罐子。"咣！"啤酒罐子被一脚踢飞。何晨光抬起眼，何志军严肃地站在他面前。何晨光有些蒙。

"中尉何晨光！"何志军怒吼，声音在空旷的荒野里回荡。何晨光笑着，没动："旅长……"

"中尉何晨光！你给我站起来！"

何晨光的酒醒了一点儿，强撑着站起来。何志军的眼里冒着火："你在干什么？你告诉我，你在干什么？！"

"旅长，我……"

"你的军装呢？"

何晨光不说话。何志军看着他，眼神凌厉："作为一名军人，为什么不穿军装？"

何晨光低着头，嗫嚅着："报告……旅长，我……我不想当兵了……"

"不想当兵？为什么？"

何晨光不说话。

"因为她？"

"我连自己最爱的女人都保护不了……她现在是植物人，我不知道我穿着军装还有什么用……"

"她是军人。"

"她是我的女人！"

"可她首先是一名军人！"何志军厉声道，"她是一名军人，穿着军装。而你呢？你的军装呢？"何晨光不说话。"跟我走！"何志军转身走了。何晨光看着何志军的背影，收起照片，跟着他走了。

静谧的烈士陵园里，几十个墓碑排山而上，那是一个兵的方阵。夜幕下，沉默的烈士陵园虎踞龙盘。何志军来到墓前，敬礼。这个在战场上如同战神一样慓悍的男人看着方阵，犹如看着自己已经逝去的青春。何晨光走到墓前，想敬礼，却发现自己没穿军装，只好立正。

　　"你现在告诉他，你不想穿军装了。"

　　何晨光看着父亲的墓碑，无语。何志军转头看着苍莽的群山："你说。只要你说出来，我决不阻拦你，马上在你的转业报告上签字！"

　　何晨光说不出口。何志军看着他说："我今天把你叫到这儿来，不是为了挽留你。铁打的营盘流水的兵，每年离开狼牙特战旅的退役官兵都有许多。你有什么特殊的？作为一个旅长，我完全不需要这样做！但是，我以后怎么面对你的父亲和他的战友们？我告诉他们，你们的儿子，因为承受不起战友的牺牲，爱人的牺牲，转业了？"

　　何晨光不说话。

　　"只要你说出这句话，我马上放你走人！我说到做到！"

　　何晨光看着父亲，父亲默默地注视着他。何晨光抬起眼，看着和父亲一同长眠在这里的战友们，他的眼泪慢慢溢了出来。何志军看着他的眼睛说："大道理不需要我讲，你自己都清楚！你愿不愿意穿这身军装，对我来说并不重要；而对你自己来说，你该知道这个分量！你告诉他们，你不想干了。"

　　"旅长，我……"

　　"我不需要你叫我旅长。"

　　"何伯伯，我……我……"

　　"你不要跟我说，我不想听！你去告诉他，告诉他们！"何志军转身走了。

　　何晨光注视着父亲和他的战友们，墓碑上年轻的脸，带着笑容。何晨光的眼泪下来了，他"扑通"一声跪下，痛苦地叫了一声："爸……"

　　何晨光摸出唐心怡的照片，失声痛哭。他怜爱地抚摩着照片，放在了父亲的坟前。何晨光抽泣着，手指抠着砖缝，额头贴着冰冷的地面，脊背抽搐着，一阵压抑的哭声传了出来。他撕心裂肺的哭声回荡在陵园上空，泪如雨下。

　　远处，一阵凌厉的战备警报拉响了，何晨光抬起眼，目光刚毅。

　　训练场路上，何志军站在车旁想着什么，何晨光快步跑来："报告！"何志军回头，何晨光看他，敬礼："旅长同志，中尉何晨光奉命前来报到，请指示！"何志军呆了，那张年轻的脸瞬间幻化为过去的何卫东。何晨光一愣，何志军还在恍惚。

　　"旅长同志，中尉何晨光奉命前来报到！请指示！"

　　何志军反应过来，还礼："稍息！"

　　"是，旅长同志！"何晨光敬礼，转身去了。何志军看着他的背影，无限忧伤。

第二十二章

───────★───────

1

省医院手术室，林晓晓分娩在即，她满头冷汗，呻吟着。床头的各种仪器红灯闪烁，医护人员都不停地忙着。走廊上，林晓晓的父母坐在长条椅上不停地抹泪。温国强身着便衣，从走廊尽头匆匆走来。温国强拿出证件："我是省公安厅的。"

"总队长……你，你来这儿干什么？王亚东他没回来过……"林父说。

温国强收回证件："我知道，我不是来找王亚东的，我来看看您的女儿。"

"你们警方不是说，我女儿跟王亚东的案子没什么关系吗？"

"是没有关系。"

"那你来干什么？既然没有关系，你们怎么还来骚扰我们？！"林父脸色愠怒。林母在旁边抹着眼泪："你知道不知道，这件事给我们家造成多大的困扰？我们都是老师啊！走吧，请你们走吧！"温国强道："对不起，我可以想到你们为此承受的压力。我今天来，除了想看看能不能帮上什么忙，还有一件很重要的事情，想告诉你们二老和林晓晓。"

"什么事？还有什么事要告诉我们？我们什么也不想知道！"

温国强看着二老，面色严峻："我知道你们都是党员，经过组织上研究决定，可以将这件事情告诉你们。"林父不明白："什么意思？党员和这件事情有什么关系？"

"我下面说的事情，希望你们能够从一个共产党员的角度去保密。"温国强看着两人，"王亚东，是国际刑警的特情人员，是受我直接指挥的。"

林父和林母都呆住了。

"王亚东为我们的公安工作做出了牺牲，还有你们——他的家人，也做出了巨大的牺牲。在这里，我代表公安机关向你们宣布这件事，希望你们能够保守秘密。"

"你是说……王亚东是……警察？！"林父愣住了。

"不是警察，是警方的特情，也就是俗称的卧底。王亚东是在我的直接指挥下行动的，直接一点儿说——是一个好人。"

"他……他不是通缉犯？"林母看着温国强。

"王亚东是一个冒着生命危险，为公安部门工作的特情。"

"他……他在哪儿？"

"对不起，我不能告诉你们。"温国强说，"但是作为他的直接领导，我有义务来探视你们，并且在这个特殊的时刻提供帮助。"林母的眼泪出来了。林父看着温国强："我们不需要什么帮助，只想这个家能够团圆！警察同志，请问他什么时候能回来？"

"他的任务还没有完成，现在我也不好说。记住，他是一个好人。"

"有你这句话，我们心里舒服多了……"

"如果有什么需要我做的，你们尽管提出来，我一定尽力帮忙。"

"哎，不要，不要！我们缺什么？我们缺的只是一个和睦的家庭罢了，现在你也给不了我们，他是不可能现在回来的……我只想问一句，他……我的女婿，他安全吗？"

"我不能欺骗你。你们的女婿，他在犯罪集团的心脏战斗。我不能确保他处于安全的状态，但是我们会尽一切努力保护他。"温国强看着两位老人，"他很机灵、很能干，一定会没事的。"林母的眼泪涌出来，点点头。

"哇——"孩子的啼哭声传来，几个人急忙跑到门口。护士抱着婴儿："是个男孩！"满头大汗的林晓晓露出疲惫的笑容，林母喜极而泣。温国强松了一口气："谢天谢地！"林父转身握住温国强的手："谢谢你，同志！今天我们家是双喜临门啊！我有了外孙，而你又来告诉我，我的女婿不是罪犯，是个功臣！谢谢，谢谢……"

"他当然是功臣，是深入虎穴的英雄。"温总拿出一个信封，"这个，你们……"

"不不不！不需要！我们不需要……"

"这是王亚东破获案件的奖金。我知道你们不需要钱，但这是他应该得到的。现在他不在，就委托二老收下吧。"

林父颤巍巍地接过来："我们什么时候能把他是好人的事儿，告诉亲戚和朋友？"

"现在还不能，等他回家的那天吧。"

"他什么时候回来？什么时候回来？"

"等到案件全部告破的那天吧！今天我告诉你们这件事，是希望你们不要背负这个沉重的心理负担，但是对你们面临的窘境没有任何帮助。为了他的安全，我希望你们保守这个秘密。还有，这件事暂时不要告诉林晓晓。"温国强说。林母说："为什么？那是她的丈夫啊！"温国强说："这是组织的决定。林晓晓年龄太小，不一定能保住秘密。你们都是党员，该知道这件事的重要性。"林父点头："我明白了……"

"母子平安，我就放心了。我还有工作，就告辞了。"温国强后退一步，敬礼。老夫妻含泪看着。

2

大海上，风和日丽，几艘破渔船正缓慢地行驶着。蝎子和王亚东坐在船头，察猜站在旁边，周围是十几个海盗。虎鲨拍着蝎子的肩膀："好，蝎子！现在有你的加盟，我真的是如虎添翼！有我的一口，就有你的一口！你放心，我们这儿是天高皇帝远，谁也管不着！"王亚东环顾四周，心情复杂。蝎子笑笑："虎鲨，没想到最后是你收留了我啊！"

"咳，说这些干什么？从来就没有什么救世主，也没有神仙皇帝！这不是你以前教我的吗？穷不帮穷，谁帮穷啊？在这儿，我是老大，你就是老二！你放心，咱们在一起，这一片海域那就是横扫啊！"虎鲨狂笑着，海盗们举起武器叫嚷着。蝎子笑笑，喝了口酒。

王亚东苦笑："没想到真的落草为寇啊！"察猜面色阴郁："这一生，就要这样度过了吗？"王亚东看他："那你还想怎么活呢？"察猜无语。

"我们早晚都会死于非命的，像我们这样的人，活一天就是赚一天。"蝎子喝了一口酒。

3

饭店大堂，翠芬正在忙碌着。张丽娜过来："翠芬！"翠芬回头："哎！张总！"

"刚才旅游公司的朋友告诉我，有一个海上游船的新项目，想找一群朋友出海去体验体验，同时做个宣传。参加者有媒体的，也有各行各业的精英。现在还有两个名额，我考虑了一下，带你一起去吧！"张丽娜说。翠芬一脸惊讶。张丽娜笑道："你这么辛苦，兢兢业业的，连休息日都要加班！怎么样？跟我好好去放松一周，也算放你的大假了！"

"啊？张总，我……"

"你什么啊？就这么定了！收拾收拾，明天跟我出海！"

"谢谢张总！"翠芬鞠了一躬，转身跑了。张丽娜笑笑，向办公室走去。

翠芬哼着歌，在宿舍收拾着。她想想，拿出手机拨打电话。李二牛气喘吁吁地从基地跑步回来，值班班长苗狼说："二牛，你的电话！"李二牛笑着拿起来："哎！俺从训练场跑回来的！喂？"

"二牛啊！是我！我要跟张总去海上旅行了！"

"海上？什么海上？"

"张总说，要带我去坐游船，去海上玩！"

"那敢情好！得好好谢谢人家张总啊！"

"嗯！放心吧，我会的！张总一直很照顾我，还让我好好跟你过日子，说二牛是好人，别有后顾之忧！"

李二牛嘿嘿乐："张总就是好，都知道俺是好人！"翠芬哈哈大笑："好了好了，挂电话了，赶紧训你的练去吧！"李二牛放下电话，笑笑，转身跑了。

靶场上，响着"砰砰砰"的枪声，队员们在进行运动速射训练。李二牛跑回来，何晨光抬眼："哎！什么事儿啊？电话都打到部队了！"李二牛满脸春光："俺媳妇的电话！"王艳兵笑："翠芬？翠芬怎么了？着急结婚了吧？"李二牛不好意思地挠头："哪儿有？！她们老板带她出海去玩，坐大游船嘞！"何晨光想着什么，李二牛看他："咋了？你想啥呢？"何晨光笑笑："没事，可能我联想力太丰富了！"

"你不会想到蝎子了吧？"王艳兵说。

"还有察猜。"

李二牛紧张起来："对啊！海盗！她们不会遇上海盗吧？！"宋凯飞正好回来："什么海盗？打海盗吗？PC游戏还是来真的？"

"没有没有，瞎聊呢！"何晨光看着他说，"你打完了？"

"对啊！该谁了？"

"我。"王艳兵起身，拿着武器过去了。宋凯飞坐下来："二牛，你怎么愁眉苦脸的呢？"李二牛皱着眉："俺媳妇要是遇到海盗咋办呢？"

宋凯飞嗤地一笑："别闹了！那你赶紧买彩票！海上那么多条船，被海盗撞到的概率不是跟中彩票差不多吗？你以为谁想遇到海盗就能遇到呢？！"

李二牛笑了："听你这么一说，俺好多了！"何晨光也笑了："有你的啊，飞行员。"宋凯飞一扬手："我说的是真的！哪儿那么巧啊？快快快，给口水喝，渴死了！"

何晨光把矿泉水丢给他，宋凯飞大口喝着，那边枪声已经响起来。

4

夜晚，月牙岛上寂静一片。沙滩边上，察猜面如死灰。蝎子若无其事，王亚东站在他身边："看起来察猜是受不了了。"

"他会习惯的。"

"我们真的就一直在这儿做海盗吗？"

"等机会吧，现在我们总得找个安身的地方。"蝎子叹了口气。

"那下一步怎么办呢？"

"非洲，只有火热的非洲是我们容身的地方。那是无休止的战场，雇佣兵的天堂。我们休整一段时间，就去非洲。"

"非洲？"察猜回头。

"那块大陆上的战争，从第一场开始就没有停止过。那里有我们生存的空间，也有我们的用武之地。"

"我们在那儿，为什么而战？"察猜看着蝎子。

"为自己而战。"

察猜苦笑："雇佣兵……我真的做了雇佣兵。"

"被国家雇佣，和被独裁者雇佣，有什么区别？信仰？荣誉？使命？骗人的幌子罢了——迟早你会明白的。拿了钱、钻石、金条，留给老婆孩子一个安身之地，这才是真的。"

"那我们自己呢？"

"生为战士，死在战场吧。"蝎子面色平静，"起码你知道，你是为什么死的——为自己死的。"察猜默默地看着大海，王亚东苦笑，没说话。

虎鲨在指挥部大快朵颐，这时卫星电话响了，他拿起来："喂？"

"是我。"

"有什么情报？"

"明天有一单大买卖！一艘刚进口的游船，明天早晨第一次出航。老板请了很多有钱人和记者，起码有六十多个，是一单大买卖！"

虎鲨笑道："哟？好啊！航线呢？"

"在中国近海航行。"

"不在公海？那等于没说！你想让我去中国领海抢劫吗？这不是找死吗？！他们的海警和海军，哪个是吃素的？！随便两颗炮弹，就给我掀翻了！"

"我可以上去，破坏船的导航系统，让游船开到公海上去，然后你再动手。这笔赎金不得了！"

"你能做到吗？"虎鲨问。

"船上的大副是我的发小，我早就把他买通了！他经常趁工作便利去境外赌博，连老婆都输掉了，被压在境外做了妓女！以前有很多情报就是他给我的，他早就不满足小打小闹了！这一次，有了发财的机会，他眼儿都绿了！你就在公海等着吧，我们肯定会办到的！"

"那就好！这一次，肯定少不了他的好处！当然，你的钱也少不了！"虎鲨挂了电话，露出笑容，"这可真是一笔大买卖啊！"

清晨，码头上，张丽娜和翠芬兴高采烈地登上船。翠芬看什么都觉得新奇，兴奋不已，不停地和张丽娜说笑着。"呜——"游船鸣笛，离开了码头。游船在海上航行，张丽娜和翠芬兴奋地看着海面。翠芬笑着："真美啊！我还是第一次在船上看大海呢！"

"哈，那还不赶紧好好看看？！以前我经常带孩子出国……"张丽娜突然停住了。

"张总，您……您怎么了？"

"没什么，刚才突然想起我儿子了。"

"啊？您还有儿子呢？他在哪儿呢？怎么从来没见过呢？"

张丽娜看着大海："他……不在了。"

翠芬张大嘴，半天："对不起，对不起……我不知道，张总……"

"没关系，都过去好多年了。其实我早就想跟你说的，要嫁给特战队员，得做好一定的思想准备才行。我以前的丈夫，也是个特战队员。"

"嗯？"

"我和儿子被绑架了，因为我的前夫得罪了敌人，他们用我们母子来报复。在国外，我的儿子……被杀害了……"翠芬呆住了。张丽娜稳定住自己的情绪："过去了这么多年，我仍然没办法忘记……只是，已经强迫自己麻木了……你选择嫁给特战队员，就要做好各种心理准备，尤其是要保护好自己和孩子。我就犯了这样一个错，没有保护好孩子……"

翠芬看着张丽娜，不敢说话。

"这是我一生都无法原谅自己的事情……希望你吸取我的教训。"

"张总，我也不知道该怎么说了……"

"没关系，你不用安慰我。我告诉你这些，就是希望你能记住这个血的教训。"张丽娜看着一望无际的大海，眼泪慢慢滑落。

5

海面上，三艘渔船停泊在那儿等待着。虎鲨站在船头，蝎子、王亚东和察猜站在他的身边。王亚东问："我们到底要干什么？搞得神秘兮兮的。"虎鲨看看手表："一单大生意！"

"什么大生意？"

"一会儿你们就知道了。"虎鲨对着部下说，"都记住了，没有我的命令，不要伤害船上的人！这是大买卖！明白了吗？"——"明白了！"海盗们回答。

"搞得神秘兮兮的，不信任我们吗？"蝎子说。虎鲨笑笑，说道："这次不一样，不是普通的货轮，我必须确保万无一失。蝎子，你会理解我的。"虎鲨默默地看着手表。

游轮上，船长走进驾驶舱，大副赶紧站起来，笑着："船长，吃完饭了？"船长点头："嗯，现在怎么样？"

"一切正常。"

船长看着他："你怎么满头是汗？"大副赔笑着："感冒，可能还有点儿发烧。"船长走到舵前："那你去医务室拿点儿药吧，休息一会儿。今天是试航，我自己盯着就可以了。"

"谢谢船长,那我去了。"大副笑着转身出去了。船长看看前方,又转头看了看GPS:"我们按照既定航线走吧。"

"是!"水手长操舵,游轮在海面上继续前行。

大副走上甲板,擦了擦汗,拿出卫星电话:"虎鲨,我是梦之舟号游船大副!"

"我知道你。"虎鲨接电话。

"我已经按照约定好的做了,钱什么时候打到我账上?"

"好歹要等到我抓住这条船吧?"

"……好吧。大概一小时以后,这条船会到达公海,我们约好的位置!"

"我知道了。事成以后,款会打你到账上的。"

"好,我先挂了,找个地方藏起来!"

"记住我们的暗号,不然会误伤你。"

"我记住了,挂了。"大副挂了电话,拿出白手套,匆匆戴在左手上,转身走了。

甲板上的游客们浑然不觉,正悠闲地聊天、拍照。他们丝毫没有想到,此刻温柔的大海中正蕴藏着无数的凶险。张丽娜和翠芬在甲板上照相,大副匆匆路过。张丽娜纳闷儿地问:"他怎么只戴了一只手套啊?"翠芬走过来,笑着:"兴许另一只手受伤了呗!张总,来,我给你照相!"张丽娜笑笑,没有多想,继续和翠芬拍照。

海面上,虎鲨抬手看表:"快到了,大家准备!"海盗船马达隆隆地发动起来。王亚东看着他:"我们到底干什么去?"

"目标——中国游船梦之舟号!出发!"

王亚东一愣,蝎子不动声色,察猜低声问蝎子:"去绑架那些手无寸铁的游客吗?"

"察猜,你不能不干,已经走上这条路了。"

察猜无语,一脸痛楚。王亚东若有所思,很着急,但是一直不吭声。

游船还在海上航行,高挂的中国国旗在海风中飘扬,游客们在甲板上悠闲地喝酒聊天。驾驶舱里,水手长看着GPS:"船长,有点儿不对劲,今天的GPS好像出了故障似的。"船长走过来,看着GPS:"为什么这么说?"水手长说:"今天的风向是西南。可是船长,你看咱们航行的方向,再看那国旗飘扬的方向,跟风向不符合啊!"

"再看看。"船长拿起望远镜,海面一片平静。

水手长说:"如果天气预报没错的话,我们现在……已经航行到公海了!"

"嗯? GPS怎么会错呢?"

"不知道啊!"

"我相信天气预报!我们马上掉头,往海岸线方向走!贸然到公海,太危险了!公海最近不太平,有海盗出没!"

"是！"水手长正准备调掉转航向，一抬眼，"船长！你看！"船长定睛一看，三艘渔船正高速驶来。船长呆住了："快！发警报！"水手长拿起话筒："海警！海警！这里是梦之舟号……船长，电台被破坏了！"

甲板上，游客们也注意到了快速靠近的三艘渔船，议论纷纷。张丽娜纳闷儿，拿起数码相机，长焦钓上去，定在蝎子的脸上。张丽娜一惊："啊？！是他？！"

"是谁啊？"翠芬问。

"就是杀我儿子的那个人！坏人！"张丽娜大喊，"是坏人，快跑啊——"

渔船上的虎鲨带头，海盗们对天放枪，游客们尖叫着四散逃跑。虎鲨拿起扩音器："梦之舟号听着！我们是海盗！你们已经被包围了，完全逃不出去的！为了不徒增伤亡，你们立即熄火！否则，我们就不客气了！"两个海盗拿出40火箭筒，对准了游船。

驾驶舱里，水手长大惊："他们有重武器！"船长咬牙："熄火！我们完了！"游船熄火了，渔船靠拢过去，虎鲨带着蝎子等人纷纷上船。甲板上，船长看着他，面无惧色。虎鲨走过去："船长，我现在接管你的船和你的水手、游客。"

"海盗先生，我希望您可以人道地对待我的水手和游客。"

虎鲨笑笑，说道："前提是你们不要做无谓的反抗，把你的水手和游客都集中起来。"船长叹息一声："我尽量吧。你能理解，有些人可能藏起来了。"

"我知道你的船上有多少人，所以不要跟我玩花招。少一个人，我就杀一个人！全给我找出来！"游客们陆续走过来，蝎子和王亚东突然同时呆住了——张丽娜跟翠芬走在一起。蝎子看着张丽娜："这个女人，别伤害她。"

"谁啊？"虎鲨问。

"就是她。"

虎鲨看过去，张丽娜怒视着蝎子。虎鲨笑笑，说道："你的老相好？"

蝎子笑笑，说道："算是吧。"

"把她带过来！"

两个海盗过去，一把抓住张丽娜。张丽娜挣扎着："你们干什么？！你们干什么？！放开我！放开我……"翠芬抱着张丽娜："你们别伤害她，啊——"一个海盗举起枪托，直接砸在翠芬的额头。旁边，王亚东和察猜都看在眼里，急在心里。王亚东的手摸到了手枪上，目光冷峻。张丽娜被带到蝎子面前，蝎子冷冷地看着她。张丽娜一口唾沫吐到蝎子脸上："刽子手！"蝎子不动声色，笑笑。

虎鲨笑道："看起来，你的老相识对你不怎么友好啊！哈哈，蝎子！"

"我杀了她儿子。"

虎鲨一愣。张丽娜尖叫着："你这个浑蛋，我跟你拼了！"她突然挣扎着去抓蝎子。蝎子一只手就把她控制了，慢慢放在地上。张丽娜跪着，一口咬在蝎子的手上。蝎子没有吭声，血流了出来，蝎子平静地看着她。张丽娜咬得没了力气，哭着松开嘴，软在地上："你还我儿子……"蝎子的手在流血，他看看，放下手："我杀了她儿子，这不算过分。

虎鲨，答应我，不要伤害她。"

"你的老相识，当然由你处置。"

"这儿还藏着一个！"海盗大声喊。

"我是自己人！自己人！"大副挥舞着白手套，被海盗拖过来，站在虎鲨面前，"我、我是接头的人……"虎鲨笑笑，说道："我知道，看见暗号了。"大副举起白手套："对对对！这是暗号！我的钱，我的钱该到账了吧？"虎鲨笑笑，说道："当然，你的钱马上到账！"大副兴高采烈："真的？！好啊好啊！"虎鲨突然拔出手枪，对准大副脑袋。大副呆住了："我……我不要钱了，我不要钱了——""砰！"大副倒下了。虎鲨若无其事："从我的嘴里拔牙，门儿都没有！"海盗们驱赶着乘客上了渔船。

船长站在甲板上，脸色平静，整整衣服："我知道你要干什么，请善待我的旅客。"

"是条汉子！可惜我没那么多粮食养你们！"

海盗们举起枪，王亚东看着："蝎子，一定要这样做吗？！"蝎子看着他们："走吧，这里没有我们的事。"虎鲨回头："怎么？蝎子，不想帮帮忙吗？"

"虎鲨，虽然我们的手上都有血，但是不要勉强我和我的人。我们不能对手无寸铁的水手动手，除非他们威胁到我们。虎鲨，不要勉强，好吗？"

"好吧，咱们交情深嘛！你下去吧。"

蝎子看看王亚东和察猜："我们走吧。"王亚东默默地看着水手们。船长面无惧色，站在水手前面。蝎子一拽他："走吧，我们无能为力。我带你们走，不是因为我看不下去，是你们两个看不下去。"

虎鲨打了一个口哨，"嗒嗒嗒嗒……"船长和水手们在弹雨当中抽搐。王亚东闭上眼，一滴眼泪流出。蝎子没有表情。察猜在旁边祈祷。水手们倒在甲板上，血流如注。

<h1 style="text-align:center">6</h1>

红细胞基地上空，凌厉的战斗警报拉响了。队员们全副武装，登上直升机。范天雷最后一个上去，关舱门，直升机迅速拔地而起。机舱内，队员们注视着范天雷。

"昨天，梦之舟号游船首航，导航系统出现故障，进入公海，被海盗袭击。二十一名水手身亡，三十二名游客失踪，据悉已被海盗绑架。梦之舟号在公海漂流，我海军救援人员登船以后，触动地雷，有人员伤亡。梦之舟号失去航行能力，正在被拖曳回港。"

队员们静静地听着。

"我不用跟你们多说，你们也能知道这一仗的艰难。从海盗的行动方式来看，他们不仅装备精良，而且具有战术头脑。更多的情报还在汇总当中。这不是一次简单的人质救援行动，我们要在远离大陆的海洋作战，作战地点是海盗船还是海岛，目前还不清楚，甚至有可能是境外某地。对手的背景和作战水平，也是未知的。军地有关部门已经成立了联合指挥部，海军陆战队也做好了战斗准备，海军航空兵和空军正在全面搜索整个水域。总部首长亲自点名，由红细胞特别行动小组担任本次营救人质行动的第一突击队。"

"海盗？蝎子吗？"龚箭问。何晨光问："察猜也在那儿？"

"现在还不知道。"范天雷看着他，"这是我从未遇到过的情况，我们没有准确的情报，也没有任何线索，可以说这是一次特殊的行动。但是，我们的人在海盗手上，我们必须救他们出来！红细胞——"队员们举起武器高喊："做先锋！"

海军军港，国旗和海军军旗在风中飘舞。四周戒备森严，有陆战队员在站岗。范天雷跳下车："你们在这里待命，马上就会有命令！"然后就匆匆进去了。红细胞队员们打量四周的陆战队员，何晨光、李二牛和王艳兵都有点儿发蒙。龚箭笑而不语。李二牛看着："这海军陆战队咋那么眼熟啊？"王艳兵也纳闷儿："是眼熟啊……好像是……"穿着海军陆战队迷彩服的老黑走过来，三个兵都站起来，呆住了。李二牛一脸兴奋："老黑班长！"老黑转过脸，三个兵立即站好："班长好！"龚箭笑着站起来。

"你们三个在这里干什么？！难道你们没有别的事情干了吗？！在这儿打酱油吗？！你们难道以为铁拳团就是吃干饭的吗？！海上的事情，用得着你们陆军来凑热闹吗？！回答我，是不是？！"

三个兵异口同声："报告！不是！"

"那你们为什么还要来？！想抢铁拳团的饭碗吗？！回答我，是不是？！"

"报告！不是！"

"在你们的眼里，就没有铁拳团了吗？！"

"报告！没有！"

龚箭站在旁边笑："你打算把他们都吓死吗？"老黑也笑了："指导员，我只是开个玩笑。"

"你这样开玩笑，你带过的兵可真的会被吓死的。好久不见，老黑！"

老黑跟他拥抱："好久不见，指导员！"三个兵放松下来，老黑挨个跟他们拥抱："好小子！好小子！又见到你们了！争气！真给我老黑争气！你们是我训的最好的新兵！"

"老黑班长，这次真要跟着你打仗去了！"何晨光笑着说。老黑笑道："哈哈，别取笑我了！我老了，是跟着你们冲锋才对！中尉了啊？！好啊，你们有出息了！不错！"

"谢谢老黑班长！"何晨光笑。李二牛左看右看："神枪手四连呢？在哪儿呢？"老黑转身："神枪手四连！"那边的战士们急忙集合。何晨光看看："哟？老连队就在这儿啊？认识的真的不多了！"

"铁打的营盘流水的兵，改编为海军陆战队以后，又补充进很多新的精锐。神枪手四连现在是海军陆战队的一把尖刀了，换过血了！但是他们都知道你们！神枪手四连——"

"狭路相逢勇者胜！"陆战队员们齐吼。

"怎么样？老连队的精气神不错吧？"

龚箭笑："我很欣慰，神枪手四连的精神没有丢！"王艳兵左右张望着："那六连呢？"老黑说："六连已经在船上待命了！不过，这儿还真的有你俩熟人！"

"哪儿呢？"突然，后面有人捂住了他的眼，王艳兵忙叫道："谁啊谁啊谁啊？"

"连我的声音都听不出来了，真让我伤心啊！"

"蔡小心？！"蔡小心松开手，他已经是海军陆战队的下士了："没想到吧？"王艳兵惊讶："你……你怎么到四连来了？"

"还有我！"黄班长已经是上士了，笑着站在他面前。王艳兵回头："班长！你也在这儿啊！你们不是登船待命了吗？"

"臭小子，出息了啊？！"黄班长一把抱住王艳兵。老黑走过来："全团改编为海军陆战队以后，重新进行了整编。你的班长和蔡小心，因为军事素质过硬，被整编到神枪手四连来了！现在，你的班长是一班的班长，蔡小心是一班的班副，还是狙击手！"

王艳兵一愣，看蔡小心："就你？还班副？！狙击手？！"

"哎！去了特战旅还瞧不起老战友是怎么的？瞧瞧！"蔡小心举起88狙击步枪，"正宗的第一狙击手！你以为呢？"黄班长笑着说："他还要感谢你啊！如果不是你这个前任班副给他做了榜样，他早就退伍了！如今，他也在部队踏踏实实干下去了！"

"对啊！我当时想，王艳兵素质那么差，都能去特战旅！我这么棒，军政全优，连个士官都干不了吗？"——所有人都哈哈大笑。

7

指挥部里，巨大的电子显示屏上不断播放着卫星传输回来的公海海域画面。海军少将一脸严肃："梦之舟号就是在这里遇到了海盗袭击，我们在距离袭击位置30海里的水域发现了自由漂泊的船只。"范天雷问："船呢？"

"在港口。"

"我要带人上船，勘察现场，还原袭击行动全部过程。"范天雷说，"我们的勘察需要时间，而时间紧迫，我们现在就要去。"

"已经有不少单位在勘察现场了，各部门的详细报告很快会来，你可以在这里看。"

"让他们都撤下来！他们不懂特种作战！他们是在破坏现场！我们需要还原整个袭击行动的过程，一个细节都不能错过！"

"这样做的目的是什么？"

"知己知彼，百战不殆！我们现在对敌人一点儿都不了解，通过还原袭击行动过程，可以知道敌人的武器装备、行动手法、人员数量！"

少将转向一个参谋："让他们都撤下来，特种部队登船！在特种部队勘查现场期间，任何人不许登船！""是！"参谋领命去了。

范天雷敬礼："首长，我没有时间客套了！随时都可能行动，时间对于我们来说非常宝贵！"少将还礼："你们去吧，我会全力配合你们工作！"

码头，梦之舟号停靠在岸边，水兵和海军陆战队员们层层警戒，船上已经空无一人。

猛士车开来，范天雷带队匆匆下车："准备勘查设备！我要你们搜索每一寸甲板，挖出每一个弹头，找到每一个脚印！我要知道他们是怎么干的，他们的武器是什么，他们可能是谁！去吧！"队员们拿着自己的背囊和武器下车，匆忙上船。范天雷正准备上船，一辆军用吉普车闪着警灯开来。看到温国强下车，范天雷急忙迎上去："哟？老温，你怎么也来了？"

"这次虽然是军方行动，但我也得到了通知，赶来做情报支援。"

"有什么准确的情报吗？"

"我知道是谁干的，也知道他们在哪儿。"

"真的？！是不是蝎子？"

"你说得真对，就是蝎子。"

范天雷冷笑："果然没猜错！这一次，他的死期到了！"

"还有一个情况。"

"什么？"

"我带来了人质的名单。"

"有什么问题吗？"范天雷说，"人质当中有什么关键人物？老温，你了解我，在我眼里，人质就是人质，我不会——"温国强拿出一张照片，范天雷呆住了。

甲板上，王艳兵捧着一把挖出来的弹头："有 5.56 毫米的，也有 7.62 毫米的，还有 9 毫米的。他们使用的武器很杂，不是制式装备。"何晨光看着地上的血迹，画着人形："杀害二十多条人命，眼都不眨一下，确实是悍匪。人质被劫走了，凶多吉少啊！"李二牛有点儿心神不定，左顾右盼。这时，范天雷大步走上来，径直走向李二牛，脸色铁青。

"李二牛同志。"范天雷走到他的面前。李二牛傻了，何晨光一拽他。

"到！"

"这儿有一个不幸的消息，我希望你坚强起来。"

李二牛傻眼了。范天雷拿出照片材料递给他："如果你不能参加这次行动，我会理解你。"李二牛看着翠芬的照片，手颤抖着。

"其余的同志继续工作。解散！"范天雷转身走了，李二牛还傻在原地。弟兄们围过来，宋凯飞仔细看看："翠芬……是人质？！"

何晨光拉着李二牛下来，扶他在车上坐着。李二牛看着翠芬的照片，眼泪出来了："俺应该阻止她的……"何晨光安慰他："现在什么都别想了，你好好休息。放心，我们一定会救出翠芬的！"

李二牛哭了出来。何晨光拍拍他的肩膀:"记住,我们是战友,是同志,是兄弟!我们一定会保护好翠芬的安全,一定会把她带回来的!坚强点儿,二牛,你应该相信我们!我先去工作了!"李二牛低头,眼泪落在翠芬的照片上。

8

指挥部作战室里,海陆空三军的高级军官正在商议着。康团长笑着走过来:"怎么?你们这帮小兔崽子不认识我了?"何晨光和王艳兵呆住了,龚箭立正:"团长好!"康团长还礼:"好,好!看见你们真好!铁拳团是这次联合行动的先锋,而你们是先锋当中的先锋!怎么样,老范?我的兵,你挖走也没有用,又在我的麾下了吧?"范天雷笑道:"对对,我也在你的麾下。"

"那我就真的头疼了!哈哈!哎,李二牛呢?他在哪儿?"

"李二牛他⋯⋯他有点儿个人情况。"

康团长看范天雷:"二牛他到底怎么了?这时候怕死了吗?"

"他的未婚妻也是人质。"

康团长一惊:"不会吧,这么巧?!"范天雷苦笑:"无巧不成书⋯⋯很多事情都很巧啊!不说这个了,等警方的报告吧。"

这时,温国强走进来,敬礼:"各位首长,同志们!我奉命前来联合指挥部,提供情报支援。时间紧迫,我不再说客套话。五个小时以前,我的一名代号为不死鸟的特情发来密电,告知梦之舟号被劫持人质的去向——就在公海上的月牙岛。"

投影幕上出现月牙岛的地图。

"月牙岛位于中国领海以外,七号海峡附近,盘踞在此的是罪行累累的国际海盗集团——虎鲨集团,国际刑警早就对其发布过红色通缉令。而根据我们的最新情报,现在虎鲨集团当中,有三个高手加盟——蝎子、王亚东和察猜。"

何晨光皱了一下眉。温国强继续说:"这三个高手的资料马上下发给大家。请千万不要掉以轻心,他们不是普通的海盗,都是受过严格训练的前特种兵,而且作战经验丰富。在战斗当中,参战官兵一定要小心。我的汇报完了,详细资料马上下发。"

"我们代号为不死鸟的特情,也在海盗当中。请原谅,由于没有得到授权,我现在不能将他的真实姓名告诉你们。我只能告诉各位,有一个明显的接头暗号——他会穿着黄色的巴西队队服!所以希望各位参战官兵,无论如何不要向穿着黄色巴西队队服的海盗开枪,那就是我们的特情!希望你们把他带回来,完整无缺地带回来!"官兵们看着他。温国强强调:"拜托了!我一定要带他回家!记住,黄色巴西队队服!"

月牙岛上,丛林密布,王亚东拿出一件黄色巴西队队服套上。他抬头看着月光:"我要回家了。"

第二十三章

──────── ★ ────────

1

指挥部外，李二牛一个人坐在车上，拿着翠芬的照片发呆。老黑过来问："怎么了，二牛？你怎么不进去开会？"李二牛起立："老黑班长……"

"你怎么了？"老黑拿过材料，"这是谁？你对象？"

"是。"

"也是这次的人质？！"

"是，老黑班长。"李二牛声音低沉。老黑沉默了。

李二牛看着老黑："俺心里发慌，不知道翠芬咋样了……怕自己发挥不好……"

"所以你就坐在这儿，没去开会？"老黑看着他，"胆小鬼！"

"老黑班长，俺不是怕死的胆小鬼……"

"你当兵是为了什么？"老黑看着他。

"报告！保家卫国！"

"保家卫国？说得比唱的都好听！"老黑怒骂，"你对象在敌人手里，你在这儿坐着两眼发直！你现在跟我说，你当兵是来保家卫国的？你好意思说吗？啊？！"

"老黑班长，俺错了……"

"你说什么？我听不见！"

李二牛怒吼："报告！老黑班长，俺错了！"

"你知道自己该做什么吗？！"

"是，班长！俺知道了！"

"滚进去！该干吗干吗去！别让我再看见你这鬼哭狼嚎的死样子！你这样不配做我老黑的兵！不配做神枪手四连的兵！不配做铁拳团的兵！你就是个废物点心！滚！"老黑一顿暴骂。"是，班长！俺知道了！马上去！"李二牛提起自己的装备，往指挥部里跑进去。老黑看着他的背影，高喊："打不赢仗，就别回来见我！"

李二牛回头："是，是……老黑班长……""扑通"！李二牛摔了一跤，爬起来继续跑。老黑看着，摇头苦笑。

机场机库，一架直升机旁，范天雷带着队员们在做出发前的武器装备检查。陈善明看他："五号，你确定你要亲自带队吗？"范天雷没抬眼："我确定。"

"五号，这不是寻常战斗，我们要水上跳伞，潜水上岸……"

范天雷抬眼看他："你怀疑我的技术吗？"

"不是，我不怀疑。我担心你的身体，能不能……"

范天雷继续整理装备："无论如何，我必须去，哪怕我死在那儿！"

"为什么？！"

"因为我该死！"范天雷怒吼。队员们都呆住了，龚箭也傻了。范天雷默默地拿出一叠材料放在桌子上："我前妻，她也是这次的人质。"大家看着他，都很诧异。

"我很爱她，她也爱我。我们离婚，是因为儿子的死。这件事你们都知道，不用我复述。我的儿子被蝎子杀了，现在我的前妻也在蝎子手里。我是军人，你们该知道我现在的心情。我为我刚才失去理智道歉。愤怒并不能帮我理清思路，所以我要平息这种愤怒，以免受到干扰。"队员们都默默地注视他。

"希望在整个行动当中，我们都保持应有的冷静，去面对不可预知的危险。我们是职业特种兵，这是一次人质救援行动，我们不能失手！"

门突然被推开，李二牛站在门口，呼哧带喘。范天雷看他："你怎么来了？"

"报告！参谋长，俺错了！俺知道自己错了！俺不该心神不定！俺要去打仗，救出翠芬！"

范天雷默默地看着他。

李二牛看着范天雷："参谋长，俺没事。俺真的不会影响行动的！"范天雷看陈善明："你的意见呢？"陈善明立正："报告！五号，如果你也要去的话，我认为，李二牛同志没有理由不参加！"龚箭也说："我相信我们的战士，一定会出色地完成任务！"

范天雷看大家："你们相信他吗？"

"报告！是！"队员们异口同声，李二牛感激地看着大家。

范天雷转向李二牛："好吧，批准你参战。但是你要记住，在战斗当中要丢掉一切思想包袱，轻装上阵！你是军人，战斗是你的天职！不能感情用事，明白吗？！"

"明白！"李二牛怒吼。

"收拾你的东西吧，一会儿接收任务简报！"

"是！"李二牛跑到何晨光和王艳兵身边，路过的队员纷纷跟他碰拳。

"你们继续准备，我去指挥部。"范天雷出去了。

"都把东西带足了！这一次，我们一定要干掉蝎子！"龚箭说。

"是！"队员们怒吼。

何晨光在检查武器，面色冷峻。王艳兵走过来："从未见过你眼中有这样的杀气。"

"三个敌人——一个是我的杀父仇人，一个是我昔日的兄弟，一个是我前女友的老公。你告诉我，我怎么可能没有杀气？"

王艳兵呆住了。何晨光压子弹："这一次，跟以前不一样！我不惜一切代价，也要干掉他们！"龚箭说："不是不惜一切代价，是用最小的代价去完成任务。我知道你不怕死，但是战友和人质呢？何晨光，你现在已经不是新兵了，这些道理不用我再教你！你不是去报私仇，是去救人！明白吗？！"

"我明白！"

"所有人，排除一切干扰！我们一定要救出人质，干掉海盗！"陈善明看着队员们。

"是！"队员们低声怒吼。

2

指挥部里，海军少将站在大屏幕前："我们的营救舰队只要离港，就势必会引起不必要的关注。现在是信息时代，我们很难躲过卫星监视，也很难躲过无孔不入的外国媒体。舰队一旦曝光，势必会引起虎鲨的警觉，我们的人质就危在旦夕了。因此，联合指挥部决定同意红细胞特别行动小组的方案——特种部队提前渗透上岛，保障人质安全，与营救舰队和登陆部队配合，解救所有人质！"范天雷立正："是！"

"你有什么要求吗？"

"报告！首长，计划很好，但是我有一点儿困难。"

"你讲。"

"红细胞特别行动小组加上我，只有八个人，而海盗人数在两百左右。我们偷袭解救人质没问题，但是营救以后，需要坚守到大部队到来，有一定困难。"范天雷说。海军少将笑道："也就是说，你们需要帮手？"范天雷点点："对，我们需要。无论如何，我们都会保护人质安全，哪怕付出自己的生命。只是我担心，我们就算都牺牲掉，可能也支撑不到大部队到来。"海军少将笑道："就等你张嘴了。"一个海军少校出列，敬礼："首长好！"范天雷还礼："你是？"少校笑道："首长不记得了？您给我们上过课——海军海狼特别行动小组组长，段世亮少校！"范天雷笑道："想起来了，好多年前的事情了。"

"是，首长。那时候我还是个上等兵，您给我们讲授的特战战术，记忆犹新。"

"是啊，那时候我还是个上尉——不行了，不行了，进步慢啊，我的学生这么年轻就做到少校了！"

"首长说笑。"段世亮立正，"海狼特别行动小组的十名队员，统一接受您的指挥！"

"好，那我就放心了！希望我们陆海特种部队，同生共死，合作愉快！"范天雷伸出右拳。段世亮也伸出右拳："同生共死，合作愉快！"

　　机库，何志军站在队员们的面前："知道你们要出发，我专程赶来给你们送行。"队员们背手跨立。"大不列颠空战的时候，英国首相丘吉尔曾经说过一句名言——在人类战争的领域里，从来没有过这么少的人对这么多的人，做出过这么大的贡献。这句话，我同样送给你们——年轻的中国士兵们。"队员们注视着他。"你们将要远离祖国，远离领海，到完全陌生的境外作战，到公海作战！同志们，在我三十年的军旅生涯中，这是第一次！对于年轻的你们来说，更是第一次！你们将在天空作战，在海洋作战，在陆地作战！我们的同胞在敌人手里，同志们，带他们回来！你们准备好为祖国献身了吗？！"

　　"时刻准备着！"

　　"我们是国之利刃，在祖国和人民需要的时候，就要拔鞘而出！出鞘，就要见血！出鞘，就要必胜！同志们，有信心没有？！"

　　"有！"队员们怒吼。

　　"士兵们，我们的荣誉是什么？！"

　　"忠诚！"

　　"同志们，出发！"

　　"是的，我们是国之利刃，在祖国和人民需要的时候，就要拔鞘而出！出鞘，就要见血！出鞘，就要必胜！"

3

　　清晨，直升机在大海上飞翔。机舱里，队员们面色凝重，带着凛然的杀气。范天雷看着何晨光，何晨光笑笑，继续画脸。范天雷也笑笑，将一抹迷彩油涂在坚毅的脸上。

　　李二牛拿出翠芬的照片，咬住牙关。王艳兵看他："二牛，不要分心，我们会救出翠芬的！"李二牛点点头，收起照片。何晨光看他："二牛，我知道这话可能不该说，但我还是要叮嘱一句。我们去，是要救出所有的人质，他们都是我们的同胞，都是中国人。我们要救的，不仅仅是翠芬。在行动当中，一定要保持冷静的头脑，否则会出事的！"

　　"俺记住了，晨光。"李二牛点头。何晨光拍拍他的肩膀："我们都和你在一起！"

　　月牙岛上，蝎子坐在码头想事情，察猜看着一望无际的大海："我真的有点儿不想干了。"

　　"不干这个，你干什么？"蝎子看他，"寄人篱下，不得不低头。想再多也没有用，生存是第一位的。等到时机成熟，我再带你们走。"察猜看着水牢里的人质："那些人，跟我们的家人有什么区别？"

"是你的家人。我没有家人。"

"冷血动物！"

"你想怎么说就怎么说，我只是感觉不好。"蝎子冷笑。

"什么感觉？"

"虎鲨也没有跟我打个招呼，就劫了中国的游船。太近了，我们距离中国领海太近了。你也接触过中国军队，他们不会轻易放过我们的。"蝎子面色冷峻地说。

"中国军队会进攻这儿吗？他们怎么知道是谁干的呢？"

蝎子没说话，看那边。穿着黄色巴西队队服的王亚东走过来，蝎子的脸上露出特殊的笑意。王亚东走过来："你们俩在这儿呢！"蝎子笑笑，说道："今天穿得好鲜亮啊！"王亚东也笑道："是，好久没踢球了。我是巴西队的粉丝，你忘了？"

"嗯，记得。你救过我。"蝎子看着王亚东说。王亚东看他："怎么想起来说这些？"蝎子道："没什么，我在提醒自己，不要忘了——你救过我。"蝎子转头，"察猜，我跟他单独谈谈。"察猜点头，起身走开了。王亚东看着他："想说什么，你就说吧。"

"你是聪明人，我也不傻。有些事情，何必点破呢？"

王亚东不说话。蝎子看着他说："我早就知道，你跟我走的已经不是一条路了。我之所以一直没有点破，就是因为我告诉自己，你救过我。这不是我的个性，但是现在我只剩你一个部下了。我要想杀你，易如反掌。之所以迟迟没有下手，是因为我总想留下一个人，能记得我的名字。"

"我知道你一直不相信我。"

"我们一直在互相欺骗。但是两个互相欺骗的人，也会有真感情的。我已经预感到将要发生什么，我不介入。察猜，我也带走。"

王亚东不说话。

"我没祈求谁能帮助我摆脱厄运，我自己想办法。生死有命，富贵在天。这一劫要是逃不过去，也是我命该如此。"

"有些事情，我也无能为力。"

蝎子笑笑，说道："你有什么能力？你也不过是一枚棋子罢了！大难临头，各走各的吧！我知道你在做什么，注意你自己的安全。我半个小时以内带察猜进山。"

"那个女人怎么办？"

"怎么？你还想让我带她走吗？我不带走任何人质，还可能逃过一劫；我要是带走一个，尤其是范天雷的老婆——死路一条。交给你吧！你有本事或者她命大，就有命。我们谁都不是谁的上帝，兄弟的路绝了，就到这里吧。"蝎子扛起自己的武器，走向不远处的察猜。王亚东叫住他："军士长！"蝎子停住脚步，王亚东表情复杂地看着他。蝎子转身，笑笑。王亚东立正，敬礼，眼泪在酝酿。蝎子也变得严肃，庄重地立正，敬礼。王亚东的眼泪慢慢滑落。蝎子笑笑，眼角有泪，赶紧转身走了。

月牙岛的悬崖处，蝎子看着远处的水面："我们现在有大麻烦了。中国军队不是好惹的，他们不会等着虎鲨拿走大笔的赎金，再把人质放回去的。按照他们的习惯，一定会以血还血，以牙还牙。我相信他们最晚今天就要上岛，中国的海军舰队也一定在路上了，我们根本没有反抗的余地。"

　　"我们现在怎么办？等死？"

　　"我们没有能力跟他们对抗，只能躲避，再躲避——躲过他们的行军路线，让他们去营救人质。他们要的是人质，不是我们这两条狗命。只要人质安全，他们不会费劲到处找我们的。"蝎子说。察猜说："我明白了。"

　　"我们只能在这里跟中国特种部队周旋。这里是山地丛林，丛林就是我们的老家。等到战斗结束，我们想办法逃命。这里不是中国的领海，他们的军队不会久待。他们的目的是救人，不是占领这里，所以我们还是有机会的。"

4

　　月牙岛海盗驻地，人质被关在齐腰的水里，脸色惊恐。王亚东看着他们，默默地清点人数。海盗们还在聊天，王亚东看看四周，走向房屋。屋里，翠芬跟张丽娜蜷缩在角落里。王亚东走进来，蹲在她们前面。张丽娜吐了他一口唾沫："禽兽！"

　　"听着，想活命吗？"

　　"浑蛋，你要是动我们一根手指头，我们就死给你看！"张丽娜搂着翠芬。

　　王亚东看着她们："我不想伤害你们，但是你们必须跟我走。"

　　"我们哪儿也不去，除非我们死！"

　　"要我说什么，你们才能明白？我是为了你们的安全！"

　　"你说什么我们都不相信！"

　　王亚东无奈，站起来，拿起冲锋枪，拉开枪栓："你们只能跟我走！""咣！"门开了，虎鲨走进来，身后跟着几个海盗。王亚东本能地举起武器。虎鲨吓了一跳："自己人！"王亚东虎视眈眈，慢慢放下枪："虎鲨老大，你来干什么？"虎鲨道："哟？这不是我的地盘了？你能来，我就不能来吗？这身巴西队队服挺帅啊！我来找蝎子。"

　　"他不在。"

　　虎鲨笑着走过来："放着两个如花似玉的女人，蝎子跑到哪里去了？"

　　"我也不知道，可能去看地形了吧！他有这习惯，到了一个地方，就要去看看地形。"

　　虎鲨走过来，突然抢了王亚东的枪。王亚东猛地出手，将虎鲨打倒在地，举起冲锋枪，但更多的枪口立即顶住了他的脑袋。王亚东呆住了。虎鲨爬起来："敢打我？！反了天了！别以为你跟蝎子混，我就怕你了！给我打！"海盗们举起拳头，虎鲨一扬手："慢！我看看这巴西队服！还是真的哎！不容易！我也是巴西队球迷！你从哪儿搞到的？"王

352

亚东不说话。

"脱了！"

王亚东不动，枪口都顶在他的脑袋上。王亚东无奈，只好脱去上衣。虎鲨拿着巴西队队服："不错！谢谢啊！"当场就换上了。王亚东呆住了。虎鲨笑笑，说道："看在你是蝎子的人，我饶你一条命！下次记住了，这是谁的地盘！这俩女人，给我带走！"海盗们过来，抓起翠芬和张丽娜拽走了。王亚东愣愣地看着。

"给我打！"——一枪托打在王亚东的额头，他猝然倒地，海盗们冲上来一顿暴打。虎鲨吹着口哨，走了。

5

海岸悬崖，礁石当中，慢慢地伸出一个戴着潜水镜，叼着氧气管的迷彩脸，还有一把自动步枪。宋凯飞的枪口随着眼睛快速移动，扫视整个区域。他对着耳麦低声说："控制。""哗——"又是三张戴着潜水镜、叼着氧气管的迷彩脸——何晨光、王艳兵和李二牛。

片刻之后，后面露出一片迷彩脸，慢慢向峭壁移动。队员们拿出攀登工具。陈善明跟龚箭、段世亮对视一下。

"上！"范天雷一声令下，宋凯飞举起手里的射绳枪，扣动扳机。随着一道尖锐的划破空气的声音，一支原本折叠起来的飞虎爪飞出弹膛，拖着一条黑色的细细的尼龙攀登绳，飞过峭壁上方，抓住了峭壁上的岩石。宋凯飞使劲拽拽，坚硬的锰钢爪尖将岩石抓得结结实实的。宋凯飞确定安全后，把步枪背在身上，拿出 D 形环套在攀登绳上。他双手抓住 D 形环，开始攀爬。其余的队员在水里，只露出脑袋和武器，环顾四周。范天雷面色严峻，看着尖兵在攀登。陈善明左右张望："如果他们有一挺机枪，我们就全报销在这儿了。"

"这是最危险的时候了。"

"我们没别的办法，只能冒险。"段世亮说。范天雷观察着四周："战斗的胜负，有时候也得看运气。"

悬崖侧面的树丛里，一支枪口瞄准了宋凯飞。察猜对着耳麦："蝎子，他们从我这里上岛了。我只要一个急促射击，他们就会全部报销在这里。完毕。"

"不要射击，让他们上岛。我们不要刺激他们，杀了他们也无济于事，第二支突击队还会上岛。"蝎子隐藏在密林深处，"我们没有能力跟他们对抗，只能躲避，再躲避——躲过他们的行军路线，让他们去营救人质。完毕。"

"收到。完毕。"察猜关上保险，悄悄隐身而去。

海边悬崖，三根尼龙攀登绳陆续从不同的位置抛下来。拿着 D 形环的队员们分成三组，开始攀登。在土黄色的悬崖上，他们如同迷彩色的蚂蚁在艰难蠕动。何晨光和王艳兵在最后，负责整个队伍的警戒。何晨光和王艳兵爬上悬崖后，范天雷在悬崖顶上松了一口气，他挥挥手——四周担任警戒的队员们排列队形，陆续进入丛林。

密林里，蝎子抬眼看看："察猜，我们一定要躲开他们的行军路线！无论如何不能发生冲突，不能让他们知道我们在哪儿！躲避，再躲避，不能留下一点儿痕迹！他们的目标是人质，不是我们！我们藏起来，藏到他们的营救人质行动结束，我们就赢了！明白没有？"

"收到！完毕！"察猜在另一处密林中奔跑。

特战分队在密林里小心翼翼地前进，宋凯飞担任尖兵，何晨光警觉性十足："我感觉不太好。"王艳兵说："我的感觉也不太好。"宋凯飞突然伸手停下，大家就地隐蔽。龚箭小心过去，蹲在他身边："怎么了？"

"脚印。"

在宋凯飞的面前，一个军靴的脚印，清晰地印在落叶之间的泥土当中。陈善明蹲下身："是新的，刚走没几分钟！战斗准备！"队员们各自占据有利位置，何晨光的狙击步枪四处搜索。徐天龙说："太安静了！安静得不正常！"

"拉倒吧！是不是不死几个人你就不甘心，别说丧气话！"宋凯飞说。

"这不是蝎子的作风，他连个地雷也没埋下。难道他没想到我们会从这里来吗？"范天雷想想说道。段世亮说："上岸的时候，也没有任何动静。"

"蝎子给我们布了一个什么局啊？"陈善明纳闷儿。李二牛起身："就一个人，跑不了多远，俺去抓住他！"范天雷一把按住他："他应该已经发现我们了。"

"为什么我们没有遭到伏击呢？"

"也许埋伏就在前面等我们。"何晨光说。

"前面是山谷，倒是埋伏的好地方。"

"我们不能走这里了，转换方案，走二号路线。那是沼泽地，他们想设埋伏也不容易。狙击小组断后，注意可能的敌情！"范天雷说。"明白！"何晨光和和王艳兵留下，队伍匆匆掉头，何晨光和王艳兵交替掩护撤离。

灌木丛中，察猜的狙击步枪瞄准镜一直锁定何晨光。察猜深呼吸，很内疚："对不起，晨光……"

沼泽地中，分队小心翼翼地前进。何晨光皱着眉，思索着："不对劲，蝎子在躲我们。"王艳兵问："躲我们？为什么？"何晨光说："我们在林子里走了这么远，蝎子不会笨到发现不了的地步。他在躲我们，不跟我们正面接触，也不想跟我们发生冲突。"

王艳兵纳闷儿地问："这样做的目的是什么呢？"何晨光想想："我也没想明白。也许是个阴谋，也许是他根本就不想跟我们打。走吧。"

远处山头，蝎子放下望远镜："笨蛋！察猜，你真的笨到了让我难以置信的地步！你怎么会留下痕迹呢？！他们走了沼泽地，这让营救人质的时间推迟了两个小时！他妈的，我们还得在这里多待两个小时！"

"对不起，蝎子……他们距离我太近了，我不得不转移位置。"

"我们要在危险区多待起码两个小时！我现在恨不得喊他们回来！等吧！完毕！"

"对不起，蝎子……我的错。完毕。"

蝎子注视着在沼泽地前进的分队，心急如焚。

海盗驻地，王亚东赤裸着上身，浑身是血，从昏迷当中醒来。张丽娜和翠芬已经不知去向。王亚东一惊，抓起枪顽强地站起来，跌跌撞撞地奔了出去。外面的海盗都一惊，王亚东没说话，拔腿狂奔。一个海盗拿着牌："又打架了啊？"

"不管了不管了，继续打牌。"

山路上，一个海盗吹着口哨在撒尿，王亚东突然把他扑倒，眼露凶光："虎鲨跑到哪里去了？！"

"你……你、你干什么？！"

王亚东的匕首猛地扎入他的手掌，捂住他的嘴，海盗呜呜地喊不出来。

"虎鲨在哪儿？！"

海盗艰难地点头，王亚东松开一点儿，海盗回答："在……在罗汉洞！"

王亚东用力拔出匕首，一下捅进他的心脏，爬起来跌跌撞撞地持枪狂奔。

6

一个很大的山洞里，张丽娜和翠芬蜷缩着，战战兢兢。穿着巴西队队服的虎鲨拿着火把进来，带着淫笑："两位宝贝，久等了吧？一点点公务缠身，我要处理一下。"虎鲨拿火把照亮她们的脸，"不错！真不错！可惜蝎子那个家伙不会享受啊！哈哈哈！"

翠芬害怕地躲在张丽娜怀里，张丽娜面色冷峻："你想干什么？"

"我想干什么，你还不知道？哈哈哈！"

张丽娜冷笑："就你，你行吗？"

"哟？还挑战我了啊？！行啊，那哥哥就要尝尝新鲜了！"虎鲨一脸淫笑。

"我告诉你！你要是敢动我们一个手指头，我们俩马上咬舌自尽。在你面前只会有两具尸体，你一个活人都别想得到！"张丽娜狠狠地说道。虎鲨一愣："吓我？！"

张丽娜看着翠芬："你怕不怕死？"翠芬摇头："现在不怕了！"张丽娜笑笑，说道："好，我数一二三，一起咬舌头！"

"嗯！"

"一，二……"

"等等，等等！别……别咬！我答应你！"虎鲨忙说。张丽娜冷笑："你说话可要算话！"

"那当然，我虎鲨说话当然算话！"

张丽娜冷冷笑着，推开翠芬，站起来。

"够味！够味！我喜欢！"

洞口外，几个海盗在放风。突然一把匕首飞来，嗖地扎在一个海盗的咽喉。其余的海盗还没反应过来，王亚东已经出现，徒手连续格杀。洞内，虎鲨听到声音，一惊："什么情况？"张丽娜一脚踢在他的裆部，虎鲨惨叫一声，倒下。张丽娜冲上来，虎鲨出手按住张丽娜，卡住她的脖子。翠芬扑上来撕打着虎鲨。

"虎鲨！"王亚东持枪跑进来。"卧底！"虎鲨松手跑向洞的深处。张丽娜喘息着，不停地咳嗽。翠芬抱着她："张总，张总……"王亚东急忙过来。张丽娜缓和过来，咳嗽着："你到底是谁……"

"我是自己人！你们不要怕！"

"我凭什么相信你？！"

"信不信由你！在这儿藏好了，不要出去！我去干掉虎鲨！"王亚东把冲锋枪塞给张丽娜，起身向洞里跑去。张丽娜拿着冲锋枪，翠芬扶着她："张总，我们怎么办？"

"先在这儿藏着吧！特种部队肯定会来救我们的！"

"真的吗？那二牛他……"

"他能不能来，我也不知道！但是，特种部队肯定已经在路上了！"

"为什么张总这么肯定？"

"因为我了解特种部队……"

另外一处洞口，虎鲨钻出来，赤手空拳，夺路而逃。王亚东钻出来，左右看看，黄色的巴西队队服若隐若现。王亚东提着冲锋枪追了过去……

虎鲨在山林中狂奔，突然往前跳去。王亚东跟上来，一脚踩到陷阱里面。"啊——"王亚东一声惨叫，陷阱里面的竹签扎在他的腿上。虎鲨回头冷笑："小样，忘了这是谁的地头了吗？！"转头继续逃跑，消失了。王亚东咬着牙，往外拔出竹签，血淋淋的。他坚持着，一瘸一拐地追过去。

7

月牙岛的侧山上，何晨光的狙击步枪在瞄准，王艳兵和李二牛各在一侧。勇士们组成散兵线，一字在山脊排开。范天雷命令："无声战斗。"队员们在各自武器上安装消音器。范天雷命令："注意，不到万不得已的时候，尽量不要有枪声。我们的人质在那边，两面包抄，接近人质，明白吗？"

"明白！"队员们低吼。

龚箭在点数，放下望远镜："五号。"范天雷走过来："怎么了？"

"不在里面。"

范天雷一愣，接过望远镜——人质中没有张丽娜和翠芬。李二牛也拿着望远镜："翠芬不在里面……"他的眼泪在酝酿，咬牙，"翠芬……"何晨光用力拍拍他的脸："兄弟！战友！你是军人！你是特战队员！"

李二牛强忍着。范天雷看着他："你行不行？"李二牛咬牙："行！"

"这是一个严肃的问题。如果你不能排除杂念，就立即撤回去！我们只要冲下去，就再也没有回头路！到时有危险的可不光是你自己，还有你的战友和人质们！"

李二牛控制住自己的情绪："俺中！参谋长，放心吧！"

范天雷点头："分头行动！狙击小组，狙杀零散目标，注意不要惊动敌人！"

"明白！"何晨光和王艳兵准备狙击，队员们分成两组，悄然下去了。

"汇报目标排序。"何晨光瞄准着。王艳兵拿着激光测距仪在观察："一号目标，十点钟方向，420米，左翼前进道路的哨兵。可视范围内没有发现敌情，可以射击。"

何晨光找到一号目标的位置："收到。明确。"

码头外的小路上，一个哨兵正懒散地坐在草坪上晒太阳。"噗！"何晨光扣动扳机，弹头无声地射出枪膛，旋转着直接钻进哨兵的眉心，他一声未吭就仰面栽倒。

"一号目标解决。"

"二号目标，七点钟方向，353米，右翼前进道路的两名固定机枪手。"王艳兵放下激光测距仪，拿起自动步枪，"我和你一起解决。"何晨光瞄准机枪手："收到。我打机枪手，你打副射手。"

码头另外一侧的山下，机枪手正在和副射手聊天，一颗子弹准确打中他的眉心。副射手还没反应过来，一颗子弹打在他的后脑小脑位置。两人在沙袋里面倒下，无声无息。王艳兵放下步枪，重新拿起激光测距仪："三号目标，十一点方向，620米，半山腰晒太阳的。"何晨光调整枪口方向，找到目标："收到。"

半山腰上，正在看《PLAY BOY》的海盗躺在凉席上，突然一颗子弹打穿了画报，准确打中他的眉心。海盗猝然栽倒。

"四号目标呢？"

"九点钟方向，542米，侧行。周围没有敌情。"

何晨光瞄准四号目标，扣动扳机。正在侧行的海盗太阳穴中弹，猝然栽倒在灌木丛中。

王艳兵拿着测距仪："八点钟方向，740米，两人。在我的射程以外，交给你了！"

何晨光举起狙击步枪，瞄准那两个并排走的枪手。"噗！"里面的枪手太阳穴中弹倒地，另一个枪手大惊。何晨光再次举起狙击步枪，果断扣动扳机。"噗！"外面的枪手刚刚摘下冲锋枪，眉心中弹，仰面栽倒。何晨光微微调整着呼吸，平稳自己："继续汇报目标排序。"

另外两组也率队悄然接近，势如破竹，往驻地靠近。

　　山上，何晨光一直在射击。王艳兵很纳闷儿地问："奇怪，怎么一直都没有蝎子他们的动静？"何晨光举枪观察着："他们三个才是真正的高手！一定要小心！"

　　更远的山顶上，察猜举着望远镜："这帮海盗确实是窝囊废，枪声还没响，已经挂了这么多人。何晨光他们确实很厉害，但是我没想到海盗这么菜！"蝎子放下望远镜，指着远处的山头："我们运动到那个位置。"

　　"去那里干吗？你说我们要远离中国特种部队的！"

　　蝎子指着山头："那里虽然距离他们很近，但是在他们的注意范围以外，战场也在我们的射程以内。武器加上消音器。"察猜疑惑地看他。

　　蝎子笑笑，说道："我们要帮他们。战斗就要打响了，他们人太少了。我们暗中帮他们解决海盗，越早结束战斗，我们就能越早脱离危险。"

　　察猜一愣，惊喜："帮他们打仗？"

　　"他们的狙击手在那两个位置，战斗打响以后，他们会全力掩护驻地的防御。"蝎子指着何晨光的位置，"但是他们也很危险，因为距离驻地位置太近。为了不损失中国特种部队的火力支援力量，我亲自负责掩护他们的狙击手。你趁乱动手，不要暴露位置，不能连续射击。重点是海盗的机枪手和 40 火箭筒手，他们是真正可以威胁中国特种部队安全的人，其余的枪手都不在话下。注意，一定不要暴露我们的位置！"

　　"他们不是傻子，会发现的。"

　　"即使他们发现了，也不会对我们射击。"

　　"为什么？"

　　"因为我们在帮他们。他们只有十八个人，需要人帮忙。他们不是傻瓜，会判断出我们为什么要这样做。他们会和我们达成默契，只要我们不在他们的视线范围内，他们是不会上山围剿的。"蝎子说，"我们掩护他们，直到他们的大部队到来，我们就撤到深山去。在林子里面我们棋逢对手。但对于他们来说，任务已经结束，何必徒增伤亡？他们要的是人质，不是我们，未必会追我们。"

　　"这真的是一场奇怪的战斗。我们要帮中国特种部队打仗，而那些敌人在几个小时以前还是我们的盟友……"

　　蝎子冷冷地道："没有永远的朋友，也没有永远的敌人，只有永远的利益。"

8

　　码头附近，李二牛手持消音步枪快速穿插，后面跟着宋凯飞和徐天龙，范天雷和龚箭跟在最后。突然，前面出现五个打牌的海盗，其中一个站在旁边观战，正面对冲过来的突击队员。李二牛举枪，命中他的头部。徐天龙和宋凯飞也在瞬间打倒了两个海盗。

但是其余两个海盗都是作战多年的老油子，一个滚翻就躲到了角落，高喊着："偷袭！偷袭——"手里的冲锋枪也开始招呼这里。枪声打破了无声的战斗。李二牛拿出手雷，高喊："投弹！"后面两名队员躲闪在一边。李二牛手里的手雷顺着地面滚过去，在海盗面前滴溜儿打转。两个海盗惊恐地叫着，起身躲闪。"轰！"剧烈的爆炸瞬间把一切都吞没在一团烈焰中，两个海盗飞到了半空。

范天雷命令："上！强攻！"

两侧的队员出现，枪声四起。李二牛对着迎面冲来的海盗速射，"嗒嗒嗒……"枪战开始了，范天雷怒吼："上！"队员们冲上去。海盗们刚刚站起来就被密集的弹雨扫倒，队员们低姿据枪在肩，快速地穿越过广场。他们不断变换枪口位置，将前后左右露头的海盗准确射倒。人质们尖叫着，在水牢里抱成一团。宋凯飞冲过去，举起冲锋枪打碎铁链。徐天龙拉开门："中国陆军！快出来！"队员们射击掩护着，战场很快平息下来。

人质们被拉上沙滩，惊魂未定。队员们手持武器快速在人质当中穿插，搜索可疑残敌，往被击毙的海盗身上补枪。一个奄奄一息的海盗拔出手榴弹，拉住了铁环。他咬牙坚持着拉弦，"噗"的一声，白烟开始往外冒。一名海军队员看见，对着他的胸部就是两枪。手榴弹还在冒烟，"卧倒——"队员们按住人质卧倒。那名海军队员毫不犹豫，纵身一个敏捷的鱼跃，跳过地上卧倒的人质，扑到手榴弹上。"轰！"一声闷响，他的血肉之躯化为碎片，在空中散开。

范天雷大喊："再次搜索残敌！"队员们把人质拽起来，往一边推，枪口对准人质清点人数。一个混在人质当中的海盗举起手里的微型冲锋枪，对准人质狂叫着扣动扳机："啊——"身材高大的海军电台兵毫不犹豫，张开双手，纵身挡在了他的枪口前。子弹打在他的前胸和腹部，打在他身后的电台上……段世亮举起手里的步枪，"嗒嗒"两声精确地速射。海盗头部中弹，猝然栽倒。

彻底安静了。

队员们虎视眈眈，面对人质和地上的尸体。范天雷命令："撤到掩体后面去！我们要坚守待援！"队员们掩护着人质，躲闪到码头的掩体后面。徐天龙架起机枪，对着外面开始速度点射，"嗒嗒，嗒嗒嗒嗒……"

"突击小组清点人数，解决残敌！卫生兵抢救伤员！其余人组成火力线！"

李二牛对着人质高喊："全部躺下，把脸露出来，双手伸开！看不见手的一律击毙！"队员们手持武器，挨个清点人质。他们已经记住了每一个人质的脸部特征，对于不符合特征的一概毫不犹豫两枪击毙，一枪打头一枪打胸。人质都惊恐地闭上眼，火热的弹壳飞到他们脸上，身边被击毙海盗的血和脑浆也溅到他们身上脸上。他们一声不敢吭，紧紧闭着眼睛。

现在只是战斗的开始，真正的考验还未到来。龚箭组织着火力防御，范天雷问："蝎子他们呢？他们还没露面！他们在哪儿？！"

山顶，蝎子手里的狙击步枪已经装上消音器，瞄准下面。"噗！"蝎子扣动扳机，一个海盗中弹。蝎子迅速挡住自己的瞄准镜，以防反光。

狙击阵地，何晨光正在瞄准，那名海盗猝然栽倒。何晨光纳闷儿，看着王艳兵。王艳兵还在寻找目标。何晨光想想，继续瞄准。前方出现一个海盗机枪手，何晨光刚要扣动扳机。"噗！"机枪手头部中弹。何晨光一愣，抬眼。王艳兵看他："怎么了？"

"刚才谁打的枪？"

"不是到处都有枪声吗？"

何晨光左右看看。

"看什么啊？打仗了！"

何晨光无奈，继续瞄准下面。王艳兵指示目标，何晨光射击。山下码头，又一个海盗栽倒。海盗头目大喊："狙击手！有狙击手！"

"肯定在我们后面！"

"你们掉头，去抓狙击手！"

一组海盗转身往山上射击，子弹啪啪啪地打在附近，枝叶乱飞。何晨光隐蔽着："暴露了，我们冲下去！"两人滑下山窝，从侧面下去了。两个人在密林里快速穿行，一支狙击步枪瞄准镜锁定了何晨光的脸。察猜隐藏在灌木丛中，苦笑着挪开枪口。何晨光和王艳兵奔跑着，突然身后的树丛中闪出两个海盗。何晨光一把按倒王艳兵，转身抽出微冲。两个海盗突然头部中弹，倒地。何晨光一愣："谁开的枪？"

"不知道！"

两个人急忙找掩护，持枪警戒。何晨光观察着："有埋伏的狙击手！"

"会是谁？"

"还能有谁？上面没有我们的人，只有蝎子！"

"为什么不打我们？是误伤吗？"

"蝎子不会打不准的！他的位置在咱们正后面，山顶！"

"我吸引他的火力！"王艳兵闪身出去，快速穿越灌木丛，跑到另外一片岩石后面，但是蝎子并没有对他开枪。王艳兵靠在岩石后面气喘吁吁："他为什么不开枪？"

何晨光闪身出来，找到了蝎子刚才的位置，一个穿着吉利服的身影闪到树后消失了。何晨光放下狙击步枪："他在那个位置，刚才可以轻易干掉我们两个！"

王艳兵躲在岩石后："他在干什么？"

何晨光举起狙击步枪搜索："我找到察猜了！"

"射击！射击！你在犹豫什么？！"

"奇怪……"何晨光的食指放在扳机上犹豫着。王艳兵靠在岩石后面问："你到底在等什么？！打不准把枪扔给我！"

"他们在帮我们。"

"谁？！"

"蝎子和察猜——他们在帮我们！"

掩体里，拿着望远镜的范天雷也注意到了，满脸疑惑。

"五号，有新的情况。这帮雇佣兵出现了，他们好像在帮我们。完毕。"何晨光报告。

范天雷听得有点儿蒙："你再重复一遍，山鹰。完毕。"

"蝎子他们在帮我们。完毕。"

"你确定？完毕。"

"确定。我看见他们在射击海盗，主要是机枪手和40火。他们在帮我们防御。完毕。"

"他们为什么要这样做？"龚箭问。

"他们在后面的山上，要狙击你们轻而易举。他们在帮你们做正面防御，也在帮我们狙击小组清除威胁。完毕。"

范天雷在思索。

"五号，我们怎么办？我们和他们遥遥相对，可以抓住他们。请你指示。完毕。"

范天雷还在思索。何晨光追问："五号，我们怎么办？完毕。"

范天雷下定决心："你确定他们的位置，如果确实在帮我们，暂时不要射击！密切监控，等到战斗结束再说！完毕！"何晨光回答："山鹰收到。明白。完毕。"

陈善明蹲在沙袋后面纳闷儿："蝎子跟我们并肩作战？为什么？"范天雷在思索："也许他们跟海盗已经不是一伙了。"段世亮跑过来，蹲在他们的身边："人质数量清点完毕！除了误杀的那个，就少了两个女人质，其余的都在。有两个受伤的，已经止血！我的人牺牲了两个！"范天雷手持无线电："呼叫联合指挥部！我们的援兵怎么还没到？！岛上的形势越来越复杂，都乱套了！我们现在只有十五个人！雇佣兵就在我们脑袋后面！现在搞得一切都莫名其妙的！我现在就要援兵！"

"电台被打坏了！"宋凯飞说。

"你说什么？！"

范天雷咬牙："没别的办法了！坚持住！死战到底！"

"明白！死战到底！"

队员们突然一起从沙袋后闪身出来，对准冲过来的海盗一阵猛烈射击。十几个海盗抽搐着倒地，其余的海盗急忙退避。队员们蹲下，躲在沙袋后面。范天雷低吼："节省弹药！我们要在这里坚持到援兵到来！"

9

山顶上，蝎子从岩石后缩回来："进攻被打退了，我们换个地方。他们已经发现我们了，但是不要紧。不要刺激他们，避开他们的视线。他们的援兵应该很快就到，海盗不是他们的对手。我们到树林里面等着。完毕。"

"收到。完毕。"察猜收拾好装备。

蝎子探出脑袋，看见了对面山上举枪对着自己的何晨光。何晨光急促呼吸着，他的十字环已经稳稳锁定了蝎子。蝎子站在山顶上，没有躲避，冷冷地看着他。何晨光的食指在扳机上，松开又放上，额头上都是汗珠。蝎子转身下去了，何晨光还是没有射击。王艳兵放下激光测距仪："他们在搞什么？怎么一下子变成三国演义了？乱七八糟的！到底是怎么回事？你为什么不开枪？"何晨光放下狙击步枪："我比谁都想杀了蝎子！但是他们从一开始就在躲我们，不想跟我们发生冲突。现在我们人少，暂时留着他们帮忙吧。"

"原因呢？他们现在不也是海盗了吗？"

"可能他们和海盗已经不是一伙了。"

罗汉洞外面枪声大作。张丽娜拿着冲锋枪，翠芬躲在她身后，两个人都蜷缩在角落里面。一个海盗一边往下射击一边过来，张丽娜对准他扣动扳机。海盗猝不及防，中弹倒地。

"洞里有人！"外面的海盗喊。一颗手雷丢进来，在地上冒烟。张丽娜拉起翠芬："快走，这里藏不住了！"

"轰！"两个人从地上爬起来，满身是灰尘，往里跑去。海盗们进来："是两个女人！抓住她们！"张丽娜转身射击，一个海盗倒地，其余的海盗躲了起来。张丽娜拉着翠芬跑出来，转身向洞里射击。"卡！"没子弹了。张丽娜丢掉冲锋枪："快走！"海盗们小心翼翼地出来，四处张望，追了过去。

码头，何晨光和王艳兵一跃而出，跑过枪战间隙的街垒。正面防守的宋凯飞和徐天龙等密集射击掩护，将海盗们打了回去。两人一跃而入，密集的子弹跟着就打了过来，他们卧倒在地上不敢抬头。队员们蜷缩在沙袋后面，沙土被打下来。王艳兵吐出嘴里的土："我们的援兵怎么还没到？！"龚箭在一堵墙后面看着被打坏的电台发傻："电台被打坏了，现在我们跟指挥部彻底失去了联系……"

"翠芬呢？有消息没？"

李二牛摇头："现在顾不上这些了，先打仗吧。"

范天雷低吼："我们的弹药不够了！节省弹药！如果敌人再次冲锋，50米外不许开枪！没有我的命令，不许投手雷！"队员们神色肃穆，检查弹药。范天雷平稳自己的情绪，看向何晨光。何晨光低着身子运动过来："五号！"范天雷问："蝎子他们是怎么回事？"

"我也搞不清楚，但是蝎子和察猜确实是在帮我们。"

"我也发现了。王亚东呢？"

"没有发现，也许他藏得更隐蔽。"

"他们肯定遇到问题了。跟海盗闹翻了？"

"他们帮我们，一定是有理由的，但肯定不是想弃恶从善，也不是真的跟我们在一条阵线。我想，他们可能想求生。"

范天雷看他："你说下去。"何晨光分析道："他们帮我们是真的，但绝对不是为了帮解放军营救人质，而是为了活下来！"范天雷说："让我们成功营救人质，尽快离开这里。他们藏在深山，跟我们不接触、不冲突，我们也不会主动去剿灭他们。他们不希望我们失败，因为失败会招来更猛烈的进攻。他们不想引火烧身，所以一直在躲避我们……真的是雇佣兵的思维——没有永远的敌人，也没有永远的朋友，只有永远的利益！"

何晨光看着他："现在我们深陷重围，弹药不多了，援兵也迟迟没有到，肯定出了问题。不死鸟也没有找到，还有两个女人质失踪……可以说形势并不乐观——他们或许是我们可以利用的力量。"龚箭看他："你知道你在说什么吗？"

"我知道——借助蝎子一伙的力量，组织防御。起码现在，他们跟我们的目的是一样的——希望我们成功，不希望我们失败。既然这样，我们为什么不利用他们的力量，组织对海盗的有效防御？"何晨光说，"他们一直养精蓄锐，弹药充足，并且富有作战经验。只有这三个高手参加防御作战，我们才能坚持到舰队到来！"

陈善明怒吼："让我们跟蝎子这帮雇佣兵做盟友？！"段世亮怒气冲冲："我们是人民军队，跟他们是水火不容！"

何晨光看着他们："并肩作战不代表就是盟友，只是为了一个共同的利益暂时合作。行动结束以后，该干吗就干吗去。以后万一在战场上相遇，还是照样招呼！"

范天雷说："现在我们和指挥部失去了联系，来不及请示了。你有什么办法能找到蝎子？他们躲在深山，我们不能分散力量去找他们。而且双方在丛林相遇，肯定又是遭遇战！"

"灯语。他们转战各国，对航行灯语非常熟悉。"何晨光说。范天雷想想，说："记住，注意安全！蝎子是一顶一的狙击手，一定不要放松警惕！"

"刚才如果他想要我的命，十个我也被他狙杀了。我不是说他有多善良，而是他投鼠忌器，毕竟我们身后是强大的人民军队！现在他被困在这个岛上，除了帮我们打海盗，别无出路！"何晨光说。范天雷点头："你去吧，到塔楼上打灯语，小心点儿！"何晨光起身，猫腰往那边跑过去。

"我也去！"王艳兵起身。范天雷拉住他："留下！这是命令！"

"可是我的搭档去了！"

"我们现在深陷重围，每一个战斗员都不能浪费！留下！"龚箭命令。王艳兵握紧枪，看着何晨光猫腰前进消失，眼里都冒火了。他急促呼吸着，突然起身，提着枪快速跟了上去。陈善明低声吼："王艳兵！"王艳兵头也不回地说："我死也要跟他死在一起！组长，你随便处分我吧！"说完已经消失了。大家都看着他的背影，没再说话。宋凯飞在擦眼泪，徐天龙纳闷儿："你哭啥？"

"死都要死在一起……太他妈的感人了！"

"没事，我死也跟你死在一起。我不嫌你脚臭。"

宋凯飞看看他："我嫌你嘴臭！"

10

海上，八一海军旗在舰队上空飘扬。中国海军特混舰队乘风破浪，高速航行。海军航空兵战斗机编队在高空翱翔。两栖登陆舰中，海军陆战队员整齐地坐着待命。老黑站在前面，心急如焚地看手表。指挥舱里，海军少将脸色冷峻，注视着海图："舰队目前所在位置到月牙岛的距离，还是超出了舰载直升机的巡航半径！我们的救援还需要时间，必须进入直升机的巡航半径内才能起飞！"康团长脸色焦急地说："我们跟突击队中断联系已经五个小时了！他们现在是生是死，人质是生是死，我们都不知道！造航母造航母，都喊了八百年了，现在连个航母的影子也没见着！"海军参谋走过来："康团长，这两个特别行动小组都不是那么容易就能被搞定的。他们现在不好过，海盗肯定更不好过。"

"关键是弹药！他们采取突击行动要快速敏捷，所以随身携带的弹药不多。我不担心特种部队的战斗力，我担心的是弹药！如果到了需要肉搏的地步，人质的命也就基本保不住了！"

海军少将看他："那你的意见呢？"

"我建议，只要直升机的飞行直径可以到达，就让我团的神枪手四连上岛！他们太需要支援了！"

海军少将在思索。

第二十四章

———————★———————

1

月牙岛上的枪声暂时平息，蝎子守在那儿。察猜爬上山："海盗打不动了？"

蝎子看着下面说："他们在准备发动更猛烈的进攻。从上次的战斗来看，中国特种部队已经在控制射击，再打一次他们就没子弹了，只能肉搏了。"

"奇怪，他们的援军呢？怎么还没到？"

"一支没有航空母舰的海军，就是短腿海军。你能指望中国海军多快赶到？"

"现在怎么办？他们要是真的没子弹，那可就完了！"察猜说。

"他们不是雇佣兵，是国家武装力量，而且下面有那么多人质，不可能被抛弃的。"蝎子说，"中国海军肯定在路上了，他们一定会到的，只是时间问题。但是如果他们来的时候，人质和突击队都死光了，他们会把这个岛上所有的海盗都干掉——包括我和你。"

"为什么中国海军来得这么慢呢？"

蝎子笑笑，说道："还是那句话——没有航空母舰。他们没有航空母舰，就没有海上前进基地，是不可能那么快再送一批人过来的。"

察猜问："我们现在怎么办？怎么帮他们？"

"我们只有两个人，何况他们未必明白，我们现在居然是他们的友军。我们如果靠得太近，会暴露目标，闹不好就被他们给灭了。这是现在最难办的问题——我们暂时不想杀他们，他们却恨不得宰了我们。"蝎子说。突然，灯塔处闪出亮光，察猜看见："嗯？那是什么？"蝎子定睛看去——白光战术手电在闪烁。

"是灯语。"

"他们在给谁打信号？援军登陆了？"

蝎子苦笑："不，他们在联络我们。"察猜一惊："联络我们？你开玩笑吧？！"蝎子仔细看着："没有。"

灯语断断续续，有规律地重复着——"蝎子，我们需要支援。"

察猜也看明白了，放下望远镜："莫尔斯电码。他们在干什么？"

蝎子说："在求援。"

"向我们求援？"

"他们只有向我们求援，岛上再也没有第四支队伍了。"蝎子说，"现在的情形，就跟我看过的一本中国古典小说差不多，叫《三国演义》——三个国家并存，三足鼎立，敌我关系不断转换。现在我们是唯一养精蓄锐的有生力量，我们出手帮谁，谁就能赢。"

"他们怎么知道我们会帮他们？"

"因为，我们不傻。他们知道我们想活命，不会帮助海盗。"

"我们出手吗？"

"我们可以不出手，看着他们弹尽粮绝，被海盗屠杀。接着中国海军舰队到达，海军陆战队登陆，舰炮轰击，战斗机轰炸。他们会荡平这里，我们无处藏身。"蝎子说。

"看来我们非得出手了。"察猜说。

"我们别无选择。我们运动到他们的狙击手今天所在的位置，从那里展开进攻峰线！当海盗发起进攻的时候，我们从后面兜住他们，打他们个措手不及，歼灭海盗的有生力量，打乱阵脚，然后就撤离战场！我们快进快出！"蝎子部署。

"明白！"

"灯语回复他们——我们将在海盗背后进行攻击！"

察猜拿起战术手电，打亮了回复灯语。

"在我的雇佣兵生涯当中，这是一个特殊的日子。我和中国特种部队并肩作战，屠杀我们昔日的盟友——一切只是为了活着。活着，这两个字在我心里从未有过这么重的分量。"蝎子在心里叹息。

"他们回话了。"何晨光说。

"说什么？"

"他们会从海盗背后发起进攻，让我们正面顶住，节省弹药。"

掩体里，范天雷在思索，龚箭看着他："蝎子可信吗？"段世亮也一脸焦急："如果他们不出手怎么办？"范天雷沉着部署："不管他们出不出手，最后还是要靠我们自己。假设海盗不顾一切涌过来，我们的弹药不足，不能全力开火。突击小组，一旦你们的子弹打光，听我命令冲出去，跟他们展开白刃战——死战到底，决不后退，阻挡他们的攻势。"

"是！"李二牛低吼。

"火力支援小组！"

"到！"宋凯飞低吼。

"当突击小组全部阵亡，你们第二批加入白刃战。命令一样，死战到底，决不后退。"

"是！"

范天雷看着陈善明："当白刃战展开，指挥小组跟随我和海军特别行动小组掩护人质，进入丛林，我们要在丛林中跟他们周旋。火力支援小组负责压后，你们的弹药不多，省着点儿打。当子弹打光，你们上刺刀，死战到底——"

"决不后退！"

"为什么不让我们加入白刃战？"段世亮急吼。范天雷看着他："这是我的命令。"段世亮咬牙："是！"范天雷目视前方，没有任何畏惧："我们转移人质到山里去打游击战，坚持到援军到来！这是我们面临的最严峻的考验！"

"报告！"李二牛低吼。

"说。"

"第一狙击小组呢？对他们有什么命令？他们在塔楼，如果我们撤退，他们怎么办？"李二牛说。范天雷语气平静："他们不再需要任何命令。他们知道该怎么办。"

队员们都默默无语。

"我们都曾经在军旗下宣誓，忠于祖国忠于人民。现在到了我们履行自己誓言的时刻了！士兵们，我们的荣誉是什么？"

"忠诚！"队员们低声怒吼。队员们握紧武器，等待那个光荣的时刻。

2

塔楼处，何晨光眼睛凑在瞄准镜上。下面，七八十个海盗正慢慢通过，做进攻前的最后准备。王艳兵在旁边拿着激光测距仪观察："十点钟方向，432米，移动当中，机枪手一名。"何晨光毫不犹豫掉转枪口，瞄准机枪手扣动扳机。"噗！"机枪手正在行走，头部爆开，倒地。其余的海盗急忙散开，高喊着："狙击手！"开始慌乱地开枪。子弹从何晨光头顶擦过，他毫不躲避，再次瞄准。王艳兵拿着测距仪："组织进攻的头目，十一点方向，561米！"何晨光锁定头目露出的小半个脑袋，扣动扳机。"噗！"头目猝然倒地。一个机枪手开始对上面扫射。两人急忙躲到沙袋后面。子弹密集地打来，何晨光高喊："这里不能待了！换阵地！"

码头上，40火箭筒手发射。两人刚刚跳出去，一枚40火打来，"轰"地一声爆炸了。两人被冲击波打得飞起来，又落在地上。王艳兵拉起何晨光："快走！"两人跑到一处矮墙掩体后，躲在角落里喘息。何晨光说："他们这一次志在必得，把所有的重武器都用上了！"王艳兵点头："有四联高射机枪，可以打掉掩体！他在平射，我们必须打掉他！"

"干掉他！寻找目标！"两人起身，开始寻找。

掩体处，队员们都趴在地上。高射机枪的子弹密集地平扫进来，掩体根本挡不住，跟黄油一样被打穿。范天雷趴在地下高喊："山鹰！山鹰！打掉高机！"

矮墙处，王艳兵高喊："锁定目标了！892米，三点钟方向，四联高机！射击！"

何晨光找到了目标，扣动扳机——"噗！"机枪手头部中弹。但是另外一个海盗推开他，继续射击。何晨光高喊："必须炸掉他！他们知道我们的子弹不多了，这次有了准备！"接着他开枪击毙这个替换的机枪手，"他们这样换下去，我们的子弹很快就会打光！"

掩体里，趴着的范天雷高喊："谁去炸掉那挺高机？"李二牛高喊："俺去！"开始上刺刀。段世亮高喊："海军的突击小组呢？"两个海军特种兵："到！"

"这是殉国的时候，你们还等什么？！"

两人匍匐前进到沙袋后，紧握上了刺刀的步枪。范天雷高喊："山鹰！山鹰！再打掉那个机枪手！突击小组要出去了！"

"收到！"何晨光再次射击，打掉机枪手。

"我掩护你们！"王艳兵高喊，"重机枪手在距离892米，三点钟方向！"

"收到，892米，三点钟方向！"

李二牛纵身跃起，手持上了刺刀的步枪跳出沙袋。两个突击手手持上了刺刀的步枪，跟着一跃而出。

"火力掩护！"龚箭高喊，"只能打十发子弹！"队员们闪身出来，开始射击。

李二牛与海军的两名突击手高速冲向涌来的海盗，嘶哑着喉咙："杀——"海盗们都蒙了。李二牛已经冲到一个海盗跟前，一刀刺在他的咽喉上，接着一脚踢开他，对着海盗们冲过去："杀——挡俺者死——"

"杀——"第二突击手跟李二牛肩并肩，手持卡宾枪冲入敌阵。何晨光掩护着二人，但是只能节省子弹射击对他们威胁最大的枪手，不断地命中目标。所有的海盗都被吓蒙了，还没搞懂怎么回事。三名突击队员冲过开阔的广场，不时地射击对面的海盗，距离近的就用刺刀挑、用枪托砸。

山上，察猜拿着望远镜："二牛他们是去送死的。"蝎子默默地看着。

"我们什么时候进攻？"

"这是最后的战斗了，让他们跟海盗再消耗消耗。他们的援兵不管怎么说也快到了，特种部队的力量太强对我们没好处。我们不让海盗冲进去，也不能让特种兵具备打击我们的力量。但是这三个我喜欢，不能让他们死！掩护他们三个！"

蝎子和察猜快速举起自动步枪，一阵速射，李二牛对面的几个海盗后脑中弹倒地。来自背后的密集速射让海盗们措手不及，纷纷倒地。李二牛等不管不顾地继续前进，径直冲向那挺四联高射机枪。

山上，察猜和蝎子压低枪口，射击追逐他们的海盗。

"蝎子开火了。"何晨光从瞄准镜看见了机枪的火焰，"他在掩护李二牛。"王艳兵怒吼："妈的！这个时候才开火！我们的子弹都要打光了！"

"这是他的策略。他怕我们完事以后接着收拾他。"何晨光说，"现在是最后关头了，他不希望我们失败，但是也不希望我们可以跟他实力相当。说实话，我很佩服他的脑子。"

码头上，李二牛冲到了四联高射机枪跟前。子弹已经打光了，他把血糊糊的刺刀直接扎进面前的海盗脖子里，接着冲到了四联高射机枪上坐好，快速调整枪口。海军突击手一枪打倒一个冲过来的海盗，子弹也打光了，他把刺刀扎进另外一个海盗胸膛。

"啊——"李二牛怒吼着开始射击。四联高射机枪平射的威力非常大，对面的海盗跟被切割一样拦腰断裂。

空中，两架 J20 战斗机超低空掠过战场。宋凯飞惊喜地喊道："我们的飞机！援兵到了！"战斗机上，飞行员在报告："指挥部，这是飞鹰 1 号。下面在激战，我不能判断敌我。完毕。"

"观察战场，他们会发信号的。完毕。"

"收到。完毕。飞鹰 2 号，我们重新进入战场，等待信号。完毕。"

"飞鹰 2 号收到。完毕。"

码头上空，两架战斗机在空中转向，重新超低空进入战场。海盗们惊惶失措。

"发信号！告诉他们，我们在楼里面！"范天雷命令。宋凯飞拿出信号枪，对着天空啪地打了一枪，一颗红色信号弹腾空而起。战斗机飞行员看见了红色信号弹："飞鹰 2 号，我找到突击队的位置了，他们在掩体后面。我们侧面切入，掩护他们。完毕。"

"飞鹰 2 号收到。完毕。"

两架战斗机拉高，四联高射机枪上的李二牛急忙松开机枪："要投弹了！找掩护！"三个人快速跑过陆地，哗地扑进海里。随即战斗机超低空掠过，两颗航空炸弹投掷下来。

"轰——"码头空地化成一片火海。

山上，蝎子提起狙击步枪："用不着我们了。撤到山里去，他们要登陆了。现在轮到我们危险了，一切要小心。"察猜看看下面，收起武器，悄然撤离。

矮墙处，何晨光和王艳兵埋头躲避着空中飞落的尘土。王艳兵激动地说："我们的人来了！"何晨光感叹："现在我才知道现代化武器的威力。已经没有海盗了。"王艳兵拿起激光测距仪："李二牛怎么样了？"

火焰中，海盗们有的在地上打滚，有的带着火焰拼命奔跑。李二牛和两名海军特种兵从水里冒出脑袋。

码头，三条登陆艇在快速靠岸。康团长亲自带队，老黑等海军陆战队员们踩着水迅速上岸。范天雷带队员们掩护人质快速过去，海军陆战队员们立即在四处警戒。康团长指挥着："把所有人质转移到登陆艇上去！快快快！"陆战队员们协助人质快速上登陆艇。

康团长看着范天雷："任务完了，你们也撤吧！"

"还有两个人质没找到！"

"怎么还有两个？"

"是我前妻和二牛的对象。"

"怎么这么巧？！撤不了了！电台兵，把情况告诉指挥部，就说我们撤不了了！组织部队，登陆！同志们上岸，占据登陆阵地！这个活没完，我们要接着干！"

3

全副武装的陆战队员们，跟着特种兵一起向岸上走去。段世亮看着海军战士的遗体，久久没有说话。陈善明拍拍他的肩膀，段世亮稳定自己："我没事。"

"把他们送回去吧。"康团长声音低沉。陆战队员们抬起担架，送他们回去。

李二牛浑身水淋淋的，还在发呆。何晨光拍拍他的肩膀："我们肯定能找到翠芬的。"王艳兵点头："说得对，一定能找到！"

李二牛抬眼看他们。徐天龙说："别想太多了，我们还有仗要打呢！"宋凯飞看着二牛："剩下的可不好对付了——他们不是海盗，是三个老兵。"

"我们也是高手！都精神点儿！怎么了？被吓破胆了？"何晨光看着兄弟们，都笑了。龚箭看看队员们："补充弹药，我们准备进山。"

山林里，蝎子拿着望远镜："他们没有撤离，留下了？还继续增援？"察猜冷笑："看来他们不领情，真的要剿灭我们了。"

"不对！他们没有必要剿灭我们，因为这是在公海。我们没有侵入中国领土，战斗到现在也没为难他们。中国军队没有公报私仇的习惯，他们绝对不会为了剿灭我而做出更大牺牲。他们留下，还不断增兵，只有一个原因——有人质没被找到！"

"人质？不是都送走了吗？"

"战斗到现在，你看见虎鲨没有？"

察猜摇头。蝎子怒喝："浑蛋！坏了我们的大事！这个色鬼，他带走了两个女人质！"

察猜看着他。怒自怒骂："我们没有别的办法了！明天早晨，他们的增援部队还会登陆的！在他们搜到我们以前，我们必须找到那两个女人！哪怕是尸体！否则我们都要完蛋！"

"中国有没有外籍兵团？干脆我们加入中国外籍兵团算了！帮他们打仗，还要帮他们救人？！"察猜说。蝎子低吼："是救我们自己！如果找不到那两个女人，他们会把这个岛掘地三尺的！到时候我们无处藏身，只能跟他们拼命！相信我，特种部队可能还领我们的情，但是他们的长官压根儿不会领情！我敢说，他们都怀疑那俩女人在我们手里！"

"但是，我们没有抓那俩女人啊！"

"这又不是法庭，我们可以出庭做证！这是战争！一场混乱的战争！我们想撇清自己，没有别的办法！在他们找到我们以前，我们必须找到那两个女人，然后放到他们搜山的路上，让他们带着人质赶紧滚！"

察猜对天哀号："我的上帝啊！你睁开眼睛看看啊！两个善良的雇佣兵，因为不存在的罪行，要被冤枉受到死刑判决了！这个世界已经没有天理了！上帝啊！"

"没有什么上帝，想活命只能靠我们自己！出发！我们搜山，一定要找到那两个女人！"

4

码头上，海军陆战队员几乎填充了整片的空地，到处都穿梭着蓝色的海洋迷彩服。康团长意气风发："老范，不就是三个雇佣兵吗？我铁拳团一千多官兵，一人一口唾沫，也能把他们给淹死！"范天雷脸色严峻："老康，那不是一般的雇佣兵，是三个绝顶高手。"

"我知道。雇佣兵，交给我们了！"

"联合指挥部的命令是，海军陆战队配合特种部队进行搜救工作。现在不光是深山里有雇佣兵的问题，还有警方的特情不死鸟和两名人质下落不明！海军陆战队打登陆战是行家，对山地作战也不陌生，但现在不是渡海登岛攻坚战，是要在月牙岛搜救我们的特情和人质！这是我们擅长的工作。还是按照联合指挥部的命令，我们分工合作！"

康团长想想，说道："行！你们先救人，扫荡的事情交给我！这里怎么着也得剩下点儿残敌吧？人我都带出来了，刺刀就得见红！参谋长，传令下去！是英雄是好汉，台……不对！是月牙岛上战场见！让各连军政主官做好战斗动员，月牙岛上除了我们的人和野生动物，绝不留一个活物！"——"是！"参谋长转身出去了。

"说吧，你们打算怎么干？在你们搜救人质阶段，需要我们怎么配合？"康团长展开地图说。范天雷指着地图："我们要搜山，大张旗鼓地搜山。这样做的目的，不是为了跟他们直接交火——他们也没这个胆量。你们也不要动手，因为人质可能在他们手里。我们的目的就是营救人质——这一点必须跟你的战士们说清楚！我们以强大的兵力压缩他们的活动空间，越小越好。我希望从三面开始搜山，把他们压到这个鹰嘴谷里面去。这里远离海岸线，两边都是峭壁，山谷平坦，没有隐蔽物。如果人质在他们手里，那么只能我们上；如果人质不在他们手里，或者已经死亡……"康团长一拳打在地图的山谷位置，声若洪钟："我调炮兵上！炸平了他！"这时，温国强跑来："有没有不死鸟的消息？"龚箭摇头："目前还没有。战斗打响以后，就没有看见他的踪迹。"温国强一脸焦急："你们不是有最好的特战队员吗？他穿得那么显眼，你们怎么就弄丢了呢？"

范天雷指着战场："你自己看看，你再看看外面——我们十八个人，要营救三十多名人质，还要对付外面的二百多个海盗！老温，你的人根本就没在预定位置等我们！他自己走丢了，我们怎么找？！"温国强看着已形同废墟的战斗现场："对不起，我太激动了！"

"你的心情我理解，但是我真的尽力了！"

温国强看着他："帮我找到他！我答应过他，带他回家！"

范天雷点头："我会尽力，但是我不敢保证他活着。"

"他活着！他一定活着！他很聪明，很机灵！他不会这么死的！他一定还活着！"

那边，陆战队的营连干部们已经集合，列队蹲下。康团长走过去。参谋长高喊："起立！"营连长们整齐起立，手持步枪据在胸前，对走过来的团长行注目礼。团长还礼。参谋长高喊："蹲下！"营连长们后退一步，一起蹲下，用求战的目光望着自己的团长。

"我们全团已经成功登陆月牙岛！同志们，我们全团登陆月牙岛，没有战斗，没有伤亡！但是这没什么好高兴的，因为特种部队的同志们已经替我们消灭了敌人！人家在这里死守了十个小时，打到弹尽粮绝要拼刺刀的地步！你们是海军陆战队，是铁拳团，就跟一帮中学生集体春游似的来到几个小时以前的战场！干吗来了？！旅游来了？！"

营连长们都不说话，喘着粗气。团长嘲弄地看着部下："是不服，还是怎么着？说你们几句就不服！瞪眼？还瞪什么眼？！有本事就给我抓个雇佣兵回来看看！铁拳团的老底子，陆军的精锐王牌，海军陆战队，精锐当中的精锐——丢人！"

一个营长站起来："报告，团长！不用其他部队，只要我一营去岛上围剿，保证把三个雇佣兵的脑袋给你提回来！"另外一个营长起身："还要一个营？！我只带两个连！要是灭不了他们，让我的副营长提着我的脑袋回来！"

三营长起立："吵吵什么？！真没出息！团长，我带一个连上去！"

一营长怒了："我只带一个班，血洗月牙岛！"

范天雷等特种兵默默地看着。团长满意地看着部下们争吵，却脸一板："吵什么吵？！还嫌你们在特种部队的同志跟前，丢人丢得不够多吗？！"

营连长们一瞬间安静了，不需要命令，又是一个整齐的方阵。

团长厉声："参谋长，给他们宣读作战命令！"

"是！我团的首要任务不是围剿，不是战斗，是清场！我团三个建制营分成三路，从北、东、西三侧进行清场！首要目标是搜救人质和警方特情，次要目标是驱逐雇佣兵，将他们逼进鹰嘴谷里面！注意，在视野不开阔的丛林当中，不要与敌人发生枪战，因为我们要确保人质安全！只能对天射击，驱赶他们！"

一营长喊道："这是什么任务？！如果他们开枪呢？！"

"在确定没有人质的情况下，你们可以还击。"

"丛林密密麻麻的，一两米以外不见人！我们怎么确定？"

"那你就别还击！对天开枪，满嘴放炮，把他们往鹰嘴谷赶！"

"团长，我们干吗要这样？！难道我的战士流血了，我也不能还击吗？！"

团长厉声说："为了救人——这是我们来的目的！这个月牙岛不是我们的领土，我们没必要寸土必争，就是为了救人！人救不出来，有什么用？打平这里也没意义！你们就是赶羊的，特种部队的同志是负责抓羊的！我们把包围圈建立起来，压缩敌活动空间，让特种部队的同志先救人！"一营长满脸不服地说："报告！我们也能救人，不需要特种部队的同志上！"团长笑笑，说道："你？让你杀人我不担心！让你救人质，还不如杀了他痛快！"

营连长们一阵哄笑。团长瞪眼："注意了注意了！警队的同志还有话要说！"

温国强走上前："我需要你们帮我找到一个人，他在我们内部的代号是不死鸟。他潜伏了许久，我一定要带他回家！"

一营长起身："没问题！只要他活着，我们肯定带他出山！把照片给我们！"

"没有照片。"

"没有照片，我们怎么知道哪个是他？"

"同志们，我真的很想告诉你们他是谁，给你们看他的照片！我不是不信任你们，只是我还没有得到上级的批准，所以不能给你们看他的照片！他有一个显著的特征——穿着黄色的巴西足球队队服，这是我们约定的敌我辨别标志！帮我找到他！拜托你们了！让我带他回家！"

"听明白了吗？"康团长高声问。"明白了！"军官们怒吼。

"黄色巴西队队服——把这个敌我辨别标志传达给每一个战士！谁也不许朝穿这种衣服的人开枪！无论如何也要把他救回来，带回祖国！"

"是！"

康团长转身："老范，还有没有要补充的？"范天雷摇头："没有了。在这个岛上你是最高军事首长，我的任务只是救人，其他都是你的事情。"康团长点头："嗯，开始搜山！各个连队，把红旗都打起来，大喊大叫，越显眼越好！像赶兔子一样，把他们都给我赶到鹰嘴谷去！出发！"营连长们转身出去，跑向自己的队伍。

范天雷转向龚箭和段世亮："我们也走吧，召集大家上直升机。"他又转向温国强，"还有什么需要我们注意的吗？"温国强紧紧握住范天雷的手："带他回家！拜托了！"范天雷点点头，特战队员们跟着他转身去了。

海军陆战队员们斗志高昂地集结，徒步往山上行进。漫山遍野的陆战队员们身着蓝色迷彩服，打着红旗。他们排成扇形尖刀队形，高声叫喊着搜索。他们的自动步枪上了刺刀，挑开每一个有疑点的灌木丛。武直十和直8B从上空掠过。

山顶上，察猜拿着望远镜："我们完了，蝎子……他们在逼我们，想把我们赶到鹰嘴谷。那里地势平坦，我们没地方躲。"

"他们搜索过的地方不会有人质。我们尽快清场，找到人质！"

"找到了又怎么样？他们会放过我们吗？"

"不会。但她们会成为我们的人质！"蝎子说，"黑夜里的丛林是我们的老家，我们只要熬到天黑，趁夜色穿过他们的搜索峰线，会有办法活下去的！"

"刚刚是救援，现在是绑架？"

"没有办法。现在没有海盗了，敌我关系又变化了。所有的联盟关系都是脆弱的。

走吧！分头行动，保持联系！"

两个人起身，去往不同的方向。

山间，张丽娜拉着翠芬顽强地走着。空中，一架直升机飞过，张丽娜兴奋地喊道："我们的直升机！快！我们的部队上岛了！他们在找我们！哎——"

直升机低空滑过。翠芬哭着："张总，他们怎么走了？"

"没看见咱们吧。"张丽娜安慰她，"没事，没事！他们肯定会回来的！我们有救了！"

突然，虎鲨从侧翼跳出来，扑倒了张丽娜，翠芬尖叫一声。虎鲨扼住张丽娜的喉咙："我现在得抓一个人质了！就选你吧！"张丽娜挣扎着。"砰！"一声枪响，虎鲨一惊。王亚东赤裸着上身，一瘸一拐地走出来。虎鲨躲在张丽娜的身后，王亚东举枪："放开她！"

"你小子，觉得可能吗？"

"你该知道我的枪法！"

"那我就先宰了她！"虎鲨用力捏着张丽娜的脖子。王亚东举起枪，虎鲨一把将张丽娜推过去，王亚东急忙挪开枪口。张丽娜被推到王亚东怀里，虎鲨掉头跑了。王亚东推开张丽娜，举起冲锋枪——卡壳了。王亚东急忙退出子弹，重新上膛。

"你们别乱跑！中国军队一会儿就来救你们！我去抓住他！"王亚东追了上去。

张丽娜和翠芬目瞪口呆，还没回过神来，一个阴影就出现在面前——是蝎子。蝎子淡淡一笑："才出虎口，又入狼窝。嗯？走吧！"蝎子一把抓住张丽娜，一掌砍在她的脖子上。张丽娜晕倒，被蝎子扛了起来。翠芬扑上去："放开她——"蝎子一脚踢过去，翠芬撞在树上，晕了过去。蝎子扛着昏迷的张丽娜："我抓到人质了，我们在 1082 点会合！"

5

虎鲨在河边拼命地跑着，空中有武直十飞过。飞行员坐在驾驶舱里："我看见不死鸟了！他在 K201 位置，在河边，穿着黄色巴西队队服！"山里，老黑等陆战队员们停住脚步："神枪手四连收到，我们就在 K200 地区，马上就到河边！"老黑跟黄班长、蔡小心快速前进。

虎鲨在河边飞跑着，突然，四面八方出现蓝色迷彩服，虎鲨呆住了。海军陆战队越来越近，虎鲨被逼下了河，四处环顾。

"虎鲨。"一个嘶哑的声音响起。

虎鲨抓起枪，但是身后已经响起一声拉枪栓的声音。

"你知道我的枪法。"王亚东在河里齐腰深的地方站着，平端着冲锋枪，赤裸的上身水淋淋的。王亚东举起冲锋枪："现在，你的死期到了。"

"等等！"虎鲨着急地说，"我这儿有金银财宝，都给你！"

"如果我想要这些东西，还会在这里等你吗？"

"那你想要什么？"

"我要你的命！"

岸上的树林里，蔡小心高喊："有人要杀他！"黄班长急喊："蓝鲸！蓝鲸！有人要杀卧底！我该怎么办？"

"班长，来不及了！"蔡小心举起狙击步枪瞄准，"他要动手了！"

瞄准镜里面，那个赤裸上身的海盗举起了手里的56冲锋枪，对准穿着黄色巴西队队服的人后脑。老黑高喊："阻止他！""砰！"王亚东胸部中弹，狙击步枪的子弹穿过了他的胸膛。他被巨大的冲击力打倒在水里，血从水里冒出来。

"命中目标！"蔡小心高喊。虎鲨回头，突然恐惧地尖叫一声："啊——"王亚东的脑袋一下子从水里冒出来，他的胸口还在喷血。他的右手举起冲锋枪，瞪着血红的眼睛，颤巍巍将枪口举起来，对准虎鲨。"砰！"枪口跳动一下，子弹脱膛而出。"啪！"不死鸟的右边肩胛骨中弹，半个肩胛骨被打没了，他惨叫一声，倒在水里。虎鲨呆住了。

树林里，蔡小心长出一口气："命中目标！"

"哗——"血水再次出现漩涡，王亚东再次站起来，左手举起了冲锋枪："啊——"

"开火！保护警方特情！"老黑大喊。随着他一声令下，十多支自动步枪开始射击。王亚东在弹雨当中抽搐着，左手的冲锋枪扣动扳机，但是弹雨的力量把他的身体往后打。他的子弹随着枪口的上挑射向天空，火焰映亮了他绝望的脸。

"啊——"他发出一生当中最绝望的哀号。"扑通！"王亚东倒在了水里，血把身边的水染成了一片殷红。枪声平息了。虎鲨探出脑袋，看看躺在水里的王亚东。

陆战队员们围拢过来。虎鲨举手："我投降，我投降！"老黑走过去："我们是中国海军陆战队，你安全了。"

"别杀我，别杀我！"

王亚东漂浮在水面的身体轻轻漂荡着，他浑身都是弹洞，身上的血都要流光了。他睁着眼，嘴里不断地喷血，左手还抓着冲锋枪的枪带。他听到身边的普通话高喊"中国海军陆战队"，眼里流出了泪。他竭力偏头，看着那些身穿蓝色海洋迷彩服的中国海军陆战队员们，露出哀怨的眼神，张着嘴，声音非常微弱地说："我是……我是……不……"蔡小心低头一看："这个海盗居然还活着？！他是铁打的啊？！"

黄班长和几个老兵举起手里的95上膛，对准了王亚东。一滴眼泪流出了王亚东的眼角，他嘴唇翕动："晓晓，我……回家了……"

"嗒嗒，嗒嗒……"一串清脆的点射，王亚东彻底不动了。他的尸体在河面漂浮着，半条河都被他的血染红了，眼睛还睁着……

虎鲨被陆战队员们拖上来，跪着求饶。范天雷带队冲过来。龚箭急问："什么情况？

不死鸟找到了？"虎鲨跪着磕头："别杀我，别杀我啊！"老黑看着："吓傻了吧？"

何晨光的目光转向河里——王亚东的尸体漂荡着。何晨光几步下水，仔细看着。尸体被他拖上来，范天雷一看："王亚东？"何晨光目光复杂："谁开的第一枪？"

"我是第一狙击手！"蔡小心说。

"为什么不打头？"

"胸部目标大，我想有把握。"

"下次记住打头。既然要结果他，没必要让他这么痛苦。"何晨光看着王亚东。

"是……他的命真硬啊！"

"好像有冤情啊！死不瞑目？"宋凯飞说。王亚东的眼还睁着，何晨光伸手为他抹上眼，但合不上，还是睁着。何晨光不说话。范天雷看看，说道："我们走吧，还要去抓蝎子和察猜。"龚箭站起身："特情就交给你们了，你们带回去给温队。"

龚箭拍拍他的肩膀，跟着队伍走了。虎鲨左右看看，似乎明白了什么。蔡小心拉起他："走吧，你安全了，我们会保护你的。"几个陆战队员簇拥着他下山去了。

6

特种部队在山地前进。宋凯飞一举右手，大家停下，散开。范天雷、陈善明和龚箭过来，宋凯飞指着地上："脚印。"地上，两双军靴的脚印杂乱分开。范天雷看看："我们分头追，让空中侦察再密点儿！"

"是！"龚箭和陈善明带着何晨光和王艳兵等往那边去。范天雷和段世亮带着另一拨人往这边去。

山林里，翠芬战战兢兢地躲在树旁灌木丛中。陈善明、龚箭带队扇形快速搜索过来，翠芬看见一片绿迷彩脸，尖叫起来，起身就跑。李二牛眼一亮："翠芬——"

"别开枪，别开枪！"大家枪口瞬间抬高。李二牛纵身去追："翠芬——是俺——"翠芬一边尖叫一边跑着，李二牛纵身狂追。龚箭走上去："我们跟上去，掩护他们！"

翠芬正跑着，被李二牛从后面跃起扑倒。翠芬尖叫着，一口咬住李二牛的手。李二牛惨叫一声，手被咬出了血。战友们扑上来，拼命分开两个人。"啊——"翠芬尖叫着。李二牛一把抱住她："是俺！是俺！俺是二牛啊！"翠芬瞪大眼，看着二牛的迷彩脸，大哭："二牛……"抱住了二牛。李二牛安慰她："翠芬，对不起，俺来晚了……"

"现在不是谈恋爱的时候！快！张丽娜在哪儿？"龚箭急问。李二牛反应过来："翠芬，翠芬！你看着俺，看着俺！俺问你，张丽娜，另外一个人质在哪里？"

"张总，张总被劫走了……"

"被谁劫走了？一个人还是两个人？"

"一个人……"

陈善明拿出两张照片："是哪个？"翠芬指着蝎子："是他……"

"多久了？"

"半个小时吧……"

"明白了！"龚箭拿起无线电，"五号，我们找到翠芬了，张丽娜被蝎子带走了！我们现在在K107！目标已经失踪半小时，我们现在开始追！完毕。"

"收到了。你们小心！我向你部靠拢！走！"范天雷和段世亮带队，迅速进入密林。

密林处，陈善明看着翠芬："李二牛，你带翠芬回去！徐天龙！宋凯飞！"

"到！"

"你们负责保护翠芬！"

"啊？！教导员，现在正在打仗啊！"宋凯飞说。龚箭怒喝："我们打仗是为了什么？！为了救人！不是让你过瘾！保护人质，撤离现场，这是我的命令！"

"是！"

"你们三个记住了，要保证人质的绝对安全！"

"是！"

"去吧！我们继续前进！一定要抓住蝎子和察猜！"龚箭带队继续出发。

山顶，察猜藏在灌木丛中，满头是汗。何晨光等搜山队伍越来越近，察猜藏不住了，只好起身就跑。何晨光大喊："在那边！"纵身就追。龚箭大喊："王艳兵！上！快！不要丢了目标！其余的人搜索附近！"察猜在山路上拼命地跑，何晨光拔腿追去。

"开枪吧！"王艳兵说。

"我一定要活捉察猜！"

"你这是意气用事！"

何晨光已经跑远了。王艳兵无奈，收起武器继续追，一脚踩空，落入陷阱。"啊——"王艳兵一声惨叫，腿被竹签扎了。何晨光回头，王艳兵大喊："别管我！我没事！去抓人！"

"你照顾好自己！"何晨光转身继续追。王艳兵咬着牙，把腿拔出来，血流如注。他撕开急救包，开始急救。

察猜沿着山脊没命地奔跑，纵身跃过一条小溪，一下子被何晨光扑倒。两人站起身，虎视眈眈。何晨光盯着他："为什么？！"察猜摇头："我没有回头路了！"

"你为什么要背叛自己的国家和军队？！"何晨光怒吼。

"我做都做了，现在还能说什么？"察猜苦笑。

"投降！承受所有应该承受的后果！"

"我还有老婆孩子！"

"你在做这些事的时候，就应该想到后果！"何晨光看着他，"察猜，你是一个军人！"

"我已经不是了。"

"那么，我就要抓你归案！"

"你来吧——只要你能打赢我！"

何晨光出手，两个人扭打在一起。何晨光飞起一脚，察猜被重重地踢到树上，半天没起来。龚箭等人飞奔而至，将枪口对准了察猜。察猜慢慢地爬起来，注视着何晨光。

"双手举起来！"龚箭看着他。察猜没动。何晨光擦擦鼻血："投降吧，你真的没路了。"察猜笑着流泪："兄弟，对不住了！"

"不——"

察猜一把拔出手枪，队员们开枪——"嗒嗒嗒……"察猜在弹雨中抽搐着，何晨光闭上眼。察猜躺在地上抽搐着，一滴泪从眼角悄然落下。

7

山巅处，蝎子扛着张丽娜快速奔跑着。海军陆战队员们从四面八方出现，蝎子停住，左右看看，更多的部队在涌上来。蝎子放下张丽娜，拿起武器。范天雷带队从那边过来，龚箭和何晨光从这边过来——蝎子被包围了。蝎子笑了，笑得很凄惨。范天雷、何晨光都冷冷地看着他。张丽娜被蝎子抓着，嘴上贴着胶带，惊恐地看着范天雷。范天雷看着他："蝎子，你的死期到了。"

蝎子笑着看他："我只想活下来。我帮过你们，你们就这样对我？"

"你的血债太多了。"

何晨光的呼吸变得急促。

蝎子笑着："原来活着是这么艰难的一件事啊！"

范天雷看着他："放下武器，我给你个好死。"

蝎子笑道："别逗了，你知道我不会的。"

"蝎子！你现在已经陷入重围，任何抵抗都是无济于事的！你立即释放人质，法律会给你一个公正的判决！"

"是吗？"蝎子看着他，"无非是枪决还是注射的区别罢了。"

张丽娜惊恐地看着范天雷，范天雷的眼神飘向何晨光，何晨光不动声色，瞄准蝎子。张丽娜看着范天雷，满脸泪水。

蝎子苦笑："没想到我骁勇一生，今天命丧孤岛啊！挺好，来吧。"

何晨光扣动扳机——"砰！"子弹钻进了蝎子的脑袋，蝎子猝然栽倒。

张丽娜挣扎着跑向范天雷，范天雷一把抱住她。何晨光慢慢放下枪。蝎子抽搐着，额头冒着血，手却还颤抖着抓起冲锋枪，视线模糊，对准前方。范天雷一眼看见，一个转身把张丽娜抱到后面。"嗒嗒嗒……"范天雷的后脑中弹，防弹背心被打穿了。张丽娜扑上去，撕下嘴上的胶带："天雷，天雷——"

张丽娜哭着抱住范天雷，试图堵住他的伤口，双手都是血。

"啊——"队员们举起手里的枪，怒吼着密集射击。蝎子全身抽搐着倒下了。

张丽娜抱着范天雷，队员们默默地注视着，都傻眼了。龚箭慢慢地摘下帽子，漫山遍野的陆战队员们也慢慢摘下帽子。

范天雷抽搐着，嘴里不断地涌出血。张丽娜哭着："别说话……别说话……"范天雷努力开口："我……我……爱你……"

"啊——"张丽娜抱着范天雷，绝望地哀号。

"敬礼！"龚箭的眼泪下来了，高喊着举起右手。队员们举起手中的步枪，开始对天射击。"嗒嗒嗒嗒……"枪声震耳欲聋，在山间回响，枪口的火焰映亮了战士们的眼睛。

码头上，陆战队员们来回穿梭着，温国强站在码头焦急地等待。远远地看见黄色的巴西队队服，温国强急忙跑过去。虎鲨被蔡小心和黄班长夹着，正往这边走。温国强跑来，仔细辨认着："他不是……"老黑一惊。虎鲨一把拔出蔡小心的手枪，老黑举起枪托，抡圆了打晕虎鲨。陆战队员们将虎鲨按住。温国强仔细辨认，大惊："他是虎鲨！"

"啊？！那个被打死的是谁啊？"

"王亚东在哪儿？！"温国强怒吼。虎鲨狞笑着："你的卧底被你的军队打死了！哈哈哈！"温国强呆住了，老黑和蔡小心也傻了。虎鲨大笑着，温国强一拳上去，打倒他。老黑低下头，温国强悲愤地大吼："带我去找他——"

一片血红的河流里，王亚东的遗体半截在水里，半截在岸上，圆睁双目。

夜色下，舰队离开月牙岛，码头上一片火光。何晨光默默地站在甲板上，看着月牙岛远去。

"都是我的错……"蔡小心站在旁边，一脸懊悔。老黑看着他："不怪你，怪我。"龚箭看着渐远的月牙岛："谁都不要去怪，这是人的命运。"

"我想去看看王亚东。"何晨光说。陈善明和龚箭对视一眼："你去吧。"

医务舱里，王亚东躺在那儿。温国强摘下警帽，站在旁边，颔首落泪："对不起……"何晨光走进来："他一直是特情？"温国强点头："对，是我发展的。"

"为什么不告诉我？"

"为了他的安全。"

"晓晓知道吗？"何晨光问。温国强说："不知道。她的父母知道。"

何晨光看着，一脸痛苦："怎么告诉他们，他死了？"

"我去说吧。都是我的错，我要承担这个责任。"

王亚东闭着眼，很安详。何晨光无言以对。

"我无法原谅自己的过错……"

何晨光说不出话，眼泪滑落下来。他慢慢后退，举起右手，敬礼。

另外一个医务舱里，张丽娜握着范天雷的手，眼泪慢慢落下："为什么你不早点儿说……其实，这些年来，我一直想你……我以为，你会来找我的……我们都太骄傲了，以至于谁都不肯主动退让……对不起……现在想想，是我错了……我……爱你……"

张丽娜看着范天雷安详的脸，泣不成声。

8

陆航机场，直8B缓缓降落。陈善明、龚箭、何晨光等人抬着覆盖军旗的范天雷慢慢走出来，张丽娜在两名海军陆战队女军医的陪护下也慢慢走来。担架经过陆军中将和何志军的面前，中将默默地注视着，手滑过范天雷的脸颊："老兵永远不死，只会逐渐消亡。"

"首长，我们准备用范天雷同志的名字，命名特战教学中心，以此缅怀他为特战旅的发展做出的不可磨灭的贡献。"何志军说。中将点点头："好，妥善照顾范天雷同志的家人。如果有什么困难，可以直接向我报告。"

"请首长放心，我们一定会做好善后工作。"

两个人默默地注视着队员们把担架抬上依维柯，何晨光、王艳兵、李二牛等队员都悲痛地注视范天雷的遗容，车上的战士把军旗盖在范天雷的脸上。

"不许盖！"何晨光冲上去，队员们急忙拦住他。何晨光大喊："不许盖！谁都不许盖！他没死！没死——"

队员们含泪死死地抱住他，车上的战士犹豫着，抬眼看看旅长。何志军点点头，红色的军旗盖住了范天雷的脸。

"参谋长——"何晨光哭喊着，队员们也是泪如雨下。何晨光跪在地上，无力地看着远去的依维柯。

"何晨光！"何志军怒喝。

"到……"何晨光跪在地上没动。

"站起来！"

何晨光还是注视着远去的车。

"中尉何晨光！我命令你——站起来！"

何晨光咬牙站起来。

"记住！他是军人！你也是！"

"是，旅长……"何晨光含泪咬牙。

中将走到张丽娜跟前，握住她的手："我不知道该用什么语言来安慰你……节哀。"何志军走到她身边："他是英雄，是烈士。"

"他是为了救我……"

"在那个时候，你是人质。不要想太多了。"

"都怪我……"

"先休息一下吧，一会儿首长和我去看你。"

两名女军医扶着张丽娜上了一辆猎豹。

何志军看着队员们。

龚箭含泪带着队员列队，敬礼："首长，旅长，我们……回来了！"

中将还礼："我还是要祝贺你们完成了任务，解救了全部人质。只要人质安全，我们的牺牲就是值得的。你们刚回来，我就不耽误你们的休息时间了。好好调整一下，准备参加追悼会。不要想太多了，军人就是为了国家利益和人民安全战斗的，牺牲是无上的光荣。何志军！"

"到！"

"带回休整吧。"

"是！"

中将与随从上了身边的两辆奥迪车，何志军高喊："敬礼！"车队走了。

何志军转身，看着队员们："红细胞特别行动组，可以解散了，带回休整。"龚箭转向大家："我们……去给参谋长守灵吧。"

队员们一脸悲伤，何晨光转身上了车。队员们守护着参谋长的灵柩，猛士车开走了。何志军忍住泪，抬头看着机场上那面猎猎飘舞的八一军旗。

9

省医院的走廊上，何晨光穿着常服走过来。温国强站在二老面前："对不起，我没能带他回来。他是一个真正的英雄……"

何晨光站在他们身边问："晓晓知道了吗？"

"还不知道。"

"我去说吧。"

温国强看着林父林母，林父擦擦眼泪："委屈你了，晨光……"

"没什么，这是我应该做的，我们一起长大的。"何晨光推门进去了。

林晓晓正在逗孩子玩，何晨光站在门口。

林晓晓抬眼："晨光？你怎么来了？"

何晨光把花放下："我来看看你，刚执行完任务回来。"

"谢谢！看，宝宝，这是晨光叔叔。"

孩子天真无邪地看着他，何晨光的眼泪在打转。林晓晓看他："你怎么了？"何晨光一咬牙："晓晓，有一件事，我……我必须告诉你。"林晓晓看他："你说啊！"

"王亚东他……他不会回来了。"

林晓晓呆住了："什么意思？"

"他……他不是坏人，他是警方的卧底。"

林晓晓一愣。

"是真的。"

林晓晓的眼泪下来了："他是好人啊！"

"对，是好人。"

林晓晓笑了："那他应该能回来啊！这是好事啊！你怎么那么严肃啊？"

"他……牺牲了。"

林晓晓猛地呆住了。

"在我们刚刚执行的任务当中，王亚东为了配合我们作战……牺牲了……"

林晓晓呆呆地站在那儿，脸色苍白，晕了过去。何晨光急忙跑过去，抱住林晓晓："来人啊！来人——"

10

海浪泛着白沫，温柔地拍打着沙滩。何晨光孤独地站在岸边上，看着波澜壮阔的大海，心里也在起伏着。他拿着一块玉佩，那是比赛结束后，察猜在机场亲手送给他的。何晨光默默地抚摩着玉佩，内心感慨万千。赛场上的奋勇格斗，丛林里涂着迷彩的大脸，勇士学校里那嘶哑如同雷鸣一样的宣誓……镜头一幕一幕在他眼前回放。

何晨光闭上眼，眼泪滚落下来。他蹲下身，将玉佩埋进了沙滩。何晨光看着这个隆起的小沙堆，泪流满面。

医院病房里，唐心怡还静静地躺在那儿。何晨光坐在她身边，轻轻地抚摩着她的脸："我知道，你一定会醒的。"

唐心怡静静地躺着，何晨光看着她，黝黑消瘦的脸上浮现出无限忧伤，泪水顺着他刚毅的脸颊滑下来。何晨光握着唐心怡的手，轻声道："你知道，我有多爱你吗？"

唐心怡的眉毛微微地动了一下，手指在何晨光的手心里轻轻颤动。

何晨光深情地望着她，吻着她的手："我会等你，一辈子，一直到你醒来。"

……